खुशवंत सिंह

खुशवंत सिंह की गिनती भारत के अग्रणी लेखकों में की जाती है। उपन्यास, कहानी, निबन्ध सभी विधाओं को उन्होंने अपने लेखन से समृद्ध किया। इतिहास में उनकी गहरी रुचि थी और उन्होंने कई महत्त्वपूर्ण ऐतिहासिक ग्रन्थ भी लिखे। उर्दू शायरी के शौकीन, उन्होंने कई शायरी और कविताओं की पुस्तकों को अंग्रेज़ी में अनुदित किया। पेशे से वे वकील थे लेकिन वकालत उन्हें बहुत रास नहीं आई और उनका अधिकांश कार्यकाल एक पत्रकार और सम्पादक का रहा। *नैशनल हैरल्ड, द हिन्दुस्तान टाइम्स* और *द इलस्ट्रेटेड वीकली ऑफ़ इंडिया* जैसे महत्त्वपूर्ण पत्र-पत्रिकाओं के वे सम्पादक रहे। सम्पादकीय ज़िम्मेदारियों से जो समय बचता, उसे वे पढ़ने-लिखने में लगाते। पचानवें साल की उम्र में उन्होंने अपना अंतिम उपन्यास *सनसेट क्लब* लिखा। साहित्य और पत्रकारिता में योगदान के लिए वे राज्यसभा के सदस्य नियुक्त हुए और पद्मविभूषण से उन्हें सम्मानित किया गया। धर्मनिरपेक्षता का कट्टर समर्थन करनेवाले खुशवंत सिंह के लेखन में बेबाक सच और तीखा व्यंग्य मुख्य गुण था जिसके कारण वे अपने पाठकों में सदा ही लोकप्रिय रहे। मार्च 2014 में 99 वर्ष की आयु में उनका देहान्त हो गया।

खुशवंत सिंह की संपूर्ण कहानियाँ

खुशवंत सिंह

राजपाल

अनुवाद

महेन्द्र कुलश्रेष्ठ

स्थापित 1912
100 वर्षों की
श्रेष्ठ प्रकाशन परम्परा
राजपाल

₹ 599

ISBN : 9789350642191

KHUSHWANT SINGH KI SAMPOORAN KAHANIYAN (Stories)
by Khushwant Singh
मुद्रक : रेकमो प्रेस प्रा. लि., ग्रेटर नोएडा

राजपाल एण्ड सन्ज़
1590, मदरसा रोड, कश्मीरी गेट-दिल्ली-110006
फोनः 011-23869812, 23865483, फैक्सः 011-23867791
website : www.rajpalpublishing.com
e-mail : sales@rajpalpublishing.com

नैना

मेरी एकमात्र पोती को, जो मेरी

आँखों का तारा है और उम्मीद है

कि भविष्य में अपने दादा से भी

अच्छी कहानियाँ लिखेगी

क्रम

मेरी ये कहानियाँ

मेरा मानना है कि कहानी की परम्परा का पालन करना चाहिए : यानी कि वह छोटी हो, और उसकी शुरुआत, मध्य और अन्त अच्छे हों। बेहतर है यदि उसका आश्चर्यजनक अन्त हो और उसमें कुछ सन्देश भी हो। लेखकों में मेरे आदर्श रहे हैं : एलडस हक्सले, मूरियल स्पार्क, डोरोथी पार्कर, एवलिन वॉग, सोमरसेट मॉम, एलबर्ट कामो और मुराविया और भारतीय लेखकों में प्रेमचन्द, सआदत हसन मण्टो, राजा राव, सत्यजित राय, राजेन्द्र सिंह बेदी, कृश्न चन्दर और पाकिस्तानी लेखक इंतज़ार हुसैन।

यह तो मैं नहीं जानता कि अन्य कहानीकार अपनी कहानियों के चरित्र कैसे चुनते हैं, लेकिन मेरे चरित्र वास्तविक व्यक्तियों पर आधारित होते हैं, जिनके नाम मैं बदल ज़रूर देता हूँ, अदालत के डर से, जिसका मुझे अपने जीवन में कुछ ज़्यादा ही सामना करना पड़ा है। मैं लोगों से मिलना पसन्द करता हूँ, विशेषकर अप्रिय लोगों से—उद्दण्ड, घमण्डी, बनावटी, डींग हाँकने वाले, बड़े लोगों के नाम लेनेवाले, पाखण्डी—मैं उन्हें अपने बारे में बातें करने को उकसाता हूँ और वे बोलते चले जाते हैं। फिर उनकी स्थितियाँ बदलकर और थोड़ा-सा मिर्च-मसाला लगाकर उनकी कही बातों और किस्सों को कागज़ पर उतार देता हूँ। मुझे अपने बड़ा लेखक होने के बारे में कोई गलतफ़हमी नहीं; लेकिन मैं दूसरे लेखकों से अलग ज़रूर हूँ, क्योंकि मेरी कहानियाँ उनसे ज़्यादा दुर्भावना व्यक्त

करती हैं और अधिक मज़ेदार होती हैं। इस पुस्तक की कई कहानियाँ पचास साल से भी पहले लिखी गई थीं, लेकिन वे आज भी सार्थक हैं क्योंकि समाज में धोखाधड़ी उसी तरह चल रही है। इसलिए मैं पाठकों से कहूँगा कि इन्हें एक बार ज़रूर पढ़ें।

नई दिल्ली
जुलाई 2007

–खुशवंत सिंह

अनुवादक की ओर से

ईमानदारी के लिए विख्यात और पुरस्कृत भी, लेखक-सम्पादक खुशवंत सिंह निन्यानवे वर्ष की उम्र तक जिये और अपने कृतित्व का एक ऐसा अम्बार छोड़ गये, जिसका अध्ययन-विश्लेषण किया जाना भविष्य का दायित्व है।

इसे अनुवादित-प्रकाशित करते हुए हमें भारतीय साहित्य तथा लेखक के प्रति कुछ विशेष कर जाने का संतोष हो रहा है। इसके अलावा हम इस नतीजे पर भी पहुँचे हैं कि जहाँ तक प्रस्तुत लेखक का सवाल है, उसने कुछ ऐसा भी लिखा है जैसा संसार के साहित्य में शायद किसी ने भी नहीं लिखा और जो जीवन की उन अंतरंग सच्चाइयों से सीधे जुड़ा है, जिनको देखने से लोग परहेज़ कर जाते हैं, अनुवाद में भी यह कठिनाई कई जगह महसूस हुई है। यही इस लेखक का विशिष्ट श्रेय है। उनकी कई कहानियाँ आपको सबसे अलग और एकदम विशिष्ट लगेंगी।

उनके लेखन का एक महत्त्वपूर्ण योगदान यह भी है कि उन्होंने ब्रिटिश राज के भारत का, उस समय की हमारी मानसिकता और व्यावहारिकता का जो यथार्थ चित्र खींचा है, वह इतने विस्तृत रूप में कहीं उपलब्ध नहीं है और उसका ऐतिहासिक महत्त्व है—जिस दृष्टि से उसका आकलन किया जाना चाहिए। ये कहानियाँ ज़्यादातर ज़िन्दगी के हिस्से हैं और उनकी खट्टी-कड़वी सच्चाइयों को रेखांकित करती हैं।

हमें वे प्रिय थे, यह रेखांकित करना अतिशयोक्ति न होगी। वे अब नहीं हैं, इसी वर्ष हमें छोड़ गये हैं और उनकी उसी जीवन

की मान्यताएँ भी एकदम भिन्न हैं, जो सभी को पता हैं, उनके अनुसार वे वहाँ जिस रूप में भी होंगे, या न होंगे या अधूरे होंगे—यह शब्द प्रयोग भी उन्हीं का है, जगह-जगह उनके लेखन में मिलता है, उसके अनुसार वे वहाँ भी उठा-पटक और अध्ययन-विवेचन कर रहे होंगे, इसमें संदेह उचित नहीं—इसमें भी वे सफल हों और प्रकृति तथा जीवन का एक नया अध्ययन खोलें, यह हमारी कामना है। आमीन!

जून 2015 **—महेन्द्र कुलश्रेष्ठ**

लंदन की प्रेम-कथा

'मे आय हैव योर एटेन्शन, प्लीज़ (कृपया ध्यान दें)। हम पन्द्रह मिनट में लंदन हवाई अड्डे पर उतर रहे हैं। मेहरबानी करके अपनी सीट-बैल्ट बाँध लीजिये और धूम्रपान मत कीजिए, धन्यवाद!'

दरवाज़े के ऊपर लगी पट्टी पर लाल अक्षर, चमकने लगे : 'सीट-बैल्ट बाँध लीजिए, धूम्रपान मत कीजिए।'

कामिनी ने खिड़की से बाहर देखा। वे सफ़ेद रुई की तरह चारों ओर फैले बादलों के बीच उड़ रहे थे। उसे विश्वास नहीं हो रहा था कि कुछ ही मिनटों में वह इंग्लैंड पहुँच जायेगी। वह इंग्लैंड जिसके बारे में उसने किताबों में पढ़ा था, अपने परिचितों से सुना था और जिसके बहुत से चित्र भी देखे थे, परन्तु यह कभी नहीं सोचा था कि वह खुद एक दिन वहाँ जा पहुँचेगी। उसे लगा कि चमत्कारों का युग अभी खत्म नहीं हुआ है। महीने भर तक अपनी छात्रवृत्ति के फ़ैसले का बेसब्री से इन्तज़ार करके, फिर पासपोर्ट, वीज़ा और फॉरेन एक्सचेंज, इनकम टैक्स वगैरह की मुश्किलों से गुज़रकर तथा स्वास्थ्य संबंधी सर्टिफिकेट प्राप्त करके अब वह वास्तव में लंदन की भूमि पर पैर रखने जा रही थी।

'आपकी सीट-बैल्ट, मैडम,' एयर हॉस्टेस ने धीरे से कहा।

'अरे, हाँ, सॉरी,' कामिनी बुदबुदायी और बैल्ट कमर से बाँध ली।

वह सोच रही थी कि यहाँ पता नहीं कैसी बीतेगी। उसने जो कुछ पढ़ा और सुना था, उसके अनुसार इंग्लैंड सुन्दर देश था। परन्तु यहाँ के लोगों के बारे में उसे सन्देह था। इनके कारण उसके परिवार ने बहुत कुछ झेला था। सत्याग्रह के ज़माने में उसके पिता तथा भाइयों को जेलों में रहना पड़ा था और वहाँ उन्हें मारा-पीटा भी गया था। उसे खुद, जब वह यूनिवर्सिटी

के पहले साल में ही थी, सात दिन के लिए जेल की हवा खानी पड़ी थी। वह कभी किसी अंग्रेज़ से नहीं मिली थी, सिवाय उस मजिस्ट्रेट के, जिसने उसे सज़ा दी थी, रॉबर्ट स्मिथ नाम था उसका—परन्तु क्या इसे मुलाक़ात कहा भी जा सकता था?

वह एक अद्‌भुत घटना थी।

सन् 1942 के 'भारत छोड़ो' आन्दोलन का ज़माना था। कॉलेज की कुछ लड़कियों ने मिलकर सड़कों पर जुलूस निकाला था, देशभक्ति के गाने गाये थे और जब कभी कोई अंग्रेज़ दिखाई देता, 'भारत छोड़ो' के नारे लगाते। पुलिस ने उन्हें गिरफ़्तार कर लिया। उसके अलावा सब लड़कियों ने माफ़ी माँग ली और उन्हें चेतावनी देकर छोड़ दिया गया। लेकिन उसे थाने में बन्द कर दिया और शाम को रॉबर्ट स्मिथ, आई.सी.एस., डिस्ट्रिक्ट मजिस्ट्रेट, के सामने पेश किया गया।

कामिनी को वह दृश्य अच्छी तरह याद है। बरसातों के दिन थे। कचहरी के कमरे में पसीने, कागज़ और स्याही की मिली-जुली बदबू बसी हुई थी। चारों तरफ़ अँधेरा था, लेकिन मजिस्ट्रेट और क्लर्क की दो मेज़ों पर ऊपर लटके बल्बों से रोशनी के गोले दिखाई दे रहे थे; क्लर्क अपने सामने बिखरी, पीले रंग के कागज़ की फाइलों में उलझा हुआ था। मजिस्ट्रेट युवा था और उसके बाल हलकी लाली लिये हुए थे। वह आधी बाँहों की सफ़ेद कमीज़ पहने था, जिस पर बीच तक ढीली की हुई टाई लटक रही थी। वह कोई किताब पढ़ने में लीन था और पेश किये जा रहे लोगों की तरफ़ देखता भी नहीं था।

क्लर्क ने कामिनी का नाम बोला, उसके पिता का नाम बताया और उसने क्या अपराध किया है, यह भी बताया।

फिर क्लर्क ने ही प्रश्न किया, 'अपराधी हैं या नहीं?'

'नहीं।'

मजिस्ट्रेट ने सिर उठाये बिना ही अंग्रेज़ी में कहा, 'इनसे उम्र पूछिये।'

कामिनी ने अनुवाद की प्रतीक्षा किये बिना अंग्रेज़ी में ही जवाब दिया, 'सत्रह। इनसे कहिये कि इंग्लैंड वापस जायें और अपना काम-धाम करें।'

अब मजिस्ट्रेट ने सिर उठाया और सामने देखा। उसकी भूरी आँखें, जिससे उसने कामिनी के काले बालों से चारों तरफ़ से ढके चेहरे पर नज़र दौड़ाई जो उसकी नफ़रत से सुलगती आँखों पर आकर टिक गई।

'अजब संयोग है,' वह बुदबुदाया।

'कैसा संयोग है? नाम क्या बताया?' उसने क्लर्क से फिर पूछा और नज़र सामने ही टिकाये रखी।

'कामिनी...कामिनी गर्वे।'

'मिस गर्वे, क्या आपको स्कूल में कविता भी पढ़ाते हैं?'

'हाँ...नहीं,' कामिनी हकलाकर बोली। 'लेकिन उसका इस मुक़दमे से क्या सम्बन्ध है?' उसने तेज़ पड़ते हुए कहा। 'क्या आपको कचहरी में कहानी पढ़ने की तनख्वाह दी जाती है?'

'कहानी नहीं, यंग लेडी, कविता। मैं आपको भी यह किताब जेल में पढ़ने के लिए दूँगा। सात दिन की सज़ा, "ए" क्लास और अगर आपका व्यवहार यही रहा, तो सात दिन और अदालत की अवमानना करने के लिये।'

दूसरे दिन कामिनी को जेल में हिलेयर बेलॉक(Hilaire Belloc) के काव्य-संकलन की जिल्द बन्द प्रति प्राप्त हुई, जिस पर लिखा था, 'जेल में पढ़ने के लिए, शुभकामनाओं सहित–जिसने आप को जेल भेजा, उसके द्वारा।' किताब के एक पेज पर पर्ची लगी थी, जहाँ दो लाइनों के नीचे लाल रेखा खिंची थी–उसके बगल में छपा था–'के. जी.'। कविता की पंक्तियाँ थीं–

Her face was like a king's command,
When all the swords are drawn.
(उसका चेहरा सम्राट के आदेश की तरह था-
जब तलवारें सभी हाथों में खिंची हों।)

कामिनी ने फ़ैसला किया कि बाहर आने पर अखबारों को यह घटना बतायेगी कि अदालत में स्मिथ का उसके प्रति व्यवहार कैसा रहा। लेकिन सात दिन बीतने से पहले ही उसका विचार बदलने लगा। जब वह वापस घर आई तो उसे पता लगा कि स्मिथ ने इस्तीफा दे दिया था और इंग्लैंड वापस लौट गया था।

कामिनी को यह ठीक से समझ में नहीं आया था कि इन पंक्तियों का अर्थ क्या है। बस यह कि यह किसी रूप में उसके सौंदर्य की प्रशंसा थी और यह पहली दफ़ा था कि किसी ने उसके बारे में कुछ कहा था। इसके बाद जब भी वह शीशे में अपना मुँह देखती, ये शब्द उसे याद आ जाते और उसे स्मिथ का अपनी तरफ़ घूरकर देखना एक विशेष सिहरन पैदा कर देता, उसे अपना उभरता नारीत्व परेशान करने लगता। इस घटना से अंग्रेज़ों के प्रति उसके मनोभाव में कोई परिवर्तन तो नहीं आया था, सिवाय, इसके कि उन्हें जितना संकोची समझा जाता

है, उतने वे हैं नहीं।

हवाई जहाज़ के झटकों से कामिनी का दिवा स्वप्न भंग हुआ। विमान, बादलों से नीचे उतर आया था और लाल छत वाले घरों, सड़कों और चौराहों तथा चमकते जुगनुओं की तरह रेंग रही गाड़ियों के ऊपर से उड़ रहा था। कुछ मिनट बाद वह ज़मीन से आ लगा और कस्टम के कमरों की तरफ़ बढ़ने लगा।

होटल पहुँचकर कामिनी काफ़ी देर तक खिड़की से लगी, इंग्लैंड का अपना पहला नज़ारा देखती रही। शरद ऋतु की हल्की गरम शाम थी और सामने के पार्क में लोग घूम-फिर रहे थे। घास उससे ज़्यादा हरी और ताज़ी थी, जितनी उसने आज तक देखी थीं और किनारों पर ग्लैडियोली के फूलों की कतार झिलमिला रही थी। पार्क के प्रवेश द्वार पर एक बूढ़ा भिखारी हाथ में सितार-जैसा बाजा लिये एक पुरानी धुन बजा रहा था। वातावरण शान्त और मैत्रीपूर्ण था। कामिनी ने खुद निकलकर घूमने का फ़ैसला किया।

कामिनी सोचती थी कि लोग उसकी साड़ी के कारण उसे घूर कर देखेंगे, लेकिन किसी ने कोई ध्यान नहीं दिया। उसने बच्चों को तालाब में नावें तैराते, स्त्रियों को कबूतरों को दाना चुगाते और लड़कों को दर्शकों के इर्द-गिर्द घर्र-घर्र करते खिलौने विमान दौड़ाते देखा। लड़के-लड़कियाँ इधर-उधर आराम से लेटे दुनिया की चिन्ता से मुक्त गपशप कर रहे थे। कई जगह लोग छोटी-छोटी भीड़ों के सामने खड़े भाषण कर रहे थे और सवालों के जवाब दे रहे थे।

जब वह होटल वापस लौटने लगी तो उसे अचानक एक अकेलेपन ने आ घेरा। उसे एहसास हुआ कि आज उसकी ज़िन्दगी का शायद यह पहला दिन था जब किसी ने उससे कोई बात नहीं की थी। उसके अलावा हर कोई किसी-न-किसी से बात कर रहा था। वह खुद अपने से पूछने लगी कि ऐसे मित्रहीन देश में क्यों आ गई है?

आने वाले दिनों में भी उसे अपने इस प्रश्न का कोई उत्तर नहीं मिला। बहुत जल्द उसकी ज़िन्दगी एक क्रम में बँध गई जिसमें एक-डेढ़ पैंस के टिकट पर बस-यात्रा करके अंडरग्राउंड स्टेशन पहुँचना, वहाँ से ठसाठस भरी ट्यूब ट्रेन में लटकन पकड़कर आधा घंटा सफ़र करके लेक्चर सुनना, कैफ़ेटेरिया में लंच लेना, फिर और लेक्चर सुनना और फिर एक बार लटकनें थामकर ट्यूब ट्रेन और बस से घर वापस आना—अगर होटल को घर कहा जा सके तो, जहाँ साधारण दुआ-सलाम के अलावा

कोई और बात नहीं की जाती, ज़रूरी बातें भी धीरे-धीरे और फुसफुसाकर की जाती हैं और जहाँ मरघट का सन्नाटा चारों ओर पसरा होता है, जिसे अखबारों की खड़क ही कभी-कभी भंग करती है।

भारत छोड़ने के समय से कामिनी के मन में यह उम्मीद थी कि हो सकता है कभी स्मिथ से कहीं वह टकरा जाये। हालाँकि वह जानती थी कि यह मूर्खता की बात है। क्योंकि वह अफ्रीका या अमेरिका, कहीं भी रह सकता था। अगर वह इंग्लैंड में भी होता, तो अस्सी लाख की आबादी वाले लंदन शहर में, जहाँ बड़ी-बड़ी भीड़ें हर जगह से गुज़रती रहती हैं, उससे मिलने की संभावना बहुत सही नहीं थी। अगर वह मिल भी जाता, तो क्या वह उसे पहचान लेता? वह उससे क्या कहती? या वही क्या कहता? उसने टेलीफ़ोन की डायरेक्टरी में उसका नाम देखा, लेकिन स्मिथ नाम के लोगों से पन्ने-पर-पन्ने भरे हुए थे। 'आर' अक्षर लगे स्मिथ भी ढेर सारे थे। अगर वह सही नाम पाकर फ़ोन करती, तो क्या बताती, कि उसने फ़ोन क्यों किया है।

लेकिन यह विचार जैसे उसके मन में जमकर बैठ गया। उसे विश्वास था कि यदि वह इच्छा करेगी तो किसी-न-किसी तरह, कहीं-न-कहीं वह उसे मिल ही जायेगा। उसने कहीं पढ़ा था कि जो लोग एक ही वस्तु के प्रति आकृष्ट होते हैं, वे अक्सर मिल जाते हैं। उसने अपने दिमाग़ में इस भेंट की रूपरेखा भी खींच ली थी। वह अपना हैट हाथ में लेकर कहेगा, 'मिस गर्वे, क्या आप मुझे पहचान रही हैं?'

'मेरा खयाल है, आप मिस्टर स्मिथ हैं? अरे हाँ, एक दफ़ा मिले ज़रूर थे—हालाँकि वह मुलाक़ात सही नहीं थी। खैर, कैसे हैं आप, मिस्टर स्मिथ?' और इस तरह बात आगे बढ़ती।

पॉलिटेक्निक का कोर्स खत्म होने को आया और न कामिनी की इच्छा शक्ति ने और न संयोग ने दोनों को मिलने का अवसर दिया। एक दिन हमेशा की तरह उसने ट्यूब स्टेशन के लिए बस पकड़ी। जब वह दूसरे सिरे पर अंडरग्राउंड से बाहर निकली और दूसरी बस पकड़ने के लिए आगे बढ़ी, तो उसने देखा कि चारों तरफ़ बड़ी भीड़ है और यातायात रोक दिया गया है। थोड़ी दूर से उसे बैग पाइपों और बड़े-बड़े ड्रमों की सैनिक धुन सुनाई देने लगी। हाथ में लिया अखबार खोलकर देखा, तो पता चला कि किसी अतिथि के साथ महारानी वहाँ से गुज़रने वाली हैं। वह भी लेक्चर छोड़कर भीड़ में शामिल हो गई।

बाजे बजाते सैनिक उसके सामने से गुज़रने लगे। उनके पीछे गार्डों के दल

बहुत धीरे-धीरे शाही शान से आगे बढ़ते नज़र आये। विभिन्न वेशभूषाओं में चमकते-दमकते कोट पहने और हाथों में रायफिलें लिए और भाले आसमान में उठाये, सैनिकों की कतारों ने जैसे एक नया समाँ बाँध दिया। गार्ड उसी के सामने आकर रुक गये और सड़क के दोनों ओर लाइन लगाकर खड़े हो गये। इनके पीछे महारानी का सोने का रथ सामने आया जिसे एक दर्जन काले रंग के घोड़े खींच रहे थे। महारानी अपने शाही अतिथि के साथ भीड़ की तरफ़ हाथ हिलाते आगे बढ़ गईं।

जुलूस समाप्त होते ही लोग इधर-उधर भागने लगे। लेकिन कामिनी मन्त्रमुग्ध की तरह अपनी जगह पर खड़ी रही। दफ़्तर जा रहे लोग उसे धक्का देते आगे बढ़े जा रहे थे। सिर्फ़ कामिनी के पीछे खड़ी औरत वहाँ से नहीं हिली; वह आँखों पर हाथ लगाये सुबक-सुबककर रो रही थी। कामिनी ने मुड़कर उसकी ओर नज़र डाली तो देखा कि वह अपने हैंड बैग से रूमाल निकालकर आँखें पोंछ रही है।

कामिनी को देखकर वह झिझकी और बोली, 'जब इस तरह सैनिक और जुलूस निकलते हैं, तब मैं बरदाश्त नहीं कर पाती, एकदम भावुक हो उठती हूँ।'

'आप ठीक कहती हैं। मैं भी द्रवित हो उठती हूँ। इस तरह के सैनिक कितने अच्छे लगते हैं?'

'आपका यह कहना आश्चर्यजनक है! मेरा मित्र कहता था कि सुन्दर स्त्री तलवार उठाये हज़ारों सैनिकों की तरह लगती है। दरअसल वह यह बात अक्सर कहता था। वह इंडिया में रहा था और उसे चाहता भी था।'

कामिनी को लगा, जैसे उसके पैर अपनी जगह पर जकड़ गये हैं। वह औरत फिर रूमाल से आँसू पोंछ रही थी।

'आपके मित्र अब कहाँ हैं?' वह जानती थी कि इस तरह किसी अजनबी से यह सवाल पूछना सही नहीं है, लेकिन वह अपने को रोक नहीं सकी।

औरत ने आँसुओं से भरा चेहरा उठाकर कहा, 'वह युद्ध में मारा गया।'

कुसुम

कुसुम कुमारी बहुत अच्छी लड़की थी—बहुत ही अच्छी। उसे अच्छा बनने की कोशिश नहीं करनी पड़ती थी। दरअसल, अच्छा होना उसके लिए ज़रूरी था। उसकी उम्र अट्ठारह वर्ष थी, पर लगती वह अट्ठाईस की थी और उसका व्यवहार चालीस साल की औरत जैसा था। कद छोटा और कुछ मोटी भी। काला, लम्बोतरा चेहरा, जिस पर चारों तरफ़ चेचक के दाग़ थे। मोटी, नीचे बैठी नाक पर सुनहरी कमानी का चश्मा, जिसके भारी शीशों के भीतर से उसकी आँखें बेतहाशा फैली दिखाई देती थीं। सिर पर बाल काफ़ी कम, कई चकत्तों में इधर-उधर बिखरे। इनमें वह इतना ज़्यादा तेल चुपड़ती कि बाल खोपड़ी से चिपके रहते थे। पीछे बालों की कसी हुई पट्टियाँ, माथे पर उतरकर आँखों की भौंहों को घेर लेती थीं। जहाँ तक उसकी काया का सवाल है, वह इतनी भरी-पूरी लगती थी कि पेट, छातियाँ और पीठ कुछ भी अलग नज़र नहीं आता था। कुल मिलाकर उसका शरीर काफ़ी चौड़ा-चकला था, जिसे वह सफ़ेद साड़ी से ढके रहती थी।

इन सब कमियों की पूर्ति कुसुम अच्छा और कुशल बनकर करती थी। वह डटकर मेहनत करती और हर परीक्षा में सबसे आगे रहती थी। उसका चश्मा और शरीर इस बात का गवाह था कि किताबों में वह कितना समय बिताती है। उसे अनेक विषयों में प्रथम श्रेणी प्राप्त हुई थी। उसके माता-पिता को कभी उससे कोई शिकायत नहीं हुई। सवेरे वक्त पर उठती और साइकिल से कॉलेज जाती। शाम को समय से घर लौट आती। कहीं और नहीं जाती थी। वह किसी को परेशान नहीं करती थी, न कोई और उसे परेशान करता था।

कुसुम के लिए आधुनिक फैशन बेकार थे और न उसे लड़कों के प्रति कोई

आकर्षण था। सेक्स से उसका कोई वास्ता नहीं था। न उसे पाउडर-बिन्दी और मेकअप में कोई रुचि थी। वह मानती थी कि ईश्वर ने जिसे जो रूप-रंग दिया है, उससे उसे सन्तुष्ट रहना चाहिये, भले ही चेहरे पर चेचक के दाग़ भर दिये हों। दया-धर्म में उसका गहरा विश्वास था। हरेक को काम करना चाहिये और नियमों का पालन करना चाहिये। वह मानती थी कि स्त्री का स्थान रसोईघर में है। लड़कियों को कभी अपना सिर खोलकर (उघाड़कर) नहीं चलना चाहिये। बूढ़े स्त्री-पुरुष उसे पसन्द करते थे, युवक उस पर ध्यान नहीं देते थे। निर्दय प्रकृति ने उस पर जो ज़्यादतियाँ की थीं, उन्हें उसने स्वीकार कर लिया था।

कुसुम की उन्नीसवीं सालगिरह पर कुछ लड़कियों ने उसे लिपस्टिक और रूज़ का डिब्बा भेंट में दिया। उसे लगा कि यह उसका अपमान किया गया है। उसने उन्हें दराज़ के एक कोने में छिपाकर रख दिया और सबसे कहा कि उसने इन्हें फेंक दिया है। उसने अपना शीशा भी दीवार की तरफ़ पलट दिया और फैसला किया कि अब वह कभी अपना मुँह नहीं देखेगी।

कुसुम शायद ही कभी हँसती हो। उन्नीसवीं सालगिरह के बाद उसने मुस्कुराना भी बन्द कर दिया। उसने गम्भीरता अख्तियार कर ली, एकदम कठोर किस्म की गम्भीरता। वह जानती थी कि इससे वह और भी ज़्यादा बदसूरत लगेगी, लेकिन उसके लिए यही ठीक था। फिर चूँकि कोई भी पुरुष उसकी तरफ़ कभी ध्यान नहीं देता था इसलिए सुन्दर दिखने का कोई अर्थ भी नहीं था और चूँकि वह बदसूरत लगती थी इसलिए कोई उस पर ध्यान देना ज़रूरी नहीं समझता था।

अप्रैल के अन्त में डिग्री लेने के बाद कुसुम का यूनिवर्सिटी जीवन समाप्त हो गया। दूसरी लड़कियाँ आज़ाद होकर मौज-मस्ती करने में लग गईं। कोई उससे बात करने नहीं आई और कुसुम भी अपनी साइकिल लेकर घर आ गई और रोज़मर्रा के काम-काज में लग गई। दूसरी लड़कियों के सामने शादी की हलचलें तेज़ होने लगीं। लेकिन कुसुम के सामने ऐसा कुछ नहीं था—सिवाय उसकी मेज़ के जिस पर कोर्स की किताबें रखी थीं और बगल में शीशा रखा था।

कुसुम साइकिल पर सवार घर लौट रही थी। उसका दिमाग़ एकदम खाली था। सारी सड़क पर वह अकेली थी और कुछ सोचना उसके लिए ज़रूरी भी नहीं था। वह गलत दिशा से सड़क पार करने लगी और सँभलने की कोशिश करते-करते एक फेरीवाले से टकरा गई। यह लड़का-सा था और सिर पर रखे संतरे बेच रहा था। कुसुम पहले उसके ऊपर गिरी, फिर सड़क पर आगे लुढ़क गई। उसका चश्मा चकनाचूर हो गया था। साइकिल एक किनारे गिर गई। फेरीवाला ज़रा-सा हिलकर

रह गया लेकिन उसे चोट नहीं लगी। उसकी संतरों की डलिया भी सही-सलामत थी। वह कुसुम की तरफ़ देखकर मुस्कुराया।

'मिस साब, आपको सड़क पर सही तरफ़ से चलना चाहिये।'

कुसुम को गुस्सा आ रहा था, अब फेरीवाले के रुख ने उसे और क्रोधित कर दिया। उसने चीखकर कहा—'तुम अंधे हो क्या? किधर जा रहे हो, यह दिखाई नहीं देता?'

फेरीवाले ने चारों तरफ़ नज़र डाली। कहीं कोई नहीं था। उसकी मुस्कुराहट शैतानियत में बदलने लगी।

'नहीं, मिस साब, मैं अंधा नहीं हूँ। हाँ, आँख एक ही है।'

यह कहकर उसने एक आँख बन्द करके दूसरी से उसे ध्यान से देखा और चुम्मा लेने की ज़ोरदार आवाज़ मारी।

कुसुम का चेहरा लाल पड़ गया। गुस्से से वह भभकने लगी। उसने साइकिल सँभालकर उठाई और उस पर तेज़ी से चढ़ी। फेरीवाले की तरफ़ मुँह करके बोली, 'सुअर...गधे।'

फेरीवाले ने इसका बुरा नहीं माना। वह इसका मज़ा ले रहा था।

'गधा?' उसने सवाल किया और उसकी तरफ़ देखकर दूसरी आँख मारी। 'आपने गधा देखा है?'

यह कहकर उसने अपना दायाँ हाथ उठाया और बायें हाथ से उसे पकड़कर तेज़ी से घुमाने लगा। कुसुम भयभीत हो उठी—उसका ऐसे किसी आदमी से अभी तक साबिका नहीं पड़ा था। वह तेज़ी से घर आई और अपने कमरे में घुसकर तकिये के नीचे सिर दबाकर लेट गई।

इस तरह कई घंटे वहीं पड़े-पड़े बहुत कुछ सोचती रही। उसका गुस्सा तो काफ़ूर हो गया, लेकिन फेरीवाले के हाव-भाव और मुस्कुराकर आँख मारना उसके दिमाग में जमकर बैठ गया। उसके साथ आज तक किसी ने ऐसा कुछ कभी नहीं किया था। क्या इस लड़के को वह आकर्षक लगी?

सूरज डूब गया, चाँद निकल आया और उसकी हल्की पीली रोशनी कमरे में भीतर आकर उसकी चारपाई पर पड़ने लगी। वह उस फेरीवाले के बारे में ही सोचे जा रही थी—अब उसका भाव कोमल था और उसमें हल्का पछतावा भी था। 'यही बात है', उसने अपने से कहा, 'यही बात है।'

अब वह उठी और मेज़ की दराज़ खोलकर उसके कोने में छिपाकर रखी लिपस्टिक और रूज़ का डिब्बा निकाला। डिब्बा खोलकर रूज़ अपने गालों पर धीरे-धीरे

लगाई। फिर शीशे को अपनी तरफ़ मोड़ा और लिपस्टिक लगाने के लिए अपने होंठ दबाकर आगे किये। अपने बाल खोले और झटका देकर उन्हें ढीला करने की कोशिश की। बाल उसके कंधों पर इधर-उधर बिखर गये। गमले में से एक फूल निकाला और जूड़े में लगा लिया। फिर एक कदम पीछे हटकर शीशे में अपना मुआयना करने लगी।

'शीशे, मेरे शीशे, मुझे देखो और बताओ,
हम दोनों में से कौन ज़्यादा खूबसूरत है?'

शीशे में देखते हुए बालों में फूल लगाये काली आँखों वाली एक सुन्दर सी लड़की उसकी तरफ़ देखकर मुस्कुरा रही थी–'मैं ही हूँ–और कौन?'

एक औरत की तस्वीर

मेरी दादी-माँ, और सब दादियों की तरह, बूढ़ी थीं। मैं बीस साल से उनकी ऐसी ही झुर्रियोंदार बूढ़ी काया देख रहा था। लोग कहते थे कि वह कभी युवती और सुन्दर थीं और उनका पति भी था, पर इस पर विश्वास करना कठिन था। मेरे दादा का चित्र बाहर के बड़े कमरे में दीवार पर लगा था। वे ढीले-से कपड़े पहने थे और सिर पर बड़ी पगड़ी थी। लम्बी सफ़ेद दाढ़ी सीने पर नीचे तक फैली थी और वे कम-से-कम सौ वर्ष के लगते थे। वे ऐसे नहीं लगते थे जिनके एक पत्नी और कई बच्चे भी थे। ऐसे लगते थे, जिनके ढेर सारे पोते-पोतियाँ ही हो सकते थे और दादी के बारे में तो यह विचार, कि वह कभी सुन्दर और जवान भी रही होंगी, एकदम गलत लगता था। वह अक्सर हमें बताती थीं कि बचपन में वह क्या खेला करती थीं। उनके ये विचार हमें बहुत बेहूदा और भौंडे लगते थे और हम ये बातें उनकी सुनाई देवी-देवताओं और मसीहों की कहानियों की तरह सुनकर भूल जाते थे।

उनका क़द हमेशा छोटा, शरीर मोटा और कमर झुकी-झुकी रहती थी। उनके चेहरे पर एक-दूसरे को काटती बहुत सी झुर्रियाँ थीं जो हर जगह से निकलकर हर किसी जगह तक दौड़ती नज़र आती थीं। हमारा मानना था कि वह हमेशा ऐसी ही थीं। वह बूढ़ी थीं, बहुत ज़्यादा बूढ़ी, इतनी ज़्यादा कि और बूढ़ी हो ही नहीं सकती थीं और पिछले बीस साल से ऐसी ही बनी रही थीं। वह सुन्दर तो हो ही नहीं सकती थीं, अच्छी ज़रूर लगती रही होंगी। वह झक सफ़ेद कपड़े पहने घर भर में उचक-उचककर घूमती रहती थीं, एक हाथ कमर पर रखे कि संतुलन बना रहे और दूसरे में सुमिरनी जिसे वह हमेशा जपती रहती थीं। उनके चाँदी की तरह चमकते बाल पीले,

टेढ़े-मेढ़े चेहरे पर बेतरतीब फैले होते, और होंठों से भजन बुदबुदाती रहती थीं। हाँ, वह बहुत अच्छी लगती थीं। वह पहाड़ों पर सर्दी के दृश्य की तरह थीं, चारों तरफ़ सफ़ेद बर्फ़ से ढँकी, जो शान्ति और संतोष की भावना जगाती है।

दादी माँ और मैं बहुत अच्छे मित्र थे। मेरे माता-पिता जब शहर रहने गये तो मुझे उनके पास छोड़ गये थे और हम हमेशा साथ रहते थे। वह सवेरे मुझे जगाती और स्कूल के लिए तैयार करती। मुझे नहलाते-धुलाते और कपड़े पहनाते समय वह मीठी आवाज़ में प्रार्थना इस तरह गुनगुनाती रहती, जिससे वह मुझे भी याद हो जाये। मुझे उनकी आवाज़ अच्छी लगती थी इसलिए मैं सुनता तो रहता, लेकिन मैंने याद करने की ज़हमत नहीं मोल ली। फिर वह मेरी लकड़ी की पट्टी लातीं, जिसे उसने पहले ही साफ़ करके और खड़िया से पोत कर रखा होता था, और सरकंडे की कलम और मिट्टी का बुद्दका, सब एक थैले में रखकर मुझे पकड़ा देतीं। इसके बाद हम शाम की रखी बासी रोटी पर ज़रा-सा घी और शक्कर चुपड़-कर नाश्ता करते और स्कूल के लिए चल पड़ते। वह कुछ और बासी रोटियाँ साथ रखतीं जिन्हें वह रास्ते के कुत्तों को खिलाती चलती थीं।

दादी माँ मेरे साथ हमेशा स्कूल इसलिए जाती थीं क्योंकि वह गुरुद्वारे का ही हिस्सा था। ग्रन्थी हमें वर्णमाला और सवेरे की प्रार्थना सिखाता था। हम बच्चे वरांडे में दोनों तरफ़ कतार बनाकर बैठ जाते और गाने के स्वर में वर्णमाला या प्रार्थना दोहराते रहते और दादी माँ भीतर जाकर ग्रन्थ साहब का पाठ करतीं। जब दोनों का काम पूरा हो जाता, हम एक साथ वापस घर लौटते। इस दफ़ा गाँव के कुत्ते गुरुद्वारे के दरवाज़े पर हमें मिलते। वे हमारे पीछे चलते, दादी माँ द्वारा फेंकी जाने-वाली रोटियों के लिए लड़ते-झगड़ते घर तक आते।

जब हमारे माता-पिता शहर में आराम से रहने लगे, तब उन्होंने हमें भी बुला भेजा। अब हमारी घनिष्ठता खत्म हो गई; दादी माँ का मेरे साथ स्कूल आना बन्द हो गया। मैं बस से अंग्रेज़ी स्कूल जाने लगा। यहाँ सड़कों पर कुत्ते नहीं होते थे, इसलिए दादी माँ ने घर के आँगन में पक्षियों को चुग्गा डालना शुरू कर दिया।

समय बीतने के साथ हमारा मिलना-जुलना भी कम होने लगा। कुछ दिन तक तो वह मुझे सवेरे जगाकर स्कूल जाने के लिए तैयार करती रहीं। जब मैं घर लौटता तो वह पूछतीं कि आज गुरुजी ने क्या सिखाया है? मैं उन्हें अंग्रेज़ी के शब्द बताता और पश्चिमी विज्ञान तथा शिक्षा की बातें, जैसे आकर्षण का सिद्धान्त, आर्किमिडीज़ का नियम, दुनिया गोल है, वगैरह, समझाकर बताता। लेकिन यह उन्हें अच्छा नहीं लगता था। इसमें वह मेरी बिलकुल मदद नहीं कर सकती थीं।

अंग्रेज़ी स्कूल में पढ़ाई जानेवाली ये बातें उन्हें बेकार लगती थीं और उन्हें दुःख होता कि यहाँ भगवान और धर्म के बारे में कुछ क्यों नहीं बताया जाता। एक दिन मैंने बताया कि अब हमें संगीत भी सिखाया जाने लगा है। इससे उन्हें बड़ी परेशानी हुई। उनकी दृष्टि में संगीत का मतलब भोग-विलास था। वह वेश्याओं और भिखारियों के लिए ही था और सभ्य लोग इससे दूर रहते थे। इसके बाद उन्होंने मुझसे बात करना बहुत कम कर दिया।

जब मैंने यूनिवर्सिटी में दाखिला लिया, मुझे एक अलग कमरा दे दिया गया। अब हमारा सम्बन्ध एकदम समाप्त हो गया। दादी माँ ने चुपचाप यह अलगाव स्वीकार कर लिया। अब वह हर वक्त चरखा चलाती रहतीं और किसी से बात नहीं करती थीं। सवेरे से शाम तक वह सूत काततीं और भजन गाती रहती थीं। सिर्फ़ शाम के वक्त वह थोड़ी देर के लिए उठतीं और चिड़ियों को खाना खिलातीं। वरांडे में आराम से बैठी वह रोटियों के छोटे-छोटे टुकड़े करतीं, उन्हें चिड़ियों को डालती रहतीं और चिड़ियों का झुंड उनके इधर-उधर-चूँ-चूँ करता खाता और उड़ता रहता। कई चिड़ियाँ उनके कंधों पर, हाथ और पैरों पर और सिर पर भी बैठकर खातीं और चोंचे मारतीं, लेकिन वह उन्हें उड़ाती नहीं थीं बल्कि मुस्कुराकर रह जाती थीं। उनके लिए दिन का सबसे सुखी समय यही आधा घंटा होता था।

जब मैं उच्च शिक्षा के लिए विदेश जाने लगा, तब मैंने सोचा कि दादी माँ इससे बहुत दुखी होंगी। मुझे पाँच साल बाहर रहना था और इस बीच पता नहीं क्या हो जाये। लेकिन दादी माँ ज्यों की त्यों रहीं। उन्होंने कोई दुःख नहीं प्रकट किया। वे स्टेशन मुझे छोड़ने आईं और धीरे-धीरे प्रार्थना करती रहीं। उनके हाथ में माला थी, जिसे वह चुपचाप जपती रहीं। उन्होंने मेरा माथा चूमा और जब मैं चलने लगा तो मुझे लगा कि उनका यह चुंबन मेरे लिए कितना कीमती है।

लेकिन मैं जो सोचता था, वह नहीं हुआ। पाँच साल बाद जब मैं वापस लौटा, तो वह मुझे लेने स्टेशन आईं। वे उतनी ही बूढ़ी लग रही थीं, जितनी मेरे जाने के दिन थीं, उससे एक दिन भी ज़्यादा नहीं। उन्होंने कुछ कहा नहीं और मुझे अपनी बाँहों में भर लिया—उनकी प्रार्थना मेरे कानों में पड़ रही थी। लौटने के बाद पहले दिन भी मैंने देखा कि वह उसी तरह चिड़ियों को खाना खिलातीं उनसे हल्की-फुल्की बातें करती वैसी ही खुश हैं।

शाम को उनमें एक परिवर्तन दिखाई दिया।

आज उन्होंने प्रार्थना नहीं की। अपने पड़ोस की औरतों को इकट्ठा किया, एक ढोलक ली और उसे बजा-बजाकर ज़ोर-ज़ोर से गाना शुरू किया। कई घंटे

वह इस पुरानी ढोलक पर गाती-बजाती योद्धाओं की घर-वापसी के गीत गाती रहीं। हमें उन्हें समझाकर रोकना पड़ा कि इससे उनका तनाव बढ़ेगा। मैंने पहली बार देखा कि उन्होंने हमेशा की तरह प्रार्थना नहीं की।

दूसरे दिन सवेरे उन्हें बुखार चढ़ आया। डॉक्टर बुलाया गया तो उसने देखकर कहा कि कोई खास बात नहीं है, बुखार उतर जायेगा। लेकिन दादी माँ ने कुछ और ही कहा। कहने लगीं कि अब उनका अन्त निकट है। उन्होंने कहा कि कई घंटे से प्रार्थना नहीं की है इसलिए अब वह किसी से बात नहीं करेंगी, बल्कि सारा समय प्रार्थना में ही बितायेंगी।

हमने इसका विरोध किया। लेकिन हमारी बातों को नज़रंदाज़ करके वह शान्तिपूर्वक खाट पर लेटी चुपचाप सुमिरन फेरती प्रार्थना करती रहीं। हमारी उम्मीद से पहले ही उनके होंठ अचानक बन्द हो गये, सुमिरनी हाथ से गिर पड़ी और आँखें बन्द हो गईं। उनका चेहरा हल्का पीला पड़ गया और हम समझ गये कि वह नहीं रही हैं।

हमने उन्हें बिस्तर से उठाया और जैसी प्रथा है, धरती पर रख दिया और उनके शरीर पर एक कपड़ा डाल दिया। कुछ घंटे शोक मनाने के बाद हम उनके दाह-संस्कार की तैयारी करने लगे।

शाम हुई तो हम लकड़ी की एक टिकटी लेकर उनके कमरे में गये। सूरज डूब रहा था और उसकी सुनहरी रोशनी वरांडे तक फैली हुई थी। हमने देखा कि पूरे वरांडे और कमरे में जहाँ उनका शव रखा था, हज़ारों चिड़ियाँ चारों तरफ़ बैठी हैं। वे सब एकदम चुप थीं। मेरी माँ उनके लिए रोटियाँ लेकर आईं और जिस तरह दादी माँ उनके टुकड़े-टुकड़े करके उनके सामने डालती थीं, उसी तरह वह भी करने लगीं। लेकिन चिड़ियों ने उन पर ध्यान नहीं दिया। जब हम दादी माँ की अरथी उठाकर बाहर लाये, तब वे चुपचाप उड़ गईं।

दूसरे दिन सवेरे भंगी ने रोटी के वे टुकड़े इकट्ठा किये और कूड़ेदान में डाल दिये।

विष्णु का तिलक

'यह काले नाग के लिए है,' गंगा राम ने कटोरी में दूध डालते हुए कहा। 'हर रात मैं यहाँ इस छेद के पास इसे रख जाता हूँ और सवेरे यह खत्म हुआ मिलता है।'

'बिल्ली पी जाती होगी,' बच्चों ने कहा।

'बिल्ली!' गंगा राम ने चिढ़ते हुए कहा। 'बिल्ली तो इस छेद के पास आती ही नहीं। यहाँ काले नाग की बाँबी है। जब तक मैं उसे दूध पिलाता हूँ, वह घर में किसी को काटेगा नहीं। तुम लोग नंगे पैर कहीं भी आ-जा सकते हो या खेल-कूद सकते हो।'

लेकिन हमें गंगा राम की यह बात समझ में नहीं आई।

'तुम तो बेवकूफ ब्राह्मण हो,' मैं बोला। 'जानते नहीं कि साँप दूध नहीं पीते? और भर कटोरा दूध तो कोई पी भी नहीं सकता। टीचर ने हमें बताया था कि साँप कई दिन में सिर्फ़ एक बार खाता है। हमने एक साँप घास में देखा था जो एक मेंढक खा रहा था। वह उसके गले में गुब्बारे की तरह फूल रहा था और उसे पूरी तरह खाने में उसे कई दिन लगे थे। हमारी लैब में स्पिरिट में बन्द ऐसे दर्जनों साँप हैं और पिछले महीने हमारे टीचर ने एक सपेरे से ऐसा साँप खरीदा था जिसके दो सिर थे और जो दोनों तरफ़ दौड़ सकता था। दूसरा सिर पूँछ से लगा था, जिसमें दो आँखें भी थीं और जब उसे जार में रखा गया, तब तो तमाशा देखने लायक था। लैब में कोई खाली जार नहीं था, इसलिए टीचर ने उसे उस जार में रख दिया जिसमें पहले से एक साँप बन्द था। उसने चिमटी से कस कर साँप को पकड़ा और जार में डालकर उसका ढक्कन एकदम बन्द कर दिया। फिर तो उसमें तूफ़ान ही आ गया और साँप घूम-घूमकर पहले वाले साँप को मारता

और उसे तब तक खाता रहा, जब तक वह पूरी तरह खत्म नहीं हो गया।'

यह सुनकर गंगा राम ने डर कर आँखें बन्द कर लीं और बड़बड़ाने लगा, 'तुम्हें इसका दंड भुगतना पड़ेगा, किसी-न-किसी दिन ज़रूर...।'

गंगा राम से बहस करना बेमानी था। सब धर्म को मानने वाले हिन्दुओं की तरह वह भी ब्रह्मा, विष्णु और महेश नामक तीन देवताओं को मानता था—पहला जनक, दूसरा पालक और तीसरा विनाशक। इन तीनों में से भी वह विष्णु का सबसे ज़्यादा भक्त था। हर सवेरे वह देवता के सम्मान में अपने माथे पर चंदन से खड़े आकार का तिलक लगाता। ब्राह्मण होते हुए भी वह निरक्षर था और अंधविश्वासों को सच मानता था। उसके लिए सब प्राणी पवित्र थे, फिर भले ही वह साँप हो या बिच्छू। जब भी कोई दिखाई देता, वह उसे हटा देता, जिससे उसकी हत्या न हो जाये। हमारे बैडमिंटन के रैकट से जो भी कीड़े-मकोड़े चोट खाकर इधर-उधर गिरते, उन्हें वह सावधानी से उठाकर उनको ठीक करने की कोशिश करता। कई दफ़ा ये उसे काट भी लेते। लेकिन उसके विश्वास में कमी नहीं आती थी। जानवर जितना ज़्यादा खतरनाक होता, उतना ही ज़्यादा वह उस पर ध्यान देता। इसीलिए वह साँपों की सबसे ज़्यादा इज़्ज़त करता था, विशेषकर कोबरा, यानी काले नाग की।

'हमें तुम्हारा काला नाग फिर दिखाई दिया तो हम उसे मार डालेंगे।'

'मैं तुम्हें यह करने नहीं दूँगा। इसने सौ अंडे दिये हैं और इसे मार डालोगे तो ये सब अंडे कोबरे बन जायेंगे और घर भर में फैल जायेंगे। तब फिर तुम क्या करोगे?'

'हम उन सबको पकड़ लेंगे और बंबई भेज देंगे। वहाँ इनका दूध निकालते हैं और उससे ज़हर मारने की दवा बनाते हैं। एक कोबरे के दो रुपए देते हैं। पूरे दो सौ रुपए बन जायेंगे।'

'तुम्हारे डॉक्टरों के थन होते होंगे, इन साँपों के नहीं होते और इसे छेड़ना मत—यह फनिया है, बड़े फन वाला। मैंने देखा है। तीन हाथ लम्बा है और झूमता कैसे है...,' यह कहकर गंगा राम ने अपनी हथेलियों का फन बनाया और सिर घुमाना शुरू कर दिया। 'कभी देखना, सूरज की रोशनी में जब यह आराम करता है।'

'अब तुम्हारा झूठ पकड़ा गया। फनिया साँप मर्द होता है और मर्द अंडे नहीं देता। ये अंडे खुद तुमने ही दिये होंगे।'

सब लोग यह सुनकर हँस पड़े।

'ज़रूर ये अंडे गंगा राम के दिये हैं। अब सौ गंगा राम पैदा हो जायेंगे।'

गंगा राम हार गया। घर के नौकरों की यही इज़्ज़त होती है कि हमेशा उनका मज़ाक उड़ाया जाता है। लेकिन घर के इतने छोटे बच्चे इस तरह चिढ़ायें तो यह गंगा राम की सहनशक्ति के बाहर था। ये सब इसी तरह अपने नये-नये विचारों से हमेशा उसकी खिल्ली उड़ाया करते थे। इन्होंने कोई धर्मग्रन्थ नहीं पढ़ा था। न महात्मा गाँधी के अहिंसा के बारे में विचार सुने थे। ये सिर्फ़ गुलेल से चिड़ियाँ मारते-फिरते थे या स्प्रिट में रखे साँपों के बारे में जानते थे। लेकिन गंगा राम तो जीवन की पवित्रता पर ही विश्वास रखता था और साँपों की इसीलिए रक्षा करता था, क्योंकि वे ईश्वर की इस धरती पर बनाई कृतियों में सबसे ज़्यादा खतरनाक हैं। आप उन्हें मारने की जगह उनकी रक्षा करें, तो इससे ही आपका विचार सिद्ध होता है।

लेकिन वह विचार क्या था जो गंगा राम सिद्ध करना चाहता था, इसके बारे में गंगा राम खुद ज़्यादा स्पष्ट नहीं था। वह यही जानता था कि शाम को वह यहाँ कटोराभर दूध रख जाता है, और सवेरे उसे कटोरा खाली मिलता है—इससे सब कुछ सिद्ध हो जाता था।

एक दिन हमें काला नाग दिखाई दिया। बरसातें ज़ोर-शोर से शुरू हो गई थीं और सारी रात पानी झमाझम बरसता रहा था। पिछले दिनों की सख्त गर्मी में जो धरती सूखकर पपड़ी बन गई थी, वह अब पानी पीकर जीवित हो उठी और कई जगह गड्ढों में मेंढकों की आवाज़ें सुनाई देने लगीं। सारी ज़मीन कीचड़ बन गई और उसमें तरह-तरह के कीड़े-मकोड़े पनपने लगे। घास भी निकलने लगी और केले के पत्ते चिकने होकर चमकने लगे। काले नाग की बाँबी में पानी भर गया। वह बाहर निकलकर खुली घास में आ बैठा। उसका काला बड़ा फन सूरज की रोशनी में चमक रहा था—करीब छह फीट लम्बा और हमारी बाँह की तरह मोटा और माँसदार।

'किंग कोबरा लगता है। चलो, पकड़ें।'

काले नाग के लिए बचना आसान नहीं था। ज़मीन चिकनी थी और हर जगह गड्ढे बन गये थे जिनमें पानी भरा था। गंगा राम भी घर पर नहीं था, जो उसकी मदद करता।

हम सब लम्बे-लम्बे बाँस लेकर उसके चारों तरफ़ खड़े हो गये—वह हमले के लिए तैयार भी नहीं हो पाया था। जब उसने हमें देखा तो उसकी आँखें आग की तरह जल उठीं और वह घूम-घूमकर फुंकारें मारता आगे बढ़ने लगा। पाँच गज़

चला होगा कि एक लाठी उसके बीचोंबीच पड़ी जिससे उसकी पीठ टूट गई। डंडे बरसते रहे और उसका सारा शरीर टूट-फूटकर जेली की तरह बिखरने लगा और सारी कीचड़ उसके खून से लथपथ हो उठी। लेकिन उसका सिर सही-सलामत था।

हमने एक लम्बा बाँस उसके पेट में जमाकर उसे ऊपर उठाया और बड़ी सावधानी से उसे एक बड़े बिस्कुट के डिब्बे में डालकर ऊपर से ढक्कन बन्द कर दिया और फिर मोटी सुतली से डिब्बा कसकर बाँध दिया। फिर वह डिब्बा अपने पलँग के नीचे छिपाकर रख दिया।

रात होने लगी तो मैंने गंगा राम के चक्कर लगाना शुरू किया कि वह कटोरे में दूध लेकर बाँबी के पास जाये। 'आज तुम काले नाग के लिए दूध नहीं रखोगे?'

'हाँ, क्यों नहीं रखूँगा, तुम जाकर सोओ,' उसने चिड़चिड़ाकर कहा।

वह इस बारे में ज़्यादा बात नहीं करना चाहता था।

'अब उसे दूध की ज़रूरत नहीं पड़ेगी।'

गंगा राम यह सुनकर ठिठका, 'क्यों?'

'अरे, कुछ नहीं। वहाँ बहुत से मेंढक भी हैं।

'उनका स्वाद ज़्यादा अच्छा है। तुम दूध में चीनी तो डालते ही नहीं।'

दूसरे दिन सुबह गंगा राम दूध से उसी तरह भरा कटोरा लेकर लौट आया। उसे कुछ शक होने लगा था।

'मैंने कहा था न कि साँपों को दूध से ज़्यादा मेंढक पसन्द आते हैं।'

हमने कपड़े बदले और नाश्ता किया, तो गंगा राम हमारे आगे-पीछे ही लगा रहा। स्कूल की बस आई तो हम डिब्बा लेकर उसमें चढ़ गये। बस चली तो हमने डिब्बा गंगा राम को दिखाया।

'इसमें है तुम्हारा काला नाग। बक्से में आराम कर रहा है। हम इसे स्प्रिट में रखने जा रहे हैं।'

हम उसे भौंचक्का खड़ा देखते हुए स्कूल चले गये। स्कूल में एकदम शोर मच गया। हम चार भाई अपनी कड़ाई के लिए मशहूर थे। एक बार फिर हमने यह सिद्ध कर दिया था।

'किंग कोबरा।'

'छह फीट लम्बा।'

'फनिया।'

वह डिब्बा हमने साइंस के टीचर को भेंट कर दिया। वह मेज़ पर सामने रखा था और हम इन्तज़ार करने लगे कि वह इसे खोलें और हमारे काम की तारीफ़

करें। लेकिन टीचर ने ज़्यादा दिलचस्पी नहीं दिखाई और हमें नये सवाल हल करने के लिए दे दिये। फिर वह अपनी चिमटी लाया और एक जार खोलकर उसमें कुंडली मारकर पड़े एक साँप को देखने लगा। फिर उसने धीरे-धीरे डिब्बे का ढक्कन खोलना शुरू किया।

उसके ऊपर बँधी सुतली जैसे ही ढीली पड़ी, ढक्कन एकदम खुलकर टीचर की नाक से टकराने को हुआ। उसके भीतर से काला नाग फन उठाकर बाहर निकला और फुंकारने लगा। उसकी आँखें लाल थीं और वह टीचर के मुँह की तरफ़ लपका। टीचर ने उसे पीछे धकेला और कुर्सी के पीछे लुढ़क गया। डर के मारे उसकी घिग्गी बँध गई और वह साँप को घूरने लगा। सब लड़के कुर्सियाँ छोड़कर उठे और चीखने-चिल्लाने लगे।

काले नाग ने सिर उठाकर चारों तरफ़ का मुआयना किया और जीभ बाहर निकालकर चलानी शुरू की। फिर उसने ज़मीन पर थूका और आज़ाद होने के लिए भाग चला। डिब्बे में से वह ज़ोर से ज़मीन पर गिरा। उसकी पीठ पर जगह-जगह घाव थे, लगता था, उसे भी बड़ा कष्ट हो रहा है, लेकिन किसी तरह वह दरवाज़े तक जा पहुँचा। यहाँ आकर वह रुका और फिर से अपना फन फैलाया, जैसे अगले खतरे की तैयारी कर रहा हो।

कक्षा के बाहर गंगा राम हाथ में दूध का कटोरा और जग पकड़े खड़ा था। उसने काले नाग को अपनी तरफ़ आते देखा तो वह घुटनों के बल बैठ गया और कटोरे में दूध डालकर उसके सामने रखने लगा। फिर दोनों हाथ जोड़कर उसके सामने खड़े होकर जैसे क्षमा माँगने लगा। काला नाग क्रोध में था और उसने लपक-लपककर गंगा राम पर चारों तरफ़ से फन मारना शुरू कर दिया। इसके बाद वह धीरे-धीरे दरवाज़े से बाहर निकलकर नाली में घुस गया।

गंगा राम दोनों हाथों से मुँह पकड़े ज़मीन पर ढेर हो गया। वह कष्ट से तड़प रहा था। ज़हर ने उसे एकदम अंधा कर दिया। कुछ ही मिनट में उसका शरीर नीला पड़ने लगा और मुँह से झाग निकलने लगे। माथे पर खून की बूँदें झलक रही थीं। टीचर ने रूमाल से उसे पोंछा, तो नीचे विष्णु का तिलक दिखाई दिया जिस पर काले नाग ने बार-बार फन मारे थे।

ईश्वर की आवाज़

भम्बा कलाँ और भम्बा खुर्द दो छोटे से गाँव हैं, जिनके बीच आधे मील से ज़्यादा की दूरी नहीं है और सच्चाई यह भी है कि दोनों के बीच बिखरी हुई घास-फूस और मिट्टी की झोपड़ियाँ, सैयद बुल्ले शाह की मज़ार और मिशन स्कूल एक-दूसरे को इस तरह जोड़ भी देते हैं कि दोनों गाँवों को भम्बा ही कहा जाने लगा है।

गाँव में ज़्यादातर सिख किसान ही बसते हैं जो सारी ज़मीन के मालिक भी हैं। मुसलमान लोग इन सिख मालिकों की ज़मीन जोतते हैं, या कुम्हार और बुनकर के रूप में रोज़ी-रोटी कमाते हैं। कुछ ईसाई भी हैं जो गाँव के सिरे पर टूटी-फूटी झोंपड़ियों में रहते हैं और सफ़ाई वगैरह के काम करते हैं। इनके अलावा हिन्दू दुकानदार हैं—जो तेल, साबुन, नमक, मसाले, कपड़े, कैंची, शीशे और जापानी खिलौने बेचते हैं।

भम्बा में कोई महत्त्वपूर्ण बात कभी नहीं होती। साल में एक बार सैयद बुल्ले शाह की मज़ार पर मेला लगता है—जिसमें पड़ोसी गाँवों के लोग—मुसलमान, हिन्दू और सिख सब—बड़ी तादाद में आते हैं। उनकी औरतें मज़ार पर चीज़ें चढ़ाकर मन्नत माँगती हैं कि उनकी कोख में बच्चा आये। साल में एक दफ़ा यहाँ के सिख कंधे पर लम्बी तलवार बाँधकर अमृतसर जाते हैं। इनके अलावा कभी-कभी गाँव में पुलिस आती है, जिससे लोगों में उत्तेजना पैदा होती है। किसी ने शराब के नशे में दूसरे की गर्दन उड़ा दी; कोई किसी की औरत या बेटी को लेकर भाग गया, या किसी ने गैर-कानूनी ढंग से शराब बनाई—तो पुलिस का चक्कर लगता है। लेकिन कभी-कभी किसी ने कुछ नहीं किया, तो भी पुलिस अवैध शराब पीने और अंडा-मुर्गी खाने आ जाती है। जो लोग उनका स्वागत-सत्कार नहीं करते, उनके घरों से पुलिस

हथियार, शराब या अफ़ीम बरामद करके उन्हें जेल में डाल देती है—इस तरह वे स्वागत करना सीख जाते हैं।

इन बातों के अलावा भम्बा में कभी कोई परिवर्तन नज़र नहीं आता। सवेरे घरों के मर्द खेतों पर काम करने चले जाते हैं, लड़के पशुओं को चराने ले जाते हैं और औरतें धान कूटती, खाना पकाती या सूत कातती हैं। दोपहर के बाद सब आराम करते हैं। आटे की मिल चलने लगती है। इसमें डीज़ल का इंजन लगा है, जिसका धुआँ छत पर खड़े पाइप से आसमान में निकलता है। पाइप के सिरे पर एक मिट्टी का घड़ा लगा है जिससे धुआँ निकलते समय धक-धक की तेज़ आवाज़ें होती हैं—जो मीलों दूर तक सुनाई पड़ती हैं। इस पार्श्व संगीत के साये में लोग आराम और गप-शप करते हैं।

बसंत की एक शाम भम्बा के लोग सूरज की हल्की गर्मी में छोटे-छोटे दल बनाये बेमतलब की बातें करने में लगे थे। ज़मीन पर उकड़ूँ बैठे, मिट्टी की दीवारों को निहारते वे मिल की धक-धक भी सुनने में लगे थे। उनसे कुछ दूर औरतें अपनी खाटों पर बैठीं एक-दूसरे की खोपड़ियों में घी की मालिश करने में लगी थीं। फ़सल बहुत अच्छी होने जा रही थी और दूर-दूर तक फैले हरी-पीली सरसों के खेत शान्ति और समृद्धि का सन्देश दे रहे थे।

अचानक सारा गाँव हरकत में आ गया। बच्चे गलियों में शोर मचाते दौड़ने लगे। एक मोटरगाड़ी धूल उड़ाती रास्ते पर आई और गाँव के बीचोंबीच आकर रुक गई। यह भूरे रंग की स्टेशन वैगन थी और उसमें पाँच-छह लोग बैठे थे। गाड़ी ज़ोर-ज़ोर से भोंपू बजाती आई जो बच्चों को बहुत अच्छा लग रहा था। वे उसके पीछे दौड़े और पीछे के बंपर पर चढ़ने लगे। गाँव भर के कुत्ते भी इकट्ठे हो गये और गाड़ी के इर्द-गिर्द चक्कर लगाते भूँकने लगे। गाड़ी जब बड़ी चौपाल पर पहुँचकर रुकी, तब इतनी धूल उड़ी कि सारा आसमान उससे भर गया।

थोड़ी देर बाद जब धूल थमी तब गाड़ी में बैठे लोग नाक पर रूमाल लगाये बाहर निकले। सबसे आगे था अंग्रेज़ डिप्टी कमिश्नर मिस्टर फोर्साइथ, छोटे क़द का मोटा-सा आदमी जिसके सिर पर सोला टोप लगा था—उसकी पट्टी साहब की ठोड़ी से कसकर बँधी थी। उसके साथ थे दो सिपाही, गाड़ी का ड्राइवर और सरदार गंडा सिंह, ऑनरेरी मजिस्ट्रेट, जो बड़ा ज़मींदार भी था और बगल के गाँव गंडा सिंह वाला का मालिक था।

इन्हें देखकर गाँव के ज़ैलदार और तीनों लम्बरदार भीड़ से निकलकर बाहर आये और अंग्रेज़ अफ़सर के सामने लम्बे-लम्बे सलाम बजाने लगे। साहब भम्बा

में पहले कभी नहीं आया था। क्या वजह थी कि यह ग़रीब परवर, शाहों का शहंशाह, दयानतदार अंग्रेज़ आज यहाँ आया था?

डिप्टी कमिश्नर मुस्कुराया और ज़ैलदार के घर की तरफ़ चला। वहाँ पहुँचकर वह बेंत की बनी एक खुली हुई कुर्सी पर बैठा, और उसका साथी, सरदार गंडा सिंह, उसी के बगल में रखी एक लोहे की कुर्सी पर जमकर बैठ गया। गाँववाले चारों तरफ़ आकर खड़े हो गये और उनके आने पर खुशी ज़ाहिर करने लगे।

फोर्साइथ ने सोला टोप उतारा जिसके नीचे उसकी गंजी गुलाबी खोपड़ी चमकने लगी। फिर उसने रूमाल निकालकर माथे का पसीना पोंछा और हाव-भाव से यह ज़ाहिर किया कि वह कुछ कहना चाहता है। शान्ति छा गई। लेकिन वह पसीना पोंछने में ही लगा रहा, जिससे लोगों की उत्सुकता बढ़ने लगी। फिर उसने गंडा सिंह का ज़ोरदार शब्दों में परिचय दिया।

दरअसल गंडा सिंह को परिचय की ज़रूरत ही नहीं थी। जिले का हर आदमी उसे जानता था। वह अंग्रेज़ सरकार की मदद करता था जिसके बदले में उसे ज़मीनें, उपाधियाँ और मजिस्ट्रेसी प्राप्त हुई थी। वह ठगों का जाना-माना सरदार था। उसके लोग निडर होकर डाके मारते और लूटी हुई रकम से पुलिस को हिस्सा देते थे। उसकी शराब बनाने की मशीनें खुलेआम काम करतीं और आबकारी के कर्मचारी भी गोबर के बड़े-बड़े ढेलों में सड़ाकर और भपकों में पकाकर बनाई जाने वाली तरह-तरह की शराब का मुफ्त स्वाद लेते। गंडा सिंह इस मामले में कंजूसी नहीं करता था। शराबों के साथ खाना भी होता था। कुछ खास लोगों को वह लड़कियाँ भी देता था जो इस तरह कुमारी और अजान बनाकर पेश की जातीं, जिनसे वासना एकदम जाग उठती थी।

गंडा सिंह से जिले का हर आदमी नफ़रत करता था और वह यह जानता भी था। वह जहाँ भी जाता, दो हथियारबन्द सिपाही उसके साथ रहते। उसके गले में काले चमड़े की एक पट्टी नीचे कमर तक लटकी रहती थी जिसमें कारतूस खुसे होते थे और नीचे जुड़ी एक थैली में गोलियों से भरा रिवॉल्वर बन्द रहता था। ज़िले का हर आदमी उसे जानता था। उसकी तुर्रेदार पगड़ी का एक सिरा उसके सिर के ऊपर चिड़िया की कलगी की तरह खड़ा होता और दूसरा गर्दन के पीछे लटकता नज़र आता था। उसकी आँखों में सुर्मा चमकता होता, करीने से कतरी और तेल से चुपड़ी काली दाढ़ी उसकी वासना की स्पष्ट सूचना देती थी। वह खासा लम्बा और मोटा था। वह सफ़ेद रंग की लम्बी कमीज़ पहने था जिसके नीचे बड़ा-सा पंजाबी पाजामा और उसमें बँधा नीली सिल्क का नाड़ा बाहर से साफ़ दिखाई देता

था। पैरों में काले रंग के पंप शू थे जो चलने पर चर्र-चर्र की आवाज़ करते थे।

फोर्साइथ ने गंडा सिंह की प्रशंसा की और कहा कि ज़िला उस पर गर्व करता है। उसे यह जानकर अच्छा लगा कि गंडा सिंह पंजाब एसेम्बली के लिए चुनाव लड़ना चाहता है। उसने कहा कि सिख नेताओं ने उसे इस पद के उपयुक्त माना है और सरकार भी उसका समर्थन करती है।

यह सुनते ही लोगों की आपस में खुसर-फुसर शुरू हो गई, लेकिन फोर्साइथ ने कोई ध्यान नहीं दिया। उसने भीड़ को जैसे एक तरफ़ करके ज़ैलदार और लम्बरदारों के साथ लगान वगैरह की बात शुरू कर दी।

फोर्साइथ एक लम्बरदार से बातें करने में लगा था, तब गंडा सिंह दो लम्बरदारों को कन्धे पर हाथ डालकर अलग ले गया। उसने कहा कि साहब उस पर बहुत मेहरबान हैं और लम्बरदार जो भी चाहेंगे, उनके लिए करेंगे। एक लम्बरदार को बन्दूक का लायसेंस चाहिये था। दूसरे का नाम, सेशन्स कोर्ट में अहलकारी के लिए भेजा गया था, जो उसे दे दिया जाता। तीसरे का भतीजा आबकारी कानून के तहत पकड़ा गया था और उस पर मुक़दमा चल रहा था। क्या साहब मजिस्ट्रेट को यह इशारा कर देंगे कि यह उनका अपना आदमी है। गंडा सिंह ने ये सब बातें अपनी डायरी में नोट कर लीं और उनसे वादा लिया कि उसके पक्ष में सौ फ़ीसदी मतदान होना चाहिये। उसने कहा कि यह सिख किसानों की इज़्ज़त का सवाल है। इसके अलावा उसकी अपनी उपजाति वही है जो यहाँ के और सिखों की है। उसका विरोधी उम्मीदवार, जो राष्ट्रवादी है, वह किसान भी नहीं है। वह शहर में रहता है और पेशे से वकील है। किसान दल का उम्मीदवार भी उन्हीं का है पर उसका कोई धर्म ही नहीं है। इसके अलावा सरकार हमेशा उसके खिलाफ़ रही है और सुरक्षा कारणों से कई दफ़ा उसे जेल भी भेज चुकी है।

फोर्साइथ और गंडा सिंह का दल शाम को वापस लौट गया। उनकी भम्बा गाँव की यात्रा यहाँ के शान्त जल में पत्थर फेंकने की तरह थी जिसकी लहरें कई दिन तक उठती-गिरती रहीं। भम्बा की शान्ति काफ़ी समय के लिए भंग हो गई थी।

दूसरे दिन गाँववाले फिर उसी तरह चौपालों में बैठे मिल के इंजन की कू-कू सुनते हुए फोर्साइथ साहब की बातें कर रहे थे, उन्हें बच्चों का शोर और कुत्तों के भूंकने की आवाज़ें सुनाई देने लगीं। इस दफ़ा एक पीले रंग की लॉरी प्रकट हुई जिसकी छत पर लाउडस्पीकर लगा था। नीचे मडगार्ड के दोनों तरफ़ मोटे-मोटे बाँस लगे थे। जिन पर नेशनलिस्ट पार्टी के झण्डे लहरा रहे थे।

लॉरी गाँव के बीचोंबीच आकर खड़ी हो गई। चारों तरफ़ उड़ती धूल धीरे-धीरे थमी और भीतर बैठे लोग बाहर निकलने लगे, तभी लाउडस्पीकर में आवाज़ आनी शुरू हो गई। एक आदमी ने खाँसकर कहना शुरू किया—

'भम्बा के लोगो, आपको पता है कि एसेम्बली के चुनाव होने वाले हैं? चुनावों में आपका कर्तव्य क्या है, यह आपको पता है? अपना वोट नेशनलिस्ट उम्मीदवार एडवोकेट करतार सिंह को दीजिए।'

इसके बाद वह कुछ देर के लिए रुका। फिर उसने ज़ोर से करतार सिंह का नाम लिया और दर्जन भर आवाज़ों ने नारा लगाया—'ज़िन्दाबाद।' ये नारे कई दफ़ा इतने ज़ोर-शोर से लगाये गये कि कुत्ते अपनी पूँछें पैरों के बीच दबाकर वहाँ से खिसक गये।

अब करतार सिंह सामने की सीट से उठकर बाहर आया। पीछे की सीटों पर बैठे दर्जन भर लड़के सफ़ेद गाँधी टोपियाँ और खादी के कुर्ते-धोतियाँ पहने बाहर निकले। उनके हाथों में पोस्टरों के बंडल थे।

करतार सिंह भम्बा गाँव पहली दफ़ा आया था लेकिन कुछ गाँववाले उसे जानते थे। उन्होंने ज़बर्दस्त फीसें देकर उससे अपने फ़ौजदारी मुकदमों की पैरवी कराई थी। लेकिन उनके लिए भी इस समय उसे पहचान पाना मुश्किल हो रहा था। उन्होंने उसे पहले काले कोट और कोट-पैंट में देखा था, लेकिन अब वह लम्बी कमीज़ और सलवार पहने था।

करतार सिंह और उसका एक काला, मोटा-सा, उसी जैसे कपड़े पहने साथी तेज़ी से ज़ैलदार के घर की तरफ़ चले और दूसरे लोगों ने गाँव में पोस्टर लगाने शुरू कर दिये। ज़ैलदार के घर का दरवाज़ा बन्द था और वह कहीं भी नज़र नहीं आ रहा था। गाँववालों ने कहा कि जब लॉरी यहाँ आई, तब वह यहीं था और शायद मेहमानों की ख़ातिर की तैयारी करने गया होगा। तभी घर के भीतर से ज़ैलदार का छोटा बेटा निकलकर आया और कहने लगा कि उसके पिता शौच को गये हैं। गाँववाले यह सुनकर मुस्कुराये और लॉरी के इर्द-गिर्द आकर खड़े हो गये। करतार सिंह और उसका साथी लॉरी की छत पर चढ़ गये और माइक्रोफ़ोन उन्हें पकड़ा दिया गया।

करतार सिंह ने अपने साथी का परिचय कराया कि उनका नाम सेठ सुखटनकर है। वे नेशनलिस्ट पार्टी के मशहूर नेता हैं और पंजाब एसेम्बली में निर्विरोध चुनकर आये थे। बड़े पैसेवाले और करोड़पति हैं। कई कपड़ा मिलों के मालिक हैं। इन्होंने विदेशी कपड़ों के बहिष्कार के दिनों में यह सम्पत्ति अर्जित की। लड़ाई के पाँच

सालों में इनकी दौलत में बेहद बढ़त हुई है। इनको सरकार से कोई सहानुभूति नहीं थी इसलिए इन्होंने खुले मन से काला-बाज़ारी का लेन-देन किया। लोग भूखों मर रहे थे और उनके बदन पर कपड़ा नहीं था, लेकिन आपने गल्ले के बोरों पर बोरे गोदामों में छिपा लिये। फिर ये सब भारी दामों पर बेचे। आप अंग्रेज़ों के ज़बर्दस्त विरोधी हैं। आप चाहते हैं कि सब हिन्दुस्तानी एक हो जायें। करतार सिंह के भाषण का खास मुद्दा यह था कि अगर चालीस करोड़ हिन्दुस्तानी थूक भी दें, तो उससे ही इतना बड़ा तालाब बन जायेगा जिसमें यहाँ रह रहे सारे अंग्रेज़ डूबकर मर जायेंगे। लेकिन पता नहीं क्यों, यह करने की स्थिति बन नहीं पा रही। सेठ साहब समाजवाद के भी घोर विरोधी हैं। समाजवादी देशद्रोही हैं। उन्होंने इनकी मिलों में हड़तालें करवाईं, और वह भी उस वक्त जब ये सारी विदेशी चीज़ों को भारत से निकालकर उनकी जगह सस्ती, देसी चीज़ों से भर देते। ये लोग विदेशियों के एजेंट हैं।

इसके बाद करतार सिंह ने अपने बारे में बोलना शुरू किया। वे गंडा सिंह को अच्छी तरह जानते हैं। जो आदमी शराब पीता है और अपनी दाढ़ी कतरता है, उसे किसी को वोट नहीं देना चाहिये। उसने किसान पार्टी के खिलाफ़ भी प्रचार किया और कहा कि जिन लोगों का कोई धर्म और नियम नहीं है और जो सबकी दौलत में हिस्सा बँटाना चाहते हैं, जिसमें औरतें बाँटना भी शामिल है, उनसे तो दूर रहना ही बेहतर है।

सेठ सुखटनकर की पार्टी जैसे आई थी, उसी तरह धूल के बादल उड़ाती और करतार सिंह के लिए 'ज़िन्दाबाद' के नारे लगाती वापस चली गई।

अब हर रोज़ भम्बा में लोग भाषण देने के लिए आने लगे। गंडा सिंह की प्राइवेट ज़िन्दगी अब प्राइवेट नहीं रही। 'लेकिन इससे क्या हुआ,' गंडा सिंह के समर्थक कहते। 'वह किसान है और कौन किसान नहीं पीता।' वह शहर में वकील था और हिन्दू व्यापारी उसके पीछे थे। सेठ सुखटनकर ने भी तो लम्बरदारों से यही कहा है कि अगर वे उनकी पार्टी का समर्थन करेंगे, तो उन्हें पैसा दिया जायेगा। यह लॉरी, पोस्टर और लाउड-स्पीकर का पैसा आखिर कहाँ से आता है? करतार सिंह को तो वकालत से ज़्यादा मिलता ही नहीं है।

इन दोनों की आपसी तू-तू मैं-मैं के बावजूद गाँववालों ने तय किया कि किसान पार्टी को वोट नहीं दिया जायेगा। लेकिन किसान दल का कोई नेता अभी तक भम्बा प्रचार करने आया ही नहीं था और गाँववाले भगवान को ना मानने वाले और अनैतिक देशद्रोहियों को देखने का बेसब्री से इन्तज़ार कर रहे थे।

फिर बसंत की एक शाम को, इस मौसम की और दूसरी शामों की तरह गाँववाले बेमतलब की बातें करते हुए धूप खा रहे थे, किसान नेता भी आ गया। गाँव के लड़कों ने या कुत्तों ने शोर मचाकर और भौंककर उसका स्वागत नहीं किया, क्योंकि किसी ने उसे देखा ही नहीं। वह सफ़ेद कपड़े पहने उसी तरह सफ़ेद टट्टू पर सवार वहाँ आ पहुँचा, उसकी लम्बी दाढ़ी नीचे सीने तक लटक रही थी।

उसका नाम था बाबा राम सिंह। भम्बा के हर आदमी ने उसके बारे में सुना था। किसान आन्दोलनों में उसे कई बार गिरफ़्तार किया गया था और कई दफ़ा उसने जेल भी काटी थी। उसकी सब सम्पत्ति ज़ब्त कर ली गई थी और अब उसके पास अपना घर भी नहीं था, हालाँकि किसानों के सारे घर उसके लिए हमेशा खुले रहते थे। वह जहाँ भी जाता, लोग उसके पैर छूते और औरतें बच्चों को लातीं जिन्हें वह आशीर्वाद देता था। उसकी उम्र और दया के कारण लोग उसे 'बाबाजी' कहते थे।

गाँववाले राम सिंह के इर्द-गिर्द आकर इकट्ठे हो गये और उसके धूल भरे जूतों को चूमने लगे। बाबाजी आज भम्बा क्यों आये हैं? उसने बताया कि वह एसेम्बली के चुनाव में खड़ा हो रहा है। लोगों ने इस पर प्रसन्नता ज़ाहिर की। फिर एक गाँववाले ने उससे पूछा—राष्ट्रवादी दो उम्मीदवार तो खड़े नहीं कर सकते? करतार सिंह वकील ने उन्हें बताया है कि इस पार्टी का वह उम्मीदवार है। बाबा का जवाब सुनकर सब दंग रह गये। उसने कहा,

'मैं किसान पार्टी से हूँ।'

किसान? लेकिन वह तो भगवान का भक्त था। जिसने अपनी सारी ज़िन्दगी किसानों की सेवा में बिताई थी। और देशद्रोही? यह कैसे, क्योंकि सरकार ने उसे बीस बरस जेल में रखा था और उसका घरबार सब ज़ब्त कर लिया था। अनैतिक? यह भी कैसे, क्यों वह तो सिख गुरु जैसा था। न वह शराब पीता था, न दाढ़ी काटता था।

बाबा राम सिंह ज़्यादा देर नहीं रुका। वह वोट इसलिए चाहता था क्योंकि वह विदेशियों को इस देश से भगायेगा और ज़मीदारों से उनकी रक्षा करेगा। वह पुलिस के अत्याचारों और भ्रष्ट शासन के खिलाफ़ लड़ेगा। उसने अपने विरोधी उम्मीदवारों का नाम तक नहीं लिया।

उसके बाद कोई और किसान भम्बा नहीं आया। बाबा भी दोबारा नहीं आया। वह अकेला ही गाँव-गाँव घूमता था और उसकी शान्तिपूर्ण यात्राओं के सामने फोर्साइथ सरकार के गुर्गे और सेठ सुखटनकर का पैसा आँधी में रुई के टुकड़ों की तरह उड़ जाते थे।

चुनाव के लिए वोट पड़ने के एक दिन पहले उसे भड़काऊ भाषण देने के अपराध में गिरफ्तार कर लिया गया।

और पड़ोसी गाँवों की तरह भम्बा में भी मतदान हुआ। सेठ सुखटनकर की लॉरियों में से गंदे-शंदे कपड़े पहने और गंडा सिंह की शराब पीकर लड़खड़ाते सिख बाहर निकले। वे जानते थे कि उन्हें किसे वोट डालना है। हज़ारों आदमी भीतर गये और अशिक्षित होने के कारण अपने उम्मीदवार का नाम बताकर पैदल घर चले आये, क्योंकि अब न सेठ की लॉरियाँ उन्हें वापस ले जाने के लिए कहीं थीं और न गंडा सिंह की शराब और ज़्यादा मौज-मस्ती के लिए।

दस दिन बाद फोर्साइथ के दफ़्तर में वोटों की गिनती की गई। उसके सामने गंडा सिंह और करतार सिंह के समर्थक भीड़ लगाये नारेबाज़ी कर रहे थे। बाबा राम सिंह का कोई नाम भी नहीं ले रहा था। 11 बजे फोर्साइथ की तगड़ी शक्ल सीढ़ियों पर नमूदार हुई। वह मुस्कुरा रहा था। उसने नतीजे की घोषणा की।

1. सरदार गंडा सिंह, ऑनरेरी मजिस्ट्रेट–11,560 वोट
2. सरदार करतार सिंह, एडवोकेट–8,340 वोट
3. बाबा राम सिंह–760 वोट

आखिरी उम्मीदवार की ज़मानत ज़ब्त हो गई। जनता ने फैसला कर दिया था। जनता की आवाज़ ईश्वर की आवाज़ कही जाती है।

मेरी मृत्यु

मैं बुखार से बिस्तर में पड़ा हूँ। बुखार ज़्यादा नहीं है। दरअसल परेशानी की कोई बात नहीं है, क्योंकि मैं अकेला अपनी देखभाल के लिए छोड़ दिया गया हूँ। मैं सोचता हूँ कि अगर टेम्प्रेचर एकदम ऊँचा चढ़ गया तो क्या होगा? मैं मर सकता हूँ। मेरे दोस्तों पर क्या बीतेगी? मेरे तो दोस्त भी बहुत हैं और वे मुझे चाहते भी हैं। मैं सोचता हूँ कि अखबारवाले मेरे लिए क्या छापेंगे? वे मुझे दर गुज़र नहीं कर सकते। *ट्रिब्यून* तो शायद पहले पन्ने पर ही यह खबर छापेगा और हो सकता है, उसके साथ छोटा-सा फोटो भी छापे। इसका शीर्षक होगा : 'सरदार खुशवंत सिंह नहीं रहे'—और इसके नीचे छोटे टाइप में लिखा होगा—

हमें यह सूचित करते हुए खेद है कि कल शाम 6 बजे सरदार खुशवंत सिंह की अचानक मृत्यु हो गई। वे अपने पीछे जवान विधवा, दो छोटे बच्चे और मित्रों तथा प्रशंसकों की बहुत बड़ी जमात को शोक मनाने के लिए छोड़ गये हैं। ज्ञात हो कि सरदार साहब पाँच साल पहले अपने शहर दिल्ली से लाहौर बस जाने के लिए आये थे। इस बीच उन्होंने कोर्ट में बड़ी उन्नति की और राजनीति में भी नाम कमाया। सारे सूबे में उनकी कमी महसूस की जायेगी।

उनके निवास पर जो लोग शोक व्यक्त करने आये, उनमें प्रधानमन्त्री के सचिव, चीफ़ जस्टिस के सचिव, कई मन्त्री और हाईकोर्ट के जज शामिल हैं।

चीफ़ जस्टिस महोदय ने एक प्रेस वक्तव्य में कहा : 'इस व्यक्ति का देहान्त हमारा प्रदेश महसूस कर रहा है। मृत्यु के क्रूर हाथों ने एक उदीयमान प्रवक्ता हमसे छीन लिया है।'

पृष्ठ के नीचे लिखा होगा : 'आज 10 बजे उनका दाह-संस्कार सम्पन्न किया जायेगा।'

मुझे अपने लिए और अपने मित्रों के लिए शोक महसूस होता है। मैं आँखों से निकलते आँसुओं को रोक नहीं पाता जो मेरी मौत पर रोने के लिए व्यग्र हो उठे हैं। लेकिन मुझे यह सोचकर खुशी भी होती है कि इतने ज़्यादा लोग मेरा मातम करेंगे। इसलिए मैं फैसला करता हूँ कि मर ही जाऊँ—ज़रा मज़ा करने के लिए। शाम को, प्रेस के लिए काफ़ी वक्त छोड़कर कि उन्हें यह खबर मिल जाये, मैं प्राण त्याग देता हूँ। फिर अपनी लाश में से बाहर निकलकर मैं दरवाज़े पर लगी ठंडी पत्थर की सीढ़ियों पर मज़ा लेने के लिए बैठ जाता हूँ।

सवेरे का अखबार मुझे पत्नी से पहले मिल जाता है। इस पर झगड़ा होने का सवाल नहीं है, क्योंकि मैं पहले ही नीचे आ गया हूँ, और यूँ भी इस वक्त वह मेरी लाश के पास घूम फिर रही होगी। *ट्रिब्यून* ने तो धोखा दिया। तीसरे पेज के एकदम नीचे पहले कॉलम में मृत व्यक्तियों की सूची में रिटायर्ड अफ़सरों के नामों के साथ मेरा नाम भी छाप दिया है। मुझे कोफ़्त होती है। यह ज़रूर उस विशेष संवाददाता शफ़ी का काम होगा। वह मुझसे चिढ़ता था। लेकिन मैंने नहीं सोचा था कि वह इतना नीचे गिर जायेगा कि मेरे मरने पर भी मेरा नाम अच्छे ढंग से छापने से परहेज़ करेगा। खैर, जो हो, वह सारे सूबे से मेरे चाहनेवालों के शोकोद्गार छापने के लिए ज़रूर मजबूर होगा। उनकी तो जैसे झड़ी लग जायेगी। मेरे दोस्त यह कमी पूरी कर देंगे।

हाई कोर्ट में अखबार सवेरा होते ही डाल दिया जाता है। मेरे वकील दोस्त क़ादिर के घर में भी सूरज निकलने से पहले ही पहुँच जाता है। कादिर के घर के लोग जल्दी उठनेवालों में नहीं हैं। दरअसल 9 बजे से पहले कोई भी बाहर नहीं निकलता। लेकिन कादिर उसूलों का पक्का है, इसलिए अखबार सवेरे जल्दी ही आना चाहिये, भले ही उस पर नज़र न डाली जाये।

हमेशा की तरह कादिर 9 बजे तक बिस्तर से नहीं निकला। रात को उसने बहुत देर तक काम किया था। उसकी बीवी भी सोने की शौकीन थी। जागने पर अखबार ट्रे में रखकर उसके सामने लाया गया जिसके साथ एक गिलास गर्म पानी, जिसमें ज़रा-सा नीबू पड़ा हुआ था, रखा था। कादिर धीरे-धीरे सिगरेट के कश लेते हुए पानी पीता रहा। पेट साफ़ करने के लिए यह काम ज़रूरी होता था। उसने लेटे-लेटे ही सुर्खियों पर नज़र मार ली थी। पूरी पढ़ाई तब शुरू होती थी जब सिगरेट और नीबू-पानी का असर दिखाई देने लगता था। मेरे साथ क्या हुआ, इसका ज्ञान

उसे शौचालय में होना था।

हाजत होते ही कादिर एक हाथ में अखबार पकड़े और निचले होंठों में सिगरेट दबाये बाथरूम में घुसा। आराम से बैठकर उसने अखबार पढ़ना शुरू किया और कुछ देर बाद कम महत्त्व की खबरों पर उसकी नज़र गई। जब उसने पेज 3 के कॉलम का यह हिस्सा देखा, तो क्षण भर के लिए उसने सिगरेट पीना बन्द कर दिया, बहुत ही कम समय था यह। क्या वह एकदम उठे और बीवी को आवाज़ दे? नहीं, उसने तय किया कि यह सही नहीं होगा। कादिर तर्कवादी था। वह इस औरत से शादी करने के बाद और भी ऐसा हो गया था, क्योंकि उसकी बीवी भावनाओं और चीखने-पुकारने का पुलिंदा थी। यह बेचारा मर ही गया लेकिन वह कुछ कर नहीं सकता था। वह जानता था कि बीवी यह सुनते ही दहाड़ मारकर रोना शुरू कर देगी। इसलिए बड़ी सावधानी से उसे यह बात बतानी थी—जैसे कोई मुकदमा हार गया हो।

कादिर अपनी बीवी को अच्छी तरह जानता था। उसने मामूली ढंग से यह बात उसे बताई लेकिन सुनते ही उसने रोना शुरू कर दिया। यह सुनकर उनकी दस साल की बेटी वहाँ दौड़ती हुई आई। उसने माँ को ध्यान से देखा और खुद भी रोना शुरू कर दिया। कादिर ने तय किया कि उसे कड़ाई से काम लेना होगा।

'तुमने यह इस तरह शोर मचाना क्यों शुरू कर दिया?' उसने सख्ती से सवाल किया, 'क्या इस तरह रोने से वह ज़िन्दा हो उठेगा?'

बीवी जानती थी कि शौहर से बहस करना बेकार है। तर्क में वह हमेशा जीत जाता था।

'मेरा खयाल है, हमें फौरन उनके यहाँ जाना चाहिये। उनकी बीवी की हालत बुरी होगी।'

कादिर ने कंधे बिचकाकर कहा, 'मैं तो शायद जा नहीं सकूँगा। मैं उसकी बीवी नहीं, विधवा—को ज़रूर ढाढ़स बँधाना चाहूँगा, लेकिन मेरा पहला फ़र्ज अपने मुवक्किलों के लिए बनता है। मुझे आधे घंटे में कचहरी पहुँचना ही है।'

कादिर दिनभर कचहरी में रहा और उसका परिवार भी घर पर ही बना रहा।

शहर के बड़े वाले पार्क से थोड़ी ही दूर मेरा दूसरा दोस्त खोसला रहता है। यह उच्च वर्ग के लोगों के रहने की जगह है और उसके परिवार में पत्नी, तीन बेटे और एक बेटी है। वह जज है और नौकरशाही में उसका ऊँचा स्थान है।

खोसला सुबह जल्दी उठने वालों में है। उसे जल्दी उठना पड़ता है क्योंकि

यही वक्त है जिसे वह अपना कह सकता है। दिन में तो वह कचहरी में रहता है। शाम को वह टेनिस खेलता है—और फिर कुछ समय उसे बच्चों के साथ तथा पत्नी से बातचीत करने में बिताना पड़ता है। उससे मिलने वाले भी बहुत आते हैं, क्योंकि वह काफ़ी लोकप्रिय है, और लोकप्रियता उसे पसन्द भी है। फिर वह महत्त्वाकांक्षी भी है। बचपन में वह अपने को बहुत होशियार समझता था। युवा होते ही उसके सिर के बाल गिरने शुरू हो गये और सिर गंजा हो गया। उसने सोचा कि यह उसके चतुर होने का ही परिणाम है। हो सकता है वह जीनियस भी हो। वह शीशे में अपनी खोपड़ी को देखता और सोचता कि भाग्य ने उसे ज़रूर किसी बड़े काम के लिए बनाया है। इसलिए वह खूब मेहनत करता। उसने बहुत से स्कॉलरशिप प्राप्त किये और सिविल सर्विस में सर्वोपरि स्थान हासिल करके अपनी शिक्षा पूर्ण की। देश की सबसे कठिन प्रतियोगी परीक्षा में सबसे आगे रहकर उसने अपने आत्मविश्वास को प्रमाणित कर दिया। कई साल तक वह अफ़सरी जीवन का सुख और संतोष लूटता रहा। वह कोशिश भी करता कि लोग उसे देखकर कहें कि यह कितना सफल व्यक्ति है।

कुछ वर्ष बाद उसका यह संतोष समाप्त होने लगा। जब-जब वह अपने सिर पर बचे-खुचे थोड़े-से बालों पर हाथ फेरता, तो उसे लगता कि अभी तो उसे बहुत कुछ प्राप्त करना है। उस जैसे अफ़सर तो देश में सैकड़ों हैं। इन सबको 'सफल व्यक्ति' कहा जाता है। इसलिए यह उसके लिए काफ़ी नहीं है। वह कुछ और करेगा—वह लिखेगा, लेखक बनेगा—वह जानता था कि वह लिख सकता है। यह तो उसके बड़े सिर से ही पता चलता है। इसलिए खोसला ने लिखना शुरू किया। अच्छा लिखने के लिए उसने पहले पढ़ना शुरू किया। उसने बहुत-सी किताबें खरीद लीं और काम पर जाने से पहले कई घंटे उन्हें पढ़ने लगा।

एक दिन सवेरे खोसला का मूड बना कि कुछ लिखा जाये। उसने अपने लिए एक कप चाय बनाई और आरामकुर्सी पर जमकर बैठ गया। कलम मुँह में दबाकर सोचने लगा कि क्या लिखा जाये। कुछ समझ में ही नहीं आया तो उसने डायरी लिखने का फैसला किया। पिछले दिन वह एक महत्त्वपूर्ण मुकदमे की कार्यवाही में भाग लेता रहा था। यह कई दिन तक चलने वाला था। कमरा खचाखच भरा था और सब लोग उसकी ही तरफ़ देख रहे थे। यह अच्छा विषय था, इसलिए उसने उस पर लिखना शुरू किया।

नौकर अखबार लेकर आया तो उसकी खटखट से खोसला को कुछ परेशानी हुई। उसने अखबार खोला और देखने लगा कि आम ज़िन्दगी में कहाँ क्या हुआ है।

खोसला की रुचि देश और दुनिया की खबरों में ज़्यादा न होकर समाज की खबरों में थी—यानी किसकी शादी हुई, कौन पैदा हुआ और कौन मर गया। इसलिए उसने पहले तीसरा पन्ना खोला और पहले कॉलम पर नज़र डाली, तो वह एकदम चौकन्ना हो उठा।

उसने कलम नोट बुक पर रखी, और जाग उठने की खखार लेकर पत्नी को यह सूचना दी। पत्नी ने अँगड़ाई ली और आँखें फैलाकर उसकी तरफ़ देखा।

फिर बोली, 'मेरा खयाल है, आज तुम कचहरी की छुट्टी कर दोगे?'

'हाई कोर्ट इस तरह किसी भी बात पर छुट्टी नहीं करता। मुझे तो जाना ही पड़ेगा। अगर वक्त हुआ तो रास्ते में वहाँ हो लूँगा—नहीं तो इतवार को चलेंगे।'

इस तरह खोसला भी नहीं आया। इसी तरह और भी बहुत से लोग कहीं-न-कहीं अटक गये।

दस बजे के करीब मेरे फ्लैट के सामने की खुली जगह में कुछ लोग जमा हो गये। ज़्यादातर ये ऐसे लोग थे जिनके आने की मुझे उम्मीद नहीं थी। कुछ वकील थे जो काले कोट पहने ही चले आये थे और कुछ आम राहगीर थे जो यह देखने के लिए रुक गये थे कि यहाँ क्या हो रहा है। मेरे दो मित्र भी थे लेकिन वे इन सबसे अलग खड़े थे। इनमें एक आदमी काफ़ी लम्बा और दुबला-सा था, जो कलाकार नज़र आता था। वह एक हाथ से सिगरेट थामे था और दूसरे से अपने लम्बे बालों को सिर के पीछे करता रहता था। वह दरअसल लेखक था और दाह-संस्कार में शामिल होने में विश्वास नहीं करता था। लेकिन यह सोचकर आ गया था कि सामाजिकता के नाते कुछ तो दिखाना ही पड़ेगा। दरअसल यह सब उसे पसन्द ही नहीं था। उसे लगता था कि लाश से कीटाणु फैल सकते हैं—इसलिए वह लगातार सिगरेट फूँक रहा था और उसके धुएँ की एक दीवार-सी बनाकर अपनी रक्षा कर रहा था।

दूसरा दोस्त कम्युनिस्ट था—छोटे क़द का दुबला-सा आदमी, घुंघराले बाल और बाज़ जैसी नज़र। उसके भीतर छिपे ज्वालामुखी का कोई निशान उसके शरीर से नहीं मिलता था। वह दुनिया की हर बात को मार्क्सवादी नज़रिये से देखता था और भावनाओं का उसके जीवन में कोई स्थान नहीं था। इसलिए मृत्यु जैसी घटनाओं का उसके लिए महत्त्व नहीं था, उसके लिए उद्देश्य ज़्यादा महत्त्वपूर्ण था। वह लेखक से बात कर रहा था।

'आप कहाँ तक इनके साथ जायेंगे?'

'मैं कॉफ़ी हाउस से घर चला जाऊँगा। आप तो आखिर तक जा रहे हैं?'

'अरे नहीं', कम्युनिस्ट ने ज़ोर देकर कहा। 'दरअसल मुझे दस बजे एक

मीटिंग में जाना था और मेरा खयाल था कि साढ़े नौ बजे तक यहाँ से निबट जाऊँगा—लेकिन हमारे देश में वक्त की कीमत जानता कौन है? अभी तो मैं पार्टी के दफ़्तर में जा रहा हूँ, आपको कॉफ़ी हाउस में साढ़े ग्यारह पर मिल जाऊँगा और हाँ, अगर मौका मिले तो शव की गाड़ी के ड्राइवर से पूछना कि क्या वह ताँगा यूनियन का मेम्बर है। अच्छा?'

थोड़ी देर बाद एक काली-सी शव ले जाने वाली गाड़ी आई, जिसे एक चार हड्डियोंवाला दुबला-पतला भूरे रंग का घोड़ा खींच रहा था, और घर के दरवाज़े पर आकर रुक गई। घोड़ा और उसका मालिक अवसर की गम्भीरता से पूरी तरह बेखबर थे। ड्राइवर आराम से बैठा पान चबा रहा था और भीड़ को देख रहा था। वह सोच रहा था कि इन लोगों से कितना पैसा वसूला जा सकता है। तभी अचानक घोड़े ने पेशाब करना शुरू कर दिया जिसकी तेज़ धार से बचने के लिए, जो ईंटों के फ़र्श से उछल-उछल कर चारों तरफ़ फैल रहा था, लोग इधर-उधर भागने-दौड़ने लगे।

भीड़ को ज़्यादा इन्तज़ार नहीं करना पड़ा। मेरा शरीर सफ़ेद कपड़े में लपेटकर बाहर लाया गया और गाड़ी में रख दिया गया। उस पर फूल डाले गये। अब जुलूस चलने के लिए तैयार था।

लेकिन चलने से पहले मेरा एक और दोस्त साइकिल पर वहाँ आ पहुँचा। यह कुछ साँवला और गदबदा-सा था। साइकिल के कैरियर पर कई किताबें रखी थीं और शक्ल-सूरत से यह आदमी कोई विद्वान प्रोफ़ेसर लगता था। गाड़ी को देखकर वह उतर पड़ा। मृत व्यक्ति के प्रति उसके मन में आदर था और उसे व्यक्त भी करना चाहता था। उसने साइकिल भीतर हॉल में रखी, उसका ताला लगाया और भीड़ में शामिल हो गया। जब मेरी पत्नी मुझे अन्तिम विदा देने के लिए नीचे उतरकर आई, तो वह उसकी दशा देखकर द्रवित हो उठा। उसने अपनी जेब से एक छोटी-सी किताब निकाली और उसका एक पृष्ठ खोला। फिर लोगों के बीच से होता हुआ वह पत्नी की ओर बढ़ा। आँखों में आँसू भरकर उसे देखा और यह किताब उसे पकड़ा दी।

'मैं आपके लिए गीता लाया हूँ। इससे आपको धीरज प्राप्त होगा।' यह कहते हुए वह फफककर रोने को हुआ और आँसू रोकता हुआ पीछे हट गया।

फिर उसने एक 'आह' भरकर जैसे अपने आपसे कहा, 'यह मनुष्य जीवन का अन्त है। यही सत्य है।'

उसे धारणाओं के रूप में सोचना और बात करना पसन्द था—लेकिन ये धारणाएँ गम्भीर होती थीं और मौलिक विचार की तरह नई और ताज़ी लगती थीं।

'बुलबुले की तरह,' वह अपने से बोला, 'बुलबुले की तरह क्षणिक है हमारा जीवन।'

लेकिन कोई एकदम मरकर गायब नहीं हो जाता। पदार्थ नष्ट नहीं होता, वह केवल रूप बदलता है। गीता में यह बात बड़े खूबसूरत ढंग से कही है–

'जिस प्रकार मनुष्य पुराने वस्त्र उतारकर नये वस्त्र पहनता है...उसी प्रकार यह आत्मा...' इत्यादि।

प्रोफ़ेसर विचारों में डूब रहा था। वह सोच रहा था कि अब उसके मृत मित्र ने क्या कपड़े पहन लिये होंगे।

उसके पैरों से कुछ टकराया तो उसके ये विचार भंग हुए। एक कुत्ते का पिल्ला वहाँ आ गया था और उसके पाजामे और टाँगों को चाटता ऊपर देख रहा था। प्रोफ़ेसर दयालु प्राणी था, वह नीचे झुका और पिल्ले को दुलारने लगा। पिल्ले ने उसका हाथ चाटना शुरू किया।

प्रोफ़ेसर का दिमाग़ परेशानी से कुछ सोच रहा था। उसने शव पर नज़र डाली और फिर इस गुलगुले पिल्ले को देखा, यह भी ईश्वर की सृष्टि का अंग था।

'जिस तरह मनुष्य पुराने कपड़े उतारकर दूसरे पहन लेता है...उसी प्रकार आत्मा...।'

नहीं, नहीं, उसने अपने से कहा। ऐसे अनोखे विचार, उसे नहीं सोचना चाहिये। लेकिन वह अपने मस्तिष्क को रोक नहीं पा रहा था। यह असम्भव नहीं है। गीता भी यही कहती है। यह सोचकर वह फिर नीचे झुका और पिल्ले को और भी ज़्यादा प्यार करने लगा।

जुलूस चल रहा था। मैं शीशे की कोठरी में बन्द परेशानी महसूस कर रहा था। मेरे पीछे आधा दर्जन लोग चल रहे थे। सब नदी की तरफ़ जा रहे थे।

जब तक यह मुख्य सड़क से गुज़रा, मैं स्वस्थ महसूस करने लगा था। कुछ वकील हाई कोर्ट से निकल रहे थे। मेरा लेखक मित्र कॉफ़ी हाउस से अलग हो गया था; वह अभी भी सिगरेट पी रहा था। कॉलेज आने पर प्रोफ़ेसर ने मुझ पर आखिरी नज़र डाली, कुछ देर मेरी तरफ़ देखता रहा, फिर तेज़ी से क्लास में घुस गया। बाकी छह-सात लोग कचहरी में जा घुसे।

मुझे अपने ऊपर तरस आने लगा। मुझसे कम महत्त्व के लोगों की अरथी में कहीं ज़्यादा भीड़ होती थी। वह भिखारी जब मरा था, तब उसे भी दो भंगी गाड़ी पर रखकर ले गये थे। अब मेरे साथ एक ही आदमी, गाड़ी का ड्राइवर था, जो यह नहीं जानता था कि वह कितने लोकप्रिय व्यक्ति को उसकी अन्तिम यात्रा

पर लिये जा रहा है। और घोड़ा तो बस काबू से बाहर ही हुआ जा रहा था।

श्मशान भूमि के रास्ते पर तरह-तरह की बुरी दुर्गन्ध सूँघने को मिलती है। इसकी चरम सीमा तब आती है जब यह मुख्य मार्ग से निकलकर एक पतली-सी गली के रूप में, जिसकी बगल से शहर का सबसे गंदा नाला बहता है, घाट का रुख करती है। नाले में काला, गंदा पानी भरा होता है जिसमें हमेशा बुलबुले उठते रहते हैं।

मेरा सौभाग्य था कि मुझे अपनी मृत्यु के बाद मिलने वाले सम्मान की गलतफ़हमी पर चिन्तन करने का थोड़ा-सा समय प्राप्त हुआ। मुख्य मार्ग से जहाँ गली निकलती थी, वहाँ ड्राइवर ने कुछ देर आराम करने के लिए एक पीपल के पेड़ के नीचे गाड़ी खड़ी कर ली। इस पेड़ के नीचे एक ताँगा-स्टैंड है जहाँ घोड़ों के पानी पीने के लिए एक नाँद भी है। घोड़ा पानी पीने चल दिया और ड्राइवर नीचे उतरकर ताँगेवालों से सिगरेट जलाने के लिए माचिस माँगने चल पड़ा।

कुछ देर बाद ताँगेवाले मेरी गाड़ी के चारों तरफ़ घिर आये और भीतर ताक-झाँक करने लगे। एक बोला, 'कोई पैसेवाला लगता है। लेकिन साथ में तो कोई भी नहीं है।'

दूसरा बोला, 'शायद यह भी अंग्रेज़ी रिवाज़ है। वहाँ शव के साथ कोई और नहीं जाता होगा।'

अब तक मैं बहुत परेशान हो उठा था। अब मेरे सामने तीन रास्ते थे। एक तो यही कि श्मशान भूमि में ही जाकर आग में जल जाऊँ, जिसके बाद शायद कोई बेहतर जन्म ले सकूँ, हालाँकि सम्भावना यही है कि ऐसा कुछ नहीं होगा और मैं शून्य में विलीन हो जाऊँगा। दूसरा रास्ता यह है जो इसी सड़क से दाहिनी तरफ़ मुड़ जाता है। यह शहर का वह हिस्सा है जहाँ रंडियाँ और बदनाम लोग ही रहते हैं। ये शराब पीते हैं, जुआ खेलते हैं, रंडीबाज़ी करते हैं। यह अपनी तरह की अलग दुनिया है जिसमें इंद्रियों का सुख ज़्यादा-से-ज़्यादा लूटने की कोशिश की जाती है। तीसरा रास्ता यह है कि वापस लौट जाऊँ। लेकिन इसका फ़ैसला करना मुझे मुश्किल लगा। ऐसी स्थितियों में सिक्का उछालकर देखना अक्सर काम आता है। इसलिए मैंने सिक्का उछालने का फैसला किया। चित पड़ा तो मैं दूसरी दुनिया की तरफ़ चल पड़ूँगा और पट पड़ा तो इन इंद्रिय-भोग करने वालों में शामिल हो जाऊँगा और अगर सिक्का ना चित पड़ा और न पट और उठकर सीधा खड़ा हो गया, तो मैं अपनी पुरानी दुनिया में वापस लौट जाऊँगा, जिसमें न उत्साह है और न ज़िन्दा रहने की चाहत।

बलात्कार

दलीप सिंह चारपाई पर लेटा सितारों-भरे आसमान को देख रहा था। काफ़ी गर्मी थी और चारों ओर शान्ति थी। वह लगभग नंगा था और सिर्फ़ लंगोट पहने था। फिर भी उसके बदन के हर हिस्से से पसीने की बूँदें छलक रही थीं। मिट्टी की दीवारों से, जो दिन भर सूरज की गर्मी में तपती रही थीं, ज़बर्दस्त भभक निकल रही थी। उसने घर की छत पर पानी छिड़क दिया था, लेकिन उससे भी मिट्टी और गोबर की गंध से मिली-जुली गीली गर्मी ही निकल रही थी। वह जितना ज़्यादा पानी पी सकता था, पी चुका था, लेकिन प्यास थी कि बुझती ही नहीं थी। फिर मच्छरों की भरमार थी जो चारों तरफ़ फैले भिनभिन कर रहे थे। कुछ उसके कान के पास आ जाते तो वह उन्हें हाथ से पकड़ मसल देता था। एक दो जो उसके कानों में घुस जाते, उन्हें पकड़कर वह दीवार से रगड़ देता था। कई उसकी दाढ़ी में भी घुस जाते और वे वहीं उलझकर खत्म हो जाते थे। कुछ उसे काटने में भी सफल हो जाते और उसे जगह-जगह खुजाना पड़ता था।

सँकरी-सी गली के उस पार उसके चाचा का घर था; उसकी छत पर कई चारपाइयाँ पड़ी नज़र आ रही थीं। एक सिरे पर चाचा बंता सिंह पड़ा सो रहा था और उसके हाथ तथा पैर इस तरह एक-दूसरे से बँधे थे जैसे सलीब पर चढ़े हों। वह खर्राटे ले रहा था और पेट उठता-गिरता दिखाई दे रहा था। उसने शाम को भंग पी ली थी, इसलिए जैसे घोड़े बेचकर सो रहा था। कतार की दूसरी तरफ़ औरतें बैठी पंखा झल रही थीं और बातचीत करने में लगी थीं।

दलीप सिंह ऊपर देखता जा रहा था। उसके मन में शान्ति नहीं थी,

न नींद आ रही थी। सामने की छत पर उसका चाचा, उसके पिता का भाई और हत्यारा, आराम से सो रहा था। उसकी औरतें देर रात तक खाने-पीने और गपशप करने का मज़ा ले रही थीं, जबकि उसकी अपनी माँ रेत-मिट्टी से बर्तन माँज रही होगी और दिन में जलाने के कंडों के लिए गोबर इकट्ठा करती रहती थी। बंता सिंह के कई नौकर थे जो गाय-भैंस चराने और खेत जोतने का काम करते थे और वह खुद भंग पीकर सोता रहता था। उसकी काली आँखों वाली बेटी बिन्दो बेकार इधर-उधर घूमती अपने जापानी सिल्क के कुर्तों का प्रदर्शन करती रहती थी। लेकिन दलीप सिंह को काम ही काम में जुते रहना पड़ता था।

कीकर के पेड़ हिले और ठंडी बयार का झोंका छत के ऊपर से गुज़रा। इसने मच्छरों को भगा दिया और पसीना भी सूखने लगा। दलीप को भी ठंडक महसूस हुई और उसे नींद आने लगी। बंता सिंह की छत पर औरतों ने पंखा झलना बन्द कर दिया। बिन्दो अपनी चारपाई के बगल में खड़ी ठंडी हवा का मज़ा लेती धीरे-धीरे टहल रही थी। दलीप उसे देख रहा था। बिन्दो गाँव के लोगों को अपनी छतों और आँगनों में सोते देख रही थी। सब शान्त था। उसने अपने कुर्ते के दोनों छोर हाथ से पकड़कर ऊपर उठाये और बदन को हवा दिलाने की कोशिश की, जिससे उसका पेट और छातियाँ दिखाई देने लगीं। फिर किसी ने फुसफुसाकर उससे कुछ कहा और उसने झट कुर्ता नीचे कर लिया। फिर वह अपनी चारपाई पर लेट गई और तकिये में समा गई।

दलीप सिंह यह देख रहा था और उसका दिल तेज़ी से धड़क रहा था। उसके दिमाग़ से बंता सिंह की शक्ल गायब हो गई थी। उसने आँखें बन्द कर लीं और बिन्दो की सूरत को कल्पना में उतारने की कोशिश करने लगा। उसके मन में बिन्दो के लिए कामना जगी और कल्पना में ही वह उसे प्यार करने लगा। बिन्दो हमेशा उसके पास आना चाहती थी, वह आग्रह करती भी लगी। लेकिन पहले तो वह तैयार नहीं हुआ, फिर मान गया। बंता सिंह ने विरोध किया। दलीप सिंह ने आँखें बन्द कीं और सपने में डूब गया जहाँ बिन्दो थी, उसका युवा और नग्न शरीर था।

कई घंटे बाद दलीप की माँ आई और उसने उसे कंधे पकड़कर हिलाया। जब तक मौसम ठंडा है, तब तक खेतों में काम कर आ। आसमान काला था और सितारे चमक रहे थे। उसने अपनी कमीज़ निकाली, जो तकिये के नीचे तह करके रखी थी और पहन ली। फिर बगल वाली छत पर नज़र डाली। बिन्दो आराम से सो रही थी।

दलीप सिंह ने हल में बैल जोते और वे ही उसे खेत की तरफ़ ले चले। गाँव की सूनी, अँधेरी गलियों से होता हुआ वह सितारों से चमकते खेतों तक पहुँच गया। उसे थकान थी और बिन्दो की सूरत उसका पीछा नहीं छोड़ रही थी।

पूरब का आसमान धुँधला हो उठा। आम के बगीचे से कोयल की आवाज़ें आने लगीं। कीकर के पेड़ों में छिपे कौए धीरे-धीरे काँव-काँव करने लगे।

दलीप सिंह हल चला रहा था लेकिन उसका दिमाग़ कहीं और था। वह सिर्फ़ हल का हत्था पकड़े था और धीरे-धीरे उसके पीछे चलता जा रहा था। ज़मीन खुद रही थी लेकिन लाइनें न सीधी थीं और न गहरी। सवेरे की रोशनी में उसे शर्म भी आने लगी। उसने सचेत होने का फ़ैसला किया और सपने को लगाम लगाई। उसने हल का नुकीला सिरा ज़ोर से ज़मीन में घुसाया और बैलों की पीठ पर चाबुक चलाई। पशुओं ने हुंकार भरी और पूँछ उठाकर तेज़ी से दौड़ने को हुए। हल गहराई से खुदाई करने लगा और मिट्टी उछल-उछलकर दलीप के पैरों पर गिरने लगी। उसे लगा कि अब वह हल और बैल दोनों पर काबू पा गया है। उसने और भी ज़्यादा ज़ोर लगाकर हल की नोक से ज़मीन को उधेड़ना शुरू कर दिया।

सूरज आसमान में चढ़ने लगा और गर्मी में तेज़ी आई। दलीप ने हल चलाना बन्द कर दिया और बैलों को पानी पिलाने के लिए पीपल के पेड़ के नीचे कुएँ पर ले गया और वहाँ उन्हें खोल दिया। फिर कई डोल पानी खींचा, खुद नहाया और बैलों पर भी पानी डालकर तर-बतर घर की तरफ़ लौटने लगा।

माँ उसका इन्तज़ार कर रही थी। वह सरसों का साग और ज़रा-सा घी उस पर रखकर ताज़ी रोटी उसके लिए लाई। एक बड़े पीतल के कटोरे में छाछ भी थी। दलीप एकदम खाने पर जुट गया और माँ पास बैठी मक्खियाँ उड़ाती रही। रोटी और साग खाकर उसने छाछ का कटोरा गटक लिया। फिर वह चारपाई पर लेट गया और गहरी नींद में सो गया। माँ पास बैठी उसे हवा करती रही।

दलीप सवेरे से शाम तक सोता रहा। शाम को उठा और खेतों में पानी देने निकल पड़ा। पानी की नाली उसके और चाचा के खेतों के बीच से होकर निकलती थी। बंता सिंह के खेत उसके मज़दूर जोतते थे। जब से उसने अपने भाई को मारा था, वह शाम को खेतों में खुद नहीं आता था।

दलीप सिंह अपने खेतों में आने वाली पानी की नालियाँ साफ़ करने लगा। जब यह काम पूरा हो गया, तब वह निकास के पास आया और हाथ-पैर धोये। फिर उसी के किनारे बहते पानी में पैर डालकर बैठ गया और माँ का इन्तज़ार करने लगा।

सूरज डूबने लगा तो दूर तक फैली ज़मीन पर अँधेरा छाने लगा और कटे हुए चाँद के पास संध्या का तारा चमकने लगा। उसे गाँव के कुएँ पर औरतों के पानी भरने और बातें करने की आवाज़ें आने लगीं—बच्चे खेल रहे थे, कुत्ते भौंक रहे थे, चिड़ियाँ अपने घोंसलों में वापस पहुँचने के लिए शोर मचा रही थीं और ये सब मिली-जुली आवाज़ें अपना एक अलग समाँ पैदा कर रही थीं। फिर गाँव की औरतें एक-दूसरे के साथ खेतों में इधर-उधर शौच के लिए बिखरने लगीं। थोड़ी देर बाद वे वापस आईं और नाले के साथ लाइनें लगाकर सफ़ाई करने के लिए जा बैठीं।

दलीप सिंह की माँ पानी के रखवाले से लकड़ी का टोकन लेकर उसके पास आई, कि उसका पानी लेने का समय शुरू हो रहा है। फिर वह जानवरों की देखभाल करने लौट गई। बंता सिंह के मज़दूर जा चुके थे। दलीप सिंह ने चाचा की नाली का रास्ता बन्द किया और अपने खेतों की तरफ़ का खोल दिया। इसके बाद वह ठंडी घास पर पैर फैलाकर लेट गया और गुड़ी हुई ज़मीन पर उछल-उछलकर, और चाँद की रोशनी में चमकती, आगे बहती पानी की धार को देखने लगा। लेटे-लेटे वह गाँव से आ रही आवाज़ें सुनता और ऊपर फैले आसमान को देखता रहा। चारों तरफ़ छिटकी चाँदनी में एक अजीब सी शान्ति छा गई।

तभी दलीप सिंह की आँखें पास में ही कहीं पानी के छिटकने की आवाज़ से खुलीं। उसने करवट ली तो देखा कि दूसरे किनारे पर एक औरत अपने कूल्हों पर बैठी सफ़ाई कर रही है। एक हाथ से वह अपने पीछे पानी मार रही थी और दूसरे से सामने। फिर ज़मीन से उसने ज़रा-सी मिट्टी निकाली, उसे अपने हाथों पर मला और बहते पानी में डुबोकर उन्हें साफ़ किया। फिर कुल्ला किया और चेहरे पर पानी के छींटे मारे। इसके बाद वह उठकर खड़ी हो गई, उसकी सलवार ज़मीन पर नीचे पड़ी रही। फिर कमीज़ का सामने का हिस्सा ऊपर उठाकर उससे अपना मुँह पोंछा।

यह बिन्दो थी। दलीप सिंह उसे इस तरह देखकर वासना में पागल हो उठा। उसने नाली पर छलाँग लगाई और उसकी तरफ़ दौड़ा। लड़की का चेहरा कमीज़ से ढका था। वह पीछे मुड़ती, इससे पहले ही दलीप ने उसके पास पहुँचकर उसे अपनी बाँहों में जकड़ लिया। उसके चेहरा घुमाते ही उसे पकड़कर बार-बार चूमने लगा और उसकी चीख़ रोकने के लिए उसके होंठों पर अपना मुँह कसकर जमा दिया। फिर उसे नीचे हरी घास पर लिटा दिया। बिन्दो जंगली शेरनी की तरह लड़ रही थी। उसने दलीप की दाढ़ी दोनों हाथों से कसकर पकड़ ली और उसके

गालों में अपने दाँत गड़ा दिये। उसकी नाक काट ली, जिससे खून बह निकला लेकिन वह जल्द ही मस्त हो गई और चुप होकर लेट गई। उसकी आँखें बन्द थीं और आँसू दोनों गालों पर बह रहे थे, जिनसे आँखों पर लगा सुरमा निकल-निकलकर कानों तक आ रहा था। चाँद की पीली रोशनी में वह सुन्दर लग रही थी। दलीप को अब अफ़सोस होने लगा। उसने यह नहीं सोचा था कि इससे उसे चोट पहुँचेगी। उसने अपने बड़े-रूखे हाथ बिन्दो के चेहरे पर फिराये और बालों में उँगलियाँ डालकर उन्हें सीधा किया। फिर नीचे झुककर प्यार से अपनी नाक उसकी नाक से रगड़ी। बिन्दो ने आँखें खोलीं और खाली नज़रों से उसे देखा। उनमें नफ़रत नहीं थी, प्यार भी नहीं था। सिर्फ़ एक खाली नज़र थी। दलीप सिंह ने उसकी आँखें और नाक प्यार से चूमीं। बिन्दो उसी तरह उसे देखती रही और उसकी आँखों से आँसू झरते रहे।

बिन्दो की सहेलियाँ उसे आवाज़ें दे रही थीं। उन्हें कोई जवाब नहीं मिल रहा था। उनमें से एक उसके पास पहुँची और मदद के लिए चिल्लाने लगी। दलीप सिंह तेज़ी से उठा, नाली के पार कूदा और अँधेरे में गायब हो गया।

सिंहपुरा गाँव के सभी मर्द दलीप सिंह के खिलाफ़ मुकदमा देखने कचहरी जा पहुँचे। सारा कमरा, वरांडा और बाहर का मैदान गाँववालों से खचाखच भरा था। वरांडे के एक कोने में दलीप सिंह को हथकड़ी लगाये दो सिपाही बैठे थे। उसकी माँ शॉल से अपना मुँह ढके उस पर पंखा झल रही थी। वह रो रही थी और बार-बार नाक छिनकती जा रही थी। दूसरे कोने पर बिन्दो, उसकी माँ, और कुछ दूसरी औरतें एक घेरा-सा बनाये बैठी थीं, बिन्दो भी रोती और नाक पोंछती जा रही थी। इनके पीछे लम्बा-चौड़ा बंता सिंह अपने साथियों के साथ आपस में सलाह-मशविरा करते हुए खड़ा था। दूसरे गाँववाले इधर-उधर खोमचेवालों से खरीदकर कुछ खाते-पीते और कुछ कान साफ़ करने वाले से सिंगी डलवाकर वक्त गुज़ार रहे थे। कई लोग स्तंभन की दवाइयाँ बेचनेवालों के इर्द-गिर्द खड़े हँसी-मज़ाक कर रहे थे।

बंता सिंह ने सरकारी वकील की मदद करने के लिए अपना भी एक वकील कर लिया था। उसने गवाहों को इकट्ठा करके उन्हें समझाना शुरू किया कि जिरह में क्या और कैसे कहना है। उसने बताया कि बचाव पक्ष का वकील उनसे क्या सवाल पूछेगा। उसने अदालत के अरदली और मुंशी को बंता सिंह से मिलाया और पैसे दिलवाये। फिर सरकारी वकील को देने के लिए नोटों की एक गड्डी उससे ली। न्याय की मशीन में अच्छी तरह तेल डाल दिया गया। इधर दलीप सिंह का न

कोई वकील था और न गवाह।

अरदली ने अदालत का दरवाज़ा खोला और गाने जैसी आवाज़ में नाम पुकारना शुरू किया। उसने बंता सिंह और उसके साथियों को भीतर बुलाया। दलीप सिंह को दो सिपाही ले गये लेकिन उसकी माँ को जाने नहीं दिया गया। उसने पैसा नहीं दिया था। जब अदालत बैठ गई, मुंशी ने आरोप पढ़कर सुनाये।

दलीप सिंह ने कहा, 'मैं बेगुनाह हूँ।' मजिस्ट्रेट मि. कुमार ने सब-इन्सपेक्टर को बिन्दो को पेश करने की आज्ञा दी। बिन्दो शॉल से मुँह ढके और नाक पोंछती कठघरे में आकर खड़ी हो गई। इन्सपेक्टर ने उससे अपने पिता की दलीप सिंह से दुश्मनी के बारे में सवाल किया। उसने खून और वीर्य से सने कपड़े अदालत में पेश किये। इसके बाद आरोप पक्ष का काम पूरा हो गया। गुनाह के सबूत पेश कर दिये गये थे।

कैदी से पूछा गया कि क्या उसे कोई सवाल करने हैं। दलीप सिंह ने हथकड़ी में बँधे हाथ जोड़कर कहा, ''मैं बेगुनाह हूँ, मोतियोंवाले।'

कुमार साहब का धीरज जवाब दे रहा था।

'तुमने आरोप सुन लिया? अगर लड़की से कुछ नहीं पूछना, तो मैं फ़ैसला सुना देता हूँ।'

'ओ मोतियोंवाले, मेरा कोई वकील नहीं है। गाँव में मेरे कोई दोस्त भी नहीं हैं जो मेरी तरफ़ से बोलें। गरीब आदमी हूँ। मेहरबानी करें। मैं बेगुनाह हूँ।'

मजिस्ट्रेट को अब गुस्सा आने लगा। उसने मुंशी की तरफ़ मुड़कर कहा, 'जिरह—बिलकुल नहीं।'

'लेकिन,' दलीप सिंह ने घबराकर कहा, 'बाश्शा, आप मुझे जेल भेजें, उससे पहले लड़की से पूछ लें कि क्या उसकी रज़ामंदी नहीं थी। वह चाहती थी, इसीलिए मैं गया। मेरा कोई दोष नहीं है।'

मिस्टर कुमार मुंशी की तरफ़ फिर मुड़े।

'सवाल है कि क्या तुम भी यह चाहती थीं। जवाब दो...'

'मिस्टर कुमार ने भी बिन्दो से पूछा, 'जवाब दो, क्या तुम भी चाहती थीं?'

बिन्दो ने नाक छिनकी और रोने लगी। मजिस्ट्रेट और दर्शक उत्सुकता से जवाब का इन्तज़ार करने लगे।

'जल्दी जवाब दो, तुम भी चाहती थीं या नहीं। मुझे और भी काम है।'

अपना शॉल मुँह पर चारों तरफ़ से लपेटकर बिन्दो ने जवाब दिया, 'हाँ।'

कैसे काम करती है भारत सरकार

'अरे, तुम्हारा क्या ख़याल है, यह भारत सरकार कैसे काम करती है? कैसे करती है?'

सुंदर सिंह ने टाइपिस्टों के कमरे में, जहाँ उसके दो साथी उसके सामने बैठे थे, अचानक यह सवाल दाग़ा। बंगाल से आये घोष बाबू ने मुँह में भरी पान की पीक अपनी धोती के छोर से पोंछी और छोटा-सा जवाब दिया, 'ठीक कहते हो।'

'और तुम, मद्रासी बाबू।' सुंदर सिंह ने साम्बमूर्ति की तरफ़ घूरकर पूछा। (सुंदर सिंह की अपने देश के बारे में जानकारी पूरी तरह पंजाबी थी। उसके लिए बम्बई से नीचे का हर आदमी मद्रासी था।) 'क्या कहते हो तुम?'

साम्बमूर्ति ने भी इतने महत्त्वपूर्ण सवाल का जल्दबाज़ी में जवाब देने से बचने की कोशिश की। उसने अपने टाइप राइटर की कुंजियों में लगी धूल साफ़ की और आँखें फाड़कर अपने उत्तेजित सिख साथी पर नज़र डाली।

'तुसी की कैन्दे ओ?' सुंदर सिंह ने उसी लहज़े में पूछा। उसने अपना सिर इधर-उधर हिलाया और अपने साथी के जवाब में एक और शब्द जोड़कर कहा, 'आप ठीक कहते हो।'

'मैं ठीक ही कहता हूँ।' सुंदर सिंह उठकर दहाड़ा और हाथ हिलाते हुए कहने लगा, 'मैं कहता हूँ, ये लोग काम के बारे में जानते ही क्या हैं—ये सेक्रेटरीज़ एडीशनल सेक्रेटरीज़, ज्वाइंट सेक्रेटरीज़, डिप्टी सेक्रेटरीज़, अंडर सेक्रेटरीज़ और भगवान ही जाने कितने और फ़ैक्टरीज़?' वह अपने इस नये

मज़ाक पर ज़ोर से हँसा और कहता रहा, 'ये मीटिंगें करने के अलावा और क्या करते हैं, चाय के कप खाली करते रहते हैं, दो-चार मीमो लिखवाते हैं और शाम को अपनी मेम साहबों के पास अपने को बहुत थका हुआ दिखाते हुए घर पहुँच जाते हैं। कहते हैं आज बड़ा बिज़ी रहा! वाह! बिज़ी रहे! हम जानते हैं कितने बिज़ी रहे। नहीं जानते क्या?'

सब सहमत थे कि वे जानते हैं। और आप यह बात हल्के में नहीं ले सकते क्योंकि वे भारत सरकार में काम करते थे और उसके काम करने के ढंग से परिचित थे। जो ढंग बाहरी लोगों को रेड टेप की एक-दूसरे में उलझी कारगुज़ारियाँ लगता था, वह इन तीनों के लिए बिल्ली की उछल-कूद थी। वे सरकारी नौकरशाही के नियम और कानूनों को आगे-पीछे चारों तरफ़ से जानते थे; रिपोर्टें, नोट्स और मीमोज़ के महत्त्व को बखूबी समझते थे और फाइलों की एक-से-दूसरी मेज़ पर आवाजाही को, जो कभी खत्म होने में नहीं आती थी और हर अफ़सर की समझ और उसूलों के अनुसार—जो शासन नामक कपड़े को बुनने वाले सीधे और उल्टे धागे थे—बदलते रहते थे। उनका विश्लेषण सरल था और अनुभव पर आधारित था। अगर टाइपिस्ट और स्टेनो मीटिंगों के मिनिट्स को क्रम और अर्थ नहीं देते—जो दोनों उनमें एकदम नदारद होते थे, तो इन बड़े अधिकारियों द्वारा लिये गये निर्णय किसी की समझ में भी नहीं आते। अगर वे ज़रूरी कागज़ अफ़सरों के दस्तखत के लिए उनके सामने न रखते, तो सब कामकाज एकदम ठप पड़ जाता। कौन-सा बड़ा अफ़सर नियमों और कार्य पद्धति को उतनी अच्छी तरह जानता था जितनी कि वे जानते थे और कौन किसी भी फाइल को चुपचाप गुम कर देने और फिर उन्हें उसी तरह चुपचाप ढूँढ़ निकालने की तरकीबें जानता था? इसलिए क्या यह ताज्जुब की बात नहीं थी कि भारत सरकार के सेक्रेटेरिएट नामक इस 30 हज़ार बर्रों के छत्ते की तरह दूर-दूर तक फैले बड़े-बड़े दफ़्तरों में सुंदर सिंह, साम्बमूर्ति और घोष की यह तिकड़ी ही वह आधार थी जो यह सारा भार अपने कन्धों पर सँभाले थी। वे जानते थे कि जो बड़े-बड़े निर्णय लिये जाते हैं और जिन्हें लागू करने के लिए दूसरों पर छोड़ दिया जाता है, वे दो तीन लोगों के दिमाग़ की ही उपज होते हैं और ये लोग कभी इस व्यवस्था में सबसे ऊपर भी नहीं होते।

अपने महत्त्व की यह बात तीनों ने एकमत से स्वीकार कर ली, तो सुंदर सिंह ने घंटी बजाई। एक चपरासी ने दरवाज़ा खोला और यह जानने के लिए कि क्या बात है, तीनों की तरफ़ देखा।

'चाय मँगाऊँ या कॉफ़ी?' सुंदर सिंह ने साथियों से प्रश्न किया, फिर स्वयं

ही उत्तर भी दिया, 'दो चाय और मद्रासी बाबू के लिए कॉफ़ी, फौरन! कुछ बिस्किुट-शिस्कुट नहीं? अच्छा। दो चाय एक कॉफ़ी। और फौरन!' यह कहकर उसने चुटकी बजाकर भी 'फटाफट' का इशारा किया।

'आज पहली दफ़ा मुझे आने में देर हुई है,' सुंदर सिंह ने तीसरी बार यह बात कही—जो उसका पारा गरम होने का कारण थी। 'वह आदमी मुझसे कहता है, 'सुंदर सिंह, देर से आये हो! इसी तरह सब लोग देर करके दफ़्तर आयें तो भारत सरकार कैसे चलेगी?—तुम्हारा क्या खयाल है?' मैं यह कहना चाहता था, 'तुम तो यह मत कहो, मिस्टर तुम कभी 11 बजे से पहले दफ़्तर नहीं आते। आज पहली दफ़ा तुम सही वक्त पर आये हो और मुझे किसी वजह से पाँच मिनट की देर हो गई है, तो तुम मुझे यह भाषण पिला रहे हो। लेकिन तुम लोग जानते हो, मैं कैसा आदमी हूँ। मैंने सोचा, यह मामूली आदमी कल का बच्चा है यह, इसके लिए क्यों अपनी ज़बान खराब करूँ? इसलिए मैंने यही कहा, 'सॉरी, सर। कोई चिट्ठी लिखनी है?' तो वह कहता है, 'नहीं, अभी मेरे पास वक्त नहीं है। बाद में बुलाऊँगा। लेकिन इस तरह देर से आना मुझे पसन्द नहीं है। हाँ।' सुंदर सिंह फट पड़ा। फिर उसकी नकल करते हुए कहने लगा, 'मुझे इस तरह देर से आना पसन्द नहीं है।...की कैन्दे ओ, घोष बाबू?'

'इस दुनिया में न्याय तो है ही नहीं,' घोष ने दार्शनिकता दिखाते हुए कहा।

'बिलकुल नहीं है,' साम्बमूर्ति ने जोड़ा।

चाय और कॉफ़ी आ गई। तीनों स्टेनो अपनी मेज़ और टाइप राइटर छोड़कर उठे और कमरे के बीच में कुर्सियाँ डाल लीं और इनके बीच एक और कुर्सी ट्रे रखने के लिए रख ली। सुंदर सिंह ने चाय और कॉफ़ी कपों में डाली और तीनों आधे घंटे का आराम करने लगे।

'यूरोप में,' घोष बाबू ने बहुत सी किताबें पढ़ी थीं, कहना शुरू किया, 'चाय कॉफ़ी या कोको के लिए ग्यारह बजे सब लोग काम बन्द कर देते हैं, कोई शराब भी लेता है। इसे वे ''इलेविन्सेज़'' कहते हैं।',

'बहुत समझदार हैं,' साम्बमूर्ति बोला। 'अंग्रेज़ी में कहावत है न कि ''ऑल वर्क एण्ड नो प्ले, मेक्स जैक ए डल बॉय'' ' साम्बमूर्ति अंग्रेज़ी कहावतें और जुमले अक्सर बोला करता था।

'लेकिन' सुंदर सिंह ने विरोध किया, 'यह खेल तो है नहीं। तुम हमेशा गलत समझते हो। यह काम के बाद आराम है। अच्छा, घोष बाबू, इलेविन्सेज़ के लिए कितना वक्त दिया जाता है?'

'यही करीब आधा घंटा,' घोष ने अधिकारपूर्वक कहा। 'बात यह है कि वहाँ चपरासी, बैरे, कुक और नौकर वगैरह तो होते नहीं। अपनी चाय या कॉफ़ी खुद बनानी होती है या होटल, रेस्तराँ में जाना पड़ता है।'

'तो काम तो बिलकुल रुक जाता होगा?' सुंदर सिंह ने पूछा।

'बिलकुल।'

'अच्छा, वाह!'

'हमें एलेविन्सेज़ के लिए ज़रा भी टाइम नहीं मिलता। हमें क्लर्कों की एसोसिएशन में यह बात रखनी चाहिये।'

'हाँ, हमें भी आधे घंटे की छुट्टी मिलनी चाहिये। अच्छा, देखते हैं।' यह कहकर सुंदर सिंह ने घड़ी देखी और कहा, 'इस वक्त पौने ग्यारह हैं। तो पौने ग्यारह से सवा ग्यारह तक।'

'यह पापुलर माँग होगी,' साम्बमूर्ति ने उत्साह से कहा। 'मैं प्रस्ताव पेश करूँगा।'

इस फ़ैसले से सबके चेहरे खिल उठे। वे आराम से सुड़क-सुड़ककर चाय पीने लगे। जब प्याले खाली हो गये तो सुंदर सिंह ने चपरासी के लिए घंटी बजाई। चपरासी दरवाज़े से भीतर आया तो तीनों ने अपने-अपने पर्स जेबों से निकाले और कहने लगे–

'नहीं, नहीं, आज मेरी बारी है।'

'नहीं, नहीं, मेरी बारी है। तुमने कल दिया था।'

हमेशा की तरह ज़्यादा ताकतवर सिख विजयी हुआ। उसने सबके पर्स जेबों में वापस डलवा दिये, ट्रे में ज़बर्दस्ती पैसे रख दिये और चपरासी को बाहर भेज दिया। फिर अपनी-अपनी कुर्सियाँ उठाकर वे मेज़ों पर चले गये।

इस वक्त सवा ग्यारह बजे थे–गैर-सरकारी इलेविन्सेज़ खत्म हो गया था।

'अच्छा, नई खबरें क्या हैं?' साम्बमूर्ति ने टाइप राइटर खड़खड़ाते हुए पूछा।

सुंदर सिंह ने घंटी बजाई। चपरासी फिर आ खड़ा हुआ।

'ओए, जाओ और मिनिस्ट्री की लायब्रेरी से आज के अखबार ले आओ। कह देना, बड़े साहब ने आधे घंटे के लिए मँगाये हैं।'

पाँच मिनट बाद चपरासी अखबारों का बंडल ले आया और सूबों के हिसाब से तीनों में बाँट दिये।

तीनों नज़रें गड़ाकर पढ़ने में लग गये। घोष बाबू की राजनीति में रुचि थी और वह जानना चाहता था कि दुनिया में क्या हो रहा है। वह अपना यह कर्तव्य भी समझता था कि अपने साथियों को भी वह सब बताये जिससे उनकी दृष्टि

विकसित हो। उसने खास-खास खबरें चुन लीं और उन्हें ज़ोर-ज़ोर से पढ़कर सुनाने लगा—साथ में वह टीका-टिप्पणी भी करता जाता था। उनकी उत्सुकता जगाने के लिए वह बीच-बीच में 'अरे बाबा' या 'बाप रे बाप' भी कहता जाता था। साम्बमूर्ति को अपने प्रदेश की खबरें अच्छी लगतीं और वह 'अये, अये अये' की भूमिका बाँधकर उनके आपसी झगड़ों पर भी रोशनी डालता जाता था। सुंदर सिंह आखिरी पन्ने से शुरू करता और बीच के पन्ने से आगे नहीं बढ़ पाता था।

'वाह रे वाह' वह इन दोनों के यह बताने से पहले कि पूर्व-पश्चिम संकट में आज की स्थिति क्या रही या ब्राह्मणों और अब्राह्मणों की लड़ाई का क्या नतीजा निकला, बोल पड़ता, 'होम मिनिस्ट्री ने डिफेंस के खिलाफ़ वाला मैच जीत लिया है। अब लंच के बाद वे हमारे साथ खेलेंगे। मुझे अपनी टीम को खबर देनी चाहिये।'

सुंदर सिंह फ़ोन करने में उलझ गया। खबर सबको मिल गई थी लेकिन मैच पर टीका-टिप्पणी नहीं हो सकी थी और यह कि अगले मैच में क्या होगा।

सुंदर सिंह जब-जब रिसीवर रखता, उसके मुँह से यही शब्द निकलते, 'हम उन्हें इतनी ज़बर्दस्त शिकस्त देंगे, कि उन्हें ज़िंदगी भर याद रहेगी।'

उसने अपने साथियों से भी कहा, 'तुम लोग भी ज़रूर आना। मज़ा आयेगा।'

घोष बाबू ने अखबार टाइप राइटर पर रख दिया। 'अगर बहुत देर न हुई तो। पता नहीं चलता, कब ये साहब लोग लंच करके वापस आ जायें।'

'अरे, तीन बजे से पहले कभी नहीं आते। नहीं जानते, बिज़ी दिखने का नाटक कैसे करते हैं? भले ही करने को कुछ न हो, हमेशा लंच के लिए लेट जायेंगे, जिससे कम से कम बीवी तो यही समझे कि कितना काम रहता है।'

साम्बमूर्ति तैयार हो गया। हालाँकि खेलों में उसे रुचि नहीं थी, लेकिन अपनी मिनिस्ट्री का उत्साह बढ़ाना वह अपना कर्तव्य समझता था—खासतौर से अपने साथी का, जो टीम का खास खिलाड़ी था।

वे काम करने लगे। इस वक्त पौने बारह बजे थे।

सुंदर सिंह ने स्पोर्ट्स का पेज खत्म किया और दूसरे महत्त्वपूर्ण विषय, विवाह, का पेज खोला। इसमें शादी के विज्ञापन भरे पड़े थे और वह आँखें चमका-चमकाकर उन्हें पढ़ता रहा। फिर बोला, 'घोष बाबू, यह आपके लिए बढ़िया है : एक निस्संतान कुँवारी विधवा के लिए वर चाहिये—लेकिन इसका मतलब क्या हुआ? जो कुँवारी है वह निस्संतान तो होगी ही।'

साम्बमूर्ति ने दाँत निपोरकर कहा, 'अगर वह पंजाबी हुई तो कहा नहीं जा सकता। ऐसी लड़कियाँ हमारे साउथ में नहीं होतीं। यह ठीक ही लगता है।' इसके

बाद उसने एक साउथ का विज्ञापन ज़ोर-ज़ोर से पढ़ा फिर बोला, 'सरदार साहब, अगर आप शादीशुदा न होते तो ट्राई कर सकते थे। खैर, कुंडली तो भेज ही दीजिए। इससे उन्हें पता नहीं चलेगा कि आपके दाढ़ी भी है—और उन्हें डर नहीं लगेगा।'

'तुसी कुंडली क्यों माँगते हो, फोटो क्यों नहीं माँगते? उसमें क्या होता है?' सुंदर सिंह ने सवाल दाग़ा।

साम्बमूर्ति ने शान्ति से जवाब दिया, 'खूबसूरती ज़्यादा दिन नहीं चलती। अच्छा भाग्य हमेशा साथ देता है।'

'तुसी सारे अंधविश्वासी हो,' सुंदर सिंह ने हमला किया। 'तरह-तरह की जातियाँ और उनकी भी शाखाएँ और सबमें लिखा है, "सी एण्ड डी नो बार" इसका मतलब पता है? यानी जाति या दहेज की रोक नहीं।'

तीनों दोस्त देर तक अपने-अपने प्रदेशों की शादी के रीति-रिवाज़ों की चर्चा करते रहे और बहस करते रहे, लेकिन सभी शादीशुदा थे और उनके कई-कई बच्चे भी थे। दरअसल रोज़ यही सब बातें होती थीं—इसलिए लगता था कि इसमें सभी की गहरी रुचि है। यह याराना, गपशप दोपहर तक चलती रही।

सुंदर सिंह ने अपना कोट उतारा और कुर्सी के ऊपर दीवार में लगी कील पर टाँग दिया। फिर दो शीट कागज़ के निकाले, उनके बीच कार्बन पेपर लगाकर मशीन में डाला और टाइप करना शुरू किया : 'डियर सर, रेफ़रेन्स योर लेटर नंबर...,' और अधूरा छोड़ दिया।

'मुझे जल्दी लंच कर लेना चाहिये, नहीं तो अच्छा खेल नहीं सकूँगा। तुम लोग अपना खाना वॉलीबॉल ग्राउंड पर ही ले आना?'

घोष और साम्बमूर्ति ने सिर हिलाये।

उसने घंटी बजाई। 'देखो,' चपरासी से उसने षड्यन्त्र जैसे लहज़े में कहा, 'अगर साहब साढ़े बारह से पहले मेरे लिए फ़ोन करें तो कह देना अभी कहीं किसी काम से गया हूँ—बाथरूम या और कुछ। कहना, मेरा कोट यहीं टँगा है और मेज़ पर भी कागज़ वगैरह पड़े हैं। अगर इसके बाद आये तो कहना कि अभी लंच करने गये हैं।'

चपरासी मुस्कुराया।

'तुसी हँसदे क्यों हो?' सुंदर सिंह ने पूछा, 'हम भी तो तुम्हारे लिए यही करते हैं?'

सुंदर सिंह उठा और नीचे कैंटीन की तरफ़ चला गया। कई सब्ज़ियाँ, दाल तड़केवाली, कई रोटियाँ और बाद में आइसक्रीम का ऑर्डर दिया। डटकर धीरे-धीरे खाया और गरम चाय के प्याले से सब माल पेट में जमाया। फिर कैंटीन-मैनेजर के साथ पान चबाते हुए दफ़्तरी गप-शप करने में लग गया।

'सरदार साहब, आप मुझे यह बताओ कि आजकल आपकी हॉबीज़ क्या चल रही हैं?' कैंटीन मैनेजर ने, जो खुद भी पंजाबी था, पूछा।

'हॉबीज़?' सुंदर सिंह ने गर्मी दिखाते हुए कहा। 'हॉबी-शॉबी के लिए वक्त ही कहाँ मिलता है? सवेरे से लेकर रात तक इस बहन...दफ़्तर में पिलना पड़ता है। जब शाम को घर लौटते हैं, ताक़त ही कहाँ बचती है। यह भी कोई ज़िन्दगी है?'

'सुंदर सिंह जी, काम भी तो किसी को करना ही पड़ेगा और आप से अच्छा करेगा भी कौन?' मैनेजर ने समझौता करते हुए कहा।

सुंदर सिंह ने खुश होकर अपनी तारीफ़ स्वीकार कर ली, लेकिन वह मैनेजर को ज़रा भी शक-शुबहा नहीं होने देना चाहता था—क्योंकि ये लोग ही दफ़्तर की अफ़वाहों के केन्द्र होते हैं।

'बहुत से लोग तनख्वाह से मिलने वाली रकम के अलावा अपनी आमदनी बढ़ाने के लिए प्राइवेट बिज़नेस भी चलाते हैं। पता नहीं, उन्हें इसके लिए वक्त कैसे मिल जाता है? मुझे तो टेबिल से सिर उठाने की भी फुर्सत नहीं मिलती। आमदनी तो मैं भी बढ़ाना चाहता हूँ। बीवी है और कई बच्चे भी हैं—लेकिन वक्त ही कहाँ है?'

'इसके अलावा आपके और मेरे जैसे लोग तो ये सब कर ही नहीं सकते,' मैनेजर ने बहस में शामिल होते हुए कहा। 'सरकार हमें तनख्वाह देती है—वह जैसी जो कुछ भी क्यों न हो दफ़्तर में बैठकर काम करने के लिए देती है, निजी बिज़नेस के लिए तो नहीं देती। यह अच्छी बात नहीं है। है न?'

'हरगिज़ नहीं है। और फिर दफ़्तर की सिरखपाई के बाद ताकत भी कहाँ रहती है?'

लोग लंच के लिए आने लगे और चर्चा में बाधा पड़ने लगी। सुंदर सिंह ने मैनेजर से हाथ मिलाया और चला गया। सवा बज गया था। पन्द्रह मिनट बाद मैच शुरू होना था।

वह बाहर खुले में आया और सेक्रेटेरिएट के बगल वाले मैदान की ओर चल पड़ा। क्लर्क लोग छोटे-छोटे ग्रुप बनाये बैठे थे और टिफिन में लाया खाना मिल-बाँटकर खा रहे थे। दूसरे लोग फल, मिठाई और चाट की रेहड़ियों के इर्द-गिर्द जमे थे।

लॉन के बीचोंबीच दो बाँस गाड़कर वॉलीबॉल का जाल (नेट) लटकाया जा रहा था और उसके इर्द-गिर्द खेल में भाग लेने वाले युवक तैयारी कर रहे थे। सुंदर सिंह का 'हलो' और कन्धे थपथपाकर ज़ोरदार स्वागत किया गया। आखिरकार वह अपनी मिनिस्ट्री का सबसे लोकप्रिय कर्मचारी होने के साथ-साथ टीम का सबसे महत्त्वपूर्ण खिलाड़ी भी था और आज मैच का सेमीफाइनल होना था। अगर वह जीत जाता है तो फाइनल का खेल बहुत शानदार होगा जिसमें कोई मन्त्री या बड़ा अफ़सर इनाम बाँटने आयेगा।

सुंदर सिंह ने अपनी पगड़ी उतारी, बालों का जूड़ा बनाकर उन्हें रूमाल से बाँध दिया और साथियों के साथ बैठकर खेल की बातें करने लगा—कि जीतने के लिए क्या करना है।

डेढ़ बजे मैच शुरू हुआ और सैकड़ों क्लर्क, टाइपिस्ट और सामान्य वर्ग के कर्मचारी चिल्ला-चिल्लाकर अपने-अपने खिलाड़ियों का स्वागत करने लगे। घोष बाबू और साम्बमूर्ति भी इनमें शामिल थे। लोगों का उत्साह उमड़ा पड़ रहा था। दफ़्तर से जल्दी उठ आने का उनमें जो थोड़ा-बहुत संकोच था, वह भी समाप्त हो गया था। साहब लोग लंच के लिए ज़रा देर से ही निकलते हैं और आराम करने के बाद तीन से चार बजे तक वापस लौटते हैं।

मैच में बराबरी की टक्कर थी और दो पारी खेलने के बाद वह जैसे रुक सा गया। फिर थोड़ी देर आराम करके पाँचवीं और अंतिम पारी शुरू हुई जिसमें भारत सरकार के दो प्रमुख मन्त्रालयों की प्रतिष्ठा दाँव पर लगी थी। सुंदर सिंह चारों पारियों में अच्छा खेला था और इसमें तो उसने ज़बर्दस्त कौशल दिखाना शुरू किया। वह चीते की तरह बॉल पर लपकता और बन्दूक की तरह उसे इस तरह मारता कि वह तेज़ी से उछलती नेट के उस पार जाकर ही गिरती। गृह मन्त्रालय की रक्षा पंक्ति उसके हमलों के सामने हरहराकर गिर पड़ी और सुंदर सिंह की टीम की विजय घोषित हुई, जिसके तुमुलनाद को सुनकर सचिवालय के आराम से सो रहे कर्मचारी भी खिड़कियों पर यह देखने आ खड़े हुए कि क्या हो रहा है। विजेताओं का भी हीरो कौन था, यह साफ़ था। यद्यपि वह पसीने से नहा उठा था, सबने उसे गले लगाया और उसकी दाढ़ी को भी चूमा। थकान से चूर वह ज़मीन पर लेट गया।

दोनों टीमों के खिलाड़ियों को सोडा वाटर पिलाया गया, सुंदर सिंह के मित्रों ने उसे मिठाई खिलाने की ज़िद की। उसने स्वीकार कर लिया क्योंकि वह उनकी भावनाओं को चोट नहीं पहुँचाना चाहता था। लेकिन उसके दिमाग़ में घड़ी की

टिक-टिक जारी थी, जिससे उसे परेशानी हो रही थी। पौने चार बजे वह अपने प्रशंसकों के बीच से निकला और दफ़्तर की ओर बढ़ा। दरवाज़े में घुसते ही उसने दूसरे लोगों की तरह कर्मचारी की मुद्रा अख्तियार कर ली।

घोष बाबू और साम्बमूर्ति पहले ही अपनी कुर्सियों पर पहुँच गये थे। उन्होंने उत्साह से उसका स्वागत किया और उसके खेल की प्रशंसा की। उन्होंने बताया कि बड़ी देर से टेलीफ़ोन बजता ही जा रहा है और हर कोई उसे बधाई देना चाहता है। सुंदर सिंह को यह सही नहीं लगा कि वह मित्रों को बता दे कि वह दफ़्तर वापस आ गया है। कुछ ही मिनटों में उसके कमरे में क्लर्कों और टाइपिस्टों की भीड़ लग गई, जो उसे थपथपा रहे थे और उससे हाथ मिला रहे थे। जब वे वापस लौटे, चार बज गये थे। सुंदर सिंह ज़रा परेशान हुआ।

'क्या साहब या किसी और ने इस बीच मुझे बुलवाया या कोई आया?'

'नहीं, नहीं, सब एकदम ठीक है। साहब किसी और मीटिंग में हैं। चपरासी मिनिट्स लिखने के लिए किसी और स्टेनो को वहाँ पहुँचा आया।'

सुंदर सिंह को यह सुनकर तसल्ली हुई।

'इस जीत के लिए हमें तुमको चाय पिलानी चाहिये,' घोष और साम्बमूर्ति ने एक साथ कहा।

घंटी बजाई गई और चपरासी को दो चाय और एक कॉफ़ी लाने को कहा गया। चार बज गये थे और अंग्रेज़ों ने भारतीयों को जो सिखाया था और जिसे उन्होंने उत्साह से सीख भी लिया था, वह था शाम की चाय को औपचारिक महत्त्व देना। इस वक्त बड़े से बड़ा अफ़सर भी छोटे-से-छोटे क्लर्क के चायपान में बाधा डालने से परहेज़ करता था।

शाम की इस चाय के समय नियुक्तियों, उन्नतियों और स्थानांतरणों तथा दफ़्तरी राजनीति पर चर्चा करना आम रिवाज़ था, लेकिन सुंदर सिंह का दिमाग़ खेल में हुई जीत से इतना सराबोर था कि अपने पिछले बॉस की अपने विरुद्ध दी गई रिपोर्ट या वर्तमान बॉस की कुत्तेवाली नीति की चर्चा करना उसके लिए सम्भव नहीं हुआ—इस बॉस द्वारा उसके खिलाफ़ रिपोर्ट देने के बावजूद जब उसने किसी और काम पर भेजे जाने की अर्ज़ी दी, उसे अलग करने से इनकार कर दिया था। सफलता से द्वेष समाप्त होता है और हरेक के प्रति सद्भावना उत्पन्न होती है। आज के खेल में उसे जो सफलता प्राप्त हुई थी, उसने सुंदर सिंह को हर अफ़सर के प्रति उदार बना दिया था और उसके साथियों का भी यह मानना था कि सफलता का मार्ग अनेक कठिनाइयों से भरा है।

'मि. सिंह,' साम्बमूर्ति ने कॉफ़ी का घूँट लेते हुए कहा, 'जैसा मैंने पहले भी कहा है, सरकारी नौकरी में सफलता पाना बहुत आसान है। तुम अपने से ऊपर वाले की हाजिरी बजाओ और बाकी सबको भूल जाओ। इसका काम या योग्यता या और किसी चीज़ से कोई लेना-देना नहीं है। वह जो भी कहे, उससे ''यस सर''; ''यस सर'' कहो, त्योहारों पर उसके लिए फूल और उसके परिवार के लिए मिठाई लेकर जाओ; उसके बच्चों के साथ, अगर हों तो, खेलो, उसकी बीवी के हुकुम बजा लाओ, घर के छोटे-मोटे काम करो, जैसे बढ़ई या बिजलीवाले को बुलाकर काम करवाना—और तुम्हें हमेशा सबसे ऊपर रखा जायेगा। फिर तुम्हें कोई हाथ नहीं लगा सकता। तुम्हारा प्रोमोशन पर प्रोमोशन होता चला जायेगा। तुम अंडर सेक्रेटरी तक पहुँच सकते हो और अंडर सेक्रेटरी का पद स्टेनोग्राफर की महत्त्वाकांक्षा का सर्वोच्च स्थान होता है।'

'लेकिन, मिस्टर मद्रासी, यह सब मैं हरगिज़ नहीं कर सकता,' उसने घमंड दिखाते हुए कहा—और यह वह एकदम भूल गया कि ऐसा उसने कई बार किया था और अपने साथियों के मशवरे से ही किया था। उसने अपने सीने पर हाथ फिराते हुए दोबारा यह बात दोहराई, 'हरगिज़ नहीं, तुम लोग मुझे काम जितना भी ज़्यादा करने को कहो—रात-दिन काम करवाओ—मैं करूँगा, लेकिन किसी के जूते चाटने का काम तो कभी नहीं। की कैन्दे ओ, घोष बाबू?'

घोष बाबू मान गये कि वे तीनों और लोगों की तरह आगे बढ़ने के लिए किसी की चमचागिरी कभी नहीं कर सकते। अगर योग्यता और मेहनत ही अन्तिम निर्णायक है, तो वे दुनिया भर में किसी के भी साथ मुकाबला करने को तैयार हैं। इस आम सहमति के बाद तीनों ने हाथ मिलाये और दफ़्तर से निकले।

पाँच बज गये थे—दफ़्तर बन्द होने का समय।

सेक्रेटेरिएट की इमारतों से दूर-दूर बसी नई बस्तियों की तरफ़ ले जानेवाली अनेक चौड़ी-चौड़ी सड़कों पर हज़ारों साइकिलों पर जानेवाले कर्मचारियों में, जो इन नौकरियों से मिलने वाली मामूली तनख्वाहों पर अपने बड़े-बड़े परिवारों में किसी तरह गुज़र-बसर करते थे, सुंदर सिंह भी एक था। ये सब इस वक्त काफ़ी थके-माँदे होते और आज सुंदर सिंह इन सबसे ज़्यादा थका नज़र आता था। वह आम तौर पर रास्तों के किनारे रेहड़ियाँ लगाये दुकानदारों से सब्ज़ी वगैरह खरीदता और साइकिल के कैरियर पर लटकाकर घर ले जाता, पर आज वह धीरे-धीरे किसी

तरह घर की तरफ़ बढ़ता रहा।

हमेशा की तरह घर पर उसका स्वागत किया गया। उसका पाँच साल का बेटा दौड़कर आया और साइकिल की सवारी के लिए लपका, लेकिन सुंदर सिंह ने उसे झटक दिया और पत्नी से भी बिना कुछ बात किए आँगन में पड़ी चारपाई पर लेट गया। उसकी तीन साल की बच्ची रोज़ की तरह कूदकर उसके पेट पर सवार हो गई, लेकिन सुंदर सिंह ने उसे उतार दिया। दोनों बच्चे डर से गये और माँ के पास रसोईघर में घुस गये।

पत्नी निकलकर आई और पूछने लगी, 'क्या आज बहुत थक गये हो? बहुत ज़्यादा काम करना पड़ा?'

'रोज़ ही करना पड़ता है। तुम औरतें क्या जानो, हमारे मुल्क की सरकार कैसे चलती है!'

मंडला की मेमसाब

जॉन डायसन पहाड़ी की चोटी पर पहुँचकर उतरा और चारों तरफ़ घूमकर देखा।

लाल ईंटों वाला रेस्ट हाउस जंगल के बीच कुछ साफ़-सी जगह में बना था। इसके चारों ओर जहाँ से पहाड़ी ढलान लेती थी ऊँचे पेड़ों की कतार थी, जिनके तनों से शाखाएँ और उनमें से लम्बी-लम्बी बेलें नीचे गिरती चारों तरफ़ फैल रही थीं। यहाँ से बाहर निकलने का रास्ता एक ही था जहाँ सड़क घाटी का रुख़ करती थी। यहाँ से मीलों तक घने पेड़-पौधों से भरी घाटी दिखाई देती थी।

सामान पहले ही आ गया था और वरांडे में रखा था। नौकरों की कोठरियों के पास कुली उकड़ूँ बैठे चिलम पी रहे थे जो सबके बीच घूम रही थी। ओवरसियर लोहे की कुर्सी पर बैठा इनसे बातें कर रहा था।

नौकरों की कोठरियों में जब हुक्का पार्टी खत्म हुई और ओवरसियर डायसन से मिलने के लिए बढ़ा।

'बगीचा बड़ा खूबसूरत है,' डायसन ओवरसियर को देखकर बोला। 'इसकी देखभाल कौन करता है?'

'एक बूढ़ा माली है, साहब, यहाँ पचास साल से रह रहा है। जब से यह मकान बना है, तभी से।'

एक हड्डी-हड्डी दिखने वाला आदमी यह सुनकर आगे आया और दोनों हाथ जोड़कर डायसन के सामने खड़ा हो गया। 'ग़रीब परवर, मैं ही वो माली हूँ। पन्द्रह साल का था, तभी से यह काम कर रहा हूँ। जीन मेमसाहब मुझे यहाँ लाई थीं और अब मैं साठ साल का हूँ। जीन मेमसाब यहीं गुज़रीं। मैं भी यहीं मरूँगा।'

'जीन मेमसाब? यह कॉटन की बीवी तो नहीं थी?' डायसन ने ओवरसियर की तरफ़ मुड़कर पूछा।

'नो सर, उनके बारे में कोई कुछ नहीं जानता। वह समाज-सेविका थीं—या शायद टीचर—या मिशनरी या ऐसी ही कुछ। उन्होंने यह बँगला बनवाया और यहाँ बच्चों का स्कूल खोला। और फिर अचानक उनकी मौत हो गई। कोई उनके बारे में कुछ नहीं जानता। फिर सरकार ने यह इमारत ले ली और इसमें वन विभाग का रेस्ट हाउस बना दिया।'

इस बातचीत में कुलियों की आवाज़ों से बाधा पड़ी जो पालकियों में मिसेज़ डायसन और उनकी बेटी जेनिफ़र को बिठाकर ऊपर ला रहे थे।

डायसन ने उनकी तरफ़ हाथ हिलाते हुए कहा, 'ओल्ड मिशन स्कूल है यह। जगह बुरी नहीं लगती।'

परिवार ने घूम-घूमकर निरीक्षण किया। डूबते सूरज की लालिमा में सारा मकान, आगे-पीछे का मैदान, फूलों की क्यारियाँ, जंगल के पेड़ और उनकी शाखाएँ तथा बेलें जगमगा रही थीं। चारों तरफ़ शान्ति थी। दूर घाटी में बहते झरने की आवाज़ से शान्ति में वृद्धि ही हो रही थी।

कुली और ओवरसियर सूरज डूबने से पहले घाटी में अपने गाँव के लिए उतर गये। डायसन परिवार ने रहने का इन्तज़ाम करना शुरू कर दिया। बैरे हरीकेन की लालटेनें जलाने, डिनर की मेज़ लगाने और पलँगों पर मच्छरदानियाँ खड़ी करने में लग गये। मिसेज़ डायसन और जेनिफ़र कमरों में जाकर काम का निरीक्षण करने लगीं। डायसन वरांडे में पड़ी बेंत की आरामकुर्सी पर आराम से लेटकर पाइप जलाने लगा और स्कॉच लाने का हुकुम दिया। वह धीरे-धीरे डूबते हुए सूरज की बदलती हुई रोशनी देखता रहा जो आग की लाली से, मानसून के बादलों में फैलकर पहले चमकते सुनहरे, फिर ताँबई लाल, गुलाबी, सफ़ेद और अन्त में गहरे भूरे रंग में बदलती गई। रोशनी के रात के अँधेरे में लुप्त होते ही जंगल में चारों तरफ़ जैसे एक चीखती स्तब्धता और शान्ति छा गई। चिड़ियाँ अपने घोंसलों में जाकर सोने लगीं और कुछ ही मिनटों में घुप अंधकार छा गया। अब जंगल में दूसरे क़िस्म की आवाज़ें, मेंढकों, सियारों और लकड़बग्घों की मिली-जुली पुकारें, सुनाई देने लगीं। डायसन बैठा स्कॉच और सिगरेट पी रहा था और बाहर लॉन से कीट-पतंगे और जुगनू उड़ते हुए उसके पास तक आने लगे।

बैरे ने कहा कि डिनर तैयार है। खाने की मेज़ पर मोमबत्तियाँ जला दी गईं। दीवार पर लगे खूँटे से टँगी हरीकेन लालटेन की पीली रोशनी समय बीतने और

मानसून से जर्जर भूरी प्लास्टर की दीवारों पर पड़ रही थी।

खाने की मेज़ पर ज़्यादा बातचीत नहीं हुई। सिर्फ़ बैरे की खाना लाने, परोसने और क्रॉकरी उठाने-रखने की आवाज़ों से कमरे की शान्ति भंग हो रही थी। जेनिफ़र इधर-उधर घूमती घर का जायज़ा ले रही थी। तभी बैरा उसे डिनर के लिए आने की सूचना देकर वापस लौट गया। खाना खाते हुए उसने अचानक छुरी-काँटा मेज़ पर रखकर कहा,

'मम्मी, देखो, दीवार पर वह एक तस्वीर है—'

मिसेज़ डायसन ने चौंककर उधर नज़र डाली। दीवार पर लगी सफ़ेदी पर ऊपर से गिरने वाले बारिश के पानी से लकीरें पड़ गई थीं जिन पर लैंप से पड़ने वाली झिलमिलाती रोशनी के कारण तरह-तरह के चेहरे बन-बिगड़ रहे थे।

'जेनिफ़र,' मिसेज़ डायसन ने डपटकर कहा, 'मुझे डराना बन्द करो और चुपचाप खाना खाओ।'

इसके बाद सब शान्ति से खाते-पीते रहे। कॉफ़ी आई तो जेनिफ़र सोने चली गई।

मिसेज़ डायसन ने फिर दीवार पर नज़र डाली, अब वहाँ कुछ नहीं था।

'जॉन, मुझे यह जगह पसन्द नहीं है।'

'तुम थक गई हो। जाकर आराम करो।'

मिसेज़ डायसन सोने चली गईं। थोड़ी देर बाद उनके पति भी आकर लेट गये और बड़ी जल्दी खर्राटे लेने लगे।

मिसेज़ डायसन को नींद नहीं आ रही थी। उन्होंने अपने तकिये मसहरी के बाँस के सहारे रख दिये और उन पर बाँहें टिकाकर बाहर बगीचे की तरफ़ देखने लगीं। चन्द्रमा नहीं निकला था लेकिन आसमान साफ़ था और ऊपर तारे छिटके हुए थे। लॉन के पार जंगल था जो घनी काली दीवार की तरह चारों ओर खड़ा था। मेंढक और कीड़े-मकोड़ों की आवाज़ें, कभी-कभी किसी पक्षी की चीख, लकड़बग्घों की आवाज़ें और सियारों की घू-घू वातावरण में फैल रही थी। इन्हें सुनकर मिसेज़ डायसन के माथे पर ठंडा पसीना आ जाता।

कई घंटे बाद पीला-सा चाँद आसमान में निकला और जंगल के पार से लॉन में हल्की रोशनी फैलाने लगा। लॉन में लगी घास पर ओस की छोटी-छोटी बूँदें चमकने लगीं।

मिसेज़ डायसन ने स्तब्धता के एहसास को दबाने के लिए बाहर निकलकर घूमने का विचार किया। उनके नंगे पैरों को नीचे उगी घास ठंडी और गीली लग

रही थी। वह आगे बढ़ते हुए अपने पैरों से घास पर पड़ते हुए निशानों को देखती जा रही थीं। उन्होंने अपना सिर झटका, जैसे उस पर रखा हुआ बोझ हटा रही हों और कई बार गहरी साँस ली। इससे उन्हें ताज़गी महसूस हुई। कहीं कुछ गड़बड़ नहीं था और डर की कोई बात नहीं थी।

मिसेज़ डायसन लॉन में आगे-पीछे कई मिनट तक टहलती रहीं। स्वस्थ होकर उन्होंने बिस्तर पर लौटने का विचार किया। वरांडे की तरफ़ बढ़ीं और अचानक रुक गईं। उनके आगे के लॉन पर पैरों के निशान दिखाई दे रहे थे। वहाँ से वे निशान सूखी ज़मीन तक गये थे और जंगल में पहुँचकर लुप्त हो गये थे। मार्गरेट डायसन के पैरों में कमज़ोरी-सी महसूस हुई, बुखार-सा चढ़ता हुआ लगा और वह ज़मीन पर गिर पड़ीं।

जब उनकी चेतना जागी, सवेरा हो रहा था। चारों तरफ़ चिड़ियों ने चहचहाना शुरू कर दिया था। वे धीरे-धीरे घिसट-घिसटकर अपने बिस्तर तक जा पहुँचीं।

जब बैरा चाय लाया, सूरज की रोशनी वरांडे में फैल गई थी। डायसन ने नाश्ता किया और बाहर जाने को निकला। लॉन के दूसरे सिरे पर कुली और ओवरसियर उसका इन्तज़ार कर रहे थे।

शाम को वह सूरज ढलने से पहले लौट आया। उसने ह्विस्की और सोडा का ऑर्डर दिया, पैर फैलाकर बैठ गया और जूते के फ़ीते खोलने को कहा। दो पैग पेट में जाते ही उसका चेहरा सचेत हो उठा।

'आज डिनर के लिए क्या है? करी चिकन लगता है। मुझे तो भूख लगी है। जंगल की हवा परेशान करती है।'

सब लोग शान्ति से डिनर करने लगे, डायसन को खाना अच्छा लग रहा था। एक सियार लॉन पार करके डायनिंग रूम के दरवाज़े तक आ पहुँचा और वहाँ से उसने गुर्राना शुरू किया। मिसेज़ डायसन के काँटे उनके हाथ से गिर पड़े। पति कुछ कहते, इससे पहले ही वह बोलीं, 'जॉन, मुझे पसन्द नहीं है यह जगह!'

'तुम बेकार परेशान हो रही हो। आखिर सियार ही है यह। मैं कई सियार यहाँ मारूँगा। वे तुम्हें बिलकुल परेशान नहीं करेंगे। फ़िक्र की कोई ज़रूरत नहीं है। कल रात नींद तो अच्छी आई?'

'हाँ, आई।'

'मम्मी, मैंने तुम्हें बाहर टहलते देखा था,' जेनिफ़र ने बीच में ही कहा।

'तुम पुडिंग खत्म करो और सोने जाओ,' मिसेज़ डायसन ने कहा।

'लेकिन मैंने आपको देखा था, मम्मी—आप सफ़ेद गाउन पहने थीं और आपने

मेरी मसहरी खोलकर मुझे देखा कि मैं सो रही हूँ या नहीं और मैंने आँखें बन्द कर लीं। मैंने देखा था तुम्हें?'

मिसेज़ डायसन का चेहरा पीला पड़ गया।

'जेनिफ़र बेकार बात मत करो और सोने जाओ। और मेरे पास कोई सफ़ेद गाउन नहीं है, यह तुम जानती हो।' यह कहकर वे उठीं और उनके पति उनके साथ हो लिये।

'तो तुम्हारी नींद पूरी नहीं हुई?'

'मैं तो सो ही नहीं सकी। लेकिन जॉन, मेरे पास न सफ़ेद गाउन है और न मैंने जेनिफ़र की मसहरी में झाँका।'

'ठीक है, ये फ़िज़ूल बातें हैं। तुम पुडिंग खाओ और जाकर सो जाओ। मैं बन्दूक उठाता हूँ और एकाध सियार मारकर लाता हूँ। जेनिफ़र, तुम्हें सियार की फ़र का कोट चाहिये?' डायसन ने हँसते हुए पूछा।

'नहीं, मुझे पसन्द नहीं हैं, सियार-वियार।'

डायसन ने बन्दूक उठाई, उसमें गोलियाँ भरीं और अपने बिस्तर के पास दीवार के सहारे टिका ली। फिर पाइप जलाकर पीने लगा और तब तक बातें करता रहा जब तक सोने का समय न हो गया।

फिर पत्नी से बोला, 'अगर सियार की आवाज़ सुनाई दे तो मुझे जगा देना।'

'ठीक है।'

कुछ ही मिनट में डायसन को नींद आ गई।

जेनिफ़र भी सो गई थी। लेकिन मिसेज़ डायसन मसहरी के भीतर से बाहर आँखें गढ़ाये पेड़ों से बनी दीवार और उसके पार फैले जंगल को देख रही थीं।

बाहर के धुँधलके में सफ़ेद रंग का गाउन पहने एक औरत की छाया उभरी। उसके बाल दो पट्टियों में बँधे थे जो दोनों कन्धों पर गिर रही थीं। उसकी शक्ल तो साफ़ नज़र नहीं आ रही थी, लेकिन उसकी आँखों की चमक मनुष्य जैसी नहीं थी। मिसेज़ डायसन का शरीर ठंडा पड़ गया और वे बहुत डर गईं। उन्होंने चीखने की कोशिश की लेकिन मुँह से आवाज़ नहीं निकली। जॉन डायसन खर्राटे भरता रहा।

वह प्रेत शरीर वरांडे की तरफ़ आने लगा और उसकी नज़र मिसेज़ डायसन पर थी। जब वह लॉन के बीच में पहुँचा तब एक सियार दौड़ता हुआ आया और उसके सामने दो पैरों पर खड़ा हो गया। उसने अपना सिर उठाया और ज़ोर से चीखने लगा। और भी बहुत से सियार उसके साथ चीखने लगे।

मिसेज़ डायसन के गले की आवाज़ लौट आई और उसने भी चीख मारी।

जॉन डायसन चौंककर उठा और बन्दूक उठाने को लपका। लेकिन वह निशाना साधता तब तक सारे सियार इधर-उधर भाग गये। डायसन ने अपनी सारी गोलियाँ एक ही सियार पर दाग़ दीं, लेकिन वह भी भाग गया।

'सुअर निकल गया,' डायसन भुनभुनाया।

दूसरे दिन डायसन परिवार बहुत परेशान था।

'माफ़ करना, डियर, मैंने कल रात तुम्हें डरा दिया,' पति ने कहा। 'आज इन सियारों से निबटना ही है।'

'जॉन तुमने और कुछ नहीं देखा?'

'और क्या?'

'सफ़ेद कपड़ों में एक औरत। जब तुमने बन्दूक चलाई, वह हमारी तरफ़ आ रही थी।'

'बकवास मत करो। सियार ही था मेरे सामने। तुम अपने ऊपर काबू करना सीखो।'

'लेकिन जॉन, तुम्हें मुझ पर यकीन करना होगा।' पिछली रात मैंने घास पर उसके पैरों के निशान देखे थे।'

मिसेज़ डायसन यह कहकर रुकीं और फिर खड़ी होकर बोलीं, 'आओ, तुम्हें दिखाऊँ।'

वे डायसन को लॉन में ले गईं जो अभी तक ओस से सफ़ेद था और उगते हुए सूरज की रोशनी में चमक रहा था। उस पर पैरों के निशान साफ़ दिखाई दे रहे थे। डायसन उनके पीछे चलता हुआ साफ़ मैदान तक पहुँचा। यहाँ बीच में एक क़ब्र थी—पुरानी टूटी-फूटी कब्र जिस पर न कोई पत्थर था और न कुछ लिखा था। इसके चारों तरफ़ काई जमा हो गई थी और उसके बीच कई जगह कँटीले पौधे उग रहे थे।

डायसन यह देखकर हिल उठा लेकिन उसने अपनी आवाज़ नहीं बदली। 'इसके बारे में क्या कहा जाये, समझ में नहीं आता,' धीरे से उसने कहा।

जब ओवरसियर आया तो उसने उसे दफ़्तर आने को कहा और वहाँ पहुँचकर कमरे का दरवाज़ा भीतर से बन्द कर लिया।

'सुंदरलाल, इस मकान के बारे में क्या जानते हो?'

'ज़्यादा नहीं जानता, सर!' ओवरसियर हकलाने लगा, 'यहाँ के गाँवों में बहुत सी कहानियाँ सुनी जाती हैं और अंधविश्वासी लोग उन्हें सच मान लेते हैं। यह

घर सालों से खाली पड़ा है और भारत सरकार ने इस पर कब्ज़ा पा लिया, तब भी अफ़सर लोग यहाँ ठहरने से इनकार करते रहे। लेकिन माली यहाँ हमेशा रहा है और खुश भी नज़र आता है।'

'माली को बुलाओ।'

सुंदरलाल माली को ले आया।

'साहब घर के बारे में जानना चाहते हैं। जो भी जानते हो, बता दो।'

'ग़रीब परवर', माली कहने लगा, 'यह घर जीन मेमसाब ने बनवाया था जो मंडला से आई थीं। उन्होंने यहाँ बच्चों का स्कूल खोला। यह सरकारी ज़मीन थी और कई साल की मुकदमेबाज़ी के बाद सरकार जीत गई और घर पर उसका कब्ज़ा हो गया।'

'जीन मेमसाहब का क्या हुआ?' डायसन ने प्रश्न किया।

'साहब, इसी मकान में उनकी मौत हो गई। सरकार ने इस पर कब्ज़ा कर लिया तो उन्होंने स्कूल बन्द कर दिया, फिर वो बीमार पड़ गईं। बरसात में वो बाहर घूमा-फिरा करती थीं इसलिए उन्हें मलेरिया हो गया, बार-बार हुआ। उनका मुस्लिम बैरा रियाज़ और मैं ही उनके पास थे। हम साहब लोगों को बताने नीचे मंडला गये लेकिन कोई उन्हें नहीं जानता था। हमने उन्हें जंगल में गाड़ दिया। रियाज़ मंडला चला गया और वहाँ बैरे का काम करता है। मैंने सरकारी नौकरी कर ली।'

'उनकी मौत के बाद इस घर में कितने लोग रहे?'

'कोई भी नहीं, साहब। अफ़सर आते हैं और चले जाते हैं। लोगों ने अफवाहें फैला रखी हैं कि जीन मेमसाब इसे शाप दे गई हैं। लेकिन मैं यहाँ पचास साल से हूँ और मुझे कुछ नहीं हुआ है।'

डायसन ने दोनों को छुट्टी दे दी और पत्नी के पास चला गया।

'अभी ओवरसियर और माली से बात की है,' उसने लापरवाही दिखाते हुए घोषणा की। 'बहुत-सी फ़िज़ूल-सी बातें हैं कि यहाँ कोई नहीं रहना चाहता। बस, माली ही पचास साल से रह रहा है। खैर, मैं तो यहीं रहूँगा और भूतनी को ठिकाने लगाऊँगा।'

उस रात डायसन ने फिर बन्दूक में गोलियाँ भरीं और उसे खुला छोड़ दिया। डिनर करके कई कप ब्लैक कॉफ़ी पी। बिस्तर के बगल में हरीकेन लैंप रखवाया और एक अलमारी में *वुड ब्लैक* मैगज़ीन के कुछ पुराने अंक मिले थे, उन पर नज़र डालने लगा। रोशनी और इस जानकारी के कारण कि पति जाग रहे हैं, मिसेज़

डायसन तकिये पर सिर रखते ही गहरी नींद में सो गईं।

डायसन कुछ देर तक पाइप पीता और अखबार पढ़ता रहा। फिर उसने लालटेन की लौ कम की और फिर पाइप पीता रहा।

आज की रात पिछली दोनों रातों से ज़्यादा अँधेरी थी। ऊपर बादल छाये थे जिससे बारिश होने की आशंका थी। आधी रात बीतने के कुछ समय बाद बिजली चमकी, गड़गड़ाहट हुई और तेज़ बारिश होने लगी—धुआँधार बारिश, जैसी इन प्रदेशों में होती है। हवा में हल्की ठंडक पैदा हुई जो वरांडा पार करके मसहरी तक आने लगी। मिसेज़ डायसन और बेटी जेनिफ़र इस शोर-शराबे में भी आराम से सोते रहे। ठंडी हवा से डायसन को भी झोंके आने लगे। उसका सिर हिलने लगा और वह तकियों पर बैठे-बैठे ही सो गया।

एक सियार वरांडे तक आया और उसने लम्बी चीख मारी। डायसन चौंककर जाग गया। तभी लैंप की लौ हिली और बुझ गई। मसहरी के भीतर से डायसन ने देखा कि एक मानवी छाया चारपाई के पास खड़ी है। उसकी दो चमकती आँखें उसे घूरकर देख रही हैं। तभी फिर बिजली चमकी और उसने देखा—सफ़ेद गाउन में एक औरत जिसके बालों की दो पट्टियाँ कन्धों पर फैली हैं। बिजली चमकने के बाद जो कड़क पैदा हुई, उससे वह हरकत में आ गया। डर से भरी एक चीख मारकर वह बन्दूक उठाने के लिए लपका और मसहरी से बाहर निकल आया। आँखें उसे घूरे जा रही थीं। उसने बन्दूक का पुट्ठा थामा और पागलों की तरह ट्रिगर दबाने लगा। दो गोलियाँ निकलीं और उनकी आवाज़ आई। डायसन वहीं पर गिर पड़ा और बन्दूक का मुँह उसके चेहरे की तरफ़ था।

दौलत राम की मौत

जिस दिन दौलत राम की मौत हुई, कुछ ऐसी बातें घटित हुईं, जो उनके बेटे को, जब वह उन घटनाओं को अपने दिमाग़ में घुमाने-फिराने लगा, काफ़ी कुछ अजीब-सी लगीं।

21 जुलाई को सवेरे रंगा को पहली चेतावनी प्राप्त हुई। वह एक रेस्तराँ में बैठा सवेरे की दूसरी कॉफ़ी पी रहा था। इस रेस्तराँ में वह हर रोज़ जाता था। यह साफ़-सुथरी अच्छी जगह थी जिसकी सजावट टीक की पट्टियों से, जिनके चारों ओर सुनहरी लाइनें खिंची थीं, की गई थी। फ़र्श की दरी और खिड़कियों पर पड़ी झालरें गहरे भूरे रंग की थीं और छत पर चमकते नीले रंग का हीरे की तरह जगमग करता फ़ानूस टँगा था। कमरे की हवा को ठंडा किया जाता था। गर्मी के दिनों में यह शहर की सबसे शान्त और शीतल जगह थी।

आज उतनी गर्मी नहीं थी जितनी जुलाई में आमतौर पर पड़ती है। सवेरे थोड़ी-सी बारिश हुई थी। आसमान में अभी भी बादल छाये थे। हवा में नमी होने के कारण एयर-कूलर का असर नहीं पड़ रहा था। लोग आते, थोड़ी देर बैठते, छत की तरफ़ पंखों के लिए नज़र डालते—जो रेस्तराँ में थे ही नहीं—तो ऑर्डर वापस लेकर उठ जाते। सिर्फ़ पड़ोस के दफ़्तरों से आने वाले लोग, जो हमेशा यहाँ आते थे, बैठे रहते। रंगा भी हमेशा आने वालों में से था।

'गोवा का तीन वाद्यों का बैंड बजने लगा। रंगा समझ नहीं पाता था कि वे क्या बजा रहे हैं, लेकिन वह जानता था कि यह हल्का संगीत नहीं है। यह कुछ ऐसा है जो उसे कप मेज़ पर रखकर उसे सुनने को प्रेरित करता है। उसे लगता था कि इसका कुछ विशेष महत्त्व ज़रूर है, उसने बाद में भी यही सोचा कि इसका कुछ महत्त्व होना ही चाहिये। जैसे ही बैंड ने

यह टुकड़ा बजाना खत्म किया, बार के पीछे छिपा टेलीफ़ोन बज उठा। रंगा यह तो समझ नहीं पाया कि बारमैन क्या कह रहा है, लेकिन उसने यह ज़रूर देखा कि वह सिर झुकाकर और एक कान को उँगली से बन्द करके सुनने की कोशिश ज़रूर कर रहा है और शायद यह भी कह रहा है कि ज़रा ज़ोर से बोलो। फिर उसने कागज़ का एक टुकड़ा उठाया, उस पर कुछ लिखा और फ़ोन में उसे दोहराकर सन्देश की पुष्टि की। फिर उसने रिसीवर रख दिया और हॉल में सिर घुमा-घुमाकर देखने लगा कि जो नक्शा फ़ोनवाले ने बताया है, उसे पूरा करने वाला आदमी कौन है। लाइट हाउस की रोशनी की तरह उसकी आँखें इधर-उधर घूमीं और रंगा पर आकर टिक गईं। रंगा ने उसकी नज़र बरदाश्त न कर पाने के कारण अपना सिर नीचे कर लिया। बारमैन को पूरा संतोष हो गया तो वह उठकर रंगा के पास आया और कहने लगा, 'आपके लिए टेलीफ़ोन है, सर।'

रंगा ने यह नहीं सोचा कि बारमैन सबसे पहले उसी के पास क्यों आया या यह कि उसने नाम पूछकर निश्चय क्यों नहीं किया और एकदम कह दिया कि आपके लिए टेलीफ़ोन है। जब बाद में उसने इस पर सोचा तो उसे याद आया कि बारमैन के उसके पास पहुँचने से पहले की वह उठकर खड़ा हो गया था और उसे यह भी याद आया कि उसने किसी तरह यह भी महसूस कर लिया कि खबर अच्छी नहीं होनी चाहिये। यह पहली दफ़ा ऐसा नहीं हुआ था कि रेस्तराँ में उसके लिए फ़ोन आया था। उसके बहुत से दोस्त जानते थे कि वह ग्यारह बजे यहाँ आकर कॉफ़ी पीता है। वह हमेशा दफ़्तर से निकलने से पहले कहता : 'मैं कॉफ़ी पीने जा रहा हूँ। कोई खास बात हो तो सन्देश भेज देना।' लेकिन वह समझ गया था कि यह फ़ोन न उसके किसी दोस्त का है, न दफ़्तर से आया है। उसने फ़ोन लिया तो किसी ने कहा, 'फौरन घर आ जाओ, तुम्हारे पिता बीमार हैं।' उसने फ़ोन करने वाले का नाम भी नहीं पूछा।

बात बड़े साधारण ढंग से कही गई थी; बाद में रंगा को लगा कि कोई बूढ़ा आदमी था। रंगा घर लौट आया। यह पहली बार दौलत राम अचानक बीमार नहीं हुए थे। समस्या उनकी पित्त बढ़ने की थी। भोजन में ज़रा-सी असावधानी पेट में ज़बर्दस्त दर्द पैदा कर देती थी। तब मार्फ़िया के इंजेक्शन और दूसरी दवाएँ देकर उन पर काबू पाया जाता था। दर्द तो बन्द हो जाता, लेकिन उन्हें दो हफ़्ते बिस्तर पर बिताने पड़ते। तब वह बड़ी शान्ति से वक्त बिताते और अपने घरवालों को इकट्ठा करके उन्हें समझाते कि गलत खाने से ही सब बीमारियाँ पैदा होती हैं, और अब वह बिलकुल सादा और उबला हुआ खाना ही खायेंगे और निश्चित समय

पर ही खायेंगे, फिर उनकी ज़िन्दगी बड़े आराम से गुज़रेगी। 'आदमी मरता नहीं है, वही खुद को मार डालता है,' वे प्रायश्चित करने की भावना से कहते। कुछ दिन तक वे इस तरह व्यवहार करते और ह्विस्की के विशेष गिलास में संतरे का रस भरकर पीते। वे अपने मेहमानों से भी ज़िद करके यही पीने के लिए कहते, जिससे उनकी प्रबल इच्छा-शक्ति प्रमाणित हो। 'एक गिलास लेकर देखिये तो,' वे आग्रह करते और नई अर्जित दिव्यता का मुखौटा धारण करके बताते, 'मैंने पीना छोड़ दिया है। चालीस साल तक डटकर पीने के बाद अब छोड़ पाना आसान तो नहीं हुआ, लेकिन अब वह कमी महसूस भी नहीं होती। दरअसल अब मैं ज़्यादा स्वस्थ महसूस करता हूँ।'

इसके बाद कहीं बाहर जाने का निमन्त्रण मिलता, तब एक छोटा पैग लेते—'सिर्फ़ एक छोटा पैग, डॉक्टर कहते हैं कि इससे कोई नुकसान नहीं होता।' फिर एक के दो हो जाते और दो के तीन। फिर उन्हें ह्विस्की के लिए बाहर जाने की ज़रूरत ही न होती। वे अपने नौकर को इतने साधारण ढंग से लाने को कहते जैसे पठन-कक्ष (स्टडी-रूम) से चश्मा मँगवा रहे हों। जब पत्नी किसी काम से बाहर जाती तो एकदम गटक जाते और एक और मँगवा लेते। इसे वे आराम से इस तरह पीते जैसे पहला पी रहे हों और डिनर से पहले एक छोटा पैग कोई नुकसान नहीं करेगा की दलील देकर पी लेते। अगर पत्नी ज़रा भी नाक भौं सिकोड़कर देखतीं तो पूछते कि हर वक्त टीका-टिप्पणी क्यों करती है। इस तरह की दलील देकर तीन या चार पैग ह्विस्की पी लेते, कुछ आराम से और कुछ जल्दी से गटककर, पेट में चली जाती। फिर देर से डिनर होता तो, 'इस उबले हुए खाने से फ़लाने के यहाँ की तली हुई मछली कितनी मज़ेदार होती है। हमारा रसोइया वैसी क्यों नहीं बना पाता?' या 'हमें मीट और अंडे और उनके साथ गाजर मूली भी खाना चाहिये। इनमें प्रोटीन होता है।' उन्होंने भोजन के बारे में बहुत कुछ पढ़ रखा था और ए से जेड तक सब विटामिनों के बारे में जानते थे। वे तब तक इन्हें खाते चले जाते जब तक वर्णमाला के ये अक्षर उनके पेट में पत्थर बनकर उछलना-कूदना शुरू नहीं कर देते। इसके बाद जो ज़बर्दस्त दर्द शुरू होता और ज़ोर-ज़ोर से कराहने की आवाज़ें उठतीं, उनमें पत्नी के ये शब्द कि, 'तुम कभी मेरी तो सुनते ही नहीं,' भीतर ही डूब जाते। फिर वही नर्सों, डॉक्टरों, मार्फ़िया के इंजेक्शनों, रिश्तेदारों को तार देने का ताँता शुरू हो जाता—'भगवान न करे कि कोई अनहोनी घट जाये,' फिर आराम और हमेशा का मुहावरा, 'आदमी मरता नहीं, वह खुद अपने को मारता है।'

पहली दो-तीन दफ़ा तो रंगा को ये चेतावनियाँ काफ़ी परेशान करने वाली ही लगीं। घर में पूछताछ की गई, 'ज़रा सोचकर बताओ, पापा की उम्र अब क्या होगी?' और 'अरे, यह तो कोई ज़्यादा नहीं है।' इसके बाद वह कुछ निश्चिन्त हो गया। अब वह पहली बात यह कहता, 'तो फिर शुरू हो गये।' लेकिन इस बार, जैसा मैंने पहले कहा, रंगा को लग रहा था, कि मामला गम्भीर है। बाहर का मौसम भी खराब था। सूरज काले, घुमड़ते बादलों से बेतरह लड़ रहा था, जो उसे बार-बार ढक लेते थे। ज़रा भी ठंडी हवा नहीं चल रही थी और बगीचे के पेड़ जैसे मुँह लटकाये खड़े थे और घर भी—हालाँकि यह कहना सही नहीं लगता—विधवा की तरह दुखी दिखाई दे रहा था। इसकी वजह घर की दीवारें थीं। इग्ज़ोरा की जो बेल चारों तरफ़ अपनी हरी-भरी पत्तियों और खिले हुए गुलाबी फूलों से लहलहाती फैली रहती थी, इस समय जगह-जगह से खुश्क और खाली नज़र आती थी और लगता था कि घर को जैसे लकवा मार गया है।

इस समय वहाँ एकदम शान्ति छाई हुई थी। कहीं कोई दिखाई नहीं दे रहा था। ऐसा पहले कभी नहीं होता था। सामान्यतया घर भर के बच्चे और सभी उम्रों के नाती-पोते अपनी-अपनी आयाओं के साथ इधर-उधर दौड़ लगाते दिखाई देते, और उनके साथ नौकरों के बच्चे भी मिल-जुलकर खेलते-कूदते रहते। हॉल के प्रवेश द्वार पर आज टेलीफ़ोन के पास बैठा चपरासी भी दिखाई नहीं दिया, टेलीफ़ोन भी मेज़ से हटा दिया गया था। सामने वाले मैदान में मिलने-जुलने वालों की गाड़ियाँ भी नहीं थीं और चपरासी इस समय शायद अपनी बीवी के पास बैठा चिलम पी रहा होगा।

लेकिन चपरासी ने शायद इस बात पर ध्यान नहीं दिया था कि भिखारी इसका फ़ायदा उठा सकते हैं। इन पर काबू करने के लिए वह ज़्यादातर अपने अलसेशियन कुत्ते, मोती, पर निर्भर करता था। मोती पोशाक से ही लोगों को पहचान लेता था। वह यूरोपियन वेशभूषा को ही पसन्द करता था और बाकी सबकी धोती या कुर्ता दाँत से खींचकर उन्हें बाहर भगा देता था।

लेकिन इस सुबह वहाँ एक भिखारी ही दिखाई दे रहा था। वह प्रवेश मार्ग के बीचोंबीच चुपचाप बैठा था। उसका सिर घुटनों के भीतर था और दोनों हाथ घुटनों को घेरे हुए थे। मोती कुछ दूर खड़ा उसका जायज़ा ले रहा था, कभी उसकी दायीं तरफ़ देखता, कभी बायीं तरफ़ और कोशिश कर रहा था कि उसकी असलियत को पहचाने। रंगा कार से बाहर निकला, तो हमेशा की तरह उसने उसका स्वागत नहीं किया।

भिखारी पर न किसी के आने-जाने का और न कारों की आवाज़ का कोई असर पड़ रहा था।

'क्या चाहिये तुम्हें?' रंगा ने डपटते हुए उससे पूछा। भीख माँगने के बारे में उसके विचार बड़े कठोर थे।

बूढ़े ने धीरे-धीरे अपना सिर उठाया। अस्सी से ज़्यादा का लग रहा था। भूरी कमीज़ के ऊपर मुँह से नीचे पेट पर लम्बी सफ़ेद दाढ़ी फैली हुई थी। सिर पर ढीली-ढाली पगड़ी थी। जिसके भीतर से सफ़ेद बाल बाहर निकल रहे थे। आँखों पर घनी भौंहें थीं, वे भी एकदम सफ़ेद थीं। उसने रंगा को उदास नज़रों से देखा।

रंगा को अपने व्यवहार पर शर्म आने लगी। उसने मीठी आवाज़ में फिर पूछा, 'आपको क्या चाहिये, बाबाजी?'

बूढ़े ने रंगा की तरफ़ से नज़रें नहीं हटाईं, और सिर हिलाया। रंगा को लगा जैसे वह तस्वीर के फ्रेम में जड़ दिया गया है। यूँ था वह भिखारी ही; विभाजन के बाद से ऐसे लोगों की जैसे बाढ़ आ गई थी। यह भी उन्हीं लाखों लोगों में एक होगा जो अपना घरबार खो चुके हैं। उसके घरवाले आम हत्याकांड में मारे गये होंगे और अब वह इतना बूढ़ा हो चुका है कि ज़िंदगी चलाने के लिए कुछ कर नहीं सकता। लेकिन इसके अलावा भी कोई बात थी। रंगा को लग रहा था कि उसने इस आदमी को कहीं देखा है।

'बाबाजी, आप कहाँ से आये हैं?'

बूढ़े ने अपनी आँखें बन्द कर लीं, कुछ जवाब नहीं दिया। उसकी आँखों से आँसू निकल-निकलकर दाढ़ी में समाते रहे। मोती भी उसके पास आया, उसे सूँघा और रिरियाते हुए वापस लौट गया।

'आप का कोई रिश्तेदार नहीं है? कोई बेटा-बेटी जो आपकी देखभाल करें?'

बूढ़े ने फिर सिर हिलाया। मोती फिर उसके पास आया और सूँघकर रंगा के पास जाकर खड़ा हो गया। रंगा को लगा कि ज़्यादा बात करना फ़िज़ूल है।

'आप रसोईघर में चले जायें,' यह कहकर उसने नौकरों के क्वार्टर की तरफ़ इशारा किया। 'मैं उनसे कह देता हूँ कि आप को खाना दें।'

यह कहकर रंगा आगे बढ़ा। उसे लग रहा था कि बूढ़ा उसे पीछे खींच रहा है—उसके पैर आगे ही नहीं बढ़ रहे थे। रंगा ने इसे पहले कहाँ देखा था? उसने मुड़कर देखा तो बूढ़ा पहले की तरह घुटनों में मुँह घुसाये बैठा नज़र आया। शायद वह सो गया था। वह मोती से टकराया और गिरते-गिरते बचा।

दौलत राम हमेशा की तरह परेशान थे—वे पेट पकड़े कराह रहे थे। चारों

तरफ़ रिश्तेदार इकट्ठा हो गये थे। एक नर्स उनकी बाँह पर स्पिरिट मल रही थी। डॉक्टर इंजेक्शन के लिए सुई तैयार कर रहा था। फिर उसने सुई बाँह में गड़ाई और ज़ोर लगाकर मार्फ़िया भीतर पहुँचा दिया। दो-तीन मिनट में नशा उनके शरीर में फैल गया और वे सो गये। डॉक्टर ने बक्सा बन्द किया, नर्स को हिदायतें दीं और बाहर चले गये। रिश्तेदार अँगूठों के बल धीरे-धीरे चलते हुए वापस लौटने लगे। रंगा ने मोती को घसीटकर ज़बर्दस्ती बाहर निकाला।

बेडरूम से बाहर निकलकर रंगा को पता लगा कि उसके भाई और बहन भी वहाँ हैं। दोनों दिल्ली से काफ़ी दूर रहते थे और उन्हें पिता के बारे में बताना काफ़ी कठिन था। भाई ने बताया कि उसे एक एमरजेंसी में हो रही मीटिंग से निकलकर आना पड़ा। बहन सप्ताहांत की खरीदारी करने राजधानी आई थी। स्थिति गम्भीर थी। परिवार की यह परम्परा थी कि मृत्यु के समय सब रिश्तेदार इकट्ठे हों। रंगा के परिवार में अभी तक कोई अकेला या अचानक नहीं मरा था। कोई बात होती थी जो सबको इकट्ठा कर लेती थी–कभी चिट्ठियों और तारों के द्वारा, और कभी कोई आंतरिक भावना ही उन्हें एक साथ ले आती थी।

इस बात पर बहुत ज़्यादा गहराई से विचार करने की ज़रूरत नहीं है। नर्स बाहर आकर बता गई कि वे आराम से सो रहे हैं और उन्हें परेशान करने की ज़रूरत नहीं है। और मोती को बाँध दिया जाये, क्योंकि वह बार-बार भीतर जाकर पैरों के बल पलँग पर खड़ा हो जाता है और दौलत राम को देखने लगता है।

जब लंच दिया गया तब रंगा को बाहर बैठे भिखारी की याद आई। वह मेज़ पर बैठा भाई से बात कर रहा था। उसने दीवार की तरफ़ देखा तो उसकी नज़र अपने बाबा के ऊपर लगे फोटो पर पड़ी। 'नज़र पड़ी' कहना उचित नहीं होगा क्योंकि यह तस्वीर यहाँ पिछले बीस साल से लगी थी। दरअसल पहली बार रंगा ने भारी-भरकम पगड़ी के नीचे छिपी और लम्बी सफ़ेद दाढ़ी तथा घनी सफ़ेद भौंहों वाली इस शक्ल को पहचाना। बड़ी अजीब बात थी–लग रहा था कि तस्वीर में बना चेहरा भी रंगा को पहली दफ़ा देख रहा है। रंगा का चेहरा पीला पड़ गया। वह बेवकूफ़ों की तरह आँखें फाड़े उस शान्त चेहरे को देखता रहा; उसकी आँख झपकने में ही नहीं आ रही थी। हाथ में पकड़ी चम्मच से सूप मेज़ पर गिरने लगा।

'क्या बात है?' भाई ने पूछा। 'लगता है, तुमने भूत देख लिया हो।'

रंगा ने चम्मच नीचे प्लेट में डाल दी और बड़बड़ाने लगा, 'वह भिखारी...वह भिखारी।'

'कौन-सा भिखारी?' भाई ने परेशान होकर पूछा।

'मैं अभी वापस आता हूँ,' यह कहकर रंगा उठा और मकान के बाहर भागा। बूढ़ा वहाँ नहीं था।

रंगा पहले से ज़्यादा पीला पड़कर कमरे में वापस लौटा। 'वह तो गया। मोती कहाँ है?'

'तुम कह क्या रहे हो? कौन गया?'

'मोती कहाँ है?' रंगा फिर बोला? 'कहीं फिर बेडरूम में तो नहीं चला गया?'

'नहीं सर,' नर्स ने मुँह पोंछते हुए कहा। 'मैंने कमरा बन्द कर दिया है। फिर भी मैं जाकर देखती हूँ।'

सब लोग उठकर नर्स के पीछे हो लिये। बेडरूम का दरवाज़ा आधा खुला था। रंगा नर्स के पीछे अँगूठों के बल भीतर पहुँचा। दौलत राम गहरी नींद में सोते नज़र आ रहे थे। उनकी बगल में पलँग पर ही मोती भी लेटा था; वह अपराधी आँखों से सामने देख रहा था। इन लोगों को देखकर वह रिरियाने लगा। रंगा ने देखा कि दौलत राम की साँस नहीं चल रही है। वह सुबकता हुआ बाहर आया। 'वह भिखारी! वह तो गया। वह तो गया।'

'जल हिंदिया' जहाज़ की पहली समुद्र-यात्रा

मैंने कई जहाज़ों को समुद्र-यात्रा पर जाते देखा था लेकिन 'जल हिंदिया' की पहली यात्रा में मुझे जो अनुभव हुआ, उसकी मुझे कभी आशा नहीं थी। यह आश्चर्य की बात थी क्योंकि वास्तव में यह उसकी पहली यात्रा थी ही नहीं। ब्रिटिश जहाज़ के रूप में वह सामान लाता-ले जाता रहता था। फिर उसे भारतीय जहाज़-कम्पनी ने खरीद लिया और माल तथा यात्री दोनों को लाने-ले जाने के काम में लगा दिया। इसका उद्घाटन करने भारतीय हाई कमिश्नर की पत्नी लंदन से आई थी। उसने अपनी कमान से एक पहले से ही चतुराई से तोड़ा गया नारियल इस अवसर पर पूरा तोड़ दिया था, जिसे उद्घाटन मान लिया गया। उसने कहा, 'मैं तुम्हारा नाम 'जल हिंदिया' रखती हूँ। भगवान तुम्हें और तुम्हारे यात्रियों को आशीर्वाद दें!' नेवी के बैंड ने राष्ट्रीय धुन बजाना शुरू कर दिया और एक बड़ा-सा तिरंगा झंडा धीरे-धीरे ऊपर उठने लगा। यह गर्व का क्षण था। बहुत से भारतीयों की आँखों में आँसू छलक आये। 'हमारा पहला यात्री जहाज़ है...,' इससे ज़्यादा वे क्या कह सकते थे। पन्द्रह दिन बाद 'जल हिंदिया' लिवरपूल के डॉक में खड़ा कर दिया गया। उसके गोदामों में सामान खचाखच भरा था और सभी 150 सीटें—प्रथम और टूरिस्ट दोनों श्रेणियों की—बिक गई थीं। मुझे आगे की तरफ़ की एक छोटी-सी केबिन पूरी अपने लिए मिल गई थी।

ड्रेसिंग टेबल पर यात्रियों की मुद्रित सूची रखी थी। मुझे यह देखकर ताज्जुब हुआ कि उसमें बहुत से अंग्रेज़ों के नाम थे। एक पाकिस्तानी राजनयिक

और उसका परिवार था। फ़र्स्ट क्लास के बाकी सब यात्री भारतीय थे, सिवाय एक के जिसके नाम से लगता था कि वह किसी भारतीय की विदेशी पत्नी थी—मिसेज़ माग्दा ब्रॉन सिंह। ज़ाहिर था वह अकेली सफ़र कर रही थी। टूरिस्ट श्रेणी के यात्रियों में एक पाकिस्तानी हॉकी टीम थी जो यूरोप में जीतकर लौट रही थी। इनके अलावा दो दर्जन 'सिंह' थे—उनके पहले नामों से मैं बता सकता था कि वे भाटिया जाति के सिख सड़कों पर फेरी लगाकर सामान बेचनेवाले लोग थे जो लंदन और मिडलैंड्स के उपनगरों में आम दिखाई देते थे। इस सूची में मुझे एक नाम ने विशेष आकृष्ट किया क्योंकि इसके साथ कागज़ के अन्त तक डिगरियाँ लिखी हुई थीं : डॉ. छक्कन लाल, एम.ए. (इलाहाबाद), डी.लिट. (इंग्लिश लिटरेचर, लीड्स)।

मज़ेदार मजमा था—यूरोपियन, पाकिस्तानी और भारतीय, जिसे हमारे देश के जहाज़ के लिए शुभ माना जा सकता था, क्योंकि इसमें अनेक जातियों और धर्मों के लोग यात्रा कर रहे थे। लेकिन इससे तनाव भी पैदा हो सकता था। मैं डेक पर जाकर देखने लगा कि नज़ारा कैसा है। अलग-अलग लोगों को पहचानना आसान था। एक सिरे पर सिख फेरीवाले थे—खरखरी दाढ़ियों वाले एकदम चुप और उदास बैठे थे, उनके लड़के हाथों में ट्रांजिस्टर पकड़े इस नई ज़िन्दगी से खुश नज़र आ रहे थे। उनके बगल में हरे रंग के ब्लेज़र पहने हॉकी के खिलाड़ी थे, जिनके सीने पर चाँद-तारे का पाकिस्तानी निशान बना था। इनका राजनयिक बढ़िया सूट पहने, सिर पर जिन्ना कैप लगाये, डटा था। उसी तरह के कपड़े पहने उसके कई कर्मचारी उसके इर्द-गिर्द मँडरा रहे थे। इनके अलावा एक छोटा-सा आदमी, मुश्किल से पाँच फीट का, फैशनेबल कपड़े और सींग के फ्रेम का मोटा चश्मा लगाये, तेज़ी से इधर-उधर चक्कर लगा रहा था और लोगों को अपना विज़िटिंग कार्ड देकर अपना परिचय कराने में लगा था। यह और कोई नहीं डॉ. छक्कन लाल, एम.ए. (इलाहाबाद) डी.लिट. (इंग्लिश लिटरेचर, लीड्स) ही हो सकता था। यूरोप के लोग दूसरे सिरे पर थे, जो ज़्यादातर व्यापारी और चाय बागानों के मालिक थे। ये लोग बहुत खुश नज़र नहीं आ रहे थे। हालाँकि कुछ औरतें आकर्षक थीं। मेरा सबसे ज़्यादा ध्यान सेना के अफ़सरों के एक दल ने आकर्षित किया, जो एक यूरोपियन औरत के चारों तरफ़ जो चमकदार नीले रंग की साड़ी, जिस पर सुनहरा बॉर्डर लगा था पहने थी—भीड़ लगाये खड़े थे। यह औरत काफ़ी गोरी, जो नॉर्डिक लोग ही होते हैं और लम्बी-ऊँची थी। एक स्टुवर्ड शैम्पेन की बोतल और गिलासों की ट्रे लेकर आया। पुरुषों ने औरत की सेहत के लिए गिलास ऊपर उठाये और सेना की खास 'वॉग' (वेस्ट-ऑरिएन्टेड जैंटिलमेन)

स्टाइल में लोकप्रिय अंग्रेज़ी गाना 'फॉर शी इज़ ए जॉली गुड फैलो' गाना शुरू कर दिया।

तभी लाउडस्पीकर से खड़खड़ाती आवाज़ गूँजी, 'एटेन्शन प्लीज़। यह आखिरी सूचना है। 'जल हिंदिया' जाने के लिए तैयार है। आगन्तुकों से निवेदन है कि जहाज़ से उतर जायें।' घोषणा के बाद सायरन से दो धड़ाके हुए। लोगों ने पंजाबी ढंग से एक-दूसरे को गले लगाया, अंग्रेज़ी ढंग से हाथ मिलाये, गोरी ने यूरोपियन ढंग से अपने साथियों के दोनों गाल चूमे। अफ़सरों ने 'ऑल्डलैंग साइन' गाने की कोशिश की, लेकिन शुरू की लाइनें बोलने के बाद ही जल्द चुप हो गये।

यात्रियों को छोड़ने आये सभी लोग जहाज़ से उतर आये और किनारे पर खड़े होकर हाथ हिलाने और चिल्लाने लगे। पाल खींच लिये गये और जहाज़ ने सरकना शुरू कर दिया। बूढ़े सिख फेरीवालों ने घेरा-सा बनाया और प्रार्थना की। उनकी आँखों से यह देखकर आँसू निकलने लगे और दाढ़ी से टप-टप करके नीचे गिरने लगे कि जिस देश ने उन्हें रोज़ी-रोटी और ज़िन्दा रहने की सुविधाएँ दीं, वह आज उनसे दूर हो रहा है। कुछ ही मिनटों में जहाज़ डॉक से बाहर आ गया। उसने सायरन से एक और आवाज़ की और खुले समुद्र में निकल आया। मई की खुली शाम थी। सैकड़ों जल-पक्षी जहाज़ के पीछे उड़ते, पानी में डुबकियाँ लगाते और आसमान में पुकारते चल रहे थे। लग रहा था, शादी की बारात है। मेरे मन में एक विचार आया। यह चूँकि पहली यात्रा नहीं थी, इसलिए इसे 'जल हिंदिया' की हनीमून यात्रा कहा जा सकता था।

मैं अपने केबिन में जाने के लिए मुड़ा, तो गोरी महिला पर मेरी नज़र पड़ी। वह किसी की तरफ़ बड़े सद्भाव से देख रही थी। मैं उसके पास से निकला तो देखा कि वह क्या है। यह सींग का चश्मा पहने छोटा-सा आदमी था, जिसे मैंने डॉ. छक्कन लाल मान लिया था। यह सही निकला। उसने गोरी को अपना कार्ड देकर नाम बताया और बड़ी उदारता से बोला, 'आप इसे रख लें,' जैसे वह उसे चॉकलेट का डिब्बा भेंट कर रहा हो। 'मैं टूरिस्ट क्लास में हूँ। लेकिन मैं आपसे फिर मिलने ज़रूर आऊँगा।'

चाय के समय मुझे फ़र्स्ट क्लास के यात्रियों पर नज़र डालने का फिर मौक़ा मिला। हमारे लिए मेज़ें नियत कर दी गई थीं। विशेष व्यक्तियों को कैप्टेन की मेज़ पर स्थान दिया गया था। इनमें एक अंग्रेज़ दम्पति था—एक खुरदरी शक्ल का जॉन टायसन (जो, मुझे बाद में पता चला, कलकत्ते की एक जहाज़ कम्पनी का मैनेजर था) और उसकी दुबली-पतली सी और काफ़ी चुस्त पत्नी। इसी श्रेणी

में पाकिस्तानी राजनयिक, उसकी पत्नी और बेटी और यह विशालकाय गोरी भी थी। मुझे रसोईघर के पास एक मेज़ पर जगह मिली जिस पर एक दक्षिण भारतीय दम्पति और बम्बई का एक युवा बैरिस्टर भी थे। ये मुझे देखकर चकित दिखाई दिये, उन्हें अफ़सोस हो रहा था कि उन्हें मेरे बराबर बैठना पड़ रहा था—मेरे सिख होने के कारण उन्हें लगा होगा कि मैं भी फेरीवाला ही हूँ जिसने ज़रा पैसा कमा लिया है और उसके सहारे मौज करना चाहता हूँ। उन्हें प्रभावित करने के लिए मैंने अंग्रेज़ों की 'हॉ-हॉ' उच्चारण की अंग्रेज़ी बोलना शुरू कर दिया। युवा बैरिस्टर मीनू पटेल ने मुझे महत्त्व दिया। वह मनुष्य को सही पहचानता था इसलिए वह समझ गया कि मैं महत्त्व प्राप्त करने के लिए सबके शराब के बिलों का भुगतान करता रहूँगा।

पहली शाम फ़र्स्ट क्लास के लाउंज में डिनर के बाद डांस का प्रोग्राम था। यूरोपियन लोग अपने डिनर जैकेट पहनकर आये थे और कुछ भारतीय शेरवानी पहने थे। गोरी, चटख लाल रंग की साड़ी पहने थी जिसके नीचे नीला खुला ब्लाउज़ था। मिसेज़ टायसन बर्फ़ की तरह सफ़ेद वस्त्र पहने थीं जिन पर लगे मोती चमक रहे थे। दोनों महिलाओं का अन्तर लाज़वाब था। एक रोमांटिक लाल परी लग रही थी और दूसरी सफ़ेद संगमरमर की प्रतिमा।

डिनर के बाद सब लाउंज में डांस के लिए इकट्ठे हो गये। बीच में थोड़ी सी जगह को छोड़कर बाकी सब खचाखच भरी थी। पाकिस्तानी हॉकी टीम अपने हरे ब्लेज़र और भूरी पैंटों में बगल में पड़े सोफ़ों पर जमा थे, युवा सिख फेरीवाले रंग-बिरंगी पगड़ियाँ लगाये और सलवार-कुर्ते पहने दूसरी तरफ़ पालथी मारकर बैठे हुए थे। बाकी सीटों पर टूरिस्ट क्लास के यात्री जमा थे। इनकी पोशाकें अलग-अलग थीं : कोई धोती पहने था, कोई धारीदार कुर्ते और पाजामे। इन पर टिप्पणी करना सही नहीं था। हमसे कहा गया था, 'हम टूरिस्ट क्लास में जहाँ चाहे वहाँ जा सकते हैं, कोई प्रतिबंध नहीं है।'

बैंड ने एक तेज़ धुन बजानी शुरू की। कोई भी डांस-फ़्लोर पर नहीं उतरा। फिर उसने वॉल्ट्ज़, साम्बा और टैंगो की धुनें बजाईं। नृत्य में भाग लेने वाले लोग बार पर भीड़ लगाये रहे, अपनी-अपनी मनपसन्द ड्रिंक पीने में लीन। कैप्टेन आश्चर्य से देख रहा था। 'अरे, कोई तो बाहर निकलो,' उसने ज़ोर से कहा और बैंड की तरफ़ इशारा किया। अब धीमे वॉल्ट्ज़ की आवाज़ लाउंज में तैर उठी। इस पर

एक कोने से एक पतली-सी आवाज़ आई, 'क्या मैं शुरू करूँ?'

यह प्रोफ़ेसर छक्कन लाल थे, जो अपनी डिनर जैकेट में बहुत चाक-चौबन्द लग रहे थे। उन्होंने लाल परी लग रही गोरी की तरफ़ हाथ बढ़ाया। महिला उत्तर देती, इससे पहले ही कैप्टेन ने उसकी ओर से स्वीकार कर लिया और ज़ोर से कहा, 'ब्रेवो, आइये हम सब डांस करते हैं।'

प्रोफ़ेसर छक्कन लाल बीच की खुली जगह में लपककर आ गये और सोफ़े तथा कुर्सियों के बीच से राह बनाकर आ रही गोरी का इन्तज़ार करने लगे। वह डांस-फ .लोर पर आई तो उन्होंने सिर झुकाकर उसका स्वागत किया और दोनों हाथ फैलाकर जैसे उसे बाँहों में लेना चाहा। गोरी ने प्रोफ़ेसर का एक हाथ पकड़ लिया और दूसरा उसके कंधे पर रख दिया। प्रोफ़ेसर ने अपना दायाँ हाथ गोरी की विशाल पीठ पर घुमाकर रखा, अपना सिर उसकी विशाल छातियों के बगल में टिका दिया, आँखें बन्द करके मुस्कान फेंकी और झटका देकर उसे फ़्लोर पर निश्चित पदों से घुमाने लगा : लम्बा-लम्बा हल्का; बग़ल की दिशा में; लम्बा-लम्बा हल्का।

भीड़ आश्चर्य से देख रही थी; बहुत ही छोटे से इस आदमी की हिम्मत और करतब को वह देर तक सराहती रही। लेकिन तब तक टायसन और अन्य कई जोड़े फ़्लोर पर आ गये थे।

स्लो-वाल्ट्ज़ और क्विक स्टेप, दोनों डांस अच्छी तरह पूरे हुए। इसके बाद आया टैंगो। प्रोफ़ेसर छक्कन लाल ने अब तक गोरी पर एकाधिकार स्थापित कर लिया था। वह भी प्रसन्न नज़र आ रही थी, क्योंकि अब तक उसके साथ जो भी पुरुष नाचते, वे अपने से ऊँची स्त्री के साथ नाचते संकुचित रहते थे। लेकिन टैंगो में सब गुड़-गोबर हो गया। प्रोफ़ेसर की रोमांटिक हरकतों को देख-देखकर फेरीवाले और पाकिस्तानी खिलाड़ी हँस-हँसकर लोट-पोट होने लगे। संगीत की स्पष्ट ध्वनियों पर वे चुटकियाँ बजाते और जाँघों पर हाथ मारते नज़र आये। टायसन परेशान होकर वहाँ से चले गये। दूसरे जोड़े भी धीरे-धीरे हट गये। अब फ़्लोर पर आँखें बन्द करके मस्ती से धुआँदार नाचते प्रोफ़ेसर और उनकी साथिन ही शेष रह गई। इसके बाद तालियों की गड़गड़ाहट शुरू हुई जिससे इनकी आँखें खुलीं। लेकिन उन्हें इस दृश्य की अश्लीलता नज़र नहीं आई। वे अपनी साथिन को हाथ पकड़कर बार तक ले गये और उन्हें गिलास पेश किया।

दूसरे दिन टूरिस्ट लाउंज में डांस होना था। गोरी ने नाचने के लिए प्रोफ़ेसर का निमन्त्रण स्वीकार कर लिया और लोगों की सीटियाँ और गंदे इशारों की परवाह

किये बिना उनके साथ नाचती रही। इसके बाद वे फ़र्स्ट क्लास या टूरिस्ट कक्षों में जहाँ भी डांस होता, नाचते नज़र आते। प्रोफ़ेसर अपने विरुद्ध किये जाने वाले किसी भी मज़ाक पर ध्यान न देते—जैसे ज़रा-सा बन्दर ऊँची-पूरी ऊँटनी के साथ नाच रहा है। गोरी भी अपने छटंकी साथी की रक्षा करती नज़र आई और अन्य किसी के नृत्य-प्रस्ताव को अस्वीकार करती रही। जब तक 'जल हिंदिया' ने जिब्राल्टर की खाड़ी को पार किया, तब तक हर कोई उनको साथ देखने का आदी हो चुका था। पुरुष मुस्कुराते थे, स्त्रियाँ कानाफूसी करती थीं, लेकिन प्रोफ़ेसर और उनकी डांस की साथिन इन्हें हँसकर टाल देते थे।

'जल हिंदिया' मेडिटेरेनियन में प्रवेश कर चुका था—गहरे नीले रंग और चमकते जल का समुद्र—पुरुषों ने पैंट उतारकर नेकर पहन ली, स्त्रियों ने सूती वस्त्र निकाल लिये। मिसेज़ टायसन, जिन्हें यह वस्त्र जँचता था और गोरी, जिस पर वह बिलकुल अच्छा नहीं लगता था, दोनों ने बिकनी पहन लीं। कैनवस के बने तालाब में नहाने और खेलने की सुविधा थी। शान्त समुद्र और ठंडी हवा रोमांस के लिए एकदम अनुकूल थी, विशेष रूप से उनके लिए जो इसके लिए तैयार हों, जिनमें प्रोफ़ेसर छक्कन लाल सबसे आगे थे। उन्हें ढंग की बहुत-सी रोमांटिक कविताएँ याद थीं। जिन्हें वे समय-समय पर सुनाते रहते थे। गोरी की अंग्रेज़ी बहुत अच्छी नहीं थी लेकिन वह इन पंक्तियों के पीछे की भावना समझ लेती थी और सिर भी हिला देती थी।

एक रात पसीना-पसीना कर देने वाले ज़ोरदार वॉल्ट्ज़ डांस के बाद प्रोफ़ेसर ताज़ी हवा खाने के लिए गोरी के साथ डेक पर आ खड़े हुए। अँधेरी रात थी और प्रोफ़ेसर ने एक कविता की पंक्ति उद्धृत की, जिसका अर्थ था—'गहरा अँधेरा है लेकिन स्वर्ग की मेहराब पर चमकते सोने के टुकड़े चमक रहे हैं।'

'तुम ये तारों के बारे में बहुत जानते हो?' उसने पूछा।

'ज़्यादा नहीं,' प्रोफ़ेसर ने भद्रता से कहा, 'हाँ, शाम के तारे शुक्र को ज़रूर जानता हूँ जो प्रेमियों के लिए बहुत पवित्र है।' फिर खरखरी आवाज़ में कहा, 'लेकिन उसके लिए अब बहुत देर हो चुकी है।'

'अरे, तुम मुझे कल ज़रूर दिखाना,' यह कहकर गोरी ने अपना हाथ उसके कन्धे पर रख दिया। इस स्पर्श से प्रोफ़ेसर के छोटे-से शरीर में सनसनी फैल गई। 'ज़रूर दिखाऊँगा और ये सप्तर्षि हैं,' यह कहकर ऊपर इशारा किया। 'इनमें से

छह गिन लो तो माना जायेगा कि तुम्हारी नज़र तेज़ है।'

'कहाँ है?'

'वहाँ,' यह कहकर उसने गोरी का हाथ पकड़ा और उँगली उठाकर दिखाया। 'अब गिनना शुरू करो।'

जब तक वह गिनती रही, वह उसका हाथ पकड़े रहा : 'एक, दो, तीन, चार, पाँच...बस।' उसने गोरी का हाथ नहीं छोड़ा। वह भी जैसे भूल गई हो कि हाथ प्रोफ़ेसर पकड़े है। उसने गोरी की उँगलियों में अपनी उँगलियाँ डाल दीं। यह जैसे मुहर लग गई।

'जल हिंदिया' के भीतर से संगीत की धुन डेक पर हल्की-हल्की सुनाई दे रही थी। प्रोफ़ेसर को नीचे जाने की जल्दी नहीं नज़र आ रही थी। गोरी ने मित्रतापूर्ण ढंग से उसके हाथ को मरोड़ा और बोली, 'चलो प्रोफ़ेसर...एक और डांस और फिर बिस्तर को...।'

यह सुनकर प्रोफ़ेसर का सिर घूम गया। उसके इस आखिरी वाक्य का क्या मतलब था? वह उसके साथ नीचे आया और पागलों की तरह नाचने लगा। माथे पर पसीना छलक आया, सूख गया और फिर छलकने लगा। क्या उसका यही मतलब था जो उसने कहा? संगीत थम गया। तालियाँ बजने लगीं। लोग फ़्लोर से हटने लगे। प्रोफ़ेसर ने रूमाल निकालकर माथे से पसीना पोंछा। रोशनी में वह उससे पूछ भी नहीं सकता था। लेकिन बार से गुज़रकर जब वे अँधेरे में आये तो उसने फिर उसका हाथ पकड़ना चाहा। 'बस, और नहीं,' गोरी ने पक्की बात कही, 'थैंक्यू फ़ोर द इवनिंग।'

यह क्या हुआ—अभी नहीं तो कभी नहीं। उसने 'गुडनाइट' तो नहीं ही कहा। उसने चारों तरफ़ नज़र डाली कि कहीं कोई देख तो नहीं रहा है। फिर सारा साहस इकट्ठा करके धीरे से पूछा, 'आपके केबिन का नंबर क्या है?'

'ट्वेन्टीवन, बोट डेक।'

प्रोफ़ेसर छक्कन लाल लेटे अपने केबिन की छत की तरफ़ ताक रहे थे। वे अभी तक डिनर जैकेट पहने थे। उन्होंने बत्ती जला दी और कुछ पढ़ने की कोशिश की। थोड़ी-थोड़ी देर बाद वे कलाई पर लगी घड़ी पर नज़र डालते। किताब के सिरे के ऊपर से उन्होंने देखा कि उनकी केबिन के दो और साथी, जो छात्र थे, वापस आ गये थे और बत्ती जलाकर किताब पढ़ रहे थे। एक ने अपनी बत्ती बुझाकर पूछा,

'प्रोफ़ेसर, आपने कपड़े नहीं बदले?' छक्कन लाल 'हूँ' कहकर चुप रह गये, कोई जवाब नहीं दिया।

'प्रोफ़ेसर साहब की आज डेट है,' दूसरे ने ताना कसा। दोनों हँस पड़े।

इन्हें कैसे पता चल गया? प्रोफ़ेसर ने एक और 'हूँ' कहकर बात की उपेक्षा कर दी। उन्हें इन लड़कों, फेरीवालों और खिलाड़ियों के साथ टूरिस्ट क्लास में नहीं रहना था। लेकिन रुपये 350/- के मासिक वेतन में प्रोफ़ेसर छक्कन लाल कर भी क्या सकते थे।

उन्होंने फिर घड़ी पर नज़र डाली। ग्यारह बजकर पाँच मिनट ही हुए थे। वे बर्थ से उठे, टूथपेस्ट और ब्रश निकालकर दाँत साफ़ किये, कनखी से देखा कि लड़कों को पता चल गया है या नहीं और धीरे से केबिन से बाहर निकल गये। टूथब्रश और पेस्ट जेब में रखा और डेक पर ऊपर चले गये। उन्हें यह देखकर ताज्जुब हुआ कि यहाँ कई लोग मौजूद थे। कुछ अपने तकिये भी साथ लाये थे और ठंडक में सोने के लिए जगह देख रहे थे। क्या इनमें प्रथम श्रेणी के यात्री भी होंगे?

उन्होंने आसमान की ओर ताका। चारों तरफ़ सितारे चमक रहे थे। उन्होंने सप्तर्षि पर नज़र डाली और अपना भाग्य खोलने के लिए उन्हें धन्यवाद दिया। वे चश्मा लगा कर भी तीन से ज़्यादा गिन नहीं पाये। इनके अलावा भी सितारे थे—दि ग्रेट बियर, स्कॉर्पियो और कैसियोपिया। खगोल विज्ञान का उन्हें इतना ही ज्ञान था। लेकिन इतना भी उनके विद्वान माने जाने के लिए काफ़ी था और सप्तर्षि ने तो उनका भाग्य ही खोल दिया था। उन्होंने फिर उन्हें धन्यवाद दिया।

समुद्र एकदम काला था, कहीं भी एक भी लहर नज़र नहीं आ रही थी। कुछ दूर एक और जहाज़ जाता दिखाई दिया। दोनों जहाज़ों के रेडियो ऑपरेटर रोशनी से सन्देश फेंक रहे थे। प्रोफ़ेसर जहाज़ को अन्तरिक्ष में विलीन होते देखता रहा। यात्री सो गये थे। उसने घड़ी को हथेली से ढक लिया। रेडियम की सुइयाँ चमक रही थीं, इस वक्त दोनों एक-दूसरे पर चढ़ी थीं। आधी रात हो गई थी, प्रेमियों के मिलन का यह सबसे अच्छा समय था।

तेज़ी से धड़कता दिल सँभाले प्रोफ़ेसर ने प्रथम श्रेणी के डेक की तरफ़ पैर बढ़ाये। वह यह दिखाने की कोशिश कर रहे थे कि कोई खास बात नहीं है। लेकिन अगर कोई कुछ पूछ बैठा तो क्या जवाब दूँगा? यह कि वह किसी को एस्पिरिन

की गोलियाँ देने जा रहे हैं? नहीं। क्योंकि, किसे, यह बताना पड़ सकता है। हाँ, यह ठीक रहेगा—'नाचते समय मेरी सोने की चेन कहीं गिर गई है।' यह चल जायेगा। लेकिन अगल-बगल से गुज़र रहे स्टुवर्ड अपने-आप में ही मशगूल थे और वह आराम से फ़र्स्ट क्लास के लाउंज में पहुँच गये।

प्रोफ़ेसर को अचानक खयाल आया कि उन्हें फ़र्स्ट क्लास के डेक का नक्शा पता नहीं है, और गलियारों में घूमते हुए किसी ने उसे पकड़ लिया तो मुश्किल हो सकती है। सीढ़ियाँ चढ़कर वे बोट डेक पर पहुँच गये। अब प्रोफ़ेसर को शक-शुबहा और डर लगने लगा। क्या उसने 'ट्वेन्टी-वन' ही कहा था? उसने सूचना मात्र दी हो! जैसे उसने पहले जब उसकी उम्र पूछी तो उसने कहा था, 'स्त्री से उसकी उम्र नहीं पूछी जाती, लेकिन आपने पूछी है तो मेरी उम्र इक्कीस साल है।' क्या जब उसने केबिन का नम्बर पूछा था तो वह उसका मतलब समझ गई थी? वह उस सीमा तक पहुँच गया था, जहाँ लिखा था : 'केवल फ़र्स्ट क्लास के यात्रियों के लिए।' उसने सन्देश तो छोड़ा था और शायद वह स्वीकार भी कर लिया गया था, इसलिए अब वापस लौटना तो सम्भव नहीं था। लेकिन यहाँ से आगे कैसे बढ़ा जाये? दो क़तारों में केबिन बने थे जिनकी छोटी-छोटी खिड़कियाँ डेक की तरफ़ खुलती थीं। दोनों के बीच जो गलियारा था उसमें उनके दरवाज़े थे जिन पर नम्बर भी लिखे थे। यहाँ की बत्ती बुझी हुई थी, सिर्फ़ एक नीला बल्ब था जिसके सहारे यात्री अपने परिचित केबिनों में जा सकते थे। प्रोफ़ेसर को इक्कीस नम्बर केबिन की सही स्थिति पता होनी चाहिये थी, इसके बाद ही वह उसके द्वार पर खटखट कर सकता था। उसने केबिनों की छोटी-छोटी खिड़कियों से झाँकने का फैसला किया।

उसने खुले आसमान में कई लम्बी साँसें लीं और छोड़ीं और सप्तर्षि की ओर देखकर और उनसे प्रार्थना करके आगे बढ़ना शुरू किया।

भीतर अँधेरा होते हुए भी केबिनों के भीतर बर्थों को देख पाना, मुश्किल नहीं था। वह जानता था कि गोरी के केबिन में एक ही बर्थ है। इसके अलावा कई केबिनों में रोशनियाँ जल रही थीं। इन पर लिखे नम्बरों पर फुर्ती से इधर-उधर नज़र डालकर वह जान गया कि शुरू के आधों में यह संख्या नहीं है। कोई भी नहीं हिला था और अगर कोई जाग भी गया हो तो उसने इधर-उधर कुछ ध्यान नहीं दिया था।

प्रोफ़ेसर चार बर्थों वाले केबिन में पहुँचा जो नीली रोशनी में नहाई हुई थी। उसने भीतर नज़र डाली तो देखता ही रह गया। ऊपर की बर्थों पर दो बच्चे सोये हुए थे। नीचे की बर्थों में से एक पर एक माँस का सड़ता हुआ लोथड़ा-सा एक आदमी नेकर पहने पड़ा हुआ था। दूसरी बर्थ पर प्रसिद्ध चित्र 'वीनस' की तरह अत्यन्त सुन्दर नग्न नारी दीवार की तरफ़ मुँह करके सो रही थी। प्रोफ़ेसर छक्कन लाल ने ऊपर सिर से उसके सभी अंगों पर धीरे-धीरे नज़र डालना शुरू किया—बालों से ढका चेहरा, कन्धे, उनके नीचे बहुत छोटे स्तन और फिर एकदम पतली कमर, इसके बाद जाँघें, टाँगें और पैर—फिर पीछे पीठ से लेकर सिर तक, सारा बदन देखा।

औरत ने करवट ली और अब पीठ के बल लेटी नज़र आई। प्रोफ़ेसर के किताबी दिमाग़ ने एक और प्रसिद्ध चित्र को ढूँढ निकाला—गोवा की 'माजा न्यूड'। अब वह उसे पहचान गया। यह मिसेज़ टायसन थी। वह चकित भाव से उसे देखता रहा। उसके पैरों और हृदय दोनों की गति बन्द होती लगी।

तभी ऊपर की एक बर्थ से एक बच्चे की चीख सुनाई दी, जिससे उनका ध्यान भंग हो गया। नीचे की बर्थ पर पड़ा माँस का लोथड़ा हिला, और प्रोफ़ेसर तुरन्त पीछे खिसक गया। उसे खरखरी आवाज़ सुनाई दी, 'क्या बात है, मेरी?'

'डैडी, खिड़की पर कोई है।'

'खिड़की पर?' टायसन ने दोहराया। 'मुझे तो कोई दिखाई नहीं देता। तुम सपना देख रही होगी।'

मिसेज़ टायसन ने पूछा, 'क्या बजा है? डियर'

'साढ़े बारह।'

'सो जाओ, मेरी। इस वक्त यहाँ कोई नहीं हो सकता। डर लगता हो तो नीचे डैडी के पास आ जाओ। गुडनाइट, डियर।'

'गुडनाइट, मम्मी।'

प्रोफ़ेसर छक्कन लाल चुप खड़े रहे। जान बच गई थी, और उन्होंने फिर ऐसा कुछ न करने का फैसला किया।

तभी जहाज़ का मुख्य फ़्यूज़ उड़ गया और चारों तरफ़ अँधेरा छा गया। तीन मिनट बाद रोशनी आई, पर प्रोफ़ेसर को ये तीन मिनट तीन घंटे के बराबर लगे। लेकिन अब तक वह केबिनों की संख्या भूल-भाल गया था, इसलिए फिर से शुरू करना ज़रूरी था। और इस बार भी उसके पैर टायसन के केबिन पर आकर अटक गये, जिसके भीतर उसकी 'वीनस दि मिलो,' इस बार पेट के बल, हाथों से तकिया पकड़े लेटी थी।

प्रोफ़ेसर को याद आया कि यहाँ खतरा है, लेकिन वह अपने को रोक नहीं सका और भीतर झाँकने लगा। वह अपनी आँखों से संगमरमर की प्रतिमा को टकटकी बाँधे निहार रहा था, कि फिर ऊपर लेटे बच्चे के चीखने की आवाज़ आई। इस बार उसके साथ मर्दानी गाली भी सुनाई दी। मिस्टर टायसन जाग उठे थे और उन्होंने प्रोफ़ेसर के अँधेरे में गायब होने से पहले उसे देख लिया था। वह कूदकर बर्थ से उठा और 'मैं सबक सिखाता हूँ इस सुअर को...' कहता हुआ बाहर निकला।

प्रोफ़ेसर छक्कन लाल की समझ में नहीं आया कि किस तरफ़ जाये और उसके पहले से भारी हो रहे पैर और भी ज़्यादा सख्त हो उठे। घबड़ाकर वह पीछे मुड़ा और जहाज़ की रेलिंग पकड़कर समुद्र की तरफ़ देखने लगा।

टायसन ने उसका कॉलर पकड़ा और उसे घसीटता हुआ खिड़की की रोशनी में ले आया।

'मैंने तुम्हें देख लिया, काले कुत्ते! तुम्हीं तो झाँक रहे थे, क्या इरादा है?'

'मैं...मैं...मैं,' प्रोफ़ेसर हकलाने लगा।

'मैं नहीं था...मैं तो...मैं तो...मैं तो सिर्फ़ यहाँ खड़ा था।'

'अच्छा, बस खड़े थे, झूठे, मक्कार' टायसन गुर्राया और उसे एक ज़ोरदार झापड़ रसीद किया। प्रोफ़ेसर छक्कन लाल का चश्मा नीचे गिर पड़ा और शीशों के टूटने की ज़ोर से आवाज़ आई।

बगल के केबिनों में रोशनियाँ जलने लगीं। हर तरफ़ से 'क्या हुआ?'...'क्या बात है?' की आवाज़ें आने लगीं। प्रोफ़ेसर को लगा कि अब उसे कुछ सख्ती दिखानी पड़ेगी, 'आपने...आपने मुझे चाँटा क्यों मारा?' उसने कमज़ोर आवाज़ में सवाल किया।

'मैं तो तुम्हें समुद्र में फेंकने जा रहा हूँ, गंदे शैतान चूहे।'

'जॉन, छोड़ दो इसे,' मिसेज़ टायसन बोली।

'लेकिन हुआ क्या?' कुछ लोगों ने पूछा और ऊपर आ गये। पाकिस्तानी राजनयिक और कुछ यूरोपियन गाउन पहने आ गये। टायसन अपनी बात कह पाता, इससे पहले ही प्रोफ़ेसर ने शिकायत के लहज़े में कहा, 'मैं यहाँ खड़ा था और इसने मुझे मारना शुरू कर दिया।'

'झूठ बोलता है यह,' टायसन ने दाँत पीसकर कहा। 'तुमने कुछ नहीं किया?' यह कहकर उसने उसके मुँह पर एक मुक्का रसीद किया। प्रोफ़ेसर लड़खड़ाकर पीछे हटा लेकिन रेलिंग से टकराकर नीचे गिर पड़ा। उसके सिर में गहरी चोट

आई और वह एकदम बेहोश हो गया।

'आपको किसी को इस तरह मारने का हक़ नहीं है,' पाकिस्तानी ने तमककर कहा। 'आप कैप्टेन से शिकायत कर सकते हैं। लेकिन कानून इस तरह अपने हाथ में नहीं ले सकते।'

'अच्छा, तो यह बात है!' टायसन ने धमकाते हुए कहा, 'और तुम्हें इसमें दखल देने का हक़ किसने दिया?'

अब यूरोपियनों का दल भी इसमें शामिल हो गया। उन्होंने पूछा, 'क्या हुआ, जॉन? यह हो क्या रहा है?'

'यह चूहा खिड़की से ताक-झाँक कर रहा था...जो...जो...'

'अच्छा, यह आदमी?' यह कहकर एक गर्म दिमाग़ आदमी ने पाकिस्तानी की गर्दन धर पकड़ी। 'तुम अपने को बड़ा खूबसूरत समझते हो...क्यों...यह बात है!'

'फौरन अपना हाथ हटाओ,' राजनयिक चीखा। 'मेरे साथ कुछ किया तो जेल भिजवा दूँगा।'

जॉन टायसन ने, उसके कुछ कर गुज़रने से पहले उसका हाथ पकड़ लिया, 'अरे बेवकूफ़, यह नहीं है वो, वो यह है,' यह कहकर उसने ज़मीन पर पड़े प्रोफ़ेसर की तरफ़ इशारा किया।

लड़के ने पाकिस्तानी को छोड़ दिया और हकलाते हुए माफ़ी माँगने लगा। 'सॉरी मिस्टर, मुझे कैसे पता चलता कि किसने यह किया है?'

'सॉरी काफ़ी नहीं है,' राजनयिक चीखा, 'मैं तुम्हें कैप्टेन के सामने पेश करूँगा और तुम सबको बताऊँगा कि कहाँ क्या करना चाहिये। तुम...तुम अधकचरे लोग।' उसके गुस्से ने उसकी आवाज़ को एकदम बदल दिया था—अब वह अधिकारी बन गया था। किसी ने इस अंग्रेज़ लड़के के कान में कहा, 'ओ गधे की औलाद, यह आदमी कहीं का राजदूत है।'

'मुझे माफ़ करो, दादा,' उसने आगे बढ़कर कहा। 'मैं आप को चोट पहुँचाना नहीं चाहता था। मेरी गलती थी यह।'

तभी मिसेज़ टायसन अपना ड्रेसिंग गाउन बदन पर कसती बाहर निकलीं और लोगों का ध्यान बदला। उनके पीछे गोरी भी, जो बगल के ही केबिन में थी, आ पहुँची। मिसेज़ टायसन यह जानने के लिए झुकीं कि उनके पति ने क्या कमाल किया

है। उसकी उँगलियों में चिपचिपाहट सी महसूस हुई। उन्होंने रोशनी में हाथ उठाकर देखा तो खून नज़र आया। यह देखते ही वह बोलीं, 'जॉन, तुमने तो इसे मार डाला।'

गोरी यह सुनकर चीखी, 'माई गॉड, माई गॉड' और अपना चेहरा हाथों में दबा लिया।

पाकिस्तानी और अंग्रेज़ का झगड़ा खत्म हो गया। किसी ने टॉर्च से रोशनी फेंकी। प्रोफ़ेसर तो जैसे ऑपरेशन की मेज़ पर लेटे ईथर से बेहोश कोई मरीज़ की तरह पड़ा था। उसके सिर से खून की धारा निकलकर डेक पर पड़ी सूखने लगी थी।

गोरी ने ज़ोर से कहा, 'कोई लोग डॉक्टर को लाओ...जल्द से जल्द जाओ।'

अंग्रेज़ लड़के ने, जिसने पाकिस्तानी की गर्दन पकड़ी थी, इसे अपने बचाव के लिए सही मौक़ा समझकर, फौरन कहा, 'मैं डॉक्टर को लेकर आता हूँ।' यह कहकर वह भीड़ से निकलने लगा। 'अभी लाता हूँ,' यह कहते हुए वह दौड़ा।

'और कैप्टेन को भी लाना,' पाकिस्तानी ने हुक्म दिया, जिससे लगा कि वह सचमुच कहीं का राजदूत है।

जॉन टायसन का पारा जिस तरह तेज़ी से ऊपर चढ़ा था, उसी तेज़ी से वह नीचे उतर गया। भूरी चमड़ी वाले एशियन लोगों के गुस्से से वह परेशान हो उठा। उसने अपने बाल पकड़ लिये और कहने लगा, 'यह मैंने क्या कर डाला, हे भगवान, क्या हो गया यह?'

पाकिस्तानी का जोश और बढ़ गया। 'मैं बताऊँगा तुमने क्या कर डाला।' यह उसने एक-एक शब्द अलग-अलग ज़ोर-ज़ोर से बोलकर कहा। 'तुमने एक इंडियन को मार डाला है। तुम्हारे दोस्त ने पाकिस्तानी झंडे का अपमान किया है। और तुम दोनों ने सब अश्वेतों का अपमान किया है। कराची में तुम्हारे दोस्त से निबटा जायेगा और बम्बई पहुँचने पर, मेरा खयाल है, तुम्हारी खबर ली जायेगी।' यह कहकर वह यूरोपियनों की तरफ़ मुड़ा, 'अब वक्त बदल गया है, यह आप सबको समझ लेना चाहिये।'

कैप्टेन और डॉक्टर आये तो प्रोफ़ेसर को घेरे लोग अलग हटने लगे। फिर कुछ लोगों ने बोलना शुरू किया तो कैप्टेन ने हाथ उठाकर उन्हें चुप रहने का इशारा किया। 'डॉक्टर साहब को डिस्टर्ब मत कीजिये। बातें बाद में करेंगे।'

डॉक्टर ने प्रोफ़ेसर के चेहरे पर टार्च से रोशनी डाली। जहाँ टायसन का मुक्का

पड़ा था, वह जगह लाल पड़ गई थी। फिर उसने नब्ज़ देखी और आँखों की पुतलियाँ उठाकर जाँच की। आँखों में खासी चमक थी और नब्ज़ भी मज़े से चल रही थी। फिर उसने सिर घुमाकर वह जगह देखी जहाँ चोटें लगी थीं। खोपड़ी सही-सलामत थी और खून बहना भी बन्द हो गया था। डॉक्टर उठ कर खड़ा हो गया और संतोष की मुद्रा में कहने लगा, 'इससे भी बुरा हो सकता था! ठंडा पानी मिल सकता है?'

'डॉक्टर, ये ठीक तो हैं, क्या कहते हैं आप?' मिसेज़ टायसन ने आतुर होकर पूछा। 'कोई खतरा तो नहीं है?'

डॉक्टर ने सिगरेट जलाते हुए जवाब दिया, 'एक मिनट में आँखें खुल जायेंगी। कोई ठंडा पानी लायेगा?'

'थैंक गॉड!' गोरी ने गहरी साँस लेकर कहा।

टायसन अपने केबिन से ठंडे पानी का फ्लास्क ले आया। डॉक्टर ने हथेलियों में पानी ले-लेकर उसके मुँह पर छिड़का। फिर लोगों की तरफ़ मुड़कर कहा, 'ज़रा ताज़ी हवा आने दें।'

अब कैप्टेन ने आदेश दिया, 'अब मेहरबानी करके आप सब केबिन में चले जायें। प्रोफ़ेसर ठीक हैं। अब सवेरे इस घटना पर बात करेंगे।' फिर ताली बजाकर दोबारा कहा, 'जाइये, केबिन में वापस जाइये।'

भीड़ पीछे हटने लगी। प्रोफ़ेसर ने भुनभुनाना और धीरे-धीरे सिर हिलाना शुरू कर दिया था, क्योंकि चेहरे पर पड़ता पानी उन्हें बर्दाश्त नहीं हो रहा था। डॉक्टर ने धीरे-धीरे उनके गालों पर चपत लगाई। 'उठो, तुम ठीक हो।'

प्रोफ़ेसर छक्कन लाल ने आँखें खोलीं और सर्चलाइट की तरह चारों तरफ़ घुमाईं। फिर गोरी पर आकर वे ठहर गईं। गोरी ने अपना गाउन सँभाला और हाथों से छातियाँ ढक लीं। वह वहाँ से बाहर जाने की कोशिश करने लगी लेकिन प्रोफ़ेसर की आँखें जैसे उससे चिपक गईं—जैसे तितली में पिन चुभो दी जाये। फिर उसने धीरे से अपना हाथ उठाया और उसकी तरफ़ इशारा करके बोला, 'इसकी ज़िम्मेदार तुम हो।' यह कहकर वह फिर बेहोश हो गया।

'मैं...मैं...नहीं पता, ये क्या कहता है।' गोरी ने हकलाते हुए कहा। 'मेरे को क्या काम इससे।' यह कहकर वह अपने केबिन में जा घुसी।

दूसरे दिन सवेरे 'जल हिंदिया' के यात्री प्रजातियों के हिसाब से बँटे नज़र आये।

यूरोप के लोग एक तरफ़ और पाकिस्तानी तथा भारतीय दूसरी तरफ़। इन दोनों के बीच कैप्टेन पिंजड़े में फँसे जानवर की तरह दोनों से मिन्नत करता घूम रहा था कि लड़ाई-झगड़ा अब खत्म करो और जहाज़ को बिना किसी टंटे के बम्बई पहुँचने दो।

जातीय गुटबन्दी के कारण नये समीकरण बने और नये नेता पैदा हो गये। टायसन की तो जैसे एकदम हवा निकल गयी थी और वह, जो भी नुकसान हुआ उस सबकी भरपाई करने को तैयार था—यानी टूटे हुए चश्मे और डॉक्टर की फीस, सब कुछ। इसके अलावा वह माफ़ी माँगने को भी तैयार था। इसी तरह जैक विल्सन भी जिसने आव देखा न ताव, झट से पाकिस्तानी राजनयिक की गर्दन पकड़ ली थी। लेकिन यूरोपियन लोगों का मानना था कि छक्कन लाल को सही सज़ा मिली थी—दरअसल जो आदमी रात को चुपचाप आता है और कपड़े उतारकर सोती औरतों की खिड़कियों से ताक-झाँक करता फिरता है, उसे तो और भी कठोर सज़ा मिलनी चाहिये थी और यह पाकिस्तानी राजनयिक किसके दम पर इतनी बकवास कर रहा है? विल्सन ने गलती ज़रूर की थी, जो इस अँधेरे में कोई भी कर सकता है, लेकिन उसने फौरन माफ़ी भी माँग ली थी। अब और क्या बाकी रहा? ये पूरब के लोग हरेक से चाहते हैं कि वे घुटनों के बल चलें—जैसा उनका अपना रिवाज़ है। इसलिए अब यह इज़्ज़त का सवाल बन गया था—इन भूरी चमड़ी वालों को उनकी जगह बतानी होगी। 'आप इन्हें एक इंच की जगह दें, ये पूरा गज़ माँगने लगते हैं'—एक ने टिप्पणी की, जो एक घिसी-पिटी रवायत थी। सब यूरोपियन लाउंज के एक कोने में इकट्ठे हो गये।

पाकिस्तानी और हिन्दुस्तानी दूसरे कोने में इकट्ठे होकर अपनी रणनीति तैयार करने लगे। जवान सिख फेरीवाले भी उनमें थे, जो अपने ट्रांजिस्टर इस तरह कन्धों पर लटकाये थे जैसे वे स्टेनगन हों। पाकिस्तानी खिलाड़ी भी थे जिनमें से कई के हाथ में हॉकी स्टिक भी थीं। सब राजनयिक के इर्द-गिर्द इकट्ठे थे जो उन्हें कल हुई घटना को नमक-मिर्च मिलाकर बता रहा था। उनके बगल में बैरिस्टर, मीनू पटेल, बैठा था, जो डायरी में नोट लेता जा रहा था। उसके निचले होंठ के साथ एक सिगरेट चिपकी थी, जिससे कभी-कभी धुआँ निकलता तो पता चलता कि यह आदमी कितनी गम्भीरता से मामले की पड़ताल कर रहा है। कभी-कभी वह राजनयिक के वक्तव्य को टोकता और पूछता, 'एक मिनट...मि. फ़लाने-फ़लाने ने जो शब्द कहे, उन्हें भी बताओ,' या 'यह बात फिर से बताने की मेहरबानी करेंगे?' जब पटेल इस तरह बीच में दखल देता तो सुनने वाले बड़े ध्यान से उसकी

बात सुनते और प्रभावित होते। राजनयिक का भाषण खत्म हुआ तो पटेल ने पैंसिल अपनी डायरी में रखी और सवाल किया, 'अब हमें क्या करना है?'

इस एक सवाल के जवाब में राजनयिक ने नेतृत्व की कमान उन्हीं को सौंप दी, 'यह तो आप को तय करना है। लेकिन हमें यह मामला दरगुज़र नहीं करना चाहिये।'

'मेरा ख़याल है, इससे सब सहमत हैं,' यह कहकर पटेल ने चारों ओर नज़र डाली। लोगों ने 'हाँ' का भाव दर्शाया। 'ठीक है,' वह बोला और अपनी पैंसिल हाथ में उठाकर कहना शुरू किया, 'अब मुझे आप सबकी ओर से मामला उठाने की अनुमति है, तो मैं सबसे पहले कैप्टेन को नोटिस दूँगा कि वह इन दोनों विदेशियों को मारपीट करने और हत्या करने के उद्देश्य से हमला करने के लिए गिरफ़्तार करें। इसी के साथ मैं इन दोनों को भी इस आरोप-पत्र की प्रतिलिपि दूँगा।'

ये शानदार शब्द कहने के कारण पटेल भारतीय और पाकिस्तानी दोनों का नेता बन गया। लेकिन कुछ लोग इसके विरोध में भी थे। इनमें एक ऑक्सफोर्ड की लड़की थी। 'मुझे इस हस्तक्षेप के लिए क्षमा करें, लेकिन मैं कहना चाहती हूँ कि पहले इस घटना की सच्चाई की जाँच कर लें। प्रोफ़ेसर ने जो किया वह सही नहीं था।'

'हाँ, समझदार आदमी को यह नहीं करना चाहिये था,' कुछ ने सहमति व्यक्त की। लेकिन एक लड़का फेरीवाला भी ऑक्सफोर्ड की युवती के समर्थन में पंजाबी रुख देकर कहने लगा, 'हाँ जी, अगर कोई हमारी माँ-बहनों को साड़ी बदलते वक्त ताक-झाँक करता है, तो सानू क्या करना चाइदा ए? असी उन्हें मुक्का ही तो मारना है।'

पटेल को लगा कि अश्वेत यात्रियों की एकता में दरार पड़ने लगी है। उसने हाथ उठाकर कहा, 'दोस्तो, दोस्तो, अगर इस तरह अभी से हम आपस में लड़ने लगे तो अच्छा यही होगा कि बात यहीं खत्म कर दी जाये। हम नहीं जानते कि प्रोफ़ेसर छक्कन लाल सचमुच झाँक रहे थे—यह तो टायसन का कहना है। इसके अलावा, अगर कोई खिड़की के पास से उस वक्त गुज़रे जब आपकी पत्नी कपड़े बदल रही हो या कुछ और तो उसे मार तो नहीं डाला जाता। अच्छा, अगर वह कपड़े उतारकर सोना चाहती थी तो उसे खिड़की का पर्दा गिरा देना चाहिये था।' पटेल ने अपना तर्क रखा।

ऑक्सफोर्ड की मिस इस पर कहने लगी, 'मैं विरोध तो नहीं करना चाहती, मैं भी यही चाहती हूँ कि दोनों अंग्रेज़ माफ़ी माँगें। लेकिन मैं यह ज़रूर जानना

चाहूँगी कि प्रोफ़ेसर छक्कन लाल, जो टूरिस्ट क्लास के यात्री हैं, आधी रात को प्रथम श्रेणी के क्षेत्र में, जहाँ और किसी का प्रवेश वर्जित है, क्या करने गये थे?'

पटेल ने इसका उत्तर देते हुए कहा, 'मैं यह बात सर्जरी में उनसे पूछूँगा। लेकिन मेरी नज़र में यह बात इस वक्त इतनी महत्त्वपूर्ण नहीं है। इस वक्त सवाल यह है कि पाकिस्तानी राजनयिक पर अचानक यह हमला क्यों किया गया। वह काफ़ी सीनियर हैं और उनके सामने जो गलत बातें कही गईं, वे कहाँ तक सही थीं। यह तो मारने के उद्देश्य से किया गया हमला था। मुख्य विषय यही है, बाकी सब मामूली घटना है।' यह सुनकर ऑक्सफोर्ड की मिस और बाकी सब शान्त हो गये। श्वेतों के विरुद्ध अश्वेतों का दल फिर एक हो गया।

मीनू पटेल सर्जरी में प्रोफ़ेसर से मिलने गये। उनके चेहरे का एक हिस्सा एकदम नीला पड़ गया था और बायीं आँख खुल नहीं रही थी। सिर के पीछे लगी चोट भी इतनी ज़्यादा नहीं थी कि उसे ठीक करने के लिए उस पर पगड़ी की तरह पट्टियाँ कस-कसकर बाँध दी गई थीं। उसने घटना का अपना पक्ष रखा। वह वहाँ से निकल भर रहा था, कि टायसन उस पर टूट पड़ा। पटेल ने उससे पूछा, 'प्रोफ़ेसर साहब, माफ़ कीजियेगा, अगर मैं यह पूछूँ कि उस वक्त आप वहाँ क्या कर रहे थे?'

प्रोफ़ेसर छक्कन लाल काफ़ी देर तक चुप रहे, फिर एकदम बोले, 'यह आप लोगों को जानने की ज़रूरत नहीं है। मेरा अपना मामला है यह।'

पटेल ने कानूनी नोटिस तैयार किया। लंच से पहले जब यात्री लाउंज में इकट्ठे हुए—यूरोपियन लोग एक कोने में और भारतीय तथा पाकिस्तानी दूसरे में—तब पटेल ने स्टुवर्ड को बुलाकर उसे दो कागज़ पकड़ाये और उन्हें टायसन तथा विल्सन को दे आने के लिए कहा।

यूरोपियनों का दल इकट्ठा होकर आपस में सलाह-मशविरा करने लगा। कुछ देर धीरे-धीरे बातें करने के बाद औरतें वहाँ से उठ गईं। दल के नेता ने अपना कलम निकाला, उन दोनों कागज़ों पर कुछ लिखा और स्टुवर्ड को बुलाकर चाँदी की प्लेट में उन्हें भेजने वालों को वापस कर आने को कहा। स्टुवर्ड यह तमाशा देखकर मुस्कुरा रहा था। उसने प्लेट पटेल के सामने ले जाकर पेश कर दी। इस पर दोनों कागज़ लिंगाकार मोड़कर रखे हुए थे।

बहुत से भारतीयों और पाकिस्तानियों को हमले का यह ढंग समझ में नहीं आया। लेकिन राजनयिक और बैरिस्टर समझ गये। ऑक्सफोर्ड की मिस भी समझ गई और उसका चेहरा गुलाबी हो उठा। उसके सन्देह, कि क्या सही है और क्या

गलत, क्षण भर में काफ़ूर हो गये और वह तमक कर बोली, ‘अगर आप मर्द हैं तो अब जवाब देकर दिखायें।’

पाकिस्तानी लड़कों ने स्टिक कसकर पकड़ लीं, सिख फेरीवाले चुनिंदा पंजाबी गालियाँ निकालने लगे। पटेल का भी पारा चढ़ने लगा। लेकिन वह हिंसावादी नहीं था, और वह यह भी जानता था कि इस तरह झगड़ा हुआ तो यूरोपियन ही भारी पड़ेंगे। उसने हाथ उठाकर फिर शान्त रहने की अपील की। ‘प्लीज़, प्लीज़’, उसने ज़ोर से कहा, ‘मुझे बस एक मौका और दीजिए। अगर मैं फेल हुआ, तो फिर आप जो चाहे करें।’ मीटिंग बरखास्त हो गई। पटेल और पाकिस्तानी राजनयिक दूसरा नोटिस तैयार करने में जुट गये।

पटेल देर तक अपने टाइपराइटर पर काम करता रहा। उसके चेहरे पर खुशी झलकने लगी। यह नोटिस न टायसन, न विल्सन और न कैप्टेन के नाम था, बल्कि पोर्ट सईद के मिस्री पुलिस कमिश्नर के नाम था। इसकी कॉपियाँ टायसन, विल्सन और कैप्टेन को भी पकड़ा दी गईं। इसमें कहा गया था कि जब जहाज़ समुद्र में था, तब पाकिस्तान का अपमान करने और हत्या करने के उद्देश्य से दो अंग्रेज़ों ने हम पर हमला किया। आगे यह कहा गया था कि जहाज़ के कैप्टेन ने इसे सुलझाने में कोई रुचि नहीं प्रदर्शित की और मिस्री समुद्र में प्रवेश करते हुए इससे शान्ति को खतरा उत्पन्न हो सकता है। दो दिन बाद ‘जल हिंदिया’ पोर्ट सईद में प्रवेश करने वाला था, जिसके बाद वह स्वेज़ नहर का रुख करता।

पटेल ने मूल प्रति पर सबके हस्ताक्षर लिये। भारत और पाकिस्तान दोनों देशों के यात्रियों ने इस पर बड़े जोश-खरोश से हस्ताक्षर किये। नोटिस की कॉपियाँ जिन पर नीचे सौ से ज़्यादा नाम टाइप किये हुए थे, तीनों को पकड़ा दी गयीं।

कैप्टेन ने पटेल और राजनयिक के आगे हाथ जोड़े कि यह न करें। उन्होंने कहा कि यदि अपराधी सार्वजनिक रूप से माफ़ी माँगें और प्रोफ़ेसर छक्कन लाल को हरजाना दें, तो नोटिस वापस ले लिया जायेगा।

परेशान कैप्टेन यह शर्त लेकर यूरोपियनों के पास गया तो वे भी परेशान नज़र आये। वे कानून नहीं जानते थे, लेकिन उन्होंने मान लिया कि पटेल बैरिस्टर है, इसलिए वह सही ही कर रहा होगा। उन्होंने यह भी महसूस किया कि कानून जो भी हो, मिस्री लोग यूरोपियनों का साथ कभी नहीं देंगे और हो सकता है, पोर्ट सैड पर उनको गिरफ्तार कर लिया जाये। अब सवाल ‘इज़्ज़त’ रखने का भी था।

जो कुछ हुआ था, उसके बाद एक तरफ़ की माफ़ी तो बड़ी हतक की बात होती। सबके चेहरे यह सोचकर मुर्झा गये। कुछ लोग तो इज़्ज़त-विज़्ज़त भूलकर माफ़ी माँगने के लिए तैयार थे, लेकिन दूसरे इसे सही नहीं समझते थे–टायसन और विल्सन इस दल में नहीं थे। अब जेनिफ़र टायसन ने मामला सँभाला। 'मैं इसे निबटाती हूँ। आप लोग अब मुझ पर छोड़ दीजिये।'

वह प्रोफ़ेसर से मिलने सर्जरी में गईं। उनका घाव ठीक हो गया था, लेकिन वह यहाँ लोगों के सवाल-जवाब से बचने के लिए पड़े हुए थे। मिसेज़ टायसन को आया देखकर उनकी बाँछें खिल उठीं। उसने उनकी तरफ़ जो हाथ बढ़ाया था, उसे उन्होंने कसकर पकड़ लिया और गर्मजोशी ज़ाहिर की। फिर उसने उनके बालों में उँगलियाँ फिराईं और पूछा, 'अब दर्द तो नहीं होता?' 'नहीं,' छक्कन लाल ने कृतज्ञतापूर्वक जवाब दिया। अन्त में उन्होंने प्रश्न किया, 'प्रोफ़ेसर साहब, आप यह मामला और खींचना चाहते हैं?' इस पर वे चुप रह गये। पटेल से बात किये बिना कैसे जवाब दे सकते थे? वह कहती रही : 'मुझे बहुत अच्छा लगा जब आपने उसकी तरफ़ से अपना ध्यान हटाकर मुझे देखा। प्रोफ़ेसर साहब, उस रात आप मुझसे तो मिलने निकले नहीं थे? इस तरह मन बदलने का नतीजा अच्छा नहीं होता। आपकी मित्र इससे बहुत नाराज़ है।'

प्रोफ़ेसर छक्कन लाल को शर्म आई और वे औरतों से भी ज़्यादा लाल हो उठे। उन्होंने अपने हाथ आगे बढ़ाकर कहा, 'माफ़ कीजिए और भूल जाइये। हम दोनों दोस्त हैं।'

इसके बाद मिसेज़ टायसन पटेल और राजनयिक से मिलने गयीं। उनसे कहा कि उनके पति माफ़ी तो माँगेंगे नहीं। लेकिन अगर वे इस बात के लिए तैयार हों, तो वे अपने पति की ओर से प्रोफ़ेसर के साथ सद्भाव पैदा कर लेंगी, और विल्सन राजनयिक से माफ़ी माँग लेगा। बस, उनकी एक शर्त है। वह यह कि यह सब जहाज़ के मिस्र की सीमा पार कर लेने के बाद किया जायेगा। यह शर्त मान ली गई। लड़ाई जीत ली गई।

उस शाम टूरिस्ट लाउंज में जश्न का माहौल था। भारतीय और पाकिस्तानी एक-दूसरे की सेहत के लिए, ज़रा ज़्यादा ही मात्रा में, भर-भरकर जाम पी रहे थे। प्रोफ़ेसर छक्कन लाल को सबके बीच में बिठाकर हीरो की तरह उनका सम्मान किया गया। सिर पर बँधी पट्टियों के कारण वे हीरो लग भी रहे थे।

'जल हिंदिया' ने पोर्ट सैड पर छह परेशानी से भरे घंटे बिताये। पाकिस्तानी और हिन्दुस्तानी इधर-उधर घूमकर कर मुक्त वस्तुएँ देखते और खरीदते रहे। यूरोपियनों

ने अपनी खरीदारी उन नावों से की जो जहाज़ के पास आकर बिक्री कर रही थीं। जहाज़ रात के समय स्वेज़ नहर में प्रविष्ट हुआ और सवेरे तक पोर्ट तुफ़िक को पार करके रेड सी में प्रवेश कर गया। यात्री इस दिन का इन्तज़ार कर रहे थे। वे इस रहस्य का उत्तर भी जानने को बेचैन थे कि प्रोफेसर आधी रात के बाद फ़र्स्ट क्लास की तरफ़ क्या करने गये थे।

'जल हिंदिया' ने अदन में मुकाम किया और पूरब की तरफ़ अरब सागर होते हुए कराची की तरफ़ बढ़ना शुरू किया। कैप्टेन ने फ़र्स्ट क्लास के लाउंज में फ़ैन्सी ड्रेस बॉल डांस की घोषणा की और टूरिस्ट क्लास के यात्रियों को भी इसमें शामिल होने के लिए निमन्त्रित किया। उसने पाकिस्तानी राजनयिक, पटेल, छक्कन लाल, टायसन दम्पति और गोरी को अपना विशेष मेहमान घोषित किया। पटेल और गोरी को जज का काम करना था।

इस तरह एक झटके में कैप्टेन ने जहाज़ में तेज़ी से फैल रही जातीय भावना पर काबू पा लिया। यात्री स्वयं अपने व्यवहार पर लज्जित थे और चाहते थे कि किसी तरह यह खत्म हो जाये।

फ़ैन्सी ड्रेस में भाग लेने के लिए लोग आमतौर से प्रचलित वेशभूषाओं में सज-धज कर आने लगे : जैसे महाराज-महारानी, साधु, डाकू, बड़े-बड़े विग धारण किये जागीरदार, मेरी एन्टोनेट वगैरह। आधी रात तक डांस होता रहा। बैंड ने 'दि ब्लू डैन्यूब' बजाना शुरू किया तो एक अँधेरे कोने से प्रोफ़ेसर छक्कन लाल का हाथ थामे जेनिफ़र टायसन प्रकट हुईं। तालियाँ बजनी शुरू हुईं, जो कार्यक्रम के अन्त तक जारी रहीं। लेकिन यात्रियों ने देखा कि जॉन टायसन वहाँ से उठकर चले गये। ज़ाहिर था कि उन्हें यह पसन्द नहीं आया। जब डांस खत्म हुआ, तब जेनिफ़र टायसन ने कहना शुरू किया : 'अब मैं प्रोफ़ेसर से वह करूँगी जो उन्हें सबसे ज़्यादा पसन्द है।' इसके बाद उसने प्रोफ़ेसर के दोनों गाल चूम लिये। चारों तरफ़ तालियाँ बज उठीं।

अब कैप्टेन ने फ़ैन्सी ड्रेस का कार्यक्रम आरम्भ करने की घोषणा की। बारी-बारी से लोग आने लगे और तालियों से उनका स्वागत किया जाने लगा। एक बार फिर जेनिफ़र टायसन उठीं और माइक हाथ में लेकर कहने लगीं : 'मि. कैप्टेन, लेडीज़ एण्ड जेन्टिलमैन, जज साहबान अपना फ़ैसला दें, उससे पहले मैं एक और एन्ट्री पेश करने जा रही हूँ। इससे आपको उस सवाल का जवाब भी मिल जायेगा,

जो आपको परेशान कर रहा है।'

जॉन टायसन भीतर आये। उनकी आँख में चोट लगी थी, कमीज़ फटी हुई थी। वे बैसाखियाँ थामे उछलते-कूदते आये और फ़्लोर के बीच में खड़े हो गये। फिर वे धीरे-धीरे पीछे मुड़े उनकी पीठ पर एक कार्ड लगा था, जिस पर बड़ा-बड़ा लिखा था : 'रौंग केबिन (गलत केबिन)।'

हिरन-शिशु

मैंने घड़ी के डायल पर हथेली से अँधेरा किया। रेडियम का हरा रंग पौने छह दिखा रहा था।

'क्या वक्त हुआ है?' मेरे साथी ने पूछा।

'छह बजने वाले हैं।'

'सूरज निकल रहा है। मैं चाहता था कि शिकारी जल्दी से वापस आ जाये। तब तक कॉफ़ी पीते हैं।'

मैंने कार से थरमस निकाला और प्लास्टिक के गिलासों में कॉफ़ी उँड़ेली। हाथ गिलास से लगाकर गरम किये और कॉफ़ी की खुशबू नाक में ली।

चाँद डूब रहा था। खाली पड़ी धरती पर हल्की चाँदनी फैली थी। ज़मीन पर पतली-सी मटियाली छाया पसरी थी।पेड़ों की काली रेखा के उस पार रोशनी चमकने लगी थी। उसके पीछे गाँव था और उसकी झलक दिखाई दे रही थी। ऊँची-नीची मिट्टी की कोठरियाँ जो ऊँचाई पर बनी थीं। मस्जिद की ऊँची मीनार इनके बीच खड़ी थी।

कुछ देर तक हम चुप बैठे कॉफ़ी पीते रहे। फिर मेरे साथी ने बात शुरूकी।

'कितनी शान्ति है! हमारी ज़िन्दगी से एकदम अलग। मैं हफ़्ते के अन्त की इन छुट्टियों का इन्तज़ार करता हूँ कि रोज़मर्रा की भागदौड़ से आराम मिले। पिछले बीस साल से यहाँ आ रहा हूँ—जब से अपना मालिक खुद बना! सात दिन में कम-से-कम एक बार मैं अपनी ज़िन्दगी से छुटकारा पाकर आज़ाद हो लेता हूँ।'

थोड़ी देर बाद उसने इसमें जोड़ा, 'मेरी स्थिति में जो होगा, यही करेगा।'

वह चाहता था कि मैं बात को आगे बढ़ाऊँ।

'लेकिन तुम ही क्यों?'

'पता नहीं। ज़िन्दगी ने मेरे साथ न्याय नहीं किया है।' वह रुका कि मैं कुछ और पूछूँ। ज़्यादा उकसाने की ज़रूरत नहीं थी।

'हरेक की ज़िन्दगी में उतार-चढ़ाव आते हैं,' मैंने टिप्पणी की।

'हरेक की माँ, जब वह छह साल का होता है, नहीं मर जाती, न उनकी सौतेली माँएँ होती हैं जो बच्चों पर बच्चे पैदा करती चली जायें। और इतना ही नहीं। मेरा बाप मर गया और मुझे इनकी परवरिश करने के लिए छोड़ गया। उन्हें समुद्र में फेंक देने की जगह—जो मेरा बस चलता तो मैं कर भी देता—मुझे इन्हें प्यार करना पड़ता है और खिलाना-पिलाना पड़ता है। अब देखो न, असली नफ़रत का भुरता बनाकर बनावटी प्यार का नाटक करना पड़ता है। इसलिए इससे कभी-कभी निजात पाने के लिए यहाँ चला आता हूँ।'

उसने सिगरेट जलाई और घास में पैर फैला दिये। अपने सीने का बोझ उतारकर उसने मेरे बारे में जानना चाहा।

'तुम्हें तो इसकी ज़रूरत नहीं पड़ती, है न?'

'ज़्यादा नहीं। लेकिन मुझे यहाँ की शान्ति पसन्द है। शहर की भाग-दौड़ से भरी और घड़ी से संचालित ज़िन्दगी के बाद उससे कुछ देर के लिए अलग हो जाना अच्छा लगता है, जहाँ वक्त ठहरा नज़र आये। आदमी को घड़ी के अत्याचार से निकल पाने की ज़रूरत होती है।'

'शायद तुम ठीक कहते हो। हालाँकि मुझे यह परेशानी नहीं होती। यह तो मेरी ज़िन्दगी का हिस्सा बन गई है। मुझे सवेरे उठने के लिए अलार्म की ज़रूरत नहीं पड़ती, न दफ़्तर जाने के लिए कि वक्त हो गया है। जब मैं लंच के लिए उठता हूँ तब दफ़्तर की घड़ियों में एक बजाया जा सकता है। यह सब दरअसल आदमी की कल्पना है। अगर आप किसी बात के बारे में सोचें ही नहीं, तो उसका पता ही नहीं चलेगा। घर की सब घड़ियों में ताले डाल दो और हाथ में भी पहनना बन्द कर दो, तो पता चलेगा कि तब भी सब काम उसी तरह होते रहेंगे और परेशानी भी नहीं होगी।'

'तब आप खुद घड़ी बन जाते हैं। मुझे उससे कोई परेशानी नहीं होती। बन्दूक लेकर इधर-उधर घूमने से मुझे राहत मिलती है। कोई शिकार भी न करूँ तो भी मुझे फ़र्क नहीं पड़ता। दरअसल मुझे शिकार करना गलत भी लगता है।'

पूरब में पेड़ों की रेखा के पार सवेरा होने लगा था। गाँव में ज़िन्दगी दिखाई देने लगी। मस्जिद से पानी छिड़कने की आवाज़ें सुनाई दे रही थीं। कुछ देर बाद सवेरे की शान्ति को तोड़ती मुल्लाजी की आवाज़ आसमान में गूँजने लगी : 'अल्लाह-ओ-अकबर'

हमारा शिकारी वापस आ गया और उसने बताया कि झील पर पक्षी नहीं हैं। पिछले दिन वहाँ एक पार्टी आई थी और उसने काफ़ी पक्षी मारे थे। लेकिन उसके पड़ोस में हिरनों के झुंड बताये जाते हैं। हमने कार से बन्दूकें निकालीं और उनमें गोलियाँ डालीं। मेरे दोस्त ने एक रेज़र भी निकाला और उसे अपने सोला हैट में दबा लिया। हम अपने गाइड के साथ गाँव पार करके खुले मैदान में जा पहुँचे।

अब तक सूरज की धूप चारों तरफ़ फैल गई थी और गर्मी बढ़ने लगी थी। कहीं-कहीं खेती हो रही थी और बीच-बीच में पत्थर और घास के टुकड़े दिखाई दे रहे थे। लेकिन कहीं भी पेड़ नहीं थे। मेरा दोस्त परेशान हो रहा था।

'यह शिकार के लायक जगह नहीं है,' वह भुनभुनाया। 'जानवर मील भर से देख लेता है।'

वह सही कह रहा था। जब-जब हम ऊँची ज़मीन पर पहुँचते, हिरनों के झुंड भाग निकलते। मेरे लिए समय जैसे रुक गया था। मैं हिरनों को इधर-उधर भागते-कूदते देखकर खुशी महसूस कर रहा था। पम्पा घास के रुई जैसे सफ़ेद बड़े-बड़े फूल हवा में झूम रहे थे। मेरे दोस्त की परेशानी बढ़ती जा रही थी। उसने बन्दूक को इधर-उधर झटका।

सूरज सिर पर आ गया था और हम बढ़ते चले जा रहे थे। दोस्त को गर्मी लग रही थी और वह बार-बार रूमाल से माथे, सपाट खोपड़ी का पसीना पोंछ रहा था। लगता था कि हम कन्धे पर बन्दूक लटकाये इधर-उधर घूमते ही रहेंगे। दरअसल मैं तो यही चाहता था और अब मेरा साथी भी खाली थैला लिये वापस लौटने के लिए तैयार था। हम अपने पैरों की खटपट-पटपट और पक्षियों की आवाज़ें सुनते आगे बढ़ते रहे।

दायीं तरफ़ झाड़ियों में गति का आभास हुआ। हम अपनी बन्दूकों को पकड़ पाते, उससे पहले ही एक हिरनी छलाँग मारकर हमारे सामने से निकली। फिर कई लम्बी छलाँगें लगाकर वह वहाँ से ग़ायब हो गई। कुछ देर बाद एक टीले पर खड़ी वह दिखाई दी, जो हमें देख रही थी। मेरे साथी ने मेरा हाथ दबाया और हम वहीं घास में दुबक गये।

'ठहरो,' उसने कहा, 'इसका यहाँ कोई बच्चा ज़रूर होगा, नहीं तो वह इस तरह वापस न आती। हम दोनों को ले लेंगे।'

वह ठीक कह रहा था। उसका बहुत छोटा बच्चा लुढ़कता-सा सामने से निकला। वह हमें नहीं देख रहा था। मेरे साथी ने निशाना साधा और गोली दाग़ दी। लेकिन वह शिशु को न लगकर उसी के पास ज़मीन में जा लगी जिससे निकली धूल इधर-उधर

फैल गई। शिशु ने सिर झुकाकर ताज्जुब से उसे देखा। फिर वह तेज़ी से उछला और वहीं पर आ गिरा। वहीं उसने दो-तीन चक्कर खाये। फिर रुककर सिर उठाया और अपने छोटे-छोटे नये निकले सींग ऊपर उठाये। माँ ने चेतावनी के स्वर में पीछे से आवाज़ मारी। शिशु उसकी तरफ़ भागा और फिर हमारी दिशा में लौट आया। कुछ गज दूर रुककर आसमान में तीन-चार दफ़ा उछला और अपनी छोटी-सी पूँछ हमारे सामने हिलाई। हिरनी ने फिर चेतावनी की हाँक दी। शिशु घूमा और माँ की तरफ़ देखने लगा। साथी ने दुबारा निशाना साधा और गोली दाग़ दी। गोली उसके पेट में सीधी चली गई और उसकी आँतें बाहर निकल आईं। वह एक दफ़ा और उछला और पैर फड़फड़ाता वहीं धूल में गिर पड़ा। साथी ने बन्दूक फेंक दी और शिकार को हथियाने दौड़ा। शिशु के दो टुकड़े हो गये थे लेकिन वह अभी भी अपना सिर और पैर ज़ोर-ज़ोर से हिला रहा था। साथी ने अपना भारी जूता उसके बदन पर रख दिया। शिशु ने सिर उठाकर ऊपर देखा, उसकी आँखों से आँसू झर रहे थे। साथी ने सोला हैट से रेज़र निकाला और बड़बड़ाते हुए उसकी गर्दन काट दी। भीतर से खून भलभलाकर निकलना शुरू हो गया। उसका शरीर छटपटाया और शांत हो गया। आँखों के ऊपर सफ़ेद रंग की परत छा गई।

मेरे दोस्त ने अपने हाथों पर नज़र डाली जो खून से लथपथ थे। 'गंदा काम है,' वह बोला। 'बहुत गंदा।' कुछ घास उखाड़ी और उन्हें पोंछा। 'मैं इस तरह उसका गला काटना नहीं चाहता था,' वह कहने लगा, 'लेकिन तुम जानते ही हो कि मुसलमानों में उसे हलाल करना ज़रूरी है। इसे कोई तब तक हाथ नहीं लगायेगा जब तक मैं 'बिस्मिल्लाह' कहकर इसकी रूह को स्वर्ग नहीं भेज दूँगा।'

'मैंने तो तुम्हें ''बिस्मिल्लाह'' कहते सुना नहीं,' मैंने धीरे से कहा।

वह हँसा। 'जब माँ भी हासिल हो जायेगी तब कहूँगा। मैं उसे पाकर रहूँगा। तुम देखते जाओ।'

'अब पहले लंच कर लें,' मैंने घड़ी की तरफ़ देखते हुए कहा। 'दो बज रहे हैं।'

वह हँसा। 'घड़ी कह रही है कि दो बज गये, इसलिए भूख का वक्त है। मैं सोचता था कि तुम इससे छूट गये होगे। ठीक है, लंच करते हैं। लेकिन माँ पर नज़र बनाये रखनी है।'

हम एक पेड़ के नीचे बैठकर बियर के साथ सैंडविच खाने लगे। साथी ने सिगार निकाला और आराम करने का नाटक किया। लेकिन उसकी आँखें क्षितिज पर लगी रहीं। हिरनी वहीं थी, कभी हमारी दायीं तरफ़ और कभी बायीं। लेकिन इतनी पास नहीं आई कि मारी जा सके। मेरी नज़र अपने आप घड़ी की तरफ़

गयी और मैंने हाथ नीचे कर लिया। साथी देख रहा था।

'घड़ी कह रही है कि घर लौटने का वक्त हो गया है।' यह कहकर वह हँसा।

'डिनर के वक्त तक पहुँचना हो तो चलना चाहिये,' मैंने कहा।

'तुम बदलोगे नहीं,' उसने उठते हुए कहा। 'तुम घड़ी से अलग नहीं हो सकते। जब निकलते हो इसे वहीं क्यों नहीं छोड़ आते? मेरी तरफ़ देखो।' यह कहकर उसने हाथ उठाये जिन पर खून के दाग़ लगे थे।

हम गाँव की तरफ़ चले, शिकारी के कन्धे पर शिशु लटक रहा था। जब भी कहीं आराम करने रुकते तो माँ दिखाई दे जाती। सूरज डूबते वक्त हम गाँव के पास खड़ी गाड़ी तक पहुँच गये। साथी ने शिकारी से कहा कि बच्चे को पीछे की डिग्गी में रख दे और दरवाज़ा खुला छोड़ दे। इसके बाद कुछ दूर बैठकर स्कॉच पीने लगे।

सूरज डूब गया और अँधेरा उतरने लगा। गाँव से उठ रहा शोर भी शान्त हो गया। साथी खुश नज़र आ रहा था।

'इस तरह शाम हो तो मुझे खुशी होती है,' वह बोला। 'कसरत भी हो जाती है, खेल हो जाता है, न कोई लड़ाई-झगड़ा, न दूसरे की चुगली, न किसी से नफ़रत। साफ़-सुथरी ज़िन्दगी। इसके बाद दुनिया को ज़्यादा गहराई से समझते और जीते हुए लौटते हैं।'

मैं पीठ के बल लेटा आसमान ताक रहा था। तारे निकलने लगे थे। मेरे दिमाग में से उसके गर्दन काटते समय की तस्वीर निकल नहीं रही थी। मैं सुन भी नहीं रहा था और जब उसने बोलना बन्द किया, उठकर बैठ गया। झुटपुटे में मुझे दूर खड़ी कार की शक्ल दिखाई दी। उसका बंक किसी राक्षस के जबड़े की तरह खुला हुआ था। पीछे की सलाख पर उसका सिर लटक रहा था। कार के पीछे शिशु की माँ उसे सूँघ रही थी। तभी बन्दूक की गोली चली। माँ का शरीर नीचे गिर पड़ा। साथी ने खुशी की चीख मारी और रेज़र हाथ में लेकर उसकी तरफ़ दौड़ पड़ा। 'खुदा के नाम पर बिस्मिल्लाह!' वह ज़ोर से बोला और रेज़र से यह भयंकर काम करने लगा।

चारों तरफ़ शान्ति छा गई। थोड़ी देर बाद मुल्ला की अज़ान गूँज उठी, 'अल्लाह-ओ-अकबर।'

मैंने घड़ी पर फिर नज़र डाली। घर जाने का समय हो गया था।

काली चमेली

'मैं मार्था बोल रही हूँ—मार्था स्टैक। मेरी कुछ याद है? तीस साल पहले हम पेरिस में एक साथ थे।' आवाज़ मक्खनी सी थी—बेशक किसी अमेरिकी नीगरो की।

'मार्था!' बनर्जी ने टेलीफ़ोन में चिल्लाकर कहा 'अरे हाँ, तुम्हें कैसे भूल सकता हूँ। तुम यहाँ दिल्ली में क्या कर रही हो? पहले से खबर क्यों नहीं दी कि आ रही हो?'

'पता ही नहीं था आखिरी वक्त तक—जब प्लेन न्यूयार्क से रवाना हुआ। अब मैं यहाँ अशोका में हूँ। बस, तुम से मिलने के लिए बेचैन हूँ।'

'एक मिनट,' यह कहकर उसने रिसीवर पर हथेली रखी, पत्नी से कुछ बात की और फिर बोला, 'डिनर के लिए आ जाओ और फैमिली से मिलो।'

'ज़रूर, ज़रूर। तो तुम्हारी फ़ैमिली भी हो गई?'

'बीवी और बड़े बच्चे। लड़का, बीस का; लड़की, पन्द्रह की। अरे, कितना वक्त गुज़र गया। तीस साल। और तुम्हारी?'

'अब कोई फैमिली नहीं। दो पति हुए और गये। अब सिर्फ़ मैं ही हूँ।' यह कहकर वह हँसी। 'अब ज़्यादा आराम है...'

'मैं सात बजे आ रहा हूँ। उम्मीद है कि पहचान लोगी। बाल सफ़ेद हो रहे हैं, मोटा भी हो गया हूँ।'

'तो क्या हुआ? सभी बूढ़े और मोटे होते हैं।' वह बोली, 'ठीक है, मैं सात बजे तैयार रहूँगी। नमस्ते!' यह शब्द नहीं भूली।

बनर्जी ने रिसीवर रख दिया। कुछ सोचने-सा लगा। पत्नी ने उसे झटका दिया, 'पुरानी गर्ल फ्रेन्ड है?' उसने मुस्कुराकर पूछा।

'गर्ल फ्रेन्ड तो नहीं, हाँ, तीस साल पहले सॉरबोन में साथ थे।'

'पहले तो कभी बताया नहीं। यह वो एलबम वाली तो नहीं है? बड़ी चहक रही होगी।'

'देखने में बुरी तो नहीं थी, नीगरो थी। मोटे होंठ, गुँथे हुए बाल, जैसे ये लोग होते हैं। क्लास में हम दोनों ही काले थे। इसलिए भी साथी बन गये।'

उसने महसूस किया कि उसकी आवाज़ में सच्चाई की खनक नहीं है। उसने पत्नी की आँखों से आँख मिलाकर देखना बन्द कर दिया। फिर बोला, 'मैं उसे लाने जा रहा हूँ,' और अपने कमरे में घुस गया।

अजीब बात है, वह सोचने लगा कि तीस साल पहले उसने मार्था से अपने सम्बन्ध को लेकर दोस्तों को प्रभावित करने की कोशिश की थी। उसके एलबम में मार्था का फोटो था। आकर्षक नीगरो युवती का सिर पर टेढ़ा लगा टोप, जिसके नीचे लिखा था—'प्यार, मार्था।' इसे देखकर दोस्तों की उत्सुकता जागती और वे एलबम को उलटते-पुलटते प्रश्न करते, 'कौन है, यह मार्था?' 'सवाल नहीं करोगे तो झूठ नहीं सुनना पड़ेगा।' यह कहकर वह मुस्कुराता। और अब उसे नाटक करना पड़ रहा था कि यह सिर्फ़ परिचिता थी। शादी करने का यही नतीजा होता है, साधारण दोस्ती के लिए भी झूठ बोलना पड़ता है।

साधारण? हाँ, करीब-करीब। उसका दिमाग़ छुट्टियों के दिनों में दिये जाने वाले 'फ्रांस का साहित्य' व्याख्यान-माला की तरफ़ मुड़ गया। इस क्लास में तीस लड़के-लड़कियाँ थे। ज़्यादातर अमेरिकी और कुछ डच तथा स्केन्डिनेविया के। वह तथा मार्था ही कालों में थे।

मार्था ने पहले दिन से ही लोगों का ध्यान आकृष्ट करना शुरू कर दिया। वह दूसरों से अलग बैठती थी। वह बाकी सब लड़कों से लम्बी थी और बहुत खूबसूरत भी थी। दूसरे दिन कुछ लड़कों ने उसे अपना परिचय दिया और उसके पास बैठे। तीसरे दिन वह बनर्जी के पास आई और बोली, 'आपको एतराज़ न हो तो मैं आपके पास बैठना चाहूँगी। मैं मार्था हूँ, अमेरिकी।' यह कहकर उसने अपना हाथ आगे बढ़ाया। उसने उठते हुए कहा, 'मैं बनर्जी हूँ। इंडिया से।'

इसके बाद वे क्लास में एक साथ बैठने लगे। बनर्जी ज़्यादातर जल्दी आता था। वह अपने बगल की सीट पर अपनी किताब रख देता, जिसका मतलब था, यह जगह खाली नहीं है। वह मार्था का इन्तज़ार करता। आ रहे छात्रों की भीड़ में उसका सिर अलग दिखाई पड़ जाता था। वह धीरे-धीरे चलती और उसकी कमर लय में घूमती रहती थी। फिर वह बनर्जी के बगल में धीरे से बैठ जाती थी। उसके

शरीर से चमेली की खुशबू निकलती थी। उसके माता-पिता ने उसका नाम 'यास्मीन' क्यों नहीं रखा? मार्था नाम से यह ज़्यादा उपयुक्त होता। क्लास शुरू हो जाती तो बनर्जी की नज़र उसकी ओर मुड़ती—उसकी चौड़ी मजबूत कलाई जिसमें वह सोने के सिक्कों से सजा चूड़ा पहने होती, जो जब वह लिखती, बजने लगते थे; काली, भूरी बाँहें और फिर छातियाँ—उसके दुबले शरीर के लिए बड़ी लेकिन कच्चे आम की तरह कसी हुई। जब वह बाहर जाती, बनर्जी उसके छरहरे शरीर और हिलते पुट्ठों को देखता।

बनर्जी की इनमें रुचि तब तक शुरू रही जब तक लड़कों ने उसे छेड़ना नहीं शुरू कर दिया। 'बड़ा भाग्य है तुम्हारा। उसे सिर्फ़ तुम्हीं नज़र आते हो।' लेकिन बनर्जी उससे छेड़छाड़ नहीं कर सकता था। उसके लिए वह ज़रूरत से ज़्यादा लम्बी थी। उसके कपड़े भी बहुत चटख होते थे। अगर वह उसके साथ निकलता तो लोग ज़रूर टीका-टिप्पणी करते। इसके अलावा यह भी सही नहीं लगता था कि यूरोप आया और अपने से ज़्यादा काली लड़की से दोस्ती की।

मार्था ने ही पहल की। एक दिन जब दोनों एक साथ क्लास से बाहर निकल रहे थे, उसने उससे साधारण ढंग से कहा, 'मेरे साथ कॉफ़ी पीने चलोगे?' और कॉफ़ी खत्म होने के बाद जब बिल चुकाने का समय आया, और बनर्जी ने अपनी जेब में हाथ डाला, तो उसने उसकी कलाई कसकर पकड़ ली और बोली, 'नहीं, मैंने निमन्त्रित किया है, इसलिए पेमेंट मैं करूँगी। तुम ले चलो तो तुम करना।' और जब तक वेटर पैसा ले नहीं गया तब तक उसका हाथ पकड़े रही। बनर्जी को उसे कॉफ़ी के लिए निमन्त्रित करना ज़रूरी हो गया। इसके बाद तो दोनों रोज़ कॉफ़ी पीने जाने लगे। मार्था हर दूसरे दिन पेमेंट करने की ज़िद करती थी। लेकिन तब भी बनर्जी जेब में अपना हाथ डालता और मार्था उसे पकड़कर कहती, 'नहीं, आज मेरी बारी है।'

इसके बाद मार्था ने दूसरा कदम उठाया। कहा, 'ईश्वर के लिए मुझे मिस स्टैक कहना बन्द करो। मार्था कह कर पुकारो। तुम्हारा नाम क्या है?'

'मेरा नाम हीरेन है लेकिन घरवाले गुल्लू कहते हैं।' मार्था ने उसका हाथ दबाकर कहा, 'तो मैं भी तुम्हें गुल्लू ही कहूँगी।'

बनर्जी ने कहा कि उसने उसे एक हिन्दुस्तानी नाम दिया है। मार्था ने फिर उसका हाथ दबाकर कहा, 'यह तो बहुत अच्छा है। मुझे यास्मीन नाम पसन्द है। और दुनिया में तुम ही अकेले मुझे इस नाम से पुकारोगे। यह कहकर वह उसके पास आ गई; उसे उसकी साँस अपने माथे पर महसूस हुई, जिसमें उसे वह विशेष

खुशबू प्राप्त हुई जिसे उसके दोस्त नीगरो लोगों की खुशबू कहते थे। यह उसे अच्छी महसूस हुई, गर्म और सेक्सी। गोरी स्त्रियों की खट्टे दूध की बू से कहीं अच्छी।

बनर्जी अब घंटों यह सोचने में बिताने लगा कि उसे किस तरह प्यार करूँगा। लेकिन जब कभी वह उसे कोई मौक़ा देती, वह पीछे हट जाता। कोर्स खत्म होने में सिर्फ़ दस दिन बाक़ी रह गये।

मार्था ने फिर मौक़ा दिया, 'यह आखिरी हफ्ता है।' यह कहकर उसने 'आह' भरी। 'हाँ, आखिरी दिन हैं,' बनर्जी ने लापरवाही से कहा, 'वक्त कितनी जल्दी भागता है।' लेकिन मार्था कुछ कर गुज़रना चाहती थी। 'कहीं घूमने चलते हैं। इसके बाद तो मिलना नहीं होगा।' फिर वह बोली, 'कहीं खुले में चलें। जैसे सेन नदी के किनारे जहाँ धूप खा सकें।'

अगस्त का गर्म दिन था। पेरिस से उन्होंने सवेरे की एक ट्रेन पकड़ी। यह क़रीब-क़रीब खाली थी। ये एक खाली डिब्बे में एक-दूसरे के सामने बैठे। मार्था अपने साथ कई अमेरिकी पत्रिकाएँ लाई थी। बनर्जी उनमें डूब गया और मार्था की निरन्तर चल रही कहानियों में, कि उसके क्लास कैसे रहते हैं, साथियों ने कैसे उसकी तरफ़ लाइन मारने की कोशिश की, उसके घर पर क्या होता है, बिलकुल ध्यान नहीं दिया। दोनों एक-दूसरे के नज़दीक आये बिना अपने गन्तव्य तक पहुँच गये। सेन के किनारे नहाने वालों की भीड़ थी।

मार्था यहाँ सबके आकर्षण का केन्द्र बन गई। स्विम सूट में उसके शरीर की रेखाएँ बहुत साफ़ नज़र आती थीं। लगता था चाबुक की डोरियों से उसके अंग बने हैं। उसमें ग्रीक देवी आर्टेमिस की तराश और छरहरापन था। कुछ लड़कों ने उसकी तरफ़ रबड़ की बॉल फेंकी। उसने इसे निशाना साधकर वापस इस तरह फेंका कि वह उनके सिरों को छूती हुई कई फीट दूर जा गिरी। मार्था देर तक तैरी, स्की पर फिसली और रेत पर लेटकर सूरज की किरणों से अपना बदन सेंका। बनर्जी कैनवास की कुर्सी पर बैठा अमेरिकी पत्रिकाएँ उलटता-पलटता रहा।

पेरिस वापस आने वाली ट्रेन छुट्टी मनाने वालों से भरी थी। इन्हें एक-दूसरे के बगल में बैठने की जगह मिल गई। उनके बाद लोग इधर-उधर खड़े होने लगे। डिब्बे में हँसी के फव्वारे छूट रहे थे और सिगरेट का धुआँ चारों ओर भरा था। मार्था का हाथ बनर्जी के घुटनों से जा लगा और उसने बनर्जी की उँगलियों में अपनी उँगलियाँ डाल दीं।

लोग रास्ते में पड़ने वाले स्टेशनों पर उतरते गये। गार द' ऑर्लियान्स से एक स्टेशन पहले दोनों एक-दूसरे का हाथ पकड़े अकेले रह गये। बनर्जी बाहर

से निकलते छोटे-छोटे मकानों और पेड़ों को देखने में व्यस्त था। मार्था ने अपना हाथ उसके हाथ से निकाला और गले में डालकर उसके कान चूम लिये। बनर्जी ने मैगज़ीन नीचे रखी और उसकी तरफ़ मुँह किया। उसने बनर्जी को बाँहों में भर लिया और अपने मोटे ओंठ उसके मुँह पर जमा दिये। फिर उसे आँखों, गालों और कानों पर कस-कसकर चूमने लगी। फिर उसने उसके गले पर दाँत जमाकर उसे काटा और लिपस्टिक के निशान छोड़ दिये। बनर्जी ने अपने को जैसे उसे समर्पित कर दिया। उसे मार्था की गर्म साँस और लिपस्टिक की खुशबू और नीगरो शरीर की गहरी सेक्सी गंध अपने शरीर पर चारों ओर महसूस होने लगी। ट्रेन धीमी हुई तो मार्था ने उसे छोड़ दिया। फिर अपने पर्स से कागज़ के रूमाल (टिशू) निकाले और उन्हें बनर्जी को देकर कहा, 'बनर्जी डियर, इनसे चेहरा साफ़ कर लो। मैंने बिलकुल रंग दिया है।' वह अपना मुँह पोंछने लगा और मार्था ने रूज़ लगाकर फिर अपना मेकअप ठीक कर लिया। ट्रेन गार द' ऑर्लियान्स में आकर रुकी।

उन्होंने छात्रों के कैफे में नाश्ता किया। मार्था ने अपनी बाँहें फैलाईं और अँगड़ाई ली। 'मैं थक गई हूँ। यह धूप स्नान (सनबाथ) और जो कुछ भी किया। अब घर चलते हैं। वहाँ मैं तुम्हारे लिए ड्रिंक तैयार करूँगी। जिससे तुम अपने घर जा सको।'

बनर्जी जान गया कि वह उसे किधर लिये जा रही है। क्या वह उसकी इच्छा पूरी कर सकेगा? उसके छोटे से कमरे में एक खाट, एक आरामकुर्सी और एक मेज़ थी। मेज़ पर चाँदी के फ्रेम में उसके परिवार का फोटो था : माता-पिता, दो भाई और दो बहनें—सब लम्बे-चौड़े, हड्डियों वाले और पूरे नीगरो। फ़र्श पर अमेरिकी पत्रिकाएँ बिखरी पड़ी थीं। बिस्तर पर कपड़े लदे थे।

मार्था ने दो सिन्ज़ानो ढाले और एक बनर्जी को दिया। 'गुल्लू, यह हमारी सेहत के लिए,' यह कहकर उसने अपना गिलास उठाया और उसे होंठों पर चूमा।

'यह हमारे लिए,' बनर्जी ने जवाब दिया और उसे अपने को चूमने दिया।

मार्था ने एक घूँट में सारा गिलास खाली कर दिया और अपने दोनों हाथ बनर्जी के कन्धों पर रख दिये। 'गुल्लू, मैं तुम्हें बहुत मिस करूँगी,' यह कहकर वह उसकी आँखों में देखने लगी।

बनर्जी की आँखें उसकी छातियों पर जा टिकीं। 'क्या देख रहे हो?' यह कहकर उसने विरोध-सा दर्शाया लेकिन हाथ कन्धे पर ही रहने दिये। बनर्जी ने पहली दफ़ा प्रशंसात्मक टिप्पणी की, 'जानती हो मार्था, तुम मुझे किसकी याद दिलाती हो? वीनस की—किसकी कृति है यह? उस इटेलियन की—जिसमें वीनस समुद्र

से उठ रही है।'

'बॉटिसेली की बर्थ ऑफ़ वीनस—वाह, यह पहली दफ़ा किसी ने मुझ से कहा है। इस पर एक और पैग हो जाये।' उसने गिलास फिर भर दिये और उसे माथे पर चूमा। फिर वह सिर के नीचे हाथ रखकर बिस्तर पर लेट गई। बनर्जी की नज़र उसके शरीर पर घूमने लगी।

'और अब यह मुझे घूर क्यों रहे हो? लगता है, तुमने आज तक कोई औरत नहीं देखी।'

बनर्जी गला साफ़ करके बोला, 'ऐसी तो नहीं ही देखी।' दोनों चुप हो गये। मार्था ने गिलास खाली कर दिया। फिर बोली, 'अगर मुझे न छूने का वादा करो, तो मैं तुम्हें अपना शरीर दिखाने को तैयार हूँ। मेरा शरीर अच्छा है।'

'किया वादा।'

मार्था उठी और रोशनी बुझा दी। बनर्जी ने कपड़े उतारे जाने और इलास्टिक चटकने की आवाज़ें सुनीं। 'अब बत्ती जला दो।'

बनर्जी कुर्सी से उठा। उसकी आँखें सड़क की रोशनी में दिखाई दे रहे उसके बदन पर पड़ रही थीं। उसने दीवार पर टटोलकर स्विच दबाया। कमरे में रोशनी भर उठी। वह मार्था की काफ़ी बड़ी छातियाँ और एकदम काली चुसनियाँ देखकर चकित रह गया। फिर ज़ोर लगाकर उसने नीचे नज़र डाली—योनि पर बालों का गुच्छा और चौड़ी माँसल जाँघें।

'कैसी लग रही हूँ?' यह कहकर उसने अपने हाथ सिर से ऊपर उठाये और नर्तकी की तरह अँगूठों के बल दूसरी तरफ़ घूमी। 'अब बताओ।'

बनर्जी ने गले में भर आया थूक निगला और बोला, 'बहुत सुन्दर।' यह कहकर वह दीवार का सहारा लेकर खड़ा हो गया।

'अब मुझे चूमो।' यह कहकर मार्था ने अपने हाथ उसकी तरफ़ बढ़ाये। बनर्जी लड़खड़ाते हुए आगे बढ़ा और मार्था को आलिंगन में ले लिया। उसने वादा ले लिया था कि बनर्जी उसे छुएगा नहीं...लेकिन अब वह उसे पागलों की तरह ऊपर से नीचे तक चूमने लगा—पहले छातियाँ, फिर पेट, फिर नाभि। मार्था ने उसके बाल पकड़ लिये और उसका चेहरा अपने सामने लेकर कहा, 'धीरज से काम लो।' उसके पैर बनर्जी के पैरों में जा फँसे और वह उसका मुँह बेतहाशा चूमने लगी। बनर्जी के शरीर में वासना का सैलाब उठा और निकल भी गया। उसका शरीर मार्था की बाँहों में ही ढीला पड़ गया। अब उसे मार्था की साँस और बदन की बू बुरी लगने लगी।

'क्या हुआ, डियर?' मार्था ने पूछा और पीछे हटी।

'मैं मस्त हो रहा हूँ। अब मुझे जाने दो।'

'ठीक है, तो जाओ,' यह कहकर उसने अपना गाउन लपेटा और सिगरेट जला ली। उसकी त्योरी चढ़ने लगी।

'नहीं नहीं, ऐसी कोई बात नहीं है, मार्था। तुम चाहती नहीं...इसलिए यही ठीक है।'

'चलो, यही सही।'

वे चुपचाप बैठे रहे। बनर्जी ने उसका हाथ अपने हाथों में ले लिया। उसमें जान नहीं थी। उसने सिगरेट झाड़ी और उठते हुए बोली, 'थैंक यू! दिन अच्छा बीता।' फिर उसे चूमा और जैसे धक्का देकर बाहर कर दिया। वह निकला तो भीतर से ताला बन्द करने की आवाज़ आई।

तीन दिन बाद वह उसे गार साँ लाज़ार की ट्रेन पर विदा कर आया।

तीस साल गुज़र गये थे।

कई साल तक कमरे के बीच नग्न खड़ी मार्था का चित्र उसे नशे की तरह परेशान करता रहा। हालाँकि वह उसकी उम्मीदों पर खरा नहीं उतरा था और यह सोचकर उसे बहुत कष्ट भी होता था, वह अपनी पत्नी की आवश्यकताएँ पूरी करने में मार्था की स्मृति का ही उपयोग करता था। इसलिए ज़्यादातर वासना की निवृत्ति में उसके साथ मनोरमा बनर्जी न होकर मार्था स्टैक होती थी। अपने देश की गर्मी, दिन में आठ घंटे काम और छह दिन का हफ़्ता, ये सब उसकी सेहत को प्रभावित कर रहे थे और समय बीतने के बाद अब उसे मार्था का शरीर और उसकी नुकीली छातियों की कल्पना भी उत्तेजित करने में समर्थ नहीं होती थीं। वह याद करने लगा कि कितने समय पहले उसने अपनी पत्नी से सहवास किया है; साल नहीं तो कई महीने पहले और उसे कितनी कठिनाई हुई थी।

'चिन्ता मत करो, डियर, हम सब बूढ़े होते हैं,' मार्था ने कहा था।

अशोका के लाउंज में उसे कोई नीगरो स्त्री नहीं दिखाई दी, तो उसने उसके कमरे में फ़ोन किया। 'बस, एक सेकेंड में आ रही हूँ। अभी हम घूम-घामकर वापस लौटे हैं, और मैंने सोचा कि डियर के लिए कपड़े बदल लूँ। ज़्यादा देर नहीं लगेगी,' वह बोली।

वह लिफ्ट को ऊपर से नीचे और नीचे से ऊपर जाते देखता रहा। उसमें

अमेरिकी टूरिस्ट आते, बाहर निकलते और यह क्रम जारी रहा। काफ़ी देर बाद एक दूसरी लिफ्ट में केवल एक यात्री आया—इसमें एक से ज़्यादा समा ही नहीं सकते थे। सारी जगह में मार्था भरी थी—छह फीट लम्बी और आज तक उसकी देखी सभी औरतों से कहीं ज़्यादा मोटी। वह हिलती-डुलती बाहर निकली और बनर्जी की तरफ़ बढ़ी। 'हनी, तुम मोटे हो गये हो,' यह कहकर उसने बनर्जी की छोटी-सी तोंद की तरफ़ इशारा किया। बनर्जी ने हाथ बढ़ाते हुए कहा, 'मार्था, तुम वैसी ही हो, यह कहना मुश्किल है।'

मार्था ने अपनी विशाल कमर को हाथों से घेरते हुए कहा, 'पुराने दोस्त से यह कहना सही नहीं लगता, है न यह बात?' फिर वह ज़ोर से मर्दानी हँसी से फूट पड़ी। 'हाँ, मेरा वज़न थोड़ा सा बढ़ गया है, ठीक है न? घर लौटने तक कम हो जायेगा? अच्छा, चाभी रख दूँ।'

वह चाभियों के काउंटर तक गई। उसका परिवर्तन देखकर बनर्जी हिल उठा था। उसके पुट्ठे हिलते हुए माँस के बड़े-बड़े लोथड़े थे, कमर छातियों के बराबर होकर उससे जा मिली थी। उसकी गर्दन भी, जो एकदम पतली थी, बहुत चौड़ी हो गई थी और खिलाड़ियों जैसी उसकी टाँगें सफ़ाई करनेवाली अंग्रेज़ औरतों की तरह मोटी पड़ गई थीं। वह विज्ञापन में पुडिंग का प्रचार करने वाली गोलगप्पा औरत लग रही थी।

मार्था ने बनर्जी की बाँह पकड़ी और दरी से ढकी सीढ़ियों से उतरना शुरू किया। बनर्जी देखता जा रहा था कि दर्शक उसे देख-देखकर मुस्कुरा रहे हैं और भद्दे मज़ाक कर रहे हैं। मार्था की आवाज़ भी उसके बदन की तरह बुलंद हो गई थी। उसने बनर्जी की छोटी-सी फ़िएट गाड़ी में अपने को धीरे-धीरे भरा और हँसकर बोली, 'महान अमेरिकी के लिए गाड़ी छोटी है।'

घर पर मार्था ने मनोरमा से अच्छा व्यवहार किया। उसकी खुली प्रशंसा, 'अरे, तुम इतने बूढ़े शैतान, ऐसी खूबसूरत बीवी कहाँ से ले आये?' पत्नी यह सुनकर खिल उठी। मार्था ने सबको तोहफ़े भेंट किये : बनर्जी की बेटी को लिपस्टिक, बेटे को बॉलपेन और पत्नी को श्रृंगारदान (मेकअप बॉक्स)। पत्नी ने उसके साथ बहुत अच्छा व्यवहार किया, अगर पति ने कभी उसे प्यार किया भी हो, तो उसे माफ़ किया जा सकता था। शाम हँसते-बातें करते गुज़र गई।

मार्था ने घड़ी पर नज़र डाली। 'सवेरे मुझे प्लेन पकड़ने के लिए जल्दी उठना है। अब चलना चाहिये। यहाँ टैक्सी मिलेगी?'

'मेरे पति आपको होटल तक छोड़कर आयेंगे,' पत्नी ने ज़िद की। 'मैं तो

चाहती थी कि आप ठहरें।' बनर्जी जानता था कि यदि मार्था सुन्दर होती तो पत्नी कुछ और कहती, या तो खुद उनके साथ चल पड़ती या किसी बच्चे को साथ कर देती।

मार्था ने पत्नी और बच्चों को चूमा और फ़िएट में अपने को घुसेड़ा। बोली, 'बढ़िया फैमिली है। तुम्हारी बीवी सचमुच सुन्दर है।'

बनर्जी बोला, 'मुझसे ज़्यादा अच्छी तरह रहना जानती है। कुछ लोग ऐसे ही बने होते हैं।'

होटल पहुँचकर उसने खुद मार्था का हाथ पकड़ा और उसे सीढ़ियों पर चढ़ाकर ले गया। मार्था ने फिर घड़ी देखी। 'अगर फटाफट एक पेग लेना हो तो मैं बना देती हूँ। कल जहाज़ में नींद पूरी कर लूँगी।'

'बीते दिनों की याद करते हैं,' यह कहकर बनर्जी लिफ्ट में आ गया। उसके परिवार ने मार्था को औरत के रूप में नकार दिया था, इसलिए उसने साथ देना सही समझा।

मार्था ने बाथरूम से दो गिलास उठाये और अलमारी से स्कॉच की बोतल निकाली। उसे रोशनी के सामने लाकर देखा। आधी भरी थी। 'अब खत्म ही कर लेनी चाहिये। ज़रा सी वापस ले जाने का मतलब ही नहीं है। सोडा या पानी?'

'ज़रा-सा सोडा,' यह कहकर बनर्जी गिलास पकड़ने के लिए उठ खड़ा हुआ। फिर दोनों ने गिलास टकराये और बनर्जी ने उसे होंठों पर चूमा।

'मुझे उन दिनों की याद आ गई—सिवाय उसके बाद की घटना के। अब उसके लिए काफ़ी मोटी पड़ गई हूँ।' यह कहते हुए वह मुस्कुराती रही। उसके मसूढ़े लाल रबड़ की तरह चमकते रहे। 'थैंक यू हनी, इससे मेरी यात्रा सफल हो गई। मैं तो सोचती थी कि तुम मुझे चूमोगे भी या नहीं।'

उसने एक और पैग ढाला, आरामकुर्सी पर लुढ़क गई और बनर्जी को सोफ़े पर बैठने का इशारा किया। 'बैठो।' यह बनर्जी को अपने से दूर रखने का तरीका था। बनर्जी ने देखा उसके गले में सोने की माला है जिसमें क्रॉस लगा है—शायद वह धर्म की ओर मुड़ गई थी, या उसकी तरह बूढ़ी और सेक्स से विरत होने लगी थी। बनर्जी स्कॉच पीता रहा, वह मार्था की आँखों में देखने की हिम्मत नहीं जुटा पा रहा था। इसी के साथ वह ऐसा कुछ भी नहीं करना चाह रहा था जिससे उसे दुःख हो या चोट पहुँचे। उसने तीसरा पैग खुद उँड़ेला और मार्था की कुर्सी के हत्थे पर आकर बैठ गया। फिर अपना हाथ उसके माथे पर रखा। यह चिकना हो रहा था। फिर उसके बालों में उँगलियाँ फिराईं वे एक-दूसरे में गुथे गुच्छे हो रहे थे।

फिर नीचे उसकी तरफ़ नज़र फेरी। उसने आँखें बन्द कर ली थीं और जैसे सबसे बेखबर हो रही थी। बनर्जी ने उसका चेहरा अपनी तरफ़ मोड़ा और उसके होंठों पर अपने होंठ जमा दिये। वह उसी तरह बैठी रही, मुँह भी नहीं खोला। बनर्जी समझ गया कि अब उसका आत्मविश्वास एकदम खत्म हो गया है। वह कुर्सी पर खिसक आया और उसे कोमलता से चूमने लगा।

पेरिस में उसने मार्था को जैसे देखा था, वे दृश्य फिर उसकी आँखों में उभरने लगे और उसके शरीर में उस समय की वासना जागने लगी। दोनों कुर्सी से फिसलकर ज़मीन पर आ गये। मार्था शान्त पड़ी थी—उसके शरीर में कोई गति महसूस नहीं हो रही थी। आँखें बन्द थीं—जैसे वह अपने को देखना भी न चाहती हो। बनर्जी के हाथ उसके कपड़े टटोलने लगे। उसने हल्का-सा विरोध किया, 'तुम्हारी बीवी क्या कहेगी?' लेकिन वह जानता था कि वह उसे दूसरी बार दगा नहीं देगा।

सिंह साहब और रंगभेद

‘अगर मुझसे पूछो तो मैं कहूँगा कि हमारे मुल्क के लोग ही दोषी होते हैं,’ मिस्टर सिंह ने अपनी चमकती दाढ़ी सहलाते हुए कहा, ‘रंगभेद का जो भी मामला भीतर से देखो, गलती किसी न किसी हिन्दुस्तानी की ही होती है।’

सिंह साहब इस मुल्क में दो हफ़्ते पहले ही आये थे, लेकिन उन्होंने यहाँ के लोगों के बारे में काफ़ी जानकारी हासिल कर ली थी और रंगभेद की समस्या का गहराई से विश्लेषण कर लिया था।

‘अब यह बोर्डिंग हाउसों की समस्या ही लो,’ वे कहने लगे। ‘मैंने कई देखे हैं जो काले लोगों को रखते ही नहीं। मैंने उनकी मालकिनों से इस बारे में पूछा—उनसे परिचय कर लेने के बाद। हमेशा इसकी वजह उनका गलत व्यवहार ही होता था। हमारे लड़के स्त्रियों के खाना लेने से पहले ही अपने हाथ मेज़ पर फैला देते हैं। हमेशा भर्र-भर्र डकारते रहते हैं। लेवेटरी पर उकड़ूँ बैठते हैं और सब गंदा कर देते हैं। नहाते वक्त बाथरूम में टब में धीरे से लेटने की जगह लोटे से पानी चारों तरफ़ फैलाते हैं। इन बातों से बदमज़गी होती है और बदमज़गी से पूर्वाग्रह पनपता है। हमारे लोगों को मुल्क छोड़ने से पहले मैनर्स सिखाने चाहिये। आप क्या कहते हैं?’

सब लोग सहमत थे, सिंह साहब से असहमत हुआ ही नहीं जा सकता था। तय पाया गया कि यूरोपियन आचार-व्यवहार सिखाने के लिए बम्बई में स्कूल खोला जाना चाहिये, जहाँ बाहर जाने वाले हमारे लोगों को टेबिल और बाथरूम मैनर्स का कम से कम छह हफ़्ते का कोर्स कराया जाये।

‘लेकिन,’ एक आदमी जो सिंह साहब को जानता नहीं था, बीच में बोल उठा, ‘शिक्षित नीगरो ये सब मैनर्स जानते हैं लेकिन उनसे भी भेदभाव

बरता जाता है?'

'कुछ देशों में तो बलात्कार करने के लिए उन्हें अदालती कार्यवाही के बिना ही फाँसी पर लटका दिया जाता है या काटकर फेंक दिया जाता है,' किसी और ने इसमें जोड़ा।

सिंह साहब भभक उठे। 'कोई बलात्कार करता है, तो उसे फाँसी मिलनी ही चाहिये दस दफ़ा मिलनी चाहिये।' यह कहकर उन्होंने उँगली उठाई, 'आप का क्या कहना है?'

हमने सोचा कि दस दफ़ा तो कुछ ज़्यादा ही है, पर फिर उनसे सहमति व्यक्त की।

फिर वे बोले, 'तुमने समस्या की जड़ पकड़ ली है। यह सेक्स है।'

हम मान गये कि दुनिया की समस्याओं के पीछे सेक्स होता है।

'यह लड़कियों का ही मामला होता है जिससे सब परेशानियाँ पैदा होती हैं,' उन्होंने ज़ोर देकर कहा। 'ये घटिया किस्म की लड़कियाँ, हाँ। इसीलिए कोई 'डीसेन्ट' फैमिली हमारे लड़कों से घुलती-मिलती नहीं है।'

'हमें अपने लिए अपने देश से ही लड़कियाँ ले आनी चाहिये।'

'यह हँसने की बात नहीं है। मैं गम्भीरता से कह रहा हूँ। हमारे लड़के यहाँ आते हैं और लड़कियों पर भूखे कुत्तों की तरह नज़र डालते हैं। मैं ऐसे बहुत से लोगों को जानता हूँ जो गये तो पढ़ाई करने लेकिन सिर्फ़ एल.एल.डी. लेकर लौटे। यह एल.एल.डी. क्या है, जानते हो?'

जानते हैं, कहने का मतलब ही नहीं था। सिंह साहब यह मजाक़ दोबारा बतायेंगे। पुराने घिसे-पिटे मज़ाकों को बार-बार कहने में, जैसे वे उन्हीं ने गढ़े हों, उनका सानी नहीं था।

'नहीं जानते क्या होता है एल.एल.डी.?' उन्होंने जोश में भरकर कहा, 'तो जान लो। बड़ी मज़ेदार बात है, बहुत ज़्यादा मज़ेदार।'

उन्होंने अपनी तोंद से हाथ बाँध लिये और कुर्सी पर तनकर बैठ गये।

'एक बन्दे ने विदेशी यूनिवर्सिटी में पाँच साल बिताये लेकिन हासिल की सिर्फ़ बीवी। जब वे साहब घर लौटे तो वालिद साहब ने पूछा, क्या करके आये हो, तो उन्होंने जवाब दिया, एल.एल.डी.।'

'एल.एल.डी.? यह क्या बला है?' वालिद साहब पूछते हैं, तो लड़का अपनी बीवी को सामने पेश कर देता है, 'यह है मेरी एल.एल.डी.—माई लैंडलेडी'ज़ डॉटर। ही...ही...मज़ा आया न?'

यह कहकर सिंह साहब ने अपना दायाँ हाथ आगे बढ़ाया जिसे सबने एक-एक करके झिंझोड़ा, यह दिखाने के लिए कि उनका मज़ाक बड़ा शानदार था। वे खुद अपनी जाँघों पर हाथ मारकर तब तक हँसते रहे जब तक आँखों से आँसू नहीं निकल आये। सिंह साहब ने आँसू पोंछे और सहज हुए, 'मज़ाक छोड़ो,' और हाथ हिलाकर जैसे हँसी को परे हटाकर बोले, 'इस बारे में हमें कुछ करना ज़रूर चाहिये।'

इसके बाद अँगूठा ऊपर उठाकर इस तरह बोलने लगे जैसे भीड़ के सामने भाषण दे रहे हों। 'जैसा मैं उस दिन छात्रों के एक दल से कह रहा था, हम सब अपने देश के राजदूतों की तरह हैं। हमें राजदूतों की ही तरह व्यवहार भी करना चाहिये। मैं मिसेज़ विल्किन्स से इसका ज़िक्र कर रहा था—ये वो लेडी हैं जिनके साथ मैं ठहरा हूँ। वे कहने लगीं, मिस्टर सिंह, सब हिन्दुस्तानी आप जैसे होने चाहिये...'

'ये पूर्वाग्रह से ग्रस्त नहीं हैं,' हमने कहा।

'हाँ, ठीक कहते हैं। तो आप मिसेज़ विल्किन्स को जानते हैं?'

'नहीं, हम मिसेज़ विल्किन्स को तो नहीं जानते, लेकिन मिसेज़ जोन्स और मिसेज़ हेनरी को ज़रूर जानते हैं। ये सब एक जैसी हैं। आप ठीक कहते हैं। लेकिन इनमें से कुछ...सुनो, जैसे मिसेज़ मैकिन्तोष, जो उनसे बात नहीं करेंगी। लेकिन मैं ध्यान नहीं देता...लड़की बाहर की हो तो...वो खुद ही आती है। पैसा हो या न हो।'

'यही होना भी चाहिये,' सिंह साहब ने उत्साह से कहा। 'लड़कियों को बोर्डिंग में रखना अच्छी बात नहीं है।'

'लेकिन उन्हें ले भी कहाँ जायें? पुलिस हर जगह तंग करती है।'

'पार्क में?' सिंह साहब चीखे। 'सबके सामने! हरगिज़ नहीं। यह अच्छी बात नहीं है।'

'सिंह साहब, आप अपनी सेक्स की समस्या कैसे सुलझाते हैं?'

'तुम लोगों के दिमाग़ में सेक्स ही भरा रहता है। इसके सिवाय तुम्हें और कुछ नहीं सूझता।' सिंह साहब हमला करते हुए बोले। 'अब मेरी तरफ़ देखो। मेरे लिए यह कोई समस्या नहीं है। और तुम लोग तो बीवियोंवाले भी हो...'

हमने सिंह साहब पर नज़र डाली : शानदार सिल्क की पगड़ी, चमकदार काली दाढ़ी नीचे ठोढ़ी पर बँधी, चमकती काली आँखें, पान से रँगे होंठ, हल्की सी तोंद जिसे सहलाये जाने का इन्तज़ार था। शक्ल-सूरत के अलावा उनका नाम, जिसके साथ कई मानद उपाधियाँ उनके यहाँ आने के बाद जुड़ गई थीं। ये मुख्यतः विदेशियों

पर प्रभाव डालने के लिए थीं जिनसे उनको मिलना-जुलना होता था और जिनको वे अपनी पगड़ी में लगी सुनहरी पट्टी और कामदार भारतीय जूतों की महत्ता समझाते थे। इसके अलावा वे हाथ की रेखाएँ देखना भी सीख गये थे। दरअसल पूरब के देशों की सब विशेषताओं के वे अच्छे जानकार बन गये थे, जिन्हें दूसरों के सामने प्रदर्शित करते थे।

'मैं अपनी बीवी को भी लाना चाहता था लेकिन ये एक्सचेंज वगैरह के नियम परेशानियाँ पैदा करते हैं। अब मैं जल्द से जल्द उसके पास लौट जाना चाहता हूँ। हिन्दुस्तानी औरत दुनिया में बेमिसाल है, जानते हो? हमारी औरतें सब देवियाँ हैं और हम लोग राक्षस हैं। हमें उनके योग्य बनने की कोशिश करनी चाहिये। हमारी शादी के वक्त पंडित ने जो कहा उसे मैं कभी नहीं भूलता, ''आज से तुम पत्नी के अलावा और सब औरतों को अपनी माँ, बहन और बेटियाँ समझोगे।'' मैं इसे हमेशा दिमाग़ में रखता हूँ। आपको भी यही करना चाहिये। हमें उनकी उम्र के हिसाब से यही सब कहकर बुलाना चाहिये। मैं अपनी उम्र की सब औरतों को बहन ही कहता हूँ। एक दफ़ा आप किसी औरत को बहन कह दें तो फिर आप उसके साथ कुछ गलत नहीं करेंगे, है न?'

हम तो कर सकते हैं खैर!

'क्या यह सोच एक प्रकार की ''चैस्टिटी बैल्ट'' (सतीत्व के लिए रक्षा-कवच) है?'

'यह क्या होती है, मैं नहीं जानता। लेकिन आप कोशिश करके तो देखो। नतीजा अच्छा ही होगा।'

सिंह साहब अपने राजदूती मिशन का सन्देश देकर चले गये, जो जातिभेद, रंगभेद वगैरह सब तरह की दीवारों को तोड़-फोड़कर गिराने वाला था। हमने सिंह साहब के, माँ, बहन, बेटी के टुकड़ों में बाँटकर व्यवहार करने का फैसला किया। हमने 'प्लीज़' और 'थैंक यू' कहना भी शुरू कर दिया। खाने की मेज़ पर पहले हाथ बढ़ाना बन्द कर दिया। डकारना बन्द कर दिया। लेवेटरी की सीटों पर आरामकुर्सी की तरह बैठने लगे। पानी की जगह टॉयलेट पेपर इस्तेमाल करने लगे। लम्बे टब में लेटकर, अपनी गन्दगी से घिरे, नहाने लगे। यह सब रंगभेद को खत्म करने के लिए था।

कुछ महीनों बाद ऐसा हुआ कि हम समुद्र के किनारे एक बड़े शानदार होटल में ठहरे। यह अपने आप में एक पूरा शहर था, दर्जन भर लाउंज, डायनिंग रूम, ब्यूटी पार्लर, दवा की दुकानें, किताब घर और क्रोमियम तथा शीशे के चारों तरफ़

फैले वरांडे, छतें वगैरह। इसके अलावा बहुत सारी लिफ्ट थीं जो दिन-रात चलती रहती थीं। इन्हें लड़कों जैसे कपड़े पहने और पीतल के बटन ऊपर से नीचे तक लटकाये ढेरों लड़कियाँ चलाती थीं।

एक रात हम जश्न मनाने बाहर गये। चूँकि यहाँ पीने पर रोक नहीं थी, इसलिए हम लड़खड़ाते हुए वापस लौटे। किसी तरह हम होटल पहुँच गये और लिफ्ट भी तलाश ली। एक साँवली लड़की ने हमारा स्वागत किया। उसके कपड़े अलग थे, वह हिन्दुस्तानी लगती थी, लेकिन थी नहीं। वह कमर तक का कोट और पैरों से जैसे पूरी तरह लिपटी पैंट पहने थी जिससे उसके अंग साफ़ नज़र आते थे।

'ग्यारहवीं फ़्लोर, सर?' उसने लिफ्ट का दरवाज़ा बन्द करते हुए पूछा।

'य...स...प्लीज़।'

हम सामने लगी पट्टी पर संख्या बदलती देखते रहे। फिर लड़की पर नज़र डाली।

'जय हिन्द,' देवी ने कहा और भारतीय ढंग से हाथ जोड़कर नमस्ते की।

हमने कसकर अपनी आँखें बन्द कर लीं। खोलीं तो सामने लड़की का आकर्षक बदन और पीतल के बटन फिर दिखाई दिए। सिंह साहब का बताया शब्द होंठों तक आया लेकिन मुँह से बाहर नहीं निकला।

'जय हिन्द,' देवी ने फिर कहा और मुस्कुराकर हाथ जोड़े।

'आप हमारे देश को जानती हैं?'

'नहीं, लेकिन आपके एक देशवासी को जानती हूँ। वह यहीं ठहरा था। पगड़ी पहनता था और दाढ़ी भी थी। पगड़ी आपकी पगड़ी से भी अच्छी थी–पूरी सोने से जड़ी थी। वह खुद भी बहुत अच्छा था।'

उसकी याद में देवी ने अपनी आँखें बन्द कर लीं। 'वह मुझे डांस के लिए ले जाता और इसके बाद हम उसके कमरे में शराब पीते। वह भी ग्यारहवीं मंज़िल पर ठहरा था।'

ग्यारहवीं मंज़िल आ गई।

'आप ड्रिंक के लिए आना चाहेंगी?'

देवी मुस्कुराई फिर धीरे से बोली, 'एक बजे तक मैं ड्यूटी पर हूँ। उसके बाद आप चाहें तो आ जाऊँगी।'

'ठीक है, सिस्टर।'

क्या अजब देश है

इस कहानी का शीर्षक 'बाबर से कैनेथ टायसन तक' भी रखा जा सकता था, क्योंकि इसका विषय सोलहवीं शताब्दी के मंगोल हमलावर बाबर से लेकर आधुनिक युग में यूरोपियनों की भारत सम्बन्धी प्रतिक्रियाओं से है।

बाबर को भारत पसन्द नहीं आया था। *बाबर नामा* नामक अपने संस्मरणों में उसने बड़े बेबाक ढंग से यह बात कही थी :

'हिन्दुस्तान ऐसा देश है जहाँ की किसी भी बात की सराहना नहीं की जा सकती। यहाँ के लोग सुदर्शन नहीं हैं। उनको मैत्रीपूर्ण समाज के सुख का ज्ञान नहीं है, जहाँ लोग निस्संकोच होकर मिलते-जुलते हैं, या एक-दूसरे से घनिष्ठता का व्यवहार करते हैं। इनमें प्रतिभा का अभाव है, मस्तिष्क के गुणों को ये नहीं समझते, व्यवहार में नम्रता नहीं है, दूसरों के प्रति दया भाव नहीं है, नयापन नहीं है और हस्तकलाओं में सुन्दरता नहीं है, भवन-निर्माण में योजनाओं, डिज़ाइन और ज्ञान का अभाव है। इनके यहाँ घोड़े नहीं हैं, न बाज़ारों में अच्छा गोश्त और रोटियाँ हैं, स्नानगृह नहीं हैं, विद्यालय नहीं हैं, न मोमबत्तियाँ हैं, न रोशनियाँ हैं।'

इसके अंग्रेज़ अनुवादकों ने भारत के प्रति बाबर के इस विद्वेष को बढ़ा-चढ़ाकर रखने में कोई कसर नहीं छोड़ी। इस टिप्पणी के नीचे उन्होंने लिखा है! 'भारत के बारे में बाबर की जो राय थी वही आज उच्च वर्ग के यूरोपियनों की भी राय है।'

लेकिन सौभाग्य से कुछ विदेशी ऐसे भी थे जो भारत को उतनी ही गहराई से प्यार करते थे जितनी गहराई से बाबर और आज के उच्च वर्गीय यूरोपियन नफ़रत करते रहे हैं। यह मनोरंजक तथ्य है कि दुनिया में भारत ही अकेला देश है जिसके प्रति विदेशियों ने या तो ज़बर्दस्त नफ़रत व्यक्त की

है या प्रशंसा—दोनों में से एक तो की ही है। पाँच सौ साल पहले भी यही सच्चाई थी और यही आज भी है। इसलिए यह ताज्जुब की बात नहीं है कि हम भारतवासी दूसरों की अपने बारे में राय को बहुत महत्त्व देते हैं।

भारतवासी विदेशियों को तीन मुख्य वर्गों में बाँटते हैं। इनमें सब से बड़ी संख्या उनकी है जो भारत और भारतवासियों दोनों से नफ़रत करते हैं। दूसरी श्रेणी में वे लोग आते हैं जिनकी नफ़रत आधी है, यानी जो भारत के लोगों को तो नापसन्द करते हैं लेकिन यहाँ का रहन-सहन और सुख-सुविधाओं को पसन्द करते हैं—बड़े-बड़े बँगले, नौकर-चाकर, शिकार, पोलो, वगैरह। यहाँ के लोगों में उन्हें लेखक रडयार्ड किपलिंग के पात्र गंगादीन, जैसे लोग ही पसन्द हैं—कुत्तों की तरह वफ़ादार, और जिन्हें अपनी औकात का पता है। वे पढ़े-लिखे भारतीयों को ज़्यादा ही नापसन्द करते हैं, जो या तो बाबू यानी क्लर्क हैं और जो अंग्रेज़ियत को अपना चुके हैं। तीसरी श्रेणी उन लोगों की है जिन्हें भारत के लोग और उनकी हर बात पसन्द है। उन्हें भारत का रहस्यवाद अपने ईसाई धर्म से ज़्यादा संतोषजनक लगता है, भारतीय संगीत के राग बीथोवेन की सिम्फ़ोनीज़ से ज़्यादा मधुर महसूस होते हैं, पैंट की अपेक्षा धोती ज़्यादा उपयोगी वस्त्र लगता है, मसालेदार भोजन यूरोपियन खाने से ज़्यादा स्वादिष्ट प्रतीत होता है। वे अपने देशवासियों से मिलना-जुलना ज़्यादा पसन्द नहीं करते। वे भारतीय भाषाएँ सीखते हैं। वे हाथ की उँगलियों से खाना खाते हैं, उनकी स्त्रियाँ साड़ी पहनती हैं, माथे पर बिन्दी लगाती हैं और हाथ जोड़कर नमस्ते करती हैं। लेकिन इस श्रेणी के लोगों की संख्या बहुत कम है। भारतवासी उन्हें पागल करार देते हैं।

लेकिन, इनके अलावा एक चौथी श्रेणी भी है—उन लोगों की जिनकी प्रतिक्रिया निश्चित नहीं होती। ये भारतीयों के लिए बहुत चर्चा के विषय होते हैं। कैनेथ टायसन इसी श्रेणी का अंग्रेज़ था।

कैनेथ टायसन से मेरी पहली मुलाकात 1947 की शरद ऋतु में जिमखाना क्लब में हुई थी। इसके दो महीने पहले ही भारत आज़ाद हुआ था। मैं अपने मित्रों के साथ था : एक बंगाली, एक पंजाबी और दोनों की बीवियाँ। टायसन वहाँ आया तो लोगों का ध्यान उसकी ओर गया। वह औरों से ज़्यादा लम्बा-चौड़ा था। गंजा सिर, लँगड़ाती चाल। क्लब के भारतीय हाथों में आने के बाद यह पहला अंग्रेज़ था जो वहाँ आ रहा था।

पंजाबी ने खुद ही मज़ा लेते हुए चुटकी ली, 'काले हिन्दुस्तान में आनेवाला पहला गोरा।'

'कौन है ये?' मैंने पूछा।

'तुम कैनेथ टायसन को नहीं जानते?' उसने तुर्शी से सवाल किया। 'पक्का साहब नमूने का डिब्बेवाला। हमसे नफ़रत करनेवालों में एक जिनकी जात अब बहुत कम हो गई है।'

टायसन लँगड़ाता हुआ बार तक पहुँचा। वेटर ने तपाक से सलाम मारकर उसका स्वागत किया और ब्रांडी का पेग बनाकर पेश किया।

'यह अब यहाँ क्या कर रहा है जब इसके और सब साथी वापस जा चुके हैं?' मैंने प्रश्न किया।

'अपना सामान बाँधने से पहले आखिरी छोटा पैग पीने आया है,' पंजाबी ने अंदाज़ लगाया। 'अब उसके लिए यहाँ हम बहुत ज़्यादा हो गये हैं।'

पंजाबी की बीवी ने ज़रा ज़्यादा ही जोश-खरोश से इस विषय को आगे बढ़ाया : 'इसकी बीवी से मिलो—खाँटी अंग्रेज़ मेमसाहब, उस जैसी दूसरी नहीं दिखेगी।' फिर उसने मिसेज़ टायसन की नकल की, 'इन लोगों को इनकी औकात में रखना बहुत ज़रूरी है। इनको ज़रा भी शह दो तो ये सिर चढ़कर बोलने लगेगा।'

सब हँसने लगे।

'मेरा खयाल है, आप लोग टायसन को गलत समझ रहे हैं,' बंगाली बोला। 'जब इसकी कलकत्ते में पोस्टिंग थी, मेरा वास्ता पड़ा था। हालाँकि वह हम में ज़्यादा घुलता-मिलता नहीं था, उसे वहाँ रहना काफ़ी पसन्द था क्योंकि वह छुट्टियों में कभी घर नहीं गया।'

'यानी आधी नफ़रत करने वाला,' पंजाबिन ने टिप्पणी की। 'लेकिन बीवी पूरी नफ़रत वाली थी। जेनिफ़र टायसन ने इसे कभी छिपाया भी नहीं। ''माई डियर, मैं टूटिंग बेक की अपनी एक बिस्तर वाली कोठरी में रहना ज़्यादा पसन्द करूँगी, बजाय इनके महलनुमा शानदार कमरों में जहाँ काले-कलूटे नौकर घूमते-फिरते हैं।'' '

बंगालिन ने उसका पक्ष लिया, 'बेचारी! उसे काफ़ी मुश्किलों का सामना करना पड़ा है—परिवार में कोई-न-कोई जब देखो पेट की बीमारी से पीड़ित रहता है।'

'यह नफ़रत करने वालों की काम काज से जुड़ी बीमारी है,' पंजाबी ने टिप्पणी की। 'कभी प्यार करने वाले को यह बीमारी होते सुनी है? नहीं न? यह इन्हीं बन्दों को होती है। ये उबालकर पानी पीते हैं और सब्ज़ियाँ दवा में धोते हैं, फिर भी पेट की बीमारी से छुटकारा नहीं पाते। यह 'दिल्ली का पेट' या 'बम्बई का पेट' या जहाँ भी ये रहते हों वहाँ का पेट, जो कुछ भी हो। फिर मुल्ले की तरह जो दिन में पाँच दफ़ा नमाज़ पढ़ने मस्जिद की तरफ़ दौड़ता है, ये नफ़रती लोग बैडरूम

से बाथरूम की तरफ़ दौड़ते नज़र आते हैं। यह तो पुरानी बात है कि ये गोरे हिन्दुस्तान के बारे में काली बातें ही सोचते हैं।'

टायसन हमारी तरफ़ मुड़ा; वह समझ गया था कि उसी के बारे में बातें हो रही हैं। बंगाली ने उसकी तरफ़ देखकर हाथ हिलाया। टायसन ने अपना गिलास उठाया और हमारी तरफ़ बढ़ा। 'मे आइ ज्वाइन यू?' यह कहकर उसने बगल की मेज़ से एक कुर्सी इधर सरकाई।

'खुशी से! मैं आपका परिचय अपने दोस्तों से कराता हूँ।'

हमने हाथ मिलाये। हमने उसे और पीने को कहा। उसने स्वीकार कर लिया। 'आइ डॉन्ट माइंड इफ़ आइ डू! वापसी के लिए आखिरी। बैरा, ले आना।' उसने तीन डबल ब्रांडी पीं। फिर खड़े होकर बोला, 'अब आप मुझे माफ़ करें, मेरी लिटिल गर्लफ्रेन्ड कार में इन्तज़ार कर रही है। उसे घर ले जाना है।'

जैसे ही वह उठकर गया, उसके खिलाफ़ हमारी बहस ज़्यादा गर्म हो उठी। 'बुरा आदमी नहीं है।' बंगाली बोला, जिसने हमारा परिचय कराया था। 'हमें लोगों के बारे में गलत मत नहीं बनाना चाहिये। यह भारतीयों से मित्रता करने को तैयार है।'

पंजाबिन ने फुंकार मारकर कहा, 'और नहीं तो क्या! जो पिलाने को तैयार बैठे हैं उन्हें तो दोस्त बनायेगा ही। उसने खुद तो नहीं पिलाई।'

'यह तो हद हो गई।'

'चुप करो,' महिला फूट पड़ी। 'तुम जैसे लोग मुझे नहीं सुहाते। बुरा आदमी नहीं है...क्योंकि कालों से ड्रिंक्स स्वीकार कर लेता है।'

किसी ने चुनौती का जवाब नहीं दिया। महिला ने हमला जारी रखा। 'इसकी औरत तो इससे भी बुरी है। वह अपने हिन्दुस्तानी चाहने वालों से खुश होकर तोहफ़े झटकती रहती है। लेकिन अपने बच्चों को उनके बच्चों के साथ खेलने नहीं देती। माइ डियर, मुझे उनका रंग नापसन्द नहीं है, इतनी तंगदिल नहीं हूँ मैं। मुझे तो उनकी चीं-चीं भाषा पसन्द नहीं है, और डरती हूँ कि मेरे बच्चे उसे बोलना न सीख जायें।'

'मेरा ख़याल है कि आप इस गोरे-काले की बीमारी से ज़रा ज़्यादा ही पीड़ित हैं,' बंगाली ने विरोध किया। 'अगर इन्हें यह सब पसन्द नहीं है तो वे यहाँ टिके हुए क्यों हैं?'

'इंग्लैंड में अच्छा जॉब नहीं मिल रहा होगा,' पंजाबिन ने जवाब दिया। 'उसकी बीवी वहाँ तलाशने के लिए गई तो हुई है।'

विश्लेषण जारी रहा। किसी ने भारतीय मूर्तिकला के बारे में टायसन के मत का उल्लेख किया : 'ये आठ हाथों वाली भयंकर कृतियाँ। ये आपको ही मुबारक। मेरी शुभकामनाओं के साथ।' और जहाँ तक साहित्य का सवाल है, टायसन एक प्रसिद्ध अंग्रेज़ का मत दोहराकर कहता था : 'यूरोप की लायब्रेरी की एक ही अलमारी पूर्व के समूचे ज्ञान के बराबर है। यह बात मैं नहीं कह रहा, लार्ड मैकाले ने यह कहा था।' भारतीय संगीत : 'बोरियत से सराबोर, आँखों में आँसू आ जाते हैं।' लेकिन वह न पोलो खेलता था, न शिकार पर जाता था। तो फिर वह यहाँ क्यों टिका हुआ था? और वह साल दर साल अपनी घर जाने की छुट्टी का इस्तेमाल क्यों नहीं करता था? क्या यहाँ किसी कोने में छिपी उसकी कोई भारतीय प्रेमिका भी है?

कुछ महीनों बाद मुझे इन प्रश्नों का उत्तर मिल गया। मैं वे परिस्थितियाँ बताता हूँ जिनके कारण यह जानकारी हुई। मैं हर शाम अपने कुत्ते को घुमाने ले जाता था। हमारी सैरगाह बहुत खूबसूरत थी : काफ़ी दूर-दूर तक फैला पार्क जिसमें लोदी राजवंश के ऊँचे-ऊँचे मकबरे बने थे। हम शाम को सूरज डूबने से पहले घर लौट आते थे जिससे सियारों से बच सकें, जो सहवास के मौसम में खतरनाक हो जाते हैं और जिनमें ज़हर भी पैदा हो जाता है। एक शाम हमें ज़रा देर हो गई। अँधेरा होने लगा था; मकबरों के शिखर ही झुटपुटे में दिखाई पड़ रहे थे। मैंने अपनी चाल तेज़ की और कुत्ते को आवाज़ दी। तभी बगल से तम्बाकू की बू आई। मैंने देखा एक लम्बा-सा आदमी पाइप पी रहा है और हाथ में चाबुक लिये उसे घुमा रहा है। जब मैं पास आया तो उसका साथी मुझे दिखाई दिया। यह दाशुंड कुतिया थी। इसका सामने का आधा हिस्सा ज़मीन के एक गड्ढे में था और पीछे चूहे की तरह पूँछ हवा में लहरा रही थी। मेरे पैरों की आहट से उसका ध्यान टूटा। वह गड्ढे से बाहर निकली, नाक से ज़मीन की मिट्टी उड़ाई और मेरी तरफ़ दौड़ी।

'रुक जाओ, मार्था। एकदम रुक जाओ।'

'गुड ईवनिंग मिस्टर टायसन।'

'ओह, हलो,' उसने मुझे पहचाना तो नहीं, लेकिन यह देखकर कि मैं सिख हूँ, कहा, 'गुड ईवनिंग, मिस्टर सिंह। पार्क में घूमने आये हैं। शाम का यह वक्त बहुत अच्छा होता है, है न? अरे, रुक जाओ, मार्था।'

मार्था पीछे हटी और गड्ढे में फिर घुसने लगी। 'यह बहुत खुश रहती है,

जब नाक घुसाने के लिए कुछ मिल जाता है।' टायसन ने यह कहकर उसकी ओर गर्व से देखा। 'कुत्ते ऐसे ही होते हैं। मेरी पिछली कुतिया—दो महीने पहले मर गई वह—वह भी इसी तरह करती थी।

'लेकिन मेरा कुत्ता ज़रा ज़्यादा ही तेज़ है इस मामले में। ज़रा बड़ा भी है, हम यहाँ छोटे से फ्लैट में रहते हैं।' मैंने बताया। ये शब्द मेरे मुँह से निकले ही थे कि मेरा जर्मन शेफ़र्ड कुत्ता, सिम्बा, अँधेरे में से बाहर निकल आया। उसने मार्था की पूँछ हिलती देखी तो वहाँ अपनी नाक ले जाकर सूँघने लगा। मार्था पीछे हटी, सिम्बा की तरफ़ देखकर भौंकी और फिर तेज़ी से उसके चक्कर लगाने लगी।

'तुम्हारे लिए बहुत बड़ा है, लड़की। अब उसे छोड़ो। घर वापस चलो, देर हो रही है,' टायसन ने हुक्म दिया। 'सुन्दर है न?'

'बहुत सुन्दर है,' मैं बोला। मैं समझ गया, वह रुकना नहीं चाहता था। 'गुड नाइट, मिस्टर टायसन। अब चलो, सिम्बा।'

इसके बाद टायसन मुझे लगभग रोज़ लोदी पार्क में मिलने लगे। मैं सिम्बा को पार्क के कई चक्कर लगवाकर उसकी कसरत करवाता था। टायसन उस एक ही हिस्से में रहते जहाँ कई गड्ढे और छेद थे। उसकी कुतिया इनमें से कीड़े-मकोड़े निकालने में व्यस्त हो जाती, और वे खुद पाइप पीते और चाबुक लिये आराम से उसका इन्तज़ार करते रहते। वे सूरज डूबने के बाद भी देर तक वहाँ रहते। कई दफ़ा मुझे झुटपुटे में उसकी लम्बी काया दिखाई देती, और कई दफ़ा तम्बाकू की बू से पता चल जाता कि वे आस-पास ही कहीं हैं। उनके आखिरी शब्द हमेशा यही होते : 'आज के लिए बहुत हो गया। अब घर चलो, देर हो रही है। मार्था स्वीटी।' कुतिया गड्ढे से अपना सिर निकालती, मालिक की तरफ़ उसे उठाती, जैसे कह रही हो, 'कुछ देर और रुको। मैं एक चूहा और निकाल लूँ।' फिर छेद में एक बार सूँघती, बाहर सिर निकालकर हवा छोड़ती और नाचती-सी मालिक के पीछे चल पड़ती।

टायसन को घर जाने की छुट्टी लिये बिना सालों गुज़र गये थे। उसने मुझे बताया, 'मैं जब चाहे जा सकता हूँ। लेकिन ये छुट्टियाँ इकट्ठी होकर दो साल तक हो जायेंगी। तब ज़्यादा अच्छा रहेगा, है न?'

'लेकिन यात्रा का पैसा तो इकट्ठा होगा नहीं?'

'अरे, वह। उसकी परवाह कौन करता है?'

कुछ साल बाद लोगों ने पूछना ही बन्द कर दिया कि टायसन घर क्यों नहीं जाते। सर्दी के महीनों में, जब उसकी पत्नी यहाँ होती, तो वे कुछ मिलना-जुलना

भी करते। गर्मी के दिनों में जब वह अकेला होता तो लोग उसे निमन्त्रित करते, क्योंकि उन्हें लगता कि वह अकेलापन महसूस कर रहा होगा। वह मार्था को भी साथ ले जाता, जो कार में बैठी रहती। चाबुक उसके हाथ में रहता था।

समय बीतने के साथ मार्था मोटी होती चली गई। सभी दाशुंड कुत्तों की तरह मार्था भी, जिसका किसी से कभी संगम नहीं हुआ था, हमेशा गर्भवती कुतिया की तरह दिखाई देने लगी थी—उसका पेट ज़मीन को छूता रहता था। टायसन उस पर और भी ज़्यादा ध्यान देने लगा था।

'बड़ी प्यारी बिटिया है। उम्र हो रही है। अब तेरह साल की है—यदि मनुष्य होती तो अब अस्सी की उमर होती।...अब ज़्यादा दौड़-भाग मत करो, लेडी।'

कुछ देर घुमाने के बाद वह उसे उठाकर कार तक ले जाता। मार्था अपने इतना प्यार करने वाले मालिक के हाथों में आहें भरती चली जाती।

गर्मियों की एक शाम मैं अपने एक अंग्रेज़ मित्र के यहाँ गया हुआ था, कि टायसन भी वहाँ आ पहुँचा। उसने मार्था को कार से बाहर निकाला। हमारे मेज़बान के यहाँ भी उसी उम्र की एक बुल टेरियर कुतिया थी। दोनों एक-दूसरे के साथ क्यारियों में खेलने लगे, और हम बगीचे में पैग ढालते रहे।

'अब तुम यहाँ से बाहर निकलना चाह रहे होगे,' मेज़बान ने मौसम की गर्मी की ओर इशारा करते हुए कहा, पिछले पूरे हफ़्ते थर्मामीटर 112^0 तापमान से नीचे नहीं आ रहा था। इस वक्त लंदन में थेम्स नदी के किनारे के पबों में कितना मज़ा आ रहा होगा। मैं वहाँ जाने के लिए अपने बायें हाथ की कुरबानी भी दे सकता हूँ।'

टायसन ये बातें पहले भी सुन चुका था। मेज़बान कहता रहा, 'मुझे कोई फ़र्क नहीं पड़ता, तुम जानते ही हो। खुश्क गर्मी मुझे बरदाश्त होती है। और ज़िन्दगी के बहुत से साल अभी बाक़ी पड़े हैं।'

टायसन ने कोई जवाब नहीं दिया। हम चुप हो गये। गिलासों में बर्फ़ के टकराने और झींगुरों की आवाज़ें ही सुनाई दे रही थीं। टायसन ने अपना पाइप जलाया।

मार्था ने क्यारी में छींक मारी। दूसरी कुतिया ने उसका साथ दिया। दोनों एक साथ फटफटाने और फिर उत्तेजना से चीखने लगे।

'ज़रूर यह घूस होगी,' मेज़बान बोला, और घूमकर कुतिया से कहने लगा, 'पकड़ लो, फ़्लॉसी। ये बहुत परेशान करती हैं। चुपचाप घर में आती हैं और बड़े-बड़े दाने छोड़ जाती हैं। फ़्लॉसी, पकड़ लो,' उसने ज़ोर से कहा।

कुतियों ने सारी ताकत लगाकर उस पर हमले करना शुरू कर दिया। वे बार-बार मालिकों को देखतीं, कि आगे क्या करें।

छेद में से एक घूस टिकी-टिकी-टिकी की आवाज़ करती बाहर निकली। वह लॉन में हमारी तरफ़ भागी। कुतियाँ उसका पीछा करते हुए दौड़ीं। हमने मेज़ पर अपने पैर रख लिये और कुतियों की हिम्मत बढ़ाने के लिए चिल्लाने लगे। 'इधर, मार्था। इधर, फ़्लॉसी।'

घूस तेज़ी से मुड़ी और सड़क का रुख किया। उसकी टिकी-टिकी-टिकी आवाज़ें उसके पीछे दौड़ रही थीं। दोनों कुतियाँ उसके पीछे तेज़ी से भाग रही थीं बुल टेरियर कुतिया कई गज़ आगे थी। घूस सड़क पार कर गई और एक सूखे नाले के साथ दौड़ने लगी। बुल आगे थी, मार्था सड़क के बीच—कि किसी गाड़ी की रोशनी उस पर पड़ी। वह देखने के लिए रुक गई कि यह क्या है और अपनी बड़ी भूरी आँखें रोशनी पर गड़ा दीं। एक क्षण बाद गाड़ी उसके ऊपर से गुज़र गई।

टायसन कुर्सी से उछला और उसकी ओर दौड़ा। मार्था की पीठ टूट गई थी, वह बुरी तरह छटपटा रही थी। टायसन ने उसे बाँहों में भर लिया और भीतर लाया। उसकी आँखों से आँसू गिरने लगे थे।

मेज़बान ने पशुओं के डॉक्टर को फ़ोन किया। वह कुछ ही मिनट में वहाँ पहुँच गया। उसने मार्था की जाँच की और सिर हिला दिया। फिर उसने बैग से एक पिचकारी निकाली, उसमें कोई द्रव भरा और कुतिया में उसका इंजेक्शन लगा दिया। 'इससे इसकी तकलीफ़ कम होगी।'

अपने मालिक को निहारते मार्था की मृत्यु हो गई। टायसन फूट पड़ा और बच्चों की तरह रोने लगा।

इसके बाद टायसन को मैंने लोदी पार्क में कभी नहीं देखा। कुछ दिन बाद क्लब के बोर्ड पर उसके फ़र्नीचर, क्रॉकरी, कटलरी वगैरह बेचने का विज्ञापन निकला। वह छुट्टी पर नहीं जा रहा था, उसने अपने पद से इस्तीफ़ा दे दिया था और हमेशा के लिए विदा हो रहा था।

पन्द्रह दिन बाद वह हवाई अड्डे पर खड़ा था। उसके अंग्रेज़ दोस्त और दफ़्तर के भी भारतीय कर्मचारी उसे विदाई देने आये थे। हमेशा की तरह शान्त वह नम्रतापूर्वक सबसे बातें करता रहा, और गर्दन झुकाकर फूल मालाएँ डलवाता रहा। लाउड स्वीकर ने उड़ान भरने की घोषणा की, तो सबसे हाथ मिलाकर चुपचाप भीतर चला गया—उसके चेहरे पर कोई भाव नहीं था।

'तो टायसन, तुम भी अब जा रहे हो,' उसके एक अंग्रेज मित्र ने कहा।

'हम तो सोच रहे थे कि तुम अब यहीं रहोगे और यहाँ की राष्ट्रीयता के लिए अर्ज़ी दोगे।'

'कभी भी नहीं,' उसने अन्तिम बार हाथ हिलाते हुए कहा। 'ये इंग्लैंड में पशुओं के लिए असभ्य कानूनों की वजह थी। मैं तुम से पूछता हूँ, कोई अपने प्रिय कुत्ते को छह महीने अपने से अलग कैसे छोड़ सकता है?'

ज़ोरा सिंह

उसे लोग बहुत से नामों से जानते थे। अपने सिख चाहने वालों के लिए वह 'सिख-रत्न' था; उर्दू बोलने वाले दोस्तों के लिए 'फ़ख्र-ए-मिल्लत', कई के लिए वह 'नर आदमी' था, कुछ के लिए 'दोस्तों का दोस्त'। जिन्हें वह पसन्द नहीं था, वे उसे 'खुशामदी टट्टू' कहते थे। वे उसे 'चमचा' भी कहते थे—चालाक चालबाज़ और चार सौ बीस। चूँकि वह सूरज डूबने के बाद अपनी पीने की आदत और खूबसूरत औरतों से अपने मेल-मिलाप पर पर्दा नहीं डालता था, इसलिए उसे शराबी, कबाबी और रंडीबाज़ भी कहा जाता था।

ज़ोरा सिंह के बारे में उसके सामने और पीठ पीछे जो भी कहा जाता था, उस सबमें कुछ-न-कुछ सच्चाई ज़रूर थी। हर आदमी के लिए वह सब कुछ था। सिख उसे इसलिए चाहते थे क्योंकि वह बड़ा धार्मिक था जो रोज़ नियमित रूप से पाठ-प्रार्थना करता था। वह हर दिन सवेरे गुरुद्वारे में नज़र आता जहाँ वह अपनी बीवी को छोड़ने जाता था, और वह किसी भी ग्रंथी से ज़्यादा प्रभावी उपदेश दे सकता था। एक दफ़ा उसे एक सिख शादी में रस्म कराने के लिए कहा गया। उसने बड़ी कुशलता से काम कराया। दूल्हे से कहा, 'इसके बाद तुम हर दूसरी औरत को माँ, बहन या बेटी समझोगे।' दुल्हन से कहा, 'और मेरी बेटी, तुम पति के अलावा और सब मर्दों को अपना भाई समझोगी।' अन्त में उसने कहा, 'जब तक तुम दोनों एक-दूसरे के लिए वफ़ादार रहोगे वाहे गुरु तुम्हें आशीर्वाद देंगे। श्रोता उसके भाषण से बहुत प्रभावित हुए और कइयों ने बाद में उसे बधाइयाँ दीं। लेकिन दो खर दिमाग़ उसे अलग ले गये; एक ने कहा, 'तुमने बड़ी शानदार बातें कहीं, लेकिन यह तुम्हारे स्वभाव से मेल नहीं खातीं।' दूसरा, जो ज़्यादा मुँह फट था, पूछने लगा, 'यार

ज़ोरा, तुमने अपनी शादी के बाद कितनी माँ-बहनों को...'

ज़ोरा सिंह को यद्यपि धार्मिक व्यक्ति समझा जाता था, लोग उसे औरतबाज़ भी मानते थे। कुछ लोग इस पर विश्वास नहीं कर पाते थे। जब कभी ज़ोरा सिंह अपनी बीवी ईशराँ को लेकर पार्टियों में जाता, वह उसके कन्धे पर हाथ डाले ही इधर-उधर घूमता। वह हमेशा उसे 'मेरी अर्धांगिनी' या 'मेरी होम मिनिस्टर' कहकर इस तरह परिचय कराता जैसे ये शब्द उसी ने गढ़े हैं। वह पत्नी पर पूरा ध्यान देता नज़र आता। ईशराँ को कभी उससे कोई शिकायत नहीं हुई, न वह उसके खिलाफ़ कही जाने वाली बातों को सच मानती थी। वह आदर्श पति और दो बेटों का आदर्श पिता भी था। वह उसका मुजरों में जाना भी नापसन्द नहीं करती थी जिनमें दर्शक सारे पुरुष और स्त्रियाँ नाचने-गाने वाली औरतें होती हैं। मुजरा खत्म होने के बाद मेज़बान उसे सबसे अच्छी लड़की पेश करता, क्योंकि मेहमानों में वही सबसे महत्त्वपूर्ण व्यक्ति होता था। सज्जनता के नाते ज़ोरा को यह उपहार स्वीकार करना ज़रूरी हो जाता था और उसे लेकर वह बगल के कमरे में घंटा भर बिता देता था। ईशराँ को यह शिकायत की बात नहीं लगती थी। आखिरकार प्राचीन भारतीय परम्परा में मुजरे भी उसके ज़रूरी अंग थे, इसलिए हिन्दुस्तानी औरतें उन्हें शादी के नियमों का उल्लघंन नहीं मानती थीं।

लेकिन दीपो का मामला कुछ अलग ही था। दीपो ज़ोरा सिंह के दफ़्तर के चपरासी, तोता सिंह की बीवी थी–जिसकी एक शाम दफ़्तर से लौटते हुए एक ट्रक दुर्घटना में मृत्यु हो गई थी। ज़ोरा सिंह को पता चला कि वह अपनी जवान विधवा और दो बेटों को छोड़ गया है। उसे अदालत ने जो मुआवज़ा दिलवाया, उसके अलावा ज़ोरा सिंह ने उसे अपने दफ़्तर में सफ़ाई करने वाली और चपरासी के रूप में नौकरी दे दी थी, और उसे पति को दिये गये क्वार्टर में रहने भी दिया था। दीपो दसवाँ दर्ज़ा पास थी और कागज़-पत्रों पर दस्तखत वगैरह कर सकती थी। उम्र पच्चीस साल, रंग काला, तगड़ा बदन, जो पंजाब की औरतों का होता है। उसे पति की मृत्यु से ज़बर्दस्त सदमा लगा था और साहब के कमरे के बाहर स्टूल पर बैठी वह अक्सर दुपट्टे से अपने आँसू पोंछती नज़र आती थी। ज़ोरा को उसे देखकर तकलीफ़ होती और वह उसके लिए कुछ करना चाहता था। तोता सिंह की मृत्यु के दो महीने बाद वह बच्चों के लिए खिलौने लेकर उसके क्वार्टर में गया। वह दीपो को पिता की तरह समझाना चाहता था कि अब कैसे ज़िन्दगी बिताये। 'दीपो, अभी तुम जवान हो। क्यों नहीं तुम दूसरी शादी कर लेतीं?' उसने बड़ी कोमलता से पूछा।

'साहबजी, दो बच्चों वाली विधवा से शादी कौन करेगा? अब तो मैं बच्चे भी नहीं पैदा कर सकती—तोता और मैंने दूसरे बच्चे के बाद नसबन्दी करा ली थी। ऐसी औरत से कौन शादी करेगा?'

यह कहकर दीपो ज़ोरा के पैरों पर सिर रखकर रोने लगी। 'साहबजी, अब इस दुनिया में आपके सिवा मेरा और कोई नहीं है। और आपकी दया का बदला देने के लिए मेरे पास कुछ भी नहीं है। मुझे तो बड़ी शर्म आती है। आप ही मेरे भगवान और अन्नदाता हैं। मैं आपकी नौकर हूँ। मुझे आपकी ही सेवा करनी है।'

दीपो के बच्चे खिलौनों से बाहर खेल रहे थे। ज़ोरा भावुक हो उठा। उसने उठकर दरवाज़ा भीतर से बन्द किया और स्वयं समर्पित दीपो की चरमराती चारपाई पर पहुँच गया।

यह साप्ताहिक कार्यक्रम बन गया। दीपो साहब के दो शब्दों का इन्तज़ार करती, 'आज शाम।' वह जल्दी घर चली जाती, नहाती-धोती, बच्चों को बाहर खेलने भेज देती और साहब के आने का इन्तज़ार करती। ज़ोरा की दृष्टि में यह एक बेसहारा औरत की सहायता करना था, नहीं तो वह और न जाने कितनों का शिकार होती, या वेश्या ही बन जाती। दीपो के लिए यह उसे रोटी और सहारा देने वाले के प्रति कृतज्ञता का ज्ञापन था।

इस मामले को लेकर ज़ोरा को औरतबाज़ कहना उचित नहीं होगा।

अफ़वाहें तो ये भी थीं कि ज़ोरा सिंह ने उन्हीं लोगों को अपने दफ़्तर में तरक्कियाँ दीं, जिन्होंने अपनी बीवियाँ उनके पास भेजीं। हालाँकि इसके साथ यह भी कहा गया कि उन्होंने खुद किसी के ऊपर इसका दबाव नहीं डाला। वे अपनी इच्छा से ही उनके पास आईं—ज़्यादातर उनकी बीवी ईशराँ का स्वागत करने के लिए, जिसका रिवाज़ भी था और अगर उस वक्त वे घर पर ही होते, तो उनसे भी यह प्रार्थना करने के लिए कि उनके पति का खयाल रखें। इस समय वे जिस नखरेबाज़ी से व्यवहार करतीं, उससे यह ज़ाहिर हो जाता कि उन्हें और उनके पतियों को भी उनकी इच्छा पूर्ति करने में कोई एतराज़ नहीं है। इसके बाद वह दोपहर बाद उनसे मिलने जाते जब उनके पति दफ़्तर में और बच्चे स्कूल में होते। वे एक या दो बार उनसे मिलने के बाद उनके पतियों की तरक्की कर देते या उनको इच्छित पद प्रदान कर देते। इससे आम तौर पर किसी को कोई परेशानी नहीं होती, सिवाय उनके जिनके ऊपर इन्हें बिठा दिया जाता था और ये ही वे लोग होते थे जो उनके खिलाफ़ अफ़वाहें फैलाते फिरते थे, कि वे उन्हीं लोगों को पदोन्नति देते हैं जिनकी पत्नियों के साथ वे सो लिये होते हैं। इसमें वे नमक-मिर्च भी मिलाते,

इसलिए इसमें पूरी सच्चाई भी नहीं होती थी और इनसे ज़ोरा सिंह को औरतबाज़ नहीं घोषित किया जा सकता था—कम-से-कम उनकी अपनी आँखों में नहीं और न उनकी बीवी ईशराँ की आँखों में जो अपने पति को ईश्वर की देन समझती थी : मर्द, सुन्दर, योग्य, दयावान, ईश्वर का भक्त और सभ्य—और जो घर की ज़रूरतों को अच्छी तरह पूरा करता था।

ज़ोरा ने किसी को कभी कष्ट नहीं पहुँचाया था, इसलिए उसे यह देखकर ताज्जुब होता था कि लोग उसके खिलाफ़ अफ़वाहें फैलाते फिरते हैं। एक शाम गोल्फ़ क्लब के उनके चार साथियों में से एक ने मज़ाक के लहज़े में कहा, 'ज़ोरा, मुझे अपनी ज़िन्दगी में तुम्हारे जैसा चार सौ बीस कभी नहीं मिला है।' इस आदमी ने ज़ोरा और उसके साथी के साथ खेल में बहुत ज़्यादा पैसा हारा था—ज़ोरा ज़्यादातर जीतता ही था क्योंकि वह गोल्फ़ अच्छी खेलता था और उसका साथी बड़ी चतुराई से बॉल को खिसकाकर सही जगह पहुँचा देता था। लेकिन यह बात उसे चुभ गई। घर लौटते हुए वह इस पर सोचता रहा और उदास भी हो उठा। यह बात उसने ईशराँ को भी बताई, तो उसने उसे खुश करने की कोशिश की, 'इन लोगों की बातों पर खाक़ डालो, यह इन लोगों की जलन है। बात यह है कि यह बन्दा रिटायर होने को आया लेकिन अभी तक एक्ज़ीक्यूटिव इंजीनियर से आगे नहीं बढ़ पाया है, जबकि तुम चीफ़ इंजीनियर बन गये हो, हालाँकि तुम्हारे रिटायर होने में अभी भी छह-सात साल बाक़ी हैं और तुम पहले हिन्दुस्तानी चीफ़ इंजीनियर हो। वह तो जलन के मारे मरता जा रहा है। मैं उसके ऊपर थूकती हूँ—थू?'

ज़ोरा सिंह से ईर्ष्या करना कई कारणों से सही भी था। उसके पिता ने उसे लन्दन के इंपीरियल इंजीनियरिंग कॉलेज से डिग्री लेने के लिए काफ़ी पैसा खर्च किया था, जहाँ उसने प्रोफ़ेसरों तथा छात्रों के बीच बड़ी सफलता प्राप्त की थी। वह कॉलेज के लिए हॉकी, क्रिकेट और टेनिस खेलता था। और पढ़ाई में भी बहुत तेज़ था। वह कॉलेज यूनियन का प्रेसीडेन्ट भी चुना गया। अपने हिन्दुस्तानी साथियों को वह यह राय भी देता था कि अगर आप इस देश में सफल होना चाहते हैं तो आपको 'तीन एफ़' के नियम का पालन करना चाहिये : 'फ़क, फ़ीड एण्ड फ़्लैटर' (औरतों को जमाओ, खिलाओ-पिलाओ और चापलूसी करो)। वह पहली का अपना हिस्सा पूरा करता था, दोस्तों को बियर पिलाने में वह बहुत उदार था और ज़बान का तो वह मीठा था ही, जिससे हर कोई खुश रहता था। लेकिन वह यह भी जानता था कि अंग्रेज़ खुली चापलूसी से नफ़रत करते हैं, इसलिए उसने प्रशंसा के कुशल उपाय अपना लिये थे। उसने इंजीनियरिंग की डिग्री हासिल कर

ली और इंपीरियल इंजीनियरिंग सर्विस को जब भारतीयों के लिए खोला गया तब पहले ही साल उसकी प्रतियोगी परीक्षा में बैठकर उसमें भी सफलता अर्जित कर ली। कुछ परीक्षक उसके अपने ही कॉलेज के थे और दो इन्टरव्यू के पैनल पर भी थे। वह अकेला प्रतियोगी था, अंग्रेज़ और भारतीय दोनों में, जिसे वायवा में सौ प्रतिशत नम्बर मिले। इस प्रकार वह इंपीरियल सर्विस का अंग बन गया, दो और भारतीय जो सफल हुए थे, उससे बहुत पीछे थे।

इस तरह ज़ोरा ने भारत में इंजीनियर के रूप में सेवा आरम्भ की और उसे भी वही वेतन तथा सुविधाएँ प्राप्त होने लगीं जो उसके अंग्रेज़ सहयोगियों को प्राप्त होती थीं। आई.सी.एस. कुँवारों की तरह उसकी भी विवाह के बाज़ार में ज़बर्दस्त माँग होने लगी और विवाह योग्य कन्याओं के माता-पिताओं ने उसका पीछा करना शुरू कर दिया। उसके पिता ने लाहौर के सबसे मशहूर सिख वकील की इकलौती बेटी से उसकी शादी तय कर दी। उसके पिता ने बड़ी कुशलता से एक ही शर्त लड़की के माता-पिता के सामने रखी, कि उसकी लन्दन में हुई शिक्षा में उनका जो पैसा खर्च हुआ है, उसकी भरपाई कर दी जायेगी। इसे तुरन्त स्वीकार कर लिया गया। बड़ी शानदार शादी के बाद ईशराँ ने पति को सरकार की तरफ़ से मिले शहर की खुली बस्ती में बने छोटे से बँगले में आकर रहना शुरू किया, जिसकी सजावट उसके परिवार ने कराई थी। यह बस्ती नई दिल्ली, भारत की राजधानी बनने वाली थी।

ज़ोरा और ईशराँ का जोड़ा एक-दूसरे के बहुत उपयुक्त था। सबसे महत्त्वपूर्ण बात यह थी कि दोनों की सिख धर्म में अटूट आस्था थी। ईशराँ अपने दहेज में गुरु ग्रन्थ साहब भी लाई थी। ज़ोरा ने इसे रखने के लिए एक अलग कमरा तय किया। जिसमें कीमती सिल्क में लपेट कर इसे स्थापित किया गया। वे इसे बाबाजी का कमरा कहते थे। यद्यपि ज़ोरा ज़ोर देकर कहता था कि सिख धर्म मूर्ति पूजा में विश्वास नहीं रखता, परन्तु ग्रन्थ साहब की वे दोनों उसी तरह पूजा करते थे जैसे हिन्दू अपने देवी-देवताओं की करते हैं। गर्मी के दिनों में वे उसके ऊपर लगा बिजली का पंखा तेज़ी से चला देते थे जिससे उसे आराम महसूस हो और सर्दी में कश्मीरी शाल उढ़ा देते थे। परन्तु वे इसे मूर्ति-पूजा नहीं मानते थे, बल्कि आध्यात्मिक महत्त्व के ग्रन्थ के प्रति आदर का प्रदर्शन करना मानते थे। वे रोज़ सवेरे बारी-बारी से उसका कोई भी पन्ना खोलते और पाठ करते थे। शाम को भोजन करने से पहले उसे भी सुला देते थे। दफ़्तर जाते हुए ज़ोरा ईशराँ को गुरुद्वारा बँगला साहब पर छोड़ता जाता। घंटे भर बाद उसकी गाड़ी आकर उसे घर पहुँचा आती। शाम

को दोनों लोदी गार्डन में तेज़ चाल से चक्कर लगाने जाते। उन्हें जहाँ भी बुलाया जाता, दोनों एक साथ जाते, जिससे दुनिया को यह लगता कि दोनों आदर्श दम्पति हैं—जैसा कहा है, एक ज्योति दो मूर्ति।

ज़ोरा का अपने अंग्रेज़ साथियों तथा अफ़सरों से अच्छा सम्बन्ध था। उसका काम अच्छा था और वह ठेकेदार वगैरह से काम करा लेने में बहुत माहिर था। नई दिल्ली को भारत की राजधानी बनाने के लिए सैकड़ों इमारतों और दूसरी चीज़ों का निर्माण आवश्यक था—नई सड़कें, क्लर्कों और अफ़सरों के निवास, यमुना नदी पर कई पुल, हवाई अड्डा, कई रेलवे स्टेशन, सचिवालय, संसद भवन, वायस रीगल लॉज, वगैरह, वगैरह बहुत कुछ निर्माण करना था। निर्माण के ठेके जो चाहे प्राप्त कर सकता था। ज़ोरा टेंडरों की जाँच करता, अंकों को कम करता और नियमित रूप से निर्माण-स्थलों का दौरा करता। ठेकेदार उसकी आँखों में चढ़ने के लिए बेताब रहते थे। अंग्रेज़ अफ़सर रिश्वत नहीं लेते थे—और ज़ोरा जो कुछ लेता वह रिश्वत न होकर उसका कमीशन होता था, उसके अधीनस्थ भी यही करते थे। हाँ, काम सही होना चाहिये। इसे भ्रष्टाचार नहीं माना जाता था, इसे ज़ोरा 'ऊपरवाले की मेहरबानी' कहता था। इससे प्राप्त रकम उसके वेतन की दस गुना होती थी। इस पर टैक्स भी नहीं लगता था।

साहब लोग जानते थे कि हिन्दुस्तानी कमीशन लेते हैं और ज़ोरा भी यही करता है। वे दूसरों को नफ़रत की नज़र से देखते थे, पर ज़ोरा की इज़्ज़त करते थे। वह काम करने और दूसरों से भी सही समय पर काम करा लेने में माहिर था। वह दूसरों की तरह उनके सामने घिघियाता नहीं था बल्कि सम्मानपूर्वक व्यवहार करता था और आवश्यक दूरी भी बनाये रखता था। क्रिसमस के दिन अन्य लोग बड़े-बड़े उपहार और स्कॉच की क्रेटें भरकर लाते, जिन्हें वे स्वीकार तो कर लेते परन्तु चपरासियों को उन्हें भीतर आने से मना करवा देते। लेकिन ज़ोरा एक ही बोतल लेकर आता और उसे भीतर बुलाकर पैग ढाले जाते।

ज़ोरा की दूसरों से पहले पदोन्नति होने लगी। तीस का होने से पहले उसे सुपरिंटेंडिंग इंजीनियर बना दिया गया और 'सरदार साहब' की उपाधि दे दी गई। पाँच साल बाद उसे एक्ज़ीक्यूटिव इंजीनियर बनाकर 'सरदार बहादुर' बना दिया गया। अब तक उसने तीन प्लॉट बहुत कम कीमत में खरीद लिए थे। एक में उसने रिटायर होने के बाद रहने के लिए काफ़ी बड़ा घर बनवाया, बाकी दो किराये पर उठाने के लिए इस्तेमाल किये, जो उसकी पेंशन की रकम बढ़ाने में सहायता करते। इन्हें बनवाने में उसे करीब-करीब कुछ भी खर्च नहीं करना पड़ा। ठेकेदारों

ने, जो उस पर निर्भर करते थे, अपने मज़दूरों और बचे-खुचे सामान से ही उन्हें बनवाकर खड़ा कर दिया। वह अपने फालतू समय में उनका नक्शा तैयार करता और देखभाल करता रहता था। उसने किसी की मेहनत की कमाई पर डाका नहीं डाला, सिर्फ़ जो लोग अपनी उन्नति के लिए उस पर निर्भर थे, उन्हें अपनी कृतज्ञता दिखाने का मौका दिया।

जब अंग्रेज़ों के भारत छोड़ने के दिन नज़दीक आने लगे, लोगों ने कहना शुरू किया कि अब ज़ोरा सिंह कहीं का नहीं रहेगा। लेकिन वे गलती पर थे। ज़ोरा को इम्पीरियल गोल्फ़ क्लब और जिम खाना क्लब दोनों का अध्यक्ष चुन लिया गया—क्योंकि अब भारतीय सदस्यों की संख्या कहीं ज़्यादा हो गई थी। उसे उम्मीद थी कि अंग्रेज़ भारत छोड़ने से पहले उसे नाइट हुड का खिताब अता कर देंगे, जैसे उन्होंने कई अंग्रेज़ चीफ़ इंजीनियरों को दिये थे।

लेकिन उसकी यह आशा गलत साबित हुई और उपाधियाँ प्राप्त व्यक्तियों की सूची में उसे ओ.बी.ई. की मामूली उपाधि से टरका दिया गया था। ओ.बी.ई. का मतलब था ऑफ़िसर ऑफ दि ब्रिटिश एम्पायर। हिन्दुस्तानी अब सरदार साहब और सरदार बहादुर की परवा नहीं करते थे और उन्हें ओ.बी.ई. या सी.आई.ई. का मतलब तक पता नहीं था, जबकि नाइट हुड से नाम के पहले 'सर' लग जाता था, जिसकी सब लोग बड़ी इज़्ज़त करते थे। 'सर' भले ही अंग्रेज़ों के जूते चाटने वाला हो या गाँधीजी का अनुयायी, वह सबसे महत्त्वपूर्ण होता था।

जिन लोगों को विश्वास था कि भारत की अपनी सरकार में ज़ोरा का क़द बौना रह जायेगा, उनको निराशा हाथ लगनी थी। ज़ोरा अपने देशवासियों को उनसे ज़्यादा जानता था। जिस दिन उसके विभाग का मन्त्री घोषित किया गया, ज़ोरा उन दर्जनों लोगों में सबसे आगे था जो उसे बधाई देने गये थे। उसने मन्त्री के सामने आते ही लपककर उसके पैर छुए और हाथ जोड़कर बोला, 'इस गुलाम का नाम ज़ोरा सिंह है। मैं आपका चीफ़ इंजीनियर हूँ। सर, आपके मार्गदर्शन में कार्य करके मुझे प्रसन्नता होगी। आपकी इच्छा मेरे लिए आदेश होगी।'

मन्त्री ने उसका जायज़ा लिया, पगड़ी से लेकर अँगूठे तक गहरी नज़र डाली। फिर कहा, 'ज़ोरा सिंह जी, मैंने आपकी पर्सनल फ़ाइल देखी है। काफ़ी सही है। आपको अच्छा कर्मचारी बताया गया है, जो दिया गया काम समय से पहले पूरा करता है। हमें बहुत-सी नई इमारतें बनानी हैं। पाकिस्तान से भागकर आये लाखों शरणार्थियों के लिए बस्तियाँ बसानी हैं, नये बाज़ार और न जाने क्या-क्या खड़ा करना है। आपको रोज़ अपने काम की रिपोर्ट मुझे देनी होगी।

मैं नहीं चाहूँगा कि प्रधानमन्त्री मेरे अधीन किसी भी विभाग के काम की आलोचना करें।'

ज़ोरा ने भी अपने मन्त्री का जायज़ा लिया। वह काला, बदशक्ल, मोटा-सा आदमी था, जिसकी गुदगुदी चारों उँगलियों में ज्योतिषी के बताये रत्नों से जड़ी अँगूठियाँ पड़ी थीं। वह उड़ीसा से आया था और अपनी जाति का अकेला आदमी था जिसने कॉलेज की शक्ल देखी थी। पिछड़े प्रदेश और पिछड़ी जाति का प्रतिनिधि होने के कारण गाँधीवादी सरकार में उसे अनेक सुविधाएँ प्राप्त थीं।

यह मन्त्री स्त्रियों की अपनी भूख के लिए मशहूर था। उसके बारे में कहा जाता था कि जब वह उड़ीसा में स्वास्थ्य मन्त्री था और बाहर जब कभी दौरे पर जाता, तब हर शाम उसे किसी न किसी नर्स या डॉक्टर की ज़रूरत होती थी, फिर जब वह शिक्षा मन्त्री हो गया तो अध्यापिकाओं का उपयोग करने लगा। लेकिन अब केन्द्र में उसे जो मन्त्रालय मिला था उसमें स्त्रियाँ अफ़सर होती ही नहीं थीं। इसलिए ज़ोरा ने सोचा कि टाइपिस्टों में से किसी लड़की को डिक्टेशन लेने के लिए उसके घर भेजा जा सकता है। क्योंकि मन्त्री को जो चाहिये वह तो हर स्त्री के पास होता है, चाहे वह अफ़सर हो या टाइपिस्ट या झाड़ू लगाने वाली भंगिन। यह सोचकर उसने जवाब दिया, 'सर, मैं अपने विभाग से आपको कभी कोई शिकायत नहीं होने दूँगा।'

ज़ोरा ने पहले से ज़्यादा जोश-खरोश से काम करना शुरू कर दिया। सैकड़ों ठेकेदारों को इकट्ठा करता था। वे सब काम-काज के नियमों से परिचित थे। हर इमारत के लिए उन्हें ज़ोरा और उसके सहायकों को कमीशन देना होता था। हर हफ़्ते ज़ोरा एक लाख या और ज़्यादा रुपयों का लिफ़ाफ़ा लेकर मन्त्री के घर जाता और उनकी टेबिल पर चुपचाप रख देता था। उसमें क्या है, यह बताने की ज़रूरत नहीं होती थी। ज़ोरा जानता था कि मन्त्री जी को चुनाव लड़ने और परिवार को आराम से रखने के लिए पैसा चाहिये होता था। चूँकि मन्त्री जी को शाम को घर जाने से पहले अपनी मेज़ से फाइलें उठाने की फुर्सत नहीं मिलती थी, इसलिए ज़ोरा ने टाइपिस्टों के अधिकारी को यह आदेश दे रखा था कि डिनर के बाद डिक्टेशन लेने के लिए लड़की को उनकी कोठी पर भेज दिया करे। वह अपने मन्त्री का पूरा ख़याल रखता था। उसे कभी कोई कष्ट नहीं होने देता था। मन्त्री ने भी हमेशा उसका ध्यान रखा। जब भारत सरकार ने नये भारत के राज-पुरस्कार घोषित किये, तब ज़ोरा पद्म विभूषण उपाधि प्राप्त करने वालों में सबसे आगे था।

इसके बाद उसे और भी सम्मान मिलने लगे। वह दिल्ली गुरुद्वारा प्रबंधक

कमेटी का सर्व सम्मति से प्रधान चुन लिया गया और उसके द्वारा चलाये जाने वाले बहुत से स्कूलों, कॉलेजों और अस्पतालों का प्रबन्ध उसके हाथों में आ गया। उसने अन्तरराष्ट्रीय सिख सम्मेलन का आयोजन किया जिसमें उसने विदेशों में सफल बहुत से सिखों को निमन्त्रित किया : इनमें से एक हाई लैंड्स में ह्विस्की डिस्टिलरी का मालिक था; दूसरा आयरलैंड के एक ऐतिहासिक किले का जिसके साथ पियर की उपाधि जुड़ी थी; कुछ ब्रिटिश और कनाडियन संसदों के सदस्य थे, एक अमेरिकी कांग्रेस का सदस्य बन गया था, कुछ विभिन्न देशों के उच्च न्यायालयों में जज थे और एक दर्जन से ज़्यादा लोग ऐसे थे जो एकदम खाक से अरबपति बन गये थे। ज़ोरा ने अपने मन्त्री से प्रभाव डलवाकर प्रधानमन्त्री से इस त्रिदिवसीय सम्मेलन का उद्घाटन करवा लिया। विदेशों से आए भाग लेने वालों को शॉल, पीली पगड़ियाँ और किरपानें भेंट की गईं। तीन दिन तक विश्व सिख सम्मेलन भारतीय समाचार पत्रों के मुख्य पृष्ठों पर सुर्खियाँ बटोरता रहा।

ज़ोरा ने यह सब बेवजह नहीं किया था। उसने बड़ी चतुराई से अमेरिका के सबसे धनी और प्रसिद्ध सिख से उसके अन्तिम भाषण में अपने लिए प्रशंसा के शब्द कहलवा लिये। इससे पूर्व ज़ोरा ने स्वयं अपने भाषण में विदेशों में रह रहे सिखों के भारत की रक्षा और उसके विकास में महत्त्वपूर्ण योगदान की भरपूर प्रशंसा की। इसके बाद अमेरिकी सिख ने विदेशी सिखों की ओर से उसका उत्तर दिया और ज़ोरा को एक चाँदी की किरपान भेंट की, जिसकी मूठ हीरे-मोतियों से जड़े सोने की बनी थी। ज़ोरा ने इसे म्यान से निकालकर हवा में लहराया और नारा लगाया, 'जो बोले सो निहाल,' जिस पर श्रोताओं ने जवाब दिया, 'सत श्री अकाल!' अन्त में अमेरिकी सिख ने ज़ोरा को सम्बोधित करके कहा, 'मैं जानता हूँ कि हिन्दुस्तान ही नहीं, दुनिया भर के सब सिख इस काम में मेरे साथ हैं और मैं सरदार ज़ोरा सिंह को "पंथ रत्न" की उपाधि घोषित करता हूँ।'

तालियों की गड़गड़ाहट से आसमान गूँज उठा और 'जो बोले सो निहाल, सत श्री अकाल' के नारे सुनाई देने लगे। ज़ोरा सिंह भावनाओं में बहने लगा। उसने दोनों हाथ जोड़े और सिर बहुत नीचे तक झुका दिया। उसकी आँखों से आँसू बहने लगे।

ज़ोरा सिंह के रिटायर होने में एक साल रह गया था। उसके बेटे, जो होना ही था, अच्छे लग गये थे : एक आसाम की बड़ी चाय कम्पनी का मैनेजर था, बड़ा

बँगला, ऊँची तनख्वाह। दूसरा पेन्ट बनाने वाली एक ब्रिटिश मारवाड़ी फ़र्म में बड़ा अधिकारी हो गया था। उन्होंने कह रखा था कि वे अपनी पसन्द की लड़कियों से शादियाँ करेंगे। हालाँकि ज़ोरा और उसकी बीवी दोनों ही जात-पाँत में विश्वास नहीं रखते थे, लेकिन वे चाहते थे कि दोनों उन्हीं जैसे किसी अच्छे जाट-सिख परिवार में ही शादी करें। ईशराँ चाहती थी कि वह ज़ोरा के बनवाये विशाल घर में जाकर रहे, अपने आखिरी दिन पूजा-अरदास में बिताये, तीर्थ यात्रा करे और सिख मंदिरों में मत्था टेके और कीर्तन सुने।

लेकिन ज़ोरा की योजना कुछ और ही थी। प्रधानमन्त्री के बाद सबसे ज़्यादा महत्त्व उसी के मन्त्री को प्राप्त था और उसे उप-प्रधानमन्त्री भी कहा जाने लगा था। प्रधानमन्त्री अक्सर विदेश दौरों पर जाते और उनकी अनुपस्थिति में वही मन्त्रिमंडल की बैठकों की अध्यक्षता करता था। राजनीति में उसे उठाये रखने का बहुत कुछ श्रेय ज़ोरा को ही जाता था। बदले में उसने ज़ोरा को अपने पेशे में बड़ी सहायता की थी। दोनों अब मन्त्री और सिविल कर्मचारी नहीं रहे थे, एक-दूसरे के जिगरी दोस्त बन गये थे।

ज़ोरा मन्त्रीजी को हर सालगिरह पर कीमती तोहफ़ा भेंट करता था। उसने सचिव से कहा कि वह मन्त्रीजी से अकेले में मिलना चाहेगा। उसे साढ़े छह बजे आने को कहा गया, जब और सब मिलने वाले जा चुके होंगे और वे घर जा रहे होंगे? ज़ोरा इससे कुछ मिनट पहले आ गया और उसे विश्राम कक्ष में बिठा दिया गया। वह वहाँ बैठा मन्त्रीजी को अपने शुभचिन्तकों को धन्यवाद देते और विदा करते हुए सुनता रहा। फिर वे अपने कमरे में कुछ फ़ाइलें लेने आये तो ज़ोरा वहाँ बैठा था। दोनों ने एक-दूसरे को गले से लगाया। 'मुबारक! मुबारक! आप सौ साल तक जियें।' ज़ोरा ने बड़े ज़ोर से और अपने शब्दों में भावना भरकर कहा। 'देश को उन्नति करने के लिए आप जैसे लोगों की ज़रूरत है।'

'बस, बस, ज़ोरा। तुम्हें मेरी तारीफ़ करने की ज़रूरत नहीं है। हम दोस्त हैं,' मन्त्रीजी ने कहा।

'लेकिन मैं सिर्फ़ कह नहीं रहा, इसे मैं मानता भी हूँ। मुल्क में किसी भी क्षेत्र के आदमी से पूछिये, सब यही कहेंगे। आप पर देश को गर्व है और आप उसकी आशा भी हैं।'

'अच्छा, अब खत्म करो। मुझे घर जाना है, मेरी बीवी ने बर्थडे पार्टी रखी है।'

'अरे, मैं तो भेंट देना भूल ही गया,' ज़ोरा ने भूलने का दिखावा करते हुए

कहा। उसने जेब से छोटी-सी लाल डिबिया निकाली और उसमें रखी प्लेटिनम की अँगूठी, जिसमें नीले चमकते सितारे जैसा नीलम जड़ा था, बाहर निकाली। फिर मन्त्रीजी का हाथ पकड़कर कहा, 'मुझे खुद अपने हाथों से इसे पहनाने की इज़्ज़त बख्शें।' तीन उँगलियों में अँगूठियाँ पड़ी थीं, चौथी खाली थी, जिसमें उसने अपनी अँगूठी पहना दी। इसकी चमक और सब अँगूठियों से ज़्यादा थी।

मन्त्रीजी ने उसकी प्रशंसा करते हुए कहा, 'ज़ोरा, इसके लिए तो तुम्हें बहुत खर्च करना पड़ा होगा?'

'सर, आपके लिए कुछ भी ज़्यादा नहीं है। आपको यह तब इस गुलाम की याद दिलायेगी जब मैं आपकी सेवा में नहीं रह गया होऊँगा। मैं जानता हूँ कि कुछ महीने में मेरे रिटायर हो जाने के बाद भी आप मेरा खयाल रखेंगे।'

'ज़ोरा, हमारे देश को तुम जैसे लोगों की ज़रूरत है। मैं देखूँगा कि तुम ज़्यादा से ज़्यादा समय तक सेवा कर सको।'

तीन महीने बाद ज़ोरा नौकरी से रिटायर हो गया। इसके एक महीने बाद उसे राज्य सभा का सदस्य मनोनीत कर दिया गया।

उसके विरोधियों ने पूछा, 'यह बन्दा संसद में क्या करेगा?'

लेकिन उनको आश्चर्य का सामना करना पड़ा। ज़ोरा का पहला भाषण बहुत प्रभावशाली था : नम्रतापूर्ण और हिन्दू, मुस्लिम, ईसाई तथा सिख, सब धर्मों के उद्धरणों से भरा हुआ। उसने सत्य, ईमानदारी, तथा श्रेष्ठ आचरण को सर्वोपरि गुण घोषित किया। उसने अपने मन्त्री की भूरि-भूरि प्रशंसा की और सदन को विश्वास दिलाया कि जब तक उन जैसे ईमानदारी, योग्यता और कार्य कुशलता सम्पन्न लोग मन्त्री रहेंगे, देश का कोई कुछ नहीं बिगाड़ सकेगा। उसने अपना भाषण समाप्त करते हुए ऊँचे स्वर से नारा लगाया : 'मेरा भारत महान'! जय हिन्द!' संसद के सदस्य उसकी प्रशंसा में उठ खड़े हुए। वे एक-एक करके उससे हाथ मिलाने लगे।

वह संसद में अपने प्रशंसकों से बातें कर रहा था, तभी एक अरदली सफ़ेद कपड़े पहने और तुर्रेदार पगड़ी बाँधे उसके समीप आया और उसे एक कागज़ पकड़ाया। मन्त्रीजी ने उसे अपने चैंबर में बुलाया था। ज़ोरा अरदली के पीछे-पीछे संसद भवन के वरांडे और गलियाँ पार करते हुए मन्त्रीजी के चैंबर में पहुँचा। उसे भीतर ले जाया गया। मन्त्री उसे देखते ही उठ खड़ा हुआ और उसका हाथ पकड़कर कहने लगा, 'शाबाश, बहुत शानदार रहा तुम्हारा भाषण। मैंने पूरा सुना। मुझे तुम पर गर्व है।'

'सर, मैं आज जो कुछ हूँ, आपकी ही कृपा से हूँ। मुझ जैसे साधारण प्राणी

पर और किसने इतना ध्यान दिया है।'

मन्त्री ने कॉफ़ी मँगवाई। फिर पूछा, 'ज़ोरा, तुमने संसद सदस्य के नाते अपने लिए मकान की अर्ज़ी दे दी है? तुम उसके अधिकारी हो।'

'सर, मैं एक और मकान का क्या करूँगा? मेरे अपने ही कई हैं।'

'सरदार, तुम आदमी सीधे ही हो...अरे, काम आयेगा। तुम्हें उसमें रहने की ज़रूरत नहीं है। जिन फ्लैटों में दूसरे एम.पी. रहते हैं, उनमें मत माँगना। सड़क के पीछे और भी बड़े-बड़े बँगले हैं, बागों वाले। सबसे अच्छे वे हैं जो इंडिया इन्टरनेशनल सेंटर के सामने की दोनों सड़कों पर हैं। इन सड़कों के अन्त में स्कूलों के खेल मैदान हैं। स्कूल बन्द हो जाते हैं तो वहाँ रहने वालों के अलावा और कोई नहीं होता। बिलकुल आखिरी मकान ही माँगना। मैं दिलवाने की कोशिश करूँगा। 'ज़ोरा जी, काम आयेगा,' उसने अपनी बात दोहराई।

ज़ोरा समझ गया कि मन्त्रीजी का मतलब क्या है। 'यस सर, मैं अभी जाकर अर्ज़ी डाल देता हूँ।'

ज़ोरा का भाषण दूरदर्शन पर दिखाया गया। दूसरे दिन हर अखबार में उसका फोटो भी छपा। एक ने समाचार का शीर्षक दिया : 'इमारतें बनाने वाला देश को बनायेगा।'

अब ज़ोरा के जीवन में एक नया अध्याय शुरू हुआ। उम्र के साथ उसकी सेक्स की भूख कम हुई और धर्म में रुचि बढ़ने लगी। दीपो से उसका मिलन साप्ताहिक से घटकर पाक्षिक हुआ, फिर मासिक और इसके बाद कई महीनों में एक बार। दीपो उससे कभी कोई माँग नहीं करती थी, बल्कि उसके आने पर उसकी हर इच्छा पूरी करती। कई दफ़ा तो वह उसकी चारपाई पर हिस्सा बँटाने की बजाय उससे कुछ मिनट बातें करके ही वापस लौट आता। जब दीपो की नौकरी खत्म हुई, तब उसे सरकारी क्वार्टर भी छोड़ने का नोटिस दिया गया। ज़ोरा ने उसे अपने सर्वेन्ट क्वार्टर्स में ही एक कमरा दे दिया और उसे अपनी बीवी की देखभाल का ज़िम्मा सौंप दिया, जिसे गठिया की शिकायत हो गई थी और चलने-फिरने में तकलीफ़ होने लगी थी। दीपो के बेटों की नौकरियाँ लग गई थीं, एक बिजली का काम करने लगा था और दूसरा कार मेकेनिक हो गया था और दोनों उपनगर में एक कमरा किराये पर लेकर रहते थे।

दीपो ज़ोरा की गृहस्थी में आराम से रहने लगी। उसका ज़्यादातर समय ईशराँ के साथ बीतता, उसे नहलाने-धुलाने और बाल काढ़ने में और जब वह थक जाती, तब उसके पैर दबाने में। वह सवेरे अपने मालिक और मालकिन के साथ गुरुद्वारे

जाती। ज़ोरा जब गोल्फ़ खेलने जाता, जो अब 18 छेदों से घटकर 9 ही रह गये थे, दोनों तब तक कीर्तन सुनतीं जब तक वह उन्हें लेने वापस न आ जाता। जब संसद का सत्र चल रहा होता तब ज़ोरा अक्सर प्रश्नोत्तर काल तक रुक जाता और इसके बाद दोनों सदनों के सदस्यों के साथ बैठकर कॉफ़ी पीने सेंट्रल हॉल भी चला जाता। उसे कई संसदीय समितियों की सदस्यता भी प्राप्त हो गई थी और वह दो सार्वजनिक उद्यमों का अध्यक्ष भी बना दिया गया था, जिनका स्तर मन्त्री के बराबर माना जाता था और जिनके कारण उसे लाल बत्ती वाली गाड़ी में आने-जाने की सुविधा भी प्राप्त हो गई थी। राज्य सभा का सदस्य मनोनीत होने पर उसने नई गाड़ी खरीदी जिसमें एयरकंडीशनर और साउंड सिस्टम दोनों लगे थे। उसे अपनी पसन्द का नम्बर भी दे दिया गया—डी.एल.एच. 1000—अब उसके मित्र उसे 'ज़ोरा सिंह हज़ारिया' कहने लगे।

ज़ोरा सिंह के पास अपने बारे में सोचने का समय नहीं था। वह जानता था कि इससे उसे परेशानी ही होगी, फ़ायदा कुछ नहीं होगा। उसने पैसा बनाया था जिसका ज़्यादा हिस्सा सही नहीं था। बाकी इंजीनियर भी यही करते थे। उसने पैसा खिलाकर और औरतें मुहैया कराकर अपने मन्त्री को काबू में कर रखा था। इस घनिष्ठता का दोनों को बहुत लाभ हुआ था। मन्त्री उससे उम्र में दस साल छोटा था और 'नया माल' की उसकी भूख कम नहीं हुई थी। इसके लिए ज़ोरा ने उसे सुरक्षित जगह प्रदान कर दी थी—अपना संसदीय बँगला, जहाँ वह नई लड़कियों का उपभोग करता था, जिनका खर्चा ज़ोरा ही उठाता था। ज़ोरा भी कभी-कभी इनका मज़ा उठा लेता था, लेकिन वह पत्नी की अच्छी देखभाल करता था। इन सब बातों पर विचार करने से उसे दुःख ही होता और हासिल होने वाला कुछ नहीं था। दुनिया इसी तरह चलती है—ज़ोरा भी इसी दुनिया का आदमी था जिसे अपनी महत्त्वाकांक्षाएँ पूरी करनी थीं : धन, इज़्ज़त और सम्मान। जब कभी उसकी आत्मा उसे कुरेदती, वह प्रार्थना करने लगता। रात को सोने से पहले वह अरदास पढ़ता था, दसों गुरुओं का नाम लेता, ग्रन्थ साहिब को मत्था टेकता और प्रार्थना करता कि उसने जो भी पाप किये हों, माफ़ किये जायें। इसके बाद वह आराम से सो जाता।

एक शाम मन्त्री जी के प्राइवेट सेक्रेटरी ने उसे फ़ोन किया और कहा कि मन्त्रीजी उससे बात करना चाहते हैं।

'सर ज़ोरा सिंह सेवा में हाज़िर है। आज तो ईद होनी चाहिये—मैं चाँद देखूँगा।'

मन्त्रीजी ने चापलूसी की उपेक्षा की और फौरन मुद्दे पर आये। 'ज़ोरा जी, आज शाम घर पर रहेंगे? मुझे कुछ खास बात करनी है। करीब सात बजे?'

'सर, यह तो आज्ञा है। मैंने हमेशा आपकी आज्ञा का पालन किया है और हमेशा करता रहूँगा। आप मेरे घर पधारेंगे तो यह मेरे लिए इज़्ज़त की बात होगी। बहुत दिन बाद आयेंगे।'

ज़ोरा ने अपनी पत्नी को सूचना दी और कहा कि बैठक की दरियाँ साफ़ करवा दे, गुलदानों में नये फूल रखवा दे और दो घंटे पहले से एयर-कंडीशनर चलवा दे। ईशराँ भी उसी की तरह उत्सुक हो उठी। दोनों ने नहाना-धोना किया और साफ़ कपड़े पहन लिये। एक बोतल ब्लू लेविल की जॉनी वाकर, दो कट ग्लास, दो बोतल सोडा और एक चाँदी के बर्तन में बर्फ़ के टुकड़े, सब करीने से मेज़ पर रख दिये गये।

ठीक सात बजे मन्त्रीजी की कार आकर खड़ी हो गई। ज़ोरा और उसकी पत्नी दोनों स्वागत करने बाहर निकल आये। मन्त्री जी भी पीले ग्लेडियोली फूलों का गुच्छा हाथ में लेकर बाहर निकले। उनके अरदली के हाथों में लाल, गुलाबों की टोकरी थी। 'बहन ईशराँ, ये आपके लिए हैं।' यह कहकर उसने गुच्छा सामने कर दिया। अरदली उनके पीछे कमरे में घुसा और गुलाबों की टोकरी मेज़ पर रख दी। ईशराँ इस भेंट से प्रसन्न हो उठी। 'मन्त्रीजी, यह तो आपकी बड़ी मेहरबानी है। लेकिन इस सबकी क्या ज़रूरत थी—यह भी तो आपका ही घर है।'

'ईशराँ जी, आप जैसी गुणवती स्त्री के लिए कुछ भी नहीं है। आपने पिछले जन्म में ज़रूर बड़े पुण्य किये होंगे जो ज़ोरा जैसा शौहर आपको मिला। मैं आपसे कहता हूँ—लाखों में एक हैं। आप दुनिया की सबसे भाग्यवान स्त्री हैं।'

ईशराँ ने हाथ जोड़कर प्रशंसा स्वीकार की। 'सब वाहे गुरु की किरपा है। हम तो ज़मीन पर रेंगने वाले कीड़े हैं।'

कुछ देर शान्ति रही। ज़ोरा ने मन्त्री की ओर मुड़कर कहा, 'सर, अब शुरू करें?' यह कहकर उसने गिलास उठाया।

'बहुत छोटा बनाना,' मन्त्री ने जवाब दिया। 'आज रात मुझे कई ज़रूरी फाइलें निबटानी हैं।' ईशराँ समझ गई, अब उसे वहाँ से हट जाना चाहिये। 'मैं आपके लिए गर्मागर्म पकौड़े बनाकर भेजती हूँ,' यह कहकर वह चली गई।

ज़ोरा ने मन्त्री को गिलास पकड़ाया। दोनों ने अपने गिलास ऊपर उठाकर आपस में टकराये और कहा, 'जय हिन्द!'

मन्त्री फौरन विषय पर आ गया। 'कल मेरे मन्त्रालय के विषय में राज्य सभा में कुछ प्रश्न पूछे जायेंगे। उनमें से एक उस पैसे के बारे में है जो आपके चीफ़ इंजीनियर रहते समय ठेकेदारों ने इंजीनियरों को दिये होंगे। मुझे हाउस की

टेबिल पर अपने जवाब रखने हैं। अच्छा होगा, आप भी सवाल-जवाब के बाद अपना वक्तव्य दें।'

यह कहकर उसने गुलाबी कागज़ों का एक बंडल ज़ोरा को पकड़ा दिया—इसमें पूछे जाने वाले सवाल लिखे थे। एक सवाल ने उसका विशेष रूप से ध्यान आकर्षित किया। 'सर, यह सवाल जिसने पूछा है, वह आपकी ही पार्टी का है।'

मन्त्रीजी मुस्कुराने लगे। 'यह मुझे बदनाम करने की साजिश चल रही है जिससे नये प्रधानमन्त्री अपने मन्त्रिमंडल में मुझे शामिल न करें। आप जानते हैं कि यह मन्त्री अभी बच्चा है और सब तरह की अफ़वाहों पर ध्यान देता है। ये लोग कह रहे हैं कि मैंने बड़ी-बड़ी रिश्वतें ली हैं, मैं लड़कियाँ बुलाता हूँ और बहुत पीता हूँ।'

'यह सब एकदम बकवास है—रबिश!' ज़ोरा सिंह बोला। 'मैं इनकी बोटी-बोटी काटकर रख दूँगा।'

मन्त्रीजी मुस्कुराये और ज़ोरा सिंह की पीठ थपथपाई 'हाँ, लेकिन गुस्से से नहीं, बल्कि आँकड़ों और तर्क से हाउस को जीतना है और प्राइम मिनिस्टर को बताना है कि किस पर विश्वास करना चाहिये, और कौन चूहे हैं जो उसे घेरे हैं,' यह कहकर वह उठ खड़ा हुआ। 'यही बात करने आया था।'

'क्या रास्ते के लिए एक चढ़ाकर नहीं जायेंगे? अरे ईशराँ, मन्त्रीजी जा रहे हैं। इन्हें सतश्री अकाल तो कर।'

ईशराँ लँगड़ाती हुई वहाँ आई। 'मन्त्रीजी, अब कब आपके चरण हमारे दरवाज़े तक पड़ेंगे।'

'बहन ईशराँ, जब भी आप हुक्म करेंगी। मेरा तो दुनिया में यही अकेला दोस्त है।' यह कहकर वे गाड़ी में जाकर बैठ गये।

ज़ोरा ने न दूसरा पैग लिया और न रात को अच्छी तरह खाना खाया। 'क्या बात है?' ईशराँ ने पूछा। 'आज तो कुछ खाया ही नहीं। क्या मन्त्रीजी ने कोई परेशानी वाली बात कह दी?'

'कल मुझे पार्लियामेन्ट में बोलना है। किसी ने सवाल पूछा है कि जब मैं चीफ़ इंजीनियर था, तब करप्शन हुआ था। मुझे आँकड़े इकट्ठे करने हैं। पुरानी फ़ाइलें देखनी हैं। हो सकता है देर हो जाये। तुम सोने जाओ तो टाइपिस्ट से कह देना कि आठ बजे आ जाये। काफ़ी पेपर टाइप करने होंगे।'

'वाहे गुरु इनकी ज़बान पर अंगारे रखे।' ईशराँ ने गुस्से से कहा। 'तुमने शर्मिन्दगी का कोई काम नहीं किया है। तुसी दुनिया नूँ बता देओ कि देश की कितनी सेवा की है तुमने। ज़्यादा फिक्र ना करो। वाहे गुरु तुम्हारे साथ हैं।' यह कहकर उसने एक धार्मिक वाक्य बोला, 'जब आप हमारे साथ हैं, तो फिक्र की क्या बात है।'

ज़ोरा अपने कमरे में गया और अंग्रेज़ों के ज़माने से आज तक की फ़ाइलें ढूँढ़-ढूँढ़कर निकालीं। उनमें से कुछ में पर्चियाँ डालीं और उनको देख-देखकर नोट्स तैयार किये। आधी रात के काफ़ी देर बाद वह ईशराँ के पास बिस्तर पर पहुँचा। वह अब तक जग रही थी और ग्रन्थ साहब का पाठ कर रही थी। 'अब सो जाओ, सवेरे दुश्मनों को पटखनी देने के लिए तरोताज़ा रहना है।' लेकिन ज़ोरा को नींद आ ही नहीं रही थी। वह दिमाग़ में कल की तक़रीर तैयार कर रहा था, जिसे सुनकर लोग तालियाँ बजायें।

सवेरे वह जल्दी उठकर नहाया, प्रार्थना की और ग्रन्थ साहब खोलकर उस दिन का सन्देश 'वाक' पढ़ा जिसका अर्थ शुभ होता था। लिखा था : भगवान से मैं जो भी माँगूँगा, वह मुझे भरपूर प्राप्त होगा।

जब स्टेनो आया तब उसने उसे फ़ाइलों के हिस्से फोटोकॉपी कराने के लिए दिये। फिर धीरे-धीरे अपने भाषण का रिहर्सल किया और संसद जाने के लिए तैयार हो गया। वह प्रश्नोत्तर काल से पन्द्रह मिनट पहले संसद पहुँचा, रजिस्टर में हस्ताक्षर किये, कुछ लोगों से हाथ मिलाये और अपनी सीट पर जाकर बैठ गया। अपने साथ लाई फ़ाइलें सामने रख लीं।

हॉल में लोग आने शुरू हुए, विपक्ष की सीटें शासक दल की सीटों से जल्दी भर गईं। ज़ोरा ने ऊपर गर्दन उठाई तो दर्शक दीर्घा और प्रेस का स्थान ठसाठस भरा दिखाई दिया। अफ़सरों की गैलरी का भी यही हाल था, जहाँ उच्च अधिकारी मन्त्रियों की सहायता के लिए फ़ाइलें लेकर बैठते थे। थोड़ी देर बाद मन्त्री लोग भी अपने अरदलियों के साथ, जो उनके ब्रीफ़केस थामे थे, एक-एक करके आने लगे। अन्त में प्रधानमन्त्री, जो राज्य सभा में तभी आते थे जब उनसे सम्बन्धित सवाल पूछे जाते थे, आये और ज़ोरा के मन्त्री की बगल में बैठ गये।

घड़ी ने ग्यारह बजाये तो उप-राष्ट्रपति ने प्रवेश किया, जो राज्य सभा के स्पीकर भी थे। सदस्यों ने उठकर सिर झुकाया। उन्होंने बिना कोई भूमिका बाँधे, कहा, 'प्रश्न संख्या एक।' जिस सदस्य ने यह प्रश्न पूछा था, वह उठा और बोला, 'प्रश्न संख्या एक।' सम्बन्धित मन्त्री ने उसका और सम्बन्धित प्रश्नों का भी उत्तर

दिया। दूसरे प्रश्न का भी इसी प्रकार उत्तर दिया। तीसरा प्रश्न ज़ोरा से सम्बन्धित था। मन्त्री ने उठकर कहा, 'सम्बन्धित कागज़ सदन के पटल पर रख दिये गये हैं।' विपक्ष से एक दर्जन लोगों के हाथ ऊपर उठ खड़े हुए। ज़ोरा ने भी अपना हाथ उठाया। स्पीकर ने सबके नाम नोट किये। सम्बन्धित प्रश्नों के मन्त्रीजी ने संक्षिप्त उत्तर दिये : 'यस सर; नो सर; सवाल ही नहीं उठता। जिस सदस्य ने प्रश्न उठाया था, वह बहुत परेशान और लज्जित दिखाई दिया, क्योंकि उसने अपने ही दल को प्रश्नों के घेरे में खड़ा कर दिया था। स्पीकर ने विपक्ष के नेता से अपना प्रश्न रखने को कहा। लेकिन उसने प्रश्न रखने के स्थान पर इस मन्त्रालय के भ्रष्टाचार के बारे में ज़ोर-ज़ोर से भाषण देना शुरू कर दिया जिसके समर्थन में उसने बहुत से अखबारों की कतरनें पेश करनी शुरू कर दीं जिनमें कहा गया था कि इन अफ़सरों ने बड़ी-बड़ी रिश्वतें लेकर घटिया काम करवाये जो बहुत जल्द टूट-फूटकर गिरने और बेकार होने लगे। 'शेम, शेम, इस्तीफा दो' की आवाज़ें सदन में गूँजने लगीं। स्पीकर ने विपक्ष के नेता से कहा, 'आप प्रश्न कीजिए, भाषण मत दीजिए।' लेकिन उसकी किसी ने एक न सुनी। किसी ने चिल्लाकर कहा, 'हमें इस विषय पर बहस चाहिये, जनता के करोड़ों रुपए इन पर रिश्वतों में बर्बाद किये गये हैं। घटिया सीमेन्ट से बने पुल टूट गये हैं। सड़कें गड्ढों से भरी हैं और हर मानसून के बाद उन्हें फिर बनवाना पड़ता है।' एक-के-बाद एक प्रश्न किये जाने लगे।

स्पीकर ने उठकर कहा, 'यह प्रश्नोत्तर काल है। अगर आप को इस पर डिबेट चाहिये तो यह कहना चाहिये था।' इसके बाद उसने तीसरे प्रश्नकर्ता का नाम लिया। 'बाकी सदस्य बैठ जायें।'

लेकिन विपक्ष ने बैठना स्वीकार नहीं किया। वे कागज़ हिलाते हुए सामने उतर आये और एक आवाज़ में चिल्लाना शुरू किया, 'शेम-शेम।'

ज़ोरा ने अपने सामने पड़े कागज़ पर एक शब्द लिखा, 'हिजड़ा', और मुस्कुराया। स्पीकर सिर पकड़कर बैठ गया। कुछ देर बाद वह बोला, 'अगर विपक्ष कोई प्रश्न नहीं करना चाहता, तो मैं अगले सदस्य का नाम पुकारता हूँ... श्री ज़ोरा सिंह, अपना प्रश्न रखिये।'

ज़ोरा उठ खड़ा हुआ और विपक्ष के सदस्यों का अपनी सीटों पर वापस जाने तक इन्तज़ार करता रहा। जब सदन में पूरी तरह शान्ति छा गई तब उसने बोलना शुरू किया, 'मि. स्पीकर सर, मैं आपसे इजाज़त चाहता हूँ कि प्रश्न का उत्तर देने से पहले विषय के बारे में कुछ कहूँ। जैसा कि आपको ज्ञात है, सर, इनमें से

अधिकांश आरोप उस समय के सार्वजनिक निर्माण कार्यों से सम्बन्धित हैं, जब मैं पी.डब्ल्यू.डी. का चीफ़ इन्जीनियर था। माननीय मन्त्री महोदय के विरुद्ध जो आरोप लगाये गये हैं, वे वास्तव में मेरे लिए हैं। अगर इनमें कोई गलत काम हुआ है तो उसके लिए मैं ज़िम्मेदार हूँ, माननीय मन्त्रीजी नहीं, जो शुद्धतम सोने की तरह शुद्ध हैं।'

'क्यों नहीं। क्यों नहीं। वह सब शुद्धतम सोना मन्त्रीजी की उँगलियों में देखा जा सकता है,' किसी ने पीछे से चिल्लाकर कहा। लोग ठहाके लगाकर हँस पड़े। प्रधानमन्त्री के चेहरे पर भी मुस्कान उभर आई। मन्त्रीजी ने हाथ ऊपर उठा भी दिये। जिससे लोग उनकी अँगूठियों को देख सकें। सदन में मनोरंजन का माहौल पैदा हो गया।

ज़ोरा ने हँसी बन्द होने के बाद भाषण जारी रखा। 'स्पीकर सर, सदन के माननीय सदस्यगण, आप लोग अपने सिर उठाइये और ऊपर तथा चारों ओर देखिये। यह इमारत उस समय बनाई गई थी जब आप में से ज़्यादातर लोग पैदा भी नहीं हुए थे। क्या इसमें कोई कमी है? क्या इसकी कोई ईंट या पत्थर इसलिए टूटा या बाहर निकला है, क्योंकि इसका निर्माण घटिया सामग्री से किया गया था? आपका यह सेवक उस टीम से जुड़ा था। जिसने इसका निर्माण किया।'

यह सुनकर लोगों ने मेज़ें थपथपाना और 'हियर' 'हियर' कहना शुरू कर दिया।

ज़ोरा बोलता रहा। 'ये दो सचिवालय, राष्ट्रपति भवन, प्रधानमन्त्री का निवास और मन्त्रियों के घर आप सब सदस्यों के लिए बँगले और फ्लैट, ये सब मेरे ही समय में बनाये गये थे। क्या इनमें से कोई भी इमारत खराब सीमेंट लगाए जाने की वजह से टूटकर गिर पड़ी है? मेरे पास ये इतने सारे अखबारों की कतरनें हैं जिनमें इनके डिजायन और निर्माण की प्रशंसा की गई है। आपके इस सेवक का भी इनके निर्माण में हाथ रहा है।'

सदन में दोबारा मेज़ें थपथपाई गईं और 'हियर' 'हियर' के नारे लगे।

'लेकिन आप का प्रश्न क्या है?' विपक्ष के नेता ने सवाल किया।

'यह सवाल स्पीकर महोदय कर सकते हैं, आपको यह अधिकार नहीं है,' ज़ोरा सिंह ने चुटकी ली।

स्पीकर ने हस्तक्षेप किया, 'ज़ोरा सिंह जी, आपने अपनी बात कह दी है। अब अगर प्रश्न न करना हो तो वक्तव्य समाप्त कीजिए।'

ज़ोरा ने कहा, 'सर, मेरा प्रश्न मन्त्री महोदय से नहीं है, विपक्ष के माननीय

सदस्यों से है। अगर आपको कुछ सूचनाएँ चाहिये और सही सूचनाएँ चाहिये, तो आपको मेरे पास आना चाहिये, माननीय स्पीकर महोदय के सामने खड़े होकर हिजड़ों की तरह नाचना नहीं चाहिये।'

अब तो जैसे आसमान टूट पड़ा। विपक्ष एक साथ उठकर खड़ा हो गया और माफ़ी की माँग करने लगा। 'सर, इन्होंने हिजड़ा कहकर विपक्ष का अपमान किया है। यह असंसदीय है और इसे संसद की कार्यवाही से निकालना चाहिये।'

स्पीकर अपनी मुस्कुराहट को रोक नहीं सका। 'माननीय सदस्यों को ऐसे शब्दों का प्रयोग नहीं करना चाहिये।'

ज़ोरा का जवाब तैयार था। 'सर, किसी को हिजड़ा कहना असंसदीय नहीं है। विधान सभाओं में हमारे तीन हिजड़े सदस्य हैं। कौन जानता है, अगले चुनावों में विपक्ष में भी कुछ ऐसे सदस्य चुन लिये जायें।' यह कहकर ज़ोरा बैठ गया। वह जानता था कि जो उसने कहा, वह कल अखबारों की सुर्खियों में आ जायेगा।

ज़ोरा खुशी मनाने के मूड में था—लेकिन उन लोगों के साथ नहीं जो उसके विपक्ष को लेकर मज़ाक उड़ाने के लिए गला फाड़-फाड़कर चीख रहे थे। वह शाम तक के लिए इसे स्थगित कर देगा, एक राउन्ड गोल्फ़ खेलेगा, जिसके बाद मित्रों के साथ एक या दो या तीन पैग ढालने के लिए बार का रुख करेगा। इसके बाद? गठिया से पीड़ित अपनी पत्नी के पास आ जायेगा। ज़रा सोचिए, वह पिछले दस साल से उसके साथ नहीं सोया था। न उसे अब इसकी इच्छा ही होती थी। अब दोनों धर्म के सहारे ही एक-दूसरे के करीब थे। और दीपो भी उसकी सहायिका और आया बनकर रह गई थी। ज़ोरा ने देर तक सोने और फिर गोल्फ़ क्लब जाने का फ़ैसला किया।

वह लंच के वक्त तक घर लौट आया। वह थका और विजयी महसूस कर रहा था। उसने ईशराँ को बताया कि संसद में क्या हुआ, बस 'हिजड़ा' शब्द को लेकर हुए तमाशे की बात छोड़ दी।

'तुम बहुत थके लग रहे हो।' ईशराँ बोली। 'अपने कमरे में क्यों नहीं चले जाते? दीपो थोड़ी देर पैर दबा देगी। आराम मिलेगा और नींद आ जायेगी। मैं टेलीफ़ोन बन्द कर देती हूँ।'

ईशराँ अपने कमरे में चली गई। ज़ोरा ने मुँह धोया और एयर कंडिशनर चलाकर बिस्तर पर आकर लेट गया। वह दीपो से पैर दबवाने का इन्तज़ार नहीं कर रहा था,

फिर भी उसने दरवाज़ा अधखुला रहने दिया कि कहीं आ ही न जाये। वह ऊँघने लगा, तभी दरवाज़ा खुलकर बन्द होने की आहट हुई। दीपो एक मूढ़ा खींचकर उसके पास बैठ गई और धीरे-धीरे तलवे दबाने लगी। उसको बड़ा आराम मिला। दीपो ने अपने हाथ उसके पैरों और घुटनों से ऊपर ले जाकर जाँघों को सहलाना शुरू किया जिससे वह उत्तेजित हो उठा। दीपो ने फौरन अपनी सलवार उतारी और उसके ऊपर जा लेटी। पन्द्रह मिनट तक दोनों एक-दूसरे से जूझते रहे और ज़ोरा निढाल पड़ा रहा। दीपो जितनी शान्ति से वहाँ आई थी, उतनी ही शान्ति से वहाँ से चली गई।

ज़ोरा देर शाम तक घोड़े बेचकर सोता रहा और तभी उठा जब ईशराँ उसे जगाने को आई। 'शाम हो गई। उठना नहीं है। आज तुम ज़रूर काफ़ी थके थे।'

'हाँ,' ज़ोरा ने अँगड़ाई लेते हुए कहा। फिर घड़ी पर नज़र डाली और बोला, 'अरे, पाँच बज गये। गोल्फ के लिए देर हो गई। मैं नहा लेता हूँ। चाय बनवाओ।'

ज़ोरा बाथरूम में घुस गया। उसे पैरों में चिपचिपाहट महसूस हुई। सारे शरीर पर साबुन लगाया, कस-कसकर मला, और नहाकर कपड़े बदले। फिर पत्नी के पास कमरे में आकर बैठ गया। दीपो एक ट्रे में चाय और समोसे रखकर लाई। ईशराँ ने उससे पूछा, 'तुमने साहब के पैर दबाये?' दीपो ने उसकी तरफ़ देखकर कहा, 'साहब गहरी नींद सो रहे थे। मैंने जगाना सही नहीं समझा।'

'तो अब दबा दो,' ईशराँ बोली।

वह ज़ोरा के पैर दबाने लगी और वह चाय पीता और समोसे खाता रहा।

'शाम का कोई प्रोग्राम है?' ईशराँ ने ज़ोरा से पूछा।

'गोल्फ़ तो खत्म हो गई। इसके अलावा तुम्हारे बिना और क्या प्रोग्राम होता है?'

'हम गुरुद्वारा बँगला साहब जा सकते हैं। अमृतसर से बहुत मशहूर रागी आये हैं और कीर्तन करते हैं। शाम की अरदास तक वहाँ रहेंगे। इस थकान के बाद तुम्हें बहुत अच्छा लगेगा।'

दोनों गुरुद्वारा पहुँच गये। वहाँ के ज़्यादातर लोग ज़ोरा को पहचान गये—उन्होंने समाचार पत्रों और टी.वी. में उसकी तस्वीर देखी थी। ग्रन्थ साहब के सामने मत्था झुकाने के बाद ईशराँ ने दीपो की मदद से रागियों के पीछे ही बैठने की जगह प्राप्त कर ली। ज़ोरा ने ग्रन्थ साहब की दो परिक्रमा कीं और दूसरी तरफ़ जाकर बैठ गया। वह नहीं चाहता था कि कोई उसे परेशान करे। उसने आँखें बन्द कर लीं और दुनिया से जैसे अलग हो गया। उसके कानों में केवल वाणी के मधुर सुरों में गाये जा रहे शबद पड़ रहे थे। प्रार्थना के बाद वे घर पहुँचे। इस समय

वह एक अलौकिक और अद्भुत शान्ति में डूबा हुआ था।

ज़ोरा ने जैसा सोचा था, हिजड़े की उसकी टिप्पणी उस समय की सबसे बड़ी खबर बन गई। इसके अलावा भी उसके भाषण की प्रशंसा की जाने लगी। टेलीफ़ोन लगातार बजता रहता। अपरिचितों और मित्रों दोनों ने उसको बधाइयाँ दीं। इनमें उसका मन्त्री भी था : 'ज .ोरा भाई,' उसने कहा, 'तुमने तो कमाल कर दिया।'

'मन्त्रीजी,' ज़ोरा ने कहा, 'जब तक मैं जिन्दा हूँ, आपको कोई हाथ भी नहीं लगा सकेगा। मेरा खयाल है, अब आपके दुश्मन हमेशा के लिए शान्त हो जायेंगे और प्रधानमन्त्री को आपकी योग्यता का पता चल गया होगा।'

'देखो, क्या होता है। जैसा मैंने कहा, वह बाहरी खबरों पर ज़्यादा ध्यान देता है।'

मनोनीत सदस्य के रूप में ज़ोरा की छह साल की अवधि समाप्त हो रही थी। इसके साथ उसका एम.पी. वाला बँगला भी हाथ से निकल जायेगा, जिसका मन्त्रीजी उपयोग कर रहे थे और गाड़ी पर लगा सदस्यता का स्टिकर तथा और भी बहुत-सी सुविधाएँ समाप्त हो जायेंगी। ज़ोरा को अपने भविष्य की चिन्ता सताने लगी, वह इस विषय पर बात करने के लिए मन्त्री के पास गया।

'मैं भी इस बारे में सोच रहा हूँ,' मन्त्रीजी ने कहा। 'राज्य सभा में तुम्हें दोबारा मनोनीत करना तो उन्हें स्वीकार नहीं होगा। पहले उन्होंने कुछ को दोबारा भेजा भी था, लेकिन बाद में यह निर्णय लिया गया कि एक टर्म ही काफ़ी है, और दूसरे विशिष्ट लोगों को, जिन्होंने साहित्य, कला, संगीत, फिल्म, समाज-सेवा आदि के क्षेत्रों में महत्त्वपूर्ण कार्य किया है, उन्हें ये स्थान दिये जाने चाहिये। ये सही निर्णय नहीं था, क्योंकि लेखक और कलाकारों को संसदीय कार्यों में दिलचस्पी नहीं होती, जबकि तुम जैसे लोग जो राष्ट्र की सेवा में बराबर लगे रहते हैं, इसका पूरा लाभ नहीं उठा पाते। लेकिन इसके लिए कुछ नहीं किया जा सकता। तुम खुद क्या करना चाहते हो?'

'सर, मेरा भविष्य तो आपके ही हाथ में है। मैं जो कुछ भी हूँ, आपकी ही बदौलत हूँ।'

'तुम किसी प्रदेश के गवर्नर बनना चाहोगे? मेरा खयाल है, मैं होम मिनिस्टर को इसके लिए राज़ी कर सकता हूँ। हमें एक-दो सिख गवर्नर भी बनाने चाहिये। तुमसे ज़्यादा योग्य कौन हो सकता है?'

'सर, यह तो आपकी मेहरबानी होगी। लेकिन गवर्नर होने का मतलब होगा

कि मैं दिल्ली छोड़ दूँ। मेरा खयाल है, ईशराँ यह नहीं करना चाहेगी। आप कोई और ऐसा काम नहीं सोच सकते जिसमें मुझे दिल्ली न छोड़नी पड़े, और न वह बँगला जो आप के उपयोग में आता है? अब मैं सत्तर का हो चला हूँ और अगर कुछ और अपने पीछे न छोड़ सकूँ तो अपना साफ़-सुथरा नाम ही छोड़ जाऊँ।'

'ज़ोरा, ऐसी बातें मत करो,' मन्त्री जी ने झिड़का 'तुम तो सौ साल जियोगे। अच्छा, मैं सोचता हूँ। मैं तुम्हारे लिए सब कुछ करूँगा।'

'थैंक यू सर, थैंक यू। आप ही मेरे अन्नदाता हैं।'

हफ़्ते बीतने लगे। फिर महीने। आज संसद में ज़ोरा का आखिरी दिन था। रिटायर होने वाले अन्य सदस्यों की तरह उसे भी विदाई का भाषण देने को कहा गया। अन्य विषयों की तरह वह अपनी विदाई का भाषण बड़ी कुशलता से देता रहा, जिसमें भावना और हास्य का अद्भुत मिश्रण था। घर लौटते समय वह उदास था। उसने पहला काम यही किया कि नौकर से गाड़ी पर लगी एम.पी. की पर्ची निकलवा दी। दो-चार दिन बाद उसे मकान खाली करने का नोटिस दे दिया जायेगा और उसे किसी और के नाम कर दिया जायेगा। उसने इस बँगले का कभी खुद के लिए उपयोग नहीं किया था, और अब उसके मन्त्रीजी अपनी प्रेमिकाओं को लेकर कहाँ जायेंगे। ज़ोरा को चिन्ता होने लगी थी। मन्त्रीजी ने भी दो महीने से फ़ोन नहीं किया था। शायद उन्होंने कोई और बन्दोबस्त कर लिया होगा।

कुछ ही दिन बाद ज़ोरा सिंह को बँगला खाली करने का नोटिस दे दिया गया कि महीने के अन्त तक उसे खाली कर दें। उसी शाम मन्त्रीजी का फ़ोन भी आ गया। 'ज़ोरा, मेरे दोस्त, तुम्हारे लिए अच्छी खबर है। मन्त्रिमंडल ने तुम्हें देश के सर्वोच्च सम्मान, भारत-रत्न से सम्मानित करने का निर्णय लिया है। इसके साथ बँगला भी आता है। अब तुम ज़िन्दगी भर उसमें रह सकते हो। ठीक हुआ? अब तो खुश हो?'

ज़ोरा भावनाओं में बहने लगा। 'थैंक यू, ओह, सर, थैंक यू। मैं तहे दिल से आपका शुक्रिया अदा करता हूँ। प्लीज़, मेरी बीवी को भी यह खबर दे दीजिए, प्लीज़...मैं उसे फ़ोन पकड़ा रहा हूँ।'

फ़ोन ईशराँ के हाथ में देते हुए वह बेतहाशा रोने लगा। रोते-राते बोलता रहा, 'भारत-रत्न, इस ग़रीब, अयोग्य ज़ोरा सिंह को भारत-रत्न। वाहे गुरु की मेहरबानी। धन वाहे गुरु। धन, धन, वाहे गुरु।'

लाल टाई

दीवार में बनी अँगीठी के ऊपर की कॉर्निस पर कुहनियाँ टेके चिश्ती आराम से खड़ा था। उसने अपने पैर दोनों तरफ़ फैला रखे थे और नीचे से उठकर आ रही गर्मी से अपनी पीठ सेक रहा था। हमें उसकी टाँगों से बनी V के भीतर जलती आग दिखाई दे रही थी। हमारा यहाँ कोई महत्त्व नहीं था, केवल चिश्ती ही यहाँ सब कुछ था। वह खूब खा-पी चुका था और मीठी बातें कर रहा था। हम उसके इर्द-गिर्द घेरा बनाये खड़े थे—कुछ प्रशंसा करते, कुछ मज़ाक उड़ाते और कुछ ईर्ष्या से जलते हुए।

डिनर खत्म हो गया था लेकिन, हम जैसे भारतीयों के अंग्रेज़ियत रँगे लोगों में जैसा रिवाज़ था, लेडीज़ अभी भी डायनिंग रूम में जमा थीं। लेकिन चिश्ती जहाँ भी जाता, उसे रिवाज़ों को धता बतानी होती थी। मेज़बान महिला खुद चिश्ती की बाँह पर हाथ टिकाये खड़ी थीं और हँसी से लोट-पोट हो रही थीं। चिश्ती हमेशा आकर्षण का केन्द्र रहता था। वह हमेशा बोलता रहता था। वह जब भी यहाँ आता, एक क्षण भी शान्ति नहीं रहती थी और उनकी दूसरी पार्टियों में यह माहौल न होना उन्हें बहुत खलता था। जैसे ही ज़रा-सी शान्ति होती, चिश्ती की आवाज़ सुनाई देने लगती, 'मैं बताऊँ उस दिन मेरे साथ क्या हुआ' या 'आपने मेरा यह एकदम नया मज़ाक सुना? मेरा खयाल है यह बहुत मज़ेदार है।' यह उनके पति के मुश्किल से बताये मज़ाकों से, जिन्हें वे इस तरह शुरू करते, 'आज कोर्ट में एक मज़ेदार मामला पेश आया'—और जो हमेशा एक ही कहानी होती थी—कहीं ज़्यादा मनोरंजक होता था।

मेज़बान महिला ने चारों तरफ़ देखते हुए कहा, 'आपने चिश्ती की शादी की परिभाषा सुनी है? मेरा खयाल है, यह बहुत मज़ेदार है।' हम सब

इसे सुन चुके थे और जानते थे कि यह चिश्ती की नहीं है। लेकिन इस बात का कोई महत्त्व नहीं था। मेज़बान महिला ने चिश्ती को अपनी दोनों बाँहों में घेर रखा था और उससे ज़िद कर रही थीं कि इसे बताये। चिश्ती एहसान-सा करता हुआ मुस्कुराया और कहने लगा, 'हाँ, यह सचमुच मज़ेदार है, बहुत ही मज़ेदार। ...अच्छा, देखता हूँ। हाँ, याद आया। शादी चूइंगगम की तरह है, शुरू में मीठी, अन्त में चिपचिपी। हा, हा!' चिश्ती अपने मज़ाकों पर भी खुद ही सबसे पहले हँसता था। उसकी हँसी में साथ देने के लिए स्त्रियाँ भी ज़ोर-ज़ोर से हँसना शुरू कर देती थीं। कुछ पुरुष मुस्कुराते—बाक़ी चुप बैठे रहते।

चिश्ती पुरुषों की प्रतिक्रिया पर ध्यान नहीं देता था। ये सब स्त्रियों में उसकी लोकप्रियता से जलते-भुनते रहते थे। उसके ज़्यादातर साथी गंजे, मोटे और सुस्त पड़ गये थे। चिश्ती हमेशा हँसता-खेलता रहता था। उसने निरन्तर कसरत करते रहकर अपने शरीर को बनाये रखा था। अब वह चालीस का था, लेकिन जब वह अट्ठारह का था, एक औरत ने उसे देखकर कहा था, 'किसी ग्रीक देवता की तरह नज़र आता है।' उसके बाद उसने अपना यह नक्शा बनाये रखने का जैसे प्रण ही कर लिया। तीस का होने पर उसे यह लड़ाई हारती हुई दिखाई दी : उसका माथा जो पहले जितना होना चाहिये, उतना चौड़ा था, लेकिन अब वह बढ़ता ही चला जा रहा था। उसके चौड़े सीने के नीचे अब पेट बढ़ता दिखाई देने लगा था। और पहले का सपाट पेट भी फूलने लगा था, जिसे अपनी जगह रखने के लिए चिश्ती पेट की पेटी कसकर बाँधने लगा था।

चेहरा ही चिश्ती की अकेली हेलेनी निशानी नहीं था। यह उस अंग का भी सवाल था जिसे ग्रीक मूर्तियों में ढक दिया जाता है। इस क्षेत्र में चिश्ती की उपलब्धियाँ रहस्य ही बनी थीं और यह भी ज़ाहिर नहीं था कि पत्ती के नीचे क्या और कैसा है। उसके जादुई सम्बन्धों की कहानियाँ पुरुषों में ईर्ष्या से लपेट कर कही जातीं जिन्हें स्त्रियाँ बड़े ध्यान से सुनती थीं। जैसे, उसने किस तरह किसी महिला का हाथ डिनर टेबिल के नीचे ही थाम लिया और यहीं से उनका प्रेम-सम्बन्ध शुरू हो गया और उसने किस तरह पैसे वालों की बीवियों, अफ़सरों की बीवियों, क्लर्कों की बीवियों, बूढ़ी औरतों, जवान लड़कियों, कॉलेज और स्कूल की लड़कियों को भी फँसाया था और उनके साथ ऐश की थी। कुछ लोग कहते थे कि ये कहानियाँ पूरी तरह सही नहीं हैं और बढ़ा-चढ़ाकर कही जाती हैं। लेकिन चिश्ती को पार्टियों में जो देख लेता, वह इन पर विश्वास करने लगता था। चिश्ती से जब इस बारे में पूछताछ की जाती, तो वह कुछ इस तरह नज़र डालता मानो कह रहा हो, 'और

तुम क्या सोचते हो।' हाँ, इस बात में सच्चाई ज़रूर थी कि और लोग जिन चीज़ों की कल्पना ही करते हैं, वे सब उसे प्राप्त थीं। इस कारण भी वे उसे पसन्द नहीं करते थे।

महिलाएँ डायनिंग रूम से धीरे-धीरे निकलीं और पुरुष कॉफ़ी पीने बैठ गये। चिश्ती अब भी आग की तरफ़ पीठ करे खड़ा लोगों को देख रहा था। 'मैं आपको उस कहानी के बारे में बताऊँ जो मैंने अपने पिछले टूर में ही अनुभव की है। एकदम अविश्वसनीय। रेलवे स्टेशन पर जब वह आगे की गाड़ी का इन्तज़ार कर रहा था, तब यह औरत उसे मिली थी। यह टाई भी उसने मुझे दी थी।' यह कहकर उसने अब ज़रा सिकुड़ी हुई लाल टाई उठाकर दिखाई। 'उसके पति की हो सकती है। पता नहीं, उसके सामने क्या बहाना बनाया होगा। हा-हा!' हम सब भी ताज्जुब करने लगे।

उस दिन चिश्ती को दिन में एक शहर का दौरा करने को कहा गया था। उसने सवेरे की ट्रेन पकड़ी और एक फर्स्ट क्लास के डिब्बे में जा चढ़ा, जहाँ वह अकेला था। उसने अपनी अटैची मेज़ पर रख दी और शीशे के सामने खड़े होकर अपने को देखने लगा। अपनी लाल टाई उतारकर कील पर टाँग दी। फिर करीने से काढ़े हुए बालों पर हाथ फेरा। वह जानता था कि देखने में वह सुन्दर है। लेकिन उसके भीतर हिम्मत की कमी क्यों है? कई बदसूरत आदमी जो हासिल कर चुके हैं, वह उसे आज तक प्राप्त नहीं हुआ। औरतें उसके बारे में बातें करती हैं, लेकिन आज तक वह एक को भी जीत नहीं पाया। कॉलेज के दिनों से ही वह अपने पर्स में कंडोम रखकर निकलता था और सोचता था कि कभी-न-कभी तो इनके उपयोग का अवसर आ ही जायेगा। उसने अपनी भीतरी जेब टटोली। हाँ, उसमें पर्स रखा है। इसे रखना उसे अच्छा लगता था और वह अपने को मर्द महसूस करता था। चिश्ती सीट पर बैठ गया और एक मैगज़ीन निकालकर पढ़ने लगा।

ट्रेन स्टेशन से चली और कई छोटे स्टेशनों पर रुकती, जहाँ गाँवों के लोग धक्का-मुक्की करते उसमें चढ़ने की कोशिश करते, आगे बढ़ने लगी। चिश्ती आराम से अपने डिब्बे में अकेला बैठा उपेक्षा से यह सब तमाशा देखता रहा। कुछ समय बाद एक जंक्शन स्टेशन पर उसकी ट्रेन एक और ट्रेन की बगल में आकर रुकी, जो दूसरी दिशा में जा रही थी। उसका अपना डिब्बा दूसरी ट्रेन के एक तीसरी क्लास के डिब्बे के सामने था। ट्रेन में खचाखच भीड़ थी। उसमें बैठे कई मुसाफिर

खिड़कियों से मुँह निकालकर उसके डिब्बे में देखने लगे, कि उसकी सीटें कितनी शानदार हैं, बेंत की कुर्सियाँ पड़ी हैं और तीन पंखे चल रहे हैं—और उसमें एक सूटेड-बूटेड साहब आराम से लेटा बाहर देख रहा है। लग रहा था जैसे वह अपने घर में ही आराम कर रहा हो, जहाँ उसकी टाई एक कील पर टँगी है, दूसरी पर कोट लटका है और मेज़ पर सामान रखा है। चिश्ती अच्छे परिवार में पला था और उसे इस तरह की ताक-झाँक पसन्द नहीं थी। वह खिड़की का शटर गिराने के लिए उठा। इस क्रिया में उसने बाहर की तरफ़ भी एक नज़र डाली। उसके सामनेवाले डिब्बे से लगा ज़नाना डिब्बा था, जिसमें भीड़ काफ़ी थी। खिड़की पर एक औरत बैठी थी जो एकटक उसे ही देखे जा रही थी। चिश्ती ने खिड़की का शटर नीचे गिरा दिया था और वह बन्द हो ही रही थी, लेकिन इसे देखते ही उसने शटर ऊपर उठाकर खिड़की फिर से खोल दी। फिर उसने अपनी बैठने की स्थिति बदली और खिड़की पर इस तरह आ बैठा कि औरतों को ज़्यादा साफ़ देख सके। यह औरत उसे पलक झपके बिना देखे जा रही थी। चिश्ती में उत्तेजना भरने लगी। क्या यह उस तरह की...औरत थी? ज़रूर होनी चाहिये। उसके बाल भी घुमा-घुमाकर काढ़े हुए थे जिनमें चारों तरफ़ रंग-बिरंगी क्लिपें लगी थीं। आँखों में सुरमा भी नज़र आ रहा था। ओठों पर लाल लिपस्टिक थी। वह बराबर सुपारी चूसे जा रही थी और यह नज़र! अब कोई शक नहीं रहा। चिश्ती यह सब देखकर परेशान हो उठा। फिर उसने सिगरेट निकाली और उसे पीने लगी। लेकिन उसका पीने का ढंग दूसरों से एकदम अलग था। वह हाथ की मुट्ठी-सी बनाकर उसमें सिगरेट कसे होंठों में लगाकर खींचकर धुआँ निकालती और फिर मुँह से बाहर छोड़ देती। फिर उसने दोनों नथुनों से धुआँ छोड़ना शुरू कर दिया। अब तो उसे बिलकुल भी सन्देह नहीं रहा और उसने हिम्मत करके उसकी ओर देखा—इसमें कामना भी थी और डर भी था। अगर वह उसकी अपनी ट्रेन में होती तो कैसा मज़ा आता! यह विचार आते ही उसका खून चेहरे में तेज़ी से दौड़ने लगा। वह उसे देखता बैठा रहा।

सामने खड़ी ट्रेन ने लम्बी सीटी दी और ट्रेन धीरे-धीरे आगे बढ़ने लगी। जनाना डिब्बा चिश्ती के सामने आने लगा। चिश्ती का चेहरा गुलाबी हो उठा। उसे लगा कि उसे कुछ करना चाहिये...कुछ ऐसा जो इस स्थिति के अनुरूप हो। वह औरत अब उसके बिलकुल सामने थी। चिश्ती ने बड़ी हिम्मत करके और सारा ज़ोर लगाकर उसकी तरफ़ देखा, बायीं आँख बन्द की और वासना की नज़र उसकी ओर फेंकी और फिर अपनी सीट पर आराम से बैठ गया। उसका दिल ज़ोर-ज़ोर से धड़क रहा था और बदन निढाल हो गया था।

तभी सामने के प्लेटफार्म से चीखने-चिल्लाने की आवाज़ें आने लगीं, जिससे चौंककर वह उठने लगा। ट्रेन के ब्रेक चीखकर खड़खड़ाये और कुछ गज़ आगे बढ़कर वह रुक गई।

चिश्ती ने ज़नाना डिब्बे की तरफ़ देखा। वह उसके डिब्बे से कुछ गज़ आगे ही रुक गया था। औरत ने उसकी तरफ़ नज़र डाली और फिर वह खिड़की से गायब हो गई। चिश्ती के मन में अचानक खयाल आया कि कहीं वह उसके डिब्बे में तो नहीं आ रही है। क्या वह उसे पिटवायेगी? हो सकता है वह वैसी औरत न हो...चिश्ती यह सोचकर तेजी से उठा और लेवेटरी में घुसकर दरवाज़ा भीतर से बन्द कर लिया।

कुछ मिनट बाद चिश्ती को अपने डिब्बे का दरवाज़ा खुलने की आवाज़ सुनाई दी, फिर लेवेटरी के बहुत पास पैरों की आवाज़ें सुनाई देने लगीं। चिश्ती ने साँस रोक ली और चुप होकर बैठ गया। उसे लग रहा था कि बहुत समय बीत रहा है। अन्त में गार्ड ने सीटी बजाई। चिश्ती को लोगों के बाहर निकलने और दरवाज़ा बन्द किये जाने की आवाज़ें सुनाई दीं। एक और सीटी बजी—यह इंजन की थी—और ट्रेन ने चलना शुरू किया।

चिश्ती कमोड की सीट से उठा और लेवेटरी का दरवाज़ा ज़रा-सा खोलकर उसने बाहर झाँका। डिब्बे में कोई नहीं था। उसका कोट और अटैची गायब थे। उसकी टाई अभी तक कील पर लटकी थी, लेकिन उसके निचले छोर से थूक टपक रहा था। जो हो, उसे यह देखकर धीरज बँधा। कोई औरत उसका पर्स, उसमें रखी चीज़ों के साथ, उठा ले गई थी।

'और,' चिश्ती ने पैंट की जेब में हाथ डाले-डाले कहा, 'वह मेरे लिए निशानी के तौर पर यह टाई छोड़ गई। अब चलिये, महिलाओं के साथ हो लें।'

स्वर्ग

पुणे, 1982

मैं यहाँ क्यों और कैसे आई, यह मेरी 'प्रिय डायरी' में कुछ हद तक वर्णित है। नीले चमड़े की ज़िल्द वाली डायरी, जिसमें मैं स्कूल के दिनों से कॉलेज में बिताये दो साल तक अपनी रोज़मर्रा की ज़िन्दगी और विचारों को नियमित लिखा करती थी। फिर मुझे लगा कि यह ज़रा बचकाना काम है और जो भी हो, अपनी किशोरावस्था के बाद मैंने जो कुछ किया, वह बताने लायक नहीं है। मेरे ये साल ज़्यादातर बेकार ही गये। अब मैं तीस की हूँ, अब तक अविवाहित और अमेरिकन—मेरे पासपोर्ट पर तो यही लिखा है। हालाँकि अब चीज़ें बहुत बदल गई हैं और मुझे डायरी लिखने की ज़रूरत फिर महसूस होने लगी है। बेकार गये साल अब पीछे छूट गये हैं। और अब मैं वहाँ आ गई हूँ जहाँ मुझे अपने विकास के दिनों में होना चाहिये था—भारत में।

मैं अपने माता-पिता की दूसरी संतान और अकेली बेटी हूँ। मेरे पिता यहूदी हैं, माँ, जो उनसे दस साल छोटी हैं, हाई चर्च एंग्लिकन ईसाई हैं। दोनों धर्म के प्रति कट्टर नहीं हैं। हमारे निवास के प्रवेश द्वार पर यहूदी और बैठक में ईसाई धर्म के चिह्न थे। साल में एक बार यहूदी त्योहार, 'यॉम किपर' के दिन हम पिता के साथ यहूदी मंदिर 'साइनागॉग' जाते और माँ कसाई की दुकान से विशेष प्रकार से तैयार किया 'कोशर' मांस खरीदकर लातीं। उसी तरह हर साल क्रिसमस की संध्या पर माँ के साथ प्रार्थना के लिए चर्च जाते, घर के बड़े कमरे में क्रिसमस-ट्री लगाते और मिठाई तथा वाइन खाने-पीने के लिए दोस्तों को निमंत्रित करते थे। जहाँ तक धर्म का सवाल है, इससे ज़्यादा हम कुछ नहीं करते थे।

मेरे पिता पोलिश जाति के लम्बे-चौड़े डील-डौल के व्यक्ति थे। वे खरखराती, अमेरिकी शैली में अंग्रेज़ी बोलते थे। माँ संस्कृत परिवार से आई थीं। वे छोटे क़द की और बहुत आकर्षक थीं, सुनहरे-भूरे बाल, नीली आँखें और पतली सुती हुई छातियाँ। मैं यह कभी समझ नहीं पाई कि उन्होंने मेरे पिता जैसे घटिया व्यक्ति से शादी क्यों की। वे यहूदियों द्वारा नियन्त्रित एक बड़े डिपार्टमेंट स्टोर के सेल्स मैनेजर थे, माँ उसी के बोर्ड ऑफ डायरेक्टर्स के एक मेम्बर की पर्सनल सेक्रेटरी थीं, जो उन्हें अपनी रखैल बनाना चाहता था। वह माँ का पीछा करता, तो माँ ने उसे छोड़कर दूसरे मेम्बर की सेक्रेटरी बनना स्वीकार कर लिया। इसके बाद उन्होंने पिता से शादी कर ली, जो काफी दिनों से उसे आकर्षित करने की कोशिश में लगे रहे थे।

यह संयोग शुरू से ही सही नहीं चला। पिता काफ़ी इश्कबाज़ थे। वे अक्सर न्यूयार्क से बाहर रहते थे और जो भी औरत मिलती, उसी के साथ रिश्ता जोड़ लेते। ऐसी औरतों की कमी भी नहीं थी। वे इसे छिपाने की परवाह भी नहीं करते थे, जिसके निशान उनके कोट और जेबों में आम नज़र आते थे। वे जब भी घर लौटते, जमकर लड़ाइयाँ होतीं। जब तक मैं चार साल की हुई, दोनों की शादी खात्मे तक पहुँच चुकी थी। उनका आपस में बोलना-चालना भी बन्द हो चुका था। पिता औरतबाज़ी करते रहे, माँ ने भी प्रेमियों से मिलना शुरू कर दिया। अन्त में उन्होंने तलाक़ की अर्ज़ी दी और घर, दोनों बच्चों की देखभाल तथा निर्वाह की काफ़ी बड़ी रकम प्राप्त कर अलग हो गईं। पिता ने यह घर खाली कर दिया और माँ ने अपने प्रेमियों को बुलाना शुरू कर दिया।

मैं अपने माता-पिता, दोनों पर ही गई हूँ। पिता की तरह मैं लम्बी हूँ और माँ से मुझे सुनहरे-भूरे बाल, गहरी नीली आँखें और सुती हुई छातियाँ मिली हैं। स्कूल में मुझे सबसे आकर्षक लड़की के रूप में चुना गया और लड़के मेरे पीछे पड़े रहते थे। मैं सोलह साल की थी जब स्कूल की बेसबॉल टीम के कैप्टेन ने मेरा कौमार्य भंग किया। कुछ महीने तक हम दोनों मिलते-जुलते रहे। फिर उसे दूसरी लड़कियाँ मिलने लगीं और मैंने भी दूसरे लड़के अपना लिये।

हाई स्कूल और कॉलेज में यह इसी तरह चला, मैंने सेक्रेटरी का कोर्स करके कॉलेज छोड़ा। मुझे एक प्रकाशन संस्थान के मालिक की सेक्रेटरी का काफ़ी अच्छा काम भी मिल गया। मैं अपना कमरा लेकर अलग रह सकती थी, लेकिन किन्हीं करणों से मैं माँ के साथ ही रहती रही। मेरा भाई भी तब तक कॉलेज छोड़ चुका था और शिकागो में नौकरी करने लगा था। माँ जब चाहती, अपने मित्रों को घर

पर बुला लेती। मैंने भी अपने मित्रों को रात में बुलाना शुरू कर दिया। माँ और मैं एक-दूसरे के रास्ते में कभी नहीं आये। कई दफ़ा उसके कमरे में उसके मित्र और मेरे में मेरे, एक साथ ही होते थे। जब हम दोनों बियर या कॉफ़ी या खाने-पीने की कोई चीज़ लेते किचेन में एक-दूसरे से टकरा जाते, तो माँ 'कैसा चल रहा है?' पूछती निकल जातीं। मैं कहती, 'बढ़िया,' और अपने मित्र के पास आ जाती।

पीना मैंने स्कूल के दिनों से ही शुरू कर दिया था। बाद में मैं ड्रग्स भी लेने लगी। इनका नशा इतना ज़्यादा होता कि मुझे पता भी नहीं चलता कि मैं किसके साथ सो रही हूँ। कई दफ़ा हम छह लोग साथ होते और नशा करते। सब कपड़े उतार देते और हर एक के साथ सोते। इस तरह ज़्यादातर शनिवार के दिन ही होता, क्योंकि दूसरे दिन इतवार को सब आराम से नशा उतारते रहते।

यह कई सालों तक चला और मुझे अपने भीतर एक खालीपन महसूस होने लगा। पार्टी करने का मेरा उत्साह कम होने लगा। मुझे अपने प्रति चिढ़ और नफ़रत पैदा होने लगी और हर किसी के साथ सोना मुझे परेशान करने लगा। मैं अक्सर अवसाद की शिकार होने लगी। कई दफ़ा मुझे आत्महत्या के विचार भी आने लगे।

तब एक घटना घटी जिसने मुझे अपना जीवन बदलने के लिए विवश कर दिया—नहीं तो मैं पागल हो जाती।

एक शाम मैं अपने कमरे में अकेली लेटी कुछ पढ़ रही थी। माँ के साथ उसका प्रेमी था। वे एक-दूसरे से लड़ने लगे। मैंने माँ को यह कहते हुए सुना, 'अभी यहाँ से दफ़ा हो जाओ, नहीं तो मैं पुलिस बुलाती हूँ।' कुछ ही देर बाद एक मोटा-सा अधेड़ उम्र का आदमी लाल-लाल आँखें लिये मेरे कमरे में घुसा। उसने अपना पाजामा उतारा और कहने लगा, 'रानी, तुम मुझसे प्यार करोगी? तुम्हारी माँ तो मुझसे खफ़ा है और अब नहीं चाहती इसलिए...।' इससे पहले कि वह एक कदम और आगे बढ़ाता, मैंने किताब उस पर दे मारी और चीखकर बोली, 'साले हरामी के पिल्ले, अभी यहाँ से दफ़ा हो जाओ, नहीं तो मैं इन्हीं हाथों से तुम्हारा गला घोंट दूँगी।' चोट ने उसे बेहाल कर दिया था और वह गाली बकता वहाँ से भागा, 'साली रंडियो, मैं बहुत जल्द तुम्हें सबक सिखाता हूँ।' मैंने दरवाज़ा भीतर से बन्द कर लिया और बिस्तर पर लेट गई, लेकिन मुझे नींद नहीं आई। मैं सोचने लगी कि इस तरह की ज़िन्दगी जीती रही तो मेरा खात्मा हो जायेगा।

इस समय मेरा भारत से परिचय हुआ। यह तो मुझे ठीक से याद नहीं है कि यह कैसे हुआ, लेकिन मेरी एक सहेली ने मुझे बताया कि उसने रामकृष्ण मिशन के केन्द्र में, जो मेरे घर से थोड़ी ही दूर था, किसी स्वामी या किसी और

के कुछ भाषण सुने थे। उसे वे भाषण बहुत अच्छे लगे, इसलिए मैंने उससे कहा कि अगली दफ़ा जब वह जाये तो मुझे भी साथ ले ले।

एक बड़ा कमरा था जिसमें सौ कुर्सियाँ पड़ी थीं। श्रोताओं में आधे के करीब हिन्दुतानी थे, और बाकी विभिन्न प्रजातियों के गोरे थे, जिनमें अमेरिकी भी थे। यह और सब धार्मिक सभाओं से, जिनमें मैं गई थी, एकदम अलग थी। मंच पर दरी और उस पर एक सफ़ेद चादर बिछी थी और खुशबूदार धुआँ छोड़ती एक अगरबत्ती जल रही थी। सफ़ेद कुर्ता और पाजामा पहने एक आदमी वहाँ आया। उसके बाल लगभग पूरे कटे थे और लगता था कि अभी नहाकर आ रहा हो। उसने सामने मुँह करके दोनों हाथ जोड़े और सिर झुकाकर 'नमस्ते' कहा। कुछ श्रोताओं ने भी जवाब में 'नमस्ते' की।

वह चादर पर कमल की मुद्रा बनाकर बैठ गया और आँखें बन्द कर लीं। कुछ देर उसी तरह रहने के बाद उसने हाथ ऊपर उठाये और गहरी, गूँजती आवाज़ में एक शब्द कहा–'ओम्।' अन्य कुछ लोगों ने भी उसका साथ देते हुए 'ओम्' कहा। यह दो अक्षर का साधारण शब्द नहीं था, बल्कि देर तक किया गया एक नाद था, जो सारे हॉल में गूँजता रहा। मुझे पता नहीं, इसका अर्थ क्या है, लेकिन इससे बड़ी सुखद शान्ति का अनुभव हुआ।

'मित्रों,' उसने कहना शुरू किया, 'इस भाषण माला में आपने कई विषयों पर मेरे विचार सुने हैं। आज मैं इस विषय पर बोलूँगा, कि हिन्दू जीवन को किस दृष्टि से देखते हैं। पश्चिमी लोगों का नज़रिया जीवन के बारे में दूसरा है। इसमें आप भौतिक सफलता पर ध्यान देते हैं, जिसे जीवन का अन्तिम उद्देश्य समझा जाता है। आप लोग बड़ी मेहनत करते हैं, ज़बर्दस्त प्रतियोगिता का सहारा लेते हैं, जिससे इतनी ज़्यादा कमाई हो जाये कि सारी ज़िन्दगी सुख से गुज़र सके। इससे आप ज़बर्दस्त तनाव के शिकार होते हैं और मनोचिकित्सकों के यहाँ चक्कर लगाते रहते हैं। आप अपनी चिन्ताओं को डुबाने के लिए शराब पीते हैं, ड्रग्स लेते हैं और सेक्स का सहारा लेते हैं। आप सोचते हैं कि उच्च स्तर के जीवन के लिए ये सब चीज़ें ज़रूरी हैं। लेकिन बहुत जल्द आप अपने भीतर खोखलापन महसूस करने लगते हैं और आपके मन में सवाल पैदा होता है–'क्या इसी सब के लिए हमें जीवन दिया गया है?'

ये शब्द मुझे भीतर तक छू गये। मुझे लगा कि जैसे वह मेरा दिमाग़ ही पढ़ रहा हो। उसने लगभग वे ही शब्द भी इस्तेमाल किये थे जो मेरे विचारों में आते थे। वह कह रहा था, 'मित्रों, जीवन में पैसा कमाने और मौज-मज़ा करने

से भी ज़्यादा कुछ है। जीवन का उद्देश्य जानने के लिए आपको अपने भीतर देखना होगा। आप पूछिये, 'मैं क्यों पैदा हुआ? इस दुनिया का अर्थ क्या है? मरने के बाद मैं कहाँ जाऊँगा? शान्ति से एकान्त में बैठकर इनका उत्तर ढूँढिये, दिमाग़ को एकदम खाली करके इन पर ध्यान लगाइये। सत्य आपके अपने भीतर ही है।' यह सब पूरी तरह मेरी समझ में तो नहीं आया लेकिन मैंने सोचना शुरू कर दिया। अब मुझे पार्टियाँ करना, पीना और ड्रग्स लेना और हरेक के साथ हमबिस्तर होना ज़्यादा अच्छा भी नहीं लगता था। मैं जितनी परेशान थी, उससे ज़्यादा परेशान हो उठी। मैंने यहाँ के सब भाषणों में जाना शुरू कर दिया और कुछ भारतीयों से मेरा परिचय हुआ। मैंने उनसे पूछा कि उनके देश में ध्यान के केन्द्र कहाँ-कहाँ हैं। उन्होंने मुझे आश्रमों के बारे में बताया, जहाँ स्त्री-पुरुष एक साथ रहते थे, प्रार्थना तथा ध्यान करते थे। यहाँ पीना, ड्रग्स लेना और सेक्स वर्जित था। खाना शाकाहारी होता था, पशुओं को भोजन के लिए मारना पाप समझा जाता था। इस तरह की सादा ज़िन्दगी मुझे समझ में नहीं आई, लेकिन मैंने एक-दो महीने इसका अनुभव लेने का फ़ैसला किया।

रामकृष्ण मिशन की भारत में कई शाखाएँ थीं लेकिन ये समाज-सेवा को ध्यान से ज़्यादा महत्त्व देती थीं। मेरे भारतीय मित्रों ने कुछ आश्रम भी सुझाये-जैसे पांडिचेरी का अरविंद आश्रम, पुट्ट पर्थी का साईं बाबा आश्रम, पुणे का ओशो केन्द्र, पंजाब में राधा स्वामी सत्संग, और गंगा के किनारे बने कुछ आश्रम। मैंने इनमें से कई को पत्र लिखे जिनके जवाब में मुझे उनके परिचय पत्र प्राप्त हुए। अमेरिकी हिसाब से रहना-खाना यहाँ बहुत सस्ता था, ज़्यादा से ज़्यादा पाँच डॉलर हर रोज़। मैंने भारत का नक्शा देखकर उनकी स्थितियाँ तलाश कीं और अन्त में हिमालय-स्थित वैकुंठ धाम जाने का फैसला किया। यह हरिद्वार के पास गंगा के पश्चिमी किनारे पर स्थित है। मुझे इसका नाम भी पसन्द आया—जिसका अर्थ है धरती का स्वर्ग। उन्होंने जो पुस्तिका भेजी थी उसमें इसका फोटो भी छपा था, जो मुझे काफ़ी आकर्षक लगा : एक छोटा-सा मन्दिर, उसके सामने खुला मैदान, उसके साथ लम्बा वरांडा जिसमें वहाँ रहने वालों के लिए छोटी-छोटी कोठरियाँ बनी थीं, ध्यान के लिए बड़ा-सा हॉल और भोजन के लिए अगल कमरा जिसमें लकड़ी की बेंचे और एक लम्बी मेज़ पड़ी थी। लेकिन खर्चे के बारे में उसमें जो लिखा था, वह मुझे सब से ज़्यादा पसन्द आया : 'आप जो देना चाहें, दें, ज़्यादा या कम, अपनी क्षमतानुसार।'

मैंने फ़ैसला कर लिया। माँ को बता दिया कि दो महीने की छुट्टी पर मैं भारत जा रही हूँ।

'भगवान के लिए, भारत ही क्यों?' उसने पूछा। 'जहाँ भिखारी भरे पड़े हैं, सब तरह की बीमारियाँ हैं और लोग भी अजीब हैं।'

'इस देश में कुछ ऐसा है जो दुनिया में और कहीं नहीं है। अगर वह मुझे नहीं मिला तो लौट आऊँगी,' मेरा जवाब था।

मैंने एक अंग्रेज़ी-हिन्दी डिक्शनरी खरीदी और काम चलाने लायक कुछ शब्द और वाक्य याद किये। वहाँ की संस्कृति की जानकारी प्राप्त करने के लिए एयर इंडिया की न्यूयार्क से लंदन होते हुए दिल्ली की फ्लाइट बुक की। कैनेडी एयरपोर्ट पर मुझे इकॉनामी क्लास की खिड़की पर भारतीयों की लम्बी लाइन में खड़ा होना पड़ा। डेस्क पर बैठा एक आदमी मुझे देखकर उठा, फिर मुझे अपने साथ लेकर भीतर गया, मेरा सामान तौला और मुझे बोर्डिंग पास पकड़ा दिया। बोला, 'मैडम, इकॉनामी क्लास भर चुका है, इसलिए मैं आप को बिज़नेस क्लास की सीट दे रहा हूँ। आराम से जाइये।' भूरे और काले लोगों में गोरे होने का यह लाभ था।

लंदन के हीथरो हवाई-अड्डे पर ठहरने के दौरान एयर-इंडिया के लाउंज में मैंने नाश्ता किया और शानदार दुकानों का जायज़ा लेती रही। यहाँ दिल्ली जाने वाले कुछ नये मुसाफिर शामिल हो गये थे और मैं उनमें से कुछ से बातें करने लगी। वे जानना चाहते थे कि मैं भारत क्यों जा रही हूँ। मैंने कहा, 'कुछ खास बात नहीं, सिर्फ़ ध्यान करने और जीवन का उद्देश्य जानने के लिए जा रही हूँ।' यह खबर सारे जहाज़ में फैल गई और लोग मेरे बारे में बातें करने लगे। एक यात्री, जो देहरादून का था, मेरे पास आकर बात करने लगा।

'मैं वैकुंठ धाम कभी गया तो नहीं लेकिन उसके बारे में सुना काफ़ी है। जहाँ मैं रहता हूँ, वहाँ से पास ही है। लोग कहते हैं, बहुत सुन्दर आश्रम है, गंगा उसके बीच से बहती हैं। आश्रम का अध्यक्ष बड़ा विद्वान है। अनुशासन का बहुत ध्यान रखता है। आप वहाँ पहुँचेंगी कैसे?'

'ट्रेन, बस या कार? पता नहीं। जिस होटल में मैं तीन-चार दिन ठहरूँगी, वहाँ ट्रेविल एजेन्ट से पता करूँगी।'

'मैं आपको बताता हूँ,' वह बोला। 'दिल्ली से आप टैक्सी ले लें। यह पाँच घंटे में हरिद्वार पहुँचा देगी। वहाँ से आप गंगा के किनारे-किनारे एक सड़क लेंगी जो दो घंटे में आश्रम पहुँचा देगी। टैक्सी में दो हज़ार से ज़्यादा रुपए नहीं लगेंगे।'

मैंने मन में डॉलर का हिसाब लगाया। यह मेरे बजट के लिए ज़्यादा नहीं था। मैं अपने ट्रेविल एजेंट को ली मेरिडिएन होटल में तीन दिन ठहरने के पैसे दे चुकी थी।

मैंने दिल्ली के इन्टरनेशनल एयरपोर्ट पर इमिग्रेशन, कस्टम्स और टैक्सी वालों के बारे में बहुत-सी परेशान करने वाली बातें सुनी थीं, लेकिन मुझे ज़रा भी तकलीफ़ नहीं हुई। एयर इंडिया का एक अधिकारी मुझे इमिग्रेशन की लम्बी कतार से बाहर निकालकर भीतर ले गया, मेरे वीसा पर मुहर लगवाई, मुझे और मेरे सामान को 'नथिंग टू डिक्लेयर' के हरे चैनेल से बाहर निकालकर देहरादून वाले यात्री तक पहुँचा आया, जिसने मुझे अपनी गाड़ी में ली मेरिडिएन तक छोड़ने का वादा किया था। नये देश में इससे ज़्यादा सुखद स्वागत और क्या हो सकता था? हम आधी रात के बाद दिल्ली पहुँचे थे, जिसके दो घंटे बाद मैं अपने होटल में आराम से ए.सी. की ठंडक का मज़ा लेती सो रही थी—उसके बाहर पट्टी लगी थी, 'डू नॉट डिस्टर्ब।'

पता नहीं मैं कितनी देर सोई। घड़ी में अभी भी न्यूयार्क का समय चल रहा था। जगी तो बाहर तेज़ रोशनी फैली थी। मैंने सोचा, माँ को फ़ोन कर दूँ कि सुरक्षित पहुँच गई हूँ। होटल के ऑपरेटर ने नम्बर मिलाकर दिया तो उधर से माँ की गुर्राहट सुनाई दी, 'कौन है?'

'मैं हूँ, माँ, दिल्ली पहुँच गई हूँ।'

'फ़ोन करने का यही वक्त मिला?' वह चीखी।

'रात के दो बजे हैं। भगवान के लिए...'

'सॉरी, मॉम। यहाँ तो सवेरा है। तुम सो जाओ।' उसने फ़ोन पटक कर रख दिया। लगा कि उसे मेरी ज़रा भी परवाह नहीं है।

मेरे होटल का कमरा अमेरिकी होटलों के किसी कमरे की ही तरह अच्छा था। बाथरूम में शैम्पू की कई छोटी-छोटी शीशियाँ, टूथब्रश, टूथपेस्ट और एक शेविंग किट भी थी। टायलेट के साथ पेपर रिबन की घिर्रियाँ थीं। कमरे में स्विस आल्प्स का बड़ा-सा चित्र टँगा था, पलँग के साथ की मेज़ पर गिडियन की छोटी-सी *बाइबिल* रखी थी। यहाँ वैसा कुछ भी नहीं था जो मैं भारत के बारे में सोचती थी। मैं जल्दी से नहाई, कपड़े बदले और कुछ खाने के लिए बाहर निकली—नाश्ता या लंच, क्या होगा, मुझे पता नहीं था। नीचे रिसेप्शन पर पहुँची तो पता चला कि दोपहर बीत चुकी है। इसलिए मैंने कॉफ़ी शॉप में सूप, सैंडविच और कॉफ़ी ली। फिर मैं दुकानों में घूमती रही, ज्वैलरी, कार्पेट, शॉल, पुरानी चीज़ें (एंटीक पीस), दवाएँ। मैंने सबसे ऊपरी मज़िल के लिए लिफ्ट पकड़ी जहाँ बार और रेस्तराँ था। लम्बी-लम्बी खिड़कियों से शहर का नज़ारा दिखाई देता था; साफ़-सुथरी गोलाई में पेरिस के आर्क-द-त्रियाँफ़ की तरह दिखाई देने वाली जिसे इंडिया गेट कहते हैं—भव्य मीनार से लेकर दूर

तक फूल-पत्तों से भरी क्यारियों और बीच-बीच में सड़कों को पार कर ऊपर उठता पक्का मैदान, जिसके दोनों ओर दफ़्तरों की कतार और एकदम सामने दायें से बायें तक फैला महल, जिसे मेरी गाइड बुक में राष्ट्रपति भवन का नाम दिया गया है। इससे मुझे वाशिंगटन की केपिटल हिल की याद हो आई। सड़कों पर दोनों ओर आती-जाती कारें, बसें, तिपहिये धीरे-धीरे रेंगते हुए। दिल्ली स्वस्थ और अनुशासित नगर लगा और जहाँ खड़ी मैं देख रही थी, वहाँ से एकदम शान्त। मैंने इस भारत की कल्पना तो बिलकुल नहीं की थी।

शहर की असली तस्वीर मेरे सामने तब आई जब मैं अन्य यात्रियों के साथ वातानुकूलित बस में बैठकर घूमने निकली। हम बहुत-सी पुरानी इमारतों और भीड़-भाड़ से भरे बाज़ारों को देखते रहे। इतने ज़्यादा लोग मैंने आज तक कहीं भी नहीं देखे थे। जहाँ भी नज़र जाती, आदमी ही आदमी दिखाई देते। मैंने भी कुछ इसी तरह के भारत की कल्पना की थी।

अगले दो दिन मैं दिल्ली में पैदल घूमती रही। जहाँ से निकलती, भिखारी पीछा करने लगते। जैसा मित्रों ने कहा था, मैंने इन्हें कभी कुछ नहीं दिया। फुटपाथों पर भीड़ में मैं टकराती हुई चलती, दो दफ़ा किसी ने मुझे पीछे से हाथ भी लगाया। मुझे इन लोगों और बैग छीनकर ले जाने वालों से बचने की सलाह दी गई थी। मैं बैग कसकर पकड़ती तो पीछे की सुरक्षा नहीं कर पाती थी। लेकिन इससे मैं ज़्यादा परेशान नहीं हुई। मुझे लगा कि अब मैं असली भारत के करीब आ रही हूँ।

1 मार्च 1980 को मैं सवेरे सात बजे वैकुंठ धाम के लिए रवाना हुई। एक जवान सिख मेरा ड्राइवर था, जो रंग-बिरंगी पगड़ी बाँधे था। वह टूटी-फूटी अंग्रेज़ी बोल लेता था और ज़रा ज़्यादा स्मार्ट बनने की कोशिश कर रहा था। मैंने सफ़र शुरू होते ही उसे कस दिया, 'अपनी आँखें सामने सड़क पर ही रखना। मैं कुछ जानना चाहूँगी तो खुद पूछ लूँगी। मुझे ज़्यादा बात करना पसन्द नहीं है।'

'ठीक है, मैडम,' वह बोला। 'हम हरिद्वार के रास्ते में एक जगह रुकेंगे। वहाँ मैडम गर्म कॉफ़ी पी सकती हैं। मुझे थोड़ा आराम मिल जायेगा।'

हम चले। गाड़ी साधारण, भीड़ और धूल भरे कस्बों से गुज़रने लगी। यातायात काफ़ी था—कारें, बसें, ट्रैक्टर, बैलगाड़ियाँ, साइकिलें—ड्राइवर हॉर्न बजाता आगे बढ़ने लगा। गाँवों का जो इलाक़ा मुझे दिखाई दिया, वह मुझे प्रभावित नहीं कर सका—यह सपाट बहुत बड़ी रोटी की तरह था जिसमें बीच-बीच में गेहूँ के हरे खेत या आम के बगीचे काले धब्बों की तरह नज़र आ जाते और धूल इतनी कि मैंने जैसी कहीं नहीं देखी थी। हमने खिड़कियाँ बन्द करके एयर-कंडीशनर खोल दिया था जिससे

बाहर की धूल और शोर से बचे रहें। मैंने उससे कस्बों के नाम वगैरह नहीं पूछे क्योंकि उनसे मुझे कोई साबिका नहीं पड़ना था। ढाई घंटे बाद हम एक खुली जगह में रुके जहाँ एक खाने-पीने की दुकान थी और जिसका नाम 'चीता पाइंट' था।

'मैडम, मैं आधे घंटे में नाश्ता करके वापस आता हूँ,' ड्राइवर बोला।

मैंने अपने लिए एक एस्प्रेसो और एक चीज़-बर्गर मँगाया। हालाँकि एस्प्रेसो में झाग ज़्यादा और कॉफ़ी कम थी और बर्गर शाकाहारी था, मुझे दोनों अच्छे लगे। मैंने बिल चुकाया और एक सुन्दर बगीचे में घूमने लगी। जिसमें तरह-तरह के फूल खिले थे और बड़े-बड़े घोंसलों में कई तरह के पक्षी रखे गये थे। विश्रामगृह में मैंने मुँह धोया और बाहर लॉन में कुर्सी डालकर बैठ गई। यह जगह बड़ी लोकप्रिय जान पड़ी।

आधे घंटे बाद हम सड़क पर आ गये। अब जगह ऊबड़-खाबड़ थी और इधर-उधर पहाड़ियाँ दिखाई दे रही थीं। खेत कम और जंगल ज़्यादा नज़र आये। मुझे झपकी लग गई। आँख तब खुली जब ड्राइवर बोला, 'मैडम, हरिद्वार। वैरी होली सिटी। हर की पौड़ी में सीढ़ियाँ हैं जो गंगा माता तक ले जाती हैं। होलिएस्ट प्लेस इस दुनिया में।'

हम सँकरे भीड़ भरे बाज़ार में से आगे बढ़े और गंगा की झलकियाँ मुझे मिलती रहीं। फिर मेरी बायीं तरफ़ दीवार की तरह एक पहाड़, उसके बाद चौड़ी-सी घाटी जिसमें गंगा बह रही थी और दूसरी तरफ़ जंगलों से घिरी पहाड़ियाँ। हम मन्दिरों की कतार से गुज़रते आगे बढ़ते गये, जहाँ-तहाँ भभूत लगाये साधु भी बैठे नज़र आ जाते थे। तीन बजे के करीब हम मुख्य सड़क से मुड़े और घने जंगल के बीच से होते गंगा के किनारे एक खुले मैदान में जा पहुँचे जहाँ सब्ज़ियाँ उग रही थीं और सामने दीवार थी जिसमें फाटक लगा था।

'मैडम, वैकुंठ धाम आ गया,' ड्राइवर ने घोषणा की और फाटक में घुसने लगा।

सामने वही दृश्य था जो ब्रोशर में छपा था; मन्दिर, आँगन, कमरे। चित्र में चारों तरफ़ उठे पहाड़ों को छोड़ दिया गया था, न गंगा तक जाता रास्ता दिखाया गया था और न चारों तरफ़ फैली हल्की-हल्की खुशबू तथा पत्थरों के बीच से बहती गंगा की घर-घर-घर करती आवाज़। मैं समझ गई कि मुझे यह जगह बहुत पसन्द आयेगी।

मैंने ड्राइवर को पैसे चुकाये, सौ रुपए ऊपर से दिये। वह खुश हो गया। इसलिए भी कि अब उसे हरिद्वार से आगे जानेवाले यात्री मिल जायेंगे। मैं रिसेप्शन

की खिड़की की तरफ़ बढ़ी।

'यस मैडम,' उस पर बैठा आदमी बोला, 'आपको न्यूयार्क की लेडी मार्गरेट ब्लूम होना चाहिये। आपको अकेला कमरा चाहिये था। दो महीने के लिए कमरा बुक कर दिया गया है। शाम की प्रार्थना छह बजे शुरू होगी। उसके बाद भोजन होता है। मेरा खयाल है आपके साथ शराब या सिगरेट नहीं होगी—यह यहाँ मना हैं। मैं आपको कमरा दिखाता हूँ। स्वामी जी आपसे कल सवेरे प्रार्थना के बाद मिलेंगे।'

वह मुझे अपने कमरे में पहुँचा आया। इसमें एक चारपाई थी जिस पर एक गद्दा, तकिया और चादर रखी थी; एक कुर्सी, एक मेज़, एक बल्ब, छत पर पंखा, और दीवार पर दो चित्र—एक चित्र भभूत रमाये भगवान शिव का था जिनके सिर पर साँप फन उठाये खड़ा था और जिस पर गंगा की धारा गिर रही थी; दूसरा चित्र गेरुए वस्त्र पहने सिर घुटाये व्यक्ति का था, जो आश्रम के अध्यक्ष रहे होंगे। शीशा कहीं नहीं था। इसका कारण मुझे यह बताया गया कि शीशे में अपनी शक्ल देखने और उसे सुन्दर बनाने से अहं और घमंड बढ़ता है, तो दोनों पाप हैं।

'और लू, यानी बाथरूम?' मैंने पूछा।

'मैडम, ये बाहर अलग से हैं; उस दरवाज़े से जाते हैं,' यह कहकर उसने आँगन के पश्चिम में बने एक दरवाज़े की तरफ़ इशारा किया। 'पुरुष और स्त्रियों के अलग-अलग हैं। दो यूरोपियन ढंग के, बाकी हिन्दुस्तानी। नहाने के कमरे भी अलग हैं जहाँ आप साबुन और शैम्पू इस्तेमाल कर सकती हैं। गंगाजी में इनका उपयोग मना है।'

मैंने दरवाज़ा बन्द किया और चारपाई पर आकर लेट गई। यह बहुत आरामदेह तो नहीं थी, लेकिन यह ज़्यादा महत्त्व की बात नहीं थी। थकी होने पर भी मुझे नींद नहीं आई और मैं इस नई ज़िन्दगी के बारे में सोचती रही। थोड़ी देर बाद मैं प्रार्थना के लिए जाते लोगों के पैरों की आवाज़ें सुनने लगी और इसके बाद प्रार्थना की ऊँची धुन, जिसका आखिरी शब्द, 'हरे' ही मेरी समझ में आया। इसकी ध्वनि बड़ी सुखद थी। फिर अचानक प्रार्थना खत्म हो गई और मुझे वरांडे में लोगों के लौटने की पिटर-पिटर सुनाई देने लगी। मैं समझ गई, ये लोग भोजन करने जा रहे हैं। कुल मिलाकर लगभग सौ स्त्री-पुरुष थे, जिनमें दर्जन भर सफ़ेद वस्त्र पहने थे। मेरा उत्साह से स्वागत किया गया, सबने हाथ जोड़कर 'नमस्ते' की—मैंने

भी उसी तरह जवाब दिया।

एक छोटे से कद की औरत, जो साढ़े चार फुट से ज़्यादा नहीं रही होगी, उठकर बोली, 'बहन जी, आप मेरे बगल में बैठें।' मैं बेंच पर उसके साथ बैठ गई।

'मेरा नाम पुतली है, जिसे अंग्रेज़ी में 'पपेट' कहते हैं। मैं गुजराती हूँ। और आप?'

'मेरा नाम मार्गरेट ब्लूम है, न्यूयार्क से आई हूँ।' हमने हाथ मिलाये, उसका हाथ तीन साल के बच्चे की तरह था, सिल्क की तरह मुलायम।

थालियाँ रखी जाने से पहले संस्कृत में एक मन्त्र बोला गया, जिसका नेतृत्व एक जर्मन ने किया। कई लोग हाथों में बाल्टियाँ उठाकर चावल, दाल और दो सब्ज़ियाँ परोसने लगे, सब एक प्लेट में। चम्मच या काँटे कुछ भी नहीं थे। मैंने अपनी ज़िन्दगी में पहली दफ़ा उँगलियों से खाना खाया। मैं ठीक से नहीं खा पा रही थी लेकिन मैंने शीघ्र ही सीख लेने का इरादा किया। अन्त में डेज़र्ट के लिए एक पेड़ा दिया गया। मैंने सामने गिलास में रखा पानी छुआ भी नहीं। मुझे पानी के बारे में चेतावनी दी गई थी। पुतली ने मेरा संकोच देखा और बोली, 'यह गंगा जल है। गंगा का पानी पवित्र और शुद्ध होता है।'

मैं सिर हिलाकर झूठ बोली, 'मैं खाने के साथ पानी नहीं पीती।'

हमने हॉल के अन्त में लगे नलों पर मुँह धोये और हाथ साफ़ किये। कुछ लोगों ने मेरे पास आकर अपना परिचय दिया : जर्मन, ऑस्ट्रेलियन, अमेरिकन, इंग्लिश और हिन्दुस्तानी। पुतली ने मुझ पर अपना अधिकार कर लिया था। वह मेरा हाथ पकड़कर मुझे कमरे तक पहुँचा आई।

'आपको अकेले डर नहीं लगता? मुझे तो रात को बहुत डर लगता है। इसलिए मैं और औरतों के साथ सोती हूँ।'

'नहीं,' मैंने कहा। 'मेरा कमरा हमेशा अलग ही था। मुझे अकेले ही अच्छी नींद आती है।'

'ठीक है। मैं आपको सवेरे जगा दूँगी। उस वक्त हम सब गंगा में डुबकी लगाने जाते हैं। यह आश्रम का नियम है। सब इसका पालन करते हैं।'

मैं पुतली को गुडनाइट करके भीतर आ गई। अटपटे बिस्तर और लकड़ी की तरह सख्त तकिये के बावजूद मुझे गहरी नींद आई। सवेरे दरवाज़े के खटखटाने की आवाज़ सुनाई दी, 'मार्गरेट बहन, सवेरा हो गया है। स्नान करने जाना है।' पुतली कह रही थी।

मैंने दरवाज़ा खोलकर उसे अन्दर बुला लिया। फिर पूछा, 'यह स्नान क्या होता है?'

'पवित्र डुबकी। लेकिन पहले "संडास"।'

'यह क्या है?'

'लू या टॉयलेट। आप वहाँ साबुन लगाकर नहा भी सकती हैं। नदी में साबुन लगाना मना है।' उसके एक हाथ में टॉर्च थी और दूसरे में पानी से भरा लोटा 'आप टॉयलेट पेपर ले चलें और तौलिया। मैं रास्ता दिखाती हूँ।'

अभी तक गहरा अँधेरा था। आसमान धीरे-धीरे खुल रहा था। उसमें सिर्फ़ भोर का तारा चमक रहा था। मुझे सामने मैदान में कुछ लोगों की भूतों जैसी लग रही आकृतियाँ टॉयलेट से आती-जाती दिखाई दे रही थीं। मैंने टॉयलेट पेपर का एक टुकड़ा फाड़ा, जिसे मैं अपने साथ लाई थी, उसे गाउन के अस्तर में रखा, कन्धे पर तौलिया डाला और पुतली की टॉर्च की रोशनी में उसके पीछे-पीछे चली। टॉयलेट के बाद उसी के साथ नदी के किनारे आई। यहाँ पहुँचने के लिए एक टेढ़े-मेढ़े फुटपाथ पर धीरे-धीरे चलना पड़ता था। आसमान में हलकी रोशनी फैलने लगी थी। हमारे सामने अद्भुत दृश्य था। हम बड़े से पहाड़ पर आगे बढ़ रहे थे, और हमारे सामने भी एक बड़ा-सा पहाड़ खड़ा था। इन दोनों के बीच नदी की नीली धारा पत्थरों से टकराती शोर मचाती नीचे मैदान की तरफ़ तेज़ी से भागी जा रही थी। मैं रुककर यह दृश्य देखने लगी। फिर मैंने दोनों हाथ ऊपर उठाकर ज़ोर से कहा, 'यही स्वर्ग है।'

'और क्या,' पुतली बोली। 'तभी तो इसका नाम वैकुंठ है। हमें रोशनी ज़्यादा होने से पहले नहा लेना चाहिये। फिर बहुत से आदमी दिखाई देने लगेंगे। उनमें से कई के मन काले होते हैं।'

जहाँ पगडंडी खत्म होती थी, वहाँ गंगा दो धारों में बँट गई थी—बड़ी और मुख्य धारा दूसरी तरफ़ थी और छोटी पतली धारा हमारी तरफ़—यहाँ एक द्वीप सा बन गया था। धारा में ऊपर कुछ लोग नहा रहे थे। पुतली ने लोटा और तौलिया ज़मीन पर रखा और साड़ी पहने ही पानी में घुस गई। 'ओहो, बड़ा ठंडा है। हरिओम। हरिओम। आप भी आ जाओ, बहन।'

मैंने अपना गाउन उतारा और ज़रा सी देर एकदम नंगी खड़ी रहकर पानी में घुस गई। बर्फ की तरह ठंडा था गंगा का जल। मैंने शरीर के सब हिस्से हाथों से मले, फिर गर्दन तक उसमें डुबकी लगाई। सर्दी से मेरी चीख निकल गई, 'इसमें और कुछ देर रुकी तो मैं तो जम जाऊँगी,' यह कहते हुए मैं एकदम बाहर निकल

आई और तौलिया उठाने दौड़ी। लेकिन पुतली कमर तक पानी में खड़ी रही, उसने हाथों की अंजलि बनाकर उसमें पानी लिया और सूर्य देवता को अर्पित किया। कुछ देर बाद वह काँपती हुई बाहर निकल आई।

'मार्गरेट बहन, आपका बदन तो बहुत सुन्दर है,' यह कहकर उसने अपने दोनों हाथों से मेरे स्तन दबा लिये। 'कितने बड़े और खूबसूरत हैं! और मुझे देखो।'

फिर उसने अपनी साड़ी उतारी और मेरे हाथ पकड़कर अपने स्तनों पर रख दिये। 'कितने ज़रा से हैं। जैसे कच्ची अमियाँ।'

'तो क्या हुआ,' मैंने उसे टोका। 'कितने सुते हुए हैं, छोटे होने से क्या होता है। अब तुम फौरन साड़ी बदल लो, नहीं तो ठंड लग जायेगी।'

हमने तौलियों से अपने बदन काफ़ी देर तक ज़ोर-ज़ोर से रगड़े, जब तक वे लाल न पड़ गये। इससे बहुत आराम मिला। उसने सूखी साड़ी पहन ली, मैंने अपना गाउन। मुझे पुतली का व्यवहार थोड़ा अटपटा लगा। लेकिन फौरन ही मैंने उसे खारिज भी कर दिया—अभी वह बच्ची ही थी।

आश्रम लौट कर हम मन्दिर गये। वेदी पर संगमरमर की बनी शिव की भव्य प्रतिमा थी जिनके सिर से गंगा निकल रही थी। यह रंग-बिरंगी रोशनी में चमक रहा था और उससे फूलों तथा अगरु की खुशबू आ रही थी। घंटियाँ बज रही थीं और भजन गाये जा रहे थे। जादुई वातावरण था। पूजा के बाद आधे घंटे तक योग का कार्यक्रम चला। मुझे बहुत से आसन करने में कठिनाई हुई और यह सब बहुत कष्टदायक लगा।

योग शिक्षक मेरे पास आया और बोला, 'जल्दी, लेकिन आराम से करो, होने लगेगा।' इसका अर्थ मेरी समझ में नहीं आया। इसके बाद आधे घंटे तक ध्यान का अभ्यास कराया गया। अपने मस्तिष्क को सब विचारों से खाली कर दो और आँखों के बीच दृष्टि को केन्द्रित करो। एक बार फिर मुझे बताया गया कि सीख जाओगी।

ध्यान के बाद एक आदमी ने, उस दिन किसे क्या काम करना है, यह एक कागज़ से पढ़कर बताया—किसे किचेन के बगीचे में काम करना है, कौन सब्ज़ियाँ काटेगा, कौन पकायेगा, परोसेगा, बर्तन साफ़ करेगा। 'अमेरिकी बहन मार्गरेट ब्लूम को यह शुरू करने के लिए कुछ समय दिया जायेगा।' उसने कहा। मुझे खड़े होने को कहा गया जिससे सब मुझे देख सकें। उठकर मैंने हाथ जोड़े और बोली, 'नमस्ते, मैं यहाँ आकर बहुत खुश हूँ।' नाश्ता हुआ और उसमें पूड़ी, सब्ज़ी और हर्बल चाय पीने को मिली। इसके बाद हमें शाम की प्रार्थना के समय तक जो-जो चाहें, करने

को स्वतन्त्र छोड़ दिया गया।

तीसरे दिन रिसेप्शनिस्ट ने मुझे बताया कि स्वामी जी नाश्ते के बाद मुझसे मिलेंगे। पुतली ने मुझे बताया था कि स्वामी जी हर आश्रमवासी से महीने में एक बार ज़रूर मिलते हैं और उससे पूछते हैं कि प्रगति हो रही है या नहीं। मैं उनके कमरे में गई, पैर छुए और ज़मीन पर बैठ गई। स्वामी जी एकदम कमरे में लगी तस्वीर की तरह लग रहे थे। मुझे उनकी आँखों की चमक, अद्‌भुत लगी।

'आप न्यूयार्क की मार्गरेट ब्लूम हैं,' वे बोले। 'मैं जानना चाहूँगा कि आप यहाँ क्यों आयीं और यहाँ आपकी अपेक्षा पूरी हो रही है या नहीं।'

मैंने उन्हें सब कुछ बता दिया—कि मैं कैसा जीवन जी रही थी और उससे मुक्त होना चाहती थी। मेरे माता-पिता बहुत समय पहले एक-दूसरे से अलग हो गये थे और वे भी ऐसा ही जीवन बिता रहे थे। यह सब मुझे बहुत निरर्थक लगता था, जिससे मुझे बड़ी परेशानी होती थी। इसलिए मैंने यह फ़ैसला किया। मैंने उन जगहों का पता लगाया जहाँ मैं जा सकती थी और वैकुंठ धाम को चुना। पिछले दो दिनों में मैंने जो देखा है, उससे मैं समझती हूँ कि मैं सही जगह आ गई हूँ।

'अच्छी बात है, अच्छी बात है,' उन्होंने कहा और हाथ मले। 'और आप यहाँ कितने समय तक हमारे साथ रहना चाहेंगी?'

'जब तक मैं अपने शरीर और मन में इकट्ठी सारी मैल-मिट्टी को साफ़ न कर लूँ। हाँ, आप तब तक मुझे रहने देंगे, तो। मैं नियमों का पालन करूँगी और सारे समय का खर्चा दूँगी। मैं दस डॉलर प्रतिदिन दूँगी। यह ज़्यादा तो नहीं है लेकिन मैं इतना ही खर्च कर सकती हूँ।'

'आप जो कर सकें, वह सही है। पैसा महत्त्वपूर्ण नहीं है,' उन्होंने कहा। 'अगर कभी कोई समस्या हो, तो निस्संकोच आकर मिल सकती हैं। मुझे बताया गया है कि पुतली आपकी देखभाल कर रही है। बहुत अच्छी लड़की है लेकिन उसकी भी कुछ समस्याएँ हैं। आप शायद उसकी कुछ मदद कर सकें।'

मैंने स्वामी जी के पैर छुए और बाहर आ गई। कमरे में पहुँची ही थी कि पुतली दौड़कर आई और पूछने लगी, 'तो आप स्वामी जी से मिल आईं? उन्होंने क्या पूछा और क्या-क्या बात हुई? बताइये, बताइये?'

मैंने उसे बताया और फिर पूछा कि वह आश्रम में क्यों आई।

'बहन, क्या बताऊँ, समस्याएँ ही समस्याएँ थीं। मैं कॉलेज के पहले साल में थी जब घरवालों ने एक पैसे वाले गुजराती लड़के से मेरी शादी कर दी। मैं तब शादी के लिए तैयार ही नहीं थी। उसे सेक्स के अलावा और कुछ नहीं चाहिये

था। पहली ही रात वह मुझ पर टूट पड़ा। फिर दूसरे और तीसरे दिन भी यही करता रहा। मुझे सेक्स से नफ़रत हो गई। पुरुषों से भी। मैं अपने घर वापस लौट आई और माता-पिता से कह दिया कि अगर उन्होंने मुझे फिर वहाँ भेजा तो मैं आत्महत्या कर लूँगी। वे समझ नहीं पा रहे थे कि मेरा क्या करें। मुझे डॉक्टरों, मनोचिकित्सकों, साधुओं, सबके पास ले गये—जिससे भी कुछ उम्मीद हो सकती थी। मैं यह सब बर्दाश्त नहीं कर पा रही थी। तब मुझे इस जगह के बारे में पता लगा और मैंने घरवालों को मुझे यहाँ भेजने के लिए राज़ी कर लिया। वे भी मुझसे छुटकारा पाकर खुश हुए। अब मुझे यहाँ तीन साल हो गये हैं। मैं यहाँ से वापस नहीं जाना चाहती। वैकुंठ धाम में ही मैं जीना और मरना चाहती हूँ।' यह कहते-कहते वह रोने को हो आई। मैंने उसका सिर थपथपाया और शान्त किया। इसके बाद हम दोनों एक-दूसरे के और भी समीप आ गये।

मुझे महसूस हुआ कि अगर मैं यहाँ कुछ दिन रहना चाहूँ तो मुझे अपने रख-रखाव में थोड़ा परिवर्तन करना आवश्यक होगा। जैसे, अपने अमेरिकी कपड़ों में मुझे योगासन करने में परेशानी होती थी—स्कर्ट पहनकर मैं शीर्षासन नहीं कर सकती थी। फिर खुली हुई टाँगों को मक्खी-मच्छर परेशान करते थे। आश्रम की कुछ विदेशी स्त्रियाँ साड़ी पहनती थीं और कुछ सलवार-कमीज़। मुझे साड़ी ज़्यादा सही नहीं लगी इसलिए मैंने सलवार-कमीज़ को चुना। मैंने एक जर्मन स्त्री से पूछा कि ये तुम कहाँ से लाईं। उसने कहा, 'यहीं लिये। सड़क पर ज़रा आगे चली जाओ, वहाँ कुछ दुकानें हैं, जहाँ आश्रम के लिए ज़रूरी सब चीज़ें मिल जाती हैं। गाँवों की ज़रूरतें भी वे ही पूरी करते हैं।'

मैंने पुतली से साथ चलने को कहा। उसने तुरन्त 'ना' कर दी। बोली, 'मारग्रेट बहन, मैंने प्रण किया है कि आश्रम से कभी बाहर नहीं जाऊँगी। मेरी अरथी यहीं से उठेगी।'

पुतली की कई बातें मेरी समझ से एकदम परे थीं। मैं अकेली निकली। दुकानों में ज़रूरत की सब चीज़ें मिलती थीं : नमक, मसाले, चीनी, चाय, अगरबत्तियाँ, सिंदूर, मोमबत्तियाँ, दियासलाई, मच्छर भगाने वाली दवा, कपड़े के गट्ठर भी थे—सादा सूती से बढ़िया सिल्क तक। सलवार-कमीज़ के तैयार सेट भी थे। एक कमीज़ मैंने अपने बदन पर रखकर देखी, तो वह बहुत छोटी लगी।

दुकानदार बोला, 'ठीक है, मेमसाहब, मैं दर्ज़ी से सिलवा दूँगा।' उसने किसी को आवाज़ लगाई तो स्टोर के पीछे से एक आदमी हाथ में नापने का फ़ीता और कान में पेंसिल दबाये आ खड़ा हुआ। उसने मेरा नाप लेकर एक कागज़ पर लिख

लिया। 'अब कपड़ा पसन्द कर लीजिए,' दुकानदार बोला।

मैंने गेरुए रंग का एक कपड़ा उठाया और सोचा कि यह मेरे बालों के साथ ठीक लगेगा। दुनिया को छोड़कर आये लोगों के लिए भी यह सबसे प्रिय रंग था। मैंने चार सेट बनाने को कहा तो दुकानदार बोला कि कल मिल जायेंगे। मैंने मच्छर भगाने की दवा भी खरीदी और अगरबत्तियाँ, जिनमें से कुछ मैं पुतली को देना चाहती थी।

धीरे-धीरे मैं आश्रम के जीवन में घुलने-मिलने लगी। कुछ मन्त्र भी मैंने याद कर लिये। पुतली ने मुझे सूर्य का गायत्री मन्त्र सिखा दिया, जिसे वह हर रोज़ सवेरे स्नान करते वक्त बोलती थी। कुछ समय बाद मेरे घुटने भी मुड़ने शुरू हो गये और मैं पद्मासन करने लगी।

गर्मी बढ़ने लगी तो मैं दोपहर को देर तक सोती और छत पर लगा पंखा चलाकर नंगी उसके नीचे लेट जाती। मैंने पुतली को तैयार कर लिया कि शाम को भी वह मेरे साथ गंगा में डुबकी लगाने चले—आश्रम से बाहर यही अकेली जगह थी जहाँ वह जाने को तैयार हो जाती थी। पुतली के लिए जैसे आश्रम माता के गर्भ की तरह था जहाँ वह पूरी तरह सुरक्षित थी और नदी का मार्ग उस नाल की तरह जो उसे माँ से जोड़ती थी। इससे आगे मैं अकेली ही जाती थी। कभी-कभी मैं बस से समीप के स्थल, जैसे लक्ष्मण झूला, ऋषिकेश, हरिद्वार, भी चली जाती थी—जहाँ मैं किताबें खरीदती, फोटो लेती और धार्मिक पुस्तिकाएँ एकत्र करती थी। उन्हें पढ़ती तो बहुत कम समझ में आता था, लेकिन यह कोई समस्या नहीं थी। कई साल के बाद मुझे कुछ शान्ति मिल रही थी। शराब और सिगरेट छूट गये थे और सेक्स का तो विचार भी नहीं आता था।

महीने भर बाद मैंने सोचा कि आस-पास के गाँवों में घूमूँ-फिरूँ और आश्रम की सड़क पर बसे कस्बों का भी जायज़ा लूँ। मैंने एक जर्मन दम्पति का साथ स्वीकार कर लिया, जिन्हें पेड़-पौधों से मिलने वाली दवाओं और वन्य-जीवन में रुचि थी। हम जंगल के भीतर तक गये। वे जड़ी-बूटियाँ इकट्ठी करके अपने थैले में भर लेते। मैंने कई तरह के हिरन देखे, हाथियों की ताज़ी लीद देखी और तेंदुओं का एक जोड़ा भी देखा जो घाटी में घुसकर गायब हो गया। पक्षियों के नमूने देखकर तो मैं चकित रह गई।

जब मैंने ये सब बातें पुतली को बतायीं तो उसने एक ही शब्द कहा, 'अच्छा?' मैंने महसूस किया कि भारतीयों को वन्य जीवन और प्रकृति में रुचि नहीं है।

गाँव सब एक जैसे थे, छोटे-छोटे घर, मन्दिर और उसके इर्द-गिर्द कुछ दुकानें।

राख मले साधु सब जगह दिखाई देते। एक दफ़ा मुझे दो दर्जन के करीब एकदम नंग-धड़ंग साधु, जिनके लिंग जाँघों के बीच लटक रहे थे, सड़क से जाते दिखाई दिये। मैंने साथ बैठे एक आदमी से पूछा, 'ये कौन हैं?' उसने कहा, 'नागा, नंगे साधु।'

'यह तो मैं देख रही हूँ,' मैंने कहा। 'लेकिन क्यों?' उसने सिर हिला दिया, 'पता नहीं।'

भारतीयों में कुछ जानने की प्रवृत्ति भी नहीं है। आश्रम लौटने पर जर्मन दम्पति ने ही बताया कि नागा साधुओं का अलग सम्प्रदाय है और धार्मिक पर्वों पर जब वे कहीं इकट्ठे होते हैं तब अधिकारियों के लिए बड़ी समस्या बन जाते हैं। मैं जानना चाहती थी कि जब वे स्त्रियों को देखते हैं, तब क्या वे उत्तेजित हो जाते हैं, पर यह जिज्ञासा मैंने अपने तक ही सीमित रखी।

जून में गर्मी बहुत सख्त हो उठी। हिमालय की इन ऊँचाइयों पर भी धूप में चलना मुश्किल हो गया था। अक्सर आँधी आती और एक दफ़ा सारा दिन और रात मूसलाधार वर्षा होती रही। सारी रात बिजली कड़की जिसकी लहरें चारों तरफ़ खड़े पहाड़ों से टकरा-टकराकर ज़बर्दस्त शोर करती रहीं। इसके बाद मौसम फिर गर्म हो गया। दिन भर कोयल की कूक सुनाई देती। फिर एक चिड़िया की आवाज़ सुनाई दी तो लोगों ने कहा कि अब मानसून आयेगा। जून के तीसरे सप्ताह तक बादल का एक भी टुकड़ा दिखाई नहीं दिया। पुतली और मैं शाम को गंगा में ज़्यादा समय बिताने लगे। पानी बहुत ठंडा होता लेकिन उसमें लेटकर शरीर पर से उसका बहते रहना आराम देता था। हफ़्ते में एक दिन मैं अपनी शैम्पू की बोतल और मग लेकर आश्रम के बाथरूम में घुस जाती। पुतली मेरे बदन और बालों को रगड़-रगड़कर धोती और पूरी तरह मुझे नहलाती। वह कहती जाती, 'मारग्रेट बहन, आपके बाल कितने चमकदार हैं, जैसे सोने के तार हों। और मेरे देखिये, काले और मरे हुए, जैसे चूहे की पूँछ हो।'

'बेवकूफ़ी की बातें मत करो,' मैं उसे डाँटती, 'तुम्हारे बाल जानदार हैं।' अब मैं समझ गई थी कि पुतली को बार-बार विश्वास दिलाने की ज़रूरत होती है।

जून के आखिरी हफ़्ते में जर्मन दम्पति ने मुझसे पूछा कि क्या मैं उनके साथ हरिद्वार जाना चाहूँगी। उन्होंने टैक्सी कर ली थी जो लंच के बाद उन्हें ले जाती और हर-की-पौड़ी पर शाम की आरती दिखाने के बाद वापस छोड़ जाती।

मैंने खुशी से स्वीकार कर लिया। मैंने पुतली को भी साथ ले चलने की कोशिश की लेकिन उसने छूटते ही मना कर दिया।

फिर उसने लम्बा-सा मुँह बनाकर कहा, 'तो मैं शाम को गंगा नहाने नहीं जा सकूँगी। और आपकी वजह से।'

मैंने उसे खुश करने के लिए कहा, 'अच्छा, तुम्हारे लिए हरिद्वार से क्या लाऊँ?'

'जो चाहो ले आना,' उसने कन्धा झटकते हुए कहा।

वह मेरे लिए भाग्यशाली दिन साबित हुआ, जिसकी मैंने कल्पना भी नहीं की थी।

जब हम वैकुंठ धाम से चले, मौसम गर्म और पसीना-भरा था। हरिद्वार पहुँचने के एक घंटे बाद और भी खराब हो गया। हमने टैक्सी स्टैंड पर ही छोड़ दी और ड्राइवर से कहा कि आरती खत्म होते ही हम वापस आ जायेंगे। वहाँ मैं जर्मन दम्पति से अलग हो गई। वे फोटो खींचना चाहते थे और मैं दुकानों में घूमना-फिरना चाहती थी। वहाँ मुझे पुतली के लायक कुछ भी दिखाई नहीं दिया। अन्त में मैंने उसके लिए दर्जन भर रंग-बिरंगी चूड़ियाँ और स्कार्फ खरीदा जिस पर हर जगह 'राम' लिखा था। फिर मैं घाट की तरफ़ मुड़ी और हर-की-पौड़ी का रास्ता पकड़ा।

मैं कई मन्दिरों से होकर गुज़री, जिनमें से कोई खास नहीं था। हर जगह तन्दुरुस्त गायें, साधु और तीर्थयात्री दिखाई दिये। एक खाली सी जगह में राख-मले चार-पाँच साधु आग के चारों तरफ़ गोल बनाकर बैठे चिलम पी रहे थे। इनके बीच एक सुन्दर-सा साधु शिव का वेश बनाकर बैठा था। उसके बालों में चन्द्रमा भी लगा था। उसके शरीर पर लाल लंगोट के सिवा और कुछ भी नहीं था। वह लकड़ी की तरह सीधा बैठा था, जब चिलम उसके पास आती, उसमें कश लगा लेता।

हमारी आँखें मिलीं। उसने मुझे घूरकर देखा, बाज़ की तरह थी उसकी नज़र। मैं अभिमन्त्रित की तरह उसे देखने लगी।

'लेडी, आओ,' उसने कुटिल मुस्कुराहट से मुझे देखा और अपने साथियों को वहाँ से जाने का इशारा किया। मैं जाकर उसके पास बैठ गई। उसने चिलम में कई कश लगाकर वह मुझे पकड़ा दी। 'पीकर देखो,' जैसे उसने आदेश दिया। मैंने चिलम ली, उसकी तरह हथेलियों में पकड़ी और एक कश लिया। यह गाँजा था, बहुत कुछ वैसा ही जैसा हम अमेरिका में लेते थे। मैंने महीनों से इसे हाथ नहीं लगाया था, इसलिए यह मुझे एकदम चढ़ गया। मेरा सिर चक्कर खाने लगा।

'अच्छा लगा?' उसने पूछा, 'साधु को पैसा दो।' मैंने पर्स खोला और सौ रुपये का नोट उसे पकड़ा दिया। उसने रोशनी में उसे परखा और अपने लँगोट में घुसा दिया। फिर कामना की जलती आँखों से मेरा चेहरा, बाल और छातियाँ देखता रहा। फिर उसने लँगोट खोल दिया और खड़ा हुआ लिंग मेरे सामने कर दिया। 'कैसा है?' उसने पूछा 'सौ रुपए और दो, मैं इसे तुम्हारे भीतर डालूँगा।'

मैं जानती थी कि यह नहीं कर सकूँगी। मैंने उसकी गोद में अपना सिर झुका दिया और उसके लिंग को चूम लिया। फिर कहा, 'नहीं, आज नहीं। अब मैं जा रही हूँ।' मैं लड़खड़ाती हुई उठी और बिना किसी तरफ़ देखे हर-की-पौड़ी की तरफ़ भागने लगी।

आसमान में काले बादल घिर आये थे। तेज़ हवा चलने लगी। अचानक बिजली कड़की और मेरे सिर पर तूफ़ान फट पड़ा। बिजली, पानी और तूफ़ान, वर्षा ज़ोर से होने लगी। मैं समझ गई कि अब आरती तो हो नहीं सकेगी, इसलिए मैं टैक्सी स्टैंड की तरफ़ भागने लगी। वहाँ पहुँची तो मैं पूरी तरह भीग चुकी थी और सर्दी से काँप रही थी। आधे घंटे बाद जर्मन दम्पति भी पहुँच गये। वे भी भीग गये थे और कैमरा शर्ट के भीतर छुपाये हुए थे। 'क्या बारिश है!' वे बोले। 'हमें जल्द से जल्द कपड़े बदल लेने चाहिये।'

तेज़ बौछारें जारी रहीं। मैं कार में बैठी सर्दी से काँपती रही। रास्ते में एक शराब की दुकान पड़ी तो मैंने ड्राइवर से गाड़ी रोकने को कहा। 'अगर मुझे एक घूँट ह्विस्की या रम नहीं मिली तो मुझे निमोनिया हो जायेगा।' मैंने जर्मन दम्पति को समझाने की दृष्टि से कहा। दोनों कुछ न बोले। मैंने जिन की एक बोतल खरीद ली क्योंकि यह पानी की तरह लगती थी। मैंने दुकानदार से कहा कि इसका लेबिल छुटा दे। उसने बोतल पानी के एक बर्तन में डुबोई और जब वह गीली हो गई, तब सफ़ाई से उसे उतार दिया। ज़ाहिर है, वह इस काम में कुशल था। मैंने एक घूँट पी और जर्मन दम्पति के आगे बढ़ाई। लेकिन उन्होंने धन्यवाद देकर अस्वीकार कर दिया। 'यह नियम के खिलाफ़ है।' नियम की ऐसी-तैसी, मैंने अपने मन में सोचा, मैं परदेश में निमोनिया से मरना नहीं चाहती। जिन के पेट में जाते ही मुझे चैन मिला और मैंने कुछ और घूँट लिये।

रात को दस बजे के बाद हम वैकुंठ धाम पहुँचे। पुतली के अलावा सब सो गये थे। वह मेरा इन्तज़ार कर रही थी। 'मार्गरेट बहन, मैं तो फ़िक्र से मर ही गई थी। अपने कपड़े तो देखो, कैसे भीग गये हैं।'

मैंने कमरे में जाकर कपड़े उतार दिये। पुतली ने मुझे तौलिये से रगड़ा और

गाउन पहनने में मेरी मदद की।

'अब तुम्हें सो जाना चाहिये। मैं देखती हूँ कि रसोईघर में खाने को कुछ मिलता है या नहीं।' मैंने मना कर दिया। 'मैं कुछ खाना नहीं चाहती। सिर्फ़ यह काँपना रोकना चाहती हूँ।'

'मैं आज तुम्हें अकेला नहीं सोने दूँगी। तुम्हें मदद की ज़रूरत पड़ सकती है,' उसने अधिकार की भाषा में कहा।

कुछ मिनट बाद वह अपनी चारपाई और बिस्तर मेरे कमरे में घसीट लाई और मेरे ही बगल में उसे लगा दिया। फिर उसने मेरी नब्ज़ देखी।

'बुखार तो नहीं है, लेकिन तुम अब तक काँप रही हो। यह मन्त्र बार-बार बोलो, ''ओम् आरोग्यम्'' और तुम ठीक होने लगोगी।'

मैंने उसकी बात मानकर कड़कड़ाते दाँतों से 'ओम् आरोग्यम्' कहना शुरू किया।

'मैं थोड़ी देर तुम्हारे साथ लेटकर तुम्हारा बदन गरम करूँगी।' यह कहकर वह मेरी चारपाई पर आकर मेरे बगल में लेट गई। मैंने उसके लिए जगह कर दी। उसके शरीर की गर्मी से मुझे आराम मिला, इसलिए मैंने उसे अपनी बाँहों में भर लिया। वह भी मुझसे लिपट गई और मेरी छातियों के बीच अपना सिर छिपा लिया। उसने उन्हें चूमना शुरू किया। मैंने अपना गाउन खोल दिया और वह मेरे बदन में समा गई। बच्चों की तरह वह मेरे स्तन चूसने लगी। मुझे यह अच्छा महसूस हुआ। मैंने भी उसका मुँह चूमा और फिर उसका सारा बदन चूमा। वह उत्तेजना से जैसे पागल हो उठी और ऊपर से नीचे तक मुझे काटना शुरू कर दिया। बाँहें, कन्धे, कमर सब जगह दाँत गड़ा-गड़ाकर काटा। फिर बोली, 'मारग्रेट बहन, मेरे ऊपर लेट जाओ। मैं तुम्हें चाहती हूँ। मुझे प्यार करो।'

'बच्ची, तुम मेरे शरीर के नीचे दब जाओगी।'

'मुझे दबाकर चूर-चूर कर दो। खा डालो,' यह कहती वह कराहने लगी। वह तितली की तरह मुझसे लगी पड़ी थी। मैंने अपने को उसके ऊपर फैला दिया। उसने अपनी टाँगों से मुझे जकड़ लिया, नाखून मेरे पुट्ठों में घुसा दिये और अपनी ओर मुझे खींचा। हमारे शरीर जैसे आग में जलने लगे थे, जो आसानी से बुझनेवाली नहीं थी। हम एक-दूसरे को रगड़ने और जानवरों की तरह गुत्थम-गुत्था होकर जैसे खाने लगे थे। कुछ देर बाद लम्बी कराह भरकर हम शान्त हो गये। मैं जैसे एकदम खाली हो गई थी। मुझे लगा कि पुतली तो मर ही गई होगी।

'तुम ठीक हो, बच्ची?' मैंने पूछा।

'मैं ठीक हूँ। मैं तुम्हारे ही साथ हूँ, तुम्हारे ही बिस्तर पर,' वह बोली।

हम उसी तरह लेटे रहे। मुझे गहरी नींद आ गई, पुतली मेरे साथ ही पड़ी रही। दो घंटे बाद मुझे लगा कि वह मुझे धीरे-धीरे चूम रही है। मेरे अँगूठों से आरम्भ करके वह धीरे-धीरे ऊपर पैरों को, जाँघों को, योनि को, पेट को और छातियों को चूमती रही।

फिर उसने मुझसे कहा, 'मेरे होंठों को चूमो।' मैंने सोते-सोते उसे चूमा। इसके बाद हम फिर दोबारा उसी काम में जुट गये। बस, इस दफ़ा ज़्यादा देर तक किया। हम हर क्रिया को जारी रखते, ज़्यादा कुशलता से वही काम करते, और इस तरह जो भी शक्ति हमारे भीतर बची थी, वह भी खत्म हो गई।

सवेरा कब हो गया, इसका पता ही नहीं चला। बारिश अभी तक हो रही थी, इसलिए गंगा-स्नान का सवाल ही नहीं उठता था। हम प्रार्थना, ध्यान और योग किसी भी कार्यक्रम में भाग नहीं ले सके। नाश्ता भी नहीं किया। इस कारण हमारी अनुपस्थिति का सबको ज्ञान हो गया।

जर्मन दम्पति को हमारी चिन्ता थी और उन्होंने दूसरों को बता दिया था। कि मेरी हालत ठीक नहीं थी। लंच के समय किसी ने मेरा दरवाज़ा खटखटाया और आवाज़ दी, 'मारग्रेट बहन, आप ठीक तो हैं? भोजन का समय हो गया है।'

'ठीक हूँ,' यह कहकर मैंने अपना बदन झंझोड़ा। 'अभी आती हूँ।' मेरा शरीर सख्त पड़ गया था, गर्दन पर नाखूनों के निशान थे, बाँहें और पीठ भी वैसी ही हो रही थी। पुतली ज़्यादा मज़बूत थी, वह चेत गई थी। हम दोनों ने अपने तौलिये उठाए और बाथरूम की तरफ़ दौड़े। फिर जल्द ही लौटकर कपड़े बदले और लंच के लिए जा पहुँचे।

मैंने इससे ज़्यादा कुछ नहीं बताया कि मैं भीग गई थी और काँपने लगी थी। लेकिन पुतली ने बातों का ढेर लगा दिया। 'मार्गग्रेट बहन को तेज़ बुखार था,' उसने ज़ोर से कहा। 'मैंने नब्ज़ देखी, दो एस्परिन की गोलियाँ दीं और बदन दबाया। बहन बता नहीं रही हैं। इनकी हालत तो बहुत-बहुत बुरी थी। ठीक से सो भी नहीं सके। इसलिए उठने में देर हुई।'

किसी ने कुछ नहीं कहा। उस पर कोई विश्वास नहीं करता था। उस रात जो कुछ हुआ था, वह हमारे चेहरों पर लिखा था और आश्रम के लोगों को यह पसन्द नहीं आया था।

मैं जानती थी कि यह समाचार स्वामी जी तक भी शीघ्र ही पहुँच जायेगा। वे बहुत अनुशासनप्रिय थे और नियमों का उल्लंघन बर्दाश्त नहीं करते थे। मैं नहीं

जानती कि उन्हें कितना, क्या बताया गया होगा लेकिन मैं हर बात की दोषी थी : मैंने गाँजा पिया था, पुरुष का लिंग चूमा था, आधी बोतल जिन पी गई थी, और समलिंगी सेक्स भी किया था। वे मेरी कोई सफ़ाई स्वीकार नहीं करेंगे और आश्रम से चले जाने का आदेश देंगे। पृथ्वी के इस स्वर्ग में अब मेरे गिने-चुने दिन रह गये थे। और पुतली का क्या होगा? वह तो बहुत दुर्बल थी और वापस भी कहाँ जा सकती थी? वह जल से निकाली मछली होकर रह जायेगी, मरने से पहले कुछ तड़पेगी फिर खत्म हो जायेगी।

हमने अपनी रोज़ाना की ज़िन्दगी फिर शुरू कर दी लेकिन अब उसका सुख समाप्त हो गया था। लगातार वर्षा के कारण नदी के मार्ग पर फिसलन हो गई थी। गंगा का जल भी नीला और स्वच्छ नहीं रह गया था। वर्षा के कारण उसमें बहुत-सी मिट्टी जमा हो गई थी। प्रार्थना में अब मेरा मन नहीं लगता था, मैं मशीन की तरह योगासन करती और ध्यान करते समय मुझे दुष्ट साधु का चेहरा, शराब की दुकान और पुतली के साथ बिताई रात के दृश्य दिखाई देने लगते।

यह कुत्ते के उस जीवन की तरह था जिसमें वह अपने उगले हुए भोजन को फिर चाटने लगता है, या एक सुअरिया अपने ही मल-मूत्र में लोट लगाने लगती है। मैं खुद इस निर्णय पर आ पहुँची कि मुझे आश्रम छोड़ देना चाहिये।

मेरे फ़ैसले का दिन भी आ पहुँचा। कुछ दिन बाद एक दिन सवेरे रिसेप्शनिस्ट मेरे कमरे में आई और बोली कि आज शाम को चार बजे स्वामी जी आपसे मिलना चाहते हैं। मैं तैयार थी। मैं निकाले जाने के लिए पूरी तरह तैयार होकर उनके कमरे में पहुँची। मैंने उनके पैर छुए और उनकी चारपाई की बगल में ज़मीन पर बैठ गई। उन्होंने मेरे सिर पर हाथ रखकर मुझे आशीर्वाद दिया। फिर धीरे से पूछा, 'मार्गरेट बेटी, तुम जो वैकुंठ धाम से प्राप्त करने यहाँ आई थीं, वह तुम्हें प्राप्त हुआ या नहीं?'

'हुआ, स्वामी जी। मैं यहाँ बड़ी सुखी रही। लेकिन मैंने पाप किया और मुझे दण्ड मिलना चाहिये।'

'पाप बहुत कठोर शब्द है। अपने लिए इसका प्रयोग मत करो। तुम अन्तिम रूप से यह निर्णय नहीं कर सकी हो कि तुम्हें कैसा जीवन अपनाना है। तुम्हारा अपना पाश्चात्य ढंग का जीवन है जिसे बहुत से भारतीय अपना रहे हैं और यह हमारा भारतीय ढंग है, जिसे हम शुद्धतावादी कह सकते हैं, और जिसे इस आश्रम में स्वीकार किया गया है। तुम्हारे जीवन में निरन्तर क्रिया है, अपने काम में ज़्यादा से ज़्यादा आगे बढ़ते जाना, खूब पैसा कमाना और सुखी जीवन के लिए उसे खर्च

करना—अच्छा भोजन, शराब, अनियन्त्रित सेक्स। इसी सबके लिए मेहनत करना। इसमें गोलियाँ खानी पड़ती हैं और मनोचिकित्सक की मेज़ पर लेटना पड़ता है। फिर जब मानसिक शान्ति की ज़रूरत महसूस होती है, समय गुज़र चुका होता है।'

'हमारा जीवन इसके एकदम विपरीत है। अपना कर्तव्य पूरी शक्ति लगाकर करो और परिणाम की चिन्ता मत करो। दूसरों की सफलता से ईर्ष्या मत करो। सच्चे सुख-आनन्द को प्राप्त करने का प्रयत्न करो, मौज-मज़े को नहीं। शराब, ड्रग्स और अतिशय भोजन से शरीर को बर्बाद मत करो। और इस सबसे भी ज़्यादा, जीवन का उद्देश्य जानने के लिए ध्यान की साधना करो। इसी से तुम्हारे मन को शान्ति प्राप्त होगी। ये दोनों मार्ग, जैसा मैंने कहा, एक-दूसरे के विरुद्ध हैं। इन दोनों को जोड़ा नहीं जा सकता, एक को ही चुनना पड़ता है। तुम अपने देश के जीवन से परेशान होकर आध्यात्मिक जीवन अपनाना चाहती थीं। कुछ महीने तुमने यह करके देखा लेकिन इसकी सच्चाई से तुम्हें संतोष नहीं मिला। अपने पुराने जीवन का आकर्षण तुम्हें उसकी ओर फिर से खींच ले गया।'

काफ़ी देर तक हम चुप रहे। फिर मैंने प्रश्न किया, 'क्या आप चाहते हैं कि मैं आश्रम छोड़ दूँ?'

'मेरा खयाल है कि तुम्हारे लिए यही अच्छा होगा।'

'और पुतली का क्या होगा? वह मुझ पर बहुत निर्भर रहने लगी है।'

'तुम्हारे जाने के पक्ष में यह भी एक कारण है। किसी व्यक्ति या वस्तु से इतना ज़्यादा लगाव दुःख को जन्म देता है। तुम्हें पुतली की चिन्ता नहीं करनी चाहिये। उसका इस दुनिया में कोई भी नहीं है। मैंने उसकी देखभाल करने का ज़िम्मा लिया है। मैं उसका यह मोह दूर करने का प्रयत्न करूँगा। इसमें समय लगेगा लेकिन यह हो जायेगा। चिन्ता मत करो।'

'आप कब चाहते हैं कि मैं यहाँ से चली जाऊँ? उस समय मैं पुतली को यहाँ नहीं देखना चाहती।'

'मैंने यह सोच लिया है। कोई जल्दी नहीं है—तीन दिन, चार दिन, एक हफ़्ता। तुम जब भी जाना चाहो। पुतली को हमारी बात के बारे में मत बताना। जब तुम जाना चाहो, मुझे सूचित कर देना, मैं उसे अपने पास बुला लूँगा और तुम्हारे जाने के बाद उसे बता दूँगा।'

मैंने अपने भीतर उमड़ती भावना को काबू किया। फिर अपने बैग से सौ

डॉलर निकाले और उसे स्वामी जी को देते हुए कहा, 'स्वामी जी, मेरी तरफ़ से पुतली को यह भेंट दे दें।'

मैं भरे दिल से उनके कमरे से निकली। बिना किसी को कुछ बताये मैंने रिसेप्शनिस्ट से कहा कि तीन दिन में मुझे यहाँ से हरिद्वार ले जाने के लिए टैक्सी का प्रबन्ध कर दे और स्वामी जी को यह सूचना दे दे। पुतली के साथ मैं पहले जैसा ही व्यवहार करती रही। उसकी चारपाई मेरे कमरे से हटा दी गई और हम उसी तरह रहते रहे जैसे कुछ भी हुआ न हो।

योजना के अनुसार जब टैक्सी आई, पुतली स्वामी जी के पास थी। मेरे पास एक ही थैला था जिसमें मेरा सब सामान रखा हुआ था और किसी को भी गुडबाय किये बिना मैं वहाँ से निकल आई। मैं सोचने लगी कि जब आदम और ईव को स्वर्ग से निकाला गया था, तब उन्होंने भी क्या ऐसा ही महसूस किया होगा।

शहतूत का पेड़

विजय लाल सवेरे जल्दी उठने वालों में था। वह कौओं की पहली कठोर काँव-काँव के साथ उठता और जब अपने कमरे के पर्दे खींचता, तब उसे दूर अँधेरे में सड़कों की झिलमिलाती रोशनी के अलावा और कुछ दिखाई न देता। पिछले कुछ दिनों के डूबते चाँद के उजाले में उसकी कॉलोनी के चौकोर लॉन के इर्द-गिर्द खड़े मकान हल्की चाँदनी में नहाये दिखाई देते रहे थे। यह दृश्य अच्छा लगता था। लेकिन इसके अलावा बाकी समय यह बिलकुल सपाट, ठहरा और निर्जीव दिखाई देता था, उन चढ़ती उम्र की औरतों की तरह जिन्हें अपनी ज़िन्दगी से प्यार खत्म हो गया हो। अब कुछ सालों से, सूरज निकलने से पहले के एक-दो घंटे ही वह अपनी खिड़की से बाहर बिना परेशान हुए नज़र डाल सकता था।

खिड़की के बाहर एक बड़ा-सा शहतूत का पेड़ खड़ा था, जो उसी समय लगाया गया था जब ये मकान बनाये जा रहे थे, लगभग पचास साल पहले और उसकी उम्र भी यही थी। विजय का इस पेड़ के साथ एक विशेष रिश्ता बन गया था। सर्दियों भर इस पर पत्ते नहीं होते थे और इसकी खुश्क शाखाएँ किसी विशाल साही के काँटों की तरह उससे झूलती रहतीं। इन दिनों सिर्फ़ कौए और चिड़ियाँ ही इस पर सहारा लेती थीं। उन्हीं की काँव-काँव और चीं-चीं इसका सवेरे का संगीत होती थीं फिर फरवरी के मध्य में, ज़्यादातर अट्ठारह तारीख को, उसे इसकी मृत लगती भूरी शाखाओं पर बहुत छोटी, हरी कोंपल दिखाई देती थीं। पिछले सालों में वह इसे ध्यानपूर्वक देखता था और अपनी डायरी में इसे नोट भी करता जाता था। कोंपल निकलने के एक हफ़्ते बाद ये पत्ते बन जाती थीं और बसन्त जब ग्रीष्म में तब्दील होता, तब ये पत्ते इतने घने हो जाते थे कि शाखाएँ दिखाई पड़नी बन्द हो जाती थीं। अब

यहाँ तरह-तरह के पक्षी चहचहाते नज़र आते। पूर्वी दिशा का मटमैला होने से पहले और सड़क के पार बनी मस्जिद की ऊँची बुर्ज़ी में फ़ज्र की अज़ान सुनाई देने से भी पहले धब्बेदार उल्लुओं के एक जोड़े ने शोर मचाना शुरू किया। चिटर-चिटर, चटर-चटर जिसे सुनकर उस पर बसेरा लिये कौए और चिड़ियाँ जाग उठीं। फिर हरे रंग की बसन्त गौरी चिड़ियाँ आईं। पहले वे झुण्ड बनाकर कूक, कूक, कूक करती ऊपर उड़ीं, फिर ज़ोर-ज़ोर से कतरुक-कतरुक की आवाज़ें करने लगीं। ज़्यादातर शाम को, बसन्त गौरी की तरह शर्मीली कोयलें पत्तों में छिपी चहकती रहतीं और सूरज डूबने के समय मस्जिद में दी जाने वाली अज़ान के समय बाहर निकलतीं। जब अँधेरा होने लगता, उल्लुओं की आवाज़ें फिर आसमान में गूँज उठतीं जो इस बात का संकेत था कि पीने-पिलाने का समय हो गया है।

मार्च में होली के दिनों में शहतूत का पेड़ एकदम खिल उठता था। इसके छोटे-छोटे फूल हरे रंग के रस भरे फलों में तब्दील हो जाते। उन्हें खाने के लिए तोतों के साथ मनुष्यों की भी होड़ लग जाती। सड़कों पर घूमने वाले लड़के छड़ियों से और पत्थर फेंककर इनको गिराने की कोशिश करते। हफ़्ते भर में ही ये फल पेड़ों से गायब हो जाते और अब इसकी छाया राह चलतों को आराम देने का काम करती नज़र आती। पेड़ के आस-पास रहने वाले इसके नीचे चक्कर लगाते कुत्तों को भगाते जिससे उन्हें खाली हुई छायादार ज़मीन पर अपनी गाड़ियाँ खड़ी करने का स्थान प्राप्त हो जाये। चूँकि विजय सवेरे जल्दी उठता था और घर पर ही काम करता था, इसलिए उसे अपनी बीस साल पुरानी मटमैले रंग की नख़रे वाली फ़िएट गाड़ी को—जिसका नाम उसने एनी रख दिया था—एक बड़ी-सी शाखा के नीचे, सबसे ज़्यादा छाया वाली जगह रखने के लिए आराम से प्राप्त हो जाती थी। यद्यपि उस पर चिड़ियों की बीट बराबर गिरती रहती, लेकिन दिनभर वह ठंडी रहती थी। गर्मी के लम्बे महीनों में विजय पेड़ के साथ व्यक्तिगत घनिष्ठता पैदा कर लेता था। जब वह गाड़ी लेने उसके नीचे जाता, तब वह उसे 'हाय' कहता और रात को जब वापस खड़ी करता, तो 'चीरियो' कहकर उससे विदा लेता।

इस तरह शहतूत का यह पेड़ विजय के जीवन का एक स्थायी तत्व बन गया था। वह सवेरे चिड़ियों की चहचहाहट सुनकर उठता और शाम को उल्लू की पुकार के बाद पहला पैग ढालता। जब इसकी शाखाएँ खाली हो जातीं, तब वह सर्दी के गर्म कपड़े निकालता और जब वे पत्तियों से भर जातीं, तब अपना एयर कंडीशनर चालू करता था। इस तरह इसके साथ उसकी ज़िन्दगी बड़े आराम से गुज़र रही थी।

फिर एक दिन इस पेड़ ने विजय को जैसे बिलकुल मार ही डाला और उसकी ज़िन्दगी का नक्शा बदल दिया।

जून का महीना था; तापमान चालीस से ऊपर चल रहा था। ठंडा बने रहने का एक उपाय तो यह था कि एयर कंडीशनर के साथ रहा जाये। दूसरा और ज़्यादा स्वास्थ्यवर्धक ढंग था स्विमिंग पूल में एक या दो घंटे तैरना जिससे शाम अच्छी तरह बीत जाये। विजय यद्यपि सोकर उठने के बाद अलसा रहा था, एक ज़रा ज़्यादा ही गर्म शाम वह अपने निवास से बाहर निकला और पेड़ के नीचे खड़ी गाड़ी के पास जा पहुँचा। वातावरण घना और स्थिर था। ज़रा भी हवा नहीं चल रही थी, एक भी पत्ता हिल नहीं रहा था। आसमान काला होने लगा था। लग रहा था कि तूफ़ान आने वाला है। उसे पश्चिम से आ रही भूरे बादलों की दीवार दिखाई दे रही थी, जिसके ऊपर चीलें चक्कर लगा रही थीं। इस मौसम में आँधियाँ आना आम बात थी, वे पागल की तरह गरजती हुई आतीं और निकल जातीं और अपने पीछे पेड़ों और तार के खम्भों को भी ज़मीन पर गिरा जातीं और चारों तरफ़ धूल की गन्दगी फैली नज़र आने लगती। विजय ने सोचा कि जल्दी से बाहर निकल जाये। वह दस गज़ ही पीछे चला होगा कि अंधड़ का एक ज़बर्दस्त हमला उसके ऊपर से होकर गुज़र गया। उसने एक तेज़ कड़क की आवाज़ सुनी, जैसे बिजली कड़की हो, और कार के ऊपर तनी पेड़ की भारी-भरकम शाखा एकदम-टूटकर उनके ऊपर आ गिरी। नीचे की ज़मीन जैसे हिलने लगी।

विजय ने इंजन बन्द कर दिया और कुछ मिनट तक कार में चुप बैठा रहा। कॉलोनी के दोनों चौकीदार दौड़ते हुए यह देखने आये कि वह ठीक है या नहीं। उसने खिड़की खोले बिना हाथ हिलाकर उन्हें वापस लौटा दिया और सिर्फ़ यह दिखाने के लिए कि वह परेशान नहीं है, गाड़ी घुमाई और बाहर निकल गया। उसके हाथ अभी तक काँप रहे थे। अच्छा यही था कि कुछ देर के लिए वह कहीं और चला जाता।

तूफ़ान जितनी तेज़ी से आया था, उतनी ही तेज़ी से चला गया। सड़कों पर पेड़ों की शाखाएँ भर गई थीं। एक ऑटो रिक्शा मथुरा रोड पर उलट गया था। और उसके इर्द-गिर्द भीड़ इकट्ठा हो गई थी। विजय ने रुककर यह जानने की कोशिश की कि ड्राइवर ज़िन्दा है या नहीं, लेकिन फिर अपना विचार बदल दिया। जब वह क्लब में बने तालाब पर पहुँचा, तब ठंडी हवा चलने लगी थी। घंटे भर तक

वह इसमें अकेला तैरता रहा। जब और सदस्य और उनके बच्चे आना शुरू हुए, तब वह बाहर निकल आया और एक आरामकुर्सी पर लेट गया। चेहरे पर तौलिया डाल लिया और तूफ़ान की घटना पर विचार करने लगा।

वह बड़ी मुश्किल से बच निकला था। नहीं तो अब इस आराम कुर्सी पर लेटे होने की जगह वह किसी अस्पताल या शव-गृह में चटकी हुई खोपड़ी और टूटी-फूटी हड्डियाँ लिये पड़ा होता। इससे भी ज़्यादा आश्चर्य की बात थी वह घटना जिसने उसे निश्चित मृत्यु से बचा लिया था : इससे पहले उसकी एनी गर्म होकर चल पड़ने में आधा मिनट से कम समय कभी नहीं लेती थी, लेकिन आज वह उसके स्टार्ट करते ही क्षण भर में चल पड़ी थी। दो-चार सेकेंड भी देर हो जाती तो दोनों कुचलकर खत्म हो जाते। क्या यह ईश्वर की इच्छा थी कि वह कुछ समय और जीवित रह ले?

ईश्वर या भाग्य के बारे में विजय को निश्चय नहीं था। इन बातों पर उसने ज़्यादा सोचा भी नहीं था। अब उसने सोचना शुरू किया। निश्चित मृत्यु से बचने की कुछ अधभूली कहानियाँ उसे याद आने लगीं। इनमें कुछ तो ऐसी कहानियाँ थीं जिन पर विश्वास करना कठिन है। एक घटना डबलिन से लन्दन के हीथरो एयरपोर्ट के लिए उड़ रहे विमान की है। लन्दन पहुँचने से पहले उसमें आग लग गई। पायलट ने उसे मिल की पहाड़ी नामक उपनगर में उतारने का फैसला किया। उतरते समय विमान एक मकान की चिमनी से टकराकर दो टुकड़ों में टूट गया। सब यात्री और विमान चालकों की मृत्यु हो गई, सिर्फ़ एक एयर हॉस्टेस बची रही, जो उसके बिलकुल पीछे बैठी थी। उसकी न कोई हड्डी टूटी थी, न एक खरोंच आई थी। वह अकेली ही क्यों बची और किसने उसे बचाया?

कुछ वर्ष बाद एक घटना हुई जिसमें लन्दन के एक अंडरग्राउण्ड स्टेशन पर भीड़ में खड़ा एक आदमी सुरंग से बाहर निकलती ट्रेन के सामने पटरी पर गिर पड़ा। आश्चर्य की बात यह हुई कि इंजन ने जैसे ही इस आदमी को छुआ, ट्रेन एकदम वहीं रुक गई। अधिकारियों ने इसे ड्राइवर की कुशलता मानकर उसे इनाम देने की घोषणा की, लेकिन उसने इनाम लेने से इनकार कर दिया। उसने कहा कि उसने तो गाड़ी को रोका ही नहीं, किसी यात्री ने ही जंज़ीर खींच दी होगी, लेकिन क्यों, यह उसके लिए बताना सम्भव नहीं है, कारण किसी डिब्बे के भीतर से यह दिखाई ही नहीं पड़ सकता कि सामने पटरी पर क्या पड़ा है। जाँच की गई तो किसी भी यात्री ने ज़ंजीर खींचने की बात स्वीकार नहीं की। तो यह अदृश्य हाथ किसका था जिसने ऐन मौके पर गाड़ी को रोककर खड़ा कर दिया था और

इस आदमी के जीवन की रक्षा क्यों की गई? क्या उसे कोई अधूरा काम पूरा करने के लिए समय दिया गया था? या वह उसके किसी अच्छे काम के लिए दिया गया इनाम था?

इनसे भी ज़्यादा आश्चर्यजनक घटना विजय के अपने ही देश में घटी थी। एक आदमी पहाड़ के सँकरे रास्ते पर पूरी तरह भरी हुई बस में यात्रा कर रहा था। वह आखिरी कतार में खिड़की की सीट पर बैठा था। शरद ऋतु थी और ठंड बढ़ने लगी थी, इसलिए वह शॉल ओढ़े वहीं बैठे-बैठे सो गया था। कुछ घंटे बाद पैरों पर कुछ सरकता-सा महसूस करके वह जाग उठा। यह छोटा-सा साँप था जो आदमी के पैरों की गर्मी का सुख लेने वहाँ आ गया था। आदमी ज़ोर से चीखा। बस रुक गई। ड्राइवर, कंडक्टर और यात्री उसकी तरफ़ बढ़े लेकिन उसके पैरों में लिपटा साँप देखकर पीछे हटने लगे। किसी को समझ नहीं आ रहा था कि क्या करें। अन्त में ड्राइवर ने कहा कि आदमी आराम से बाहर निकले और धूप में पैरों को आगे करके बैठ जाये। इससे साँप को उसे छोड़ने की प्रेरणा होगी और वह किसी और अँधेरी जगह की तलाश में वहाँ से उतर जायेगा। आदमी ने यही किया। उसे वहाँ छोड़कर बस आगे बढ़ी। साँप ने भी जैसा सोचा गया था, वैसा ही व्यवहार किया। वह पैरों से उतरकर पहाड़ी में आगे बढ़ गया। आदमी दूसरी बस वहाँ से निकली, तो उस पर चढ़ गया। एक-डेढ़ मील के बाद उन्होंने देखा कि सड़क का किनारा टूटा पड़ा है और पिछली बस नीचे खड्डे में गिरी पड़ी है। सारी सवारियाँ मर गईं। सिर्फ़ यह आदमी, जिसे साँप की वजह से बीच में उतरना पड़ा था, जीवित रहा था।

विजय इन घटनाओं पर विचार करता रहा। उसका दिमाग घूमने लगा था। शाम हुई तो वह क्लब से बाहर निकला। जब वह कालोनी में पहुँचा, उसने कार गेट के भीतर ली और यह देखने आगे बढ़ा कि पेड़ का क्या हाल हुआ है। जो शाखा टूटकर गिर पड़ी थी, उसने उतने हिस्से में जगह खोल दी थी और उसकी लकड़ी काट-काटकर इधर-उधर डाल दी गई थी, पत्ते एक जगह जमा थे कि पशु उन्हें खा जायें। छोटी-छोटी डालें चारों तरफ़ बिखरी पड़ी थीं। पेड़ के नीचे कोई भी कार पार्क नहीं की गई थी। अंधविश्वासी न होते हुए भी विजय ने वहाँ कार पार्क नहीं की। उसने खिड़की के पास की जगह पर कार खड़ी कर दी। इस दफ़ा तो शहतूत के पेड़ ने उसकी और उसकी गाड़ी की रक्षा कर ली, लेकिन उसके मन में यह डर सा बैठ गया कि पेड़ हमारे लिए हानिकारक हो गया है। जब वह अपने अँधेरे फ्लैट में घुसा और स्विच की तलाश में दीवार पर हाथ घुमाता रहा,

तब उसके मन में यह विचित्र विचार उठा कि पेड़ के जीवन का अन्त आ गया था और वह अपने साथ उसे भी ले जाना चाहता था।

दूसरे दिन सवेरे उसके ब्लॉक में बने सब फ्लैटों के लोग सामने के मैदान में खड़े विजय के साथ हुई दुर्घटना की चर्चा कर रहे थे, जिसमें एक तरह से उसकी मृत्यु निश्चित थी। यह जैसे एक चमत्कार था। वे एनी को उस शाखा के नीचे शान से खड़ी देखने के अभ्यस्त थे, परन्तु अब वह खिड़की के पास चुपचाप खड़ी थी, हालाँकि उसके शरीर पर कहीं एक खरोंच भी नहीं पड़ी थी। उसके पड़ोसी उसे बधाई देने और पूरी कहानी सुनने आने लगे। वह हर बार अपने विवरण में नये तत्व जोड़कर उसे ज़्यादा नाटकीय बनाता जा रहा था। कुछ पड़ोसियों ने ऊपर की तरफ़ उँगली उठाकर कहा, 'यह ऊपर वाले की इच्छा थी। उसके कामकाज निराले हैं। अगर वह आपका रक्षक है, तो कोई आपका बाल भी बाँका नहीं कर सकता।' चाँदी की तरह चमकते बालों वाली एक अत्यन्त वृद्ध पड़दादी ने, जिसे विजय कम-से-कम सौ साल की मानता था, इसमें जोड़ा, 'कोई भी अपने वक्त से पहले ऊपर नहीं जा सकता और कोई तय वक्त से एक सेकेंड भी ज़्यादा ज़िन्दा नहीं रह सकता।' सब इस बात से सहमत थे कि विजय ने पिछले जन्म में ज़रूर कोई बहुत अच्छा कर्म किया होगा, जिसका उसे यह इनाम दिया गया है। ईश्वर तुम्हारा रक्षक है, उन्होंने विजय को विश्वास दिलाया। वह श्रेष्ठ और दयावान है। यह सुनकर विजय के चेहरे पर एक हल्की-सी मुस्कान दौड़ गई और उसे किसी फिल्म की ये लाइनें याद आईं–

ऊपरवाला–वैरी गुड, वैरी गुड,
नीचे वाला–वैरी बैड, वैरी बैड।

यह फ़ूज़ल-सा गाना था, लेकिन वह जो सोच रहा था, वह इससे भी ज़्यादा अनोखा था : इस दिन तक वह अपने को नास्तिक मानता था, लेकिन अब, आस्तिक न होते हुए भी वह ईश्वर का चुना हुआ व्यक्ति था।

दूसरे दिन अखबारों के मुख्य पृष्ठों पर इस भयंकर तूफ़ान के चित्र छपे। चाणक्यपुरी में एक बहुत बड़ा नीम का पेड़ गिर गया था। यह सड़क को काटते हुए पड़ा था और उसके नीचे एक मारुति दबकर चकनाचूर हो गई थी। सौभाग्य से गाड़ी में इस वक्त कोई नहीं था। दिल्ली यूनिवर्सिटी के इलाके में एक पीपल का पेड़ गिर गया था जिसके नीचे तीन गाड़ियाँ दब गई थीं। इनमें घायल चार पुरुष और दो औरतें अस्पतालों में पड़ी थीं। एक गाड़ी में एक छोटा-सा बच्चा था, जो एकदम सुरक्षित था। पाँच आदमी मर गये थे : दो मज़दूर जो एक पेड़ के

नीचे सो रहे थे, दो साइकिल सवार जो एक बोर्ड के उनके ऊपर गिर जाने से दब गये थे और एक बूढ़ी औरत जो अपने पेकिनीज़ कुत्ते को यूक्लिप्टस पेड़ के गिरने से बचाने के लिए दौड़ते हुए खुद उसका शिकार हो गई। ये मौतें बड़ी खबरें थीं, लेकिन विजय के मित्रों के लिए उसका इस दुर्घटना में बचना सबसे बड़ी खबर थी। इसके बाद सवेरे और शाम लोग खबरें लेकर आने लगे कि किस तरह वे समय पर एयरपोर्ट नहीं पहुँच सके और उनकी फ्लाइट चली गई, कैसे गाड़ियाँ पटरी से उतर गईं जिनमें वे खुद सवार थे।

विजय जितनी ज़्यादा ये कहानियाँ सुनता, उतना ही ज़्यादा उसे यकीन होता जाता कि वह ज़रूर विशेष व्यक्ति है, सामान्य मनुष्यों से कहीं ऊपर है। इससे उसकी मानसिक अस्थिरता और भी बढ़ती, क्योंकि जहाँ तक उसे याद पड़ता था, उसके जीवन में कोई खास बात नहीं हुई थी।

विजय की खबर ब्लॉक के फ्लैटों से आगे बढ़कर पड़ोस के खान मार्केट में जा पहुँची। हर दुकान में उसके आश्चर्यजनक भाग्य की चर्चा होने लगी।

विजय को ज़्यादातर दुकानदार जानते थे क्योंकि वह हर शाम यहाँ घूमता-फिरता और फुटपाथ पर बिकती पत्रिकाएँ उलटता-पलटता दिखाई देता था, फिर किताबों की दुकानों पर एक-के-बाद एक चक्कर लगाता, हालाँकि खरीदता कुछ भी नहीं था—क्योंकि उनकी कीमतें बहुत बढ़ गई थीं और इसके अलावा, कई पत्र-पत्रिकाओं का लेखक होने के कारण खुद उसके पास रिव्यू के लिए बहुत-सी किताबें आ जाती थीं, जिन्हें वह पढ़ ही नहीं पाता था। पुरानी चीज़ों की दोनों दुकानों में वह हिन्दू देवी-देवताओं की छोटी-बड़ी मूर्तियाँ, रंगीन पत्थरों की नेकलेस और ताँबे की कलाकृतियाँ, वगैरह ध्यान से देखता और उनकी कीमतें भी पूछता, लेकिन खरीदता कुछ नहीं था। संगीत की दुकानों में वह ग्राहकों द्वारा चुने हुए गानों का संगीत सुनता रहता। फल-सब्ज़ी की दुकानों पर वह बहुत ज़्यादा बड़े कोरियाई सेबों को आँखें फाड़कर देखता, छोटे बीज वाले बेहद मीठे जापानी तरबूज़ों पर नज़र डालता, बंगलौर की एवोकेडो नाशपातियाँ, तरोताज़ा हरी-हरी ब्रोकोली, बेबी कॉर्न, शतावरी, तथा अन्य फलों-सब्ज़ियों का जायज़ा लेता। इनके खरीदार ज़्यादातर अमेरिकी और यूरोपियन लोग होते थे, या वे पत्रकार जिनके वेतन कल्पना से कहीं ज़्यादा होते थे और जो, विजय के अनुसार, इनकी कीमतें बढ़ाने का काम करते थे।

विजय को खान मार्केट के दुकानदार पसन्द नहीं थे। वे पैसा कमाने के अलावा और कुछ नहीं सोचते थे; इस बाज़ार की हर चीज़ शहर के हर बाज़ार से कहीं ज़्यादा महँगी होती थी। इसके अलावा भी कारण थे जो विजय को इनका

विरोधी बनाने का काम करते थे। ये दुकानदार ज़्यादातर पंजाब से आये शरणार्थी थे—अपने स्तम्भ में एक दफ़ा उसने इन्हें अर्ध-शिक्षित लेकिन अब बहुत धनी लोग बताया था जिन्होंने पाकिस्तान के खिलाफ़ अपनी नफ़रत को अब सारे मुस्लिम समाज के प्रति नफ़रत में बदल दिया था। ये सब किसी-न-किसी हिन्दू राष्ट्रवादी दल के समर्थक थे। उन्होंने अपना एक मन्दिर भी मार्केट के पीछे बनवा लिया था, जो उनके धर्म का प्रतिनिधित्व करता था। ऊपर से तो यह श्रीकृष्ण का मन्दिर था, श्री गोपाल मन्दिर नाम का, जिनमें कृष्ण और उनकी प्रिय गोपी राधा की मनुष्याकार मूर्तियाँ थीं, जो सामने वेदी पर प्रतिष्ठित थीं। लेकिन इन लोगों ने अपने प्रिय और भी देवी-देवताओं की मूर्तियाँ भी यहाँ स्थापित कर दी थीं, जैसे फाटक पर ही वानर देवता हनुमान जी खड़े थे। उनके दूसरी तरफ़ शेर पर सवार दुर्गा थीं। भीतर बायीं दीवार पर शिरडी के साईं बाबा, ठुड्डी पर दो चार बाल एक टाँग पर दूसरी टाँग रखे ऊपर आसमान में देखते; उनकी बगल में पुट्टपर्थी के दूसरे साइ बाबा, सिर के चारों तरफ़ बालों का गोला, मोटा-सा हाथ आशीर्वाद की मुद्रा में ऊपर उठाये। मन्दिर में काले पत्थर का शिवलिंग भी था, जिसके बगल में बने खाने में उनकी भार्या पार्वती और पुत्र गणेश विराजमान थे। मार्केट का उद्देश्य ही था कि हर हिन्दू को उसके देवी-देवता यहाँ प्राप्त हो जायें और जिस देवी पर सबका समान विश्वास था, धन की देवी लक्ष्मी, वे भी यहाँ थीं।

विजय को इन देवी-देवताओं में से किसी के आशीर्वाद की ज़रूरत नहीं थी, ठीक उसी तरह जैसे इस बाज़ार में बिकने वाली किसी भी चीज़ की उसे ज़रूरत नहीं थी। वह यहाँ से दो ही चीज़ें खरीदता—सिगरेट का पैकेट और दो जोड़ी पान। वह एक जोड़ी पान मुँह में रखता, दूसरी जेब में जिसे वह डिनर के बाद खाता, और सिगरेट जलाकर मार्केट में घंटा भर भ्रमण करने के लिए चल पड़ता। जब कोई उससे पूछता कि हर शाम मार्केट में क्या करने आता है तो उसका जवाब होता, 'रौनक़ देखने। मुझे हँसते-बात करते लोग देखना अच्छा लगता है और वह ज़ौक का एक शेर सुनाता जिसका अर्थ था, 'मैं बाज़ार से यूँ ही गुज़रता हूँ; मुझे कुछ खरीदना नहीं है।'

विजय की तरह और भी बहुत से लोग शाम के समय यहाँ की रंग-बिरंगी रोशनियाँ देखने, शानदार कारें और दुकानों पर तरह-तरह के लोगों को देखने आते थे। विजय उनमें से कई को पहचानता भी था, उन्हें देखता तो दोनों मुस्कुराते, लेकिन बात नहीं करते थे। लेकिन एक स्त्री उसे अक्सर दिखाई देती थी, जिसके बारे में वह जानना चाहता था। वह रोज़ तो नहीं, हर दो-तीन दिन बाद आती,

और उसका उद्देश्य मार्केट में भटकना नहीं, बल्कि खरीदारी करना होता था। वह गाड़ी में आती, जिसका ड्राइवर उसे मन्दिर के सामने खड़ा कर देता था। महिला गाड़ी से बाहर निकलती, उसके हाथों में प्लास्टिक का थैला होता था। वह सड़क पार करके मन्दिर के बगल से दूसरे मार्केट में निकल जाती थी, जहाँ शराब की एक दुकान थी। वहाँ से थैले में बोतलें भरकर लाती और उन्हें कार में रख देती। फिर एक दूसरा थैला निकालती, काले केनवास का और उसे लेकर आराम से दुकानों में, विशेषकर किताबों की दुकानों में झाँकती आगे बढ़ती चली जाती थी। अन्त में वह 'दि बुकशाप' नामक दुकान में प्रवेश करती—जो दूसरी सब दुकानों से बड़ी और फैली हुई थी और जहाँ हर समय पाश्चात्य संगीत की कोई धुन बजती रहती थी। इस कारण विजय उसकी ओर आकृष्ट हुआ और 'दि बुकशाप' उसकी भी प्रिय दुकान थी। हालाँकि वह यहाँ से अपनी साप्ताहिक पत्रिका ही खरीदता था। वह इस दुकान में तब कभी नहीं घुसता था, जब यह महिला यहाँ होती, बल्कि इधर-उधर टहलता रहता और करीब आधे घंटे बाद जब वह दुकान से बाहर निकलती, तब उसके पीछे सब्ज़ी और मीट की दुकानों तक जाकर उसे देखता रहता।

खरीदारी करके महिला अपनी कार पर वापस लौटती, थैला ड्राइवर को पकड़ाती और गाड़ी के बॉनेट पर कुहनी टिकाकर सिगरेट सुलगाती। फिर आराम से धुआँ छोड़ती चारों तरफ़ देखती रहती; आने-जानेवाले उसे घूरकर देखते लेकिन वह परेशान नहीं होती थी। सिगरेट खत्म करके वह आखिरी टुकड़ा नीचे फेंककर अपने सैंडिल से मसलती—चटख लाल रंग के सैंडिल जो विजय की नज़रों में जैसे बस गये थे। फिर वह ड्राइवर से कहती, 'चलो।' दो दरवाज़े खट से बन्द होते और होंडा सिटी पार्किंग से निकलकर बाहर चली जाती।

विजय समझ नहीं पा रहा था कि अन्य लोगों की अपेक्षा यह महिला उसे क्यों इतना आकर्षित कर रही थी। यह ज़रूर था कि सिगरेट और शराब पीने वाली भारतीय महिलाएँ उसे ज़रा ज़्यादा ही आकर्षित करती थीं, क्योंकि वे मुक्त स्त्रियाँ थीं और शायद उन्हें निर्द्वंद्व सेक्स सम्बन्धों के लिए राज़ी किया जा सकता था। लेकिन पार्टियों वगैरह में उसे कई और ऐसी ही शराब और सिगरेट पीनेवाली स्त्रियाँ दिखाई देती थीं, परन्तु वे उसे प्रभावित नहीं कर पाती थीं। इस स्त्री में ऐसा क्या है? उसके कटे हुए काले बाल थे और किसी से कहीं ज़्यादा काले और मज़बूत। हालाँकि यह सही था कि उसे कटे बालों वाली स्त्रियाँ औरों से ज़्यादा आकर्षित करती थीं, लेकिन अकेला यही तो कारण नहीं हो सकता था और जहाँ तक शक्ल का सवाल है, हालाँकि उसका चेहरा खुशनुमा था, नुकीली छातियाँ और उठे हुए

पुट्ठे थे, जो निमन्त्रित करते से लगते थे, लेकिन मार्केट में घूमनेवाली कुछ और स्त्रियाँ इससे कहीं ज़्यादा आकर्षक थीं।

तो वह उसका पीछा क्यों करता था? क्यों वह उसे देखने के लिए हमेशा तैयार रहता था, फिर भी वह क्यों उसके और समीप जाकर उससे बातचीत करने की कोशिश नहीं करता था? जैसे उसे कुछ नष्ट हो जाने का डर हो। यह आकर्षण उसके लिए रहस्य ही था और वह भी रहस्य थी। वह उससे सम्बन्धित तथ्यों की कल्पना करने की कोशिश करता। वह ज़्यादातर सलवार-कमीज़ पहनती थी लेकिन न उसके माथे पर बिन्दी होती थी, न माँग में सिन्दूर। पहले तो उसे लगा कि वह मुसलमान या ईसाई हो सकती है, लेकिन फिर उसे उसके गले में मंगलसूत्र दिखाई दिया। इससे स्पष्ट था कि वह हिन्दू थी और विवाहित भी। लेकिन वह यह अनुमान नहीं लगा पाया कि वह किस प्रदेश की हो सकती है; वह पंजाबी, राजस्थानी, उत्तर प्रदेश या महाराष्ट्र, कहीं की भी हो सकती थी। अब उसने उसे नाम देना शुरू किया : उषा, आरती, मेनका। कई दिन शाम को पैग ढालते समय वह उसके बारे में सोचता, तो उसे अच्छा लगता था। लेकिन उसे यह कभी विचार नहीं आया कि इस तरह चुपचाप पीछा करने की बजाय कुछ और आगे बढ़ने का प्रयत्न करे।

शहतूत के पेड़ की टूटी हुई शाखा के उस पर गिरकर मारने के प्रयत्न में असफल होने के कुछ दिन बाद स्थिति एकदम बदल गई।

विजय ने इस स्त्री को मार्केट में और दिनों की अपेक्षा पहले आते हुए देखा। वह हमेशा की तरह उसके कुछ कदम पीछे चलने लगा। वह बुक शॉप के भीतर चली गई। वह भी बिना सोचे उसके पीछे दुकान में चला आया। वह एक किताब उठाता और उसे उलट-पुलटकर देखता, फिर दूसरी उठाता। इस तरह वह धीरे-धीरे उसके पास सरकता पहुँच गया। उसने देखा कि वह दुकान की मालकिन से पूछ रही है, 'मैं पन्द्रह साल के लड़के को सालगिरह की भेंट देने के लिए कोई किताब देख रही हूँ।'

युवा मालकिन ने कहा, 'हाँ, इस उम्र के लिए तो बहुत-सी किताबें हैं।' मालकिन काफ़ी लम्बी और आकर्षक थी और नाक में हीरे की नथ पहने थी। उसे देखकर मुझे वैसी ही एक लड़की की याद आई जो मुझे बहुत पसन्द थी और जिसके साथ मैं अपनी ज़िन्दगी बिताने के सपने देखने लगा था, लेकिन शादी के सवाल पर बात खत्म हो गई।

'उसकी रुचियाँ क्या हैं?' लड़की ने पूछा। 'स्टांप, फ़ोटोग्राफी, वन्यजीवन,

शिकार, कम्प्यूटर?'

'यह तो कहना मुश्किल है। सब कुछ पढ़ता रहता है। शायद अच्छी कहानी...वन्य जीवन की?'

'तो जॉय एडमसन की *बार्न फ्री* अच्छी रहेगी—उसकी प्रिय शेरनी एल्सा की कहानी?'

'मेरा खयाल है, दो साल पहले वह इसे पढ़ चुका है।'

विजय ने अपनी ही आवाज़ सुनी, 'तो किपलिंग की *जंगल बुक* ठीक रहेगी। इसमें सब तरह के जानवर हैं : शेर खाँ, बालू नाम का भालू। और मोगली भी है, भेड़िया बालक।'

यह सुनकर वह उसकी तरफ़ मुड़ी। 'आप मज़ाक कर रहे हैं। यह तो बच्चों की किताब है। उसने तभी पढ़ ली थी जब अंग्रेज़ी सीखी।' फिर अपने हमले की तुर्शी कम करने के लिए मुस्कुराई।

विजय चुप नहीं हुआ। 'तो जिम कॉर्बेट की किताबें हैं जिनमें आदमी को खाने वाले शेर-चीते हैं।'

'कॉर्बेट की सब किताबें पढ़ चुका है,' वह बोली। विजय ने हथियार नहीं डाले। 'मेरा खयाल है, उसने जेरल्ड डरेल की *माई फैमिली एण्ड अदर एनिमल्स* नहीं पढ़ी होगी।'

दुकानदार लड़की ने उसका समर्थन किया। ''मैम, यह सालों से हमारा बेस्टसैलर है। यह आपके साहबज़ादे को ज़रूर पसन्द आयेगी।'

इस तरह डरेल की किताब ने बाज़ी मार ली। दोनों महिलाओं ने उसे धन्यवाद दिया। उसे बहुत अच्छा लगा। उस महिला ने पैसे चुकाये और विजय की तरफ़ मुड़कर बोली, 'आपको बहुत धन्यवाद। गुड नाइट।'

'यह तो मेरी खुशकिस्मती है,' उसने स्कूली लड़के की तरह चहक कर कहा।

उस शाम दूसरा पैग ढालने के बाद विजय के खयालों में वह स्त्री आने लगी और उसने बेचैनी महसूस की। इससे पहले के शान्त सुख की भावना अब नदारद थी। क्या उससे बात करना मेरी गलती थी? वह जान गया कि अब वह उसका चुपचाप पीछा नहीं कर सकेगा। उसने दोनों के बीच की रेखा पार कर ली थी और अब आगे बढ़ना ज़रूरी हो गया था। उसने फ़ैसला किया कि वह यह करेगा। वह जानता था कि वह कम से कम बीस की ज़रूर होगी, शायद उससे पच्चीस साल कम उम्र की, इसलिए उसे बुरी तरह झिड़का भी जा सकता था, लेकिन ज़िन्दगी बहुत ज़्यादा लम्बी तो है नहीं और अवसर को गँवाया भी नहीं जा सकता। कोशिश करके तो देखना

ही होगा। कोशिश करने का विचार उसे उत्तेजित कर गया।

तीन दिन बाद विजय फिर उससे टकरा गया। उसे विश्वास नहीं था कि वह उसे पहचान लेगी। उसने खुद ही आगे बढ़कर पूछा, 'तो आपको डरेल कैसा लगा?'

उसने मुस्कुराकर जवाब दिया, 'हाय देयर! बहुत अच्छा लगा। हम दोनों को। बहुत धन्यवाद।'

'आप यहीं कहीं रहती हैं?' उसने पूछा। 'मैं हर दूसरी शाम आपको देखता हूँ।'

'ज़्यादा दूर नहीं। यहाँ शॉपिंग करना मुझे पसन्द है। हर चीज़ मिल जाती है और माहौल भी खुशनुमा है। और आप?'

'मैं सड़क पार उस ब्लॉक में रहता हूँ। छोटा-सा फ्लैट, किताबों से खचाखचा भरा। यही मेरी हॉबी है। बोरिंग आदमी हूँ। अगर किसी शाम चाय या कॉफ़ी के लिए आयें तो मुझे खुशी होगी।'

'शुक्रिया, लेकिन आज नहीं,' उसने छूटते की कहा। 'किसी और दिन आने की कोशिश करूँगी। नाइस मीटिंग यू।' यह कहकर उसने अपना हाथ बढ़ाया। पहली दफ़ा उसका हाथ छुआ गर्म, मुलायम हाथ का स्पर्श उसे अच्छा लगा। उसने ज़्यादा देर तक हाथ थामने की कोशिश की परन्तु बढ़ावा नहीं मिला। धीरे से उसके हाथों से अपना हाथ खींचते हुए वह बोली, 'सी यू। दुकानें बन्द होने से पहले सब काम कर लूँ।' यह कहकर वह भीड़ में गायब हो गई।

इस नये उद्योग में एक और आश्चर्य उसका इन्तज़ार कर रहा था। एक शाम वह मस्जिद नर्सरी में पेड़-पौधे देख रहा था। उसके निवास के पास तीन नर्सरी थीं। हालाँकि इस बारे में वह ज़्यादा नहीं सोचता था क्योंकि उसके फ्लैट में ज़्यादा जगह ही नहीं थी, उसे उनको देखना और नाम तथा कीमतें जानना अच्छा लगता था। मस्जिद के पास होने के कारण इसका नाम मस्जिद नर्सरी था और इसमें सबसे ज़्यादा और तरह-तरह के पेड़-पौधे थे। जब वह यहाँ घुस रहा था, उसने उस स्त्री को मस्जिद के पास देखा। वह पैदल आई थी, कार कहीं नहीं दिखाई दी। उसने बाहर सैंडिल उतारे और भीतर चली गई। विजय का अनुमान था कि वह हिन्दू है, तो फिर वह मस्जिद में क्या कर रही है? क्या उसका अनुमान गलत था? लेकिन, मुस्लिम स्त्रियाँ तो मस्जिद में नमाज़ पढ़ने नहीं जातीं। शायद उसका बेटा *कुरान* पढ़ने आया हो और वह उसे लेने आई हो। विजय नर्सरी में आधे घंटे तक घूमता रहा। मगरिब की नमाज़ पढ़ी जाने लगी। लोग अपने जूते पहने भीतर गये और

पन्द्रह मिनट बाद बाहर निकल आये। अँधेरा होने लगा। विजय ज़्यादा देर तक अपनी उत्सुकता पर काबू नहीं रख सकता था। वह मस्जिद के द्वार तक ऊपर गया। वहाँ उस स्त्री के लाल सैंडिल ही रखे दिखाई दिये। उसने भीतर झाँककर देखा। वहाँ सिर्फ़ एक आदमी बैठा *कुरान* पढ़ रहा था। उसके दायीं तरफ़ एक और छोटा-सा दरवाज़ा था। उसने सोचा था कि शायद वह मुख्य द्वार से भीतर आई हो और इस द्वार से बाहर निकल गई हो और इस तरह अपने सैंडिल भूल गई हो। विजय क्षण भर ठिठका, फिर सैंडिल उठाये और उन्हें लेकर घर आ गया।

यह उसके लिए एक काफ़ी बड़ी, अनपेक्षित सफलता थी, जैसे किसी वैज्ञानिक ने अपने शोध में अचानक कोई ऐसी अद्‌भुत सफलता प्राप्त कर ली हो, जिससे साधारण धातु को सोने में बदला जा सके। अब उसको वह बहाना मिल गया था जिससे वह उसे अपने फ्लैट में निमन्त्रित कर सकता था और उसका नाम, काम और परिचय प्राप्त किया जा सकता था। उसने अपनी किताबों की आलमारी में एक खाना खाली करके उन्हें उसमें रख दिया; इसके बगल में उसकी सबसे प्रिय पुस्तकें, 'इन्फर्नो', 'डॉन क्विग्ज़ोट' और 'रुबाइयाँ' रखी थीं। विजय लाल के साथ अजीब घटनाएँ घटने लगी थीं।

अगली तीन शाम वह रोज़ मार्केट गया और हमेशा से ज़्यादा समय वहाँ बिताया और दुकानों में घूमता रहा। लेकिन अब वहाँ की रौनक उसे काफ़ी नहीं लगती थी। वह इन्तज़ार करता रहा परन्तु उसका कहीं नामो-निशान भी नहीं दिखाई देता था। उसने दो पैकेट सिगरेट और दो जोड़ी पान खरीदे। कुछ देर तक उत्तेजित इधर-उधर घूमता रहा। फिर हारकर घर लौट आया।

चौथे दिन उसका भाग्य जागा। बुकशॉप से *आउटलुक* और *इंडिया टुडे* की प्रतियाँ लेकर वापस लौट रहा था कि उसे वह थैले में सामान लिये आती दिखाई दी। वह नंगे पैर थी। विजय उसके एकदम सामने आकर रुक गया और बोला, 'गुड ईवनिंग'

'हाय देयर,' वह धीरे से मुस्कुराई।

'आपके लाल सैंडिलों का क्या हुआ?' उसने पैरों की तरफ़ इशारा करते हुए पूछा।

उसने पैरों पर इस तरह नज़र डाली जैसे पहली दफ़ा देख रही हो और बोली, 'खो गये हैं और आपको कैसे मालूम कि वे लाल थे?'

'मैं हर बात का ध्यान रखता हूँ। आपको इन गंदी सड़कों पर नंगे पैर नहीं चलना चाहिये। कहीं कंकड़-पत्थर या शीशा चुभ सकता है। लेकिन और जूते भी

तो घर पर होंगे?'

'नहीं। शायद नये ही खरीदने पड़ें?'

'यह पैसा बचा सकती हैं आप। आपके सैंडिल मेरे फ्लैट में हैं।'

उसने घूरकर विजय की आँखों में देखा। 'वहाँ कैसे पहुँचे? और वे मेरे हैं यह आपको कैसे मालूम?'

'मैं जासूस भी हूँ,' वह मुस्कुराकर बोला। 'जब आप सैंडिल बाहर उतारकर मस्जिद में गईं तब मैं नर्सरी में था। आप शायद उन्हें भूलकर दूसरे दरवाज़े से बाहर निकल गईं। मैंने देखा तो उठाकर ले आया। सँभालकर रखे हैं। आपको उनकी ज़रूरत नहीं है?'

'है क्यों नहीं?' वह बोली। उसकी भौंह में गुस्सा पैदा होने लगा था। 'मैं शॉपिंग कर लूँ तो ड्राइवर को उन्हें लेने भेज दूँगी। आप रहते कहाँ हैं?'

'नहीं,' उसने दृढ़ता से कहा, 'मैं आपके अलावा किसी और को सैंडिल नहीं दूँगा। मैंने बताया है, सड़क के उस पार रहता हूँ। हो सकता है कि आप ड्राइवर भेजना ही भूल जायें। मुझे आप बहुत ज़्यादा भुलक्कड़ लगती हैं।'

वह सोचता था कि यह बात उसे अच्छी नहीं लगेगी। लेकिन वह मुस्कुराई और बोली, 'हाँ, यह तो ठीक है। जैसा कहते हैं न, मेरी चूल ही कुछ ढीली है। मूडी भी हूँ।'

'सुनकर अच्छा लगा। तो आप मेरे साथ चल रही हैं?'

उसने हँसकर सिर हिला दिया। वह कार तक उसके साथ गया। उसने ड्राइवर से गाड़ी मोड़कर साहब के फ्लैट तक ले चलने के लिए कहा। रास्ते में उनकी कोई बात नहीं हुई और विजय ड्राइवर को बताता रहा कि गाड़ी कहाँ मोड़नी है और कहाँ ले जाकर खड़ी करनी है। 'कुछ देर रुको,' यह कहकर वह गाड़ी से उतरी। विजय ने फ्लैट का दरवाज़ा खोलकर उसे भीतर लिया।

उसने कमरे में चारों तरफ़ देखा। 'किताबें, किताबें, किताबें—ये सारी पढ़ ली हैं?'

'नहीं, इन सबको पढ़ने में तो पूरी ज़िन्दगी लग जायेगी। मुझे किताबों से घिरा रहना अच्छा लगता है। अच्छा, बैठिये,' यह कहकर सोफ़े की तरफ़ इशारा किया। 'मैं सैंडिल लाता हूँ।'

वह बैठ गई। कीमती बुखारा के गलीचे पर अपने गंदे पैर देखकर झिझकी। 'मेरे पैरों से तुम्हारा गलीचा गंदा हो जायेगा।'

'इसकी फ़िक्र मत करो। इसने तो इससे भी बुरा वक्त देखा है।' यह कहकर

वह भीतर चला, 'जहाँ हो वहीं बैठी रहो। मैं अभी आया।'

विजय उसके सैंडिल लेकर नहीं बल्कि एक बर्तन में पानी और एक तौलिया लेकर आया।

'यह क्यों लाये हो?' उसने परेशान होकर पूछा।

'अभी पता चल जायेगा,' उसने जवाब दिया। 'तुम्हारे पैर मिट्टी और कीचड़ से कितने गंदे हो गये हैं। इन्हें बर्तन में रखो। मैं साफ़ कर देता हूँ।'

उसके चेहरे पर परेशानी झलकने लगी। लेकिन उसने, जैसा कहा गया था, किया। पानी गुनगुना था। विजय एक मूढ़ा खींचकर उसके सामने बैठ गया। 'रिलैक्स,' वह बोला। उसने सिर पीछे किया और सोफ़े पर उसे टिकाकर आँखें बन्द कर लीं। विजय ने पैरों में साबुन लगाया और धीरे-धीरे उन्हें मलने लगा। फिर बर्तन वहाँ से हटा दिया और एक-एक पैर अपने घुटनों पर रखकर तौलिये से उन्हें साफ़ किया। 'सुन्दर हैं,' वह बोला और अँगूठे से उसकी पिंडलियाँ मसलने लगा। 'अब आँखें खोल सकती हैं। देखिये, कितने साफ़ और मुलायम हो गये हैं।'

उसने आँखें खोलीं। फिर देखा कि बर्तन का पानी कितना गँदला और काला हो गया है और पैर कितने निखर उठे हैं। उसके दाहिने टखनों के पास लगी सोने की पतली चेन भी चमक उठी थीं। इसी तरह एक अँगूठे में पड़ी चाँदी की अँगूठी भी जगमगा रही थी। 'आप बहुत सज्जन जान पड़ते हैं,' वह बोली। 'लेकिन यह सब मेरे लिए क्यों कर रहे हैं? मैं तो आपका नाम भी नहीं जानती।'

'सब पता चल जायेगा,' उसने मुस्कुराते हुए कहा। फिर उसने गंदे पानी का बर्तन उठाया, उसे बाथरूम में ले गया और टायलेट में डालकर फ्लश चला दिया। फिर साबुन से अपने हाथ धोये और लाल सैंडिल लेकर कमरे में वापस आया। फिर मूढ़े पर उसी तरह बैठकर उसे सैंडिल पहना दीं। 'अब इन्हें मस्जिद में मत छोड़ आइयेगा। इसके बाद ये वापस नहीं मिलेंगी। मैं खुद ही वापस नहीं करूँगा, क्योंकि इनमें मेरा भाग्य जग गया है।'

'इसका क्या मतलब हुआ? इससे आपका भाग्य कैसे जग गया?'

'इस तरह कि आप मेरी कोठरी में पधारीं। मुझे उम्मीद है कि यह आखिरी बार नहीं होगी।'

उसका चेहरा गुलाबी हो उठा और उसने चेहरे पर आये बालों को पीछे किया। 'मैं तो आपका नाम भी नहीं जानती,' यह कहकर उसने उसकी तरफ़ देखा।

'विजय। और आपका?'

'करुणा।'

‘करुणा यानी सब पर दया। सुन्दर नाम है। और करुणा के आगे?’

‘सिर्फ़ करुणा,’ उसने संक्षेप में कहा।

‘इसलिए पूछ रहा हूँ क्योंकि मैं जानना चाहता हूँ कि आप हिन्दू हैं तो मस्जिद में क्या कर रही थीं?’

‘ठीक है, अगर आप जानना ही चाहते हैं, तो मैं बताऊँ कि मैं इसलिए गयी कि मैंने अब तक मस्जिद का भीतरी हिस्सा नहीं देखा था।’ यह कहकर वह उठ खड़ी हुई और बोली, ‘अब घर जाना चाहिये। आपको इस सबके लिए धन्यवाद। हालाँकि मैं अब भी यह नहीं समझ पाई कि आपने मेरे लिए यह सब तकलीफ़ क्यों उठाई।’

वह दरवाज़े तक उसके साथ गया। वह चाहता था कि उसे कुछ देर तक और रोक ले लेकिन इसके लिए वह तैयार नहीं हुई। उसने पीछे मुड़े बिना ‘बाय’ कहा और तेज़ी से बाहर निकल गई। उसने वहीं खड़े-खड़े गाड़ी स्टार्ट होने और ब्लॉक से बाहर निकलने की आवाज़ सुनी।

अजीब औरत है, विजय सोचता रहा। ज़रूर इसका दिमाग़ कुछ ढीला है। नहीं तो जो स्त्री ड्राइवर-चालित गाड़ी में घूमती है, नई जोड़ी सैंडिल क्यों नहीं खरीद सकती और नंगे पैर यहाँ-वहाँ आ-जा रही है। उसका पति अच्छा कमाऊ होना चाहिये और उसके बच्चे भी होने चाहिये। उनमें से कोई इसकी आदतों पर ध्यान क्यों नहीं देता?

इससे भी ज़्यादा मुश्किल उसे यह समझने में हो रही थी कि उसमें खुद इसके बारे में जानने की इच्छा क्यों पैदा हो गई है। उसका व्यवहार अप्रत्याशित था—कभी खुल जाती और कभी एकदम बन्द हो जाती। उसे ऐसे लोग सामान्यतया पसन्द नहीं थे, वह ऐसे लोगों को बर्दाश्त नहीं कर पाता था और सालों अकेले रहने से उसका स्वभाव और ज़्यादा सख्त हो गया था। लेकिन करुणा के प्रति, इस सबके बावजूद उसका आकर्षण बढ़ता ही जाता था। वह नहीं जानता था कि उससे वह चाहता क्या है। क्या उससे कभी-कभी मिलने या बातचीत कर लेने से उसको संतोष हो जायेगा? या क्या वह उसके साथ हम-बिस्तर होकर पागलों की तरह सेक्स करना चाहता है, जो उसे बहुत सालों से प्राप्त नहीं हुआ था? अभी तो उसे बस इतना ही महसूस होता था कि जिस दिन उसे देख न पाये या बात न कर पाये, तो उसे वह दिन अधूरा लगने लगता था। इस समय वह सोच रहा था : ‘सैंडिल खोने और प्राप्त होने की यह घटना क्या उसे मेरी ओर भेजेगी? क्या वह मेरे समीप आयेगी?’

वह हर शाम खान मार्केट जाता रहा। वह बुकशॉप में घूमता किताबों को पलटता रहता, दूसरी किताबों की दुकानों में झाँकता, सब्ज़ी और मीट-मछली की दुकानों पर नज़र डालता, पर वह कहीं दिखाई न देती। फिर एक दिन वह मार्केट के कोने में बने गोपाल मन्दिर की तरफ़ जा निकला। शाम की पूजा-आरती का समय था। मन्दिर से अगर की खुशबू और घंटियों की आवाज़ें बाहर फैल रही थीं और 'जय जगदीश हरे' सुनाई दे रहा था। वह मन्दिर में भीतर कभी नहीं गया था, दरअसल उसने किसी भी मन्दिर में प्रवेश नहीं किया था, लेकिन आज वह यह देखने के लिए कि यहाँ भीतर क्या होता है, भीतर जा ही पहुँचा। आँगन में एक तरफ़ लोगों के जूते-चप्पलों की लाइनें लगी थीं। एक आदमी स्टूल पर बैठा इनकी रखवाली कर रहा था। दूसरी लाइन में विजय की परिचित लाल सैंडिल रखी थी। वह रुककर इन्तज़ार करता रहा, जब तक आरती समाप्त न हो गई और लोग हथेलियों में प्रसाद लिये जूते पहनने बाहर न आने लगे। करुणा बाहर निकली तो वह उसके सामने जाकर खड़ा हो गया।

'अब यहाँ क्या कर रही हो?' उसने ज़ोर से पूछा। 'एक दिन मस्जिद में और दूसरे दिन यहाँ?'

'हाय देयर,' उसने जवाब में कहा। 'और आप यहाँ क्या कर रहे हैं?'

'मुझे लाल सैंडिल दिखाई दिये, लेकिन इस दफ़ा चुराये नहीं। इस छड़ी लिये बैठे आदमी की इन्हीं पर नज़र थी। तो मैंने सोचा कि इनकी मालकिन का इन्तज़ार करूँ और उन्हें चाय या कॉफ़ी की दावत दूँ।'

'इसकी ज़रूरत नहीं पड़ेगी,' उसने छूटते ही कहा, 'मेरा कार्यक्रम कहीं और है।' यह कहकर उसने घड़ी पर नज़र डाली 'ओ माई गॉड, आधा घंटा देर हो गई।' यह कहकर उसने सैंडिल पहने और सड़क पार करके गाड़ी में सवार हो गई।

मृत्यु से बचने की घटना से एक महीने बाद विजय को एक और चमत्कार का ज्ञान हुआ, जिसे हालाँकि उसने देखा नहीं, भले ही वह उसके छोटे से फ्लैट के बहुत पास ही घटित हुआ। एक दिन जब वह करुणा की तलाश में श्री गोपाल मन्दिर की तरफ़ गया, तब उसने लोगों की एक बड़ी लम्बी कतार देखी जो मन्दिर से शुरू होकर सारे मार्केट में साँप की तरह फैली हुई थी। इसके हर आदमी के हाथ में कोई न कोई बर्तन, लोटा, जग या कुछ और था। उसे मार्केट में यह गड़बड़ अच्छी नहीं लगी, क्योंकि इससे उसे अपने परिचित को खोजने में कठिनाई हो रही थी। वह लाइन पार करके बुकशॉप में जा पहुँचा। यह किसी वजह से बन्द थी। वहाँ से निराश होकर वह एक और किताबों की दुकान पर जा पहुँचा जिसका मालिक

एक लम्बा-तगड़ा, बड़ी नुकीली मूँछों वाला—जैसी मूँछें स्तंभनकारी देसी दवाओं के विज्ञापनों में दिखाई जाती हैं—आदमी था। विजय ने उसका नाम हकीम ताराचन्द रख दिया था। उसने विजय का स्वागत किया और हमेशा की तरह पूछा, 'कुछ कॉफ़ी-शॉफ़ी, चाय-वाय?' विजय ने हाथ हिला कर मना किया और पूछा, 'क्या हाल-चाल है? ये किन लोगों की लाइन लगी है?'

'अंधविश्वास है, सर,' उसने सिर हिलाते हुए और मूँछों में मुस्कुराते हुए कहा। 'देवी-देवताओं को दूध पिलाया जा रहा है। सब एक-एक करके दूध पिलाने जा रहे हैं।'

'क्या? ये पत्थर और लोहे की मूर्तियाँ दूध पियेंगी?' करुणा को तलाश न करने से दुःखी विजय जैसे चिढ़कर बोला।

हकीम ताराचन्द उसका यह लहज़ा देखकर माफ़ी-सी माँगने लगा। 'सर, मैंने कहा न यह अंधनिष्ठा है। मैं जानता हूँ आप इन बातों में विश्वास नहीं करते। मैं भी नहीं करता।...लेकिन लोगों का यह हक़ भी तो बनता है कि वे जिसमें चाहें विश्वास करें। मेरी बीवी भी जग भर के दूध लेकर सवेरे मन्दिर गई और गणेश जी पर उँड़ेल आई और दूध गायब हो गया—कहाँ गया, भगवान ही जानें।'

'दूधवालों का व्यापार खूब बढ़ गया होगा।' विजय ने फब्ती कसी। 'इसकी शुरुआत किसने की?'

'पता नहीं। लेकिन एक हिन्दी अखबार ने लिखा है कि श्री स्वामी ने गणेशजी को दूध पीने के लिए राज़ी कर लिया।'

'श्री स्वामी! वह बदमाश जिसके खिलाफ़ एक दर्जन फौज़दारी के मुकदमे चल रहे हैं और जो कई दफ़ा जेल की हवा खा आया है।'

हकीम ताराचन्द ने हाथ जोड़कर कहा, 'मुझे माफ़ करें, मैं ऐसे किसी आदमी के खिलाफ़ कुछ नहीं कहूँगा जिसे राष्ट्रपति, प्रधानमन्त्री, करोड़पति और फिल्मी सितारे सब पूजते हैं। हमारा हर दूसरा नेता उससे राय लेने जाता है। इसलिए मैं तो सोचता हूँ कि उसमें ज़रूर कुछ होगा...। हालाँकि मैं इन बातों को मानता नहीं।'

'कहते हैं कि वह अरब शेखों को लड़कियाँ सप्लाई करता है?'

'तौबा! शायद ये अखबार कहते होंगे। मुझे तो कोई जानकारी नहीं है।'

विजय समझ गया कि हकीम इस विषय पर ज़्यादा बात करना नहीं चाहता, इसलिए वह आगे बढ़ गया। 'अच्छा जी, फिर मिलते हैं।' उसने घर वापस लौटने का फ़ैसला किया, लेकिन फिर सोचा कि शायद करुणा मन्दिर में मिल जाये। उसे धार्मिक स्थानों में ज़्यादा ही रुचि लगती है। उसे यह तो नहीं लगा कि वह

खुद दूध पिलाने आयेगी, लेकिन यह दृश्य देखने ज़रूर आ सकती है। इसलिए वह लाइन को देखता उसके साथ-साथ चलने लगा। अपने कपड़े-लत्तों से ये लोग मध्यम वर्ग के लगते थे, जो शिक्षित भी थे। इनके आगे-पीछे एक पुलिस का अफ़सर डंडा हिलाता घूम रहा था—अपने रवैये से वह सुपरिंटेंडेंट लगता था। उसके माथे पर लाल टीका लगा था, यानी वह भी दूध अर्पण कर आया था। उसके साथ चार और सिपाही भी थे जो इधर-उधर घूमकर लोगों को धीरज रखने की सलाह दे रहे थे। अफ़सर सबसे कह रहा था, 'आपका भी नम्बर आयेगा। शान्त रहिये, यह चमत्कार कुछ दिन और चलेगा।' विजय की इच्छा हुई कि उससे पूछे, आपको कैसे मालूम, लेकिन वह किसी पुलिसवाले से उलझना नहीं चाहता था।

सड़क के कुत्ते लाइन के अगल-बगल लोगों के बर्तनों से टपकने वाला दूध चाटते फिर रहे थे। सात-आठ साल का एक छोटा-सा बच्चा उसके पैरों पर दूध चाटने के लिए चढ़े आ रहे एक पिल्ले से उलझ रहा था। इस कसरत में उसके बर्तन से थोड़ा-सा दूध उछलकर ऊपर आ गया, जिसे पिल्ले ने तेज़ी से कूदकर पी लिया और फिर उसके साथ पूँछ हिलाकर कृतज्ञता व्यक्त करने लगा। लड़के के पीछे खड़े एक आदमी ने उसे डाँटा, 'अब तुम्हारा दूध गणेश जी थोड़े ही पियेंगे। इसे तो कुत्ते ने जूठा कर दिया।...अब दूध वाले से और लेकर आओ।' यह सुनकर लड़का ज़ोर से रो पड़ा। फिर उसने दूध वहीं ज़मीन पर फेंक दिया, पिल्ले को एक ज़ोर की लात मारी और ताज़ा दूध लाने चल पड़ा।

इस झगड़े को देखते हुए विजय मन्दिर की तरफ़ बढ़ा। वहाँ तीन सिपाही मन्दिर के सामने की सड़क को रोककर बैठे थे। जब भीतर गये लोग दूध चढ़ाकर वापस आ जाते, तब वे घेरा खोलते और दर्जन भर लोगों को भीतर भेजकर फिर उसे बन्द कर देते। उतनी देर के लिए सड़क का यातायात बन्द हो जाता। विजय लाइन के अन्त तक आ पहुँचा। यहाँ उसके बिलकुल सामने, हाथ में बड़ा-सा बर्तन लिये, अपनी बारी का इन्तज़ार करती, करुणा खड़ी थी।

उसने चहक कर कहा, 'मैं जानता था कि तुम यहाँ ज़रूर मिलोगी।' उसने कूदकर उसका हाथ पकड़ लेने की अपनी इच्छा का दमन किया।

'हाय देयर,' उसने वास्तविक आश्चर्य व्यक्त करते हुए कहा, फिर दूसरी तरफ़ मुँह कर लिया। जो सिपाही रास्ता रोके खड़े थे, उन्होंने 'चलो, चलो, चलो' कहकर लोगों को आगे धकेला और करीब बीस लोगों को आगे भेजकर, जिनमें करुणा भी थी, रास्ता फिर खोल दिया।

विजय का उत्साह जितनी तेज़ी से ऊपर उठा था, उतनी ही तेज़ी से नीचे

आ गया। करुणा ने न उसे 'गुड बाय' कहा और न उसके दूध पिलाकर लौट आने तक इन्तज़ार करने को कहा। न यह कहा कि तुम भी मेरे साथ चलो। यह वह खुद तो कभी नहीं करता लेकिन अगर वह कहती तो चल भी पड़ता। वह करीब घंटे भर तक उसके वापस लौटने का इन्तज़ार करता रहा। भक्त लोग दस या बीस के झुंड में भीतर जाते और जब वे दूध पिलाकर वापस आते, तब उनके चेहरे खुशी से खिले नज़र आते। विजय को वह लौटती दिखाई ही नहीं पड़ रही थी। उसे याद आया कि मस्जिद में भी वह इसी तरह गायब हो गई थी। शायद यहाँ भी किसी और रास्ते से निकल गई हो।

शाम का पैग ढालने का उसका वक्त गुज़र गया—यह काम उसके लिए ज़रूरी होता था। लेकिन आज वह घर वापस नहीं गया। वह उसकी गाड़ी की तलाश में निकला। पुलिस ने यहाँ जगह खाली करने के लिए कारों को सड़क पर खड़ा करवा दिया था। लाइन थी कि बढ़ती ही चली जाती थी। विजय परेशान होता भीड़ में घूमता रहा।

उसे करुणा की गाड़ी दिखाई नहीं दी, तो वह एक पानवाले के खोखे पर आकर खड़ा हो गया और सोचने लगा कि अब क्या करे। उसका मन खट्टा हो गया था। उसे किसी से लड़ने की इच्छा होने लगी। पानवाला गेरुए कपड़े पहने कुछ भक्तों के सामने गणेश जी की महिमा का बखान करने में लगा था।

'लाला जी, आपके देवता बड़े मूडी हैं,' उसने पानवाले से कहा। 'मेरे फ्लैट के सामने भी गणेश जी की एक पत्थर की मूर्ति है। मैंने उनके सामने प्याला भर दूध रखा लेकिन उन्होंने तो एक बूँद भी नहीं पी।'

'आपको चमत्कारों में विश्वास नहीं है,' एक लड़के ने जवाब दिया। 'विश्वास पत्थरों को हिला देता है। भगवान कृष्ण ने गाँववालों को वर्षा से बचाने के लिए एक उँगली पर पहाड़ी को उठा लिया था। इसी तरह हनुमान जी संजीवनी बूटी के लिए सारा पहाड़ उठा लाये थे। तो इसमें आश्चर्य की क्या बात है कि हमारे देवता सब जातियों के लोगों की खुशी के लिए, जिनमें म्लेच्छ भी शामिल हैं, उनका दिया दूध खुशी से पीते हैं। यही तो उनका चमत्कार है।' यह कहकर अपने भाषण पर वह बहुत खुश नज़र आया।

उसके साथी ने ताईद की, 'इसी से तो हमारा देश महान है।' फिर उसने उर्दू के शायर इकबाल का शेर बोलकर सुनाया :

यूनान, मिस्र, रोमां सब मिट गये जहाँ से,
कुछ बात है कि मिटता नहीं निशाँ हमारा।

विजय का पारा चढ़ता दिखाई दिया। उसने कहा, 'यूनान, मिस्र और रोम सब आज भी पहले की तरह न सिर्फ़ ज़िन्दा हैं बल्कि तरक्की कर रहे हैं। सिर्फ़ हमारा देश ही अज्ञान और अंधविश्वास से जकड़ा आगे नहीं बढ़ पा रहा है। इसी पिछड़ेपन का आज यह नमूना है कि पत्थर और पीतल की मूर्तियों को दूध पिलाया जा रहा है ऐसी चालबाजियाँ हमारे देवता ही कर सकते हैं।' ये बातें उसने काफी ज़ोर से कहीं।

टीका लगाये लड़के ने चिल्लाकर कहा, 'बन्द करो अपनी यह बकवास। यह बक-बक कहीं और जाकर करो, हमारे मन्दिर के सामने नहीं। तुम मुसलमान तो नहीं हो?'

बहुत जल्द यह बहस झगड़े में तब्दील हो गई। विजय ने चीखकर कहा, 'तुम सब चूतिये हो। तुम्हारी ही वजह से हमारी दुनिया भर में हँसाई होती है।'

लड़के ने विजय का कॉलर पकड़कर कहा, 'साले, तुमने हमें चूतिया कहा! मैं अभी तेरी...फाड़कर रख देता हूँ।'

पानवाला दुकान से कूदकर नीचे आया और दोनों को एक-दूसरे से अलग किया। 'बाबू जी, मेरी दुकान के सामने यह हंगामा मत कीजिए।' उसने विनती करते हुए कहा, 'आप घर जाइये। यह अपना सिगरेट का पैकेट ले जाइये—मेरी तरफ़ से भेंट है। भगवान आप पर कृपा करे और आपका क्रोध नष्ट करे।'

विजय अपमानित महसूस कर रहा था। लड़का उससे आधी उम्र का था। उसने गुस्सा करके खुद अपनी इज़्ज़त घटा ली थी।

विजय को कुछ खास चीज़ों से विशेष घृणा थी : धार्मिक अंधविश्वास से, ज्योतिष से, कुंडली विद्या और संख्या शास्त्र वगैरह भविष्य बताने वाली सब विद्याओं से तो उसे ज़बर्दस्त चिढ़ थी। लेकिन दुनिया के इन मूर्खों के बीच वह शान्ति से रहता चला आया था। उसका मानना था कि गधों को भी रेंकने और अपनी बात कहने का अधिकार प्राप्त है। इसलिए उसे पानवाले की दुकान पर अपने बिफर उठने पर आश्चर्य हुआ, विशेष रूप से इस कारण कि उसने हिंसक शक्ल ले ली, जो उसे सख्त नापसन्द थी। वह समझ नहीं पाया कि उसे क्या हो गया था।

उसे करुणा पर भी आश्चर्य हो रहा था। यह स्त्री जो उसे अच्छी शिक्षित और पश्चिमी रंग में रँगी दिखाई देती थी, जो खुले आम सिगरेट और शराब पीती थी और धार्मिक बुराइयों से मुक्त दिखाई देती थी, इस तरह गणेश जी की संगमरमर और ताँबे की मूर्तियों को दूध पिलाने के लिए घंटों से लाइन में लगी हुई है। शायद वह मशहूर होने के लिए यह कर रही हो। उसने अखबारों में खबर पढ़ी थी कि

दो लड़कियों ने गणेश जी को ह्विस्की पिलाई तो इस पर बहुत विरोध हुआ और उन्हें माफ़ी माँगनी पड़ी। करुणा भी शायद ऐसा ही कुछ कर रही थी।

गणेशजी के दूध पीने और पानवाले की दुकान के सामने हुए झगड़े के बाद कई दिन तक विजय अपने घर से बाहर नहीं निकला। जब निकला तो उसने तय किया कि बाज़ार में घूमेगा-फिरेगा लेकिन किसी दुकान में प्रवेश नहीं करेगा। वह हर ऐसी जगह से दूर रहना चाहता था जहाँ उसे गुस्सा आ जाये और झगड़े की नौबत पैदा हो। सिगरेट और पान खरीदने के लिए भी उसने एक दूसरी दुकान तलाश ली।

फिर से घूमना शुरू करने की चौथी शाम को वह मार्केट के एक कम भीड़ वाले हिस्से में जा निकला जहाँ एक बैंक था, जो शाम को बन्द हो गया था; वहाँ उसे अपने पीछे से 'जय हो!' की आवाज़ सुनाई दी। उसने घूमकर देखा तो उसे लम्बी दाढ़ी वाले एक बाबा जी, हाथ में थाली लिये, जिसमें फूल पड़े थे, कुंकुम लगा था और बीच में एक छोटा-सा दीया जल रहा था, दिखाई दिये।

उन्होंने थाली उसके आगे बढ़ाते हुए कहा, 'शनि देवता को कुछ दो।' विजय को याद आया कि उस दिन शनिवार था और शनि देव को प्रसन्न करने के लिए यह उच्च श्रेणी का भिक्षुक पैसे की याचना कर रहा था। उस दिन ऐसे बहुत से लोग रेलवे स्टेशनों, बस के अड्डों और सड़क के चौराहों पर पैसा इकट्ठा करते नज़र आते थे। लेकिन इसके बाद बाबा ने उससे जो कहा, उसे सुनकर विजय को वहाँ रुकना पड़ गया।

'तुम्हारे दिमाग़ में कोई है, शायद कोई युवती और समस्या क्या है? वह जवाब नहीं दे रही है? उसे जीतने के लिए मैं तुम्हें कुछ दूँगा। बन्द करो अपनी मुट्ठी।'

न चाहते हुए भी विजय ने मुट्ठी बन्द करके हाथ उसकी ओर बढ़ा दिया।

'अब खोलो,' बाबा बोला। विजय ने हाथ खोल दिया। उसकी हथेली पर एक काली बड़ी-सी अँगूठी थी। 'देखो, यह राहु है, बुरा ग्रह। मैं इसे नष्ट कर सकता हूँ। मुझे इसकी दक्षिणा दो, जैसे दस रुपये और मैं तुम्हें उसे जीतने का अचूक मन्त्र दूँगा।' कुछ देर बाबा अपनी काजल-लगी आँखों से, उसे घूरकर देखता रहा, फिर बोला, 'जनाब, मैं जानता हूँ कि आप ज्योतिष और हस्त रेखा पढ़ने में विश्वास नहीं करते। लेकिन मैं आपका चेहरा खुली किताब की तरह पढ़ सकता हूँ। आप मेरा उपाय करके क्यों नहीं देख लेते कि सफलता मिलती है या नहीं। दस रुपये से न आप गरीब हो जायेंगे और न मैं अमीर।'

इसके बाद बिना ज़्यादा सोच-विचार किये विजय ने जेब से दस रुपए का नोट निकाला और उसे बाबा की थाली में रख दिया।

शनि के पुजारी ने कहा, 'अब हम कहीं बैठ जायें, जहाँ कोई हमें परेशान न करे।' उन्हें मार्केट में शान्तिपूर्ण एक जगह ही मिली : शौचालय को लगी गली में जिसके दूसरी तरफ़ दीवार थी। यहाँ बदबू के अलावा और कोई नहीं आता था। बाबा ने थाली दीवार पर रखी, नोट अपनी जेब में डाला और विजय से अपना दायाँ हाथ खोलने को कहा।

हर आदमी को अपने को महत्त्व दिया जाना अच्छा लगता है। विजय को भी बाबा का उसके हाथ की रेखाएँ पढ़ना, उनमें कहाँ क्या लिखा है, उसके प्रेम और विवाह की स्थिति क्या है, इत्यादि विषयों की चर्चा करना अच्छा लग रहा था।

'आपके जीवन में दो विवाह हैं,' स्वामी जी ने घोषणा की।

'अभी तो शुरुआत भी नहीं हुई है। मेरी कोई पत्नी नहीं है और उम्र भी ज़्यादा हो चुकी है,' विजय ने कहा।

'विवाह और वासना के लिए उम्र कभी ज़्यादा नहीं होती,' स्वामी ने उसे विश्वास दिलाया और कहा, 'मैं आपका अपना घर, काफी बड़ा, दो मंज़िला और कई गाड़ियाँ देख रहा हूँ।'

'यह सुनना अच्छा लगा। अभी मैं एक कमरे के फ्लैट में रहता हूँ और मोटर साइकिल पर आता-जाता हूँ,' उसने झूठ बोला।

बाबा कहता रहा, 'धन है, बहुत ज़्यादा धन, और बड़ा नाम।'

विजय ने फिर प्रतिवाद किया, 'मुझे दोनों की ज़रूरत है। अभी मेरे बैंक खाते में बहुत कम पैसा है और मेरा नाम भी पड़ोसियों के सिवा और कोई नहीं जानता।'

'बहुत जल्द विदेश की यात्रा करोगे,' बाबा ने जोड़ा।

'कब? अभी तो अमेरिका और इंग्लैंड दोनों ने मेरी वीज़ा की अर्ज़ी खारिज कर दी है। आप पैसा, नाम, मकान, विदेश यात्रा वगैरह को भूल जायें, और बता सकें, तो इस समस्या के बारे में बतायें।'

'जन्म की तारीख और स्थान बताइये,' बाबा ने सवाल किया और यह कहकर अपनी जेब से एक छोटी-सी नोट बुक और पेंसिल निकाल ली। विजय ने तारीख वगैरह बताई। स्वामी ने कागज़ पर लाइनें खींचकर कुंडली का नक्शा बनाया और खानों में कुछ लिख दिया। फिर आँखें बन्द कर लीं और कुछ देर बाद कहा, 'उसका नाम क से शुरू होता है।'

विजय चकित रह गया। 'आपने कैसे जाना?'

'यह आपके सितारों में लिखा है। वह आपको प्यार करती है हालाँकि व्यक्त

नहीं करती। मैं आपको एक जादुई उपाय बताऊँगा जिसका प्रयोग करने के बाद आप दोनों भूखों की तरह एक-दूसरे से मिल जायेंगे।' यह कहकर स्वामी ने विजय पर अर्थपूर्ण नज़र डाली।

'मैं तो अभी भी भूखा हूँ उसका,' विजय ने तड़प कर कहा।

'पहले आपको ही ज़्यादा भूख दिखानी होगी, तब उसे अपनी भूख महसूस होगी और वह बेशर्मी से इसे ज़ाहिर करेगी। मैं इसकी गारंटी देता हूँ। उसकी फ़ीस मैं पचास रुपये लेता हूँ। अगर मेरा फार्मूला काम न करे तो मैं अपनी जेब से पचास रुपये वापस कर दूँगा। मैं आपको अपना कार्ड देता हूँ जिस पर मेरा नाम और पता लिखा है। अगर सफलता न मिले तो यह कार्ड आप डाक से वापस कर देना और मैं खुद आकर रुपये वापस कर जाऊँगा।' यह कहकर उसने अपनी जेब से तलाश करके एक चिकटा-सा कार्ड निकाला। उसके ऊपर 'ओम' लिखा था। जिसके नीचे गणेश जी की तस्वीर थी, फिर उसके नीचे नाम 'नत्था सिंह, विश्वविख्यात ज्योतिष विज्ञान के गुरु, हस्त रेखा और संख्या शास्त्र के ज्ञाता, प्रेम नुस्खों के जाने-माने विशेषज्ञ।'

अब विजय इस गोरख धंधे में प्रवेश कर चुका था, इसलिए उसने सोचा कि इसे पूरी तरह करके देख ही लिया जाये। बाबा ने उसके नाम का पहला अक्षर तो एकदम सही बताया था। वह उसे मुझमें ज़्यादा रुचि दिखाने को प्रेरित भी कर सकता है।

'ठीक है। इसके ये पचास रुपए भी मैं आपको दे रहा हूँ और अगर सफलता न मिली तो मैं पुलिस को आपके पीछे लगा दूँगा। ठीक है?'

'ठीक है जनाब, ठीक है। मेरा फार्मूला एकदम पक्का है।' इसके बाद उसने कान में फुसफुसाकर कहा, 'जनाब, आपको यही करना है कि अपनी झाँट से दो बाल उखाड़ें और दो बाल उसकी भी झाँट से प्राप्त करें, दोनों को एक साथ मिलाकर आधा हिस्सा आप रखें और आधा उसे दें और दोनों चाय के साथ उसे पी जायें। बस, दोनों में आग जल उठेगी। मेरी गारंटी है।'

विजय निरुत्तर हो गया। वह अविश्वास से शनि स्वामी को देखने लगा।

'आपको इस फार्मूले पर सन्देह हो रहा है?' यह कहकर जैसे उसने विजय को चुनौती दी। फिर अपने लिंग पर हाथ फिराकर घोषणा की, 'झाँट की शक्ति को कम मत समझिये। दुनिया में इतनी ताकत और किसी चीज़ में नहीं है।'

विजय के सिर में खून चढ़ने लगा, लेकिन वह शान्त रहा। वह दूसरा झगड़ा नहीं करना चाहता था। लेकिन उसने यह सवाल ज़रूर कर दिया, 'पर यह कैसा फार्मूला है? अगर मैं उसकी झाँट के इतना करीब जा सकता तो मुझे आपकी सहायता की ज़रूरत ही नहीं थी। मैं उससे कैसे ये बाल प्राप्त करूँगा?'

'कोशिश करें तो ज़रूर पा सकते हैं।'

यह कहकर शनि स्वामी उठा और अपनी थाली लेकर वहाँ से गायब हो गया।

विजय ने महसूस किया कि साठ रुपए खर्च करके अगर उसने यह फार्मूला हासिल किया है, तो वह उन लोगों से ज़्यादा बड़ा चूतिया है जो गणेशजी को दूध पिलाने की बात के लिए लड़ने-मरने को तैयार हैं। वह उठा और चारों तरफ़ खड़ी गाड़ियों के बीच से रास्ता बनाते हुए हकीम ताराचन्द की दुकान की तरफ़ कदम बढ़ाने लगा।

उसने विजय से कहा, 'लाल साहब, आपको इस जैसे साधुओं से सावधान रहना चाहिये। यह आदमी साधु नहीं है, ठग है जो लोगों की कमज़ोरियों का फ़ायदा उठाता है।'

ज़ाहिर है, उसने विजय को शनि स्वामी से बात करते और उसे पैसा पकड़ाते देख लिया था। विजय के कान सुर्ख पड़ गये। उसे महसूस हुआ कि वह सार्वजनिक रूप से नंगा हो गया है। उसकी पराजय हुई थी।

विजय पिछले दिनों की घटनाओं पर सोच-सोचकर दुःखी होता रहा। उसने अपनी डायरी में लिखा : 'दुनिया भर ने मुझे नकार दिया है,' फिर इसमें जोड़ा : 'खुद भी अपने को नकार रहा हूँ।' खान मार्केट की रौनक जैसे उसके लिए खत्म हो गई हो, वह कई दिन तक वहाँ भी नहीं गया। लेकिन करुणा से निबटने की उसकी इच्छा फिर बलवती होने लगी। क्या वह जानती है कि उसकी वजह से मेरा क्या हाल हो रहा है?

एक सप्ताह बाद एक शनिवार की शाम वह मार्केट में फिर घूमने आ निकला, और उसे तलाश करने लगा। उसने उन सब जगहों के चक्कर लगाये जहाँ वह आती-जाती थी, जैसे किताबों की दुकानें, सब्ज़ी और मांस-मछली की दुकानें, इत्यादि, लेकिन वह कहीं भी दिखाई नहीं पड़ी। अन्त में वह बुक शॉप पर अपनी पत्रिकाएँ खरीदने गया और उसकी मालकिन से पूछने लगा कि उसने कहीं करुणा को तो नहीं देखा है। यह प्रश्न उसने बड़े सामान्य ढंग से किया, 'जो महिला डरेल खरीद कर ले गई थी, वह अब दिखाई नहीं पड़ती।'

'आप करुणा चौधरी के बारे में पूछ रहे हैं? हाँ, एक शाम वह आई थी और

अपना हिसाब चुकता कर गई। कह रही थी कि उसके पति का तबादला किसी और शहर के लिए हो गया है—कहाँ के लिए, यह नहीं बताया।'

विजय यह सुनकर हक्का-बक्का रह गया? उसने अपनी पत्रिकाएँ लीं और धीरे-धीरे अपने फ्लैट पर वापस लौट आया। वह समझ गया कि अब वह कभी दिखाई नहीं देगी। और 'चौधरी' नाम से कोई सुराग नहीं मिलता था। चौधरी तो देश भर में सब जगह पाये जाते हैं, पंजाब से आसाम तक और दक्षिण के सभी राज्यों में। वे हिन्दू, मुस्लिम, सिख और ईसाई भी हो सकते हैं। यह खोज उतनी ही निरर्थक होगी, जैसे मजनू रेगिस्तान में बैठा रेत के हर कण में अपनी प्रिया को ढूँढ़ता रहा होगा। उसे लगा, वह भी मजनू की ही तरह दीवाना हो गया है। अब वह चौवन साल का बूढ़ा भी हो गया था—बूढ़ा पागल। उसने अपने को समझाने की कोशिश की—वक्त यह सब बातें भुला देगा और भी औरतें उसकी ज़िन्दगी में आ सकती हैं या नहीं भी आ सकतीं।

पीने का वक्त अभी नहीं हुआ था। फिर भी उसने एक तगड़ा पैग ढाला और दिमाग़ को हटाने के लिए टी.वी. चला दिया—वह उस औरत के बारे में ज़रा भी नहीं सोचना चाहता था जो इस तरह उसके हाथों से फिसल गई थी और शायद उसे उसको अकेला ही छोड़ देना चाहिये था। वह रिमोट कंट्रोल के बटन दबा-दबाकर एक के बाद दूसरा चैनल बदलता रहा। किसी चैनल पर उसका मन कुछ सेकेंड से ज़्यादा नहीं टिकता था। अचानक तभी बिजली चली गई और सारे ब्लॉक में अँधेरा छा गया। सूरज डूब गया था लेकिन शाम को हलकी रोशनी में उसे शहतूत का पेड़ धुँधला-सा दिखाई दे रहा था। उसके पत्ते झड़ने शुरू हो गये थे। अचानक अँधेरा हो जाने की वजह से उल्लुओं का जोड़ा फिर शोर मचाने लगा, चिटर-चिटर, चटर-चटर।

दूसरे दिन ब्लॉक के लोग सवेरे देर तक सोते रहे। यह इतवार था। विजय जब लोदी गार्डन से सैर करके लौटा, तब दो वृद्धाएँ बाहर लॉन में टहलती नज़र आईं। उन्होंने उसे गाड़ी भीतर लाते और एनी को अपनी पुरानी जगह शहतूत के पेड़ के नीचे पहले की तरह पार्क करते देखा।

तितली

'चार्ल्स से मिलिये, मेरे दोस्त हैं,' मैंने उसे डॉक्टर से परिचित कराते हुए कहा।

'मेरा नाम रमेश चन्द्र है,' चार्ल्स बोला, और डॉक्टर से हाथ मिलाया। 'आपसे मिल कर खुशी हुई।'

हमेशा यही होता था उसका चार्ल्स के नाम से परिचय कराया जाता था और वह 'मेरा नाम रमेश चन्द्र है' कहकर उसे सुधारता था। लेकिन पहले यह बात नहीं थी। सच्चाई तो यह है कि जब मैं उससे पहली दफ़ा मिला था, तब मैं सोच भी नहीं सकता था कि उसका नाम रमेश चन्द्र हो सकता था। वह शिमला के एक मिशन स्कूल से एंग्लो-इंडियन साथियों के साथ यूनिवर्सिटी में दाखिला लेने आया था। हम उन्हें 'भी-शुन स्क्वैड' कहते थे, और वे इसका बुरा भी नहीं मानते थे। इसमें स्मिथ, स्टैनली और जॉनसन जैसे नामों के लोग भरे पड़े थे, और कई भारतीयों के नाम भी अंग्रेज़ी थे। इस तरह वह चार्ल्स था, उसे प्यार से 'ओल्ड चार्ली' कहते थे।

चार्ल्स का चेहरा-मोहरा और कपड़े भी रमेश चन्द्र नाम के विपरीत थे। वह सिर पर ज़रा-सी तिरछी करके सोला हैट लगाता था, जिसका फ़ीता ठोड़ी के नीचे कसकर बँधा होता था। हैट के एक तरफ़ उसने एक पंख लगा रखा था। यह बिलकुल कबूतर के पंख जैसा लगता था। चार्ल्स ने हमें बताया कि यह पंख शुतुरमुर्ग नाम के एक हुलेम पक्षी का था जो इन इलाकों में नहीं पाया जाता था। उसके जैकेट की बाँहों में अंग्रेज़ों की तरह चमड़े का पैबंद लगा रहता था। उसके भूरे रंग के थैलों की क्रीज़ ब्लेड की तरह होती थी। जहाँ तक उसकी बोली का सवाल था, हम सब जो देसी संस्थाओं से पढ़ कर निकले थे, मानते थे कि किंग्स इंग्लिश नाम से जानी

जाने वाली हमारी अंग्रेज़ी वही भाषा थी जिसे किंग चार्ल्स बोलता था। चार्ल्स कुछ ऐसे शब्दों का इस्तेमाल करता था जो हमने सुने ही नहीं थे। हम इस बात से भी बहुत प्रभावित थे कि ऑक्सफोर्ड डिक्शनरी में भी ये शब्द नहीं थे। इनमें हर वाक्य से पहले लगाया जाने वाला 'यस मुन' या 'नो मुन' या 'से मुन' भी था। रुपयों के लिए 'चिप्स', सिनेमा के लिए 'फ़्लिक्स' और कॉलेज के प्रिंसिपल के लिए 'ओल्ड प्रिनी' शब्दों का प्रयोग किया जाता था।

चार्ल्स यूनिवर्सिटी में आया तो उसे हम भारतीयों के साथ होस्टल में रहना पड़ा। एंग्लो-इंडियन्स के लिए अलग होस्टल था और चार्ल्स की पूरी कोशिश के बावजूद उसे उस होस्टल में जगह नहीं मिली। लेकिन चार्ल्स अपने वर्ग की प्रतिष्ठा के प्रति सचेत था। वह हमसे बहुत कम बात करता और हमारे साथ मैस में तभी खाना खाता जब उसके पैसे चुक जाते थे और इंग्लिश रेस्तराँ में चटनी के साथ टिक्के नहीं खा पाता था। वह अपने एंग्लो-इंडियन दोस्तों के साथ ही दिन गुज़ारता था। कॉलेज में कक्षा के बीच का समय ये लोग हम सबसे अलग बैठते और स्कूली दिनों की यादें ताज़ा करके या अपनी नई एंग्लो-इंडियन बस्ती में अपनी खुराफ़ात बताकर एक-दूसरे का मनोरंजन करते थे। हम लोग इनके इर्द-गिर्द मँडराते इनकी बातें सुनने की कोशिश करते थे।

'से मुन, फ़ायलिस तुम्हें कैसी लगती है?'

'फ़ायलिस? क्या लड़की है!'

'और ग्लेडिस? वह तो बिलकुल यूँ ही!'

जब वह देर शाम को वापस लौटता तो हम हमेशा कोशिश करते कि वह एंग्लो-इंडियन कालोनी की बातें हमें बताये लेकिन वह यह सोचकर चुप रह जाता कि हम इन बातों को नहीं समझेंगे। जब हम उस पर ज़ोर डालकर ज़्यादा पूछताछ करते, कि क्या उसे कुछ सफलता मिली, तो वह मुस्कुरा भर देता।

एक शाम वह बातें करने के मूड में था। उसने हमसे पूछा कि क्या हम किसी गोरी औरत के साथ सोये हैं। हम सबने 'ना' की। गोरी तो क्या, हम भूरी या काली के साथ भी नहीं रहे थे। लेकिन गोरी औरत होती कैसी है? अच्छी? चार्ल्स ने जवाब नहीं दिया। उसने अपनी आँखें ऊपर उठाईं और ज़रा सी मुस्कान फेंकी। हमने उससे सब कुछ विस्तार से बताने की मिन्नत की। वह धीरे-धीरे मज़ा ले-लेकर जैसे इस विषय का बड़ा कलाकार हो, बहुत कुछ बताता गया। हम उससे जलते-भुनते और अपने शरीर में बेचैनी महसूस करते अपने कमरों में चले गये।

इसके बाद वह बदलने लगा, जिसका कोई कारण समझ में नहीं आया।

वह अपने एंग्लो-इंडियन दोस्तों की जगह हमसे ज़्यादा घुलने-मिलने लगा, जो हमें बहुत अच्छा लगा। वह अपने भारतीय मूल का ज़िक्र करने लगा। अब 'बैक होम इन ब्रायटन' की जगह वह अक्सर 'बैक होम इन भैड़ा' कहने लगा। फिर उसने हमें धीरे से यह भी बता दिया कि उसका असली नाम रमेश चन्द्र है।

एक शाम चार्ल्स हमें गोरी औरतों के बारे में अन्दरूनी जानकारियाँ देने लगा—धीमी, सधी हुई आवाज़ में उसने बहुत कुछ बताया। उसने कहा कि इनको बहुत ज़्यादा महत्त्व दिया जाता है—फिर कान में फुसफुसाकर कहा कि सफ़ेद चमड़ी के अलावा उनमें और कुछ नहीं होता और हमारी हिन्दुस्तानी औरतें उनसे कहीं ज़्यादा अच्छी होती हैं। हमने कहा कि हम सब भी यही सोचते थे और अब चार्ल्स ने, जो वह सब जानता है जिसे उसको जानना ही चाहिये, हमारी बातों की तसदीक कर दी है, इसलिए हमारा अंदाज़ एकदम सही साबित हो गया है। इसके बाद हमने यह भी मान लिया कि चार्ल्स हिन्दुस्तानी औरतों की तारीफ़ करने के कारण देशभक्त भी है।

कुछ समय बाद हमें चार्ल्स की अचानक जगी देशभक्ति का कारण भी ज्ञात हो गया। उसका अपनी एंग्लो-इंडियन प्रेमिका, बैटी ब्राउन के साथ अच्छा सम्बन्ध चल रहा था, लेकिन उसके जाति-भाई जेकब का पुलिस में सार्जेन्ट पद के लिए चुनाव हो जाने के बाद बात बदलने लगी। चार्ल्स का महत्त्व खत्म हो गया। उसके पास न खाकी वर्दी थी, न सैम ब्राउन पेटी, न कंधे पर चाँदी के अक्षरों में 'पी. पी.'—पंजाब पुलिस—लिखी पट्टी। उसके पास पीछे एक सीट लगी मोटरसाइकिल भी नहीं थी।

इस घटना से चार्ल्स के दिल को गहरा धक्का लगा, लेकिन वह बिलकुल टूट जाता, इससे पहले एक और लेकिन इस दफ़ा हिन्दुस्तानी लड़की ने उसे सँभालकर चलने लायक बना दिया। उसके अपने ही प्रदेश शाहपुर के रेगिस्तानी इलाके से उसकी एक चचेरी बहन यूनिवर्सिटी में पढ़ने आ गई। वह अभी सिर्फ़ सोलह साल की थी लेकिन उसके उरोज उभरने लगे थे। उसे लड़के घूरकर देखते तो वह आँखें नीची कर लेती जिससे उसे एक और खूबसूरती प्राप्त हो जाती थी। वह मोटे सूत की सादा साड़ी पहनती थी और जनवरी की ठंड में भी चप्पलों में घूमती रहती थी। जब चार्ल्स ने उसे पहली दफ़ा देखा तो वह जैसे चकित रह गया। उसने हाथ जोड़कर धीरे से 'नमस्ते' की तो वह उसे अपनी माँ की दी सरस्वती देवी की तस्वीर से मिलती-जुलती लगी। चार्ल्स को बचपन से ही यह तस्वीर बहुत प्रिय थी। देवी श्वेत परिधान धारण किये कमल के बड़े से पुष्प पर खड़ी थी, उसके पीछे बर्फ़ से ढके पर्वत थे। नीचे

के दो कोनों में हाथी सूँड़ें उठाये उसे प्रणाम कर रहे थे। चार्ल्स को लगा कि यह उसकी चचेरी बहन सरस्वती ही है। अपने माथे पर लगी छोटी-सी लाल बिन्दी से नीचे गुलाबी अँगूठों तक वह देवी की प्रतिमा ही लग रही थी—जो वेदों से निकलकर, कैलाश पर्वत पर जमी बर्फ़ से होकर, पावन गंगा नदी में कमल के ऊपर बहती यहाँ आ पहुँची है और पता नहीं कैसे, अब चार्ल्स के सामने खड़ी है।

चार्ल्स बड़े ज़ोर-शोर से भारतीय हो उठा। वह हमेशा हमारे साथ रहता—चचेरी बहन के साथ रहने के समय को छोड़कर—और अपने एंग्लो-इंडियन मित्रों को अप्राकृतिक मैथुन करने वाले बदमाश या दोगले कहता। वह ज़ोर देकर घोषित करता कि वे ये दोनों ही हैं, क्योंकि वह उनके बारे में वह सब जानता है, जो उसे जानना चाहिये। हम तुरन्त उससे सहमत हो गये और उसके सेक्स संबंधी अनुभव के प्रशंसक हो उठे। अब चार्ल्स की वेशभूषा भी बदली। पहले उसके हैट का पंख गायब हुआ, फिर हैट भी नहीं रहा। भूरे रंग के थैले और चमड़ा-मड़ित कोट तो बड़े नाटकीय ढंग से लुप्त हुए। दिसम्बर की एक ठंडी शाम वह हममें से एक के साथ नहर के किनारे टहल रहा था। उसका पैसा चुक गया था और वह किसी सहज उपाय से कुछ धन प्राप्त करना चाहता था। उसने घोषणा की कि अगर हम उसे पाँच रुपए देंगे तो वह कपड़े पहने नहर में कूद पड़ेगा। उसकी बात मान ली गई और वह भीगे कपड़ों में काँपता और हाथ में पाँच रुपए का नोट पकड़े, होस्टल वापस लौटा। उसका पाजामा घुटनों पर छह इंच चौड़ा हो गया था। इस बहाने के तले उसने हिन्दुस्तानी कपड़े पहनना शुरू किया। हाथ का बुना कपड़ा सस्ता था और उसकी कज़िन तो हर वक्त यही पहनती थी। इस तरह सोला हैट पहनने वाला अंग्रेज़ खद्दरधारी हिन्दुस्तानी बन गया।

रमेश ने गंभीरता से अपना यह नया रोल निभाना शुरू किया। इस पर बल देने के लिए उसने अपने नाम के आगे 'श्रीयुत' लगाना शुरू किया, वह लोगों से कहता था कि हर असली भारतीय को अपने नाम के साथ श्रीयुत ही लगाना चाहिये, जिससे उसकी राष्ट्रीयता का तुरन्त पता लग जाता है। उसने कहा कि हम अपने नाम के साथ 'मिस्टर' लगाते हैं, इसीलिए हम अपने को विदेशी भी महसूस करते हैं। इस तरह उसने हममें अपने को विदेशी समझने की भावना भी पैदा कर दी। वह अपने साथ हिन्दी या उर्दू की किताबें लेकर निकलने लगा। उसने कालिदास, ग़ालिब और प्रेमचन्द पर बात करना शुरू कर दिया, और इन्हें पाश्चात्य लेखकों से कहीं ज़्यादा ऊँची श्रेणी का घोषित करना शुरू कर दिया। हम चुप रहते थे क्योंकि हम कुछ जानते ही नहीं थे। लेकिन हमारे मन में रमेश

की विद्वत्ता के प्रति सन्देह हमेशा बना रहता था।

रमेश का देशभक्ति के लिए किया गया सबसे बड़ा काम कुछ चुने हुए लोगों को ही पता था। हम अक्सर उसे अपने कपड़े के थैले से एक कपड़े जैसा टुकड़ा निकालकर उसे ध्यानपूर्वक देखते हुए पाते थे। हमारे उसके पास पहुँचते ही वह उसे फिर थैले में छिपा लेता, जैसे उसमें कोई बहुत बड़े रहस्य रखे हों। और ये थे भी और वह इन पर महीनों से काम कर रहा था। कुछ लोगों को जो उसके पीछे पड़े रहते थे, उसने बताया कि वह ऐसे अंग्रेज़ों की सूची बना रहा है जिन्हें वह गोली मार देगा। उसने वह परचा निकाला और उसे हमारे सामने फैलाकर रख दिया। हम चकित भाव से उसे ध्यान से देखने लगे। इसमें पुलिस और आई.सी.एस. के कई बड़े अधिकारी थे जिनके अन्त में पंजाब पुलिस के प्रमुख जे. जेकब का नाम था। हमने भी कुछ नाम सुझाये, जो उसने शामिल कर लिये। इसके बाद उसने उस कपड़ेनुमा कागज़ को सावधानी से तह करके जेब में रख लिया। उसके चेहरे का भाव देखकर हमें इन व्यक्तियों के सम्बन्धियों के प्रति सहानुभूति पैदा होने लगी।

इसके बाद कुछ दिन तक हम सवेरे जल्दी जागकर अखबार देखते कि किस-किस की हत्या की खबर छपी है। लेकिन शायद रमेश ने उनको अपना आचरण सुधारने के लिए कुछ दिन का समय दे दिया था। हमने उससे पूछा तो उसने विश्वास दिलाया—सब कुछ एकदम तैयार है, बस उसे कुछ सहायकों की ज़रूरत है। हम सबको और ज़रूरी काम थे इसलिए हमने उससे माफ़ी माँग ली, कि हम उसकी सहायता नहीं कर सकेंगे। रमेश ने हमें कायर घोषित कर दिया और हमें कड़वे शब्द कहे। हमने पलटवार नहीं किया, क्योंकि उसकी बात में कुछ सच ज़रूर था। लेकिन हमारे कुछ साथियों ने कहा कि रमेश हमारी टाँग खींच रहा है, इसलिए हमें भी उसकी टाँग खींचनी चाहिये।

हमने रमेश से कहा कि हमारी पहले से ही एक गुप्त क्रान्तिकारी संस्था है, और अगर वह चाहे तो उसमें शामिल हो सकता है। रमेश का चेहरा यह सुनते ही पीला पड़ गया, लेकिन उसने हमारे खिलाफ़ जो कहा था, उसके कारण अब उसके पास कोई चारा नहीं रहा था। एक रात हमने उसकी आँखों पर पट्टी बाँधी और उसे शहर के बाहर एक ऐसी जगह ले गये, जो हमने किराये पर ले ली थी। यहाँ उसकी आँखें खोली गईं तो उसके सामने सिरों पर हुड लगाये कई आदमी दिखाई दिये। रमेश को लेनिन के चित्र के सामने गोपनीयता की शपथ दिलाई गई और कहलाया गया कि वह अपना खून देकर मज़दूरों की सेवा करेगा और ऐसा न करने पर, लेनिन की गंजी खोपड़ी के ऊपर यह लिखा दिखाया गया :

'द्रोहियों को मौत'। यह शपथ लेकर रमेश ताकत महसूस करने ही लगा था कि एक सीटी की आवाज़ सुनाई दी और हुड पहने एक आदमी ने तेज़ी से भीतर घुसकर सूचना दी कि किसी ने विश्वासघात किया है। हमने फ़ौरन अपने रिवॉल्वर निकाल लिये और रमेश की तरफ़ उन्हें तानकर फ़ौरन जवाब माँगा। वह लड़खड़ाया और पत्ते की तरह काँपते हुए हकलाने लगा। तब कोई ज़ोर से हँसा। रमेश बहुत नम्र होकर वापस लौटा।

रमेश की क्रान्तिकारी योजना की बात चारों ओर फैल गई और लोग उस पर हँसने लगे। उसकी चचेरी बहन भी हँसती रही। इससे रमेश को बड़ी चोट पहुँची। उसे कम-से-कम चचेरी बहन से यह उम्मीद नहीं थी। इसका मतलब यह था कि सरस्वती ने अपना गौरव खो दिया था और वह भी सामान्य लड़की बन गई थी। लेकिन सरस्वती उसे और भी चोट देने वाली थी। उसने यूनिवर्सिटी छोड़ दी और एक मोटे सरकारी कर्मचारी से शादी कर ली।

रमेश को इससे बड़ा सदमा पहुँचा और वह फिर अपने भीतर जा घुसा। अब वह किसी से भी बहुत कम बात करता था और कार्ल मार्क्स, एंगिल्स और लेनिन की किताबें पढ़ने में घंटों बिता देता था। उसकी तड़पती आत्मा को साम्यवाद से राहत मिलने लगी। उसके आन्तरिक भयों को इनसे आत्मविश्वास और भरोसा प्राप्त होने लगा। उसके पहले से ही तुर्श व्यक्तित्व को इनसे और भी अधिक बल और धार प्राप्त हुई। लेफ्ट बुक क्लब की सदस्यता से मिले आध्यात्मिक भोजन से पुष्ट होकर वह एक बिलकुल नया मनुष्य बनकर निकला। हिन्दी की किताबें पढ़ने वाला प्यूपा अब फूटकर मार्क्सवादी तितली बनकर प्रकट हुआ। श्रीयुत रमेश चन्द्र की मृत्यु हो गई और उनकी लाश पर कामरेड रोमेश चन्द्र या कामरेड चार्ल्स, का अवतार हुआ।

पहले की तरह इस बार भी चार्ल्स ने अपना नया रोल गम्भीरता से निभाया। वह कम्युनिस्ट पार्टी में शामिल हो गया और ताँगेवालों तथा भंगियों की शक्तिशाली यूनियन संगठित की। उसके आदेश पर एक दिन भंगियों की यूनियन ने हड़ताल कर दी और सारा शहर गंद से भर उठा। उसके दूसरे आदेश पर एक दिन ताँगेवाले हड़ताल पर चले गये और लोग घरों पर बैठकर प्रार्थना करने लगे कि भगवान चार्ल्स का दिमाग़ बदल दे।

हम लोग जो चार्ल्स को जानते थे, उसे गम्भीरता से लेने को तैयार नहीं हुए और इन्तज़ार करते रहे।

चार्ल्स ने ताँगेवालों की हड़ताल कराई थी। हड़ताल के लिए बहानों की कमी नहीं होती। कारपोरेशन ने उनका भाड़ा बढ़ाने से इनकार कर दिया था। पुलिसवाले

उनसे हमेशा रिश्वत लेते रहते थे। मजिस्ट्रेट सख़्त फ़ैसले देते थे और भारी जुर्माना लगा देते थे। इसलिए ताँगेवालों ने हड़ताल कर दी और शहर का अकेला यातायात का साधन समाप्त हो गया। चार्ल्स की यह बड़ी विजय थी और इसे मनाने के लिए उसने हमें बियर की दावत दी। दूसरे दिन अधिकारियों ने कार्यवाही करने का फ़ैसला किया। उन्होंने ताँगेवालों की यूनियन को गैर-कानूनी घोषित कर दिया और उन्हें ड्यूटी पर वापस आने का आदेश दिया—ऐसा न करने पर उनके लाइसेंस ज़ब्त कर लिये जायेंगे।

हम जानते थे कि अब झगड़ा होगा, और चार्ल्स झगड़ों से हमेशा बचता था। सवेरे एक ताँगे पर लाल झंडा लहराते हुए एक आदमी शहर में घूमा कि शाम को ताँगेवालों की सभा होगी। चार्ल्स ताँगे में नहीं था और न वक्ताओं में उसका नाम लिया गया था। दोपहर बाद बाजे की आवाज़ पर मुनादी की गई कि इस सभा को गैर-कानूनी करार दिया जाता है। हम समझ गये कि वक्ताओं में चार्ल्स का नाम क्यों नहीं था। वह ज़रूरी काम से शहर के बाहर कहीं गया होगा या पेट-दर्द लेकर बिस्तर पर पड़ा होगा। हमने तय किया कि जाकर तमाशा देखा जाए।

रेलवे स्टेशन के सामने के मैदान में बड़ी भीड़ जमा थी। इनसे अलग मैदान के बीच में लोगों के दो दल दिखाई दे रहे थे। एक दल दो सौ के करीब ताँगेवालों का था जो ज़मीन पर उकड़ूँ बैठे थे। इनके मध्य एक आदमी हाथ में लाल झंडा लिये खड़ा था। इनसे कोई तीस गज़ की दूरी पर पुलिसवालों की चार क़तारें थीं, हर क़तार में पचास के करीब सिपाही थे, जो रायफिलों से लैस थे। इनके सामने एंग्लो-इंडियन पुलिस सार्जेन्ट बेचैनी से टहलते दिख रहे थे। जेकब भी इन्हीं में था। वह चमड़े से मढ़ी अपनी घड़ी घुमाता जैकबूट पटकता घूम रहा था। चार्ल्स उससे बच गया लगता था।

ताँगेवालों के बीच से एक काला, लम्बा-सा आदमी उठा और लाल झंडे के बगल में जाकर खड़ा हो गया। उसने बोलना शुरू किया। लोग कान लगाकर उसे सुनने की कोशिश करने लगे।

'कामरेड्स,' वह चीख कर बोला, 'इम्तहान की घड़ी आ गई है। हमें इसका सामना करना है। हम मज़दूर हैं और न्याय हमारे साथ है।'

एक एंग्लो-इंडियन सार्जेन्ट ने उसे रोका और उसके पास पहुँचकर उसे एक पीला कागज़ पकड़ाते हुए पाँच मिनट में सभा खत्म करने की आज्ञा दी। उसने तेज़ी से अपना हाथ बढ़ाकर उसकी गर्दन पकड़ी और उसे दो सिपाहियों की तरफ़ धकेल दिया, जिन्होंने उसे हथकड़ी लगाकर गाड़ी में ठूँस दिया।

ताँगेवालों का अब कोई लीडर नहीं रहा। उनके ज़ोर-ज़ोर से बात करने की आवाज़ें सुनाई देने लगीं कि रोज़ाना की आमदनी खत्म होने से उनका क्या बनेगा, बीवी-बच्चे क्या खायेंगे और वे जेल चले गये तो सब भूखे मर जायेंगे—और उनके नेता अब कहाँ गायब हो गये हैं। उनमें से कई बाहर निकले और 'शेम', 'शेम' (शर्म करो) के नारे सुनते भीड़ में जा मिले। औरों ने भी उनका साथ दिया और पाँच मिनट से कम समय में ही सभा खत्म हो गई।

तभी अचानक, पता नहीं कहाँ से, चार्ल्स वहाँ प्रकट हो गया। हमें उसकी दुबली-पतली काया ताँगेवालों और भीड़ के बीच की खाली ज़मीन पर आगे बढ़ती दिखाई दी। वह परेशान सा अपने दोनों हाथों से अपने बाल पीछे कर रहा था। ताँगेवालों ने उसे देखकर खुशी ज़ाहिर की, वह उनके बीच गया और लाल झंडा अपने हाथों में थाम लिया।

'कामरेड्स,' वह ज़ोर से बोला और चारों तरफ़ नज़र डाली। फिर दोनों हाथ उठाकर साम्यवादी गीत 'इन्टरनेशनल' गाना शुरू कर दिया। उसके डरे हुए साथियों ने भी उसके साथ गाना शुरू किया।

पुलिस कमिश्नर जानता था कि अब क्या करना है। ताकत का कुछ और प्रदर्शन करके इस भीड़ को डरा देना, उसके बाद काम खत्म। उसने चिल्लाकर हथियार तानने का आदेश दिया। दो सौ संगीनें, रायफिलों के साथ लगीं, डूबते सूरज की रोशनी में चमक उठीं। गाना बन्द हो गया और ताँगेवाले भीड़ में जाकर मिलने लगे। चार्ल्स अभी झंडा उठाये खड़ा था और आधा दर्जन उसके साथी उसकी टाँगों से लिपटे इधर-उधर देख रहे थे। एक बार फिर उसकी आवाज़ गूँजी, 'कामरेड्स,' उसने दोनों हाथ ऊपर उठाये और 'रेडफ़्लैग' गाना शुरू कर दिया।

'शन!'

'स्टेंडिंग लोड!'

'एम!'

दो सौ रायफिल से लगी संगीनें कन्धों तक उठकर चार्ल्स और उसके साथियों की तरफ़ निशाना साधकर ऊपर उठ गईं। हमारा खून जमने लगा और माथे पर पसीना छलक आया। ये सिर्फ़ मीटिंग करने के लिए ही लोगों पर गोलियाँ चलायेंगे? लग तो यही रहा था। कमिश्नर की छड़ी ऊपर उठ रही थी। उसने एक झटके से उसे नीचे किया और आदेश दिया :

'फ़ायर!'

रायफिलें आसमान की तरफ़ थीं और गोलियों की घनघोर आवाज़ हुई। लेकिन

वे झंडे को ही लगीं और उसमें बहुत से छेद नज़र आने लगे। भीड़ इधर-उधर भाग रही थी। चार्ल्स के साथी भी गायब होने लगे। उनमें दो ने उसे भी अपने साथ घसीटने की कोशिश की, लेकिन उसने उन्हें झटक दिया।

अब चार्ल्स मैदान में अकेला खड़ा था। बहुत बड़ा झंडा हाथ में पकड़े छोटी-सी काया। रायफिलें अभी भी उसकी तरफ़ निशाना साधे थीं और उनमें से धुआँ निकल रहा था। एकदम शान्ति थी। कुछ मिनट तक चार्ल्स स्थिर खड़ा चारों ओर देखता रहा। उसके सामने सिपाही थे, उस सबके प्रतीक जिससे वह नफ़रत करता था। उसके देशवासी उसे छोड़कर जा चुके थे। उसने धीरे-धीरे लाल झंडा ऊपर उठाया और अपार शान्ति को भेदते हुए गाना शुरू किया?

'हिन्दी हम चालीस करोड़'

उसकी आवाज़ बढ़ती गई और वह सिपाहियों के सामने जा खड़ा हुआ।

पुलिस कमिश्नर जेकब आगे आया और हाथ बढ़ाकर उसे रोका। लेकिन चार्ल्स उसके बिलकुल पास आ पहुँचा, इतना कि उसका चेहरा, उससे टकराने को हुआ।

'शट अप,' सार्जेन्ट चीखा और बायें हाथ से उसके चेहरे पर प्रहार किया। लेकिन चार्ल्स ने गाना बन्द नहीं किया।

'ओ के, यू बास्टर्ड, तो तुम्हें ठीक करना ही पड़ेगा।'

यह कहकर उसने चार्ल्स को कई डंडे मारे, यहाँ तक कि उसके खून बहने लगा। हमारी तितली के पंख चूर-चूर हो गये थे। पुलिस ने चार्ल्स को वहीं छोड़ दिया। वह बेहोश मैदान में पड़ा था। हम उसे उठाकर घर लाये और इलाज शुरू किया। उसकी देखभाल के लिए एक सुदर्शन यूरोपियन नर्स भी रख ली। सारी रात वह बेहोश रहा और हम परेशान होते रहे।

सवेरे उसे कुछ होश आया और हम उसके चारों ओर इकट्ठे हो गये। हम सोचते थे कि वह कष्ट में होगा, लेकिन वह विजय के उल्लास में मुस्कुरा रहा था। जैसे ध्यानमग्न हो।

'कामरेड्स,' हमें देखकर वह बोला, 'कामरेड्स टु द बैरिकेड्स।'

'दिल और आत्मा की दुनिया में चलो।'

'बम की तरह अपना गीत फेंको।'

वह बड़े जोश से बोलता जा रहा था।

'नाउ, नाउ, मिस्टर,' सुदर्शन नर्स ने उसे झिड़का, 'उत्तेजित मत हो' और चार्ल्स ने उसे देखा नहीं था। अब देखा तो मुस्कुराकर बोला, 'मेरा नाम रमेश चन्द्र है। लोग प्यार से चार्ल्स कहते हैं। आपसे मिलकर खुशी हुई।'

कर्म

सर मोहन लाल ने रेलवे स्टेशन के फर्स्ट-क्लास वेटिंग रूम में लगे शीशे में अपना चेहरा देखा। शीशा भारत में ही बना लगता था। उसके पीछे लगे लाल ऑक्साइड की परत जगह-जगह उखड़ गयी थी और सामने लम्बी-लम्बी लकीरें पड़ी थीं। सर मोहन लाल ने शीशे की तरफ़ दया की एक मुस्कान फेंकी।

'तुम भी इस देश की हर और चीज़ की तरह हो, गंदे, अकुशल और उदासीन,' वह धीरे-से बोला।

शीशा उनकी तरफ़ देखकर जैसे मुस्कुराया।

'और तुम ठीक-ठीक ही हो, प्यारे भाई,' शीशे ने जैसे जवाब-सा दिया, 'प्रतिष्ठित, कुशल और स्मार्ट भी। ...ये तराशी हुई मूँछें, लंदन का सिला सूट, जिसमें सुन्दर फूल टँका है, 'यू डी कोलोन', टेलकम पाउडर और खुशबूदार साबुन की मिली-जुली तुम्हारे चारों ओर फैल रही खुशबू। सब कुछ ठीक-ठाक ही है।'

सर मोहन लाल ने अपना सीना फुलाया, गर्दन से लटकती बैलियोल टाई पर एक बार फिर हाथ फेरा, और शीशे की ओर हाथ हिलाकर विदाई ली। फिर घड़ी पर नज़र डाली। एक छोटा पैग लेने का समय अभी था।

'कोई है?'

सफ़ेद कपड़े पहने जालीदार दरवाज़े से एक बैरा प्रकट हुआ।

'एक छोटा,' सर मोहन लाल ने आदेश दिया और बेंत की बड़ी-सी कुर्सी पर पीने और सोचने बैठ गये।

वेटिंग रूम के बाहर सर मोहन लाल का सामान दीवार के सहारे एक-दूसरे के ऊपर लदा रखा था। एक छोटे-से लोहे के ट्रंक पर लक्ष्मी, यानी लेडी मोहन लाल, पान चबाती और अखबार से हवा करती बैठी थीं। छोटा कद,

बदन भारी और अधेड़ उम्र, चालीस से कुछ ज़्यादा। वह एक गंदी-सी साड़ी पहने थीं जिसमें लाल रंग का बॉर्डर लगा था। नाक में एक तरफ़ हीरे की नथ जगमगा रही थी और हाथों में कई सोने की चूड़ियाँ चमक रही थीं। सर मोहन लाल के भीतर बुलाने तक वह बैरे से बातें कर रही थीं। जैसे ही बैरा भीतर गया, उन्होंने एक कुली को आवाज़ दी और पूछा, 'यह ज़नाना डिब्बा कहाँ रुकता है?'

'प्लेटफ़ार्म के एकदम आखिर में।'

कुली ने अपनी पगड़ी सिर पर जमाई, लोहे का ट्रंक उस पर रखा और प्लेटफ़ार्म पर आगे बढ़ा। लेडी लाल ने पीतल का टिफ़िन कैरियर हाथ में लटकाया और उसके पीछे चलीं। रास्ते में वह एक पानवाले की दुकान पर रुकीं, चाँदी का पान का डिब्बा भरवाया और फिर कुली के पीछे हो लीं। कुली ने एक जगह बक्सा नीचे रख दिया। उस पर वह बैठ गईं और कुली से बतियाने लगीं।

'इन लाइनों पर क्या गाड़ियाँ बहुत भरी चलती हैं?'

'आजकल तो सब गाड़ियाँ भरी ही चलती हैं, लेकिन आपको ज़नाने डिब्बे में जगह मिल जायेगी।'

'तो फिर मैं खाने का झमेला अभी ही निबटा लूँ।'

यह कहकर उन्होंने टिफ़िन का डिब्बा खोला और उसमें से रोटियाँ निकालकर आम के अचार से खाने लगीं। कुली थोड़ी दूर पर उनके सामने बैठा ज़मीन पर अपनी उँगलियों से कुछ लकीरें खींचने लगा।

'बहनजी, आप अकेली सफ़र कर रही हैं?'

'नहीं भैया, पति भी साथ हैं। वेटिंग रूम में हैं। फ़र्स्ट-क्लास में सफ़र करते हैं। बड़े बैरिस्टर हैं, बड़े-बड़े अफ़सरों और अंग्रेज़ों से मिलना-जुलना है और मैं ठहरी सीधी-सादी गाँव की औरत। न अंग्रेज़ी समझती हूँ न इनके तौर-तरीके। इसलिए मैं ज़नाना इन्टर क्लास में ही सफ़र करती हूँ।'

लक्ष्मी मज़े से गपशप करती रही। उसे बातें करना अच्छा लगता था। घर पर तो कोई होता नहीं था। पति को भी उनसे मिलने का ज़्यादा समय नहीं मिलता था। वह मकान की ऊपरी मंज़िल पर रहती थीं और पति नीचे वाली पर, उन्हें पत्नी के गरीब, अशिक्षित रिश्तेदारों का बँगले में आना-जाना पसन्द नहीं था, इसलिए वे आते भी नहीं थे। कभी-कभी सर मोहन लाल रात को कुछ मिनट के लिए पत्नी से मिलते और फिर नीचे लौट आते थे। वह अंग्रेज़ी मिली-जुली हिन्दी में पत्नी को आदेश देते और वह चुपचाप उनका पालन करती रहती थी। लेकिन रात की उन मुलाकातों का कोई नतीजा नहीं निकला था।

सिग्नल नीचे गिरा और घंटियाँ बजने लगीं कि गाड़ी आ रही है। लेडी लाल ने जल्दी से खाना खत्म किया, वह अचार की गुठली चूसती उठीं और दूसरी तरफ़ लगे नल से हाथ-मुँह धोने के साथ-साथ ज़ोर से डकार मारी। मुँह धोकर साड़ी के पल्लू से पोंछा, और अपने ट्रंक की तरफ़ तेज़ी से बढ़ने लगीं, मन ही मन भगवान को भरपेट खाने के लिए धन्यवाद करती हुईं।

रेलगाड़ी धक-धक करती प्लेटफ़ार्म पर आई। लक्ष्मी के लगभग सामने ही, गार्ड के डिब्बे के बगल में इन्टर क्लास का लगभग खाली ज़नाना डिब्बा आकर रुका। बाकी गाड़ी ठसाठस भरी थी। उन्होंने अपना भारी-भरकम शरीर हाँफते हुए दरवाज़े से भीतर धकेला और खिड़की के बगल की एक सीट पर धम से बैठ गईं। फिर साड़ी के कोने की गाँठ खोलकर दुअन्नी निकाली और कुली को विदा किया। फिर अपना पान का डिब्बा खोला, उसमें से पत्ता निकाल कर चूना, कत्था लगाया और सुपारी रखकर उसे मुँह में भर लिया जिससे उनके दोनों गाल गेंद की तरह फूल गये। फिर दोनों हाथों पर अपनी ठोड़ी टिका ली और आराम से प्लेटफ़ार्म का नज़ारा देखने लगीं।

गाड़ी के आने से सर मोहन लाल की मुद्रा में कोई फ़र्क नहीं पड़ा। उन्होंने स्कॉच पीते हुए बैरे से कहा कि जब सामान फ़र्स्ट-क्लास के डिब्बे में रख दे, तब उन्हें बताये। उत्तेजना, शोर-शराबा और जल्दबाज़ी बुरे पालन-पोषण के लक्षण होते हैं, और उनका पालन-पोषण बहुत ऊँचे स्तर पर हुआ था। उन्हें हर काम चुस्त-दुरुस्त और शालीन ढंग से करना पसन्द था। उन्होंने पाँच वर्ष विदेश में बिताये थे, जहाँ वह उच्च वर्ग के आचार-व्यवहार और नियमों को भली-भाँति सीख-समझ गये थे। वह हिन्दी बहुत कम बोलते थे। जब बोलते थे तब बहुत कम शब्दों का इस्तेमाल करते थे और वह भी अंग्रेज़ी का मुलम्मा चढ़ाकर। उन्हें तो अंग्रेज़ी पसन्द थी, जो उन्होंने ऑक्सफोर्ड जैसे सर्वोत्तम विश्वविद्यालय में पढ़ी थी। उन्हें बातचीत करना पसन्द था, और सुसंस्कृत अंग्रेज़ों की तरह किसी भी विषय पर बात कर सकते थे–किताबें, राजनीति, समाज, सभी पर। वह अक्सर लोगों को अपने बारे में यह कहते सुनते थे–बिलकुल अंग्रेज़ों की तरह अंग्रेज़ी बोलते हैं।

सर मोहन लाल सोच रहे थे कि क्या वह सफ़र में अकेले होंगे? यह छावनी का इलाक़ा था और गाड़ी में कुछ अंग्रेज़ अफ़सर भी हो सकते हैं। उन्हें खुशी हुई कि उनसे बात करने का अवसर मिलेगा। वह दूसरे हिन्दुस्तानियों की तरह अंग्रेज़ों से बात करने की उतावली नहीं दिखाते थे। न वह उनकी तरह ज़ोर से और आक्रामक ढंग से बोलते थे, न अपनी राय ज़ाहिर करते थे। वह बिना कोई भाव व्यक्त किये अपना काम करते रहने के कायल थे। वह कोने की सीट पर बैठ जाते और *टाइम्स*

अखबार निकाल कर पढ़ना शुरू कर देते। वह उसे इस ढंग से मोड़ते थे कि उसका नाम साफ़ दिखाई पड़ता रहता था। वक्त काटने के लिए वह क्रॉसवर्ड पज़ल भरना शुरू कर देते। *टाइम्स* नाम हमेशा दूसरों को आकृष्ट करता था। जब वह उसे देखकर कुछ इस तरह रख देते कि अब मुझे ज़रूरत नहीं है, तो दूसरा उनसे उसे माँग सकता था। शायद कोई उनकी बैलियोल टाई भी पहचान सकता था, जिसे वह यात्रा करते समय हमेशा पहने रहते थे। इससे फिर बातचीत का एक सिलसिला शुरू हो जाता, जिसमें ऑक्सफोर्ड के कॉलेजों, मास्टरों, ट्यूटरों, नाव की दौड़ों, सबका विस्तार से ज़िक्र होता। अगर *टाइम्स* और टाई दोनों का कोई असर न होता, तो वह 'कोई है?' की आवाज़ लगाकर स्कॉच खुलवाते। अंग्रेज़ों पर ह्विस्की का असर अवश्य होता था। इसके बाद सर मोहन लाल अपना सोने का डिब्बा निकालते जिसमें इंग्लिश सिगरेट भरी होती थीं। भारत में इंग्लिश सिगरेट? ये उन्हें कैसे मिलती हैं? क्या वह सिगरेट औरों के साथ बाँट सकेंगे? परंतु क्या वह इस अंग्रेज़ व्यक्ति के माध्यम से अपने प्रिय पुराने इंग्लैंड से सम्पर्क कर सकेंगे? ऑक्सफोर्ड में बिताये पाँच वर्ष स्पोर्ट्स ब्लेज़र और मिक्स्ड डबल्स के सुनहरी दिन, 'इन्स ऑफ़ कोर्ट' में लिये गये डिनर और पिकेडिली की वेश्याओं के साथ बिताई गईं रातें। सब मिलाकर पाँच गौरवशाली वर्ष! यहाँ बिताये पूरे पैंतालीस वर्षों से कहीं ज़्यादा शानदार—इस गंदे मुल्क भारत में, जहाँ सफलता प्राप्त करने के लिए क्या-क्या नहीं करना पड़ता, जहाँ उन्हें अपनी मोटी पत्नी लक्ष्मी से, जिससे पसीने और कच्चे प्याज़ की बू आती है, कुछ ही मिनट में सहवास पूरा करके अलग होना पड़ता है।

सर मोहन लाल के विचारों में कुली के आने से बाधा पड़ी, जिसने घोषणा की कि उनका सामान इंजन के पास वाले फ़र्स्ट-क्लास डिब्बे में रख दिया गया है। सर मोहन लाल चहलकदमी करते हुए डिब्बे तक गये। उन्हें आश्चर्य हुआ कि डिब्बा एकदम खाली था। ठंडी साँस लेकर वह खिड़की के बगल में बैठ गये और *टाइम्स* खोलकर, जिसे वह न जाने कितनी बार पढ़ चुके थे, अपने सामने कर लिया।

फिर उन्होंने खिड़की से बाहर प्लेटफ़ार्म पर झाँका। उनका चेहरा यह देखकर खिल उठा कि दो अंग्रेज़ सैनिक जगह की तलाश में डिब्बों में झाँकते इधर ही आ रहे हैं। उनके कन्धों पर थैले लदे थे और वे लड़खड़ाते हुए चल रहे थे। सर मोहन लाल ने उनका स्वागत करने का फ़ैसला किया, यद्यपि अपनी स्थिति के हिसाब से वे दूसरी श्रेणी में ही सफ़र कर सकते थे।

एक सैनिक उनके आखिरी डिब्बे तक आया और खिड़की में मुँह डालकर भीतर देखा। उसे खाली सीट दिखाई दी।

'बिल,' उसने आवाज़ दी, 'एक सीट है।' उसका साथी वहाँ आया, भीतर देखा, और सर मोहन लाल पर नज़र डाली।

'इसे निकालो,' वह अपने साथी से बोला।

उन्होंने दरवाज़ा खोला और सर मोहन लाल की तरफ़ बढ़े।

'रिज़र्व्ड!' बिल चीखा।

'रिज़र्व्ड! आर्मी-फ़ौज।' जिम ने अपनी खाक़ी शर्ट की तरफ़ इशारा करते हुए कहा।

'एकदम जाओ—गेट आउट।'

'सुनो! सुनो! मेरी बात सुनो।' सर मोहन लाल ने अपने ऑक्सफोर्ड के लहज़े में अंग्रेज़ी में विरोध करते हुए कहा।

सैनिक रुके। अंग्रेज़ी तो वह अंग्रेज़ों की तरह बोल रहा था...। इंजन ने सीटी दी और गार्ड ने हरी झंडी दिखाई।

उन्होंने सर मोहन लाल का सूटकेस उठाया और प्लेटफ़ार्म पर फेंक दिया। और साथ ही थरमस फ्लास्क, ब्रीफकेस, बिस्तर और *टाइम्स* भी फेंक दिये। सर मोहन लाल क्रोध से आग-बबूला हो उठे।

'यह क्या कर रहे हो? क्या कर रहे हो?' वह गुस्से में आकर चिल्लाये? 'मैं तुम्हें अरेस्ट करा दूँगा? गार्ड, गार्ड...'

बिल और जिम फिर ठिठके। यह आदमी देखने में तो अंग्रेज़ नहीं था, बोल चाहे कैसे भी रहा हो।

'बकवास बन्द करो,' यह कह कर जिम ने उनके मुँह पर थप्पड़ रसीद किया।

गाड़ी ने एक और सीटी दी और पहिये आगे बढ़ने लगे। सैनिकों ने दोनों हाथों से उन्हें पकड़ा और गाड़ी से बाहर धकेल दिया। वह बिस्तर से टकराये और सूटकेस पर जा गिरे।

सर मोहन लाल के पैर जैसे ज़मीन से चिपक गये हों और उनकी ज़बान बन्द हो गई। वह अपने सामने से धीरे-धीरे गुज़रती खिड़कियों की रोशनी देखते रहे। आखिरी डिब्बे में गार्ड हरी बत्ती हाथ में उठाये खड़ा था।

इन्टर क्लास के ज़नाने डिब्बे में लक्ष्मी आराम से मुँह फुलाये पान चबा रही थी...उसकी नाक में हीरे की नथ चमक रही थी। उसके मुँह में पान से भरा थूक जमा था जिसे वह मौका मिलते ही बाहर फेंकने की तैयारी कर रही थी। गाड़ी प्लेटफ़ार्म से आगे बढ़ी। उसने अपने मुँह से पिच्च से लाल पीक को फुहारे की तरह बाहर फेंका।

ग्राम्य पंजाब

नौजवान पीटर हैनसन अमेरिका का निवासी था। उसका पिता स्वीडिश था जो अमेरिका में आकर बस गया था और जिसने स्टॉक मार्केट के धन्धे में काफ़ी पैसा कमाया था। पीटर को अमेरिकी स्कूलों और कॉलेज की सर्वोच्च शिक्षा प्राप्त हुई थी और वह अपने पिता के काम में हाथ बँटाने लगा। लेकिन जल्द ही वह समझ गया कि यह व्यापार उसके लिए नहीं है। उसके सामने साहस के अनेक क्षितिज खुले हुए थे जिनमें वह अपनी किस्मत आज़माना चाहता था। वह दूर-दूर तक फैले आकाश में उड़ना और मानवता की सेवा करना चाहता था। उसने स्टॉक का धन्धा छोड़ दिया और ईसाई धर्म का प्रचार करने भारत आ गया। उसके मिशन ने उसे पंजाब के ग्रामों में सिखों के बीच ईसा का सन्देश फैलाने का काम सौंपा, इस तरह पीटर हैनसन अमृतसर आ पहुँचा।

हैनसन अमेरिकी ढंग से पूरी योजना बनाकर अपने सेवा कार्य में जुट गया। उसने ग्राम्य-प्रदेश का पूरा नक्शा तैयार किया और फ़ैसला कर लिया कि किन गाँवों में वह प्रचार करने जायेगा। उसने एक बड़े रजिस्टर में अकारादि क्रम से ग्रामीण सिखों के नाम लिखे और उनके सामने उनके व्यक्तिगत जीवन के ब्यौरे दर्ज़ किये। उसने एक पुरानी अमेरिकी सेना की मोटरसाइकिल खरीदी और आने के कुछ ही सप्ताह बाद पादरी हैनसन और उसकी फटफटिया सारे ज़िले में नज़र आने लगी।

हैनसन कुछ अलग तरह का मिशनरी था। वह केवल धर्म को फैलाने और बढ़ावा देने का काम ही नहीं करता था। वह सुधार का पक्षधर था—सामाजिक सुधार, आर्थिक सुधार, शिक्षा में सुधार, नैतिक सुधार। उसका काम करने का ढंग भी भिन्न था। वह उपदेश देने या धर्म-परिवर्तन की

जगह अपने व्यवहार से आदर्श प्रस्तुत कर और व्यक्तिगत सम्पर्क द्वारा धार्मिक कार्य करना चाहता था।

'आप एक दफ़ा उनसे परिचित हो जायें,' वह कहा करता था, 'तो आप उनसे जो चाहें करा सकते हैं।'

हैनसन से मेरा मिलना बदा था। मैं भी मानवता की सेवा करना चाहता था, हालाँकि बातें करने से ज़्यादा मैं कुछ नहीं करता था। हैनसन यह भी नहीं जानता था कि मैं धार्मिक व्यक्ति नहीं था और मैंने मार्क्सवाद को अपना लिया था। लेकिन हैनसन को इससे कोई फ़र्क नहीं पड़ता था, क्योंकि वह खुद भी कुछ हद तक समाजवादी था। एक बार वह एक मीटिंग में आया था जिसे मैं सम्बोधित कर रहा था।

मैं कह रहा था, 'देश क्रान्ति के लिए तैयार है। अब इसे आगे बढ़ाने के लिए अच्छे नेताओं की दरकार है। तार्किक भौतिकवाद और मार्क्सवादी अर्थशास्त्र जैसे बड़े-बड़े शब्दों को हमारे गाँवों के लोग समझ नहीं पाते। हमें व्यक्तिगत मिसाल और जन-सम्पर्क के द्वारा समाजवाद का प्रचार करना होगा। हमें पुलिस के अत्याचार, भ्रष्टाचार और अदालतों में अन्याय के विरोध में खड़ा होना चाहिये। सबसे ज़्यादा ज़रूरत इस बात की है कि हम जनता को जानें। एक दफ़ा आप उनसे परिचित हो जायें, तो हम उनसे जो चाहें करा सकते हैं।'

मीटिंग के बाद हैनसन ने मुझसे हाथ मिलाया और शुरू हुई प्रगति की राह में हमारी साझेदारी।

मई की गर्मियों में एक दिन सवेरे हमने फ़ैसला किया कि अपने उद्योग की शुरुआत करें। हैनसन ने अपने दौरे वाले कपड़े पहने—सफ़ेद रंग की टोपी, कसी हुई बास्केट, बहुत छोटी निकर और पैरों में चप्पल और मैंने अपनी मोटे खद्दर की समाजवादी पोशाक पहनी और मैं हैनसन की मोटरसाइकिल में पीछे लगी सीट पर सवार, हम अमृतसर से बाहर निकल पड़े।

शहर से पंद्रह मील पूरब में एक बड़ी-सी नहर थी जो सड़क की दाहिनी ओर बहती थी। हमने नहर पार की और पक्की सड़क से मुड़कर एक बैलगाड़ियों की पगडंडी पर चलने लगे। पगडंडी टेढ़ी-मेढ़ी और ऊबड़-खाबड़ थी। गाड़ियों के पहियों ने गहरे गड्ढे कर दिये थे जो ट्राम-लाइनों की तरह जगह-जगह एक-दूसरे को काटते थे। हैनसन उन पर ध्यान दिये बिना गम्भीर निश्चय के साथ बढ़ा जा रहा था। मैं आँख बन्द किये उसकी कमर थामे था। नीचे पैर सँभालने के लिए गाड़ी का ज़रा-सा भी कोई हिस्सा निकला नहीं था और वे भाप छोड़ने वाली पाइपों

पर यूँ ही लटक रहे थे। मैं उससे कुछ कह भी नहीं सकता था। हम बड़े-बड़े काम करने निकले थे और इस प्रकार नीचे गिरने का विचार भी मुझे शोभा नहीं देता था। लेकिन मैं गिर ही पड़ा। हैनसन की नज़रें सामने क्षितिज पर इस प्रकार ध्यानपूर्वक टिकी थीं जैसे स्वर्ग की झलक पा लेना चाहती हों, और 40 मील की रफ़्तार से हमारी गाड़ी एक खड्ड के ऊपर से उछल कर ज़मीन पर आ गिरी। मैंने हवा में उड़ान भरी और जब तक मैं नीचे पहुँचा, हैनसन और उसकी मोटरसाइकिल अपने सेवा के उच्छिष्ट से कुछ ही गज़ पहले जाकर रुक गये। लेकिन मैं एक बहुत धूल-भरे टुकड़े में गिरा था, इसलिए मुझे ज़्यादा चोट तो नहीं लगी लेकिन मेरा नक्शा एकदम उलट-पुलट हो गया। मेरी पगड़ी उड़ गई थी और बाल बिखरकर चेहरे पर झूल रहे थे। हैनसन ने मुझे ध्यान से देखा और चिन्ता ज़ाहिर की। लेकिन फिर उसने हँसना शुरू कर दिया।

'तुम तो बड़े मज़ेदार लग रहे हो,' वह गरजा! 'लेकिन एकदम सही जगह गिरे हो तुम। यहीं से सड़क मुड़ती है। इन खेतों के पास ही तो सूरजपुर है, अरे, उन कीकर के पेड़ों के उस तरफ़।' उसने मोटरसाइकिल नहर के किनारे एक पीपल के नीचे लगा दी और हँसता रहा। मैंने अपनी पगड़ी ठीक-ठाक की और उसके साथ शामिल हो गया। उसकी पानी की बोतल खोली, गला तर किया और मुँह साफ़ करने के लिए उस पर पानी छिड़का। इसके बाद मैं पैर फैलाकर पेड़ के नीचे लेट गया और शान्त होने की कोशिश करने लगा।

सूरजपुर कीकर के पेड़ों के बीच से साफ़ नज़र आ रहा था। चारों तरफ़ गेहूँ के खेत फैले थे। मक्का पक गया था और कटाई के लिए तैयार था। सुनहरे खेतों के ऊपर मन्द-मन्द हवा बह रही थी, जैसे झील के ऊपर लहरें चल रही हों। पेड़ों के नीचे गाय-बैल पड़े आराम कर रहे थे। यह गर्मी की शाम के समय पंजाब के गाँवों का सामान्य दृश्य था।

इस शान्ति में क्रान्ति की बात सोचना तो मुझे बिलकुल नहीं भाया। मेरा उत्साह घटने लगा था। मैं सूरजपुर को उसके अपने पिछड़े-बिगड़े हाल पर छोड़ने के लिए तैयार था।

लेकिन हैनसन का जोश कम नहीं हुआ था, मैंने जैसे ही आँखें बन्द करके शान्ति का अनुभव करना शुरू किया, उसने बोलना चालू कर दिया।

'पिछली दफ़ा जब मैं यहाँ आया था, तब यहाँ एक संकट पैदा हो गया था। सिख ईसाइयों को अपने गुरुद्वारों में इसलिए नहीं आने दे रहे थे, क्योंकि वे भंगी थे और मरे हुए जानवरों का चमड़ा निकालते थे।'

'अच्छा!' मैंने धीरे से कहा 'फिर क्या हुआ?'

'मैंने ईसाइयों से कहा कि वे सिखों से जाकर कहें कि अगर वे उन्हें गुरुद्वारों में आने देंगे तो वे चमड़े का काम छोड़ देंगे। तभी गाँव के सबसे बड़े कुएँ के बगल में एक बैल मर गया और कोई उसे छूने को तैयार नहीं हुआ। कौवे और चीलें उस पर झपट्टे मारने लगे और चारों तरफ़ गंदगी भी फैलने लगी। मैं मूला सिंह से मिला–यह आदमी मिलने लायक है–और उससे कहा कि सिखों को समझाये। उसने सिखों से कहा कि खुद बैल की सफ़ाई कर दें या ईसाइयों को आने दें। उनकी समझ में बात आ गई। अब ईसाइयों को एक-एक बैल का चमड़ा निकालने के लिए बीस रुपए दिये जाते हैं। उसे वे तीस-चालीस रुपए में बेच देते हैं और वे गुरुद्वारों में अपनी मर्ज़ी से आते-जाते हैं। और यह सब मूला सिंह की वजह से हुआ। व्यक्तिगत सम्बन्ध था मेरा उससे। मैंने हमेशा यह कहा है कि एक दफ़ा इन गाँववालों को जान लीजिए, फिर इनसे जो चाहें करवाइये और मूला सिंह तो बड़ा ही शानदार बुड्ढा है। आओ, अब आगे चलते हैं।'

हम फिर चले। इस दफ़ा हैनसन मोटरसाइकिल पर था और मैं उसे जुते हुए खेतों और सूखे नालों के बीच से धकेल रहा था। हैनसन सचमुच यहाँ बहुत लोकप्रिय था। जो भी उसे देखता, मिलने आता। वह हर आदमी का नाम भी जानता था। वह हिन्दुस्तानी ढंग से सबसे हाथ मिलाता और फिर अपना हाथ सीने पर ले जाता। लेकिन किसी ने मेरी तरफ़ ध्यान नहीं दिया, न मोटरसाइकिल धकेलने में मेरी मदद की पेशकश की।

मैं हाथ मिलाते हैनसन और उसके नीचे चलती मोटरसाइकिल को धकेलता गाँव के बीच जा पहुँचा। एक कुएँ के पास हमने गाड़ी खड़ी कर दी, जहाँ बहुत से बच्चे जमा थे और मूला सिंह के घर की तरफ़ बढ़े, जो पास ही था। मूला सिंह से मेरी पहली मुलाकात थी, जिसे मुझे समाजवाद का ज्ञान देना था। रात को मुझे गुरुद्वारे में भाषण देना था, जिसका मेरे बाद समर्थन मूला सिंह को करना था। इस बीच हैनसन ईसाइयों से मिलता रहा जो गाँव के बाहर रहते थे।

हैनसन ने अपने साथ चलते लोगों से मूला सिंह के बारे में पूछताछ की लेकिन किसी ने कोई जवाब नहीं दिया। हम उस के घर पहुँचे तो उसकी दोनों पत्नियाँ बाहर दीवार की साया में बैठी थीं, एक-दूसरे के सिर में घी की मालिश कर रही थीं। वे भी मूला सिंह के बारे में चुप रहीं। यह देखकर हैनसन अचानक भीड़ की तरफ़ मुड़ा और उससे इसका कारण पूछा। लेकिन तभी मूला सिंह बाहर निकल आया। वह छह फीट ऊँचा, तगड़े डील-डौल का आदमी था। उसके बाल

खुले और कंधों से नीचे तक लटक रहे थे। उम्र साठ की रही होगी और उसकी आँखों में एक चालाकी-सी खेल रही थी।

उसने दोनों हाथ आगे बढ़ाकर हैनसन को बाँहों में भर लिया। उसके बालों और दाढ़ी के बीच से हैनसन मेरा नाम उसे बताता नज़र आया। मूला सिंह ने एक हाथ मेरी तरफ़ बढ़ाया और दूसरे से हैनसन को पकड़े रहा। मुझसे हाथ मिलाकर उसने फिर हैनसन को जकड़-सा लिया और गले मिलने लगा। वह शराब में धुत हो रहा था। मुँह से थूक टपककर दाढ़ी पर बह रही थी और हैनसन के सुनहरे-भूरे बालों से होती उसके गालों तक पहुँची। फिर उसने हल्का-सा झटका देकर अपने को मूला सिंह से अलग किया और पीछे हो लिया।

हैनसन की सभ्यता उसे क्रोधित होने की आज्ञा नहीं देती थी फिर एक नकली हँसी हँसा और मूला सिंह के सीने में उँगली गड़ाकर कहा, 'बहुत शराब! बहुत शराब!' यह कहकर जैसे उसे डाँटा।

मूला सिंह ने दोनों हाथों से अपने कान पकड़े और पीली जीभ निकालते हुए पश्चात्ताप जताया।

'अब नहीं पिऊँगा, साहब! यह आखिरी दफ़ा है—अब तौबा करता हूँ। आप मेरे यहाँ आये और मैं नशे में धुत हूँ। आप इस दफ़ा माफ़ कर दें और आते रहने का वादा करें—अब मैं कभी हाथ नहीं लगाऊँगा।'

हैनसन ने माफ़ कर दिया और आते रहने का वादा भी किया। वह कुछ परेशान होकर मूला सिंह के घर से चला। मैं सोचने लगा कि हमारी सुधार करने की योजना का ज़्यादा उपयोग नहीं है। हैनसन रूमाल से सिर और मुँह से बहता थूक साफ़ कर रहा था और सिखों को बुरा-भला कह रहा था। उसने कहा कि ईसाई इनसे कहीं ज़्यादा अच्छे हैं। वे शराब नहीं पीते, न इनकी तरह लम्बे बाल और दाढ़ियाँ रखते हैं जिनमें से पसीने और बासी घी की बदबू आती रहती है। जब से वह इन लोगों के सम्पर्क में आया, वे साफ़ ईसाई जीवन बिता रहे हैं—लम्बे बालों वाले सिखों के अंधविश्वास उन्होंने छोड़ दिये हैं। उसने हाथ हिलाकर भीड़ को वहाँ से हटा दिया और हम मिशन स्कूल की तरफ़ चलने लगे।

हम ईसाइयों की बस्ती में पहुँचे। अध्यापक यूसुफ़ मसीह ने हमारा स्वागत किया और हैनसन के गले में फूलों की माला डाली। भंगी औरतें और बच्चे आ-आकर उसे सलाम करने लगे। हैनसन ने बच्चों को थपथपाया और उनकी माताओं से हाथ मिलाये। फिर विजय की मुस्कान फेंकते हुए कहा कि सिखों से कितने ज़्यादा साफ़-सुथरे हैं। उसने मुझे उनकी झोपड़ियों में जाकर खुद यह देखने की ज़िद की।

पहली झोपड़ी में लाल जीभवाली और कई हाथ इधर-उधर फैलाये भयंकर काली देवी का काफ़ी बड़ा चित्र था जो दीवार के बीच में लटका था। दूसरी झोंपड़ियों में भी चित्र थे। सारे हिन्दू देवी-देवता वहाँ मौजूद थे। शेर की खाल ओढ़े शिव जिनके गले में साँप लिपटे थे, चूहे की सवारी करते गणेश, उनकी प्रिया भारी-भरकम जाँघ पर विराजमान, बड़े से कमल पर श्वेत वस्त्र धारण किये सरस्वती। हैनसन ने भी इन्हें देखा। मैं उसकी तरफ़ देखकर मुस्कुराया, लेकिन उसने नज़र फेर ली। उसने एक झटके से यूसुफ़ मसीह से हाथ मिलाया और शाम को मिलने का वादा करके वहाँ से चल पड़ा। फिर हम गाँव के कुएँ के पास खड़ी अपनी मोटरसाइकिल के पास पहुँचे।

काफ़ी दूर तक हम चुपचाप चलते रहे। हैनसन कुछ उदास लगा। मैं थक गया था और ऊब गया था। जब हम कुएँ के पास पहुँचे तो हैनसन कहने लगा :

'अजीब देश है यह। कहाँ से शुरू करें, यह पता ही नहीं चलता, शुरू करते हैं तो समझ में नहीं आता कि सही रास्ते पर जा रहे हैं या नहीं। फिर पीछे मुड़ कर देखते हैं कि कितनी दूर चल लिये, तो पता चलता है कि वहीं खड़े हैं। ''रेगिस्तान की नदी'' की तरह जो उसी में खो जाती है। इतनी जल्दी सूखती है कि निशान भी नहीं बचता।' मैंने कुछ नहीं कहा।

सूरज डूब गया और अँधेरे ने सूरजपुर को अपने आगोश में लेना शुरू किया। चाँद निकलने लगा और उसकी रेशमी रोशनी धीरे-धीरे फैलने लगी। हैनसन ने फिर बड़बड़ाना शुरू कर दिया, 'ये ईसाई अगर अपने को अंधविश्वासों से मुक्त कर पाते। अगर सिख अपने पौरुष को इस तरह नष्ट न करके किसी उपयोगी कार्य में लगाते, अगर...अगर...अगर...।' लगता था, दुनिया की सारी परेशानियाँ उसके इर्द-गिर्द जमा हो गई हैं और उसे समझ में नहीं आ रहा है कि क्या करे क्या न करे। बेचारा बहुत दुःखी हो रहा था।

फिर वह एकदम चुप हो गया। वह सीधा होकर बैठ गया जैसे बिजली चमकने लगी हो। मूला सिंह के अहाते से एक लड़की निकली, मुश्किल से सोलह साल की, उसके सिर पर पानी के दो घड़े रखे थे। वह धीरे-धीरे कुएँ के पास आई जहाँ हम बैठे थे। वह लड़कों की धारीदार कमीज़ पहने थी। उसके सामने के बटन नहीं लगे थे और गला नीचे पेट तक अंग्रेज़ी के 'वी' की तरह चौपट खुला हुआ था। दोनों तरफ़ उस की छातियों के उभार दिखाई दे रहे थे। हैनसन की आँखें उन पर जाकर टिक गईं। उसका मुँह आश्चर्य से खुला जा रहा था। लड़की ने कुएँ से कई डोल पानी खींचा और हम उसे देखते रहे। उसकी उदासी घटने लगी और

सूरजपुर की सड़कें रोमांस की गरमी से भरने लगीं। लड़की सिर पर पानी से भरे घड़े उठाये वहाँ से चली गई। वह मूला सिंह के घर के अहाते में घुस कर गायब हो गई।

हैनसन ज़मीन पर लौट आया। 'ओह...ओह...क्या चीज़ थी! बुड्ढे मूला सिंह की लड़की है यह। यकीन नहीं होता...एकदम रेगिस्तान में फूल की तरह है और ये फूल मीठे भी ज़्यादा होते हैं। उन्हें रेगिस्तान की कमियाँ पूरी करनी होती हैं। मैं इस पर कविता लिख सकता हूँ।'

हम कुएँ पर देर तक बैठे रहे, एक अजीब-सी खुशी में डूबे। हैनसन अपनी भावनाओं को कविता का रूप देने की कोशिश करता रहा। फिर अचानक उँगलियाँ चटकाकर आसमान की ओर देखते हुए बोला, 'आ गया...'

'वह रात्रि के सौंदर्य की तरह चली जा रही है।'

दंगा

वसन्त के सायंकालीन प्रकाश में क़स्बा डूबा हुआ था। दुकानें बन्द थीं और घरों के ताले भीतर से चढ़ा लिये गये थे। खाली पड़ी सड़कों पर लैम्पों की टिमटिमाती रोशनी जल-बुझ रही थी। सिर्फ़ कुछ सिपाही सिर पर हेलमेट लगाये और कन्धों पर रायफिलें लटकाये घूमते नज़र आते थे। उनके बूटों की खट-खट ही वातावरण की शान्ति को भंग कर रही थी।

रोशनी खत्म हुई और अँधेरा छा गया। चुप पड़ी सड़कों पर चाँद का प्रकाश फैलने लगा। हलकी हवा चली और किनारों पर पड़े कागज़ के टुकड़े उड़कर थोड़ी दूर गये और फिर वहीं आकर गिर पड़े। हवा ठंडी थी और उसमें वसन्त की हल्की सुगन्ध भी थी। बगल की गली से कुछ कुत्ते बाहर निकले और लैम्प के खम्भे के इर्द-गिर्द इकट्ठे हो गये। दो सिपाही उनके बगल से निकले और उन्हें देखकर मुस्कुराये। उनमें से एक ने कुछ अश्लील बात कही। दूसरे ने पत्थर उठाकर उन्हें मारने का बहाना किया। कुत्ते वहाँ से भागकर दूर चले गये और सुरक्षित स्थान पर प्रेम करने लगे।

रानी उस इलाके की लावारिस कुतिया थी, जिसकी सन्तानें कस्बे की सड़कों और गलियों में फैली हुई थीं। वह खुद बहुत दुबली-पतली और सूखी हड्डियों का ढाँचा थी जो कस्बे के लावारिस पशुओं का आम नक्शा था। उसकी सफ़ेद खाल एकदम ढीली-ढाली थी जिसमें जगह-जगह मांस के गोले लटक रहे थे। थन सूखे और ढीले थे। उसकी पूँछ ज़्यादातर पीछे के पैरों से चिपकी नज़र आती थी क्योंकि उसे हमेशा किसी-न-किसी का डर सताता रहता था।

रानी पहली ही दफ़ा आठ पिल्ले पैदा करने की पीड़ा से मर गई होती, अगर उसे उदार हिन्दू दुकानदार राम जवाया ने अपने अहाते में आश्रय न

दिया होता। उसके परिवार के लोग इन पिल्लों से खेलते और उन्हें खिलाते-पिलाते रहते, जिसके सहारे वे बड़े होकर उछलने-कूदने लगे और सड़कों पर निकलकर खुद अपने लिए खाना चुराने लायक बन गये। दुकानदार की दरियादिली ने रानी को भी काफ़ी आज़ाद बना दिया। जब वसन्त आता तब उसे मुसलमान सब्ज़ीवाले रमज़ान की दुकान के बगल में डेरा जमाने का अवसर मिल जाता। दुकान के चौड़े तख़्ते के नीचे कस्बे का वफ़ादार कुत्ता मोती आराम से रहता था। दोनों के मेल-मिलाप से रानी हर साल दुकानवाले को छह या इससे भी ज़्यादा पिल्लों की सौग़ात प्रदान कर देती थी।

मोती न्यूफाउंडलेंड और स्पैनियल नस्लों की संयुक्त सन्तान था। रमज़ान को उसके झबरीले बदन और घूरती नज़र पर बड़ा घमंड था। उसने मोती की पूँछ और कानों के बाल काट दिये थे। वह उसे खूब खिलाता-पिलाता था, जिससे तगड़ा होकर वह कस्बे में कुत्ता समाज का सरदार बन गया। रानी के कई और भी प्रतियोगी थे। लेकिन वह वसन्त आते ही मोती के चक्कर काटने लगती और रमज़ान के लिए नई पौध तैयार कर देती।

इस वर्ष भी वसन्त आ गया था लेकिन सारा कस्बा साम्प्रदायिक फ़साद और दंगों से जल रहा था। कर्फ़्यू लगा हुआ था। दिन के समय सड़कों के कोनों और चौराहों पर दस-दस और पन्द्रह-बीस लोगों के गुट फुसफुसाकर आपस में बात करते नज़र आते थे। दुकानें खुलती नहीं थीं और कर्फ़्यू लगने से काफ़ी पहले सड़कें एकदम खाली हो जाती थीं और उन पर कुत्तों और पुलिस के सिपाहियों के अलावा और कोई दिखाई नहीं देता था।

आज मोती भी अपनी जगह नहीं था। दरअसल, कर्फ़्यू लगते ही रमज़ान ने उसे घर के अन्दर बाँधकर रखा था। मोती घर को ज़्यादा सुरक्षा देता था, उसका सड़कों पर घूमना बेमानी था। रानी दुकान पर आती और इधर-उधर सूँघती फिरती। मोती वहाँ कई दिन तक नहीं मिला। रानी निराश हो गई। लेकिन वसन्त साल में एक ही दफ़ा आता है और यह ज़रूरी नहीं है कि वह ऐसे वक्त ही आये जब चुलबुले बच्चों के माँ-बाप उन्हें इधर-उधर ताक-झाँक करने से रोक सकें—और इस दफ़ा रानी मोती को न पाकर सड़कों पर चक्कर लगाती नज़र आई। वह राम जवाया के घर की तरफ़ चली और दूसरे कई कुत्ते उसका पीछा करते नज़र आये।

राम जवाया के दरवाज़े के सामने रानी ने अपने चाहने वाले कुत्तों का सामना किया। वे आपस में भूँक-भूँककर उछल-उछलकर लड़ने लगे कि जो जीते, उसे प्राप्त करने का गौरव हासिल करे। रानी नतीजे का इन्तज़ार करने लगी। अन्त में एक

काला दुबला-सा कुत्ता विजयी बनकर आ खड़ा हुआ और बाकी कुत्ते दुम दबाकर चुपचाप खिसक लिये।

रमज़ान के घर में मोती उसकी चारपाई के नीचे चुपचाप बैठा रहता था। वसन्त आया तो उसके शरीर में हलचल हुई। उसने कुत्तों की लड़ने की आवाज़ सुनी और रानी की गन्ध भी उसे महसूस हुई। लेकिन रमज़ान उसे बाहर नहीं जाने दे रहा था। पहले तो उसने रस्सी तुड़ाकर भागने की कोशिश की, फिर चुप होकर रिरियाने लगा। रमज़ान ने उसे एक हाथ मारा। कुछ देर बाद वह फिर रिरियाने लगा। रमज़ान घर की रक्षा के लिए परेशान कई दिनों से जाग रहा था और इस वक्त उसकी आँख लग गई। मोती ने ज़ोर-ज़ोर से चीखना शुरू किया और अपनी प्रेमिका को अपना हार्दिक सन्देश भेजा। वह रस्सी को खींच-खींचकर कूदने और ज़ोर-ज़ोर से भूँकने लगा। रमज़ान चारपाई से उठा कि उसे मार लगाये, लेकिन चारपाई के हल्की हो जाने के कारण मोती उसे घसीटकर दरवाज़े तक ले आया। फिर नाक के धक्के से दरवाज़ा खोल दिया और बाहर निकलने की कोशिश करने लगा। चारपाई दरवाज़े में अटक गई और रस्सी से उसका गला फँस गया। उसने ज़बर्दस्त धक्का मारा और रस्सी तुड़ाकर बाहर निकल गया। रमज़ान कमरे में लौटा, चाकू कमीज़ के नीचे रखा और उसके पीछे दौड़ा।

राम जवाया के घर के सामने रानी और काले कुत्ते का समागम चल रहा था। तभी विशालकाय मोती उनके सामने आ खड़ा हुआ। वह शेर की तरह गुर्राकर काले कुत्ते की तरफ़ बढ़ा। दूसरे कुत्ते भी लड़ाई में शामिल हो गये और भूँक-भूँक कर कूदने-फाँदने लगे।

राम जवाया ने भी पिछली कई रातें जागकर अपनी रक्षा करने और मुस्लिम नारों का जवाब देते चिल्ला-चिल्लाकर बिताई थीं। आखिरकार उसके नवजाग्रत सैनिक भाव पर ज़बर्दस्त थकान और नींद ने हमला कर दिया। वह अपनी चारपाई के नीचे पत्थर जमा करके और सोडे की बोतलों में तेजाब भरकर सो गया। बाहर शोर हुआ तो उसकी नींद खुली। दुकानदार ने एक बड़ा-सा पत्थर हाथ में उठाया और दरवाज़ा खोला। ज़ोर से नारा लगाकर उसने पत्थर कुत्तों पर फेंका। अचानक एक कोने से एक आदमी वहाँ निकल आया और पत्थर सीधा उसके माथे पर लगा।

पत्थर से रमज़ान को ज़्यादा चोट तो नहीं लगी, लेकिन इस अचानक हुए वार से वह चौंक उठा। वह चिल्लाया, 'मार डाला,' और कमीज़ के नीचे से चाकू निकाला। दुकानदार और सब्ज़ीवाले ने एक-दूसरे पर नज़र डाली और चिल्ला-चिल्लाकर भागे और अपने घरों में छिप गये। कस्बा जैसे सोते से जाग उठा। लोग अपने

घरों से ही ज़ोर-ज़ोर से नारे लगाने लगे। गुरुद्वारे में लगे ढोल ने युद्ध का बाजा बजाना शुरू कर दिया—हवा में आग तैरने लगी।

कुछ लोग घरों से निकलकर पूछताछ करने लगे कि क्या हुआ। कहा गया कि, मुसलमान या हिन्दू, किसी पर हमला किया गया। किसी को अगवा करके उसे मारा जा रहा था। गुंडों के एक-दल ने हमला किया था। लेकिन कुत्ते भूँकने लगे। उन्होंने एक औरत पर हमला करके उसके बच्चे कत्ल कर दिये थे। इसका विरोध करना ज़रूरी है। विरोध शुरू हो गया। पाँच-पाँच के दल बनाकर दस वालों में मिलने लगे। दस वाले बीस के साथ जा मिले और इस तरह सैकड़ों की भीड़ हाथों में चाकू, छुरी, हथियार और मिट्टी के तेल की बोतलें लेकर राम जवाया के घर पर जा पहुँचे। उन्होंने अन्धों की तरह हमला बोल दिया। मिट्टी का तेल जगह-जगह छिड़ककर दियासलाई दिखा दी और देखते-ही-देखते सारा इलाका धू-धू कर जलने लगा। राम जवाया के घर के अलावा मुसलमान और सिखों के घर भी इसकी चपेट में आ गये।

पुलिस दौड़कर घटनास्थल पर पहुँची और गोलियाँ चलाने लगी। आग बुझाने की गाड़ियाँ आईं और पानी की बौछारें छोड़कर आग बुझाने की कोशिश करने लगीं। लेकिन तब तक कस्बे के दूसरे हिस्सों में भी आग लग चुकी थी और उन सबको बुझाने के लिए गाड़ियाँ काफ़ी नहीं थीं।

सारी रात और दूसरे दिन आग जलती रही, मकान टूट-टूटकर गिरते रहे और लोग मरते रहे। राम जवाया का घर जलकर खाक हो गया और वह बड़ी मुश्किल से अपनी जान बचा पाया। कई दिन तक धुआँ उठता रहा। जो अच्छा-खासा कस्बा था, वह अब टूटी-फूटी बस्ती में तब्दील हो गया।

कुछ महीने बाद जब शान्ति हुई तो राम जवाया अपना पुराना घर देखने गया। वह अब ईंटों का ढेर हो गया था। जहाँ उसका आँगन था, वहाँ थोड़ी-सी जगह साफ़ नज़र आई। जहाँ रानी के नवजात आधा दर्जन पिल्ले उसके सूखे स्तनों से दूध निचोड़ने की कोशिश कर रहे थे और उनका पिता मोती उनकी सुरक्षा कर रहा था।

जब सिख मिलता है सिख से

जब कोई सिख दूसरे सिख से मिलता है, तब दोनों, कहते हैं, 'सत श्री अकाल'—जिसका अर्थ है 'ईश्वर सत्य' है। इससे भी ज़्यादा वह अक्सर ज़ोर-ज़ोर से कहता है 'वाहे गुरुजी दा खालसा'—जिसका अर्थ होता है 'सिख ईश्वर के चुने हुए लोग हैं।' उसके जवाब में दूसरा उससे भी ज़्यादा ज़ोर से जवाब देता है, 'वाहे गुरुजी दी फ़तह'—यानी 'हमारे ईश्वर की विजय हो।' अब इन दोनों में से पहली की अपेक्षा दूसरी अभिनन्दन की लोकप्रियता बढ़ रही है। इसका कारण भी साफ़ है। सिर्फ़ यह कहने का कोई मतलब नहीं बनता कि 'ईश्वर सत्य है'—ठीक उसी तरह जैसे यूरोप के लोग दिन में किसी भी समय यह कह देते हैं कि वक्त अच्छा है। इससे दूसरी बात ज़्यादा अर्थपूर्ण लगती है—उससे सच्चाई के साथ आशा भी व्यक्त होती है। सिखों को इसमें कोई सन्देह नहीं है कि वे ईश्वर के चुने हुए लोग हैं—गुरु ने खुद उन्हें खालसा यानी चुने हुए कहा है। और अपने ईश्वर को हमेशा विजयी देखने की कामना से ज़्यादा अच्छी बात क्या होगी।

यद्यपि सिख यह सही ही विश्वास करते हैं कि वे ईश्वर के चुने हुए लोग हैं, दुनिया में और जातियाँ भी हैं जो अपने को ऐसा ही समझती हैं। कई राष्ट्र अपने को सर्वश्रेष्ठ घोषित करते हैं। बहुत से सम्प्रदाय हैं जो स्वयं को पृथ्वी का प्राण मानते हैं। सच्चाई यह भी है कि भारत में ही ऐसे बहुत से समाज हैं जो सिखों को ज़रा सिरफिरे मानते हैं और उनके खिलाफ़ बहुत-सी कहानियाँ भी सुनाते फिरते हैं। लेकिन सिख अपना बड़प्पन ज़ाहिर करने के लिए इन पर ध्यान नहीं देते—और अपनी रोज़मर्रा की भाषा में भी बड़प्पन

वाले शब्दों का प्रयोग करते हैं। वे दाढ़ी बनाने वालों को 'किराड़' कहते हैं, जिसका शाब्दिक अर्थ 'कायर' होता है। या 'सिर घासे' कहते हैं यानी पिटने के कारण मुँड़े सिरवाले। हर सिख अपने को सवा लाख बताता है, यानी एक पूरी फ़ौज।

पर सिख सिर्फ़ हाथ-पैर चलाने और लड़ने वाली कौम नहीं है। उन्होंने लड़ाई के मैदानों में बहुत से विक्टोरिया और सैनिक क्रॉस भले ही जीते हों, लेकिन वे असलियत में शान्तिप्रिय लोग हैं। दरअसल उन्होंने ही शान्तिपूर्ण असहयोग का राजनीतिक हथियार के रूप में पहली दफ़ा प्रयोग किया था जो बाद में संघर्ष का शक्तिशाली हथियार बना। यही नहीं, इसके विपरीत, उन्होंने ही पहली दफ़ा ब्रिटिश शासन के खिलाफ़ सशस्त्र आक्रमण भी किया था। उनका सबसे बड़ा गुण यही है कि वे हर काम में पहल करते रहे हैं। हालाँकि उनकी कुल संख्या 40 लाख से ज़्यादा नहीं है, लेकिन दुनिया का कोई भी मुल्क ऐसा नहीं है जहाँ सिख न हों—सिर्फ़ सऊदी अरब और पाकिस्तान को छोड़कर। उत्तरी चीन से तुर्किस्तान तक आपको सिख संतरी, सिपाही और टैक्सी-ड्राइवर मिल जायेंगे। सिख किसान और घरेलू उद्योगों में लगे सिख ऑस्ट्रेलिया, दक्षिण अफ्रीका, अमेरिका, कनाडा, और दक्षिण अमेरिका के मुल्कों में आम फैले हुए हैं। इसी तरह यूरोप के हर देश में सिख डॉक्टर, फेरीवाले और ज्योतिषी आपको मिल जायेंगे।

सिख जिन काम-धन्धों का चुनाव करते हैं, उनमें कोई जातिवाद या परम्परा नहीं होती। पंजाब का सिख किसान बम्बई में पैसे उधार देने वाला हो सकता है। पूर्वी अफ्रीका में बढ़ई हो सकता है, कैलिफोर्निया में फल तोड़ने का काम कर सकता है और कनाडा में लकड़हारा हो सकता है। ज़रूरत पड़ने पर वह चिड़ियों को ट्रेनिंग देकर मार्सेल्स के बाज़ारों में लोगों के लिए भविष्यवाणी कर सकता है—या एकदम पूरबी बाना धारण करके मेले-तमाशों में महिलाओं की हस्तरेखाएँ पढ़ सकता है। अगर इसमें भी सफलता न मिले तो वह अपनी शारीरिक शक्ति के सहारे मेहनत-मज़दूरी के काम भी कर सकता है।

अब मैं नरिंजन सिंह की कहानी पर आता हूँ—जो पंजाब का किसान था, शंघाई में जिसने घरेलू नौकर का काम किया, सान फ्रांसिस्को में फल चुनकर बाज़ार में ले गया, वान्कूवर में जो खजांची रहा और अन्त में टोरन्टो के मशहूर पहलवान के रूप में इज़्ज़त बटोरी। यहीं मेरी उससे मुलाकात हुई।

कई दिन तक मैं उसका नाम वहाँ के अखबारों में और सार्वजनिक बोर्डों में देखता रहा था। कनाडा की कुश्ती प्रतियोगिताओं में वह जाना-माना नाम था और माजुर्की नामक एक पोलेंडवासी से, जिसने कभी फिल्मों में भी काम किया

था, लड़ने जा रहा था। नरिंजन सिंह का नाम 'नान्जो दि विलेन' पड़ गया था और माज़ुर्की को 'आइरन माइक' कहा जाता था। यह काफ़ी महत्त्वपूर्ण कुश्ती थी। इसके अलावा नान्जो मुझे बहुत आकर्षक व्यक्तित्व लगा, इसलिए मैं ऑडिटोरियम पहुँच गया।

मेपिल लीफ़ गार्डन ऑडिटोरियम बीस हज़ार कनाडियन स्त्री-पुरुष और बच्चों से ठसाठस भरा था। जब मैं टिकट खरीदने खिड़की पर पहुँचा, तो दो कद्दावर सिपाही मेरे पास आये और दोस्ती के लहज़े में बोले, 'आप सिख हैं, ज़रा सावधान रहें।' उनमें से एक मुझे सीट पर बैठा आया और दूसरा सामने खड़ा होकर पहरा देने लगा।

शुरुआती कार्यवाही के बाद माइक्रोफ़ोन पर आवाज़ गूँजी : 'अटेन्शन प्लीज़, अटेन्शन प्लीज़! अब आखिरी कुश्ती शुरू होने जा रही है—हिन्दुस्तान के नान्जो सिंह और हॉलीवुड कैलिफोर्निया के आइरन माज़ुर्की के बीच। समय—बीस मिनट। अम्पायर—स्टीव बोरमन।'

हॉल तालियों की गड़गड़ाहट से गूँज उठा और लम्बा छरहरा पोलेंडवासी रास्ते से आता दिखाई दिया। उसने दर्शकों के सामने सिर झुकाया और रिंग में दाखिल हो गया। उसके पीछे बीसियों ऑटोग्राफ़ लेनेवाले इकट्ठे हो गये। एक मिनट बाद हिन्दुस्तानी पीली पगड़ी बाँधे और हरे रंग का गाउन पहने प्रकट हुआ। भीड़ ने शू-शू और उसे नकारने की आवाज़ें कीं। इस सबकी उपेक्षा करते हुए वह अपने लिए निर्धारित कोने पर जा खड़ा हुआ, पगड़ी उतारी और प्रार्थना करने लगा। उसका सिर मक्का की तरफ़ था। फिर उसने कपड़े उतारे। वह छोटे कद का गठीले बदन का आदमी था, बाँहों के मसिल दिखाई दे रहे थे और सीने पर घने बाल। अम्पायर ने रिंग के बीच में दोनों से बात की। फिर कुश्ती शुरू हुई।

नान्जो की गणना कनाडा के सबसे बड़े पहलवानों में की जाती थी। वह एक्टर भी प्रथम श्रेणी का था। सिख होते हुए भी वह मक्का की तरफ़ मुँह करता था। क्योंकि कनाडियन उसे इसी तरह देखते थे। उसने ऑटोग्राफ लेने वालों को मुँह नहीं लगाया और दो-तीन लड़कों को, जो उसकी तरफ़ देखकर मुँह बनाने लगे, थप्पड़ भी जड़ दिये। रिंग में वह अपनी उँगलियाँ प्रतिद्वन्द्वी की आँखों में घुसेड़ देता था, उसके बाल नोच लेता था और दाँतों से काट लेता था। दरअसल वह कुश्ती के सब नियमों को तोड़ता रहता था और लोग यह देखते भी थे, लेकिन अम्पायर इन पर ध्यान नहीं देता था। जिससे यही उम्मीद भी की जाती थी।

'यह सब बनावटी है,' मेरे पड़ोसी ने मुझ से कहा 'दरअसल नान्जो बहुत

नम्र आदमी है—परिचय हो जाए तो बहुत अच्छा दोस्त बन जाता है।'

सब जानते थे कि यह सब बनावटी है, लेकिन नारेबाजी में वे कोई कसर नहीं छोड़ते थे। जब नान्जो माज़ुर्की की बाँह मरोड़ता, तो वे भी उसकी तकलीफ़ को महसूस करते और 'नहीं' 'नहीं' की आवाज़ें निकालने लगते। और जब माज़ुर्की नान्जो को मरोड़ता तो वे समर्थन में चिल्लाते, 'निगर को खत्म कर दो'—और यह नारा पन्द्रह मिनट तक गूँजता रहता।

लाउडस्पीकर पर आवाज़ आई, 'बस पाँच मिनट और...'

मेरे पड़ोसी ने मुझे टहोका दिया और सचेत हो गया।

'अब बकवास खत्म और कुश्ती शुरू।'

ज़रा देर बाद हिन्दुस्तानी ने अपने प्रतियोगी को, जो पाँच मिनट से उसके सीने पर चढ़ा बैठा था, धकेलकर चारों खाने चित कर दिया। फिर ज़बर्दस्त चीख मारकर उसने अपनी दोनों जाँघों में माज़ुर्की का सिर जकड़ लिया और अपनी पीठ पर बँधी उसकी बाँहें मरोड़ना शुरू किया—यह 'कोबरा होल्ड' के नाम से मशहूर जकड़ थी। इसमें प्रतियोगी का सिर और गला दोनों एक साथ काबू में आ जाते थे। दर्शकों की डर के मारे साँसें रुकने लगीं।

दर्शकों में से एक खरखरी आवाज़ सुनाई दी, 'मार दो साले को!' मुझे भी अपने अकेले देशवासी की आवाज़ सुनकर जोश आ गया और मैं भी चिल्लाया, 'मार दो!' एकदम चारों तरफ़ से मेरे ऊपर सिगरेट की खाली डिब्बियों और कागज़ की गेंदों की बौछार होने लगी और बीस हज़ार लोग चिल्लाये, 'चुप करो।'

मेरा पड़ोसी डर गया। 'ज़रा होशियार रहना—लोग उत्तेजित हो गये हैं।' सिपाही मेरे पास आकर बोला, 'मिस्टर, चुपचाप बैठो, सही-सलामत घर जाना चाहते हो, तो।'

भीड़ अपनी-अपनी जगह छोड़कर रिंग के इर्द-गिर्द जमा होने लगी। एक औरत दौड़कर आई और जलती हुई सिगरेट हिन्दुस्तानी के बदन पर रख दी लेकिन नान्जो अपने प्रतिद्वन्द्वी को छोड़ने के लिए तैयार नहीं था। सिपाहियों ने दर्शकों को वहाँ से हटाना शुरू किया और पहलवानों के इर्द-गिर्द सुरक्षा का घेरा डाल दिया। कुछ देर तक माज़ुर्की कराहता संघर्ष करता रहा, फिर वह शान्त हो गया। रेफ़री ने कुश्ती खत्म कर दी और नान्जो का हाथ पकड़कर उसकी जीत घोषित कर दी। दर्शक चीखते-चिल्लाते उसकी तरफ़ बढ़ने लगे लेकिन कई तगड़े सिपाहियों ने उसे थामकर ड्रेसिंग रूम में पहुँचा दिया।

पन्द्रह-बीस मिनट बाद जब भीड़ कुछ छँट गई और मुझ जैसे लम्बे बाल

और दाढ़ी वाले आदमी के लिए बाहर निकलना आसान हो गया, तो मैं नान्जो के जीवन के बारे में जानकारी लेने के लिए ड्रेसिंग रूम में गया। इस बेतरह गर्म और घुटन भरे कमरे में एक दर्जन से ज़्यादा मांस और लोथड़ों से भरे थुलथुले व्यक्ति मौजूद थे। ये टोरंटो के प्रमुख भारी वज़न वाले पहलवान थे। ये सब आपस में गहरे दोस्त थे। नान्जो और माज़ुर्की भी एक-दूसरे के पेट और पीठ पर उछल-उछलकर घूसे जमा रहे थे और गंदे मज़ाक करते हुए हँस रहे थे–'तू कुत्ते की औलाद', 'तू कुतिया की साले' वगैरह।

नान्जो ने मुझे देखा और उसका चेहरा खिल उठा। 'होली मैकेरेल, देखो कौन आया है? मेरे अपने देश का आदमी!'

मैंने अपना परिचय दिया और कई पसीने से भीगे हाथों से हाथ मिलाया। नान्जो की अंग्रेज़ी शब्दावली बहुत कम थी। 'जी सर, आपको देखकर अच्छा लग रहा है।' इसके बाद वह ठेठ पंजाबी पर उतर आया।

'मैं इन सबको पछाड़ सकता हूँ लेकिन मेरा मैनेजर यह नहीं करने देता। मुझे हारना पड़ता है। मुझे बुरा आदमी कहा जाता है और अक्सर फ़ाउल का शिकार बना दिया जाता हूँ। मैं कर भी क्या सकता हूँ?' फिर बिलकुल हिन्दुस्तानी ढंग से अपने पेट पर हाथ मारा। इसके लिए सब करना पड़ता है। लेकिन जब मैं काफ़ी पैसा कमा लूँगा तब सबको दिखा दूँगा कि मैं क्या कर सकता हूँ। मैं इन सब...को पटककर हलाक कर दूँगा। एक-एक करके इन सब सालों को। फिर मैं होशियारपुर लौट जाऊँगा और खेती करूँगा। मैं अपनी बीवी को अपना गाँव दिखाना चाहता हूँ। यह कहकर उसने कमरे में चारों तरफ़ देखा और बीवी को आवाज़ मारी। एक मोटी-ताज़ी भारी भरकम गोरी औरत च्यूँगम चबाती हुई पीछे से निकलकर आई और सारे दाँत निकालकर–जिनमें तीन सोने के दाँत चमक रहे थे, मुझ से बोली, 'हाउ डू यू डू?'

'अब यह सिख बन गई है। नाम है महिन्दर कौर, मैने थोड़ी पंजाबी सिखा दी है। बेबी, जो सीखा है इन्हें बताओ।'

गोरी ने च्यूँगम थूक दिया और बोली,

'वाहे गुरुजी दा खालसा,
वाहे गुरुजी दी फ़तेह।'

साहब की दुल्हन

‘मैं आपके लिए क्या कर सकता हूँ, जेन्टिलमैन?’

मिस्टर सेन ने सिर उठाये बिना पूछा—इंग्लैंड से लौटकर वह पूरा साहब बन चुका था। उसने पाइप को साफ़ करने के लिए क्लीनर उसमें डाला और इधर-उधर घुमाया। उसमें फूँक मारी तो देखा कि सामने लोग मालाएँ हाथ में लिये खड़े हैं। तो इनको पता चल गया कि सवेरे उसकी शादी हो गई। उसने तो यही कोशिश की थी कि किसी को पता न चले। लेकिन जैसा पहले भी कई दफ़ा हो चुका था, इस पिछड़े हुए देश में किसी भी बात को ज़्यादा समय तक गुप्त रख पाना सम्भव नहीं है।

उसने पाइप की कटोरी को फिर से रगड़ा और उसे फूँककर साफ़ किया। आँखें झुकाये-झुकाये ही उसने देखा कि लोग पैरों और हाथों से एक-दूसरे को टहोक रहे हैं। उसने ताज़ा तम्बाकू की थैली खोली और पाइप में भरना शुरू किया। एक मिनट की कानाफूसी के बाद उनमें से एक आदमी खखारा।

‘कहिये, मिस्टर बनर्जी, क्या बात है?’ मिस्टर सेन ने सपाट आवाज़ में प्रश्न किया।

‘सर’, क्लर्कों के सुपरिंटेंडेंट ने अंग्रेज़ी में कहना शुरू किया, ‘व्ही केम टु भीश योर गुड शेल्फ़ लोन्ग लाइफ एण्ड हैपीनेश!’ (सर, हम आपके दीर्घ जीवन और सुख की कामना करने आये हैं।)

इसके बाद पीछे खड़े चपरासी हाथों में मालाएँ उठाकर आगे बढ़े। साहब ने पाइप हिलाकर उन्हें वहीं रोक दिया। ‘मेज़ पर रख दो।’ उसने धीमे परन्तु आदेशात्मक शब्दों में कहा। चपरासियों के ऊपर उठे हाथ नीचे आ गये और उनकी मुस्कान जहाँ की तहाँ थम गई। उन्होंने मालाएँ मेज़ पर रख दीं और

गोला बनाये खड़े क्लर्कों के पीछे सरक गये।

'हो गया हो तो हम अपने काम पर लगें,' यह कहते हुए सेन साहब उठ खड़े हुए। 'और आप सबका शुक्रिया, शुभकामनाओं के लिए,' यह कहकर उन्होंने सिर ज़रा-सा झुकाया, जिसका मतलब था कि अब वे जा सकते हैं। फिर बोले, 'बनर्जी, तुम कुछ देर बाद मिलना, मेरे पीछे काम के बँटवारे के लिए।'

'जी सर!'

लोगों ने हाथ जोड़कर नमस्ते की और बाहर निकल गये।

सेन ने हाथ जोड़े और पाइप से निकलते धुएँ को गोलाकार ऊपर की ओर जाते देखता रहा। उसके जीवन में एक नया अध्याय आरम्भ हो गया था। हिन्दू विवाह को इस रूप में देखते हैं। वेदों के अनुसार जीवन के चार विभागों में दूसरा। उसे यह सोचकर परेशानी हुई कि हिन्दू धर्म किस प्रकार उसके जीवन में जड़ें जमाता जा रहा है और वह किस प्रकार परम्परा के जाल में जकड़ता जा रहा है। उसके पिता बहुत ज़्यादा धर्मपरायण नहीं थे और उन्होंने उसे एंग्लो-इंडियन स्कूल में पढ़ने भेजा था, जहाँ उसके साथियों ने उसका नाम संतोष से बदलकर सनी रख दिया था। इसके बाद वह इंग्लैंड के बैलियोल कॉलेज गया। वह स्वतन्त्र भारत की सरकार द्वारा शिक्षा में हिन्दी तथा एक प्रादेशिक भाषा की पढ़ाई अनिवार्य बनाने से पहले ही प्रशासनिक सेवा में प्रवेश कर चुका था। तब कोई भी भारतीय भाषा न बोल पाना बन्धन नहीं था। बल्कि, इसके विपरीत, इससे लोग प्रभावित होते थे। यद्यपि उसका बोलने का लहज़ा और व्यवहार उसे कुछ हद तक बाहरी बनाता था, लेकिन इससे उसे यह लाभ भी हुआ कि वह दूसरों की आपसी चुगली और लड़ाई-झगड़ों की हद में आने से बच गया। वे उसका साथ इसलिए चाहते थे क्योंकि भारतीय होते हुए भी वह अभारतीय था, वह भूरा अंग्रेज़ सज्जन था, जिसे अंग्रेज़ नफ़रत से 'वॉग' कहते थे—यानी 'वेस्टर्नाइज़्ड ऑरिएन्टल जेन्टिलमैन' पश्चिमी रंग में रँगा पूरब का आदमी।

अपने देश से सेन का प्रमुख सम्पर्क, उसकी माँ थीं। परम्परावादी हिन्दू विधवा की तरह वह सिर मुँड़ाकर सादी सफ़ेद धोती पहनती थीं और नंगे पैर आती-जाती थीं। वह उनका अकेला बेटा था इसलिए दोनों एक-दूसरे का बहुत ज़्यादा ध्यान रखते थे। माँ घर चलाती थीं। वह कभी-कभी चावल, मछली और विशेष अवसरों पर बनने वाले बेहद मीठे पकवान खाता था, लेकिन सामान्य रूप से वह बैरे से उसके लिए मेमने और दूसरे पशुओं के चाप ही बनवातीं, जिनका वह शौकीन था। घर के एक कमरे को उसने मन्दिर बना लिया था, जिसमें धूप-दीप जलता रहता

था और काले मुँह तथा लाल जीभ वाली देवी काली की मूर्ति शान से रखी थी। लेकिन वह कभी अपने बेटे को पूजा में सम्मिलित होने का आग्रह नहीं करती थीं। उसे भारतीय फिल्में सख़्त नापसन्द थीं लेकिन वह हर महीने अपनी माँ को एक फिल्म दिखाने ज़रूर ले जाता था। इसके बदले वह उसके स्कॉच पीने या सामने भी सिगरेट पीने पर ऐतराज़ नहीं करती थीं। वह कहाँ जाता है और क्या करता है, यह पूछताछ भी नहीं करती थीं। उनका सम्बन्ध अच्छा चल रहा था, पर अब उसके विवाह की समस्या सामने आई। शुरू में तो बेटा हँसकर बात को टालता रहा। लेकिन माँ ने फिर ज़िद करना शुरू किया। वह उसकी ज़िन्दगी अच्छी तरह जमा देना चाहती थीं। उसने आँखों में आँसू भरकर कहा कि वह मरने से पहले अपने पोते को प्यार करना चाहती है। तब बेटे ने हथियार डाल दिये। उसकी पत्नी कैसी होनी चाहिये इस बारे में उसका कोई आग्रह नहीं था। क्योंकि वह अपने देश में बसने के लिए वापस आ गया था, इसलिए यहीं किसी से विवाह करने के अलावा उसके सामने कोई उपाय नहीं था। एक दिन उसने कह दिया, 'ठीक है माँ, आप मेरे लिए लड़की देख लो। जिससे आप कहोगी, मैं शादी कर लूँगा।'

इसके बाद माँ ने कई दिन तक उससे इसकी चर्चा नहीं की। उसने अपने भाई को, जो देहरादून में रहता था, पत्र लिखा कि दिल्ली आकर मिले। दोनों ने मिलकर विवाह का विज्ञापन तैयार किया और उसे *हिन्दुस्तान टाइम्स* के विवाह-पृष्ठ पर दो रविवारों को छपने भेजा। इसमें लिखा था : 'आवश्यकता है! ऑक्सफोर्ड में शिक्षित, 25 वर्षीय बंगाली युवक, प्रथम श्रेणी की गज़टेड सरकारी सेवा, वेतन रु. 1000 से अधिक के लिए गोरी, सुन्दर, कुँवारी, सम्भ्रान्त परिवार की कन्या, घरेलू कामकाज में निपुण, जाति या दहेज का बन्धन नहीं। कुंडली के साथ पत्र-व्यवहार करें। पो. बाक्स 4200'।

पहली बार उन्हें पचास से अधिक प्रस्ताव प्राप्त हुए जिनमें माता-पिता ने कुंडली के साथ ही लड़कियों के फोटो भी भेज दिये थे जिनसे उनके नाक-नक्श का भी पता चल सके। पन्द्रह दिन बाद पत्रों को छाँटा गया और माँ तथा मामा ने खाने की बड़ी गोल मेज़ पर लगभग सौ फोटो तरीके से लगाकर रख दिये। उनके कुँवारेपन तथा घरेलू कामकाज की निपुणता के विषय विश्वास पर छोड़ दिये गये। परन्तु जाति और दहेज को नकारने के बावजूद सेन जाति और दहेज में अच्छी रकम देने वालों के ही प्रस्ताव चुनकर निकाले गये। अब इनमें से अन्तिम चुनाव सनी को करना था।

सनी को पहली दफ़ा विज्ञापन दिये जाने का पता चला। वह बहुत क्रुद्ध

और परेशान हुआ क्योंकि कुछ लड़कियों के घरवालों ने अखबार के दफ़्तर में जाकर कर्मचारियों को रिश्वत खिलाई और उनसे पता वगैरह लेकर सीधे दफ़्तर उससे मिलने पहुँच गये। उसने अपनी माँ से सख़्ती से कह दिया कि यह सिलसिला बन्द न किया गया तो वह सहयोग नहीं करेगा। लेकिन चूँकि वह वचन दे चुका था, इसलिए इनकार भी नहीं कर सकता था। उसकी माँ और मामा ने तुरन्त उस लड़की का चुनाव कर लिया, जिसके पिता ने दहेज के रूप में सबसे बड़ी रकम देने का वादा किया था और इसका अधिकांश सगाई के दिन ही चुका देने की पेशकश की थी। दोनों परिवार लड़के और लड़की की कुंडलियाँ लेकर पंडित के पास उनके ग्रहों की जाँच कराने ले गये और उसके हाथ में चाँदी के सिक्के रखकर उससे इन्हीं दोनों के एक-दूसरे से मेल खाने और सबसे उपयुक्त होने का निर्णय करवा लिया। सनी इससे ज़्यादा कुछ मानने के लिए तैयार नहीं था। उसने मुँह खोलकर सबसे कह दिया कि वह कोर्ट मैरिज की ही तरह विवाह करेगा, नहीं तो नहीं करेगा। उसकी माँ और मामा ने महसूस किया कि उसका गुस्सा बढ़ता जा रहा है इसलिए उन्होंने इसे स्वीकार कर लिया। लड़की के पिता ने भी ज़ाहिरी तौर पर विरोध किया पर फिर इसे मान लिया क्योंकि पारम्परिक ढंग से विवाह करने पर बारात को ठहराने और खिलाने-पिलाने में और अतिथियों को भेंट इत्यादि देने में हज़ारों रुपये का व्यय होना था। जबकि कोर्ट मैरिज में सिर्फ़ 5 रुपये से काम चल जाता। इस प्रकार श्रीयुत संतोष सेन श्रीयुत प्रोफुल्ला और श्रीमती प्रोतिमा दास की पाँच बेटियों में सबसे बड़ी कुमारी कल्याणी के साथ विवाह-बन्धन में बँध गया। श्रीयुत दास भी अपने दामाद की तरह प्रथम श्रेणी के गज़टेड सरकारी नौकर थे।

अब हनीमून की कठिनाइयाँ सामने आईं। सनी की माँ तो यह शब्द सुनकर ही इस तरह शर्माने लगीं जैसे कोई बहुत गलत काम होने जा रहा हो। दास दम्पति भी बहुत परेशान हुए कि उनकी बेटी बिना छोटी बहन को साथ लिये पन्द्रह दिन के लिए बाहर जा रही है। फिर उन्होंने बेटी को उसके भाग्य पर छोड़ने का फ़ैसला किया। उसका पति साहब बनकर उनके सामने आया था और उन्हें उसके निर्णयों को मानना होगा।

सेन का सहकर्मी संता सिंह तभी वहाँ फट पड़ा जिससे उसके विचारों में बाधा पड़ी। यह सिख अपनी जाति के अन्य लोगों की तरह मुँहफट और जोश-खरोश से बातें करने वाला था। 'भैया, तुम क्या सोचते हो, पार्टी दिये बिना भाग जाओगे?' उसने बड़े ज़ोर से घोषणा की, 'हम अपनी भाभी के स्वागत में शानदार दावत लेंगे।'

सेन फटाफट उठ खड़ा हुआ और सरदारजी से दूरी बनाये रखने के लिए अपना हाथ मेज़ पर आगे बढ़ा दिया लेकिन संता सिंह ने उसकी अनदेखी करके मेज़ से आगे बढ़कर उसे बाँहों में लपेट लिया। फिर साहब के गालों को अपनी दाढ़ी-ढके मुँह से चूमने लगा। 'बधाइयाँ, बहुत-बहुत बधाइयाँ! अब भाभीजी से कब मिलाते हो?'

'बस, जल्द ही मिलाऊँगा,' सेन ने जवाब दिया और उसकी जकड़ से अपने को मुक्त करने और गाल पोंछने की कोशिश करने लगा। लेकिन ये शब्द कहते ही वह समझ गया कि उसने गलती की है, इसलिए फिर कहा, 'हनीमून से वापस लौटते ही मिलाता हूँ।'

'हनीमून! अरे वाह!' यह कहकर सरदार ने ज़बान से चटखारा भरा और सेन के दोनों हाथ पकड़कर ज़ोर से दबाये, 'तो फिर तुम्हें गिरगिट के तेल से मालिश करानी चाहिये जिससे सब कुछ मज़बूत हो जाये। दूध में बादाम डालकर पीना चाहिये। लेकिन ज़्यादा भी मत करना। ज़्यादा से ज़्यादा...।' सिख सरदार उसे बिन माँगी सलाहें देने में लग गया, कि एकदम नई लड़की के साथ कैसे व्यवहार करना ठीक रहेगा और उत्तेजना बढ़ाने वाले पदार्थों का कितना उपयोग करना चाहिये। सेन मुस्कुराते हुए सब सुनता रहा। जब काफ़ी हो गया तो उसने हाथ आगे बढ़ा दिया। 'बड़ी मेहरबानी कि आप बधाई देने आये। हम हनीमून से लौटते ही आप और मिसेज़ सिंह से मिलने आयेंगे।'

संता सिंह ने चुपचाप उसका हाथ छू लिया। 'गुडबाय।' कहकर वह बाहर निकल आया। सेन ने चैन की साँस ली। उसने सोचा कि यह सही व्यवहार था। उसने बड़े धीरज से काम लिया था—जैसा अंग्रेज़ जैन्टिलमैन को करना चाहिये।

एक मिनट बाद चपरासी ने पर्दा उठाया और विभाग के डायरेक्टर मिस्टर स्वामी भीतर आये। सेन ने फिर अपना हाथ मेज़ पर आगे बढ़ा दिया जिससे आगन्तुक उनसे दूर रहे। भारतीयों की शारीरिक सम्पर्क करने की आदत उसे बिलकुल पसन्द नहीं थी।

'गुड मार्निंग सर!' वह बोला।

डायरेक्टर ने जवाब दिये बिना उसका हाथ छुआ। उसके मुँह में पान की पीक भरी थी। उसने अपना मुँह ऊपर उठाया, कि वह टपकने न लगे और चपरासी को आवाज़ दी, 'हे, पीकदान लाओ।'

सेन ने पीकदान कमरे से हटवाकर बाहर रखवा दिया था। चपरासी उसे लेकर जल्दी से लौटा और उसे डायरेक्टर की ठोड़ी से टिका दिया। मिस्टर स्वामी ने खून

जैसा थूक उसमें उगला। सेन ने अपनी दराज़ खोली और दियासलाई ढूँढ़ने का बहाना करने लगा। डायरेक्टर ने बैठकर बीड़ी सुलगाई। 'एह, तुम सेन! तुम तो काले घोड़े निकले। भगवान की कसम, एकदम काले। इसकी तो उम्मीद ही नहीं थी।' मिस्टर स्वामी अंग्रेज़ी के मुहावरों में माहिर थे। 'चुपचाप गये और बाँधकर ले आये। मेरा स्टेनो कहता है, ''साहब की शादी पर छुट्टी मिलनी चाहिये।'' मैं कहता हूँ, किस साहब की शादी? ''सर, सेन साहब ने सवेरे शादी कर ली है।'' मैंने कहा, हे भगवान, मुझे घोड़े के मुँह से ही सत्य निकलवाना चाहिये, पूरा सत्य, सत्य के अलावा और कुछ भी नहीं—काले घोड़े के मुँह से।' यह कहकर डायरेक्टर ने अपना हाथ आगे बढ़ाया—'बड़े चालाक निकले, एह।' यह कहकर उसने मुँह सिकोड़ा। सेन ने अपना हाथ बढ़ाकर बॉस का हाथ छुआ, 'थैंक यू सर।'

'यह थैंक यू क्या हुआ? और शादी करके फौरन दफ़्तर आकर बैठ गये। अगर कुछ दिन की छुट्टी कर लोगे तो आसमान नहीं गिर पड़ेगा। मैं तुम्हारा बॉस हूँ इसलिए हुक्म देता हूँ कि फौरन घर चले जाओ। मैं मेमो डाल दूँगा। क्या कहते हो?'

डायरेक्टर अपने व्यवहार से खुश हो रहा था। सेन को भी उसकी चुटकियाँ अच्छी लगीं और उसका हाथ पकड़कर बोला, 'थैंक यू सर। मुझे सचमुच घर जाना चाहिये।'

'माई गॉड, तुम तो बिलकुल साहब हो। उम्मीद करता हूँ कि बीवी मेमसाहब नहीं होगी। नहीं तो यह बड़ा मज़ाक हो जायेगा।'

डायरेक्टर उसके कमरे से निकला लेकिन सनी के दिमाग़ में उसके आखिरी शब्द, कि बीवी मेम साहब न हो, गूँजते रहे। 'मुझे उम्मीद है कि तुम्हारी बीवी मेम साहब नहीं होगी, मेम साहब नहीं होगी, मेम...'

लंच के लिए घर लौटते हुए वह सोचता रहा, क्या उसकी बीवी मेम साहब होगी? यह सम्भावना तो नहीं थी। उसने अंग्रेज़ी साहित्य में एम.ए. किया था। लेकिन वह कई डिग्रियों वाले लोगों से मिल चुका था, जो अंग्रेज़ी भी सही नहीं बोल पाते थे। सबसे पहला तो उसका यह डायरेक्टर ही था, जिसकी बोली में और दक्षिण भारतीयों की तरह 'ओकै, डोकै,' और 'बाईगम्स' भरे रहते थे, जो 'ऐट' (आठ) को 'यैट' और 'एग' को 'यग्ग' कहता था और 'एम' से शुरू होने वाले शब्दों में हमेशा अटकता था। वह यह याद करके मुस्कुराने लगा जब उसके डायरेक्टर ने अपने सेक्रेटरी को 'मि. एम.एम. अमीर, मेम्बर ऑफ पार्लियामेन्ट' को फ़ोन मिलाने को कहा था। 'आई वान्ट यम. यम. यमीर, यम. पी.।' लेकिन बंगालियों

का उच्चारण अपने ढंग का अनोखा होता था। वे हमेशा अंग्रेज़ी अक्षर 'बी' 'डब्ल्यू' या 'एस' के बाद 'एच' लगा देते थे। जैसे 'वर्जिन' का उनका उच्चारण 'वहारजीन' किसी जंगली पौधे का नाम लगता था, 'बिल' 'ब्हील' बन जाता था और 'सिंपिल' 'शिंपिल' हो जाता था।

हनीमून की विदाई के समय काफ़ी देर तक रोना-धोना हुआ था और गाड़ी में भी दुल्हन काफ़ी समय तक सिसकती रही थी। उसने अपने सिर को नीचे तक साड़ी के पल्लू से ढक लिया था और हाथों में एक सिल्क का रूमाल लिये बार-बार नाक पोंछती रही। जब सेन ने अपना पाइप जलाया तो उसने अपने दोनों नथुनों में रूमाल ठूँस लिया। इस पर उसने पत्नी से पहला वाक्य बोला, 'इससे तुम्हें परेशानी हो रही है?' उसने ज़ोर से सिर हिलाकर इसका उत्तर दिया।

सड़क पर आगे एक आम के बाग़ में वे लंच के लिए रुके। उसकी माँ ने दोनों के लिए अलग-अलग खाने के डिब्बे तैयार कर दिये थे और दोनों पर बंगाली में नाम लिखकर पर्ची लगा दी थी। सनी के डिब्बे में मसाला चिकेन और पनीर के सैंडविच थे। दूसरे डिब्बे में उबला हुआ चावल, एक कटोरी में दाल और अचार के टुकड़े थे। दुल्हन ने चावलों पर दाल डाली और उँगलियों से खाना शुरू कर दिया।

वे चुपचाप खाना खाते रहे। कुछ मिनट बाद उनके आसपास लोग इकट्ठे हो गये और पड़ोसी गाँव के बच्चे आकर उन्हें देखने लगे। कुछ ज़मीन पर वहीं आकर बैठ गये और आपस में बात करने लगे कि नये शादीशुदा लगते हैं। सेन ऐसे लोगों से निपटना जानता था। उसने व्यंग्य से पूछा, 'तुम्हें भूख लग रही है?'

आदमी तो चुपचाप चले गये लेकिन बच्चे वहीं जमे रहे। सेन ने हाथ उठाकर उन्हें डाँटा, 'जाओ, भागो यहाँ से,' और वे भाग लिये, हालाँकि उसकी नकल भी करते गये, 'भागो यहाँ से, भागो।' उनमें से एक बोला, 'अरे, ये साहब है। बहुत बड़ा साहब।'

सेन ने उनकी उपेक्षा की और पत्नी की ओर देखकर बोला, 'इन बातों पर ध्यान मत देना।' फिर मुस्कुराकर पूछने लगा, 'क्या तुम मेरे सैंडविच चखना चाहोगी? पता नहीं तुम मीट खाती हो या नहीं, लेकिन इनमें ताज़ा ''चीज़'' है।'

मिसेज़ सेन ने चावल से सने हाथ से सैंडविच पकड़ लिया। उसने उससे एक टुकड़ा तोड़ा, जैसे चपाती तोड़ रही हो और दाल-चावल में डुबोकर मुँह में

रखा। एक हिस्सा चबाया और एकदम खाना बन्द कर दिया। फिर मोटे चश्मे से पति की तरफ़ देखा, जैसे उसने ज़हर खिला दिया हो। उसका चेहरा पीला पड़ गया और अपने ऊपर काबू न रख पाने के कारण मुँह में भरा खाना बाहर उगल दिया। फिर अपना चेहरा दूसरी तरफ़ करके दाल-चावल पर ध्यान लगाया।

'मुझे बहुत अफ़सोस है,' सेन ने हकलाकर कहा। 'यह ''चीज़'' का नतीजा है। मुझे जानना चाहिये था।'

मिसेज सेन ने साड़ी के पल्लू से मुँह पोंछा और पानी माँगा। पानी से कुल्ला किया और मुँह पर छींटे मारे। लंच बर्बाद हो गया था। 'हमें वापस चलना चाहिये,' सेन ने उठते हुए कहा। 'अगर तुम ठीक महसूस कर रही हो तो।'

उसने अपनी कटोरी कपड़े में लपेटी और कार की तरफ़ चली। वे फिर सड़क पर आ गये। उसने अपने हैंड बैग से एक चाँदी का डिब्बा निकाला और उसमें से दो पान के पत्ते बाहर निकाले। एक पर चूना और कत्था लगाया, इलायची रखी और मोड़कर पति के सामने पेश किया।

'माफ़ करना, मैं यह नहीं ले सकूँगा... तुम्हें ऐतराज न हो तो मैं पाइप पीता रहूँगा।' मिसेज सेन ने सिर हिला दिया। उसने पान अपने मुँह में रख लिया और धीरे-धीरे चबाना शुरू कर दिया।

वे समय रहते रेस्ट हाउस पहुँच गये। सेवक ने उनका सामान लगाया और बिस्तर बिछा दिये। फिर मिसेज सेन से पूछा कि डिनर में क्या लेंगी। उसने पति की तरफ़ इशारा कर दिया। उसने कहा, 'मेरे लिए कुछ भी बना लो आमलेट या और कुछ, मेमसाहब से पूछो कि वे क्या लेना चाहेंगी। मैं डिनर से पहले ज़रा देर टहलने जाऊँगा।'

बैरे ने कहा, 'साहब, ज़्यादा दूर न जायें, यह सारा जंगल है। नदी के साथ-साथ एक पगडंडी है जिस पर साहब लोग जब मछली पकड़ने आते हैं, जाते हैं। वहाँ कोई खतरा नहीं है।'

सेन बेडरूम में पत्नी से यह पूछने गया कि वह घूमने चलना चाहेगी या नहीं। वह सामान खोल रही थी। उसने यह विचार छोड़ दिया। बोला, 'मैं नदी की तरफ़ ज़रा देर टहलने जा रहा हूँ। वेटर से कहना कि वरांडे में स्कॉच और सोडा लगा दे। मेरे सूटकेस में बोतल है। डिनर से पहले पियेंगे।'

पत्नी ने सिर हिला दिया। मछली पकड़ने वालों की पगडंडी साँप की तरह घूमती-घूमती घने पेड़ों और झाड़-झंखाड़ से भरी नदी के किनारे पहुँचकर एकदम खत्म हो जाती थी। गंगा नदी का दृश्य बहुत भव्य था, काफ़ी चौड़ी, तेज़ी से बह रही साफ़

नीले पानी की धारा, जो सूरज की रोशनी में चम-चम कर रही थी। वह यहाँ खड़े होकर सोचने लगा कि ऐसे ही स्थानों से प्राचीन काल के ऋषियों ने गंगा को संसार की सर्वोत्तम नदी घोषित किया होगा। उसे अपने आर्य पूर्वजों के प्रति आदर का भाव उत्पन्न हुआ, जो प्रकृति के सौन्दर्य की पूजा करते थे, उगते सूरज की प्रशंसा में गीत गाते थे, पूर्ण चंद्र के सामने सोमरस का तर्पण करते थे और उभरे स्तनों तथा बड़े कूल्हों वाली स्त्रियों से प्रेम करते थे। उस समय से आज तक नदी में अपार जल बह गया था और अब हिन्दू संस्कृति इसी की तरह अपने बहाव के अन्त तक आ पहुँची थी—जो स्थिति कलकत्ता में थी, जहाँ वह पैदा हुआ था। कलकत्ता में यह गंदगी और कूड़े-करकट का ढेर बन गई थी और इसमें लाखों करोड़ों उन तीर्थयात्रियों का मल शामिल था जो हरिद्वार, इलाहाबाद, बनारस, पटना और दूसरे पावन तीर्थों में उसमें स्नान करते थे और मुर्दों की जली हुई लाशें भी उसी में प्रवाहित करते थे। अब यह गौरक्षकों और पान चबाने वालों का धर्म रह गया था। यह विचार उसे अच्छा लगा। उसका हिन्दुत्व सामने बहती नदी के प्राचीन रूप का धर्म था, बहुसंख्यकों का धर्म था, जो शताब्दियों की विघ्न-बाधाओं को झेलता आज भी उसके सामने बह रहा था। वह पथरीले तट से आगे बढ़कर जल के पास पहुँचा, बर्फ़ की तरह ठंडा पानी अंजलि में भरा और अपने मुँह पर छिड़का।

जंगल की छाया नदी पर लम्बी होकर फैलने लगी और घोंसलों में लौटते पक्षियों की आवाज़ें वातावरण में गूँजने लगीं। सेन ने वापस लौटने का निश्चय किया और तेज़ी से चलकर बँगले पर आ पहुँचा। सूरज डूबने लगा था और पैग ढालने का समय हो गया था।

वरांडे में मेज़ पर गिलास और सोडा की बोतलें लगी थीं। बैरे ने उसके पैरों की आहट सुनी तो चाभी का गुच्छा लेकर उसके सामने आ खड़ा हुआ। 'मैंने साहब का ट्रंक खोलना ठीक नहीं समझा, आप अपनी बोतल खुद निकाल लें।'

'तुमने मेम साहब से निकालने के लिए क्यों नहीं कहा?'

उसने नज़र झुका कर कहा, 'मेमसाहब बोलीं कि वह शराब की बोतल नहीं छुएँगी। उन्होंने मुझे चाबी पकड़ा दी लेकिन मैंने खोलना ठीक नहीं समझा। कोई चीज़ इधर-उधर हो जाये...।'

'ठीक है। मेरा सूटकेस खोलो। ह्विस्की और ब्राण्डी की बोतलें ऊपर ही रखी हैं। और मेमसाहब के आते ही डिनर सर्व कर दो।'

अब पत्नी को अपने साथ बिठाने का कोई मतलब नहीं था। उसने स्कॉच का बड़ा पैग ढाला और पाइप जला लिया। फिर उसके विचार, जीवन ने यह जो

नया मोड़ लिया था, इसकी तरफ़ दौड़ने लगे। अगर वह यूनिवर्सिटी के दिनों में मिली किसी अंग्रेज़ लड़की से शादी कर लेता तो उसकी ज़िन्दगी कुछ और ही होती। वह शादी से पहले और उसके होने के बीच सैकड़ों चुम्बन ले चुका होता, वे जंगल में हाथों में हाथ डाले घूमते होते और नदी के तट पर ही सम्भोग कर लिया होता, वे एक-दूसरे की बाँहों में बाँहें डाले लेटे स्कॉच पी रहे होते। वे सम्भोग करते हुए बीच-बीच में कुछ खाते-पीते भी रहते और सवेरे तक इसी में लगे रहते। ह्विस्की से उसका खून गर्म हो उठा था और कल्पना उत्तेजित हो गई थी। वह इंग्लैंड में वापस लौट आया था। मन की उदासी और चारों तरफ़ छाते जा रहे अँधेरे ने उसका अकेलापन और गहरा दिया। वह अपने ही देश में अपने को अजनबी महसूस करने लगा। उसने बैरे की आवाज़ नहीं सुनी कि डिनर लगा दिया गया है। तब उसकी पत्नी आई और अंग्रेज़ी में पूछने लगी,

'डू यू वान्ट टु शिट* आउट शाइड?'

'क्या?' वह चौंककर उठा और बोला, 'डू यू वान्ट टु शिट इनशाइड ऑर आउट शाइड? द डीनर ईज़ आन दि टेबिल।'

'ओह! मैं अभी आता हूँ। तुम चलकर बैठो। मैं एक सेकेंड में आया।' हे भगवान, उसके अंग्रेज़ी मित्र क्या सोचते, अगर वह उन्हें इस तरह बुलाती? शौच का निमन्त्रण।

मिसेज़ सेन का अपने पति से किसी काम के बारे में कहा गया यह पहला वाक्य था।

सेन डायनिंग रूम में घुसा, तो नारियल के तेल और गुलाब के फूलों की मिली-जुली तेज़ मीठी गन्ध उसको सुँघाई दी। उसकी पत्नी ने अभी बाल धोकर उनमें तेल डाला था और बाल कन्धों से कमर तक बिखरे हुए थे। माँग में गहरा सिन्दूर था जो, उसके विवाहित होने का संकेत था। सेन ने सोचा कि उसने अपनी माँ के आदेशानुसार शरीर पर गुलाब का इत्र भी मला होगा। वह शान्ति से मेज़ पर बैठी थी और हिन्दू स्त्री होने के कारण पति से पहले खाना शुरू नहीं कर सकती थी।

'माफ़ करना, तुम्हें इन्तज़ार करना पड़ा। शुरू क्यों नहीं कर दिया? खाना ठंडा हो गया होगा।'

दोनों खाने लगे। उसने छुरी-काँटे से आमलेट और मक्खन लगी ब्रेड, दूसरी

* अंग्रेज़ी का शब्द 'सिट' यानी बैठना, बंगला उच्चारण में 'शिट' हो गया, जिसका अर्थ होता है शौच करना।

ने चावल और दाल हाथ से मिला कर उँगलियों से। बातचीत शुरू करने के लिए सेन ने कई दफ़ा अपना गला खँखारा। लेकिन हर दफ़ा चश्मे के मोटे शीशे के पीछे पत्नी की खाली और परेशान नज़र उसे चुप रहने को मजबूर कर गई। उसके मित्रों को पता चले तो वे ज़रूर इस बात पर खूब हँसेंगे। 'अच्छा, वह सनी सेन! वह पत्नी से कैसे बात कर सकता था, किसी ने बाक़ायदा दोनों का परिचय ही नहीं कराया था। पता नहीं, पूरा अंग्रेज़ साहब है?'

दोनों चुपचाप डिनर खाते रहे। कल्याणी ने एक हल्का-सा डकार मारा और अपना पान का डिब्बा निकाल लिया। एक पान बनाया, क्षणभर रुकी, फिर मुँह में रख लिया। सनी ने तय कर लिया था कि हनीमून के दिनों में कीमती हवाना सिगार ही पियेगा। उसने अपनी लिंगनुमा लोहे की डिब्बी से एक सिगार निकाला, सोने के क्लिप से उसका छेद खोला और फिर उसे जलाया। तम्बाकू का खुशबूदार धुआँ कमरे में फैलने लगा। इस दफ़ा उसकी पत्नी ने साड़ी के पल्लू से अपना मुँह नहीं ढका, बल्कि सावधानी से नाक के आगे अपना हाथ रखकर उससे दूर रहने की कोशिश की।

दोनों मेज़ पर आमने-सामने बैठे खाना खाते रहे। फिर उसने पान चबाना शुरू किया, तो सेन ने सोचा कि बिलकुल गाय की तरह जुगाली कर रही है। वह खुद अपने लम्बे सिगार के धुएँ में खोया रहा। दोनों के बीच जैसे ऊँची दीवार खड़ी थी और उसे तोड़ना सम्भव नहीं था। सेन ने घड़ी पर नज़र डाली और यह कहकर तेज़ी से उठ खड़ा हुआ, खबरों का समय हो गया और अपना ट्रांजिस्टर लेने बेडरूम में घुस गया।

यहाँ दो चारपाइयाँ एक-दूसरे से बिलकुल सटाकर बिछायी गयी थीं, दोनों के तकिये एक-दूसरे में गुँथे थे। उन पर बिछी चादरों पर खस छिड़का गया था। जिससे लगता था कि सवेरे हुई शादी का समागम पूरा करने के लिए सब कुछ चाक-चौबन्द और तैयार है। सेन पशोपेश में पड़कर सोचने लगा कि वे यह सब कैसे कर सकेंगे—उन्हें तो अभी तक परिचित भी नहीं कराया गया—यह तो मुमकिन ही नहीं था। दोनों में बातचीत भी नहीं के बराबर ही हुई थी। उसने अपना ट्रांजिस्टर उठाया और डायनिंग रूम में वापस आ गया।

ट्रांजिस्टर पर वह खबरें सुन रहा था, तभी बैरे ने मेज़ साफ़ की और 'गुड नाइट, सर!' कह कर चला गया। मिसेज सेन भी उठीं पान का डिब्बा हाथ में पकड़ा और बेडरूम में गायब हो गईं।

पन्द्रह मिनट की खबरों के बाद खेल समाचार आने शुरू हुए। सेन ने कभी

ये नहीं सुने थे, लेकिन आज सुनता रहा और उसे अच्छा लगा क्योंकि उनके बाद कार्यक्रम में एक परिवर्तन की सूचना भी दी गई थी। हिन्दुस्तानी संगीत के धुरंधर, बड़े गुलाम अली खाँ के कार्यक्रम के स्थान पर नई दिल्ली से चेक हारमोनिक ऑर्केस्ट्रा की सूचना दी गई। बड़े गुलाम अली हिन्दुस्तानी संगीत का सबसे बड़ा नाम था, इसलिए अंग्रेज़ीदाँ भारतीयों को भी उनके पेट की एकदम नीचे की तह से निकल कर गले की गरगराती कौंय-कौंय की प्रशंसा करने का नाटक करना पड़ता था। विदेशी दूतावासों के अधिकारियों को इस चार घंटे के लम्बे कार्यक्रम को इसलिए ध्यानपूर्वक सुनना पड़ता था और दाद भी देनी होती थी, क्योंकि नहीं तो उन्हें असंस्कृत और कलाओं से अछूता मान लिया जाता और भारतीय मेज़बानों का यह अपमान भी होता। चेक हारमोनिक भारत में पहली बार आया था और दिल्ली की यूरोपियन म्यूज़िक सोसाइटी चलाने वाले भारतीय 'वॉग्स' को उसे रेडियो से प्रसारित कराने में सफलता भी मिल गई थी। सेन को अफ़सोस हुआ कि वह इस समय दिल्ली में नहीं था, नहीं तो वह डिनर पर चुने हुए लोगों को निमन्त्रित करता, जिसके बाद यह कार्यक्रम सुनवाया जाता। लेकिन इस तरह की पार्टी में उसकी पत्नी कैसा व्यवहार करती?

ऑर्केस्ट्रा शुरू हुआ तो तालियों की गड़गड़ाहट सुनाई दी, फिर उसके बाद स्मेतलाना के प्रसिद्ध 'बदले में प्राप्त दुल्हन' कार्यक्रम की घोषणा की गई। सेन को एकदम फेस्टिवल हॉल और कॉवेन्ट गार्डन की याद आने लगी। स्मेतलाना के बाद बार्तोक पेश किया गया। मानो एक समाँ बँध गया, जो गति के परिवर्तन पर ही तालियों के कारण भंग होता था—ये बेचारे क्या जानें कि गति परिवर्तन सिम्फ़नी का अन्त नहीं होता, नई गति की शुरुआत होती है।

दोनों के बीच दस मिनट का अन्तराल था। अन्तिम कार्यक्रम सेन का प्रिय, ड्वोदाक की सिम्फ़नी 5 थी। उसने ब्राण्डी का बड़ा पैग ढाला, एक कुर्सी सामने खींची और उस पर पैर फैलाकर बैठ गया। उसने यूरोप में ही ड्वोदाक का सर्वोत्तम प्रदर्शन सुना था, वैसा और कहीं नहीं सुना। क्यूबा का सिगार, सर्वोत्तम ब्राण्डी और दुनिया का श्रेष्ठतम संगीत, इससे ज़्यादा किसी को और क्या चाहिये था? उसने धीरे से सिगार की राख झाड़ी, आराम कुर्सी पर सिर पीछे टिकाया और सुख से आँखें बन्द कर लीं। अन्तिम लय आते-आते वह गहरी नींद सो गया था और होंठों में दबा सिगार धीरे-धीरे जलता रहा।

न तालियों की गड़गड़ाहट, न कंसर्ट के अन्त के बाद की स्तब्धता और न ट्रांजिस्टर के बन्द होने के बाद की कैं-कैं से उसकी नींद में कोई खलल पड़ा।

जब सिगार बहुत गरम हो गया, तब उसका मुँह अपने आप खुल गया और सिग़ार उसकी गोद में आ गिरा। उसने पहले उसका पैंट जलाया फिर पेट के नीचे उगे बालों को गर्माया। तब वह चौंककर उठा और बचे हुए टुकड़े को ज़मीन पर फेंक दिया।

यद्यपि सिगार ने उसकी पैंट के बटन में ही छेद किया था, लेकिन कपड़ा जलने की बू सारे कमरे में फैल गई थी। उसने सोचा, बाल-बाल बचे। फिर उसने ट्रांजिस्टर बन्द किया और घड़ी पर नज़र डाली। आधी रात बीत चुकी थी। उसने लैंप बुझाया और बेडरूम में चला गया।

यहाँ मेज़ पर लैम्प जल रहा था। पत्नी सो गई थी। ज़ाहिर था कि उसने काफ़ी इन्तज़ार किया होगा। उसने अभी तक अपने गहने भी नहीं उतारे थे। आँखों में काजल लगा था। आँसुओं के कारण काजल की एक लम्बी लकीर बन गई थी जो उसके गालों से होती हुई चादर तक पहुँच गई थी।

सेन ने कपड़े बदले और बिस्तर पर आ गया। उसने बीवी के उठते-गिरते स्तनों और खुले हुए मुँह पर नज़र डाली। अब वह क्या करे? सच कहे तो उसमें कामना ही नहीं जगी। उसने लैम्प की बत्ती घुमाई। उसकी पीली लौ नीले रंग में बदलकर बत्ती के सिर पर दो-तीन दफ़ा फड़फड़ाई, फिर बुझ गई और कमरे में घुप अँधेरा और शान्ति छा गई।

सवेरा हुआ तो बैरा चाय की ट्रे लेकर आया और उसे जगाते हुए बोला, 'साहब, नौ बज गये हैं। मेम साहब तो चार-पाँच घंटे से जग रही हैं। वे नहा भी ली हैं, पूजा भी कर चुकी हैं और अब नाश्ते के लिए आपका इन्तज़ार कर रही हैं।'

सेन ने आँखें मलीं। सूरज की रोशनी वरांडे से होकर कमरे में आ रही थी। उसकी पत्नी ने अपना बिस्तर लपेटकर बक्से के ऊपर रख दिया था। 'मैं वरांडे में चाय लूँगा,' यह कहते हुए वह उठा बाथरूम में गया, मुँह पर पानी के छींटे मारे और बाहर आ गया।

'सॉरी, तुम्हें इन्तज़ार करना पड़ा। हमेशा यही कर रहा लगता हूँ। तुम्हें दरअसल मेरा इन्तज़ार ही नहीं करना चाहिये।' उसने कुर्सी पर बैठकर अँगड़ाई ली। 'मैं बस हमेशा...क्या कहूँ।'

उसकी पत्नी खड़ी हो गई और वह छत की तरफ़ ही देख रहा था, कि उसके पैर छूने के लिए नीचे झुकी। वह उसका पति, स्वामी और देवता था। उसने चौंक कर नीचे नज़र डाली। पत्नी ने ऊपर देखा, उसकी आँखों से आँसू भर-भर बह

रहे थे। 'मैं आप के अयोग्य हूँ,' वह जैसे आधा सवाल कर रही थी और आधा अपना भय व्यक्त कर रही थी। इससे पहले कि वह कोई जवाब देता, वह साड़ी आँखों पर खींचकर भीतर कमरे में चली गई।

'यह सब क्या हो रहा है?' सेन बड़बड़ाया और आराम कुर्सी में लुढ़क गया। वह समझ गया कि उसका मतलब क्या था! वह अपना सिर खुजाता काफ़ी देर तक वहाँ बैठा रहा और बाहर लॉन में पसरी रोशनी की तरफ़ नज़रें गड़ाये रहा। उसके मन में भीतर जाकर पत्नी को मनाने की इच्छा भी पैदा नहीं हुई।

बैरा आया, शिकायती नज़रों से अनछुई चाय की ट्रे को देखा और बोला कि नाश्ता मेज़ पर लगा दिया गया है। सेन अनिच्छा से उठा। वह भी तब तक कुछ नहीं खायेगी, जब तक वह उसे मनायेगा नहीं। और वह यह सब करने को तैयार नहीं था। लेकिन यह भी उसकी ग़लती थी। वह नाश्ते की मेज़ पर बैठी थी। उसने उस पर नज़र नहीं डाली।

'चाय?' यह कहकर उसने उसका कप भर दिया और फिर अपना भी भरा। फिर दोनों अपना-अपना अलग खाना अलग-अलग ढंग से खाने लगे। चुपचाप खाना खत्म कर लेने के कारण एक ने अपना पान का डिब्बा खोल लिया और दूसरे ने पाइप सुलगाकर मुँह में दबा लिया। वह बेडरूम में चली गई और सेन ट्रांजिस्टर लेकर वरांडे में आकर बैठ गया और सवेरे की खबरें सुनने लगा।

पोस्टमैन दोपहर की डाक लेकर आया तो उसे यह विचार सूझा। डाक से आई चिट्ठी दफ़्तर का मेमो था, कि उसकी पन्द्रह दिन की छुट्टी मंजूर की गई है। लिफ़ाफ़े पर ऊपर बड़ा-बड़ा छपा था : ऑन इंडिया गवर्नमेन्ट सर्विस ऑनली।

वह लिफ़ाफ़ा लहराता कमरे में आया और बोला, 'अब हमें एकदम लौटना पड़ेगा। मिनिस्टर का अर्जेन्ट पत्र आया है। उसे पार्लियामेन्ट में हमारे विभाग से सम्बन्धित कुछ प्रश्नों का उत्तर देना है। मैं बैरे को तुम्हारा सामान बाँधने भेजता हूँ और खुद कार को देखता हूँ।...बैरा...बैरा...' आवाज़ लगाता वह बाहर निकल आया।

आधे घंटे के बाद वे दिल्ली की सड़क पर थे। सूरज डूब रहा था, तब वे अपने यहाँ पहुँचे। माँ ने बेटे को गले लगाया और तभी वह हटी जब बहू ने उसके पैरों को छुआ। 'भगवान तुम्हारा भला करे,' वह बोली और उसका कन्धा छूकर पूछने लगी, 'लेकिन यह...।'

उसके बेटे ने मिला पीला लिफ़ाफ़ा जेब से निकाला और माँ के सामने लहराते हुए घोषणा की, 'मन्त्री जी ने तुरन्त मिलने को कहा है। ये लोग किसी की व्यक्तिगत

ज़िन्दगी को भी कोई महत्त्व नहीं देते, इसलिए मुझे आना ही पड़ा।'

'ठीक है,' यह कहकर माँ ने आँसू पोंछे, फिर बहू की तरफ़ मुड़कर बोलीं, 'तुम्हारे माता-पिता खुश होंगे कि तुम वापस आ गईं। तुम उनसे फ़ोन पर बात कर लो।' कुछ मिनट बाद मिसेज़ सेन के माता-पिता भी टैक्सी से वहाँ आ गये। और आँसू बहाये गये और मिलना-जुलना हुआ। फिर पूछा कि इतनी जल्दी वापस क्यों आ गये। और मन्त्री जी का हवाला दिया गया। अब सब खुश भी थे। क्योंकि बहू एक रात अपने पति के साथ गुज़ार चुकी थी और विवाह का उद्देश्य पूरा हो गया था। इसलिए बहू कुछ दिन के लिए मायके जा सकती थी।

सेन दूसरे दिन किताबों की दुकानों और कॉफ़ी हाउसों के चक्कर लगाता रहा। सप्ताहान्त आ गया। रविवार को सवेरे जब उसकी माँ पूजा कर रही थी, तब उसने अपने डायरेक्टर को फ़ोन किया और कोई बहाना बनाकर अपने लौटने की सफ़ाई पेश की और दफ़्तर फिर आना शुरू करने की आज्ञा चाही। उसने कहा, 'माँ की तबियत एकदम खराब होने लगी, इसलिए मुझे वापस आना पड़ा।' वह जानता था कि इससे उसे सहानुभूति भी मिलेगी और सहायता भी। डायरेक्टर ने इसे उसका कर्तव्य माना और अच्छे बेटे की तरह विधवा माँ की सेवा करते रहने का उपदेश दिया। 'और हम तुम्हारे विवाह का जलसा करेंगे और तुम्हारी पत्नी से मिलेंगे...तुम्हारी माँ के ठीक होने के बाद।'

'यस सर, जैसे ही माँ ठीक हो जाती हैं, हम आपको निमन्त्रित करेंगे।'

इस प्रकार माँ के 'अचानक खराब हुए स्वास्थ्य और उसकी उम्र भी तो बढ़ रही है' का बहाना सेन के हर जगह काम आया और इसीलिए पार्टी न दे पाना भी इसी के अन्तर्गत आ गया। यह सुनकर संता सिंह भी चुप रह गया, नहीं तो वह उसे लेकर तरह-तरह के मज़ाक करने को तैयार बैठा था।

दिन गुज़रने लगे, फिर महीने बीते। कल्याणी अपनी माँ के साथ दो बार आई और अपना सामान उठाकर ले गई। वह तभी आती थी जब उसका पति दफ़्तर में होता था और वह अपनी सास से मिलकर ही चली जाती थी। सनी सेन से यह कहा गया कि रिवाज़ यह है कि पति खुद जाकर पत्नी को मायके से वापस लाये। सेन कुछ समय तक यह करने से बचता रहा, फिर वह दक्षिण भारत दफ़्तर के काम से चला गया। उसके लौटने के पन्द्रह दिन बाद उसके ससुरालवालों को पता लगा कि वह वापस आ गया है। दोनों परिवारों के सम्बन्धों में बहुत तनाव पैदा हो गया। सीधे कुछ नहीं कहा गया पर पीछे अफ़वाहें उड़ीं कि सेन परिवार और ज़्यादा दहेज चाहते हैं और माँ बहुत परेशान करती है।

इसके बाद सेन को अपने ससुर का एक पत्र प्राप्त हुआ। इसकी भाषा नम्रतापूर्ण परन्तु स्पष्ट थी और लगता था कि इसे वकील के परामर्श से तैयार किया गया है और इसकी कार्बन कॉपी भी ज़रूरत पड़ने पर इस्तेमाल के लिए रख ली गई है। इसमें दैनिक समाचार पत्र के विज्ञापन वाले स्तम्भ में प्रकाशित विज्ञापन से आरम्भ करके, उसके बाद किये गये पत्र-व्यवहार, परस्पर बातचीत, सगाई पर दी गई रकम और बाद में दिये गये दहेज, विवाह और गंगा नदी के तट पर हुए समागम इत्यादि की चर्चा करके सेन से प्रश्न किया गया था, कि अब उसका इरादा क्या है।

सेन को पहली दफ़ा महसूस हुआ कि स्थिति बहुत गम्भीर हो गई है। उसने अपनी माँ से बात की। माँ और बेटे के बीच एक नया सम्बन्ध कायम हुआ। माँ ने अन्तिम रूप से कहा, 'यह बड़ी शर्म की बात है। हमें इसे और आगे नहीं बढ़ने देना चाहिये। तुम जाकर उसे वापस ले आओ। मैं कुछ दिन के लिए भाई के पास देहरादून चली जाती हूँ।'

'नहीं, माँ। मैं किसी को तुम्हारे खिलाफ़ नहीं जाने दूँगा।' यह कहकर उसने माँ से विनती की, 'तुम्हें मेरे साथ ही रहना है।'

'कोई मेरे खिलाफ़ नहीं है और मैं तुम्हें छोड़कर नहीं जा रही हूँ। मेरा यही घर है और हमेशा रहेगा। तुम्हीं मेरे खून के रिश्ते में हो और मैं जाऊँगी भी कहाँ? लेकिन तुम्हें अपनी बीवी को वापस लाना है। उसे ही इस घर का कामकाज सँभालना है और यही उसका अधिकार भी है। फिर मैं वापस आ जाऊँगी और खाना बनवाने या खरीद-फरोख्त करने की ज़िम्मेदारी से मुक्त होकर जीवन बिताऊँगी।'

सेन कुर्सी के पीछे सिर लटकाकर बैठ गया। वह थकान से चूर-चूर हो चुका था। उसकी माँ उसका सिर हाथों से सहलाकर बोली, 'बेटा, तुम ज़्यादा फिक्र मत करो। मैं भाई को लिख दूँगी कि यहाँ आकर मुझे ले जाए। वही तुम्हारी ससुराल जाकर बहू को भी ले आयेगा। मैं यहाँ से जाने से पहले उसे सब समझा दूँगी और चाबियाँ भी पकड़ा दूँगी और नौकरों से कह दूँगी कि उसकी आज्ञा का पालन करें। तुम दफ़्तर से आओगे तो तुम्हें सब ठीक-ठाक मिलेगा।' यह कहकर उसने बेटे के बाल चूमे। 'और उसके साथ अच्छा बर्ताव करना, अभी बच्ची ही तो है। तुम जानते हो मैं कितने दिनों से अपना पोता गोद में खिलाने को तरस रही हूँ।'

सेन को इस सबसे बड़ी चिढ़ हो रही थी। उसे अब अपने ऊपर ही क्रोध आने लगा कि उसने यहाँ तक बात पहुँचने ही क्यों दी। इससे भी ज़्यादा क्रोध उसे अपनी पत्नी पर आया जो उसकी माँ को ही उससे अलग किये दे रही है।

जब तक वह मेरी माँ को अपना नहीं लेती, तब तक मैं उसे स्वीकार नहीं करूँगा। उसने अपने रसोइये को समझाया कि बेडरूम में क्या इन्तज़ाम करना है। यह भी कहा कि वह अगर कोई सवाल-जवाब करे तो उसे यही जवाब दे कि मालिक का आदेश है।

सोमवार को सवेरे जब उसका रसोइया चाय लेकर आया, तब उसने उससे कहा कि वह लंच के लिए घर नहीं आयेगा, और उसकी पत्नी से भी कह दे कि वह डिनर के लिए भी उसका इन्तज़ार न करे, क्योंकि वह रात को ऑफ़िस में देर तक काम करेगा। उसने माँ और मामा के साथ नाश्ता किया। उसने माँ से वादा किया कि वह रोज़ उसे खत लिखेगा कि क्या स्थिति चल रही है। माँ ने उसे समझाया, 'वह अलग माहौल में पली है। लेकिन प्यार और धीरज से सब कुछ जीता जा सकता है।'

सेन सब से बाद में दफ़्तर से निकला। वह वहाँ से सीधा जिमखाना क्लब गया। घंटे भर तक वह स्वीमिंग पूल पर बैठा ठंडी बियर पीता और नहानेवालों को देखता रहा। वहाँ दूतावासों की यूरोपियन स्त्रियाँ अपने बच्चों के साथ आई थीं; सुन्दर पंजाबी लड़कियाँ बिकिनियों में घूम रही थीं और कॉलेज के लड़के अपने टार्ज़न जैसे कन्धे और बाज़ू दिखाते हुए डाइविंग बोर्ड से स्वीमिंग पूल में कूदते नज़र आ रहे थे। यही वह जगह थी जिससे वह जुड़ा था, जहाँ काले, भूरे और गोरे सभी रंगों के लोगों का घालमेल दिखाई देता था। वह इनमें से किसी लड़की से शादी क्यों नहीं कर सका, जिसे वह अमेरिकी ढंग की अंग्रेज़ी के स्थान पर इंग्लैंड की सही भाषा सिखाकर अपने साथ रखता।

तैरनेवाले घर चले गये। सेन ने एक 'आह' भरी और उठकर बार में आ गया। कई पुराने दोस्तों ने उसका स्वागत किया, 'हाय सनी, यू ओल्ड बास्टर्ड, तुम्हारे बारे में यह क्या सुना जा रहा है।'

सनी मुस्कुराया! 'मुझे हर बात सबको बतलानी ज़रूरी है क्या?'

'तुम जो चाहो करो। सबको पिलाओ, नहीं तो हम तुम्हारी सारी हवा निकाल देंगे और इन औरतों के सामने फेंक देंगे।' यह कहकर तीन लोग उसकी तरफ़ बढ़े।

'वहीं रहो, दोस्तो! बैरा इन सबको जो ये चाहें दे दो। आखिर बात क्या है?'

सब बैठकर पैग पीने लगे और 'चियर्स' वगैरह बोलने लगे।

'तुम्हारी बीवी कहाँ है?' एक ने पूछा 'और यह मत कहना कि मैं उसे पर्दे में रखने वाला हूँ।'

‘डरो मत,’ सेन ने जवाब दिया। ‘इस वक्त वह अपने घर गई हुई है। अच्छा, एक और चलेगी?’

इस तरह शराब का दौर तब तक चलता रहा, जब तक बार बन्द होने का समय न हो गया। उनमें से एक ने उसे डिनर के लिए अपने घर चलने का निमन्त्रण दिया। उसने तुरन्त स्वीकार कर लिया।

रात को एक बजे सेन अपने घर लौटा। उसमें स्कॉच इतनी भर गई थी कि किसी गड़बड़ पर उसका ध्यान जा ही नहीं सकता था। हॉल की लाइट जलाई तो उसने वहाँ बक्से वगैरह बहुत-सा सामान भरा देखा। पत्नी वापस आ गई थी। उसके बेडरूम में रोशनी नहीं थी। वह कई घंटे पहले जाकर सो गई होगी। उसने हॉल की बत्तियाँ बुझाईं, अपने बेडरूम में गया, टेबिल लैम्प बुझाया, और दरवाज़ा भीतर से बन्द करके सो गया। कुछ ही मिनट में उसे गहरी नींद आ गई।

सवेरे बैरे के बार-बार खटखटाने पर उसकी नींद खुली। कुंडी खोलने गया तो सिर चकरा रहा था। उसका बैरा क्या सोचेगा कि वह बीवी से अलग कुंडी चढ़ाकर सो रहा था? खैर, कोई बात नहीं! इस वक्त तो उसका सिर उसे परेशान कर रहा था।

‘मेम साहब के लिए चाय ले जाऊँ?’ बैरे ने पूछा।

‘वह बेड टी नहीं लेती,’ सेन बोला, ‘क्या वह उठ गई है?’

‘पता नहीं, साहब। उन्होंने भी दरवाज़ा भीतर से बन्द कर लिया था।’

सेन को बेचैनी हुई। उसने सिरदर्द की दो गोलियाँ मुँह में डालीं और एक प्याला गर्म चाय पेट में उँड़ेली। फिर वह बिस्तर पर लेट गया और गोलियों का असर होने का इन्तज़ार करने लगा। उसकी कल्पना दौड़ लगाने लगी। उसने क्या किया होगा? हरगिज़ नहीं! उसने आधी रात तक उसका इन्तज़ार किया होगा, फिर अकेले होने के डर से कमरा भीतर से बन्द कर लिया होगा। देर से सोने के कारण उठने में भी देर हो रही होगी। लेकिन उसने उसके साथ दुर्व्यवहार किया था और वह भी कुछ ज़्यादा भावुक हो गई होगी। उसने इस विचार से मुक्ति पाने का फ़ैसला किया। उठा और दरवाज़ा खटखटाया। कोई जवाब नहीं आया। वह बाथरूम गया और लौटकर फिर खटखटाने लगा। भीतर से कोई आवाज़ नहीं आ रही थी। वह खिड़की पर गया और ज़ोर से धक्का मारा। शीशे टूट गये और दीवार से टकराये। इस शोर से भी वह नहीं जगी। उसने भीतर झाँका तो नाक पर चढ़े चश्मे की चमक नज़र आई।

सेन ज़ोर से चीखा और बैरे को आवाज़ लगाई। मालिक और नौकर दोनों ने मिलकर दरवाज़े को धक्के देना शुरू किया। कुंडी नीचे आ गिरी और वे कमरे

में घुस गए। बिस्तर पर पड़ी स्त्री बिना हिले-डुले वहीं पड़ी रही। उसका मुँह खुला था और सफ़ेद-सा पानी निकल कर तकिये को भिगो रहा था। आँखें चश्मे के मोटे शीशे से बाहर एकटक देख रही थीं। सेन ने अपना हाथ उसके माथे पर रखा। वह पहली दफ़ा अपनी पत्नी को छू रहा था। वह मर चुकी थी।

उसके बगल में रखी मेज़ पर एक खाली गिलास और दो लिफ़ाफ़े रखे थे। एक पर बांग्ला में उसकी माँ का नाम लिखा था, दूसरे पर उसका। उसने अंग्रेज़ी में लिखा अपना नाम टकटकी लगाकर देखा और पढ़ा–

'टू,
मिस्टर एस. सेन, एस्क्वायर'

श्री कंजूस और उसके चमत्कार

किसी ने भगवान कृष्ण से पूछा, 'दुनिया का सबसे बड़ा चमत्कार क्या है?'

श्री कंजूस ने शराब का गिलास अपने हाथ में उठाया और भगवान का उत्तर हमें बताया : 'भगवान कृष्ण ने कहा, ''सबसे बड़ा चमत्कार यह है कि यद्यपि मनुष्य यह जानता है कि उसका अन्त निश्चित है, लेकिन वह मृत्यु पर कभी विचार ही नहीं करता''।' यह कहकर उसने पूरा गिलास अपने गले में उँड़ेल लिया और उसकी तह में झाँककर देखने लगा।

श्रीमती कंजूस ने बात को आगे बढ़ाया। 'जैसा मेरे पति हमेशा कहते हैं, आप किसी भी चीज़ को अपने साथ नहीं ले जा सकते। इसलिए खाओ, पियो और मौज करो, हमारे जीवन का मन्त्र है।' उसने भी अपनी शराब पेट के हवाले की और समर्थन के लिए मेरी तरफ़ देखा। पहला पैग उन्हें मैंने ही दिया था। अब दूसरे का भी ऑर्डर कर दिया। और करता भी क्यों नहीं, मैं अपना पैसा अपने साथ तो ले नहीं जा सकता था। दूसरे के बाद तीसरा। मैंने बिल पर दस्तखत कर दिये। कंजूस पति-पत्नी जाने के लिए उठे।

श्री कंजूस ने मेरा हाथ जोश-खरोश से मिलाते हुए कहा, 'आप कभी हमारे यहाँ खाना खाने आयें।' 'जब चाहे आ जायें और अचानक वाला भाग्य आज़मायें,' उसकी पत्नी ने जोड़ा।

कितनी अजीब बात थी कि इतने उदार आदमी को यह नाम दिया गया! कितने लोग किसी अजनबी को खाने पर बुलाते हैं? तीस साल पहले ऐसा होता था। इन तीन दशकों में मुझे सैकड़ों दफ़ा भाग्य आज़माने के

निमन्त्रण मिले हैं, हालाँकि कभी मुझे कुछ मिला नहीं है। इसके विपरीत, इन लोगों को मेरे द्वारा कई दफ़ा फ़ायदा हुआ है। ये बड़े विचारवान दम्पति हैं। ये तभी मेरे यहाँ आते हैं जब मैं डिनर से पहले का ड्रिंक ले रहा होता हूँ। वे अपने को 'एक रास्ते के लिए भी' का आग्रह स्वीकार करने की बात मानने को भी तैयार कर लेते हैं। और चूँकि यह डिनर का समय होता है, ये श्रीमती कंजूस का यह कहना कि 'घर पर सब तैयार है,' भी उदारता से अस्वीकार कर देते हैं और उनसे नौकर को फ़ोन करवा देते हैं कि आज हम बाहर डिनर ले रहे हैं। इनका नौकर भी शायद टैलीपैथी के ज़रिये अपने मालिक और मालकिन की बात पहले से ही समझ लेता है, क्योंकि मैंने जब भी उसे फ़ोन किया, तो उसने यही कहा, मैं जानता हूँ–या कोई जवाब ही नहीं दिया क्योंकि उसने उसी शाम की छुट्टी कर रखी थी।

हालाँकि अब तक मैंने श्री कंजूस के यहाँ कभी खाना नहीं खाया, लेकिन मैं उनके खाने-पीने की और दूसरी आदतों को भी अच्छी तरह जान गया हूँ। इसलिए एक-दो छोटी-मोटी चपातियों से मुझे कोई फ़र्क नहीं पड़ता, क्योंकि उन दोनों ने मुझे अपनी सोच और आदतों का ज़्यादा और स्वादिष्ट भोजन प्रदान किया है।

श्री और श्रीमती कंजूस के साथ हुई अपनी पहली मुलाक़ात में ही मुझे पता चल गया था कि वे उसी गोल्फ़ क्लब के मेम्बर हैं जिसका मैं हूँ। ये नियमित रूप से क्लब जाते थे, फिर भी मैं यह बात नहीं जानता था। इसमें ताज़्जुब की भी कोई बात नहीं क्योंकि मेरे लिए क्लब उसकी रौनक़ और हरियाली के कारण प्रिय था, जबकि उनकी रुचि उसके बार में ही थी। उसने मुझे बड़े आदर से निमन्त्रित किया, 'आइये, आप भी हमारे साथ शामिल हो जाइये। आप क्या लेते हैं?'

'आप जो भी ले रहे हों, मैं उसमें शामिल हो जाऊँगा,' मैंने जवाब दिया, लेकिन इसके बाद मैंने देखा कि वे तो कुछ भी नहीं ले रहे हैं। इसलिए मैंने फिर कहा, 'शायद सादा बियर। ...और आप?' मैंने श्रीमती की तरफ़ मुड़कर पूछा।

'मैं भी कुछ ले लूँगी,' उसने शर्माते हुए कहा। बैरा आया तो श्री कंजूस ने ऑर्डर किया, 'साहब के लिए एक बियर, मेमसाहब के लिए स्मॉल ह्विस्की, और मेरे लिए बड़ी।'

ड्रिंक्स आ गये। पीना शुरू हुआ, कंजूस दम्पति बताने लगे कि उनके घर पर अब तक कितनी पार्टियाँ होती रही हैं और कितने लोग उनकी ह्विस्की पर मदमस्त होते रहे हैं। 'अगर आप किसी को पिलाते हैं तो आपको उदार होना ही चाहिये,' श्री कंजूस ने अपने घर पर हुई कई पार्टियों के किस्से सुनाये और बताया कि कौन-कौन लोग बहुत ज़्यादा पीकर एकदम धुत्त हो गये थे। फिर अपना अँगूठा

पट्टी में जमाकर कहा, 'मैं तो आजकल टोमेटो सूप लेना पसन्द करता हूँ क्योंकि लोग ह्विस्की के नाम पर पता नहीं क्या पिला देते हैं–गिलास भरकर सोडा और उसमें किसी भी अर्क़ की दो-चार बूँदें।'

मैंने इस बात का पूरा समर्थन किया। इस प्रसन्नता के बाद मेरे लिए ज़रूरी हो गया कि जब मेरा नम्बर आये, तब मैं दो डबल स्कॉच और एक बियर का ऑर्डर करूँ। श्रीमती कंजूस ने थोड़ा-सा विरोध भी किया, 'मैं तो ज़्यादा लेती नहीं पर आप ज़िद कर रहे हैं तो...'

मैंने ज़िद की, श्रीमती कंजूस उदारता के विषय पर मुखर हो उठीं। उन्होंने ब्रिटिश राज के पुराने दिनों की याद करते हुए कहा कि तब स्वागत-सत्कार में इतना हिसाब-किताब नहीं बरता जाता था, न इतना कमीनापन था। 'मुझे 1930 में इस क्लब के दिन याद आते हैं जब हर रात दर्जन भर पार्टियाँ हुआ करती थीं। अरे, हम खुद हर हफ़्ते एक-दो पार्टियाँ करते ही थे–है न, डार्लिंग?'

श्री कंजूस ने सिर हिलाकर उनका समर्थन किया। 'लेकिन अब,' श्रीमती ने शिकायत की, 'कोई खुद कुछ नहीं करता, हालाँकि हर जगह खाने को पहुँच जाते हैं। सफ़र एक ही तरफ़ का रह गया है। सच बात तो यही है कि आजकल जैसे लोग यहाँ आते हैं उनसे कोई सम्बन्ध रखना अच्छा नहीं लगता। हम बहुत कम लोगों को जानते हैं। खुद एक-दो ड्रिंक लेकर घर लौट जाते हैं।'

श्री कंजूस और मैं दोनों ने सिर हिलाये।

मैंने देखा कि बैरा बिल बनवाने कैशियर के पास खड़ा है। ठीक इसी समय श्री कंजूस बाथरूम जाने के लिए उठ खड़े हुए। बैरा बिल लेकर आया तो मुझे उस पर दस्तखत करना ज़रूरी हो गया। उसके बाद श्री कंजूस तुरन्त लौट आये और बैरे से बिल लेकर मुझसे बोले, 'अरे, आपने दोनों पर साइन कर दिये!' पहले तो उन्होंने मुझ पर क्रोध किया, फिर माफ़ कर दिया, 'कोई बात नहीं, अगली दफ़ा हम दे देंगे। अच्छा, आप घर आयें।'

'और भाग्य आज़मायें,' श्रीमती ने जोड़ा।

दूसरी दफ़ा हम क्लब में मिले, तब फिर पीने का दौर चला। जब बैरा बिल लेकर आया तब श्री कंजूस एक ज़रूरी फ़ोन करने के लिए चले गये थे। इसके बाद तीसरी दफ़ा जब यह स्थिति पैदा हुई तब वह एक मित्र से बात करने में व्यस्त थे। अब मैं भी घटियापन पर उतर आया और उनसे किनारा करने लगा। मैंने मान

लिया कि वे दूसरों की ही पीते हैं। पता चला कि और लोगों के साथ भी उन्होंने ऐसा ही किया था।

लेकिन भाग्य ने हमें फिर एक साथ इकट्ठा कर दिया। जर्मनी में होने वाले एक अन्तरराष्ट्रीय सम्मेलन में भाग लेने के लिए हम दोनों को प्रतिनिधि के रूप में चुन लिया गया। यह सम्मेलन कई महीने चलना था, इसलिए हमें बार-बार एक-दूसरे का साथ देना पड़ता था।

श्री कंजूस मुझसे ज़्यादा उदार निकले। वे अपने खर्चे पर पत्नी और दोनों बच्चों को अपने साथ ले गये। उन्होंने प्रतिनिधिमंडल को एक सेक्रेटरी रखने के लिए तैयार कर लिया–उन्होंने विश्वास दिला दिया कि उनकी पत्नी इस काम के बहुत योग्य है। उन्होंने अपने छोटे बच्चे को भी, जो पन्द्रह साल का लड़का था, बारह साल से कम का लिखवा दिया, जिससे उसका किराया आधा रह गया। मुझे तो यह सूझा ही नहीं। मैं तो अपनी पत्नी का यूरोप का किराया भी भर सकने योग्य नहीं था।

कंजूस परिवार और मैं एक ही होटल में ठहराये गये। उन्होंने एक ही बिस्तर वाला कमरा लिया। पत्नी उनके साथ रह सकती थी। फिर उन्होंने डिप्लोमेटिक कमीशन पर एक कार खरीदी और उसे होटल के सामने सड़क पर खड़ा कर दिया। बच्चे दिन होटल में बिताते थे और रात को कार में सो जाते थे। वे सवेरे उठकर होटल आ जाते और बाथरूम का उपयोग करते और कपड़े वगैरह बदलते। फिर श्री कंजूस अपना भरपूर नाश्ता मँगाते–जिसमें हर चीज़, फलों का जूस, पॉरिज़, अंडे, मछली, मीट, कॉफ़ी और फल मँगा लेते, और एक व्यक्ति के नाश्ते में चारों डटकर खा-पी लेते।

दिन के समय श्री कंजूस मीटिंगों में भाग लेते और श्रीमती कंजूस सदस्यों की चिट्ठी-पत्री देखतीं, छोटे कंजूस म्यूज़ियम और पिक्चर गैलरीज़ में घूमने-फिरने चले जाते, जहाँ कोई टिकट नहीं लगता था। उनकी अट्ठारह साल की बड़ी लड़की हफ़्ते में एक बार मुझसे मिलने आती। वह दोपहर के समय मुझे फ़ोन करती कि क्या वह कुछ राय-मशविरा करने के लिए मुझसे मिलने आ सकती है। मेरे 'हाँ' कहने पर वह–जो बड़ी सुन्दर लड़की थी–हाथ में एक नोट बुक और मेरे विचार लिखने के लिए पेंसिल लेकर मेरे पास आ जाती। इससे मेरा अहं तुष्ट होता। वह मुझसे बातें करती और नोट्स लिखती रहती, तब लंच का समय हो जाता और मैं उसे खाने के लिए कहता और वह तैयार हो जाती। अन्य सदस्यों के साथ भी वह इसी तरह एक-एक दिन मिलती और उनके साथ लंच करती रहती थी।

शाम को पूरा कंजूस परिवार इकट्ठा हो जाता। सम्मेलन भवन में प्रतिनिधिमंडलों के इस्तेमाल के लिए कई बड़े-बड़े कमरे थे। इनका ज़्यादातर उपयोग प्रतिनिधिमंडलों के नेताओं और डायरेक्टरों द्वारा किया जाता था, जो रिसेप्शनों में एक-दूसरे को ही निमन्त्रित करते थे। कभी-कभार एकाध निमन्त्रण हमारे जैसों के लिए भी आ जाता था। लेकिन कंजूस परिवार इस तरह के भेदों को नहीं मानता था और वे हर रोज़ किसी-न-किसी रिसेप्शन में अपने आप शामिल होकर वहाँ मज़े से खाते-पीते रहते थे।

कॉकटेल रिसेप्शनों में कंजूसों का प्रवेश एक निश्चित ढर्रे पर होता था। श्री कंजूस वरांडों में इस तरह घूमते जैसे वे कुछ तलाश कर रहे हों और किसी मेज़बान से उसके दरवाज़े पर जाकर बड़ी ईमानदारी से प्रश्न करते, 'आपने मेरी पत्नी को कहीं देखा है?' वे 'नहीं' कहते और सभ्यतावश उनसे कहते, 'आप भी हमारे साथ एक पैग ले लें,' तो वे पहले तो मना कर देते, लेकिन फिर अपने को उनकी बात मानने को तैयार ही कर लेते—'चलिये, एक ड्रिंक ले लेता हूँ,'—जिसके बाद वे भीड़ में गायब हो जाते। अब श्रीमती कंजूस उसी तरह वहाँ चक्कर लगाती आतीं और पूछतीं कि 'आपने मेरे पति को कहीं देखा है?' तो जवाब मिलता, 'हाँ, अभी तो यहीं थे, अब भीड़ में कहीं होंगे,' और उन्हें भी एक ड्रिंक लेने का निमन्त्रण मिल जाता—जिसके बाद वे अपने पति को तलाश कर सकेंगी। ना-नुकुर करके श्रीमती भी मान जातीं। कुछ मिनट बाद दोनों बच्चे भी माता-पिता को तलाश करते वहाँ चक्कर लगाते और शामिल हो जाते। इस तरह पूरा परिवार कैवियर, स्मोक्ड सामन मछली के सैंडविच और मीट पैटीज़ के साथ पूरा न्याय करता नज़र आता।

बाद में यह खबर आई कि शाम को जब सब लोग मिलते हैं तो श्रीमती कंजूस दोनों बच्चों के कान में भारत की किसी प्राचीन भाषा में एक मन्त्र फूँकती हैं। यह भी देखा गया कि यह मन्त्र सुनने के बाद ही उनकी दोनों सन्तानें बढ़िया पकवानों से भरी मेज़ों पर टूट पड़ती हैं। इस विषय पर काफ़ी खोज की गई और लोगों से पूछताछ की गई तब भारतीय प्रतिनिधिमंडल के एक सदस्य ने यह पता लगाया कि यह मन्त्र किसी प्राचीन भाषा में नहीं बल्कि पंजाबी की एक उपभाषा में दिया जाता है और उसका अर्थ है, 'मेरे हीरे-मोतियो, पेट भरके खाना, जिससे बाहर रेस्तराँ में खाने के लिए जाने की ज़रूरत न पड़े।'

यह ताज़्जुब की बात नहीं थी कि हर कोई कंजूसों को जानने लगा। इसका आधा कारण तो यह था कि ये लोग निमन्त्रण एकदम स्वीकार कर लेते थे और

दूसरा कुमारी भूखी कंजूस का सौंदर्य। विदेशी तो उसे छोड़ते ही नहीं थे। उनके उत्साह का असर भारतीयों पर भी पड़ा, जो इससे पहले उसे एक लड़की भर समझते थे जिसकी शादी किसी दिन किसी आई.ए.एस. या आई.एफ.एस. अफ़सर से या किसी बड़ी फर्म के मालिक के बेटे से हो जायेगी।

अब यह स्पष्ट हो गया था कि जिस बड़ी संख्या में विदेशी उसका हाथ चूमते नज़र आते थे, उससे—अगर कोई देशभक्त भारतीय उससे विवाह करने को आगे नहीं बढ़ा तो यह भूखी कंजूस शीघ्र ही या तो सिनोरा या फ्राउ या मैडम बनकर विदेश चली जायेगी। यह हमारे लिए सौभाग्य की बात है कि ऐसी विषम स्थितियों में हमारे देशवासी कसौटी पर खरे उतरते हैं। विदेश विभाग का एक युवा सदस्य, जो भारत में प्राप्त होने वाले शादी के प्रस्तावों से अब तक बचता चला आया था, भूखी के प्रति आकृष्ट होने लगा और उसने कुमारी कंजूस पर लाइन मारी। उसका इरादा सही था या गलत, श्रीमती कंजूस ने इसका पूरा बन्दोबस्त कर लिया। बुधु सेन ने, जो इस युवा का नाम था—पहले तो बच निकलने की कुछ कोशिश की, लेकिन कंजूस परिवार के जाल से वह निकल नहीं सका। अन्त में उसने मान लेने का दिखावा किया और कहा कि छुट्टियों में भारत आयेगा तो भूखी से विवाह कर लेगा। श्रीमती कंजूस ने सोचा कि ऐसे व्यक्ति को विदेश में छोड़ देना सही नहीं होगा, वह किसी और पर भी फिसल सकता है और अपनी इस मान्यता के कारण कि विदेश का एक व्यक्ति अपने देश के दो आई.ए.एस. लोगों के बराबर है, उन्होंने तुर्त-फुर्त सब कुछ कर डालने का फ़ैसला किया। उन्होंने घोषणा की भूखी और बुधु की कुंडलियों में लिखा है कि इनकी शादी अपने देश से बाहर ही होगी।

हमें ताज़्जुब हुआ कि यूरोप के अहिन्दू वातावरण में हिन्दू विवाह कैसे हो सकता है। और दहेज की रकम देने और शादी के समारोह में खर्चा करने लायक फ़ॉरेन एक्सचेंज कैसे प्राप्त होगा। हम सब सोचने लगे कि प्रतिनिधियों की बचत जोड़कर जो रकम बने, वह कंजूस परिवार को दे दी जाये लेकिन इसकी ज़रूरत ही नहीं पड़ी।

श्रीमती कंजूस ने फिर अपने ज्योतिषी से मशविरा किया—उन्हें बॉन शहर में यह कहाँ से प्राप्त हो गया, यह रहस्य ही बना रहा। उनके ज्योतिषी ने बताया कि भूखी और बुधु का विवाह 15 अगस्त को 3 बजे एक निश्चित स्थान पर ही किया जाना शुभ होगा और यही लिखा भी है। निश्चित स्थान की जाँच की गई तो वह भारतीय दूतावास की इमारत निकली। श्रीमती कंजूस दूतावास गईं और

राजदूत महोदय तथा उनकी पत्नी से मिलीं—और उन्हें यह कथा सुनाई कि यहाँ वह कितने संकट में पड़ गई हैं। उन्होंने रोने का नाटक भी किया और फिर इसका उपाय भी सुझाया। उन्होंने कहा कि यदि उन्हें आधे घंटे के लिए भी रिसेप्शन रूम मिल जाये तो वह इतने ही समय में विवाह-कार्य सम्पन्न कर लेंगी। उन्होंने कहा कि पाँच-छह से ज़्यादा मेहमान नहीं आयेंगे—और 4 बजे स्वतन्त्रता दिवस कार्यक्रम के लिए उसे निश्चित रूप से खाली कर देंगी। उन्होंने कहा कि वे देशभक्त भारतीय हैं और 15 अगस्त की महत्ता भली-भाँति समझती हैं।

राजदूत महोदय और उनकी पत्नी को उनकी स्थिति पर बहुत तरस आया। इसके अलावा बुधु सेन उनके स्टाफ़ का ही सदस्य था और हिन्दू विवाह का कार्यक्रम रिसेप्शन को और भी गरिमा प्रदान कर देगा। इसलिए वे तैयार हो गये—और श्रीमती कंजूस को भी यही उम्मीद थी। फिर उन्होंने निवेदन किया कि उनके मेहमानों को भी रिसेप्शन के खाने-पीने में शामिल कर लिया जाय। राजदूत ने कहा कि 'दो-चार ज़्यादा या कम लोगों से उसमें कोई फ़र्क नहीं पड़ेगा।'

श्री कंजूस ने निमन्त्रण-पत्रों की छपाई पर काफ़ी पैसा खर्च किया। वे मोटे आयवरी पेपर पर छापे गये थे और उसमें सबसे ऊपर संस्कृत का एक मन्त्र लिखा था। उन्हें बाँटने की ज़िम्मेदारी भूखी ने खुद अपने ऊपर ली—वह इन्हें सब महत्त्वपूर्ण व्यक्तियों को देने वाली थी, जैसे प्रतिनिधिमंडलों के नेता और केन्द्रीय तथा राज्य सरकारों के उन बहुत से मन्त्रियों तथा संसद सदस्यों को, जो सरकारी खर्च पर यूरोप में भ्रमण करते रहते हैं। उन्होंने इन सबसे कह दिया कि हिन्दू परम्परा के अनुसार विवाहित कन्या को उपहार देकर विदा किया जाता है—उन्होंने कहा कि 'यह ज़रूरी नहीं है कि उपहार कीमती ही हो, मिठाई का एक टुकड़ा भी काफ़ी होता है।'

इस प्रकार सौभाग्यवती भूखी कंजूस का श्रीयुत बुधु सेन, आई.एफ.एस. से विवाह सम्पन्न हुआ—ठीक 3 बजे। 100 से अधिक व्यक्ति इसमें शामिल हुए और बाद में रिसेप्शन कार्यक्रम के लिए भी रुके। उपहारों का तो ढेर लग गया और उनकी देखभाल करने के लिए मिस्टर कंजूस को रिश्वत भी खिलानी पड़ी।

पार्टी बड़ी शानदार रही। विदेशी अतिथियों के विदा होने के बाद हिज़ एक्सीलेंसी ने विवाह की बधाई देने के लिए शैम्पेन से टोस्ट किया। बोतलों की डाटें झर-झर करके खुलने लगीं, जैसे दिवाली पर आतिशबाजी होती है और झागदार शराब इस तरह बही जैसे पवित्र गंगा नदी का जल बहता है। कंजूस परिवार ऊपर तक चढ़ाकर मौज-मस्ती कर रहा था। श्री कंजूस ने अँगूठा पट्टी में

लगाकर भाषण देना शुरू किया। 'अपने बच्चे के प्रति अपना कर्तव्य निभाकर हर पिता को बड़ी प्रसन्नता होती है। आखिर आदमी ज़िन्दा क्यों रहता है—मैं पूछता हूँ। आप अपना पैसा साथ तो ले नहीं जा सकते! इसलिए मैं कहता हूँ, इसे खर्च करो, खर्च करो। अपने जीवन-काल में ही इसे खत्म कर दो। अर्जुन ने एक दफ़ा भगवान कृष्ण से पूछा कि दुनिया का सबसे बड़ा चमत्कार क्या है। भगवान कृष्ण ने उत्तर दिया...।'

मेरा देश अपना देश

अप्रैल की एक गरम भीगी शाम स्ट्रेटेथेन जहाज़ बम्बई बन्दरगाह पर आकर रुका। करीब तीन सौ ऑस्ट्रेलियन और अंग्रेज़ यात्री, आधा दर्जन भारतीयों के साथ, डायनिंग रूम में अपना आखिरी लंच कर रहे थे, और तीन मील की निर्धारित सीमा में प्रवेश करने से पहले के आखिरी पैग ढाल रहे थे। हमारी मेज़ पर बीमारी की हद तक मीठी ऑस्ट्रेलियन शैम्पेन की बोतलें, पीना खत्म करने की लाउडस्पीकर से दिये जाने वाले आदेश से पहले, खाली की जा रही थीं। एक अंग्रेज़ अपनी सीट से उठा और शराबबन्दी के नाम का टोस्ट-प्रस्ताव किया। कई यात्रियों ने हँसकर इसका स्वागत किया। मैं अपनी सीट से लड़खड़ाते हुए उठा और गिलास में पानी भरकर उसे उठाते हुए ये पंक्तियाँ बोलीं।

'Breathes there a man with soul so dead,
Who never to himself hath said
This is my own my native land!'

(कौन है ऐसा आदमी जिसकी आत्मा इतनी मर गई हो, जिसने कभी यह न कहा हो कि यह मेरा देश है, मेरी जन्मभूमि)

छह भारतीयों ने उठकर मेरे टोस्ट का उत्तर दिया और 'जय हिन्द' से उसका अन्त किया। आधे घंटे बाद जहाज़ गोदी पर जाकर खड़ा हो गया।

कुछ ही मिनटों में नाव आगन्तुकों से भर उठी। किसी भी और बन्दरगाह पर इतने लोगों को यात्रियों से मिलने की अनुमति नहीं दी गई थी। हम ज़्यादा मिलनसार लोग हैं। 'बी' डेक पर फूलों, धोतियों और साड़ियों का जमावड़ा लग गया। बहुत सी हाथ-घड़ियाँ जेबों में जाने लगीं, छोटे-छोटे चमकते सौन्दर्य प्रसाधन स्त्रियों के हैंडबैगों में पहुँच गये और छोटी-छोटी बहुत सी

उपयोगी वस्तुएँ लोगों ने अपने कोटों में सुरक्षित कर लीं। फिर हम हल्के-फुल्के होकर और प्रसन्न मन बाहर निकलने लगे। डेढ़ बजे दोपहर हम कस्टम के दफ़्तर में पहुँचे।

यहाँ ठसाठस भीड़ थी। सामने बाड़-सी लगाकर कुछ खिड़कियाँ बनी थीं जिनके पीछे नेवी की यूनिफॉर्म पहने सुन्दर युवक बैठे थे। उनके सामने यात्रियों की लम्बी लाइनें लगी थीं जो हाथों में साथ लाये सामान के फार्म लिये जाँच की प्रतीक्षा कर रहे थे। मैं नहीं जानता था कि किस लाइन में खड़ा होना है, इसलिए मैं उस लाइन में खड़ा हो गया जिसकी खिड़की पर 'इनक्वायरी' लिखा था। दो मिनट बाद मैं एक महिला के सामने पहुँच गया और दाँत निकालकर उससे पूछा कि मुझे किस लाइन में खड़ा होना है।

'कस्टम्स ऑफ़िसर के ऊपर लगे बोर्ड में नम्बर लिखे हैं, वहाँ जाकर देखिये,' उसने कड़क आवाज़ में फुर्ती से कहा।

मैं बोर्डों की तलाश करने लगा। बोर्ड थे पर उन पर नम्बर नहीं लिखे थे। इसलिए मैं फिर उसी लाइन में जा खड़ा हुआ। इस बार दाँत निकाले बिना मैंने उसे यह ख़बर दी। यह सुनकर वह परेशान हो उठी और चाक के कई टुकड़े लेकर यात्रियों की भीड़ में से अपने लिए राह बनाती बोर्डों तक पहुँची और उन पर नम्बर लिखने लगी। कई लाइनों के लोग अपनी जगह बदलने के लिए भागने-दौड़ने लगे। मैं भी अपने लिए निश्चित लाइन के अन्त में जा खड़ा हुआ। आधा घंटे बाद मैं खिड़की पर पहुँचा और परेशान अफ़सर को अपना नाम बताया। उसने अपने कागज़ उलटे-पलटे और बोला कि मेरा फ़ार्म उसके पास नहीं है। मैं कुछ कहता, इससे पहले ही उसने मेरे पीछे खड़े आदमी से बात शुरू कर दी। कस्टम की घड़ी में ढाई बज रहे थे।

मैं फिर 'इनक्वायरी' (पूछताछ) की खिड़की पर पहुँचा। इस बार महिला को निश्चय हो गया कि मैं उसे जान-बूझ कर तंग कर रहा हूँ। लेकिन वह चुस्ती से उठी, कस्टम अफ़सर के पास गई और उसकी फाइलों को देखा। फिर ज़मीन पर पड़ा एक कागज़ उठाकर मुझे इस तरह दिखाया जैसे बड़ी जीत हासिल कर ली हो। यह मेरा फ़ार्म था और इसे लेकर मैं फिर लाइन में जा खड़ा हुआ।

कुछ देर बाद मैं कस्टम अफ़सर के सामने था, जो मेरा फार्म देख रहा था।

'क्या आप निवास-परिवर्तन के आधार पर छूट चाहते हैं?'

'हाँ, मैं वहाँ चार साल से रह रहा हूँ।'

'यह फार्म भरिये और फिर आइये।'

मैं एक कोने में जाकर बैठ गया और धीरे-धीरे पूरा फ़ार्म भरकर फिर उसी लाइन के अन्त में आकर खड़ा हो गया। चालीस मिनट बाद मैं फिर 'छूट वाला' फार्म लिये अफ़सर के सामने खड़ा था।

'आपको छूट नहीं मिल सकती। आप इस बीच पन्द्रह दिन के लिए घर आये थे।' उसने घोषणा की लेकिन मैंने विरोध किया, 'वह स्थान-परिवर्तन नहीं था। मैं सरकारी ड्यूटी पर आया था। मेरे बीवी-बच्चे बाहर ही थे।'

'सॉरी। नियम साफ़ है। लेकिन आप नहीं मानते, तो इन्सपेक्टर से मिलिये।' मैं उसके पास पहुँचा तो वहाँ भी भीड़ लगी थी। मेरा नम्बर आया तो मैंने अपनी समस्या बताई। उसने मेरा फ़ार्म फाड़ दिया और मुस्कुराकर बोला, 'आप यही लिखिये कि घर आये ही नहीं। यही ठीक है।'

मैंने दूसरा फ़ार्म भरा और फिर उसी लाइन में जा खड़ा हुआ। बीस मिनट बाद मेरा नम्बर आया तो मैंने देखा कि अफ़सर का मूड बहुत बिगड़ा हुआ है।

'यह फार्म भरने को किसने कहा?'

मैंने हॉल में नज़र दौड़ाई और इन्सपेक्टर की तरफ़ इशारा किया। वह उठकर इन्सपेक्टर के पास गया और काफ़ी गर्मागर्मी हुई। लेकिन जीत इन्सपेक्टर की ही हुई। मुझे छूट मिल गई। लेकिन घोषणा-फ़ार्म फिर से भरा जाना था। मैं फिर उसी कोने में जा बैठा और आखिरी बार इस लाइन में अपने क़दम रखे। कस्टम दफ़्तर से निकला तो पाँच बजे थे।

इसके बाद और भी लाइनें थीं। एक में नई खरीदी वस्तुओं का कर देना था, एक पर पोर्ट ट्रस्ट की फ़ीस चुकानी थी। एक घंटा इसमें गुज़ारने के बाद अन्त में कस्टम्स की जाँच का सबसे कठिन मसला पेश आया। मेरे साथ जो सामान था उससे पूरे ग्यारह पैकेज ठसाठस भरे थे। इन सबकी जाँच के विचार से ही रूह काँपती थी।

लेकिन यहाँ मुझे एक रक्षक देवता प्राप्त हो गया—बहुत साधारण-सा अधेड़ उम्र का दयनीय-सा आदमी, गंदे कपड़े पहने और बगल में छाता दबाये। 'भाई साहब,' उसने दाँत निपोरकर कहा, 'आप इतने परेशान क्यों हो रहे हैं? मुझे दस रुपये दीजिए और सब ठीक हो जायेगा—और मेरे बाल-बच्चे भी आपको दुआ देंगे।'

'लेकिन मुझे छूट मिल गई है। राजनयिक के आधार पर।'

'अरे भाई साहब, मैं जानता हूँ यह सब। लेकिन मुझे अपना पेट भरना है और बच्चों को भी रोटी खिलानी है। दस रुपये कोई बड़ी रकम नहीं है और आपकी परेशानी बच जायेगी। क्या कहते हैं, साहब,' उसने मेरे सीने में उँगली डालकर

कहा, उसके पान से सने दाँत बाहर आ गये थे।

मैंने देखा कि मेरे बगल में बैठा यात्री अपने गंदे मोज़े और रूमाल वगैरह सूटकेसों के कोनों में घुसा रहा है। मैंने फ़ैसला कर लिया। देवता को समर्पण कर दिया। मेरे सामान पर बिना जाँच किये मुहरें लगा दी गईं और मैं देवता को धन्यवाद देता बाहर निकल आया।

यहाँ मुझे उन ढेर सारे कुलियों का सामना करना पड़ा जो मेरा सामान लेकर बाहर आये थे—उन्होंने इतना ज़्यादा परेशान किया कि कामगारों के प्रति मेरी सारी सद्भावना हमेशा के लिए हवा हो गई। काफ़ी लड़-झगड़ कर मैं अन्त में एक बड़ी गाड़ी पर अपना सामान लादकर और उसके ऊपर खुद बैठकर सही-सलामत बाहर निकल आया। अब मेरी जेब में बहुत थोड़े पैसे ही बाकी बचे थे। घड़ी छह बजा रही थी।

सड़क पर एक रेस्तराँ में मैंने ड्राइवर से गाड़ी रोकने को कहा। एक ड्रिंक ली और 'जय हिन्द' कहा।

यह लेमोनेड थी, जो ऑस्ट्रेलिया की शैम्पेन से मुझे ज़्यादा स्वादिष्ट लगी।

इन्टरव्यू

दरवाज़े पर खटका हुआ। मेरे यह कहने के पहले कि 'आ जाओ,' रिसेप्शनिस्ट दबे पाँव अन्दर आई और दरवाज़ा बन्द कर दिया।

'सर, कोई मिस्टर टॉवर्स मिलने आये हैं,' उसने धीरे से कहा।

'अपॉइंटमेंट है क्या?'

'नहीं, वजह भी नहीं बता रहे हैं कि क्यों मिलना है। बस यही कहा कि मिलना है। मैं कह दूँ कि बिज़ी हैं?'

दरवाज़ा फिर खुला—खटका दिये बिना—और एक बड़ा-सा आदमी हिलता हुआ भीतर आ गया। उसके पीछे एक चालीस की उम्र की ढलती-सी महिला घुसी और एक छोटी-सी बच्ची।

'हैलो! यह आपका सवेरे की कॉफ़ी लेने का वक्त है तो मैंने सोचा कि मैं भी शामिल हो जाऊँ। मेरा नाम टॉवर्स है, स्टेन टॉवर्स। यह मेरी पत्नी मार्जरी और बेबी पैम। पैम, हैलो कहो।'

पैम ने हैलो कहा और लॉलीपॉप चूसती आराम कुर्सी पर बैठ गई। मैंने मार्जरी से हाथ मिलाया, उसने थकी-सी मुस्कान दी। वह पैम की कुर्सी के हत्थे पर बैठ गई और बोरियत से दीवार की तरफ़ देखने लगी।

'मेरे और मेरी पत्नी के लिए क्रीम और शक्कर,' टॉवर्स ने रिसेप्शनिस्ट से कहा, जो बाहर निकल गई। 'पैम लॉलीपॉप चूसेगी, है न पैम?'

पैम उठकर बैठ गई, मुँह से लॉलीपॉप निकाला और पूरा मुँह खोलकर 'या ...ह' कहा और फिर कुर्सी पर बैठ गई।

टॉवर्स मेरी मेज़ पर ही बैठ गया और जेब से सिगरेट का डिब्बा निकाला। उसने एक सिगरेट आधी बाहर खींची और मुझे पेश की। मैंने सिर हिला दिया, 'नो, थैंक्स...आई...।'

टॉवर्स ने खुद ही सिगरेट जलाई और कमरे का मुआयना करने लगा। सिगरेट का धुआँ फैलने लगा, उत्सुकता भी बढ़ने लगी।

'हम यहाँ से गुज़र रहे थे और समझ नहीं पा रहे थे कि क्या करें। बहुत कुछ देख लिया है, और मार्ज को ज़्यादा रुचि भी नहीं है। तो मैंने मार्ज से कहा कि मैं बताता हूँ कि क्या करें। हम अमेरिकी राजदूत और भारतीय हाई कमिश्नर से मिलते हैं। पर मार्ज कहती है कि तुम तो उन्हें जानते ही नहीं, तो मैं कहता हूँ कि इसी तरह जान भी लेंगे। हम दोनों से मिले। फिर मैंने कहा कि अब पब्लिक रिलेशन्स अफ़सर (जन सम्पर्क अधिकारी) से मिल लेते हैं। उसका तो काम ही मिलना है। इसलिए अब हम यहाँ हैं। आपने बुरा तो नहीं माना? बुरा क्यों मानेंगे!'

'हाँ, क्यों मानेंगे, क्यों मानेंगे!'

मैंने मार्ज पर नज़र डाली। उसके चेहरे पर हल्की-सी मुस्कान आई और वापस चली गई। उसे सब ठीक लग रहा था।

'हम शिकागो से आये हैं—जानते हैं न शिकागो?'

'मैं शिकागो कभी नहीं गया।'

'शि-कागो नहीं, शिक-आहगो, शिक-आहगो।'

'शिकआहगो।'

'हाँ, अब ठीक है, शिकआहगो। मैं न्यूमिस्मैटिस्ट हूँ—मुद्रा शास्त्री। मुद्राशास्त्र जानते हैं? ज़रूर जानते होंगे। मैं बेवकूफ़ हूँ जो पब्लिक रिलेशन्स के आदमी से पूछ रहा हूँ।'

मैं परेशानी से मुस्कुराया, 'ठीक तो है, ठीक तो है। इजाज़त दें तो मैं आपको बताऊँ कि मैं दुनिया के नौ प्रमुख मुद्राशास्त्रियों में एक हूँ। मेरे लेख दुनिया की मुद्राशास्त्र की कई बड़ी पत्रिकाओं में छपते रहते हैं, जिनमें आपकी कलकत्ते की पत्रिका भी शामिल है।'

'हाँ, हाँ, मैं जानता हूँ।'

'ज़रूर जानते होंगे। जर्मनी में कई बड़े मुद्राशास्त्री हुए, पर पता नहीं उनका क्या हुआ।'

'हो सकता है, रूसियों ने उन्हें उठा लिया हो, जैसा उन्होंने क्रप्स के साथ किया,' मैंने उसे कुरेदा।

'लेकिन क्रप्स तो हथियार बनाता था,' उसने ज़रा परेशानी से कहा। 'वे सब अब मर गये होंगे। अब सिर्फ़ फ्रांस के प्रोफ़ेसर शारबोनो बचे हैं और आपके डॉ.

बनर्जी। है न, मार्ज?'

मार्ज मुस्कुराई। मुद्राशास्त्र, मुद्राशास्त्र। यह शब्द कमरे में चक्कर काटने लगा। पर पहचान में नहीं आया। क्रप्स नहीं। शस्त्रास्त्र नहीं। मुद्राशास्त्र। बनर्जी। बनर्जी।

'आप बनर्जी को जानते हैं? मेरा यह पूछना बेवकूफ़ी है। उनका नाम सुना होगा।'

बचने का रास्ता नहीं था। 'नहीं, मुझे कभी उनसे मिलने का मौक़ा नहीं मिला। लेकिन उनका ज़िक्र तो होता ही रहता है।'

'मैं जानता हूँ कि आप उनके बारे में ज़रूर जानते होंगे। वापस जायें तो उनसे ज़रूर मिलें। उनसे कहें कि मैंने मिलने को कहा था। मिस्र के राजा तूतनखामेन के पिरामिड में मिले खज़ाने के बारे में हम दोनों का बड़ा रोचक वाद-विवाद चल रहा है कि यह किस काल का है।'

'यह पढ़ने का सौभाग्य मुझे नहीं प्राप्त हुआ। लेकिन मोहनजोदड़ो की खुदाई के बारे में मैंने उनकी किताब पढ़ी है। वे ही तो थे बनर्जी, है न?' मैंने अनिश्चय के भाव से कहा।

'यह तो मैं नहीं जानता। मुझे पता नहीं कि वे पुरातत्त्वशास्त्री भी थे।'

दरवाज़ा खुला। लड़की कॉफ़ी और बिस्कुट लेकर भीतर आई। उसने मेरी रक्षा कर ली थी।

'अरे, मिस फ़ोर्ब्स, यह पर्ची मिस मेरीमेन को देंगी?' यह कहकर मैंने एक कागज़ पर कुछ लिखा और उसे पकड़ा दिया। वह कॉफ़ी बनाकर सर्व करने लगी, तो मैं मार्ज से बात करने लगा।

'मिसेज टॉवर्स, आप भारत के बारे में क्या सोचती हैं?'

'अच्छा है।'

'आप वहाँ जाना चाहेंगी?'

'हाँ, ज़रूर।'

'आपको भारत बहुत पसन्द आयेगा। वहाँ के लोग और मुल्क सब बहुत अलग हैं। आपको ज़रूर अच्छा लगेगा।'

'ज़रूर'

अब मैं पैम की तरफ़ मुड़ा। उसने लॉलीपॉप खत्म कर ली थी और आराम से नाक सुड़क रही थी। 'पैम, तुम इंडिया जाना चाहोगी?'

पैम शर्माने लगी। उसके माता-पिता ने उसे घूरकर देखा और रूमाल

पकड़ाया।

टॉवर्स ने हमला फिर शुरू कर दिया।

'मुझे बनर्जी की वह किताब देखनी है जिसका आपने ज़िक्र किया है। यह मोहनजोदड़ो के बारे में है?'

'हो सकता है मैं उसे कोई और समझ रहा होऊँ।'

'नहीं, नहीं, आपका कहना ठीक है। मोहनजोदड़ो में ऐसी बहुत सी चीज़ें हैं जिनका मुद्राशास्त्र से सम्बन्ध है। बनर्जी ने ज़रूर इनके बारे में लिखा होगा।'

मुद्राशास्त्र! मुद्राशास्त्र।

'जी हाँ, ज़रूर लिखा होगा। मैंने बहुत दिन पहले वह किताब देखी थी। इसलिए याद नहीं है कि उसका मुख्य विषय क्या था।'

मुद्राशास्त्र। मुद्राशास्त्र।

दरवाज़ा एक बार फिर खुला। मिस मेरीमेन एक किताब खोलकर लाईं। उनका चश्मा नाक पर टिका था। टॉवर्स की तरफ़ देख कर मुस्कुराईं और बोलीं, 'मुद्राशास्त्र। अंग्रेज़ी में न्यूमिस्टोटिक्स। यह है वह—लैटिन शब्द न्यूमिस्मा से बना है, और इसका सम्बन्ध है—'

'मिस मेरीमेन, आप मिस्टर टावर्स से नहीं मिली हैं। यह दुनिया के सबसे बड़े मुद्राशास्त्रियों में हैं। मिस्टर टॉवर्स, ये मेरी सेक्रेटरी हैं, मिस मेरीमेन। इनकी मुद्राशास्त्र में बड़ी रुचि है।'

मैंने मिस मेरीमेन के हाथ से डिक्शनरी ले ली और अपनी ज़िम्मेदारी उसे सौंपकर हल्कापन महसूस किया।

'अच्छा, सचमुच?' मिस्टर टॉवर्स खुशी से उछले और नये शिकार का हाथ पकड़कर उसे ज़ोर-ज़ोर से हिलाने लगे। 'मुझे मुद्राशास्त्र जाननेवालों से मिलकर बड़ी खुशी होती है। जैसा मैं कह रहा था, मुद्राशास्त्र का प्राचीन इतिहास को स्पष्ट करने में बड़ा योगदान है।'

'हाँ, ज़रूर है,' मिस मेरीमेन चकराकर बोलीं।

'मुद्राशास्त्र वह विज्ञान है जिसने इतिहास की सब खुदाइयों का समय तय करने का महत्त्वपूर्ण काम किया है। इसके बिना हमें इंडो-ग्रीक (Indo-Greek), इंडो-सीथियन (Indo-Scythian) और इंडो-पार्थियन (Indo-Parthian) युगों के बारे में कुछ भी पता न होता और डॉ. बनर्जी ने तो काठियावाड़ के राजवंश और पश्चिमी क्षत्रपों की पूरी वंशावली लिख दी है।'

'जी हाँ, लिखी है,' मिस मेरीमेन ने अधूरे विश्वास से कहा।

'मैं आपको मोहनजोदड़ो के बारे में बता रहा था,' अब मैं भी डिक्शनरी से पढ़कर बताने लगा, 'मोहनजोदड़ो ने मुद्राशास्त्र के लिए बड़ी सामग्री जुटाई है।'

'वाह,' मिस्टर टॉवर्स चहककर बोले, 'मैंने कहा था न? लाइये देखें—यह बनर्जी की किताब है।'

मैं कुछ जवाब देता, इससे पहले मिस्टर टॉवर्स ने डिक्शनरी मेरे हाथ से छीन ली।

कितना बड़ा फ़र्क

हाजी हाफिज़ मौलाना अब्दुस सलाम साहब मौलवी फ़ाज़िल-ए-देवबन्द, वगैरह-वगैरह, इन सब डिग्रियों के अलावा फ़ख्र-ए-मिल्लत, विश्वासियों के गौरव भी थे। छोटे-से कद के मोटे से आदमी, सफ़ाई से कतरी हुई दाढ़ी उनके चमकदार काले झंडेनुमा चेहरे के इर्द-गिर्द जमी थी। चश्मे का ज़रूरत से ज़्यादा मोटा शीशा उनकी विद्वत्ता का परिचय देता नज़र आता था। वह एक ढीला-सा चोगा पहनते थे जो ड्रेसिंग गाउन की तरह लगता था। सिर पर सिल्क की बड़ी-सी पगड़ी बँधी थी। बायें हाथ में हरे रंग के रत्न जेड के दानों की माला थी, दायें में आबनूसी काली छड़ी, जिसका हैंडिल हाथी दाँत का था। वह हमेशा अपनी दाढ़ी में इत्र लगाते थे और बायें कान में इत्र में डूबा रुई का फाहा लगा रहता था।

मौलाना वास्तव में बड़े विद्वान थे। हाफ़िज होने के अलावा वह हज़रत मोहम्मद (ला अल्लाह अलेहु वसल्लम) और इस्लाम के बारे में सब कुछ जानते थे। उनकी ख्याति विद्वत्ता के कारण तो थी ही, उनका आचरण भी बेदाग़ माना जाता था। वह खुद मज़हब के सभी नियमों का पालन तो करते ही थे, दूसरों को भी सही मार्ग पर चलाने का प्रयत्न करते रहते थे। बहुत से मुसलमानों को उन्होंने गलत रास्ते पर जाने से रोका था। वे बहुत अच्छे वक्ता भी थे, लोग उनके भाषण मन्त्रमुग्ध होकर सुनते थे और वे बातें उन्हें हमेशा याद रहती थीं। इसलिए पेरिस में होने जा रहे विश्व धर्म सम्मेलन में इस्लाम का प्रतिनिधित्व करने के लिए वे सर्वोत्तम व्यक्ति थे।

उन्हें बंबई जाने वाली ट्रेन पर बिठाने के लिए दिल्ली का बहुत बड़ा मुस्लिम समुदाय स्टेशन पर जमा हुआ। वे दूसरे दर्ज़े के डिब्बे का दरवाज़ा खोलकर खड़े, कन्धे तक अपने हाथ ले जाकर लोगों के सलाम कबूल करते

रहे। जब ट्रेन ने चलना शुरू किया, तब किसी एक आवाज़ ने चुनौती भरा नारा बुलन्द किया, 'नारा-ए-तक़बीर' और हज़ारों ने उसके जवाब में कहा, 'अल्लाह-हो-अकबर'। मौलाना ने दोनों हाथ ऊपर उठाये और सिर झुकाकर इसे स्वीकार किया। ट्रेन प्लेटफार्म से निकलने लगी तो कान फोड़ने वाली आवाज़ें बार-बार याद दिलाती रहीं कि अल्लाह महान है।

मौलाना साहब ने डिब्बे का दरवाज़ा बन्द किया और गले से मालाएँ उतारकर सीट पर रख दीं। तब उन्होंने देखा कि उनके डिब्बे में एक सवारी और भी है। मैंने उन्हें सलाम करने के लिए हाथ उठाया लेकिन वे इतने भावुक हो रहे थे कि उसकी ओर उन्होंने ध्यान ही नहीं दिया। वे खिड़की के सामने बैठ गये और सामने से गुज़रते मैदानों को देखते रहे। वे पश्चिम को इस्लाम का सन्देश, जो अकेला सत्य सन्देश है, देने जा रहे थे। यह विचार उनके समूचे व्यक्तित्व में समाया हुआ था और उसमें मेरे लिए कोई जगह नहीं थी।

घंटे भर बाद ट्रेन मथुरा स्टेशन पहुँची। प्लेटफार्म पर हाथों में माला लिये लोगों की भीड़ थी। जाहिर था कि यहाँ से भी नगर का कोई बेटा विदेश जा रहा था। चार-पाँच लोग हमारे डिब्बे पर आये और बाहर लगी रिज़र्वेशन की स्लिप देखी। उन्होंने भीड़ को आवाज़ लगाई और सब लोग इसी डिब्बे की तरफ़ दौड़े। सबकी नज़रें हमारी तरफ़ आ लगीं।

पहले एक-एक करके सामान आना शुरू हुआ। लोहे के ट्रंक, बिस्तर, फिर बहुत से कनस्तर और पेट्रोल के टिन आये। कनस्तरों में मिट्टी भरी थी और टिनों में पानी। टिनों पर पर्चियाँ चिपकी थीं जिन पर 'गंगाजल' लिखा था। फिर इस सारे सामान के मालिक पधारे! स्वामी विशेश्वरनंद।

श्री स्वामी श्री 666 श्री गुरु विशेश्वरनंद जी, महाशास्त्री, महामहोपाध्याय, इत्यादि, इत्यादि, हिन्दू धर्म की बहुत सी उपाधियाँ थीं। उनका जन्म वृन्दावन में हुआ था, जो रोमांस के देवता श्री कृष्ण की भूमि थी। यहाँ का हर आम का बगीचा और यमुना-तट की एक-एक इंच भूमि इस साँवले, मुरली बजाने वाले कान्हा और उनके साथ नृत्य करने वाली गोपियों की स्मृतियों से जुड़ी थीं। विशेश्वरनंदजी अपने बचपन से ही ध्यान-धारणा के अभ्यासी थे। वे मन्दिरों में विचरण करते रहते थे और संस्कृत भाषा तथा वेद-मन्त्र सीखते रहते थे। जब उनके पिता ने उन्हें हलवाई का पैतृक व्यवसाय सौंपना चाहा, तब वे घर छोड़कर भाग लिये और कई वर्ष जंगलों में साधना करने में व्यतीत किये। अन्त में वे एक योग आश्रम में जा पहुँचे जहाँ उनकी विद्वत्ता का सबने सम्मान किया और उन्हें शोधकर्ता के पद पर नियुक्त

कर दिया। यहाँ उन्होंने अंग्रेज़ी भाषा भी सीखी और पाश्चात्य दर्शन का अध्ययन किया। इसके पश्चात् उन्होंने *अथर्ववेद में रहस्यवाद* नामक ग्रन्थ लिखा, जिस पर उन्हें एक प्रमुख विश्वविद्यालय ने डॉक्टर की उपाधि प्रदान की। इसके बाद उन्हें 'स्वामी' कहा जाने लगा और उनकी प्रतिष्ठा दिन-रात बढ़ने लगी।

स्वामी विशेश्वरनंद की लोकप्रियता का मुख्य कारण था इस तथ्य की खोज कि हिन्दू ज्ञान संसार के सब चिन्तन से श्रेष्ठ है। वह अपने श्रोताओं को यह बताकर चकित कर देते थे कि पश्चिमी देशों का सारा ज्ञान हिन्दू शास्त्रों से उधार लिया गया है। यूरोप के विद्वानों ने भारत के बहुत से शास्त्र चुराकर उनका अपनी भाषाओं में अनुवाद कर लिया। फिर इन्हीं के आधार पर अपना दर्शन, अपना चिकित्साशास्त्र, विज्ञान, रेलगाड़ियाँ, मोटर कारें और हवाई जहाज़ आदि बना लिये। इस बात के ठोस प्रमाण उपलब्ध हैं कि हिन्दू इन सबके बारे में जानते थे। इस प्रकार हवाई जहाज़ का आधार प्राचीन काल का पुष्पक विमान था, जिसका रूप पक्षी का था और जिस पर बैठकर भगवान राम और सीता जी लंका से अयोध्या गये थे। राजा चित्रसेन अपने विमान में अपनी सुन्दरी पत्नी को साथ लेकर हिमालय के ऊपर से उड़े, और उन्होंने थूका तो वह ऋषि गालव की हथेली पर आकर गिरा, तो महाभारत का युद्ध हुआ। बनारस की खुदाइयों में एक लोहे का ज़ंग लगा तार पाया गया है। यह भी दिन की रोशनी की तरह साफ़ है कि हिन्दू टेलीफ़ोन के बारे में जानते थे। जिन मन्दिरों में ऐसे कोई तार नहीं मिले उनके बारे में स्वामी जी ने कहा कि हिन्दू ईथर की लहरों और बेतार के तार के बारे में भी सब कुछ जानते थे।

देश भर के लोग स्वामी जी का सम्मान किये जाने के समर्थक थे। अन्त में सरकार ने उनकी माँग को स्वीकार कर लिया। खबर यह भी थी कि वायसराय की पत्नी ने स्वामीजी से भेंट करके उनसे उस जड़ी-बूटी की माँग की थी जिसके सेवन से स्त्रियों के सन्तान उत्पन्न होती है। स्वामीजी स्वयं वायसराय भवन में जाकर उनसे मिले और इसके नौ महीने बाद उन्हें पुत्र की प्राप्ति हुई। अगली प्रकाशित सूची में स्वामी जी को महामहोपाध्याय की सर्वोपरि उपाधि प्रदान करने की घोषणा की गई। कुछ महीने बाद स्वामी विशेश्वरनंद को अन्तरराष्ट्रीय महत्त्व प्राप्त हुआ और उन्हें पेरिस में होने वाले विश्व-धर्म-सम्मेलन में हिन्दू धर्म का प्रतिनिधित्व करने के लिए चुना गया।

स्वामीजी काफ़ी लम्बे और हृष्ट-पुष्ट व्यक्ति थे और गेरुआ वस्त्र धारण करते थे। उनका सिर घुटा हुआ था, बस, थोड़े से काले बालों की लम्बी चोटी पीछे गर्दन

तक लटकती रहती थी जिसमें एक गाँठ भी लगी थी। माथा चौड़ा था जिस पर चन्दन का लेप था। पैरों में वे प्राचीन परम्परा के खड़ाऊँ पहनते थे।

स्वामीजी डिब्बे के दरवाज़े पर खड़े हो गये और उनके भक्त आ-आकर उनको मालाएँ पहनाने और पैर छूने लगे, जिन्हें वे हाथ उठाकर आशीर्वाद देते रहे। इंजन ने सीटी दी और स्वामीजी ने सामने खड़ी सारी भीड़ को आशीर्वाद दिया। हरी वर्दी में एक आदमी आया, उसने स्वामीजी को प्रणाम करके उनके पैर छुए, और छह-सात लड़कों के बैंड के साथ जाकर खड़े हो गये, जिनके हाथों में ड्रम और बैग पाइप थे। यह हिन्दू बॉय स्काउट सेवक संघ के लड़के थे। उसने उनके सामने खड़े होकर आदेश दिया—वन, टू, थ्री। ड्रम ने पहले बड़े ज़ोर से टैटू बजाया, फिर 'गॉड सेव दि किंग' गाना शुरू कर दिया। इंजन ने एक दफ़ा 'फट' की आवाज़ की और फिर चलना शुरू कर दिया। भीड़ ने ज़ोर से नारा लगाया, 'स्वामी विशेश्वरनंद महाराज की जय।' गाड़ी मथुरा से आगे बढ़ी, मेरे दायीं ओर की बर्थ पर मौलाना साहब और बायीं ओर स्वामीजी विराजमान थे। मैं बीच की बर्थ पर लेटकर सफ़र काटने के लिए लाई पत्रिकाएँ—*ला वी पारीसीन, लिलिपुट, मेन ऑनली, रैज़िल* वगैरह-पढ़ने लगा।

एक-दो-घंटे तक मेरे दोनों साथी अपने ही विचारों में खोये रहे। जब लंच का समय हुआ, मौलाना साहब ने एक डिब्बा खोलकर चपातियाँ और गोश्त निकाला, जिसे एक कपड़े पर फैला लिया। उन्होंने मुझे और स्वामीजी दोनों को साथ देने का निमन्त्रण दिया। स्वामीजी ने हाथ जोड़कर माफ़ी माँग ली। भोजन देखने में भी बुरा और अखाद्य लग रहा था लेकिन मैंने अपनी उदारता दिखाने के लिए उनका साथ दिया। स्वामीजी ने मेवे और केले निकाले और एक बड़े-से केले के पत्ते पर रख लिये। उन्होंने किसी को भी निमन्त्रित किये बिना खाना शुरू कर दिया। स्पष्ट था कि उन्हें हम दोनों में से कोई भी पसन्द नहीं था।

शाम को स्वामीजी और मैं डिब्बे में अकेले रह गये। मौलवी साहब ने S जैसी नलकी का अपना ताँबे का बछना उठाया और शौचालय में जा घुसे। स्वामीजी ने बातचीत शुरू की।

'आप सिख हैं?'

मैंने स्वीकार किया कि हूँ।

'तो आपने इस मुसलमान का खाना क्यों खाया? यह गाय का गोश्त भी हो सकता था। आपका धर्म इसे खाने की अनुमति देता है?'

मैंने कहा कि नहीं देता, लेकिन मैं इन बातों को नहीं मानता। स्वामीजी

ने इसका विरोध किया।

'ऐसा न हो, तो भी आपको मुसलमानों के साथ नहीं खाना चाहिये। ये निषिद्ध और गंदे लोग हैं। आपने देखा कि जिस बर्तन में ये पानी पीते हैं उसे ही शौच के लिए ले जाते हैं। आप जैसे सिख के लिए, जिसके पूर्वज मुसलमानों के साथ लड़े थे, उसके साथ खाना उचित नहीं था।'

मैं इस पर बहस करने के लिए तैयार था, लेकिन मौलाना तभी वापस आ गये और मैं चुप रह गया। वे पेट हलका करके खुश नज़र आ रहे थे। उन्होंने बछने में बचा हुआ पानी अपने मुँह पर छिड़का, गीले हाथ दाढ़ी पर फेरे, और फिर खिड़की से बाहर चलती हवा में—जैसा पैगम्बर ने कहा था—दोनों हाथ सुखाये।

कुछ मिनट बाद मैं और मौलाना डिब्बे में अकेले रह गये। एक छोटे-से स्टेशन पर जब गाड़ी रुकी, तब स्वामीजी ने, जो मौलाना द्वारा इस्तेमाल किये गये शौचालय में प्रवेश न करने पर अड़े थे, फुर्ती से अपना ताँबे का लोटा उठाया, उसे पानी से भरा और कान पर जनेऊ लपेटकर सामने की झाड़ियों में घुस गये। कुछ देर बाद वे डिब्बे में वापस लौटे, कनस्तर से मिट्टी लेकर हाथ में लगाई और गंगाजल से उन्हें धोया। इसके बाद दोबारा वे प्लेटफ़ार्म पर गये, लोटे में पानी भरा और वहीं सबके सामने बैठकर नहाने लगे।

मौलाना साहब ने इस पर फ़ब्ती कसी, 'पता नहीं कब ऊपर वाला इन हिन्दुओं को अक्ल देगा।'

इसके बाद उन्होंने मेरी तरफ़ देखकर कहा, 'आपके गुरु बाबा नानक भी, जो बहुत बड़ी हस्ती थे, इनको बुतों की पूजा, गाय की पूजा, गंगा की पूजा, और इस तरह की न जाने कितनी, सैकड़ों हज़ारों बेवकूफी की बातों से निजात नहीं दिला सके। उन्होंने हिन्दू और मुसलमानों को एक साथ जोड़ने की कोशिश की, लेकिन हिन्दू को तो समझ ही नहीं है। वह तो सिर्फ़ तलवार को ही समझता है।'

मैंने मौलाना को मुस्लिम के घर गोश्त खाने के खिलाफ़ पाबन्दी और अन्तिम गुरु के मुसलमानों के साथ सहयोग न करने के स्पष्ट आदेश के बारे में नहीं बताया। स्वामीजी तरोताज़ा होकर डिब्बे में आ गये थे, पानी उनके बदन से चू रहा था, और उन्हें देखकर हम चुप हो गये। गाड़ी भी चल पड़ी।

मध्य भारत के जंगलों में जब सूरज डूबने लगा, तब मेरे दोनों साथी प्रार्थना करने की तैयारी करने लगे। मौलाना साहब अपनी सीट पर पश्चिम की तरफ़ मुँह करके बैठ गये और अपने हाथ कानों से लगा लिये। स्वामीजी अपनी बर्थ पर पालथी लगाकर बैठ गये, हाथ घुटनों पर रखे और आँखें कसकर बन्द कर लीं। मैं 'वी

पारीसीन' में नंगी औरतों की तस्वीरें देखता रहा।

अगले स्टेशन पर मौलाना ने अपना चेहरा पहले दायीं ओर फिर बायीं तरफ़ घुमाया, और इन दिशाओं में जो भी था सबके लिए दुआ की। स्वामीजी आँखें बन्द किये बैठे रहे। ईश्वर उनके लिए चौबीस घंटे का विषय था। मनुष्यों का उनके लिए कोई महत्त्व नहीं था। मैं डिब्बा छोड़कर रेस्तराँ में जा घुसा जिससे उनके डिनर की दावत से बच सकूँ और यहाँ ठंडी बियर के साथ मांस से बने व्यंजनों का मज़ा लूँ।

पेरिस में विश्व-धर्म-सम्मेलन आरम्भ हुआ। मुझे मौलाना साहब और स्वामी जी दोनों के भाषणों को सुनने का टिकट दिया गया और उन्होंने भी मुझसे आने का आग्रह किया। पहले ही दिन मुझे इनके धार्मिक प्रवचन सुनने का एक कारण भी प्राप्त हो गया।

हम तीनों हॉल में एक साथ प्रविष्ट हुए, मैं बीच में था जिससे शान्ति बनी रहे। हमें देखकर प्रतिनिधि उठ खड़े हुए, श्रोता उठ खड़े हुए, और तालियाँ बजने लगीं। मौलाना ने सबको सलाम किया। स्वामीजी ने हाथ जोड़े। मैंने सिर्फ़ दाँत निकाले। जब हमारा परिचय कराते हुए हमारे नाम, धर्म और राष्ट्रीयता बताई गई, तब और भी तालियाँ बजीं।

'श्रीमान स्वामी विशेश्वरनंद–हिन्दू–हिन्दू।'

'श्रीमान हाफिज़ ले हाजी ले मौलाना अब्दुस सलाम–मोस्लेम–हिन्दू।'

'श्रीमान के. सिंह–शेख–हिन्दू।' (मैंने कुछ नहीं कहा।)

इसके बाद दूसरे प्रतिनिधियों का परिचय कराया गया, तब एक लड़की ऑटोग्राफ़ लेने हमारे पास आई। वह इतनी ज़्यादा आकर्षक थी कि इस आध्यात्मिक वातावरण में खपती नहीं लग रही थी। गोरी, स्वस्थ, बाल कन्धों पर बेतरतीब फैले हुए। वक्ष सिल्क के भीतर से निमन्त्रित करता-सा लग रहा था। मनुष्य के सब नियमों के खिलाफ़ दर्शकों को बलपूर्वक निमन्त्रित करता व्यक्तित्व। हमने उसके ऑटोग्राफ़ एलबम पर अपने हस्ताक्षर कर दिये।

क्या वह हमारे साथ आध्यात्मिक विषयों पर चर्चा करना चाहेंगी? मेरे साथियों ने अनुवाद के लिए मेरी ओर देखा। हाँ, वह चर्चा करने को तैयार है। इस समय हमारा यही धर्म प्रतीत हुआ। शाम साढ़े छह का समय ठीक रहेगा? हाँ। लेकिन उस समय स्वामीजी का भाषण होना था और मुझे उसे सुनने जाना था। ठीक है,

मौलाना साहब ने सुझाव दिया कि वह इस्लाम पर चर्चा कर सकती हैं। वह उस समय खाली हैं और उन्हें युवती की समस्याएँ सुलझाने में खुशी ही होगी। यह तय हो गया। समय 6.30 बजे शाम, होटल डे टर्मिनस, कमरा नं. 69, हाजी अब्दुस सलाम—इस्लाम की आध्यात्मिक मान्यताएँ। मौलाना फ्रेंच नहीं जानते थे। युवती फ्रेंच के अलावा और कोई भाषा नहीं जानती थी।

स्वामीजी को बुरा लगा। एक अबोध युवती लम्पट गो मांसभक्षी के चंगुल में जा फँसी थी। उन्हें कुछ करना होगा। सिख का भी कर्तव्य है कि वह ऐसों की रक्षा करे। युवती को अन्य धर्मों के साथ हिन्दू धर्म का ज्ञान प्राप्त करना चाहिये। इसलिए अगली शाम एक और कार्यक्रम निश्चित किया गया। इस बार मौलाना का भाषण था और स्वामीजी का समय खाली था। स्वामीजी फ्रेंच नहीं जानते थे।

तब मैंने भी आग्रह किया कि मेरे धर्म को भी समय दिया जाए। मैडम ज्याने दूयों ने—यह युवती का नाम था—अपनी डायरी में हमारे नाम नोट किये और मुस्कुराती हुई चली गई। उसे पता ही नहीं था कि धर्म इतने ज़्यादा हैं। उसे बहुत जल्द इनका फ़र्क भी पता चल जायेगा।

अब मौलाना ने मैडम दूयों को इस्लाम के बारे में बताया—उस समय मैं स्वामीजी का भाषण सुन रहा था। इसके बाद स्वामीजी ने मैडम दूयों को वेदान्त का ज्ञान दिया—उस समय मैं मौलाना साहब का भाषण सुन रहा था। लेकिन मेरे दिल में भी हलचल मची हुई थी। तीसरे दिन मैं अपना उपदेश देने के लिए तैयार हुआ। होटल का एक कर्मचारी मेरे पास आया, और बोला कि एक महिला आपके लिए यह पत्र दे गई है। मैंने लिफ़ाफ़ा खोला। उसमें सिर्फ़ दो लाइनें लिखी थीं जिनमें मुझे पहले से सूचित न करने के लिए क्षमा माँगी गई थी, और फिर लिखा था—आपके धर्मों में बहुत ज़्यादा फ़र्क है।

चुटकीकाट

मैं किसी की पीछे से चुटकी नहीं काटता, इसलिए मैं चुटकीकाट नहीं हूँ, परन्तु होना ज़रूर चाहता हूँ। जैसे कुछ लोगों को किसी शहर में आज़ादी दी जाती है, उसी तरह मैं भी वहाँ की स्त्रियों के नितम्बों की चुटकी काटने की आज़ादी पाना चाहता हूँ। दरअसल चुटकी सही शब्द नहीं है। अगर नितम्ब का गोला खूबसूरत है, तो मैं उसे अपनी हथेलियों में भरकर सहलाना चाहूँगा। अगर यह बहुत बड़ा या बहुत छोटा है, तो मैं इसे सहलाना चाहूँगा। पर अगर ये ढीले-ढाले और झूलते हुए हैं, तभी मैं उसका लटकता हुआ मांस अँगूठे और उँगली से दबाकर चुटकी भरूँगा। परन्तु किसी भी नगर ने अभी तक मुझे यह आज़ादी नहीं दी है।

मैं कानून का पालन करने वाला नागरिक हूँ। मेरे अधिकारी मुझे अच्छा आदमी समझते हैं। मैं नगर के सबसे बड़े क्लब का सदस्य हूँ और वाई.एम.सी.ए. की गवर्निंग बॉडी में भी हूँ। संक्षेप में कहूँ, तो मैं समाज का सम्मानित सदस्य हूँ। इस कारण मैं स्त्रियों के नितम्बों को छेड़ने तक आगे नहीं बढ़ता, बस, उन पर नज़र डालकर रह जाता हूँ। जब कभी मैं किसी की तरफ़ इस इरादे से बढ़ता हूँ, तो एकदम अपने को चेतावनी देता हूँ कि इसका नतीजा बुरा होगा। मैं अपने को समझाता हूँ कि महिला को मेरा यह काम पसन्द नहीं आयेगा। वह तमाशा खड़ा कर सकती है। वह भीड़ इकट्ठी कर सकती है, जिसमें से कोई ज़्यादा आदर्श बघारने वाला आदमी—भले ही वह खुद भी चुटकीकाट क्यों न हो—कानून अपने हाथ में लेकर मेरी पिटाई भी कर सकता है। यह विचार आते ही मेरे माथे पर पसीना छलक आता है।

मेरे लिए नितम्बों की चुटकी काटना दर्शकों के खेल की तरह है।

मैं फिर गलत शब्द का प्रयोग कर रहा हूँ। यह खेल नितम्बों को देखने तक सीमित है। पिछले कुछ दिनों तक मैंने किसी को चुटकी काटते नहीं देखा।

बम्बई की तरह भीड़भाड़ वाला शहर नितम्बों को देखने के लिए आदर्श है। यहाँ जिन वस्त्रों में 'स्त्रियाँ अपने नितम्बों को ढकती हैं, उनकी संख्या दुनिया के सब शहरों से बहुत ज़्यादा है—साड़ी, गरारे, लुंगी, स्कर्ट—हिन्दुस्तानी ढंग के घाघरे से लेकर यूरोपियन ढंग के पूरे आकार के और मिनी निकरों तक—स्ट्रेच पैंट, बेल-बॉटम पाजामे, चूड़ीदार—आप ये सब किसी भी स्थान में सिर्फ़ पन्द्रह मिनट के भीतर देख सकते हैं। मेरा प्रिय स्थान मेरे दफ़्तर से आधा मील दूर पाँच सड़कों का वह मिलन-स्थल है, जिसे फ्लोरा फ़ाउन्टेन कहते हैं और जहाँ एक मूर्ति भी लगी है। इसके लिए सबसे अच्छा समय लंच का घंटा है, जब यहाँ सबसे ज़्यादा लोग होते हैं। यहाँ चलना सम्भव नहीं है, यहाँ चींटी की तरह रेंगा ही जा सकता है, लोगों से बचते-बचाते किसी को धकेलते, भिखारियों को भगाते, दोपहर की पारी के लिए ग्राहक तलाशती रंडियों को दाँत दिखाकर आगे बढ़ते, फॉरेन एक्सचेंज बदलने वालों को हाथ से परे हटाते...। मुझे बाज़ार का यह हिस्सा इसीलिए अच्छा लगता है क्योंकि यहाँ तरह-तरह के लोग होते हैं। सड़क के किनारे कई बुकस्टॉल भी हैं। फुटपाथों पर सब तरह का स्मगलिंग का माल मिलता है। फ्रेंच पर्फ़्यूम्स, प्रसाधन की वस्तुएँ, शिफ़ोन, जापानी टेपरिकॉर्डर, कैमरे और पूरी आवाज़ में बजते ट्रान्जिस्टर। इसलिए खरीदारों में सबसे ज़्यादा स्त्रियाँ। हरेक को सावधान रहना पड़ता है कि उनकी छाती या नितम्ब से न टकरा जाये। लेकिन कौन चाहता है सावधान रहना?

ऐसे ही एक लंच टाइम में मैंने चुटकीकाट का स्मरणीय दृश्य देखा। मैं दादी सेठ पारसी अगियारी से लगे फुटपाथ पर किताबें देख रहा था। अचानक मैंने गैर-पारसियों को अगियारी से दूर रखने के लिए लगे गेट पर भिखारियों को जमा होते देखा। भीतर से एक दुबला-पतला लम्बा-सा साठ की उम्र वाला हल्के नीले रंग का सूट पहने और सोला हैट लगाये एक आदमी निकला। उसकी आँखों पर मोटे शीशों का चश्मा चढ़ा था। उसने जेब में हाथ डाला और हर भिखारी को पैसा दिया। ज़ाहिर था कि भिखारी उसे जानते थे और यह भी कि वह किस समय बाहर आता है। भीड़ में बहुत से कोढ़ी भी थे और घिसट-घिसट कर आगे बढ़ रहे थे और एक अंधी औरत भी थी जिसके कन्धे पर एक बच्चा था। मैं हालाँकि भिखारियों को कुछ देने के खिलाफ़ हूँ, लेकिन इस आदमी की दयानतदारी की दाद दिये बिना न रह सका जो हर शाम अच्छी-खासी रकम उनमें बाँट देता है। यह आदमी मेरे दफ़्तर की तरफ़ चला। मैं भी उसके पीछे-पीछे चलने लगा। मैंने

देखा कि वह यहाँ भी सामने फैले हर हाथ पर कुछ गिराता जा रहा है। फिर मैंने देखा कि वह फुटपाथ पर कुछ खरीदती तीन औरतों के पीछे से निकला और बायें हाथ से एक औरत के नितम्ब को सहलाया। जब तक वह औरत सीधी होती और देखती कि यह किसने किया, तब तक वह कुछ कदम आगे बढ़ गया था। उसने पीछे मुड़कर नहीं देखा बल्कि सीधा आगे बढ़ता रहा। आगे भी उसने यही किया। दायें हाथ से वह भिखारियों को पैसे देता जाता था, और बायें से बेध्यानी से जा रही औरतों को सहलाता और कभी-कभी उँगली भी चलाता जा रहा था। कैसा आदमी था यह! पकड़े जाने का और पिटने का कितना ज़बर्दस्त खतरा लेता था!

दूसरे दिन मैं फिर उसी समय वहाँ आ पहुँचा। मेरी एक आँख पत्रिका पर थी, और दूसरी अगियारी के फाटक पर। भिखारी वहाँ इकट्ठे हो गये थे और अपने व्यापार के साधनों का प्रदर्शन कर रहे थे : कोढ़ी अपने टूटे-सिकुड़े हाथों और पैरों का और अंधी अपनी छाती से चिपके बच्चे का। वह व्यक्ति उसी पोशाक में बाहर निकला। वही हलका नीला सूट, सोला हैट और मोटे चश्मे के पीछे पीला, निस्तेज और भावविहीन चेहरा। उसी तरह वह भिखारियों को पैसे बाँटता आगे बढ़ा, औरत को उसने एक रुपया दिया जो, उसने कहा, बच्चे के लिए है। उसने औरत से बात भी की, जो यही रही होगी कि बच्चे को दूध पिलाना। इस प्रक्रिया में उसने इस युवती का स्तन भी छुआ। वह मुस्कुरा दी। एक रुपया मिले तो यह सौदा अच्छा ही था।

इस प्रकार विजयी भाव से वह आगे बढ़ता गया। उसकी लम्बाई के कारण उसका पीछा करना मुश्किल नहीं था, काफ़ी ऊँची टोपी जो बहुत से उचकते सिरों के बीच साफ़ नज़र आती थी, और औरतों का अचानक चौंककर देखना कि उनके नितम्बों को यह कौन प्यार कर रहा है।

मैं अन्त तक उसके पीछे गया। वह चैम्बर्स ऑफ़ कॉमर्स की विशाल इमारत की तरफ़ मुड़ा। द्वारपाल ने उसे सलाम किया। लिफ्ट के लिए लम्बी लाइन लगी थी, लेकिन वह सबको पार करता उसमें घुस गया, और किसी ने कुछ नहीं कहा। ज़ाहिर था कि वह कोई बड़ा आदमी है।

कुछ हफ़्ते बाद मैं अपने ऑफ़िस से निकलकर चैम्बर्स ऑफ़ कॉमर्स बिल्डिंग की तरफ़ बढ़ रहा था। मैंने एक क्रीम रंग की मर्सिडीज-बेंज उसके किनारे खड़ी देखी। उसके भीतर दो स्त्रियाँ थीं। एक अधेड़ उम्र की भारी-सी भूरे बालों वाली जो पीछे की सीट पर जमकर बैठी थी, और दूसरी कम उम्र की एक लड़की जो उसकी बेटी रही होगी। शोफर ने गाड़ी के एक तरफ़ के दोनों दरवाज़े खोले। चपरासी

ने एक ब्रीफ़केस और फ़ाइलों का बंडल सामने की सीट पर रखा। हमारा अगियारी का हीरो दो व्यक्तियों के साथ बाहर निकला, जो उसके सहायक रहे होंगे। लड़की गाड़ी से बाहर निकली और 'डैडी' कहती हुई दौड़कर उससे चिपट गई। वह सोलह से ज़्यादा की नहीं रही होगी। बहुत सुन्दर थी। हल्के भूरे बाल कन्धों पर फैले थे, तन्दुरुस्त और चुस्त। जैसे किसी प्राचीन हिन्दू मन्दिर की दीवार से निकलकर आ गई हो, बड़ी-बड़ी छातियाँ जो उसके ब्लाउज़ से निकली पड़ रही थीं, पतली कमर, और नितम्ब-काफ़ी बड़े और बाहर निकले हुए, जैसे कह रहे हों, मैं किसी की परवाह नहीं करती।

मुझे लगा कि इसी वजह से हमारे हीरो को छातियों और नितम्बों से बड़ा प्रेम था। हर वक्त ऐसे आकर्षण! और हर वक्त यह ग़म कि इनको छूने का अवसर ही नहीं मिलता!

अगली शाम मुझे उसका नाम मालूम हुआ। इस वक्त मर्सिडीज़-बेंज़ में स्त्रियाँ नहीं थीं। मैं गाड़ी पर नज़र डालता, कि कितनी शानदार कार है, उसके पास आया और शोफ़र से पूछने लगा, 'किसकी है यह गाड़ी?'

'बड़े साहब की।'

'कौन बड़े साहब?'

'लालकाका साहब, और कौन?' उसने जैसे चिढ़कर कहा।

बम्बई की टेलीफ़ोन डायरेक्टरी में चौदह लालकाका नाम के लोग थे। इन सबके पहले नाम पारसी थे—सायरस, डेरियस, फ्रेमरोज़, जाल, जहाँगीर, नौशीर। फिर मैंने पी अक्षर पर नज़र डाली। चैम्बर्स ऑफ़ कॉमर्स के साथ जो नाम था, उसका पता था। 'लालकाका मैंशन, मालाबार हिल'। अब मैंने अपनी डायरी में पारसी नाम देखे। इनमें पी. अक्षर से फ़िरोज़ नाम निकला। दूसरे दिन ग्यारह बजे, जब मैंने सोचा कि घर पर कोई न होगा, उस नम्बर पर फ़ोन किया। नौकर ने फ़ोन उठाया।

'फ़िरोज लालकाका साहब हैं?' मैंने पूछा। नौकर ने गोआनी लहज़े में अंग्रेज़ी में बात की। 'हियर नो रेज़िडेंस ऑफ़ फ़िरोज लालकाका। रेजिडेंस ऑफ़ पेसी लालकाका। ही गॉन ओफीस।

'मिस लालकाका घर पर हैं?'

'ओल्सो मिस्सी बाबा गॉन कोलेज। मेम साहब ऑट। नो वन होम। हू कालिंग?'

इस सवाल का जवाब तो मैंने सोचा ही नहीं था। लेकिन पता नहीं क्या सोचकर मैंने कहा कि मेरा नाम लिख लें। फिर उसे धीरे-धीरे स्पष्ट अक्षरों में बताया,

‘मिस्टर चुटकी-काट।’

‘भाट नम्बर?’

‘उन्हें मालूम है मेरा नम्बर।’

दूसरे दिन पेसी लालकाका अगियारी में नहीं दिखाई दिये। पूरे हफ़्ते गायब रहे। भिखारी निश्चित समय पर इकट्ठा होते और हाथ मलते वापस चले जाते। मुझे उनके लिए अफ़सोस होने लगा। उस भले आदमी के लिए भी अफ़सोस हुआ जिसके एक मामूली मनोरंजन के कारण इनका नुकसान हुआ। मैंने तो सारा खेल ही बिगाड़ दिया।

मैं सोचने लगा कि पेसी लालकाका पर मेरे टेलीफ़ोन सन्देश की क्या प्रतिक्रिया हुई होगी। हो सकता है कि पहले उसकी पत्नी या पुत्री को यह पता लगा हो। ‘कैसा अजीब नाम है! चुटकीकाट। यह है कौन, डैडी?’ पेसी लालकाका यह सुनकर पीला पड़ गया होगा और हकलाकर बोला होगा, ‘मैं तो नहीं जानता।’ फिर उन्होंने नौकर से पूछा होगा। ‘ही से साहब नो नम्बर।’ उन्होंने इस पर टेलीफ़ोन डायरेक्टरी खँगाली होगी। उसमें तो मिलने का सवाल ही पैदा नहीं होता था। तब उन्होंने मसला छोड़ दिया होगा। ‘कोई परेशान करने की कोशिश कर रहा है।’ लेकिन बेचारा पेसी लालकाका! यह जानकर कि उसकी असलियत पहचान ली गई है, उसे कितनी शर्मिन्दगी हो रही होगी!

पन्द्रह दिन बाद पेसी लालकाका दादी सेठ की अगियारी पर फिर दिखाई दिये। वह काफ़ी परेशान लग रहे थे। उन्होंने जो भिखारी दिखाई दिये, उन्हें पैसे दिये और चारों तरफ़ नज़र डाली कि कोई पहचान का तो नहीं है। फिर वह अपने दफ़्तर की तरफ़ बढ़े। मैंने उनका पीछा किया। वे दायें हाथ से पैसे तो बाँटते गये लेकिन बायाँ कोट की जेब में रखा रहा। जब कभी कोई औरत नज़र आती तो वे पीछे देखते कि कोई पीछा तो नहीं कर रहा। बेचारे लालकाका! बेचारे, बेचारे!

उन्होंने लंच टाइम की प्रार्थना फिर शुरू कर दी और लौटते हुए पैसे बाँटना भी। लेकिन बायाँ हाथ जेब में ही पड़ा रहता था। जब कभी उन्हें कोई औरत दिखाई दे जाती तो वे पीछे मुड़कर इस तरह देखते जैसे भूत उनका पीछा कर रहा हो। कुछ समय इस तरह चला। पेसी लालकाका अपनी समस्या से मुक्ति पाते लगे। अब वह मुझे बोर करने लगे।

लेकिन यह बात नहीं थी। लगता था पेसी लालकाका ने अपने को यह यकीन दिला लिया था कि जिस आदमी ने उन्हें एक बार वैसा करते देख लिया था, वह अब गायब हो गया है।

एक शाम वह इस खचाखच भरी पगडंडी पर जा रहे थे, तो मैं भी उनसे कुछ कदम पीछे चल रहा था। मैंने देखा कि आगे के एक स्टॉल पर तीन औरतें कुछ सामान देख रही हैं। उनके नितम्ब अलग-अलग रंग के और विभिन्न वस्त्रों से ढके थे। एक कम उम्र की लड़की कसी हुई जीन्स पहने थी जिसमें उसके छोटे-छोटे नितम्ब अधपके तरबूजों की तरह नज़र आते थे। उसके बगल में एक बुढ़िया गहरे लाल रंग की साड़ी में थी। वह बड़े कद्दू की तरह विशाल थी। तीसरी बारह साल की लोलिता इतनी छोटी निकर पहने थी जिसमें से उसके नितम्ब ही नहीं, और भी कुछ दिखाई पड़ता था। मैंने देखा कि पेसी लालकाका का बायाँ हाथ फड़कने लगा। इस तिगड्डी का विविध आकर्षण उसे मजबूर करता लग रहा था। उसने हाथ बाहर निकाला और फुर्ती से एक-के-बाद एक तीनों को सहला गया। जब तक वे तीनों मुड़ीं तब तक पेसी आगे निकल गया था, और वहाँ मैं पहुँच चुका था। बुढ़िया ने आँखें ताड़कर मुझे देखा और कहा, 'बदमाश—गुण्डा।' उसकी कम उम्र की साथिन ने कहा, 'ममी, तमाशा मत करो।' वे आगे बढ़ गये, मैं बच गया।

अब मैंने पेसी लालकाका को सबक सिखाने का फ़ैसला किया। दफ़्तर पहुँचकर मैंने उसके घर फ़ोन किया। पहले वाली आवाज़ आई, 'साहब गॉन ओफिस। मेमसाहब आराम करता। मिसी बाबा गॉन कोलिज। हू कालिंग?'

'मैं चुटकीकाट।'

'गिव नम्बर प्लीस।'

'कह देना मैं शाम को फिर फ़ोन करूँगा।'

इससे वह ठीक हो जायेगा। हो भी गया। पेसी लालकाका फिर कई दिन अगियारी नहीं आया। फिर जब एक दिन दिखाई दिया तो उसकी बायीं बाँह गलपट्टी में झूल रही थी। वह पहले से ज़्यादा पीला पड़ गया था। मुझे लगा कि उसने जानबूझकर यह किया है। बेचारा पेसी!

भिखारियों ने चिन्ता व्यक्त की। उसने सिर्फ़ सिर हिला दिया। हमेशा की तरह मैं उसके पीछे चला। इस बीच वह लँगड़ाने-सा लगा था। वह बिना पीछे देखे आगे बढ़ता गया। जब कभी उसे कोई औरत दिखाई देती, उसकी रफ़्तार कम हो जाती। वह सिर झुकाता, उसके नितम्ब पर दुःखभरी नज़र डालता और आगे बढ़ जाता। इस दफ़ा मुझे उसके लिए सचमुच दुःख हुआ। क्या सचमुच? जो काम वह बायें हाथ से करता था, उसे अब दायें से क्यों नहीं कर सकता? मैंने इस बारे में किसी समाजशास्त्री का यह मत पढ़ा था कि भारतीय अपनी स्त्रियों के गुप्तांगों को छूने में बायें हाथ का ही उपयोग करते हैं, दायें का कभी नहीं क्योंकि

इससे वे खाना खाते हैं और गंदा नहीं होने देना चाहते। मैं सोचने लगा कि क्या पेसी लालकाका भी यही मानता है। यह बात मेरे मन में बैठ गई।

उसी शाम मैंने उसे फ़ोन किया। नौकर ने फ़ोन उठाया।

'हलो, हू कालिंग?'

'डॉक्टर साहब से बात कराओ।'

कुछ सेकेंड बाद एक आवाज़ आई, 'पेसी लालकाका बोल रहा हूँ।'

'बायाँ हाथ कैसा है?'

'कौन बोल रहा है?' उसने लड़खड़ाती आवाज़ में कहा।

'सुनो! अब बायाँ नहीं तो दायाँ इस्तेमाल करो। उसमें ज़्यादा मज़ा आयेगा।' यह कहकर मैंने फ़ोन रख दिया।

इसके बाद कई हफ़्ते तक पेसी लालकाका अगियारी से गायब रहा। शायद उसने लंच टाइम का प्रार्थना-स्थल बदल दिया था। या शायद उसे और कोई रास्ता मिल गया था जिस पर कोई उसका पीछा नहीं कर सकता था। यह मुझे अपने ऊपर किया गया सीधा वार लगा। लेकिन मैं उसे इस तरह छोड़ने को तैयार नहीं था।

अगले कुछ दिन मैं लंच टाइम के बाद की सैर चैम्बर्स ऑफ़ कॉमर्स की बिल्डिंग के आसपास करता रहा। मैंने देखा कि पेसी लालकाका दूसरे कई रास्तों से दफ़्तर लौटता है। मैंने दफ़्तर के नम्बर पर उसे फ़ोन करने का प्रयत्न किया। वह खुद के नम्बर पर फ़ोन नहीं उठाता था। मैंने उसके सेक्रेटरी से बात करना स्वीकार नहीं किया। फिर मैंने घर पर फ़ोन किया। यहाँ भी उसका नौकर, बीवी या बेटी फ़ोन उठाती थी। वे हमेशा मुझसे पूछते कि मैं कौन हूँ, और मैं कहता कि बाद में फ़ोन करूँगा। यह मुझे कभी नहीं सूझा कि वह बम्बई टेलीफ़ोन दफ़्तर से कहेगा कि मेरे फ़ोन कॉल्स की जाँच करे।

नवरोज़, पारसियों का नया साल आया। इस दिन उन्हीं की छुट्टी होती थी। मुझे लगा कि इस दिन पेसी लालकाका दादी सेठ अगियारी ज़रूर जायेगा। और भिखारियों को पैसे भी बाँटेगा। मैं हमेशा की तरह बुकस्टॉल पर खड़ा मैगज़ीन पलट रहा था। और उसके लिए भी नज़रें डालता जा रहा था। मेरे बगल में एक और आदमी मेरी ही तरह मैगज़ीन पलटता खड़ा था। उसकी एक नज़र मुझ पर थी।

अगियारी के बाहर भिखारियों का ज़बर्दस्त जमावड़ा था। पारसी जन पारम्परिक सफ़ेद टोपी और कमीज़-पाजामे पहने घूम रहे थे। उनकी स्त्रियाँ भी पारसी ढंग की कन्धे से लगी साड़ियाँ पहने थीं। दरवाज़े के बाहर चन्दन बेचनेवाले की खूब बिक्री हो रही थी।

मेरा अनुमान सही था। पेसी लालकाका भी वहाँ था। उसके साथ पत्नी और बेटी भी थे। वह सफ़ेद कपड़ों में बिलकुल अलग आदमी दिखाई दे रहा था। उसके हाथ में पट्टी नहीं थी बल्कि दोनों हाथ काम कर रहे थे। दायाँ हाथ पत्नी के कन्धे पर था और बायाँ बेटी के हाथ में जो उसे सीढ़ियों से उतारने में मदद कर रही थी। आज उसकी पत्नी पर्स में से पैसे निकालकर भिखारियों को दे रही थी। कई शिकायत कर रहे थे कि साहब कई दिनों बाद दिखाई दे रहे हैं और उनकी तबियत ठीक है या नहीं।

तीनों ने मेरी तरफ़ पीठ फेरी और दफ़्तर की तरफ़ चलना शुरू किया। मैंने देखा कि मिसी बाबा मिनी स्कर्ट पहने थी। पुष्ट जाँघें और नितम्ब इस तरह मटकते जैसे टैंगो कर रहे हों। मैंने पत्रिका रख दी और उनके पीछे चला।

भीड़ भरे फुटपाथ पर तीनों का एक साथ चलना बहुत धीरे-धीरे हो रहा था। मैं मिसी बाबा के ठीक पीछे चलता जा रहा था और उसका टैंगो संगीत मेरे कानों में बजने-सा लग गया था। जब मैं उनसे अलग होने के स्थान पर पहुँचा, मेरा मन उसके सम्मोहन में डूबने लगा था। ऐसा मौका इसके बाद कब मिलेगा? उसे सहलाने की इच्छा हद पार कर गई, बुद्धि धूमिल हो उठी। मैं तेज़ी से आगे बढ़ा और मिसी बाबा के पीछे पहुँचकर अपने दाहिने हाथ से उसका नितम्ब सहलाने को हुआ। तभी किसी ने मेरे पीछे से कहा, 'मिस्टर चुटकीकाट।' मैंने घूमकर देखा तो यह वही आदमी था जो बुकस्टॉल पर मुझ पर नज़र रखे हुए था। उसने मेरी बाजू पकड़ ली और कहा, 'मेरे साथ पुलिस थाने चलो।' फिर लालकाका से बोला। 'आप लोग भी आइये।'

अगर मैं यहाँ विरोध करता तो दर्शक मेरी खबर लेने लगते। लेकिन मैं यह पूछता रहा कि आखिर मैंने किया क्या है? 'यह भी पता चल जायेगा। मैं कई दिन से तुम्हारी निगरानी कर रहा हूँ।' मैं बकरे की तरह कत्लगाह की तरफ़ जाने लगा।

मैं भी कैसा मूर्ख साबित हुआ था! अखबारों में खबर छपेगी तो लोग क्या कहेंगे? 'यह बूढ़ा विश्वास के लायक ही नहीं था...। लम्पट साला! उम्र ढलने पर यह हालत हो ही जाती है।' मुझे नौकरी से निकाल दिया जायेगा, सब कमेटियों से हटा दिया जायेगा और क्लब भी छोड़ना पड़ेगा। मैं दुनिया में किसी का सामना नहीं कर सकूँगा। अब क्या करूँ—आत्महत्या कर लूँ? या बम्बई से भाग जाऊँ और संन्यासी का चोला पहनकर हिमालय के किसी आश्रम में जाकर रहने लगूँ?

पुलिस स्टेशन पर पहुँचकर मुझे शांत होने का कुछ समय दिया गया।

सब-इन्सपेक्टर ने मेरा बयान दर्ज़ करने के लिए एक बड़ा-सा रजिस्टर खोला। मैंने कहा, 'मुझे कुछ नहीं कहना है। मैं नहीं जानता कि यह सब क्या है। आप लोगों से गलती हुई है।'

इसका कोई असर नहीं पड़ा। 'कोई गलती नहीं, मिस्टर! मैंने आपकी टेलीफ़ोन कॉल्स चेक की हैं और आप ने जो किया है, वह अपनी इन दोनों आँखों से देखा है। आप सच-सच बता दो।'

मैंने सच बोलने से इनकार कर दिया। उससे बात करने से भी इनकार कर दिया। उसने कहा, 'अगर आप वकील से सलाह करना चाहें तो बुला सकते हैं। नहीं तो मैं आप को मजिस्ट्रेट के सामने पेश कर देता हूँ।'

'मैं किसी वकील से बात करना नहीं चाहता। लेकिन मैं मिस्टर लालकाका से ज़रूर बात करना चाहूँगा।'

'अहा! तो आप उन्हें जानते हैं!' यह कहकर वह खुश हो उठा। यह बात उसने रजिस्टर में नोट कर ली।

मैंने खुद अपनी गर्दन में यह फन्दा डाला था। सब-इन्सपेक्टर ने मुँह बनाते हुए कहा, 'आप शायद मिस लालकाका से भी मिलना चाहेंगे। वही तो आप की करतूत की गवाह होंगी।'

यह मेरे लिए बहुत बड़ा हमला था। मैं गुस्से से बोल पड़ा, 'क्या उसकी आँखें सिर के पीछे हैं जो वह देख सके कि किसने उसके नितम्बों पर हाथ लगाये!'

'अहा, तो आप मानते हैं कि किसी ने उसके नितम्बों पर हाथ लगाये,' उसने उछलकर कहा और यह बात भी रजिस्टर में लिख ली। यह मैंने एक और फन्दा अपने गले में लटका लिया। अब मैं इससे निकलने की कोशिश करने लगा।

'नहीं, मैं मिस लालकाका से नहीं, उसके पिता से मिलना चाहता हूँ।'

'क्यों? उनका इस केस से कोई लेना-देना नहीं है।'

'उसी ने तो शिकायत की है कि मैं उसे परेशान कर रहा हूँ। इसलिए मैं उससे मिलना चाहता हूँ। यही उसकी गलती है।'

'हम मिस्टर लालकाका को इस मामले में न खींचें। वे एक इज़्ज़तदार नागरिक हैं।'

'मैं भी इज़्ज़तदार हूँ। जितना वह है, उतना ही मैं भी हूँ।'

इस तरह हम झगड़ते रहे। अगर मेरी इज़्ज़त डूबती तो मैं उसे भी अपने साथ डुबोने को तैयार था। कुछ हुज्ज़त के बाद सब-इन्सपेक्टर तैयार हो गया। उसने मेज़ पर रखी घंटी बजाई। एक सिपाही भीतर आया तो उसने कहा, 'साहब

को भी ले आओ।'

सिपाही ही कुछ देर बाद वापस लौटा और उसके कान में कुछ कहा। सब-इन्सपेक्टर वहाँ से चला गया। मुझे पेसी लालकाका से उसकी बातचीत कुछ-कुछ सुनाई पड़ने लगी। पर दो-चार शब्दों के अलावा कुछ समझ में नहीं आया, जैसे कन्फेशन ...वाटर टाइट केस...बदला नहीं जा सकता। फिर देर तक शान्ति रही। सब-इन्सपेक्टर लौटकर कुर्सी पर बैठ गया। उसने मुझ पर नज़रें गड़ाईं और कहने लगा, 'इस दफ़ा तो मैं आपको चेतावनी देकर छोड़ देता हूँ लेकिन इसके बाद कुछ करते पकड़ा या इज़्ज़तदार लोगों को परेशान करते पाया तो जेल में डाल दूँगा। अब आप जा सकते हैं।'

मैं इसका जवाब देकर अपनी परेशानी और बढ़ाना नहीं चाहता था। चुपचाप उठा और बाहर निकल आया।

पुलिस स्टेशन के सामने क्रीम रंग की मर्सिडीज़-बेंज़ गाड़ी खड़ी थी। मैंने चेहरा दूसरी तरफ़ कर लिया और चलने लगा।

पीछे से किसी की आवाज़ सुनाई दी, 'भाई जी, भाई जी!' यह पेसी लालकाका था? वह बहुत शोकाकुल नज़र आ रहा था। 'भाई जी,' उसने नम्रता से कहा, 'मैं आपको कहीं छोड़ दूँ?'

मेरी भावना शुद्ध है

मैं अच्छा आदमी हूँ और मेरी भावना शुद्ध है। मैं उस तरह के अच्छे लोगों में हूँ जो जानते हैं कि बुराई क्या है, और वह क्या है जो पुरुषों को और स्त्रियों और बच्चों को भी—जो सब जन्म से अच्छे ही पैदा होते हैं, लेकिन जो उन्हें बुरी परिस्थितियों के कारण बुरा बना देता है। मैं असहिष्णु नहीं हूँ। न मैं वैसा शुद्धतावादी हूँ जो ऐसे लोगों के खिलाफ़ फ़ैसले देता फिरूँ! जो बुरे दिनों का सामना करने के कारण बुराई का सहारा लेने के लिए विवश हो जाते हैं। मैंने समाजशास्त्र की कई किताबें पढ़ी हैं जिनमें कहा गया है कि अपराध करने के कारण बहुत ज़्यादा जटिल हैं और उन्हें आसानी से अलग-अलग करके न फ़ैसले दिये जा सकते हैं, न सज़ा दी जा सकती है। सच्चाई तो यह है कि मैं उस विचारधारा को मानता हूँ जिसके अनुसार हर अपराध समाज के खिलाफ़ टिप्पणी है, और जब-जब कोई आदमी या औरत फाँसी पर चढ़ती है या जेल जाती है, तो हर बार यह समाज की विफलता का सूचक होती है। मैं फ़ैसले नहीं देता। मैं जानता हूँ कि ईश्वर के उपाय अनन्त हैं, और हम मनुष्यों को उन्हें उद्दण्डता से नहीं बल्कि नम्रता से समझने का प्रयास करना चाहिये।

अपने बारे में मेरा यह विवरण पढ़कर बहुत से लोग यह सोचेंगे कि मैं हमेशा दूसरों को उपदेश देनेवाला दम्भी हूँ, जो हर वक्त यह करो और यह मत करो कहता नज़र आता है। लेकिन यह बात नहीं है। यद्यपि मैं हमेशा मुस्कुराता रहता हूँ, लेकिन इसका कारण यह नहीं है कि मैं अपने को दूसरों से श्रेष्ठ समझता हूँ, बल्कि यह है कि चेहरा भावहीन बनाये रहने से अच्छा मुस्कुराते रहना है। और मैं इसलिए भी बर्दाश्त के काबिल हूँ क्योंकि मैं बुरा करने वालों के ऊपर भी फ़ैसले नहीं देता, बल्कि उन लोगों से भी

बचा लेता हूँ जो ऐसे फ़ैसले देते रहते हैं। जैसा मैं पहले ही कह चुका हूँ, ईश्वर के ढंग अनन्त हैं; इसलिए किसी को यह कहने वाला कि उसने अच्छा किया या बुरा, मैं कौन होता हूँ?

लेकिन इससे लोग यह भी सोच सकते हैं कि मैं आरामतलब आलोचक हूँ जो दूसरों के गुण-दोष तो निकालने से नहीं चूकते, पर खुद कभी कुछ व्यावहारिक काम नहीं करते। लेकिन यह भी सही नहीं है। मैं अपने साधारण ढंग से बहुत कुछ करता रहता हूँ। अगर सड़क पर लोगों को लड़ते-झगड़ते देखता हूँ, तो उन्हें समझाने के लिए रुक जाता हूँ। जब मैं किसी ताँगे की सवारी करता हूँ तो घोड़े को चाबुक नहीं मारने देता—और ताँगेवाले को डाँटता भी नहीं हूँ, क्योंकि पता नहीं किन घरेलू परेशानियों के कारण वह अपना गुस्सा चाबुक चलाकर निकाल रहा है। जहाँ तक चोरी का सवाल है, मैं जानता हूँ कि मेरे नौकर चोरी करते हैं। कई दफ़ा ये छोटी-छोटी चोरियाँ होती हैं जैसे मेरी ह्विस्की की बोतल से एक-दो घूँट पी लेना और उसकी जगह पानी डालकर उसे पूरा कर देना। कई दफ़ा मेरे पर्स से पैसे निकाल लिये जाते हैं क्योंकि वे सोचते हैं कि कितने पैसे पर्स में हैं, इसका मुझे पता नहीं होगा, और एक-दो रुपये निकाल लेने से कुछ पता भी नहीं चलेगा। लेकिन मैं चतुराई से इसका उपाय कर लेता हूँ, जैसे खुद उसे ह्विस्की का पैग देकर या नौकर का वेतन बढ़ाकर या उसकी बीवी या बच्चे को अलग से एकाध रुपया देकर कि 'तुम्हारा पति-या पिता-ज़्यादा नहीं कमाता, इसलिए तुम यह खर्च करो।' इस तरह मैं न्याय की कोशिश करता रहता हूँ, और रात को चैन की नींद सोता हूँ।

अपने बारे में यह सब मैं इसलिए बता रहा हूँ कि इसके बिना आप मेरी यह कहानी, जो एक चोर की है और जिसे मैं अब बताने जा रहा हूँ, समझ नहीं सकेंगे।

कुछ दिन पहले ही कलकत्ता में यह घटना हुई। अगर आप कलकत्ता के बारे में ज़्यादा नहीं जानते तो मैं उसे भी बताये देता हूँ, क्योंकि कहानी में इसका भी महत्त्व है। यह बड़ा शहर है—दुनिया के सबसे बड़े शहरों में एक। यहाँ चालीस लाख लोग बहुत थोड़ी जगह में घुसे-बसे रहते हैं। यहाँ बहुत ज़्यादा भीड़-भाड़ है, गंदगी है और भिखारी हैं। यहाँ क्रूरता भी ज़्यादा है क्योंकि यहाँ के रहने वाले कष्ट सहने के अभ्यस्त हो गये हैं। यहाँ हरेक आदमी अपने पड़ोसी के खिलाफ़ रहता है क्योंकि यहाँ पैसा ज़्यादा नहीं है और उन लोगों की संख्या बहुत ज़्यादा है जिन्हें इसकी ज़रूरत है, इसलिए भिखारियों के अलावा रंडियाँ और फुटपाथों पर गुज़र-बसर

करने वाले—जो हर गरीब शहर में होते हैं—बहुत ज़्यादा हैं, और चालबाज़ों, जेबकतरों और साधारण चोरों की भी कमी नहीं है।

यह घटना एक गर्मी की शाम के वक्त हुई जब ज़्यादातर लोग आराम कर रहे थे। पैसेवाले अपने ठंडे किये गये कमरों में और गरीब छायादार फुटपाथों पर या पेड़ों की छाँह में। मुझे दिन में सोना पसन्द नहीं है, इसलिए मैं शहर में घूम-फिर रहा था। मैं एक फुटपाथ पर चल रहा था जो ट्राम की पटरियों और सड़क के बीच बना हुआ था। एक तरफ़ चौरंघी की सजी-धजी दुकानें थीं और दूसरी तरफ़ बड़ा मैदान, जो इस महानगर का अकेला मैदान है। सड़क और मैदान खाली थे। यहाँ आधी रात के समय जो रोशनी होती है, वैसी ही इस समय दिन में भी थी। न मोटरें, न गाड़ियाँ, न रिक्शे, न राहगीर—बस, सड़क पर बिछे तारकोल से उठती गर्मी की चमक और सूखी हुई घास पर विशाल बरगदों की छाया में जगह-जगह लाशों की तरह लेटे बहुत से लोग। वहीं बहुत-सी टैक्सियाँ भी पार्क करके खड़ी थीं जिनके ड्राइवर खिड़कियों से बाहर पैर निकाले सीटों पर ही सो रहे थे।

अचानक एक पेड़ के नीचे शोर सुनाई दिया। दो तगड़े सिख ड्राइवर बास्केट और खाकी निकर पहने एक छोटे से कद के बंगाली को पीट रहे थे। उनमें से एक ने उसकी दोनों बाँहें पीछे से पकड़ी हुई थीं और दूसरा बायें हाथ से उसके बाल पकड़कर दायें से उसे कस-कसकर मार रहा था, जिससे उसे खून भी निकलने लगा था—हर थप्पड़ के साथ वह गालियाँ भी बकता जाता था, जिसमें सिख किसान माहिर होते हैं। 'यह तेरी माँ के लिए...यह तेरी बहन को...यह बेटी को...और यह...'

अचानक सारा इलाक़ा जाग उठा। खिड़कियाँ खुलने लगीं और लोग चमक में आँखें मिचकाते हुए देखने लगे। चारों तरफ़ से लोग दौड़कर और यह चिल्लाते हुए आने लगे कि 'इतना मत मारो...बन्द करो अब।' मैं भी उधर ही दौड़ा। मैं सिख हूँ, इसलिए कुछ लोग मेरी तरफ़ आकर मुझे रोकने के लिए कहने लगे। उनका खयाल था कि मेरा उन पर ज़्यादा प्रभाव पड़ेगा। सिख होते हुए भी मैं न लम्बा-चौड़ा और बड़ा हूँ और न हिम्मतवाला। लेकिन किसी अच्छे उद्देश्य के लिए डरपोक आदमी में भी हिम्मत पैदा हो जाती है, और सच कहूँ तो मैं उतना ज़्यादा डरपोक कभी नहीं हूँ। आखिरकार सिख हूँ। मैं तेज़ी से आगे बढ़ा, भीड़ का घेरा तोड़कर भीतर पहुँचा और मारने वाले सिख का हवा में उठा हाथ कसकर पकड़ लिया।

'इसे मारना बन्द करो। क्या तुम इसे मार ही डालोगे?' मैं गुस्से से चिल्लाया।

अपने दूसरे हाथ से मैंने दूसरे सिख की जकड़ से बंगाली के बालों को छुड़ा लिया। बेचारा बंगाली ज़मीन पर बैठ गया, उसने मेरे पैर कसकर पकड़ लिये और अपना सिर मेरे घुटनों में घुसा दिया। इसके बाद वह चीख-चीखकर रोने लगा।

'मुझे इन लोगों से बचा लो...भगवान के वास्ते...दोनों सिख मेरे दोनों तरफ़ आ खड़े हुए। दोनों मुझसे एक-एक फुट ऊँचे थे। उनके बाल भी मुझसे ज़्यादा थे और देखने में भी खूँखार थे।

'तुसी कौन हो जी?'

'मैं कोई नहीं हूँ, लेकिन मैं तुम्हें इस ज़रा से आदमी को मारने नहीं दूँगा। तुम्हें शरम नहीं आती?' 'शरम?' एक ने मुँह टेढ़ा करके कहा। 'तुसी जानदे हो ए कौन है?' 'नहीं, और जानना भी नहीं चाहता। लेकिन तुम्हें मारने नहीं दूँगा।'

'अच्छा?'

'हाँ,' मैंने चिल्लाकर कहा।

बंगाली रोये जा रहा था। 'मुझे बचा लो। बचा लो, भगवान के...'

'यह चोर है,' दूसरा सिख बोला, 'मेरी गाड़ी के पहिये के वाल्व चुरा रहा था, मैंने रंगे-हाथों पकड़ा है।' उसने दो वाल्व जेब से निकालकर अपनी हथेली पर रखे और सबको दिखाये, फिर अपनी हथेली मेरी नाक के सामने लगा दी।

'देखो।'

उसने फिर उस आदमी के बाल पकड़ लिये और मेरे घुटनों के बीच से उसका सिर खींचने लगा। 'तुम ये नहीं चुरा रहे थे, सुअर की औलाद? मैंने पिछले पहिये पर तुम्हारा हाथ नहीं पकड़ा था? इन्हें बता, नहीं तो मैं तुम्हारी माँ को...'

'मुझे बचाओ, बचाओ, भगवान के...' वह डर से काँप रहा था। उसके गालों पर घाव हो गये थे और होंठों से खून टपक रहा था।

'तुमने ये चीज़ें चुराईं?' अब मैंने भी उससे पूछा और सिख के हाथ से उसका सिर छुड़ा लिया। उसने फिर अपना सिर मेरे घुटनों में घुसेड़ने की कोशिश की और रोकर बोला, 'मैंने नहीं चुराया। मुझे इनसे बचा लो, बचा लो...'

दूसरे सिख ने उसे पीछे से लात मारी। 'झूठे,' वह ज़ोर से चीखा। 'दुनिया का सबसे बड़ा झूठा। मैंने अपनी आँखों से देखा।'

दोनों ने उसे बाहर खींच लिया, दो थप्पड़ मारे और उसके कपड़ों की तलाशी लेने लगे। उसकी जेबों से वाल्व ही नहीं, गाड़ियों की और भी बहुत सी चीज़ें एक-एक करके निकलने लगीं। उन्होंने ये सब सबको दिखाईं।

'अब समझ में आ रहा है त्वाडी?'

यह प्रश्न मेरे लिए था। लेकिन बंगाली फिर मेरे पैरों में छिपने की कोशिश करता रहा और चीखता रहा।

'तुमने यह चोरी क्यों की?' मैंने पूछा, 'मैं भूखा था। तीन दिन से कुछ खाने को नहीं मिला था।'

'झूठ बकता है,' एक सिख फिर चिल्लाया। 'पहले कहता है कि मैंने नहीं चुराये, अब कहता है तीन दिन से कुछ नहीं खाया। क्या यह तीन दिन का भूखा लगता है, ज़रा देखिये?'

एक बार फिर उसे दर्शकों के सामने पेश किया गया। वह भूखा तो नहीं लगता था—लेकिन तीन दिन में किसी की हड्डियाँ तो नहीं निकल आतीं। और तीन दिन की भूख से आदमी क्या हो जाता है, यह कौन बता सकता है?

'आपका जो नुकसान हुआ है उसे मैं भर दूँगा,' मैंने अन्त में घोषणा की, और गर्व से ऊपर देखा।

'हमें आप का पैसा नहीं चाहिये,' ड्राइवर ने कहा, 'यह चोर है और झूठा भी है। हम इसे पुलिस में देने जा रहे हैं। तब इसे चोरी करने का अंजाम पता चलेगा।'

दर्शकों को यह बात सही लगी। 'आजकल चोरियाँ बहुत बढ़ गई हैं और जब तक इन्हें सख्त सज़ा नहीं दी जाती, शहर में शान्ति नहीं होगी।' यह जैसे एक चुनौती थी। यह आदमी चोर था। शायद यह पाकिस्तान से आये लाखों शरणार्थियों में से एक हो जो पेट भरने के लिए शहरभर में घूमते-फिरते हैं। शायद इस आदमी की बीवी और बच्चे भी हों, जो अगर यह जेल चला गया, तो भूखे मरने लगेंगे।

'भाइयो, मेरी बात सुनो,' मैंने लोगों से कहा, 'यह आदमी चोर है, और झूठा भी है। लेकिन अब इसे काफ़ी सज़ा मिल चुकी है। अब इसे जेल क्यों भेज रहे हैं? इसके बीवी-बच्चों का क्या होगा?'

चोर ने मेरी बात की पुष्टि की। 'हाँ,' वह ज़ोर से बोला, 'मेरी बीवी और तीन बच्चे भूखे मर जायेंगे। मैंने ऐसा काम पहले कभी नहीं किया। मेरे बच्चे भूखे मर जायेंगे। इस दफ़ा माफ़ कर दीजिए, फिर कभी नहीं चुराऊँगा।'

'यह झूठ बोल रहा है,' दर्शकों में से एक आदमी बाहर निकलकर कहने लगा। 'मैंने इसे इसी मैदान में कुछ महीने पहले चोरी के लिए गिरफ़्तार किये जाते देखा है। तुम पहले नहीं पकड़े गये थे?'

उसने फिर मेरे पैर पकड़ लिये और पहले से ज़्यादा ज़ोर-ज़ोर से चीखने-चिल्लाने लगा। उसके पास कोई जवाब नहीं था। मेरे पास भी नहीं था। वह पक्का चोर

और झूठा, दोनों ही था। उसके शायद परिवार था ही नहीं, अगर था भी, तो वे उसके जेल आने-जाने के अभ्यस्त हो गये होंगे, यह समाज के लिए खतरा है और इसे कहीं बन्द करके रखना ही सही है।

लेकिन मैंने उसे और मारने-पीटने नहीं दिया। उन्होंने अपनी पगड़ियों से उसके दोनों हाथ पीठ के पीछे बाँधे और उसे पुलिस स्टेशन ले गये। मैं उसकी चीख-पुकार सुनता रहा। वे नुक्कड़ से आगे बढ़ गये तो आवाज़ बन्द हो गई। मैंने अपना कर्तव्य कर दिया था, और मेरी भावना शुद्ध थी। मैंने अपने दिमाग़ से यह घटना निकालने की कोशिश की।

हो सकता है कि उसकी कोई बीवी भी हो जो किसी पुल के नीचे भिखारियों के साथ रहती हो? नहीं! वह झूठ बोलता था, और उसकी किसी बात पर यकीन नहीं किया जा सकता। मैंने अपना कर्तव्य निभा दिया था। मेरी अन्तरात्मा साफ़ थी।

मैं होटल लौट आया और एक बड़ा पैग स्कॉच और सोडा लाने का ऑर्डर दिया। मेरे सामने भरे हुए गिलास में बर्फ़ तैरने लगी। मुझे अच्छा लगने लगा। कहीं उसके बच्चे तो भूख से नहीं तड़प रहे? मैंने एक और पैग मँगाया। उसके बच्चे होंगे ही नहीं। उस जैसे आदमी पर कैसे विश्वास किया जा सकता है? मैंने अपना कर्तव्य कर दिया था। मेरी आत्मा साफ़ थी।

मैंने एक, दो, तीन और चार पैग लिये और 16 रुपये के बिल पर दस्तखत किये। अब डिनर के लिए मेरी भूख खत्म हो गई थी और मैं एयर-कंडीशन्ड बेडरूम में सोने चला गया। मुझे उससे यह पूछना चाहिये था कि उसके बीवी-बच्चे रहते कहाँ हैं। मैं उन्हें बचा सकता था और ये 16 रुपये उन्हीं को दे सकता था। लेकिन मैं एक चोर और झूठे के लिए इतना परेशान क्यों हो रहा हूँ? मैंने अपना कर्तव्य किया और मेरी आत्मा साफ़ है। अब मैं आराम से सो जाऊँगा।

मैंने रात के कपड़े पहने। पैंट तह करके तकिये के नीचे रख दी जिससे उस पर इस्तरी हो जाये। फिर मैंने अपने घुटनों पर नज़र डाली जहाँ बंगाली चिपट रहा था। वहाँ खून के निशान थे।

इंश्योरेन्स एजेंट

'हलो हलो, हलो,'—उसने अपनी बाँहें आगे बढ़ाते हुए कहा। फिर उसने मुझे अपने आगोश में कसकर जकड़ लिया और बार-बार आलिंगन करके अपना प्यार जताया।

'हलो,' मैंने दबी आवाज़ में उसका जवाब दिया और उसके चंगुल से अपने को मुक्त करने की चेष्टा की।

'कैसे हो मेरे दोस्त?' उसने मुझे कई बार इतने ज़ोर-ज़ोर से थपथपाया कि मेरे बनावटी दाँत हिलने शुरू हो गये। 'कैसा चल रहा है? बीवी कैसी है, और बच्चे? और सब ठीक है?'

'थैंक यू, थैंक यू,' मैंने नम्रता से कहा और अपने दाँत वापस जगह पर लगाये। 'सब ठीक है। थैंक यू!' क्या उसने मुझे कोई और समझ लिया था? मैं तो कुँवारा था और इज़्ज़तदार कुँवारा। बच्चे तो मेरे थे ही नहीं।

'अच्छी बात है—अच्छी बात है,' वह कहता रहा। लेकिन अब वह मुझे देख नहीं रहा था। वह पार्टी के लिए जमा लोगों का जायज़ा ले रहा था, और बेध्यानी से 'ठीक है, ठीक है' कहता जा रहा था।

एक दोस्त, जिसने मुझे देख लिया था, मेरे पास आया। इससे पहले कि वह मुझसे बात करता, इस अजनबी ने 'आह' भर के उसे भी बाँहों में भर लिया और 'हलो, हलो, हलो' कहकर गले से लगा लिया। उसने मेरे मित्र की पीठ ठोंकी और उसकी बीवी और बच्चों के बारे में पूछने लगा। मेरे मित्र ने 'हाँ, हाँ, ठीक हैं' कहकर जवाब दिया। लेकिन वह भी कुँवारा था और मेरी जानकारी के अनुसार उसका किसी से सम्बन्ध भी नहीं था। 'यह आदमी कौन है?' मैंने अपने मित्र से पूछा, जब वह कमरे में दूसरी

तरफ़ चला गया।

'मैंने इसे कभी देखा भी नहीं,' वह बोला। 'मैं तो समझा तुम्हारा कोई पुराना दोस्त है—जिस तरह वह तुमसे बात कर रहा था।'

'और तुमसे भी तो ऐसे ही बात की,' मैंने जवाब में कहा। 'चलो मेज़बान से पूछते हैं।'

हम भीड़ से रास्ता बनाते हुए मेज़बान की तरफ़ गये। मेरे मित्र ने पूछा, 'यह तुम्हारा दोस्त कौन है?' वह आदमी इस वक्त एक और को अपने बन्धन से मुक्त कर रहा था और किसी और को जकड़ने के लिये 'हलो, हलो, हलो' करता आगे बढ़ रहा था?

'मज़ेदार आदमी है,' मेज़बान ने कहा। 'मैंने तो समझा कि तुम उसे लाये हो।' 'बिलकुल नहीं,' मेरे दोस्त ने कहा। 'मैंने तो कभी इसे देखा ही नहीं। किसी और के साथ आया होगा।' 'हो सकता है...,' मेज़बान ने माफ़ी-सी माँगते हुए कहा। 'खैर, कोई बात नहीं। लगता है वह बहुतों को जानता है। मेरे दोस्तों के दोस्तों का हमेशा मेरे यहाँ स्वागत है, खासतौर पर, अगर वे दोस्ताना व्यवहार करते हों।'

'दोस्ताना व्यवहार' सही शब्द नहीं था। यह आदमी हरेक के साथ ज़्यादा ही रोमांस करता लगता है। अब तक उसने हर आदमी का आलिंगन कर लिया था और दरवाज़े पर हमारी तरफ़ चला आ रहा था।

'क्यों! यार,' यह कहकर उसने मेज़बान को बाँहों में भर लिया और कहने लगा, 'शानदार पार्टी है। बड़ी शानदार। मुझे निमन्त्रित करने के लिये धन्यवाद। अब मैं निकलता हूँ। और भी दो पार्टियों में जाना है। मैं जानता हूँ कि वे इतनी शानदार नहीं होंगी, लेकिन जाना तो है ही। गुड बाय।' उसने दोनों हाथ हिलाये, फिर चारों तरफ़ देख कर 'गुड बाय ऑल' कहा, और वहाँ से गायब हो गया।

'यह कौन था?' यह सवाल पार्टी का हर आदमी एक-दूसरे से पूछ रहा था। लगता था कि उसे कोई भी नहीं जानता था। अगर कोई नहीं जानता था तो वह पार्टी में आया कैसे? इसका भी किसी के पास जवाब नहीं था। दुर्भावपूर्ण लोग उसे गेट क्रैशर कहते थे—जो हर जगह ज़बर्दस्ती घुस पड़ते हैं। पर यह जैसा मैं हमेशा कहता हूँ, दुर्भावपूर्ण लोग ही कहते हैं।

वह शहर में नया ही आया था, लेकिन उस दिन से हमें वह हर जगह दिखाई देने लगा—घरेलू पार्टियों में, सरकारी कार्यक्रमों में, राजनीतिक सभाओं में, धार्मिक आयोजनों में, सामाजिक कार्यक्रमों में, शादियों में, धार्मिक संस्कारों में, शव यात्राओं

में। वह हर जगह आकर्षण का केन्द्र होता था।

उसकी जोश से भरी 'हलो, हलो, हलो' हर जगह सामान्य बातचीत से ऊपर सुनाई देती थी।

मिस्टर स्वामी–समाचार पत्रों में हर रोज़ उसका यही नाम छपता था–प्रेस का भी बड़ा प्रिय था। वह हर कार्यक्रम में उपस्थित रहता था–कोई भी कार्यक्रम ऐसा नहीं होता था जहाँ वह दिखाई न दे–और सबके फोटोग्राफ़ों में वह सबसे आगे खड़ा नज़र आता था–मेहमानों का स्वागत करता, भले ही वे मेज़बान के परिचित हों या न हों, लोगों को मालाएँ पहनाता–भले ही माला पहनाने का अवसर हो या न हो–, और प्रमुख लोगों से उसी समय बातें करता जब उनकी फोटो खींची जा रही हो। दरअसल मिस्टर स्वामी और प्रेस फ़ोटोग्राफ़रों के बीच कोई टेली-पैथिक सम्बन्ध बन गया लगता था। जब कभी वह अपनी मूँछों को मोड़कर ऊपर करता, तब आपके लिए यह मानना ज़रूरी हो जाता था कि कोई फोटोग्राफ़र उसके सामने है। इसके बाद वह अपनी टाई ठीक करता। जब वह किसी से बात करते-करते अचानक चुप हो जाये तो आपको मान लेना पड़ता कि उसके दिमाग़ में कहीं से गुप्त सन्देश आ गया है कि फ़ोटोग्राफ़र आ रहा है। वह आपका वाक्य अधूरा छोड़कर किसी तरफ़ अपनी बाँहें उठाये किसी को भी गले लगाने के लिए चल पड़ता। कैमरे का शटर दबते ही वह अपना काम कर लेता। वह कभी फ़ोकस से बाहर नहीं होता था। अगर कोई यह नहीं जानता होता कि मिस्टर स्वामी कौन है, तो वह तुरन्त उसकी सहायता करता। फिर कहता, 'फोटो मुझे भी भेजना। मेरा नाम स्वामी है–एस.डब्ल्यू.ए.एम.आई.–समझे, स्वामी। और यह मेरा कार्ड है।'

दुर्भावपूर्ण लोग कहते थे कि मिस्टर स्वामी को प्रचार प्रिय है और वह अखबार में छपने वाले फोटो की कीमत भी अदा करता है। लेकिन मेरा तो यही कहना है कि दुर्भावपूर्ण लोग ऐसी ही बातें करते हैं। मिस्टर स्वामी तो हमेशा यही कहता था कि उसे प्रचार पसन्द नहीं है, और वह ऐसे लोगों का मज़ाक भी उड़ाता था, और वह फ़ोटोग्राफ़रों को पैसे दे, इसकी भी कोई वजह नहीं थी। वह हर महत्त्वपूर्ण व्यक्ति को जानता था, और उसकी बातचीत में हर महत्त्वपूर्ण आदमी का नाम आता ही रहता था। ऐसा हर आदमी उससे सलाह-मशविरा करता ही रहता था और उसकी राय का फ़ायदा भी उठाता था।

'जैसा मैंने अपनी पिछली लंदन यात्रा में विंस्टन से कहा,' अन्तरराष्ट्रीय विषयों पर कुछ कहते हुए उसका पहला वाक्य यही होता था।

'कौन विंस्टन?' कोई डरते-डरते पूछ बैठता।

'तुम विंस्टन को नहीं जानते? विंस्टन चर्चिल, और कौन? मेरे पुराने दोस्त हैं। सालों से जानता हूँ उन्हें।' मैंने उससे कहा, 'सुनो, विनी, अगर तुम युद्ध जीतना चाहते हो, तो तुम्हें यह करना चाहिये।'

यह स्वामी की राय थी जो उसने विंस्टन चर्चिल को दी। चर्चिल ने उसकी बात को समझा और कहा कि आप और नेताओं को भी यह बतायें। अन्तरराष्ट्रीय विषयों पर मिस्टर स्वामी की चर्चाओं में विंस्टन, जो, फर्डिनेंड, ईमन, आइक और दूसरों के नाम टपकते ही रहते थे। इसी तरह वह राष्ट्रीय और उद्योग-व्यापार के विशिष्ट लोगों को भी जानता था। दरअसल वह महत्त्वपूर्ण ईसाई नाम इस तरह मुँह से निकालता रहता था जैसे पान की पीक जिसे वह बार-बार बाहर थूकता चला जाता था।

दुर्भावपूर्ण लोगों के अनुसार मिस्टर स्वामी घमण्डी था। लेकिन ऐसे लोग हमेशा ऐसी ही बातें करते हैं।

मिस्टर स्वामी हम जैसे मामूली लोगों से भी बात करने में परहेज़ नहीं करता था और ज़रूरत पड़ने पर अपनी समस्याओं पर भी हमसे राय लेता था। तब वह हमारे कन्धे पर हाथ रख कर कहता, 'सुनो, मैं तुमसे कुछ बात करना चाहता हूँ—अकेले में।' फिर वह रहस्यभरी वाणी में पूछता, 'यह फ्रांस कैसी जगह है, यहाँ आप बहुत दिन तक रहे हैं। ज़रूर जानते होंगे।'

'फ्रांस,' हम कहते, 'अच्छी जगह है। बहुत अच्छी जगह है। क्या आप वहाँ जा रहे हैं?'

मिस्टर स्वामी मुस्कुराता—'छुट्टी मनाने? मेरे पास छुट्टी मनाने का वक्त कहाँ है? लेकिन यह बात अपने तक ही रखना। मैंने अभी फ़ैसला नहीं किया है।'

मिस्टर स्वामी ने दूसरों से भी अमेरिका, इंग्लैंड, स्कैन्डिनेवियाई देश, इटली और स्विट्ज़रलैंड के बारे में इसी तरह पूछताछ की थी, और उन्हें भी इसी तरह यह बात ज़ाहिर न करने का आग्रह किया था, क्योंकि अभी तक वह पक्का नहीं कर पाये थे। हम नहीं जानते थे कि पक्का करने के लिए उन्हें और क्या चाहिये था। क्या उन्हें राजदूत का पद दिया जा रहा था? उन्होंने यह अपने मुँह से तो कभी नहीं कहा—लेकिन उनकी आँखों का हाव-भाव अनिश्चय की दृष्टि, चिन्ता और ज़िम्मेदारी से यही लगता था कि उन्हें किसी देश के राजदूत या किसी राज्य के गवर्नर के पदों में से ही अपना चुनाव करना है। फिर कुछ समय बाद जब हम उनसे पूछते कि क्या आपने फ़ैसला कर लिया, तो वह थकी हुई मुस्कान के साथ कहते, 'मैं तो चाहता था कि हाँ कर दूँ—लेकिन ये लोग दफ़्तर से मुझे छोड़ना

ही नहीं चाहते। यहाँ बहुत कुछ करने को है और करने वाले बहुत कम हैं।'

दुर्भावनापूर्ण लोग कहते थे कि मिस्टर स्वामी फ़िज़ूल बात करते हैं और उनका काम कोई खास नहीं है। लेकिन यह बात सही नहीं लगती थी। हम यह ज़रूर नहीं जानते थे कि वह करते क्या हैं, सिर्फ़ यह कि बहुत महत्त्वपूर्ण काम है। वह अक्सर इशारे में कहते थे कि वह जीवन के लिये कार्य करते हैं। इसका मतलब कुछ भी हो, उनकी आमदनी अच्छी थी। हालाँकि उनका कद छोटा था, उनका पेट कुछ बड़ा ही था। उनकी तोंद दिखाई देती थी। ऐसी तोंद पैसेवालों की ही होती है। वह हमेशा कीमती बास्केट पहनते थे, जिसके ऊपर सोने की चेन लटकती रहती थी। वह जो भी कपड़े पहनते थे ज़रूरत के मुताबिक यूरोपियन या भारतीय, वे साफ़-सुथरे और अच्छे होते थे, बाल सावधानी से कढ़े हुए, मूँछें मोम लगा कर नुकीली की हुईं, और कपड़ों पर इत्र की खुशबू। जूते बढ़िया पॉलिश किये हुए और नये जूतों की तरह आवाज़ करने वाले। कपड़े और रख-रखाव के अलावा समृद्धि के और भी निशान उनके साथ जुड़े थे। वह शहर के सब क्लबों और सोसायटियों से जुड़े थे। और हालाँकि वह हमेशा शिकायत करते थे कि क्लब वगैरह के लिए उनके पास वक्त नहीं है, वह हर शाम तीन-चार क्लबों में देखे जा सकते थे। और यहीं बात खत्म नहीं होती थी। हममें जो लोग उन्हें जानते थे, अपनी आँखों से उनकी समृद्धि देखते रहते थे। वह चाहे एक आने का पान खरीदें या दो आने की दियासलाई, वह हमेशा सौ रुपये का नोट दुकानदार को पकड़ाते थे। वह कहते थे, 'मैं चिल्लर लेकर नहीं चलता, जेब भारी हो जाती है। सौ रुपये के नोट ही हल्के रहते हैं।' वह हमें अपना बटुआ भी दिखाते थे जिसमें हरे कागज़ भरे नज़र आते थे। अगर यह अमीरी नहीं है, तो और क्या है?

मिस्टर स्वामी क्या काम करते हैं, इसका पता हमें उनके शहर में रहना शुरू करने के कुछ समय बाद चल गया। अब तक उन्होंने शहर के हर नागरिक से बातचीत कर ली थी और उनकी पत्नियों तथा बच्चों की सेहत की पूछताछ कर ली थी। वह कई दफ़ा लोगों के दफ़्तरों में भी पहुँच जाते थे—'बस, इधर से गुज़र रहा था।' उनसे मिलना किसी को नागवार नहीं गुजरता था क्योंकि उनको कोई मतलब साधना नहीं होता था, और वह लोगों की सेहत का बहुत ध्यान रखते थे। वह दुनिया के हर विषय पर बात कर सकते थे। कुछ हद तक उन्हें दार्शनिक भी कहा जा सकता है। वह जिस तरह दुनिया को मायाजाल बताते थे, कहते थे कि जीवन में कुछ भी निश्चित नहीं है, और अगर कुछ निश्चित है, तो वह मृत्यु है, उससे आपको अपने लिए चिन्ता होने लगती थी। वे पैगम्बर की तरह घोषणा

करते, 'ज़िन्दगी में अगर कुछ निश्चित रूप से कहा जा सकता है, तो वह है मनुष्य की मृत्यु'—और फिर सामने वाले की आँखों में आँखें डालकर कहते, 'और यह उनके लिए इतनी बुरी नहीं होती जो मरते हैं, उनके लिए होती है जो उनके पीछे जीवित बचे रहते हैं।' यह सुनकर लोग अपने बारे में सोचना छोड़कर दूसरों के बारे में सोचना शुरू कर देते थे।

दुर्भावपूर्ण लोग इसे उनकी बेचने वाली बातें मानते थे। लेकिन जैसा मैंने पहले कहा, ये लोग ऐसी ही बातें करते हैं। यह जाने बिना कि मिस्टर स्वामी के पास बेचने को क्या है, वे यह सब कैसे कह सकते थे? इसके अलावा, मिस्टर स्वामी जो कहते थे, उसमें गहरी सच्चाई भी तो होती थी, वह गहरी सच्चाइयों को और भी ज़्यादा गहराई से पेश करने में माहिर थे और इसे व्यक्ति से सीधा जोड़ देते थे। अब मैं इसका मतलब बताता हूँ।

एक दिन सवेरे के अखबारों ने हमें सूचना दी कि नगर निगम के एक पूर्व अध्यक्ष की पत्नी का देहान्त हो गया। यह अध्यक्ष इतने ज़्यादा समय पहले रिटायर हो गये थे कि लोग उनके बारे में सब-कुछ भूल-भाल गये थे। उनकी उम्र अस्सी की हो चुकी थी, और न वह पैसेवाले थे, न समाज के लिए उन्होंने कुछ किया था। वह डींग मारने वालों की चर्चा का विषय बनने लायक नहीं थे, इसलिए दुर्भावपूर्ण लोगों को यह आशा नहीं थी कि मिस्टर स्वामी उनकी पत्नी के दाह-संस्कार में शामिल होने जायेंगे। लेकिन वह वहाँ बाकायदा मौजूद थे और महिला की मृत्यु से बहुत ही ज़्यादा दुःखी दिखाई दे रहे थे। उन्होंने हम सबको गले लगाया लेकिन इस समय 'आह, हलो, हलो, हलो' कहकर नहीं, बल्कि 'हो, हो, हो' करते हुए ज़ोर-ज़ोर से रो-रो कर हमें अपनी बाँहों में लिया। उनके रुदन से हम सब बहुत प्रभावित हुए और सोचने लगे कि महिला ज़रूर उनकी घनिष्ठ सम्बन्धी रही होगी। परन्तु सच्चाई यह थी कि वह न पूर्व अध्यक्ष से कभी मिले थे और न उनकी दिवंगत पत्नी से। लेकिन मिस्टर स्वामी बड़े भावुक व्यक्ति थे जो दूसरों के शोक में सहभागी होना चाहते थे। जब पूर्व अध्यक्ष बाहर आये, तब वह उनके गले से लिपट गये और देर तक ज़ोर-ज़ोर से 'हो, हो,' करते हुए आँसू बहाते रहे। लगने लगा कि पूर्व अध्यक्ष से ज़्यादा उन्हें सांत्वना की ज़रूरत है। जब वह शान्त हो गये, तब उन्होंने परिवारवालों को धीरज बँधाना शुरू कर दिया। उन्होंने सबको समझाया कि यह ज़िन्दगी तो आनी-जानी है और इसे स्वीकार किये बिना चारा नहीं है—हरेक को एक दिन ज़रूर मरना है।

उन्होंने गहरी 'आह' भरकर पूर्व अध्यक्ष महोदय से कहा, 'ऊपरवाले ने आपकी

प्रिय अर्धांगिनी को उठा लिया है—उनकी आत्मा को शान्ति प्राप्त हो। लेकिन आपको अपने बच्चों और नाती-पोतों की देखभाल के लिए छोड़ दिया है। अब सोचिये, अगर वह पहले आपको उठा लेता और आपकी पत्नी को बच्चों की देखभाल के लिए छोड़ जाता, तो उनकी क्या हालत होती?'

वृद्ध महाशय ने स्वीकार कर लिया कि ईश्वर न्यायकारी और दयालु दोनों है। लेकिन अब उनका भी नम्बर आ गया है और उनके बाद वह उनके परिवार की देखभाल करेगा।

'जी हाँ, इसमें क्या शक है! ज़रूर करेगा। ईश्वर महान है और अपने बनाये प्राणियों को भोजन देता है, लेकिन यह मनुष्य का अपना कर्तव्य भी है कि वह अपने भविष्य की सुरक्षा का उपाय करे—इसके लिए उसने उन्हें बुद्धि दी है।'

वृद्ध महाशय ने मिस्टर स्वामी की दोनों बातें स्वीकार कर लीं—कि वह उदार है और मनुष्य को भी भविष्य के लिए अपना प्रबन्ध करना चाहिये। उनकी यह बातचीत तब तक चलती रही जब तक हम शवदाह स्थल न पहुँच गये।

यहाँ फिर रोने-धोने और धीरज बँधाने का दौर शुरू हुआ। यहाँ मिस्टर स्वामी पूर्व अध्यक्ष के साथ लम्बी दार्शनिक चर्चा करने लगे, इसलिए लोगों ने उन्हें अकेले छोड़ दिया। मिस्टर स्वामी ने अपनी जेब से एक कागज़ निकाला और उसे पढ़ कर पूर्व अध्यक्ष को सुनाने लगे। हमें मानना पड़ा कि यह ज़रूर कोई धर्मोपदेश होगा, क्योंकि वह उसकी हर लाइन को कई दफ़ा पढ़ते नज़र आते थे। हमें लगा कि वह उसके हर उपदेश से सहमत हैं, क्योंकि उन्होंने उस पर कई जगह कुछ लिखा भी। अन्त में मिस्टर स्वामी मुस्कुराते नज़र आये, जिससे स्पष्ट था कि वृद्ध महाशय के धर्म-परिवर्तन से वह सन्तुष्ट हैं। उन्होंने महाशय जी की पीठ थपथपाई और संस्कार समाप्त होने से पहले वहाँ से चले गये। उन्होंने कहा कि उन्हें एक और संस्कार में जाना है।

दुर्भावना से नाक तक भरे लोगों ने कहा कि देख लो मिस्टर स्वामी इंश्योरेन्स एजेंट हैं और उन्होंने महाशयजी को एक पॉलिसी बेच दी है। लेकिन, जैसा मैं कई दफ़ा कह चुका हूँ, ऐसे लोग और क्या कहेंगे!

नशे की रात के बाद का सवेरा

जैसी कहावत है, यह पिछली नशे की रात के बाद का सवेरा था। जब मैं पी के औंधा हो रहा था। एक ऐसा अनुभव जो हमेशा याद रहता है और जिसके कारण उसे यह इज़्ज़त हासिल हुई है। लगता था कि जितनी भी शराब मैंने पी है, वह सब मेरे भेजे में जम गई है और अब फट पड़ने को उतावली हो रही है। मैं उठने भी नहीं पा रहा। हिल भी नहीं पा रहा। ज़रा-सा हिलूँ तो कनपटी की नसें फड़कने लगती हैं और सिर में गहरा, तेज़ दर्द शुरू हो जाता है।

इतवार का सवेरा था, इसलिए मैं जब तक चाहे बिस्तर में पड़ा रह सकता था—या जब तक मेरी बीवी पड़ा रहने देती। इसलिए मैंने उठने की तकलीफ़ से दूर बने रहना और रात के डिनर का जैकेट भी न उतारने का फ़ैसला किया। फिर भी मैंने ठोढ़ी के नीचे उँगली फँसाकर बहुत ही सख़्त कॉलर को ढीला किया, उसकी कमान खींचकर नीचे फेंकी और तकिये में चेहरा जमाकर दोबारा सोने की कोशिश की। कुछ ही क्षण में मेरा दिमाग़ जादुई दरी पर उड़कर पिछली शाम की सुखदायी दुनिया में पहुँच गया—ठंडी हरी घास के मैदान में खड़े पेड़ रंग-बिरंगी रोशनी में जल उठे, गर्मी की रात की हवा में संगीत की लहरें दौड़ने लगीं, और शराब के नशे में घूमती-फिरती औरतें ज़रूरत से ज़्यादा सुन्दर और आकर्षक लगने लगीं।

यह पाँच दम्पतियों की नाच-गाने की पार्टी थी। पुरुष सारे एक-दूसरे के मित्र थे। उनकी पत्नियाँ भी एक-दूसरे की मित्र थीं। पुरुष ज़्यादातर अपने मित्रों से ज़्यादा उनकी पत्नियों के प्रशंसक थे। हम यह जानते भी थे लेकिन ग्रुप के नियमों के अनुसार इसको बिलकुल स्वीकार नहीं करते थे। इसके

विपरीत हममें रिवाज़ यह बन गया था कि पत्नियों की मामूली बातों की भी आलोचना करें और उनके पतियों की प्रशंसा करते नज़र आयें। यह गलत बात थी—लेकिन इससे लाभ होता था—और हम एक-दूसरे के घनिष्ठ बने रहते थे।

मैंने उस दिन तय कर लिया था कि नशा करके रहूँगा। दरअसल मुझे शराब ज़्यादा प्रिय भी नहीं है, और यह मुझे स्वादिष्ट भी नहीं लगती। लेकिन हमारे दल में ज़्यादा पीकर उसे बर्दाश्त कर लेना अच्छे आदमी और मर्द होने का सबूत माना जाता था। मुझे लोकप्रिय होने का गर्व था। मुझे मर्द होने का प्रमाण भी देना ज़रूरी लगता था, क्योंकि पिछले दिनों इसके बारे में सन्देह व्यक्त किये गये थे। इसलिए मैंने बियर की कई बोतलें खाली कर दीं और मानता रहा कि यह कोई खास बात नहीं है। हमारे दल की किसी भी पार्टी में गिलास पर गिलास खाली करना मर्दानगी की निशानी माना जाता था और मैं इन मर्दों में भी सबसे ऊपर स्थान पाना चाहता था। इसलिए मैं गिलास खाली करता गया। मैंने शराबें भी कई तरह की ढालीं।

जब ज़रूरत से ज़्यादा बियर मेरे पेट में समा गई, तब उसका असर दिखाई पड़ना शुरू हुआ। मुझे कई दफ़ा पेशाब करने जाना पड़ा। लॉन के हरे-भरे बॉर्डर पर बार-बार खड़े होने के बाद मैंने खुद अपने से कहा कि अब बहुत हो गया, अब बस कर। 'बुड्ढे, तुझे चढ़ गई है,' मैंने अपने से कहा। 'अब ज़्यादा गधापन मत कर। तू जानता है कि ज़्यादा चढ़ गई तो तू एकदम बेकार हो जायेगा—आधा नशा ही अच्छा नशा होता है—यह चीनी कहावत बड़े काम की है। अब तू वह भी नहीं कर सकेगा।'

मैं टेबिल पर वापस लौटा, तो दोस्तों ने मज़ाक उड़ाना शुरू कर दिया—'बस खत्म, तुम तो बड़ी बातें करते थे,'—कई मेरे ऊपर चढ़ दौड़े तो मैंने और भी पूरी ढालनी शुरू कर दी।

शराब मेरे ऊपर असर दिखाने लगी थी। लड़कियाँ हमें सन्देह की नज़र से देख रही थीं। क्या वे सोच रही थीं कि चढ़ गई है? मैंने तय किया कि नहीं चढ़ी है, यह मैं साबित करके दिखाऊँगा। इसलिए मैं उनकी और बाकी और नशे में धुत्त लोगों की तरफ़ देख कर मुस्कुराया। उनमें से एक, दुबला-सा पीले पड़े चेहरे का लड़का मेरे गले में बाँहें डाले जा रहा था और लोगों से कह रहा था कि हमें गुदगुदायें। मैंने उससे अपने को छुड़ाया और उसका सिर थपथपाकर यह बताने की कोशिश की कि मैं उसकी हालत समझ रहा हूँ। मैं नाचने की तैयारी करने लगा। दो कांटिनेन्टल वाल्ज़ करूँगा और पसीने में सब बह जायेगा। हिलता-डुलता

मैं फ़्लोर पर गया। मेरा पार्टनर कौन था, यह याद नहीं आ रहा था। एक लड़की मुझे बहुत आकर्षक लगने लगी। वह बराबर मुस्कुराती और हँसती जा रही थी और उसके सफ़ेद चमकते दाँत चारों तरफ़ अपनी रोशनी बिखेर रहे थे। वह पीछे की तरफ़ सिर झटकती और चन्द्रमा की तरफ़ देखकर हँसने लगती थी। मुझे खतरा-सा लगने लगा। मैं उसके गालों पर पड़े गड्ढों में अपनी उँगलियाँ डालना और मुँह पर जानबूझकर फैलाये बालों को सहलाना चाहता था। यह इच्छा मुझ पर हावी होने लगी लेकिन मैं इसे रोकने का निश्चय कर चुका था। मैंने अपने होंठ काटने शुरू किये और जब तक वे फट न गये और उनसे खून बहने लगा, तब तक काटता रहा। यह मेरे प्रतिरोध का सबूत था। तभी नृत्य समाप्त हो गया और मैं अपने साथियों के पास, सही सलामत वापस आ गया।

अब मैंने किसी और के साथ ज़्यादा सुरक्षित ढंग से नाचने का विचार किया। अब मैं कसरत के लिये नाचूँगा, मनोरंजन के लिये नहीं। मेरी आँखें उपयुक्त साथी की तलाश में चारों तरफ़ घूमने लगीं। वे सबसे अनुपयुक्त व्यक्ति पर जाकर टिकीं। वह खास सुन्दर नहीं थी, सिर्फ़ गोरी और गुलगुली थी। पहले वह काफ़ी पतली थी लेकिन उसने बदन पर जगह-जगह चढ़ते माँस को दबाना स्वीकार नहीं किया। उसके कपड़ों का साइज़ वही रहा जो उसके कॉलेज के दिनों में था। उन्हीं चुस्त कपड़ों में वह अपने को ठूँसने की कोशिश करती थी। लेकिन उसका माँस था कि बढ़ता ही जा रहा था। उसकी बल्ब जैसी छातियाँ छोटी-सी कुर्ती के नीचे से उछलती ही रहती थीं। उनकी तरफ़ से नज़रें हटाना आसान नहीं होता था। वह इन पर पड़ती मर्दों की नज़रों को देखती महसूस करती सिर नीचे झुकाकर उन्हें ढकने की कोशिश करती थी। उसकी ठोढ़ी इन दोनों गोलाइयों के बीच टिक जाती और वह शर्मीली दिखने लगती थी—जिससे उसके प्रति आकर्षण और भी बढ़ता था। वह कमनीय थी। मैं जानता था कि मुझे उसके साथ नाचना नहीं चाहिये, लेकिन मैं नाचने लगा।

मेरी इच्छा-शक्ति उसके कोमल और चुम्बकीय स्पर्श से प्रभावित होने लगी। अगर मैं खुद उसके स्पर्श से दूर रहने का प्रयत्न करता, तो भी उसके शरीर के स्पर्श से बच नहीं सकता था। इसलिए मैंने उसे ज़्यादा दूर रखना सही नहीं समझा। मैं उसे अपने पास इतना तो ले आया कि उसके स्तन मेरे सीने से दबकर मेरी गर्दन को छूने लगें। मैं पूरी तरह धुंधुआने लगा। जब मैंने पहली दफ़ा नाचना शुरू किया था, तब मेरे मित्रों ने चेतावनी दी थी कि नाच हिन्दुस्तानी मानसिकता के अनुरूप नहीं है। मैंने उस चेतावनी पर ध्यान दिया था और अपने को कुछ इस

तरह बाँध लिया था कि हिन्दुस्तानी स्वभाव का यह विरोध ज़्यादा व्यक्त न हो। फिर कई चेतावनियों और अभ्यास के बाद मैंने बालरूम नृत्य की परम्परा के विपरीत दिखाई देते इस नियम को त्याग दिया था। बाद में मुझे अपनी यह गलती महसूस हुई। मैंने बहुत पी रखी थी, इसलिए मुझे याद नहीं आ रहा कि मैंने क्या किया, लेकिन यदि मैं कोई सपना देख रहा होता तो मुझे मालूम है मैं क्या करना चाहता। छोटा-सा स्ट्रैप जो उसके वक्ष को कसे हुए था उसे मैं खोलकर अपनी पैंट की जेब में रख लेता। जैसे ही अपने आप मेरा हाथ इस काल्पनिक वस्तु को जेब में रखने के लिए बढ़ा अचानक ही मेरा सपना टूट गया। मेरा हाथ किसी मुलायम और रेशमी वस्तु पर पड़ा—यह रूमाल तो हो नहीं सकता था इसके ऊपर सिलाई और लेस लगी हुई थी। मैंने इसको धीमे-से खींचा—रेशमी ब्रेज़री थी, उसे मैंने अपने हाथों में उठा लिया। मैं गलती तो बिलकुल नहीं कर रहा था।

मैं एकदम परेशान हो गया और माथे पर ठंडा पसीना उतर आया। मैं क्या नशे में इतना धुत्त हो गया था। बीवी को पता लगेगा तो वह क्या कहेगी? उसने मुझे चेतावनी दे रखी थी कि वह इस तरह की बेवफ़ाई बर्दाश्त नहीं करेगी। क्या मैंने एक गलती करके अपना पारिवारिक जीवन तबाह कर दिया था? उसने कई दफ़ा धमकी भी दी थी। 'तुम एक बार करोगे, तो मैं सौ बार करूँगी,' क्या मेरे घर पर उन लोगों का हमला होगा जो मेरे एक स्कोर को 99 से हरा देंगे? नहीं, मेरी पत्नी को यह पता नहीं चलना चाहिये।

मुझे अपनी बीवी की मुझे पुकारती आवाज़ें सुनाई देने लगीं। मैंने झटपट यह चीज़ अपनी जेब में ठूँस ली, और नशे में होने का दिखावा करते हुए कराहने लगा। 'अब उठ भी जाओ,' उसने ज़ोर से कहा। 'कल रात तुमने जो किया, उसे देखते हुए यह सज़ा सही है।' उसे कितना और क्या पता चल गया है? यह समझ नहीं पाया। इसलिए मैं फिर कराहा और सिर पकड़कर बाथरूम की तरफ़ चला। मैं वहाँ अपने रोमांस के सबूत को नष्ट कर दूँगा। उसे जेब से निकाला और टुकड़े किये। फिर उनका गोला-सा बनाकर फ्लश में बहा दिया। अब मैं अपनी पत्नी का सामना कर सकता था और जान सकता था कि वह कितना और क्या जानती है?

'मैंने कल रात काफ़ी ज़्यादा पी ली थी,' मैंने कहा।

'हाँ, और क्या!' उसने झटके से कहा।

'क्या मैंने ज़्यादा दुर्व्यवहार किया?' मैंने सवाल किया।

'और क्या!' उसने दूसरा वार किया।

'क्या किया मैंने?' मैंने जानना चाहा।

'जो तुम हमेशा करते हो नशे में। भुगतना मुझे पड़ता है। और तुम कितनी गुण्डागर्दी पर उतर आते हो। मेरी वह कहाँ है—जो तुमने जेब में रख ली थी?'

मेरा सिर दर्द ऐसे गायब हो गया जैसे किसी ने सिर में कील ठोंककर उसे निकाल लिया हो। मैं बिस्तर पर फिर लेट गया और अपने अधूरे सपने का अन्त देखने लगा—जो एक विवाहित आदमी बिना संकोच के कर सकता है।

बिल्ली बोली 'म्याऊँ'

'इसी सेक्स की होनी चाहिये।'

डायरेक्टर लैंगफ़र्ड ने 'चूहे' फ़ाइल पर अन्तिम नोट लिखा। एक छोटे से वाक्य में उन्होंने विभिन्न विभागों के अनेक कर्मचारियों द्वारा बजट के बारे में प्रस्तुत दस पृष्ठ के विवेचन का फ़ैसला कर दिया था। इसके अलावा उन्होंने पाँचवें पृष्ठ पर आवेदन के बीचोबीच–सिर्फ़ एक नोटिंग और की थी–यह आवेदन प्रस्तावों, विरोधी टिप्पणियों, तथ्यों और आँकड़ों का पुलिन्दा ही था। वह नोटिंग भी उनकी सहज बुद्धि और संक्षिप्तता का प्रमाण था, जिसके लिए वे विख्यात थे : 'बिल्लियाँ क्यों नहीं?'

लैंगफ़र्ड ने 'चूहे' फ़ाइल 'आउट' की ट्रे में फेंक दी। फिर उन्होंने अपनी धातु की डिबिया से एक सिगार निकाला और जलाने से पहले जीभ से चाटकर उसका नीचे का हिस्सा खोला। फिर सिगार रख दिया और फ़ाइल उठाई। उसका पहला पेज खोलकर तारीख़ देखी। करीब दो साल पहले, फ्रेंच डायरेक्टर के ज़माने में इसकी शुरुआत की गई थी। इसके बाद एक इटेलियन भी आया था। दोनों ने निश्चय ही सम्बन्धित विभागों के प्रमुखों और कर्मचारियों से कई दफ़ा सलाह-मशविरा करके लम्बी-लम्बी टिप्पणियाँ लिखी थीं। इस तरह की स्थिति में, यूरोपियनों के दीर्घ सूची ज्ञान से सहज बुद्धि अमेरिकन की टिप्पणी बाज़ी मारने में सफल थी। दस पन्नों के मोटापे पर दो कसे हुए वाक्य : 'बिल्लियाँ क्यों नहीं?' और 'इसी सेक्स की होनी चाहिये।'

लैंगफ़र्ड ने फिर फ़ाइल 'आउट' की टोकरी में फेंकी और सिगार सुलगाया। उन्हें याद आया कि जब पेरिस में उन्होंने हाउस ऑफ़ कल्चर के डायरेक्टर का कार्यभार सँभाला था, तब चूहे उन्हें विरासत में मिले थे।

पहला काम उन्होंने यह किया कि पिछले वर्षों में हर विभाग के बजट का जायज़ा लिया। जब वे प्रबन्धन के खर्चों पर नज़र डाल रहे थे, तब उन्हें कैंटीन के हिसाब में यह दोष दिखाई दिया। यद्यपि इसमें लाभ लेना वर्जित था, लेकिन दोनों वर्षों में कुछ लाभ दिखाया गया था। फिर उसे 'चूहों द्वारा किये गये नुकसान' के तहत खत्म कर दिया गया था। इसके बाद के हिसाब में यह नुकसान दुगने से ज़्यादा हो गया था और कैंटीन ज़बर्दस्त घाटे में आ गई थी। तब उसने उस अंग्रेज़ को बुला भेजा जो प्रबन्धन का प्रमुख था और स्पष्टीकरण माँगा। इसके जवाब में अंग्रेज़ ने यह 'चूहे' वाली फ़ाइल उसे थमा दी थी।

कैंटीन इमारत के तलघर में थी जिसके अनन्त गलियारे लोहे के सीखचों में खत्म होते थे, जिसके आगे नाले थे जो बहकर नदी में खत्म हो जाते थे। नालों के चूहों को यह जानने में देर नहीं लगी कि इन गलियारों में खाने-पीने का सामान भरा होता है। उन्होंने रोटी, मक्खन, गोश्त और सब्ज़ियाँ खाना शुरू कर दिया। फिर उन्होंने डिब्बों में दाँत गड़ाकर लकड़ी में छेद करना शुरू कर दिया और फलों के जूस का भी मज़ा लेने लगे। जब यह स्थिति पहुँची, तब फ्रेंच डायरेक्टर ने चूहों को खत्म करने की योजना बनाई और यह 'चूहे' नाम की फ़ाइल खोली गई। इसमें उनको ज़हर देने की योजनाएँ थीं, उन विशेष ज़हरों के नाम थे जिनसे चूहे मारे जा सकते हैं, और उनके खर्च का ब्यौरा था लेकिन चूहों के मरने से बीमारियों का जो खतरा पैदा होता, उसके देखते यह योजना रद्द कर दी गई।

इटेलियन डायरेक्टर आया, तो उसने फन्दे डालकर चूहों को पकड़ने की योजना बनाई। कितने प्रकार के फन्दे हो सकते हैं, उनका चुग्गा क्या होगा, कौन लोग यह काम करेंगे, चूहे कहाँ छोड़े जायेंगे, इत्यादि का हिसाब दो पृष्ठों में था। नाली के चूहों के आकार की समस्या आई—जो बिल्लियों से भी बड़े कहे जाते हैं—तो इस प्रस्ताव को तिलांजलि दे दी गई। इस बीच ये चूहे भोजन-भण्डारों में हमले करते रहे, और कैंटीन की हानि बहुत ही ज़्यादा बढ़ गई, जो अगले दो महीनों में होने वाले वार्षिक सम्मेलन में गम्भीर बहस का मुद्दा बनने वाला था। इस स्थिति में लैंगफ़र्ड ने कार्यभार सँभाला था।

'पहले मुझे एक चूहा दिखाओ,' उसने रखवाले से कहा। इसका इन्तज़ाम किया गया। एक रात, दो गार्ड, .22 बोर की पिस्तौलें अपनी रक्षा के लिये हाथों में कसकर पकड़े भण्डार में घुसे। एक ने चूहों के घूमते हुए झुंड पर टार्च से रोशनी फ़ेंकी। उसकी चकाचौंध से चौंककर वे क्षण भर के लिये शान्त हो गये। गार्ड ने सबसे बड़े दो चूहों पर निशाना साधकर गोलियाँ दाग़ दीं। दूसरे दिन दरवाज़े के

साथ पड़ी मेज़ पर इन्हें रख दिया गया। दोनों बड़ी घरेलू बिल्लियों से भी बड़े थे और देखने में बेहद खतरनाक लग रहे थे। उनके बदन पर बाल थे, और उनके दाँत उनकी बड़ी मूँछों के नीचे तक आ रहे थे। .22 बोर की पिस्तौल से किये गये छेदों से खून अभी तक निकल रहा था। दफ़्तर में आ रही लड़कियाँ उन्हें देखकर चीखने लगीं। लैंगफ़र्ड देर तक इन्हें घूरता रहा, फिर बोला, 'भयंकर...है न?' इसके बाद उसने 'चूहे' फ़ाइल मँगाई और ज़हर तथा फन्दा दोनों का उपयोग रद्द करके नोट लिखा। 'बिल्लियाँ क्यों नहीं?'

सम्बन्धित विभागों ने फिर काम करना शुरू कर दिया। एक आदमी को बिल्ली के बच्चों की क़ीमत पता करने के लिए भेजा गया। यह नहीं के बराबर निकली। बज़ट की ज़रूरत पूरी करने के लिए हरेक की एक फ्रेंक कीमत लिख दी गई। उन्हें बचपन में ही भोजन देने के लिए प्रावधान किया गया और कैंटीन मैनेजर के कार्यों में 'बिल्लियों को खिलाना और उनकी देखभाल' भी जोड़ दिया गया। प्रबन्धन के प्रमुख ने स्वयं ही छह बच्चे लेने का फ़ैसला कर लिया। लैंगफ़र्ड के सामने रखने से पहले बजट विभाग ने इसकी जाँच-पड़ताल की। इसे देखकर डायरेक्टर ने उसमें नोट लिखा : 'उसी सेक्स की होनी चाहिये।'

कैंटीन मैनेजर को इन्हें खरीदने की ज़िम्मेदारी सौंपी गई। उसने तेज़ी से अपना काम निपटाया। उसके पड़ोसी की बिल्ली ने आठ बच्चे जने थे। वह सात को पानी में डुबोना और सिर्फ़ एक को रखना चाहता था। मैनेजर ने सातों खरीद लिये, एक ज़्यादा ही सही, उसने कन्धा झटककर कहा, इससे हाउस ऑफ़ कल्चर खत्म नहीं हो जायेगा। फिर उसने इनके सेक्स की जाँच शुरू की। लेकिन एक हफ़्ते के बच्चे के सेक्स का अन्दाज़ा ही लगाया जा सकता है। जो हिस्से उसने जाँचे वे एक जैसे ही थे। उन्हें एक टोकरी में सँभालकर लाया गया। कई दिन तक वे कैंटीन में आकर्षण का केन्द्र बने रहे।

जब वे दो महीने के हुए, तब उन्हें कटोरे से दूध पिलाना और सहलाना बन्द किया गया। उन्हें गोदाम में अपनी देखभाल करने के लिये खुला छोड़ दिया गया। शुरू में तो उन्हें काफ़ी तकलीफ़ महसूस हुई, और कई दिन वे डायनिंग टेबिल के नीचे एक-दूसरे पर चढ़े दूध के लिये म्याऊँ-म्याऊँ करते पड़े रहे। लेकिन न उन्हें दूध दिया गया और न सहानुभूति। पाँच दिन बाद उन्होंने अपना पहला शिकार मारा। उनका स्वभाव जैसे एकदम बदल गया। उनकी आँखों में खतरनाक

चमक पैदा हो गई। कोई उनके शिकार पर नज़र डालता, तो वे खूँखार की तरह उस पर लपकते। भोजन करनेवालों के पैरों में लोटने की जगह अब वे बदन तानकर मुँह से थूक निकालते। कुछ ही हफ़्तों में वे प्यारे खूबसूरत बच्चों से बदलकर खतरनाक छोटे-छोटे शेर बन गये थे।

इसके बाद उन्होंने बाहर दिखाई दिये जाना बन्द कर दिया और नाले के चूहों को मारने और काट-काटकर खाने की आवाज़ें सुनाई देने लगीं।

छह महीने का जो अन्दाज़ लगाया गया था, वह पूरी तरह सफल साबित हुआ। कहीं कोई नुकसान होना बन्द हो गया। लाभ कमाने के लिये नहीं बनी कैंटीन ने अच्छा लाभ दिखाना शुरू कर दिया। अब लैंगफ़र्ड आराम से सिगार पीता रहता और उसकी राख आगे बढ़े हुए पेट पर गिरती रहती।

छह महीने तक हाउस ऑफ़ कल्चर में शान्ति छायी रही। इसके बाद बिल्लियों ने परेशान करना शुरू कर दिया। वे इमारत के दूसरे हिस्सों पर हमला करने लगीं। जब वे कहीं से गुज़रतीं तो लेडी स्टेनोग्राफ़र चीखने लगतीं। वे गलियारों में एक-दूसरे से लड़तीं और म्याऊँ-म्याऊँ करतीं दौड़ लगातीं। खबरें फैलने लगीं कि उनके समागम का समय आ गया है। कइयों ने कहा कि उन्होंने उन्हें सेक्स करते देखा है। फिर यह भी चीख-पुकार अचानक एकदम बन्द हो गई। कुछ हफ़्ते बाद किसी ने एक बिल्ली को अपना बच्चा मुँह में दबाये हुए देखा। कुछ महीने बाद हाउस ऑफ़ कल्चर में सात से कहीं ज़्यादा बिल्लियाँ नज़र आने लगीं।

लैंगफ़र्ड इन बातों पर ध्यान देने को तैयार नहीं था। लेकिन जब उसने विभिन्न विभागों का बजट देखा तब उसका शक पुष्ट हो गया। कैंटीन का लाभ घटकर शून्य रह गया था। कुछ घाटा भी हुआ जिसका कारण 'बिल्लियों का उपद्रव' बताया गया।

इसलिए अब 'कैट्स' फ़ाइल शुरू की गई। जनरल कॉन्फ़रेन्स छह महीने बाद होनी थी, और प्रतिनिधियों के लिये सब तैयारियाँ करनी थीं। हाउस ऑफ़ कल्चर की अपनी एक परम्परा थी। पहले बिल्लियों की गिनती करने का काम किया गया। फिर विज्ञान प्रचार विभाग ने एक नोट तैयार किया कि बिल्लियों को खत्म कैसे किया जाए। बजट विभाग ने सारे साधनों का गहराई से अध्ययन करके इसके खर्च का अनुमान तैयार किया। यह सारा विवरण हाउस में व्यवहृत चारों भाषाओं अंग्रेज़ी, फ्रेंच, रूसी और स्पेनी—में अनुवाद करके छपा लिया गया था।

लेकिन लैंगफ़र्ड ने अपना धीरज नहीं खोया। स्टाफ़ अपना काम एक विशेष

ढंग से करने का अभ्यस्त था, और बिना ज़रूरत वह इन्हें परेशान नहीं करना चाहता था। लेकिन बिल्लियों के इस मामले में जैसा पहले चूहों के मामले में भी हुआ था, हफ़्ते बीत गये और कार्यवाही ही कुछ नहीं की गई। माको (MACOO) कॉन्फरेन्स में मामला ज़ोर-शोर से उठा। माको यानी दि कॉन्फ़रेन्स फॉर दि म्यूचुअल एप्रीसिएशन ऑफ़ दि कल्चर्स ऑफ़ दि ओरिएन्ट एण्ड दि ऑक्सिडेन्ट (प्राच्य तथा पाश्चात्य दोनों संस्कृतियों के पारस्परिक रसास्वादन के लिए आयोजित सम्मेलन) और इसका आयोजन इसकी योजना बनाने के लिये किया जाना था। इस महत्कार्य के लिए दुनिया के सभी भागों से प्रसिद्ध विद्वान पेरिस पधारे। सूचना और प्रचार विभाग ने विषय के विविध पहलुओं पर लेख लिखवाकर स्थानीय पत्र-पत्रिकाओं में छपवाये जिससे उन पर जनसाधारण भी चर्चा करें। लैंगफ़र्ड ने अपने को इसका उद्‌घाटन करने के लिए तैयार कर लिया।

कॉन्फ़रेन्स रूम खचाखच भरा था। सामने की पंक्तियों में प्रत्येक देश के प्रतिनिधि अपने हाथों में अपने देश की नामपट्टी उठाये बैठे थे। उनके पीछे उनके वैकल्पिक तथा प्रेक्षक विराजमान थे। एक कोने पर प्रेस के लोगों का अधिकार था। बाकी कुर्सियों पर दर्शक और कार्यकारी जमा थे। तीन भाषाओं में एक साथ अनुवाद करने का प्रबन्ध किया गया था। चारों तरफ़ गम्भीरता का वातावरण था, छत से लटकते झाड़-फ़ानूस, चारों तरफ़ फैलता सिगरेट का धुआँ, मेज़ों पर रखे पानी से भरे और तश्तरियों से ढके गिलास, कानों में लगे फ़ोन, अखबारों और टी.वी. के कैमरे।

लैंगफ़र्ड ने अपने संक्षिप्त भाषण में पूर्व और पश्चिम की संस्कृतियों के मेल-मिलाप और आदान-प्रदान के महत्त्व पर प्रकाश डाला। उन्होंने प्रतिनिधियों से उन प्रस्तावों पर अपने विचार माँगे जिन्हें पहले ही छपवाकर वितरित कर दिया गया था। इसके बाद उन्होंने प्रतिनिधियों में सबसे अग्रणी, भारत सरकार के शिक्षा मन्त्री को प्रथम वक्ता के रूप में आमन्त्रित किया।

बड़ी उम्र के मन्त्रीजी, जिनकी फ्रेंचकट दाढ़ी थी और आँखों पर काला चश्मा लगाये थे, मंच पर चढ़े तो तालियाँ बजने लगीं। उनके साथ उनके सेक्रेटरी भी थे। मन्त्रीजी यहाँ की तीनों भाषाओं में से न कोई जानते थे और न समझते थे। उन्होंने न तो सचिवालय द्वारा वितरित प्रस्ताव पढ़े थे और न उद्‌घाटन भाषण ध्यान से सुना था। फिर भी उन्होंने बड़ी ज़ोरदार हिन्दुस्तानी में अपना भाषण देना शुरू कर दिया। कुछ मिनट बोलकर वह रुक जाते और उनका सेक्रेटरी अंग्रेज़ी में उसका अनुवाद बोलता। इस अनुवाद का फिर फ्रेंच, रशियन और स्पेनिश में अनुवाद किया

जाता। इस कारण सम्मेलन की कार्यवाही बहुत धीमी गति से चली।

जब मन्त्रीजी अपना भाषण समाप्त करने लगे, तब यह संकट खड़ा हो गया। उन्होंने मेज़ पर हाथ मारकर पूरे ज़ोर से कहा 'संस्कृति की सीमाएँ नहीं होतीं। देश, जाति, धर्म और सम्प्रदाय कुछ भी इसके मार्ग की बाधा नहीं बन सकता।' यह कहकर वह रुके जिससे उनका सचिव अंग्रेज़ी में अनुवाद कर सके, और कैमरों की तरफ़ चेहरा झुकाकर मूँछों पर ताव दिया। सचिव ने बोलने के लिए अपना मुँह खोला। लेकिन उसकी आवाज़ के स्थान पर बालकनी के एक कोने से एक बड़े ज़ोर की 'म्याऊँ' की आवाज़ सुनाई दी। इसके जवाब में दूसरे कोने से एक और उससे भी ज़्यादा ज़ोरदार म्याऊँ की आवाज़ आई। प्रतिनिधि और श्रोता मुड़-मुड़कर देखने लगे कि यह क्या हो रहा है। इसके बाद दो बड़ी बिल्लियों की लड़ाई शुरू हो गई। बालकनी में बैठी औरतें अपनी सीटों से उठकर खड़ी हो गईं और चीखने-चिल्लाने लगीं। कर्मचारी लड़ती हुई बिल्लियों को पकड़कर बाहर निकालने की कोशिश में लग गये। फिर श्रोता यह तमाशा देखकर ज़ोर-ज़ोर से हँसने लगे।

लैंगफ़र्ड ने किसी प्रकार की बेचैनी या क्रोध व्यक्त नहीं किया। बल्कि उन्होंने अपने चेहरे पर प्रयत्न करके मुस्कान की रेखा चमकाई और व्यवस्था बनाये रखने को कहा। उन्होंने प्रतिनिधियों से क्षमा माँगी और वक्ता महोदय से बोलते रहने का आग्रह किया। लेकिन मन्त्रीजी ने अपना भाषण समाप्त कर दिया और अपनी सीट पर वापस आ गये, उनके पीछे उनका सचिव भी वापस आ गया। सम्मेलन कॉफ़ी पीने के लिये स्थगित कर दिया गया। लैंगफ़र्ड ने अपने उप-अधिकारी को अपने स्थान पर बैठकर कार्य संचालन करने का आदेश दिया और स्वयं दफ़्तर लौट आये। अपनी सीट पर बैठकर उन्होंने प्रबन्धन के प्रमुख को बुलाया और बिल्लियों की फ़ाइल लाने का आदेश दिया।

'मिस्टर स्मिथ, आपको पता चला कि मीटिंग में क्या हुआ?' उन्होंने अपने क्रोध पर काबू रखने का पूरा प्रयत्न करते हुए प्रश्न किया।

'जी सर, मुझे इसका बड़ा अफ़सोस है, सर।' स्मिथ ने हकलाकर उत्तर दिया। डायरेक्टर उसे सामान्यतः उसके पहले नाम 'जॉन' से सम्बोधित करता था। 'पर सर, इस समस्या पर हम काफ़ी दिनों से काम कर रहे हैं। बजट विभाग का कहना है कि इस मद में खर्च करने के लिये उनके पास कोई प्रावधान नहीं है। वे कुछ व्यवस्था करने से पहले ऑडिट से मशविरा करना चाहते थे।'

'तो इसे रोकने का कोई उपाय नहीं हो सकता। मुझे फ़ाइल दिखाओ,' यह कहकर उसने स्मिथ के हाथ से फ़ाइल झटक ली।

फिर उसने फ़ाइल रद्दी की टोकरी में फेंक दी और फट पड़ा, 'बजट और ऑडिट भाड़-चूल्हे में जाएँ। मुझे शनिवार तक सब बिल्लियाँ हाउस से बाहर देखनी हैं। एक भी नहीं बचनी चाहिये। कोई बिल्लियाँ पकड़ने वाला पकड़ो, उसे जो वह माँगे, पैसे दो। अगर बजट कोई परेशानी पैदा करता है, तो उनसे कहो कि मुझसे बात करें। अगर सोमवार को यहाँ एक भी बिल्ली दिखाई दी, तो नतीजा अच्छा नहीं होगा।'

'मैं भरसक कोशिश करूँगा, सर।' यह कहते हुए स्मिथ वहाँ से भागा।

'हाँ, करना!'

स्मिथ ने बिल्लियों की फ़ाइल की प्रतिलिपि निकाली और बिल्लियों सम्बन्धी प्रस्ताव पढ़ने लगा। बिल्लियाँ पकड़नेवाली एक फ़र्म का खर्च सम्बन्धी प्रस्ताव उसे मिल गया। उसने फ़ोन उठाकर उसका नम्बर मिलाया। एक स्त्री की आवाज़ सुनाई दी। नम्बर सही था, लेकिन उसका पति काम पर गया हुआ था और लंच से पहले नहीं लौटने वाला था। स्मिथ ने उसे कार्य की ज़रूरत समझाई और यह भी इशारा दिया कि समय पर काम हो गया तो वह ज़्यादा पैसे भी दे सकेगा। क्या उसका पति लंच के तुरन्त बाद आ सकेगा?

राउल कॉलिन ने हाउस ऑफ़ कल्चर के बारे में सुन रखा था कि ये लोग पैसे के मामले में काफ़ी उदार हैं। उसने जल्दी-जल्दी खाना मुँह में ठूँसा और ट्रक पर चढ़कर वहाँ पहुँच गया।

स्मिथ ने उसे बड़ी सूक्ष्मता से समस्या समझाई, जैसे वह बोर्ड की मीटिंग में लोगों को यह बात समझा रहा हो। फिर दोबारा उसने बात स्पष्ट की और तीन प्रश्न पूछे : क्या तुम यह काम कर सकोगे? क्या शनिवार तक काम पूरा हो जायेगा? और इसका पैसा कितना होगा?

'कितनी बिल्लियाँ होंगी?' मास्चो ने पूछा।

'तीस, चालीस, पचास भी हो सकती हैं। इससे ज़्यादा नहीं।'

'कोई बात नहीं,' उसने सिर हिलाते हुए कहा। फिर वह अपनी जेब में कुछ तलाश करने लगा। स्मिथ ने अपनी चाँदी की डिब्बी बढ़ाकर उसकी सिगरेट जलाई। कॉलिन एक कागज़ के टुकड़े पर खर्च का हिसाब लगाने लगा।

1. पकड़ना—पचास या ज़्यादा बिल्लियाँ 300 फ्रेंक
2. ट्रक का भाड़ा 150 फ्रेंक
3. तीन सहायकों की ज़रूरत 75 फ्रेंक
4. चार लोगों के लिए खाना, वाइन के साथ 55 फ्रेंक

योग— 580 फ्रेंक

उसने स्मिथ से दूसरा कागज़ माँगा और जब वह फ़ाइल में अपनी नाक गड़ाये था, खर्चे का ब्यौरा दोबारा साफ़-साफ़ लिखा, बस, इसे दुगना कर दिया—उसे पता था कि हाउस ऑफ़ कल्चर अमेरिकी अनुदान से चलाया जाता है। इसे दोबारा चेक किया और सामने मेज़ पर रख दिया।

स्मिथ ने कागज़ पढ़ा और बजट विभाग को फ़ोन किया। फिर फ़ोन रख दिया और बोला, 'मिस्टर कॉलिन, खर्चा सही है। अगर आप चाहें तो हम कुछ एडवांस दे सकते हैं। पूरा पैसा तभी मिलेगा जब आखिरी बिल्ली यहाँ से चली जायेगी। और सोमवार तक यह हो जाना चाहिये क्योंकि मंगलवार से बड़ी कॉन्फ़रेन्स शुरू होनी है। ठीक है?'

'बिलकुल ठीक मास्चे,' कॉलिन ने हाथ बढ़ाकर कहा। 'और एडवांस की ज़रूरत नहीं है। हाउस ऑफ़ कल्चर की मार्केट में बड़ी इज़्ज़त है। हम फ़ौरन काम शुरू कर रहे हैं।'

स्मिथ ने उससे हाथ मिलाया।

सामान्यतः हाउस ऑफ़ कल्चर की सप्ताहान्त में छुट्टी रहती थी। सिर्फ़ डायरेक्टर और विभागों के प्रमुख शनिवार को सवेरे आते थे और व्यक्तिगत चिट्ठियाँ वगैरह लिखने का काम करते थे। इनके पीने-पिलाने का विशेष प्रबन्ध किया जाता था। वे ग्यारह बजे आते, कॉफ़ी पीते और अपना काम, जो बहुत ज़्यादा इकट्ठा हो जाता था, देखते थे। इस शनिवार को कॉफ़ी का इन्तज़ाम नहीं किया गया। दरवाज़े पर नोटिस लगा दिया गया कि बिल्लियों को निकालने का काम करने के लिये कैंटीन आज बन्द रहेगी, और इतवार के दिन सारे कमरे बन्द कर दिये जायेंगे जिससे हर जगह से बिल्लियों को ढूँढ़-ढूँढ़कर निकाला जा सके। विभागों के प्रमुख जल्दी से चिट्ठियाँ वगैरह देखकर घर लौट गये और अपने परिवारों को घुमाने ले जाने की तैयारियाँ करने लगे।

राउल कॉलिन और उसके साथियों ने अपना काम शुरू किया। उन्होंने बड़ी-बड़ी जालियाँ और फन्दे कैंटीन तथा गलियारों में लगा दिये। इनमें उन्होंने दूध से भरे कटोरे रख दिये जिनमें नशा मिला दिया गया था। वे हर कमरे में घूम-घूमकर बिल्लियों को इनकी तरफ़ ले गये और कमरे बन्द कर दिये। इसके बाद बैंचों पर बैठकर उन्होंने सैंडविच खाये, शराब पी और दो घंटे के लिए सो गये। आधी रात के बाद वे फिर वहाँ गये और देखने लगे कि क्या नतीजा निकला है। उन्होंने टॉर्च की

रोशनी डाल-डालकर देखा तो पाया कि बिल्लियाँ भी सोयी पड़ी हैं। कुछ कमरों में ही आराम से सो रही थीं और कई गलियारों में इस तरह मुँह खोले पड़ी थीं जैसे मुस्कुरा रही हों। इन्हें सावधानी से उठा-उठाकर पिंजरों में बन्द किया गया। एक पिंजरा भर जाने के बाद दूसरा लाया गया। काम सन्तोषजनक रहा। शायद काम पूरा हो गया था। कॉलिन और उसके साथियों ने डटकर कोन्याक के पैग चढ़ाये और बेंचों पर आकर सो गये।

इतवार आया तो सबने जायज़ा लेने के लिए हाउस ऑफ़ कल्चर का दौरा किया। वे हर कमरे में गये, हर मेज़, कुर्सी, अलमारी के नीचे झाँक-झाँककर निरीक्षण किया और सब साफ़ पाकर दरवाज़ा बाहर से बन्द कर दिया, उस पर ताला जड़ दिया और खड़िया से निशान लगा दिया। फिर चौकीदार की सहायता से पिंजरे उठाकर लाये और उनमें भरी बिल्लियाँ बाहर सड़क पर खड़े ट्रक में रख दीं। बिल्लियाँ अब जाग गई थीं, उनका नशा दूर हो गया था, लेकिन उनकी ताकत खत्म हो गई थी। लगता था कि उन्होंने अपने भाग्य को स्वीकार कर लिया है। वे पिंजरों के कोनों में कसमसा तो रही थीं लेकिन आपस में लड़ने-झगड़ने से बच रही थीं। कॉलिन और उसके साथियों ने आपस में मशविरा किया कि इन्हें कुछ खाने को दिया जाए या नहीं, और इसके खिलाफ़ फ़ैसला किया। डर यह था कि दरवाज़ा खोलना पड़ेगा और कुछ बिल्लियाँ भाग भी सकती हैं। यही नहीं, खाने के लिये वे आपस में लड़ना भी शुरू कर देंगी। और जिसे अब खत्म ही करना है, उसे खिलाने का मतलब ही क्या है?

शाम को उन्होंने हाउस का दूसरा दौरा किया, इस बार कैंटीन और गलियारों की जाँच करने के लिए। उन्हें बिल्ली तो एक भी दिखाई नहीं दी लेकिन शराब खाने में एकाध म्याऊँ की आवाज़ ज़रूर सुनाई दी। एक दफ़ा और चुने हुए स्थानों पर दूध के कटोरे नशा मिलाकर रखे गये। एक आदमी यहीं रहा, कुछ घंटे की छुट्टी लेकर अपने बाल-बच्चों को देखने चले गये। आधी रात को हाउस का आखिरी दौरा किया गया। उन्हें पाँच बिल्लियाँ और मिलीं। उनके लिए एक तीसरा पिंजरा लाया गया और उसमें इन सबको भरकर ट्रक में दोनों पिंजरों के बगल में सँभालकर रख दिया गया। अब उन्हें पूरा विश्वास हो गया कि सारी बिल्लियाँ पकड़ ली गई हैं। उन्होंने सन्तोषपूर्वक कोन्याक की बोतल खत्म की और बैंचों पर पैर फैलाकर लेट गये। अब हाउस ऑफ़ कल्चर में सिर्फ़ चार फ्रेंच कर्मचारियों की खर्राटे भरने की आवाज़ें सुनाई दे रही थीं।

मंगलवार को सवेरे जनरल कॉन्फ़रेन्स आरम्भ होनी थी। लेकिन एक दिन पहले सब इन्तज़ाम खत्म कर दिया जाना था। सोमवार को सवेरे द्वारपाल आये और 101 देशों के झंडे सामने लगे इतने ही खम्भों पर लगा दिये। फिर उन्होंने फ़र्श साफ़ किया और उस पर दरियाँ बिछाईं।

नौ बजे लैंगफ़र्ड की कैडिलक वहाँ आई और ट्रक के पीछे आकर रुकी। 'यह ट्रक यहाँ क्या कर रहा है?' उन्होंने शोफ़र से पूछा, जिसने गाड़ी का दरवाज़ा उसके लिए खोला। 'इसे यहाँ से फौरन हटवा दो।'

'इसमें बिल्लियों के पिंजरे हैं।' लैंगफ़र्ड की नज़र पिंजरों पर पड़ी। उसने ऊपर जाकर बिल्लियों का झुंड देखा—काली, भूरी, पीली, चित्तीदार, धारीदार, तरह-तरह की बिल्लियाँ—एक-दूसरे के ऊपर लदी थीं। उसे पिछली मीटिंग का तमाशा याद आया और वह सोचने लगा कि अगर इस सम्मेलन में भी वही सब होता, तो क्या दशा होती। तभी शोफ़र कॉलिन और उसके साथियों को लेकर आ गया, जिससे साहब का रोष उनकी तरफ़ मुड़ जाए।

'ठीक है, जाकेस,' उसने ड्राइवर से कहा, 'मैं इसे देख लूँगा।' फिर उसने कॉलिन से पूछा, 'ये पिंजरे आपके हैं?' 'और किसके हो सकते हैं!' उसने चिढ़कर जवाब दिया, क्योंकि वह ड्राइवर जैसे मामूली आदमी की डाँट खाकर खुश नहीं था।

लैंगफ़र्ड उसका गुस्सा भाँप गया। उसने कॉलिन की पीठ थपथपाई और कहा, 'बहुत अच्छा काम किया है!' फिर उसने जेब से सिगार बॉक्स निकाला और उसकी तरफ़ बढ़ाया। 'लो, यह सिगार पियो।' यह आदर पाकर उसका गुस्सा काफ़ूर हो गया। उसके साथियों ने भी एक-एक सिगार पिया और बाकी जेबों में भर लिये।

'सब बिल्लियाँ पकड़ ली गईं?' लैंगफ़र्ड ने पूछा।

'उम्मीद तो यही है, डायरेक्टर साहब। मिस्टर स्मिथ ने भी देख लिया है।'

'अच्छी बात है।' लैंगफ़र्ड ने कहा कि थोड़ी ही देर में प्रतिनिधि वगैरह आने लगेंगे, इसलिए यह ट्रक यहाँ से हटाकर बगल वाली सड़क पर लगा दिया जाए। और दफ़्तर खुलते ही वह उनका पेमेंट करवा देगा। इसके बाद उसने सब बिल्ली-पकड़नेवालों से हाथ मिलाये और इन्तज़ाम देखने भीतर चला गया।

उसके जाते ही स्मिथ वहाँ आ पहुँचा। बिल्लियों का काम उसके लिए सबसे महत्त्वपूर्ण था, इसलिए वह दफ़्तर में घुसने से पहले बगल वाली सड़क पर खड़े ट्रक का जायज़ा लेने जा पहुँचा।

'इसमें हैं?'

‘जी, हमने अपनी तरफ़ से पूरी कोशिश की है और काम पूरा कर दिया है।’

‘क्या सब बिल्लियाँ पकड़ी जा चुकी हैं?’

‘हाँ, हाँ, बिलकुल, बिलकुल। हमने इस काम में पूरे दो दिन और दो रातें लगाई हैं। फिर इमारत के एक-एक कोने की छानबीन की है। एक भी नहीं बची है। अगर इसके बाद किसी की आवाज़ सुनाई दे तो वह बाहर की बिल्ली होगी।’

‘ठीक। मैं एकाउंट्स डिपार्टमेंट को नोट भेज रहा हूँ कि तुरन्त आपका पेमेंट कर दें। आपको थोड़ी देर और इन्तज़ार करना पड़ेगा, दफ़्तर साढ़े नौ बजे खुलेगा।’

एकाउंटेन्ट दस बजे के बाद आया। कॉलिन की पूरी फीस फौरन अदा कर दी गई और सबने उसका आभार माना।

कॉलिन और उसके साथी नदी की तरफ़ बढ़े। पिंजरे एक-दूसरे से टकरा रहे थे लेकिन उनमें बैठे प्राणियों की कोई आवाज़ नहीं आ रही थी। लाल बत्ती की वजह से उन्हें रुकना पड़ा। बोआ द बोलोन के चौराहे पर, जहाँ सड़कें खाली थीं ट्रक के इंजन के सिवा और कोई आवाज़ नहीं हो रही थी, एक आदमी बोला, ‘ये सब कितनी चुप हैं! जैसे इन्हें अपने भाग्य का पता चल गया है!’

कॉलिन ने उनकी सोच का रुख बदलने के लिए पूछा, ‘अच्छा, अब बताओ, ये कितनी होंगी।’

‘कहना मुश्किल है। तीस, चालीस, पचास या और भी ज़्यादा।’

हरी बत्ती हुई और ट्रक आगे बढ़ा। वे एक पुल के पास पहुँचे और दायीं तरफ़ मुड़कर सेन नदी की तरफ़ चले। उन्हें बस्ती से काफ़ी आगे पहुँचकर ही यह काम करना था। वे एक बिस्ट्रो रेस्तराँ पर रुके जहाँ बाहर मेज़-कुर्सियाँ लगी थीं और छतरियाँ तनी थीं। ‘यहाँ एक-एक पैग हो जाये, कॉलिन ने खुश होकर कहा।’

उन्होंने चार ड्रिंक का ऑर्डर दिया। कॉलिन ने हरे द्रव्य में शक्कर की एक क्यूब डाली और चूसने लगा। ज्याँ, तुमने जो कहा, उसमें सच जान पड़ता है। शायद उन्हें पता लग गया है कि क्या होने जा रहा है। एक भी म्याऊँ की आवाज़ नहीं आ रही।’

दो डिब्बों में हिलने-डुलने की आवाज़ हुई, लेकिन म्याऊँ नहीं हुई।

ज्याँ ने पूछा, ‘तुमने कितनी बताई?’

‘मैंने नहीं बताया, तुमने ही कहा कि पचास या...’

‘मुझे साठ से ज़्यादा लगती हैं,’ ज्याँ ने कहा।

‘हाँ,’ तीसरे व्यक्ति आगस्ते ने कहा और ज़मीन पर थूका। ड्रिन्क खत्म हो

गई थी। कॉलिन ने वेटर को आवाज़ दी।

'एक-एक और डाल दो।'

वेटर ने गिलास भर दिये। उसने ट्रक में आवाज़ें सुनीं और उसमें झाँककर देखा। 'अरे वाह! क्या माल है! ये किसे बेचोगे?'

'कसाई को, और किसे!' आगस्ते ने फिर कई दफ़ा ज़मीन पर थूका।

वेटर समझ गया। वह बोला, 'तो इन्हें नदी में डुबाने जा रहे हो। लेकिन बिल्लियाँ तैरना जानती हैं।'

कॉलिन ने ऊपर देखा। उसने यह तो सोचा ही नहीं था। उन्हें इनको बोरों में बन्द करके लाना चाहिये था। और बोरों को डुबाने का भी इन्तज़ाम करना था।

'अच्छा,' वह सोचने लगा।

'ये कितनी होंगी?' वेटर ने पूछा।

'यह सब हमें क्या पता!' ज्याँ ने चिढ़कर जवाब दिया।

'बुरा हुआ!' आगस्ते ने यह कहकर फिर थूका। 'पचास बेचारे जानवर।'

कॉलिन ने खाली गिलास ऊपर उठाया। वेटर ने उसे भर दिया, औरों ने भी अपने गिलास भर लिये।

छह गिलास खत्म करते-करते यह समस्या उन्हें बहुत ज़्यादा सताने लगी। वे पिंजरे बचाना चाहते थे और थैलों में भरने के लिये उनके द्वारा काटे जाने का खतरा था। इसके अलावा वे थैले लाये भी नहीं थे।

'हम हाउस ऑफ़...क्या नाम है उसका, से कितनी दूर आ गये हैं?'

'पाँच, छह या सात किलोमीटर,' ज्याँ बोला।

कॉलिन उठा और ट्रक के पीछे गया। उसने ज़ेब से चाभी निकाली और एक पिंजरे में बन्द बिल्लियों पर नज़र डाली। फिर पिंजरा खोल दिया और कूदकर बाहर आ गया।

एक बिल्ली ने सिर बाहर निकाला और इधर-उधर देखकर धीरे से सड़क पर कूदकर आ गई। फिर ज़रा देर रुककर तेज़ी से भागना शुरू किया। इसके बाद और सब कूदीं और कुछ अपनी नेता के पीछे और कुछ जिधर भी समझ आया, भागने लगीं। कई नदी के किनारे भी आ पहुँचीं।

इन आदमियों ने सातवीं एब्सिंथे पेट के हवाले की और सैंडविच लाने का ऑर्डर दिया, खाली पेट पीना नुकसान करता है।

ज्याँ ने कॉलिन से चाभी लेकर बाकी दोनों पिंजरे भी खोल दिये। वे बिल्लियों को तेज़ी से कूद-कूदकर ज़िन्दगी और आज़ादी की तरफ़ भागते देखते रहे।

फिर उन्होंने वेटर को भी पिलाई। आराम से सैंडविच खाते रहे। आगस्ते अपने हाथों पर नज़र डालते हुए कहने लगा, 'पचास निर्दोष बिल्लियों का खून अपने हाथों में लेकर मैं कुछ कैसे खा सकता था।'

'मैं भी नहीं...,' ज्याँ बोला।

योजनानुसार मंगलवार को सम्मेलन आरम्भ हुआ। मई की साफ़ सुबह थी। नीले आसमान में बादलों के एकाध टुकड़े नज़र आ रहे थे। भगवान अपने स्वर्ग में विराजमान था।

गाड़ियाँ आने लगीं। लैंगफ़र्ड ने प्रभावी शब्दों में प्रतिनिधियों का स्वागत किया। वह हरेक को उनके पहले नाम से जानता था। 'कैसे हो, फिलिप... आपसे मिलकर खुशी हुई, सिनोर....स्वागत है! मिस्टर अली, आपको पेरिस में दोबारा देखकर अच्छा लग रहा है।' घूमता हुआ दरवाज़ा पार करके प्रतिनिधि भीतर जाने लगे।

भारतीय शिक्षा मन्त्री रॉल्स रॉयस पर सवार होकर आया, उसकी गाड़ी पर तिरंगा लहरा रहा था। लैंगफ़र्ड ने आगे बढ़कर दरवाज़ा खोला, 'योर एक्सीलेंसी, आपका एक बार फिर बहुत-बहुत स्वागत है!'

हिज़ एक्सीलेन्सी ने पतला-सा हाथ आगे बढ़ा दिया, लेकिन कुछ बोले बिना आगे बढ़ गये। लैंगफ़र्ड पिछली घटना के लिये उनसे क्षमा माँगना चाहता था, लेकिन यह विचार कार्यक्रम समाप्त होने के बाद क्रियान्वित करने के लिए स्थगित कर दिया, क्योंकि तब उनका मूड, ज़्यादा अच्छा होगा।

लैंगफ़र्ड मन्त्री जी के साथ हॉल तक गया। उन्हें आते देखकर प्रतिनिधि उठकर खड़े हो गये। मन्त्री जी ने जिस तरह सिर झुकाकर उनका अभिवादन स्वीकार किया, उससे लैंगफ़र्ड को विश्वास हो गया कि अब वे प्रसन्न हैं।

लैंगफ़र्ड ने मन्त्रीजी का परिचय देते हुए कार्यक्रम का श्रीगणेश किया। उसने कहा कि हमारे लिए यह बड़े सौभाग्य की बात है कि दुनिया के इतने महत्त्वपूर्ण देश के मन्त्री, जो स्वयं भी बहुत माने हुए विद्वान हैं, उद्‌घाटन भाषण देने के लिए यहाँ पधारे हैं। इसके बाद उसने मन्त्री जी को मंच सुशोभित करने का निमन्त्रण दिया।

सफ़ेद शेरवानी पहने मन्त्री जी मंच पर पधारे उनके साथ उनका अनुवादक था। आर्कलाइट्स जलाई गई, न्यूज़रील घूमने लगीं, कैमरों के बल्ब जलने-बुझने लगे। चारों तरफ़ से तालियों की आवाज़ें आने लगीं।

मंच पर दो माइक्रोफ़ोन लगे थे, एक मन्त्रीजी के लिए, दूसरा उनके सहायक

के लिए। मन्त्रीजी ने भाषण के कागज़ निकाले और पढ़ने के लिए आँखों से काला चश्मा उतारा। अनुवादक ने अपने अनुवाद लिखे कागज़ निकाले और आँखों से दूर की नज़र का चश्मा उतारकर जेब में रख लिया। फिर सिर हिलाकर बॉस को इशारा किया कि वह तैयार है।

मन्त्री ने सामने देखकर गला साफ़ किया। श्रोता चुप हो गये। झाड़-फानूसों से सजे और सिगरेट के धुएँ से भरे हॉल में लोग इन्तज़ार की मुद्रा में आ गये।

'मिस्टर डायरेक्टर जनरल, योर एक्सीलेन्सीज़, लेडीज़ एण्ड जेन्टिलमैन—मुझे प्रसन्नता है कि आपने मुझे हाउस ऑफ़ कल्चर, के इस सातवें वार्षिक अधिवेशन का उद्घाटन करने का अवसर प्रदान किया है;—उन्होंने हिन्दी में कहा और अपने सहायक की ओर अनुवाद करने के लिए देखा।

अनुवादक ने गला साफ़ किया और टाई ठीक की। फिर उसने अपना मुँह खोला। तभी ऊपर बालकनी से एक विचित्र आवाज़ आई—

'म्याऊँ!'

बेटा चाहिये

देवी लाल को ईश्वर और धर्म में बहुत गहरी रुचि थी। जब वह युवक था, वह अपने मित्रों से बहस करता और स्थानीय मन्दिर के पुजारी तथा मस्जिद के इमाम से भी इन विषयों पर बातचीत करता रहता था। वह पूछता, क्या ईश्वर सचमुच है? हाँ, है, जब उसे यह उत्तर मिलता, तो वह प्रश्न करता कि क्या वह सर्वशक्तिमान है, सर्वज्ञ है, न्यायकारी और दयालु भी है? हाँ, यह सब भी है, यह उत्तर पाने पर वह प्रश्न करता कि, 'फिर इस संसार में इतना अन्याय क्यों है?' इसके उत्तर उसे अलग-अलग मिलते। कोई कहता कि लोग अपने पूर्व जन्मों के कर्मों के कारण दुःख प्राप्त करते हैं। दूसरे कहते कि दुःख वास्तव में सर्वशक्तिमान की मनुष्य पर कृपा है; और जो उसके प्रति अपनी भक्ति में अडिग रहते हैं तथा सब परीक्षाओं में सफल होते हैं, उन्हें वह स्वर्ग में स्थान प्रदान करता है। इसके अलावा कुछ अन्य लोग कहते कि यह संसार माया है, ईश्वर द्वारा उत्पन्न भ्रम है और दुःख भी वास्तव में भ्रम ही है।

युवा देवी लाल को इनमें से किसी बात से सन्तोष नहीं होता था। उसका मानना कुछ इस प्रकार था कि यद्यपि ईश्वर ही वह शक्ति है जो इस दुनिया को चलाती है, लेकिन न वह अच्छा है और न बुरा, बल्कि मनुष्य के साथ क्या होता है और क्या नहीं, इस सबके प्रति वह एकदम उदासीन है—क्योंकि कुछ लोग जन्म से बुद्धिमान पैदा होते हैं, स्वस्थ और समृद्ध होते हैं और बेटे पैदा करते हैं; और दूसरे अल्प बुद्धि तथा रोगी होते हैं और जीवन भर गरीब बने रहते हैं और लड़कियाँ पैदा करते हैं। अन्त में देवी लाल इस निर्णय पर पहुँचा कि ईश्वर बहुत सनकी है और जैसा गुरुनानक जी ने कहा है, वह 'वड्डा बेपरवाह' है, जो किसी की परवाह नहीं करता।

देवी लाल अपनी युवावस्था में यही विश्वास करता रहा, परन्तु उम्र बढ़ने पर उसे यह लगने लगा कि वह न्यायकारी भी है और दयालु भी, यद्यपि कभी-कभी उसके व्यवहार का पता नहीं चलता। यह कहानी उसके ईश्वर-विश्वासी बनने की कहानी है।

देवी लाल के पिता जालंधर की सीमा पर एक स्कूल में उर्दू और इतिहास पढ़ाते थे। वे पंजाबी इतिहास के विद्वान माने जाते थे और आचार-व्यवहार की दृष्टि से भी उनकी बड़ी इज़्ज़त थी, लेकिन इससे उन्हें न धन प्राप्ति हुई और न पद में उन्नति। उन्हें न स्थानीय ज़मींदारों का संरक्षण प्राप्त हुआ और न अंग्रेज़ों का, जिनके वे प्रशंसक थे, और तीन दफ़ा उनके हेडमास्टर बनने के अवसर की उपेक्षा की गई। देवी लाल उन्हें सारी ज़िन्दगी अपनी पत्नी और चार बच्चों, एक लड़की और तीन लड़के, जिनमें वह सबसे छोटा था, का पेट भरने के लिये संघर्ष करते देखता रहा था। उनके सब सम्बन्धियों की स्थिति उनसे बहुत अच्छी थी, और वे उन्हें नीची नज़र से भी देखते थे। इससे देवी लाल को ईश्वर पर गुस्सा आता था। लेकिन जब उसे मैट्रिक पास करने के बाद कॉलेज में पढ़ने के लिये छात्रवृत्ति प्राप्त हुई, तब उसे ईश्वर पर विश्वास होने लगा।

डी.ए.वी. कॉलेज, जालंधर से ग्रेजुएट होने के बाद उसे पंजाब की नई राजधानी, चंडीगढ़ की योजना बनाने के लिये गठित विभाग में ड्राफ्ट्समैन का काम मिल गया। उसे दो सौ रुपए का सम्मान योग्य वेतन मिलता था और उसे चीफ़ आर्किटेक्ट ली कार्बुज़िए और उसके सहायक पियरे ज्याँनेरे के दफ़्तर में ही काम करने का अवसर प्राप्त हुआ। वे केवल फ्रेंच बोलते थे, जो उसकी समझ में नहीं आती थी, लेकिन इससे उसे कोई कठिनाई नहीं होती थी। उन्हें उसका काम पसन्द था और इसके लिये उसकी पीठ भी थपथपाते थे। उनके अंग्रेज़ सहयोगी मैक्सवेल फ्राई तथा जेन ड्रू भी उसके प्रशंसक थे। जेन अक्सर कहती थीं : 'देवी लाल चंडीगढ़ का सबसे अच्छा ड्राफ्ट्समैन है।' भारतीय आर्किटेक्ट्स भी इससे सहमत थे। देवी लाल की तेज़ी से पदोन्नति होती गई और छब्बीस का होते-होते वह हेड-ड्राफ्ट्समैन बन गया। यह काफ़ी सन्तोषजनक था, इससे ज़्यादा वह अपेक्षा भी नहीं कर सकता था।

साल भर बाद उसे एक विवाह प्रस्ताव प्राप्त हुआ। लड़की का नाम जानकी था, और देखने में वह ज़रा ज़्यादा ही घरेलू थी। उसे यह प्रस्ताव अच्छा नहीं लगा,

लेकिन उसने माता-पिता की इच्छा को स्वीकार कर लिया। वह खाते-पीते घर की अकेली सन्तान थी, और दहेज में काफ़ी सामान लाई थी, जिसमें एक बिलकुल नई मोटरसाइकिल और नकद 50 हज़ार रुपये भी थे। अगर ऊपरवाले किसी देवी-देवता ने सुन्दर पत्नी की उसकी इच्छा पूर्ण नहीं की थी, तो बदले में काफ़ी माल-मता पकड़ा दिया था। देवी लाल ने मान लिया कि यह सौदा बुरा नहीं रहा।

फिल्म की हीरोइन से शादी करके मुझे ऐसा क्या मिल जाता जो अब सादा दीखने वाली इस जानकी से नहीं मिलेगा। उसने मित्रों से कहा, 'वह नम्र है और आज्ञा मानती है। मुझसे हमेशा दबी ज़बान में बात करती है।'

देवी लाल चंडीगढ़ प्रशासन द्वारा दिये गये कुँवारों के फ्लैट्स में रहता था। कुछ अपनी बचत और कुछ जानकी द्वारा लाई गई रकम मिलाकर उसने चंडीगढ़ से लगे एक उपनगर, मोहाली में ज़मीन का एक टुकड़ा खरीदा। उस समय ज़मीन की कीमतें कम थीं और जो लोग ठेकेदारों को नये ठेके दिलाने में सहायता करते थे, उन्हें वह उत्पादन-मूल्य पर निर्माण सामग्री और सेवाएँ प्रदान करने को तत्पर रहते थे। ज्याँनेरे ने, जो उसका अच्छा मित्र बन गया था, उसके लिए विवाह के उपहार के रूप में एक तीन कमरों का सुन्दर बँगला छह महीने में तैयार कर दिया। देवी लाल ने दहेज से बचा हुआ पैसा इसकी सजावट में खर्च कर दिया। उसने बँगले का नाम 'जानकी विला' रखा।

जानकी, देवी लाल की पत्नी बनकर गर्वित और प्रसन्न थी। वह घर अच्छी तरह चलाती थी और पति की सुख-सुविधाओं का पूरा ध्यान रखती थी। हिन्दू पत्नी के रूप में वह पति की इच्छा का आदर करती थी और जब कभी उसे सेक्स की आवश्यकता होती, वह बिस्तर पर लेट जाती और खुद अपना कमरबन्द खोलकर अपनी जाँघें उसको समर्पित कर देती थी। उसे स्वयं सेक्स में ज़्यादा रुचि नहीं थी, परन्तु उसकी माँ ने कहा था कि जब भी पति उससे इसकी माँग करे, उसे यह पति को प्रदान कर देना चाहिये। वह कुँवारी उसके पास आई थी, और पहली दफ़ा होने वाले समागम के दर्द को बर्दाश्त करने के लिये तैयार थी और इसके बाद उसे यह सहन होने लग गया। उसे स्त्रियों को होने वाले चरम सुख के बारे में कुछ बताया नहीं गया था और उसे यह कभी प्राप्त भी नहीं हुआ। विवाह के बाद चौथे महीने में उसे गर्भ ठहर गया था, उसे यह अच्छा लगा। उसने भगवान से प्रार्थना की कि उसे पति की प्रसन्नता के लिये पुत्र प्रदान करे। उसने हनुमान जी के मन्दिर में जाकर बजरंग बली से भी यही प्रार्थना की। परन्तु ईश्वर ने उसे पुत्री प्रदान की। यह उसे अच्छा नहीं लगा। वह सोचने लगी कि उसने पति को

निराश किया है। यद्यपि देवी भी बेटा ही चाहता था, लेकिन उसने जानकी को धीरज बँधाया, 'अगर भगवान ने हमें बिटिया दी है, तो इसे भी हमें उसका उपहार मानकर स्वीकार करना चाहिये। मुझे विश्वास है कि वह भी तुम्हारी ही तरह बुद्धिमती और कर्तव्यशील होगी।' उन्होंने बेटी का नाम सावित्री रखा।

देवी लाल ने छह महीने सेक्स की कामना नहीं की। लेकिन इसके बाद उससे रहा नहीं गया और तीन महीने में जानकी फिर गर्भवती हो गई। इस दफ़ा वह कृष्ण भगवान के मन्दिर में गई, और बंसी बजाकर गोपियों के साथ रास रचाने वाले देवता से प्रार्थना की कि उसे पुत्र दे। लेकिन इस बार भी उसने पुत्री को जन्म दिया। जानकी को फिर बहुत बुरा लगा, लेकिन देवी ने उसे सांत्वना दी, हालाँकि उसे खुद अब अपने शब्दों में विश्वास नहीं रहा था : 'मैंने तुमसे कहा है, भगवान हमेशा अच्छा ही करता है। दूसरी बेटी भी बेटे की तरह ही निकलेगी।' इसका नाम उन्होंने लीला रखा।

जानकी को सन्तोष था कि पति उसे इस तरह लेता है। लेकिन वह बेटा पैदा करने के लिये दृढ़ निश्चय थी। इसके बाद जब वे सम्भोग करते, वह इसमें पहले से ज़्यादा जान भरने की कोशिश करती। वह सोचती थी, जैसा उसकी चिन्तित माँ और दुःखी सास ने कहा था कि शायद वह सम्भोग के समय पति को पूरा सुख नहीं देती, इसलिए उसे यह सज़ा मिल रही है। इसलिए अब वह सम्भोग करते समय अपने सारे कपड़े उतार देती और पति को आलिंगन में कसकर जकड़ लेती। समागम के दौरान उसकी वह पूरी सहायता करती थी। और अब उसे भी महसूस होने लगा था कि वह भी सेक्स का सुख पहले से ज़्यादा प्राप्त करने लगी है। देवी लाल को भी पहले से ज़्यादा अच्छा लगता और वह भी कोशिश करता कि पूरा दम लगा कर सम्भोग करे।

कुछ समय बाद जानकी को फिर गर्भ रह गया। इस दफ़ा उसने सिखों के भगवान वाहे गुरु से प्रार्थना करने का निश्चय किया, क्योंकि उसे विश्वास दिलाया गया था कि वे अपने भक्तों की प्रार्थना अवश्य पूरी करते हैं। वह सिख पूजा-पद्धति से परिचित थी, क्योंकि उसके माता-पिता अक्सर गुरुद्वारे जाते थे और उसे भी अपने साथ ले जाते थे। उसे मन्दिरों में बजने वाली घंटियों और संस्कृत में बोले जाने वाले श्लोकों की अपेक्षा, जिनका अर्थ किसी को समझ में नहीं आता था, गुरुद्वारे का भजन-संगीत और ग्रन्थ साहब का पठन-पाठन ज़्यादा अच्छा लगता था। उसने प्रतिदिन सवेरे पड़ोस के गुरुद्वारे में जाना आरम्भ कर दिया, कई दफ़ा वह पति को भी साथ ले जाती थी, और 'असा-दी-वार' को मन लगाकर सुनती

थी। इसके अलावा उसने हर हफ़्ते गुरुद्वारे के दानफंड में, लंगर के लिए, ग्यारह रुपये देना भी शुरू कर दिया।

जब उसका तीसरा बच्चा पैदा हुआ, उसने नर्स से पूछा कि लड़का है या लड़की, तो उसने कहा, 'बीबी, बड़ी प्यारी बच्ची हुई है!' वह फूट-फूटकर रो पड़ी। इस दफ़ा देवी लाल ने उसे शान्त करने के लिये दूसरी बात कही, 'यह हमारे सितारों में ही लिखा है। इसके लिए हम कुछ नहीं कर सकते। किस्मत से कोई नहीं लड़ सकता। हमें इसका भी फ़ायदा उठाना चाहिये।' तीसरी बेटी का नाम उन्होंने पर्वत पर रहने वाली देवी के नाम पर नैना देवी रखा।

देवी लाल ने मनमौजी ईश्वर से समझौता कर लिया। अब उसने उससे कोई आशा रखना बन्द कर दिया। तीन बेटियों के लिये दहेज़ का इन्तज़ाम करना मुश्किल काम होगा। अब उसने फ़ैसला किया कि और भाग्य-आज़माई नहीं करेगा। इसके अलावा, सम्भोग में उसकी रुचि अब घटने लगी थी और जानकी भी उसे प्रोत्साहित नहीं करती थी। फिर भी जब कभी पति में इच्छा जागती, तो वह तैयार हो जाती, परन्तु पति उत्तेजना के अन्तिम क्षणों में अपना लिंग बाहर निकाल लेता और भीतर स्खलन नहीं होने देता था। जानकी भी न कोई प्रश्न करती और न शिकायत करती, परन्तु उसे समझाने के लिये देवी उसे परिवार-नियोजन के बारे में बताता और उस समय का मशहूर नारा, जो ऑल इंडिया रेडियो रोज़ दिया करता था : 'दो या तीन—बस' अपनाने का उससे आग्रह किया करता था। 'हमारे अब तीन हो गये, अब बस करना चाहिये। छोटा परिवार, सुखी परिवार, यही हमारा भी आदर्श है।' देवी लाल ने अब घर की बजाय दफ़्तर में ज़्यादा समय बिताना शुरू कर दिया, और जानकी ने भी मायके जाकर ज़्यादा दिन रहना शुरू कर दिया था। शादी के आरम्भिक वर्षों में उनका मिलना जितना होता था, उससे अब बहुत कम हो गया।

आठ साल तक देवी लाल पन्द्रह दिन में एक बार जानकी से 'स्खलन बाहर' की विधि से सम्भोग करता रहा, फिर उसने यह सोचकर कि उसके गर्भ धारण की क्षमता समाप्त हो गई होगी, इसमें ढील देना शुरू कर दिया। सैंतीस साल की अवस्था में वह फिर गर्भवती हो गई। वह चौंककर कहने लगी। 'हाय राम, लोग क्या कहेंगे! यह बुढ़िया तो जनना बन्द ही नहीं करती। अब मुझे और बच्चा नहीं जनना है। मुझे डॉक्टर के पास ले चलो और गर्भ गिरवा दो।'

लेकिन देवी लाल के इस विषय में निश्चित विचार थे। 'यह तो हत्या होगी, और मैं यह काम करना नहीं चाहता। ...अगर मैं तीन लड़कियों की शादी कर सकता हूँ, तो चार की भी कर सकूँगा।' पर फिर उसने आखिरी फ़ैसला करने का

मौका जानकी को ही दिया, 'तुम जो ठीक समझो, मुझे बताओ' लेकिन जानकी यह ज़िम्मेदारी लेने को तैयार नहीं हुई, इसलिए देवी लाल ने वड्डा-बेपरवाह की एक और चोट सहन करने का मन बना लिया।

इस दफ़ा जानकी न मन्दिर गई और न गुरुद्वारा, और गर्भवती होने के आठ महीने और सोलह दिन के बाद उसका चौथा बच्चा पैदा हुआ। यह लड़का था। पति और पत्नी दोनों को अपने इस भाग्य-परिवर्तन पर विश्वास ही नहीं हो रहा था। उस शाम देवी लाल ने अपने दफ़्तर में सभी को और अपने मित्रों तथा रिश्तेदारों को, मिठाई के पैकेट भेजे। उसने पत्नी से कहा, 'ऊपर वाले के रंग भी निराले हैं। उनसे हमेशा ताज्जुब ही होता है।'

उन्होंने बेटे का नाम रखा राजकुमार, राजा का बेटा। लड़कियों को भी बड़ी प्रसन्नता हुई। वे स्कूल से उसके साथ खेलने के लिए दौड़कर घर आने लगीं। हर सवेरे जानकी उसके माथे पर काला टीका लगा देती, जिससे उसे किसी की नज़र न लगे। हर दूसरी शाम उसे सुखना झील ले जाया जाता था और तीनों लड़कियाँ बारी-बारी से उसको प्रैम गाड़ी में बिठाकर घुमातीं और तरह-तरह की आवाज़ें निकालकर उसे खिलाने-हँसाने की कोशिश करतीं। उसके माँ-बाप पीछे-पीछे खुश होकर चलते रहते। अब वह भी चंडीगढ़ के अन्य परिवारों की तरह सुखी परिवार था।

ईश्वर देवी लाल के परिवार पर और भी मेहरबानियाँ करता रहा। तीनों लड़कियाँ बहुत सुन्दर न होने पर भी सौम्य और सुरुचि सम्पन्न थीं और पढ़ने-लिखने में भी अच्छी थीं। वे रसोई में माँ की सहायता करती थीं और अपना काम खुद कर लेती थीं। जब सावित्री अट्ठारह की और लीला सोलह की हुई, तब उसके एक सहायक ने, जिसके दो लड़के थे, उनसे विवाह का प्रस्ताव रखा। खुद सरकारी नौकर होने के साथ-साथ शहर में उसकी दो किराने की दुकानें भी थीं, जिन्हें उसके लड़के चलाते थे। उसी साल सर्दियों में दोनों की एक-साथ शादी कर दी गई। तीन साल बाद एक ठेकेदार ने, जिसे देवी लाल से काफ़ी लाभ हुआ था, अपने लड़के के लिये, जो अभी एम.बी.बी.एस. करके डॉक्टर बना था, नैना का हाथ माँगा। नैना ने तब दसवीं पास की थी और वह कॉलेज जाना चाहती थी। लेकिन उसके माता-पिता ने इसका विरोध किया, 'लड़कियों की कॉलेज-शिक्षा का उपयोग क्या है? उससे उनके मन में गलत खयाल पैदा होते हैं। घर चलाने और पति की देखभाल करने के लिये कॉलेज जाने की क्या ज़रूरत है?' इस तरह सोलह की उम्र में उसकी भी शादी कर दी गई। देवी लाल को दहेज का इन्तज़ाम नहीं करना पड़ा, वह हेड ड्राफ्ट्समैन था और उसकी नौकरी के कई साल बाकी थे और ठेकेदार को भी मदद

की ज़रूरत पड़ती ही रहेगी। ईश्वर देवी लाल पर वास्तव में बहुत दयालु था।

जब देवी लाल के रिटायर होने का समय आया, चंडीगढ़ बड़ा और आधुनिक शहर बन चुका था। देवी लाल चंडीगढ़ से तब से जुड़ा था, जब चंडी मन्दिर के छोटे से रेस्ट हाउस में ली कार्बुज़िए ने सादा कागज़ों पर इसकी मोटी रूपरेखा बनाई थी, कि इसकी झीलें और बाग-बगीचे, सरकारी दफ़्तर, बाज़ार, और कालोनियाँ कहाँ और कितने विस्तार में बनाये जायेंगे। देवी लाल के लिये चंडीगढ़ उसके अपने बच्चे की तरह था। उसे अपने कार्य पर गर्व था कि इस क्षेत्र में उसने कुछ महत्त्वपूर्ण योगदान किया है, और इसके बाद वह शान्तिपूर्वक अपना शेष जीवन बितायेगा।

उसे अपनी उपलब्धियों से सन्तोष था। उसकी बेटियों का अच्छे परिवारों में विवाह हो गया था और बेटे का विकास भी सन्तोषजनक ढंग से हो रहा था और उसे विश्वास था कि शिक्षा समाप्त करने के बाद उसे अच्छी नौकरी मिल जायेगी, जिसके सहारे वह न केवल अपने परिवार का बल्कि वृद्ध माता-पिता का भी भरण-पोषण कर सकेगा। उसे चंडीगढ़ के सबसे प्रसिद्ध पब्लिक स्कूल में पढ़ने भेजा गया था, जहाँ पुराने राजा-महाराजाओं के बच्चे पढ़ते थे। जब उसे घर पर ट्यूशन की आवश्यकता पड़ती, तब सबसे अच्छे अध्यापक उसके लिये रखे जाते थे। हर साल परीक्षाएँ समाप्त होने के बाद उसे कोई कीमती उपहार दिया जाता—घड़ी, स्पोर्ट्स साइकिल, क्रिकेट का सामान और कॉलेज के दूसरे वर्ष में यामहा मोटरसाइकिल।

राजकुमार शिक्षा के क्षेत्र में हमेशा आगे रहा जिससे उसके माता-पिता बड़े प्रसन्न रहते थे। देवी लाल अपने मित्रों और रिश्तेदारों के सामने उसकी प्रशंसा करते नहीं अघाता था। वह अच्छा छात्र होने के अलावा अच्छा खिलाड़ी भी था। जबकि देवी लाल का क़द छोटा ही था और शक्ल-सूरत भी साधारण थी, राजकुमार छह फ़ीट लम्बा और तगड़ा जवान निकला। उसने शायद अपने किसी समृद्ध पूर्वज का शरीर और आकार पाया था।

कॉलेज के बाद राजकुमार सिविल सर्विस की परीक्षा में बैठा। देवी लाल को विश्वास था कि वह सबसे आगे रहने वाले सौ छात्रों में आयेगा। और वह सफल भी रहा। वह सबसे अग्रणी विदेश सेवा या प्रशासनिक सेवा में तो नहीं आ सका, लेकिन पुलिस, वित्त, वन विभाग इत्यादि में वह कहीं भी जा सकता था। उसने पिता की सलाह ली, 'पुलिस जैसी प्रतिष्ठा और किसी विभाग में नहीं है। पुलिसवाले की सब इज़्ज़त करते हैं और उससे डरते भी हैं, भले ही वे राजनेता हों या मन्त्री।

उसे इन्हें सलाम भले ही करना पड़ता हो, परन्तु अधिकार उसी के पास होता है। और उसकी ऊपर की आमदनी बहुत ही ज़्यादा होती है, सबसे ऊँची सिविल सर्विस से भी ज़्यादा—पुलिस स्टेशन का थानेदार भी हर महीने लाखों कमा सकता है और अगर उसे अपराधों से भरा इलाका मिल जाए, तब तो कहने ही क्या हैं!' राजकुमार के मन में यह बात घर कर गई और उसने पुलिस विभाग ही चुना। वह देखने में भी अफ़सर लगता था और वर्दी उसे अच्छी भी लगती थी, इसलिए यह उसके लिये सही भी था। देवी लाल के परिवार की प्रसन्नता का ठिकाना न रहा, जब उसे मसूरी की लाल बहादुर शास्त्री नेशनल एकेडमी ऑफ़ एडमिनिस्ट्रेशन जाने का नियुक्ति पत्र प्राप्त हुआ। बहुत से लोग, जिनमें से कई को देवी लाल जानता भी नहीं था, उसे बधाई देने घर आने लगे। इनमें से कई अपनी बेटियों के साथ विवाह के प्रस्ताव भी लाये। देवी लाल ने सबका नाम और पता नोट कर लिया और उन्हें तब तक के लिये, प्रतीक्षा करने को कहा जब राजकुमार ट्रेनिंग पूरी करके मसूरी पहुँच जायेगा और उसे रहने के लिये बँगला भी मिल जायेगा। उसने नम्रता से कहा, 'यह छोटी-सी झुग्गी पुलिस अफ़सर की दुल्हन का स्वागत करने लायक नहीं है। समय आने पर हम खुद आपसे सम्पर्क करेंगे।'

राजकुमार मसूरी चला गया। देवी और जानकी ने विवाह के प्रस्ताव निकाले और प्रत्येक कन्या के गुण-दोषों पर विचार करने लगे। 'लड़की इज़्ज़तदार और समृद्ध परिवार की तथा अपनी ही जाति की होनी चाहिये,' इस पर दोनों एकमत थे। 'इसके अलावा वह शिक्षित, सुसंस्कृत, आधुनिक तथा सुन्दर होनी चाहिये। यह जानकी का कहना था। 'आजकल कोई मुझ जैसी घरेलू लड़की पसन्द नहीं करता।' इस पर देवी ने उसके पेट में उँगली चुभोते हुए हँसकर कहा, 'और तुम जैसी लड़कियाँ पैदा करने वाली भी नहीं होनी चाहिये।'

'यही भगवान की मर्ज़ी थी,' उसने विरोध करते हुए कहा। 'फिर एक बेटा भी तो दिया।'

देवी लाल ने मान लिया। लेकिन ऊपर वाले ने लड़का तब दिया जब कोई उम्मीद नहीं रही थी। उसने उसे स्वास्थ्य, सौन्दर्य और अच्छा भाग्य भी दिया था। और यह सब प्रार्थना किये बिना ही दिया।

देवी लाल और जानकी अब राजकुमार की शादी के सपने देखने लगे। वे शादी बड़ी धूमधाम से करेंगे, उसमें शहर के सब जाने-माने लोगों को निमन्त्रित करेंगे और अपने छोटे से घर के सामने बड़ा-सा शामियाना लगवायेंगे। इसके बाद वे अपना घर किसी भरोसेमंद किरायेदार को उठा देंगे और खुद बेटे के विशाल

बँगले में रहने चले जायेंगे, जहाँ बहू उनकी सेवा करेगी।

लेकिन उनका यह सपना पूरा नहीं होना था। सरदार पटेल पुलिस ट्रेनिंग कॉलेज, हैदराबाद, में छह महीने ट्रेनिंग लेने के बाद उसने अपने माता-पिता को लिखा कि उसने उनकी आज्ञा और आशीर्वाद लिये बिना अपने ही बैच की एक लड़की से शादी कर ली है, जिसके लिये वे उसे क्षमा करें। 'हम दोनों में प्रेम हो गया और इन्तज़ार सम्भव नहीं था,' पत्र में लिखा था। इसके बाद की बात और भी बुरी थी। 'लड़की सिख है।' उसने पत्र का अन्त करते हुए लिखा, 'आप देखेंगे तो वह आपको पसन्द आयेगी। हमें अपना आशीर्वाद दें। उसका नाम बलजीत कौर सिद्धू है।'

उस वर्ष पुलिस सर्विस के लिये पचास लोग चुने गये थे, जिनमें पाँच लड़कियाँ थीं। लड़कियों में बलजीत सबसे सुन्दर थी। राजकुमार ही अकेला पंजाबी था और सुन्दर भी था। बलजीत ने ही क्लास और कैंटीन में उसके साथ बैठना शुरू किया था। शाम को दोनों एक साथ घूमने भी जाते। चार महीने मसूरी में रहने के बाद उन्हें सिविल डिफेन्स कॉलेज, नागपुर, भेजा गया। तब तक उन्होंने एक-दूसरे के हाथ पकड़ना और चूमना भी शुरू कर दिया था। इसके बाद हैदराबाद के सरदार पटेल नेशनल पुलिस एकेडमी में छह महीने का कोर्स शुरू हुआ। यहाँ लड़के-लड़कियाँ अलग-अलग रखे जाते थे। लेकिन बलजीत ने यहाँ भी मिलने-जुलने का रास्ता निकाल ही लिया। इतवार के दिन वह राजकुमार के साथ शहर जाती थी। यहाँ चार मीनार के पास एक होटल में उसने रात बिताने के लिये एक कमरा भी बुक कर लिया था। यहाँ वे रात को सम्भोग करते और सवेरे एकेडमी लौट आते। उनकी अनुपस्थिति की शिकायत डायरेक्टर से की गई।

उनकी पेशी हुई। डायरेक्टर ने सख्ती से कहा, 'तुम जानते हो, तुम्हें एकेडमी के नियम तोड़ने के अपराध में नौकरी से बर्ख़ास्त किया जा सकता है।'

बलजीत रोने लगी। 'सर हम शादी करने जा रहे हैं। अगर हमारी नौकरी खत्म हो गई, तो हम बर्बाद हो जायेंगे।'

राजकुमार को पहली बार पता चला कि वे दोनों शादी करने वाले हैं। लेकिन उसने ज़ोर से सिर हिलाकर बलजीत का समर्थन कर दिया।

'तुमने अपने माता-पिता की अनुमति ले ली है?' डायरेक्टर ने प्रश्न किया।

'अभी नहीं, सर। हम शादी करके उनका आशीर्वाद लेंगे। यहाँ हैदराबाद में तो आप ही हमारे पिता, माता और संरक्षक हैं। यहाँ तो हम आपकी आज्ञा का पालन करेंगे।'

डायरेक्टर चुप हो गया। कुछ देर मेज़ के शीशे पर पेंसिल खटखटाने के बाद बोला, 'ठीक है, तुम लोग शादी का लाइसेंस ले आओ और मैं किसी मजिस्ट्रेट को बुलाकर एकेडमी में तुम्हारी सिविल मैरिज करवा दूँगा।'

इस तरह दो महीने बाद बलजीत कौर सिद्धू और राजकुमार पति पत्नी घोषित कर दिये गये। डायरेक्टर ने—जिसे बलजीत 'पापा जी' कहने लगी थी—एकेडमी के डायनिंग हॉल में रिसेप्शन का आयोजन कर दिया। उसने उन्हें चंडीगढ़ में असिस्टेंट सुपरिन्टेन्डेंट ऑफ पुलिस के नियुक्ति पत्र भी दिलवा दिये।

लेकिन देवी लाल और जानकी बेटे का पत्र पाकर टूट-से गये। 'माँ-बाप से बात किये बिना शादी कर ली। यह दुनिया को क्या हो गया है?' देवी लाल ने गुस्से और शोक से कहा। 'और वह तो हिन्दू भी नहीं है। एक सिख जाटनी हमारे परिवार में कैसे घुल-मिल सकेगी? उनके और हमारे रीति-रिवाज़ तो एकदम अलग हैं।'

जानकी ने दुःख के बावजूद उसे धीरज बँधाया। 'अब सिखों और हिन्दुओं में फ़र्क क्या रह गया है। दोनों एक जैसे ही हैं। अब तो कितनी सिख-हिन्दू शादियाँ होने लगी हैं। वह मुसलमान या ईसाई तो नहीं है। और पंजाबी है, दक्षिण की भी नहीं है जो हमारी भाषा ही न बोल सके।'

देवी लाल ने उसकी बातों पर विचार किया। हाँ, इससे भी बुरा हो सकता था। शायद भगवान हमारा इम्तहान ले रहा हो, वह इससे भी ज़्यादा कठोर हो सकता था। उसने एक कहावत के द्वारा इसका उत्तर दिया। 'जिसका इलाज नहीं किया जा सकता, उसे बर्दाश्त करना पड़ता है।' उसने उत्तर में बेटे को आशीर्वाद दिया बस, एक बात यह कही, 'हमारे लिये सिविल मैरिज काफ़ी नहीं है। हम हिन्दू ढंग से शादी करेंगे और रिसेप्शन भी देंगे। नहीं तो रिश्तेदार और दोस्त क्या कहेंगे?'

कुछ महीने बाद राजकुमार और बलजीत कौर दिल्ली से शताब्दी एक्सप्रेस पर चंडीगढ़ आये। रेलवे प्लेटफार्म पर रिश्तेदारों, परिचितों और पुलिस अफ़सरों की खासी भीड़ थी। इनमें देवी लाल के अनजाने, बलजीत के माता-पिता और दो भाई भी गाँव से आये थे। दोनों ट्रेन से उतरे तो लोगों ने उन्हें फूल-मालाओं से लाद दिया। राजकुमार अपनी बीवी को हाथ पकड़कर जैसे खींचता हुआ भीड़ को पार करके अपने माता-पिता, बहनों और उनके पतियों से मिलने बढ़ा। उसने पहले सबके पैर छुए। बलजीत ने भी यही किया। जानकी ने बलजीत के सिर पर हाथ फेरकर उसे आशीर्वाद दिया, 'सात पुत्र होवें।' बलजीत यह सुनकर हँस पड़ी, 'माताजी, हमारे लिये एक ही काफ़ी होगा। सात बेटे हम कैसे पालेंगे? आइये, मेरे माता-पिता से मिलिये।'

बलजीत के पिता रिटायर्ड कर्नल थे। वे और उनके बेटे लम्बे और तगड़े थे—जैसी बलजीत खुद थी। और गाँव में उनके कई फ़ार्म थे। उनकी स्थिति देवी लाल से ज़्यादा अच्छी थी। वे टोयोटा गाड़ी में गाँव से चंडीगढ़ आये थे। कर्नल ने कहा, 'चलिये, शिवालिक में चलकर कॉफ़ी पीते हैं और परिचय करते हैं।' होटल में बैठकर शादी की चर्चा होने लगी। देवी लाल ने कहा, 'हम मन्दिर में दोनों की शादी करेंगे।' बलजीत की माँ ने जवाब में कहा, 'हम भी आनन्द कारज करेंगे। नहीं तो हमारे रिश्तेदार कभी माफ़ नहीं करेंगे।' जानकी ने बीच का रास्ता सुझाया, 'हाँ जी, दोनों कर लेते हैं। एक दिन मन्दिर में फेरे दिलवा देंगे और दूसरे दिन गुरुद्वारा साहब में आनन्द कारज कर देंगे।'

'क्यों नहीं,' बलजीत हँसकर बोली। 'बड़ा मज़ा आयेगा। तीन दफ़ा हो जायेगी हमारी शादी राजू, ठीक है न?'

राजकुमार तैयार हो गया। तारीखें तय हो गईं। जब बैरे ने देवी लाल को बिल दिया, तो कर्नल ने उसे उनके हाथ से छीन लिया। 'हम बेटी के घर से कुछ नहीं लेते। यह हमारा रिवाज़ नहीं है।'

कर्नल सिद्धू ने बिल अदा किया और उन्हें मोहाली तक छोड़ आये। 'यह मेरा छोटा-सा गरीबखाना है,' देवी लाल ने कहा, 'मैं इससे अच्छा नहीं बना सका। मेहरबानी करके इसमें अपने पैर रखें।'

सिद्धुओं को निराशा हुई, लेकिन उन्होंने इसे दिखाया नहीं। मिसेज सिद्धू ने कहा, 'बढ़िया छोटा-सा घर है। बड़े घर तो सिरदर्द बन जाते हैं। अगर मुझसे पूछें तो मैं दर्जनों कमरों की हवेली से दो कमरे के बेडरूम में रहना पसन्द करूँगी। आप भाग्यवान हैं कि इन्तज़ाम-लायक घर में रह रहे हैं।'

मिसेज सिद्धू के लहज़े से देवी लाल और जानकी के दिमाग में सन्देह नहीं रहा कि जहाँ तक बलजीत के परिवार का सवाल है, उनकी बेटी का विवाह उनकी हैसियत से छोटे घर में हुआ है। इसके बाद जो दो विधियों से शादी हुई, उनके रंग-ढंग से भी इस बात की पुष्टि हो गई। देवी लाल ने आर्य समाज मन्दिर में साधारण से हवन का आयोजन किया था, जिसमें उनके घनिष्ठ लोगों ने ही शिरकत की थी। लेकिन सिद्धू की हवेली में जो आनन्द कारज सम्पन्न हुआ, उसमें उनके गाँव के सारे लोग, दूर-दूर के रिश्तेदार, यहाँ तक कि इंग्लैंड और कनाडा से भी आकर लोग शामिल हुए थे। उन्होंने राजकुमार को गुलाबी अचकन और चूड़ीदार पहनाये और कमर से एक चमकती किरपाण भी बाँध दी थी। सिख वेश में वह एकदम शाही दूल्हा लग रहा था। लंच में हज़ार से ज़्यादा मेहमान थे। शाम को

हवेली रोशनी से जगमग कर उठी। बलजीत और राजकुमार एक फूलों से सजी नई मारूति में, जो उन्हें भेंट में दी गई, बैठे थे। दहेज की चीज़ें ट्रक में लादकर ले जाई गईं? रंगीन टीवी, फ्रिज, वाशिंग मशीन और लोहे के बक्से जिनमें दूल्हा-दुल्हन के अलावा परिवारवालों के लिये भी सामान भरा हुआ था। जब गाड़ियों का यह कारवाँ गाँव से चंडीगढ़ रवाना हुआ, तो जानकी पति से कहने लगी, 'यह सारा सामान हम अपने छोटे से घर में कहाँ रखेंगे?' देवी लाल ने हाथ हिलाकर कहा, 'फिक्र मत करो। उन्हें अपना बँगला मिल गया है। उसमें चार बेडरूम हैं, एक ड्राइंग-डायनिंग, सर्वेन्ट क्वार्टर और काफ़ी बड़ा बगीचा जिसकी देखभाल के लिये माली भी है। हम भाग्यवान हैं कि उसे ऐसा परिवार मिला है। भगवान ने सचमुच हमारे ऊपर बड़ी कृपा की है।'

आनन्द कारज के बाद राजकुमार और बलजीत ने अपनी पहली रात जानकी विला में व्यतीत की। जानकी ने उनके बिस्तर पर गुलाब की पंखुड़ियाँ बिखेर दी थीं और कमरे में फूल भर दिये थे। वह जानती थी कि दोनों हैदराबाद में पति-पत्नी का फर्ज निभा चुके हैं, परन्तु वह स्वयं भी अपने ही घर में उनकी पहली रात सम्पन्न करना चाहती थी। देर रात जब वह अपने कमरे में सोने गई तो उसने देवी लाल से कहा, 'अब मैं अपनी गोद में पोता देखना चाहती हूँ।'

दूसरे दिन सवेरे राजकुमार अपने माता-पिता को अपनी नई मारूति गाड़ी में अपने सरकारी बँगले पर ले गया। जानकी इसे देखकर बहुत प्रसन्न हुई और सोचने लगी कि उसे यहाँ रहने को मिल जाये तो मोहाली के वायुमंडल में पारथेनियम घुला-मिला होने के कारण उसे जो साँस का कष्ट होता है, वह समाप्त हो जायेगा। लेकिन यहाँ की मालकिन बलजीत थी। वही अपने नौकरों को आदेश देती थी और देखभाल के लिये नियुक्त सिपाहियों की चौकसी करती थी। वह पहले ही दिन जानकी को साथ लेकर बँगले में चारों तरफ़ घुमा लाई जब राजकुमार पिता से बातचीत करता वरांडे में बैठा रहा। जानकी ने दबी ज़बान से पूछा, 'इन चार बाथरूमों का तुम क्या करोगी?' तो उसका जवाब था, 'एक हमारे लिए है, एक मेरे माता-पिता या भाइयों के लिए, जब वे यहाँ रात बिताना चाहें, एक मेहमानों के लिए और एक आप और पिताजी के लिए, जब कभी आप मोहाली से यहाँ आकर दो-चार दिन के लिए रहना चाहें।' देवी लाल ने बातचीत में राजकुमार को इशारा किया कि मोहाली की आबोहवा से तुम्हारी माँ को एलर्जी है और डॉक्टरों ने कहा है कि इस कांग्रेसी घास या पारथेनियम या इसका जो भी नाम हो, इसकी बीमारी का कोई इलाज नहीं है, इसलिए उसे यहाँ से अलग ही रहना चाहिये।

मैं सुखना झील या चंडी मन्दिर के पास एक कमरे का घर देख रहा हूँ और इसे किराये पर उठा दूँगा। राजकुमार चुप रहा, जिससे यह ज़ाहिर था कि वह बलजीत से इस बारे में बातचीत किये बिना कोई जवाब नहीं दे सकता। देवी लाल घर में अपना रुतबा बनाये रखने के बारे में बेटे से एक-दो बातें कहना चाहता था, लेकिन तभी बलजीत की लम्बी-चौड़ी काया दरवाज़े में आ खड़ी हुई, जिसे देखकर वह चुप रह गया और समझ गया कि इसके सामने राजकुमार की एक नहीं चलेगी।'

कुछ दिन बाद बलजीत खुद गाड़ी चलाती जानकी विला आई। 'माताजी, आपने मुझे कभी नहीं बताया कि मोहाली में सब जगह फैली कांग्रेसी घास से आपको तकलीफ़ होती है। अब मैं आपको एक दिन भी यहाँ नहीं रहने दूँगी। मैं सिपाहियों के साथ ट्रक भेजूँगी जिसमें आप, जो भी सामान लाना चाहें उसे रखकर और जानकी विला में ताला डालकर, हमारे यहाँ आ जायें। आप अपना नौकर भी अपने साथ ले आयें। मैं सर्वेन्ट्स क्वार्टर्स में उसको एक कमरा दे दूँगी। आपकी यह हम पर बड़ी मेहरबानी होगी। हम तो दिन में ड्यूटी पर बाहर रहेंगे, आप घर की देखभाल करती रहना।'

जानकी समझ गई कि वह उसे इज़्ज़तदार नौकरानी बनाकर रखना चाहती है। हर रोज़ सवेरे वह बेटे और बलजीत से पूछती कि लंच और डिनर पर क्या लोगे और जब वे खाने बैठते तो ध्यान से देखती कि उन्हें कोई शिकायत तो नहीं है। जब वे शाम को दफ़्तर से लौटते, जिसमें उन्हें अक्सर देर भी हो जाती, तो वे अपने बेडरूम में चले जाते और वहाँ शाम का खाना खाते। दोनों को अंदाज़ था कि उनका बेटा और बहू डिनर से पहले एकाध पैग लेने के अभ्यासी हैं, लेकिन वे उनके सामने नहीं लेना चाहेंगे, इसलिए वे बेडरूम में चले जाते हैं। फिर वहाँ से सिगरेट का धुआँ उड़ता हुआ आता, तो वे सोचते कि लड़के ने धूम्रपान भी शुरू कर दिया है। सवेरे ऐश-ट्रे में कुछ टुकड़ों पर लिपस्टिक लगी देखकर दोनों सोचते कि बलजीत भी, हालाँकि वह सिख है जिनके लिये धूम्रपान वर्जित है, सिगरेट वगैरह से परहेज़ नहीं करती। देवी लाल और जानकी ने फ़ैसला किया कि ये दोनों क्या करते हैं और क्या खाते-पीते हैं, इससे हमें कोई वास्ता नहीं रखना चाहिये। वे दोनों के व्यक्तित्व से आतंकित थे। हर रोज़ सवेरे जब वे अपनी वर्दी में उनके सामने आकर खड़े होते और बाहर निकलते, तो खुशी से आह भरते और सोचते कि भगवान ने कितनी अच्छी जोड़ी बनाई है।

एक दिन सवेरे जब दोनों पुलिस की गाड़ी में, जिसके आगे लाल बत्ती लगी थी, काम पर जाने के लिये निकले, तब जानकी ने गौर किया कि उनकी बहू

कितनी स्वस्थ है। बड़ा वक्षस्थल, पतली कमर और बड़े जानदार पुट्ठे जो उसकी खाकी पैंट से निकले पड़ रहे थे। 'बड़ी हृष्ट-पुष्ट है,' उसने अपने पति से कहा, जिसका जवाब था, 'इसे अंग्रेज़ी में सेक्सी कहते हैं। कई तन्दुरुस्त बच्चे पैदा करेगी।'

'एक या दो काफ़ी होंगे,' जानकी बोली। 'पहले एक लड़का हो जाए, फिर दूसरा लड़का या लड़की कुछ भी होता रहे। इसके बाद और नहीं।' यह कहकर वह हँसी और वर्षों पहले पति ने जो उसे परिवार नियोजन का मन्त्र सिखाया था, उसे दोहराया। 'छोटा परिवार, सुखी परिवार' यह कहकर वह प्रसन्न नज़र आई, और उसकी साँस भी सामान्य गति से चलने लगी।

लेकिन राजकुमार और बलजीत अभी परिवार बढ़ाना नहीं चाहते थे। वे अपने बच्चों की देखभाल करने से पहले अपनी नौकरी में सफल होना चाहते थे। इसलिए जैसा वे शादी से पहले हैदराबाद में करते थे, सम्भोग के समय कंडोम का उपयोग करना, वैसा ही अब शादी के बाद भी करते रहे। पहले कुछ दफ़ा राजकुमार इसमें पहल करता रहा, फिर बलजीत ने यह काम करना शुरू कर दिया। वह घुटनों तक की नाइटी पहनती थी, जिससे उसके विशाल, चिकने पुट्ठे दिखाई देने लगते। इसलिए जब कभी वह झुकती, जो वह अक्सर करती थी, उसकी छातियों का उभार तनकर सामने आ जाता। अगर इससे राजकुमार उत्तेजित न होता, तो वह सोने से पहले का चुम्बन इतनी देर तक करती कि पति को उसका सन्देश प्राप्त हो जाता। सम्भोग करते समय भी वह पति से ज़्यादा ज़ोर दिखाती थी। वह तुरन्त तकिये के नीचे से कंडोम निकालकर पहनता और एक या दो मिनट में खत्म हो जाता, जिससे बलजीत बीच में ही तड़पती रह जाती थी। वह पति को समझाती कि वह क्यों ज़्यादा माँग करती है। 'देखो, मैं गाँव की बड़ी दमदार जटनी हूँ। तुम शहर में पले-बढ़े खत्री व्यापारी हो। हम लोग तुमसे ज़्यादा सेक्सी होते हैं। दरअसल तुम लोग किसी भी शारीरिक काम में हमारी बराबरी नहीं कर सकते।'

चोट खाकर राजकुमार अपनी पूरी ताकत लगाकर काम में लग जाता। 'मैं तुम्हारी ऐसी-की-तैसी कर दूँगा, सुन ले जटनी कुतिया।' वह चुनौती देती, 'ठीक है, तो करके दिखाओ न?' लेकिन वह कभी उसे शिखर तक नहीं पहुँचा पाया।

इस तरह चंडीगढ़ में दो साल बिताने के बाद और दो साल कंडोम लगाकर सम्भोग करने के बाद देवी और जानकी ने कहना शुरू कर दिया कि उन्हें पोते का मुँह देखना है। पहले तो बलजीत हँसकर टाल जाती, 'ऐसी भी क्या जल्दी है? ज़िन्दगी बहुत लम्बी है।' लेकिन अब उसकी माँ ने भी कहना शुरू कर दिया। 'बेटा, जवानी में हुए बच्चे ज़्यादा तन्दुरुस्त होते हैं और उमर बढ़ जाने पर जो

होते हैं वे बीमार और दुबले-पतले रह जाते हैं। और अगर तुम अभी अपने पति को बेटा दे दोगी, तो वह जब तुम जवान नहीं रहोगी रास्ते से भटकेगा नहीं। जवानी पलक झपकते ही गुज़र जाती है, पुत्तर।'

बलजीत को बात समझ में आने लगी। उसने राजकुमार से बात की। उसने सोचकर कहा, 'ठीक है। अगर तुम्हें मंजूर है तो मुझे भी कोई ऐतराज़ नहीं है।' उसने कंडोम खरीदना बन्द कर दिया। सेक्स में ज़्यादा मज़ा आने लगा। बलजीत ने चिकित्सा की किताबों का अध्ययन शुरू कर दिया, जिनमें से एक में यह बताया गया था कि ऋतु चक्र पूरा होने के बाद कुछ निश्चित दिनों में यदि सम्भोग किया जाए, तो गारंटी से बेटा पैदा होता है। उसने राजकुमार को भी यह किताब पढ़ने को दी। उसने इसमें दिये गये निर्देश के अनुसार चार रात तक लगातार अपना कर्तव्य पूरा किया। लेकिन परिणाम कुछ नहीं निकला।

तब बलजीत ने एक स्त्री रोग विशेषज्ञा की सहायता ली। उसने पूरी तरह परीक्षण करने के बाद कहा 'तुम एकदम स्वस्थ हो। हाँ, अगर तुम लोगों ने काफ़ी समय तक कंडोम का उपयोग किया है और गर्भ-निरोधक गोलियाँ भी ली हैं, तो गर्भ-धारण में कुछ समय ज़रूर लग सकता है। लेकिन धीरज खोने की ज़रूरत नहीं है।'

चार महीने बीत गये, लेकिन नतीजा कुछ नहीं निकला। अब बलजीत को परेशानी होने लगी। राजकुमार को बताये बिना उसने स्थानीय गुरुद्वारे में सात दिन का पाठ रखवाया और लंगर के लिये दान भी दिया। इससे भी कुछ नहीं हुआ। इसके बाद उसने कृष्ण भगवान के मन्दिर में हवन करवाया। अब भी कुछ नहीं हुआ तो उसने राजकुमार से बात की। शाम को पैग लेते समय उसने कहा, 'हम लोगों में क्या कमी है? हम खरगोशों की तरह सेक्स में लगे रहते हैं, फिर भी गर्भ नहीं ठहर रहा। मैंने स्त्री रोग विशेषज्ञा की सलाह ली, उसने कहा कोई कमज़ोरी नहीं है। तुममें तो कुछ नहीं है?' उसने गुस्से से जवाब दिया, 'मुझमें क्या नहीं है? मैं एकदम सही हूँ।' हर साल मेडिकल जाँच करवाता हूँ। बिलकुल फिट हूँ। 'तुम्हें क्या पता!' दरअसल उसने अपने वीर्य का नमूना खास तौर पर जाँच के लिए, बलजीत को बिना बताये, भेजा था, जिसकी रिपोर्ट थी कि शुक्राणु भरपूर हैं और स्त्रीयोनि में प्रवेश पाने को बेचैन हैं।

बलजीत को याद आया कि वह एक दफ़ा दिल्ली में एक मुस्लिम पीर की दरगाह पर गई थी जहाँ उसने कब्र के चारों तरफ़ बनी संगमरमर की जाली पर रंग-बिरंगे धागे बँधे देखे थे। बलजीत के प्रश्न करने पर उसे बताया गया कि ये

लोगों की मन्नतों के धागे हैं और मन्नत पूरी होने पर यहाँ आकर दान देते हैं। ज़्यादातर ये बच्चों के लिये होते हैं जो बाँझ औरतें माँगती हैं। बहुत से बीमार लोग भी आते हैं और फ़ातेहा पढ़ते हैं। उस समय तो बलजीत ने मुस्कुराकर सुन लिया था लेकिन अब उसके विश्वास करने का समय आ गया था।

चंडीगढ़ के इर्द-गिर्द भी बहुत-सी दरगाहें थीं। बलजीत वहाँ से निकली तो कई दफ़ा थी लेकिन गई एक में भी नहीं थी। पिंजोर के मुगल गार्डन के सामने पुलिस ट्रेनिंग स्कूल से लगी टेकरी पर भी एक दरगाह थी। उसने इसे एक बिलकुल मामूली मज़ार से खासी बड़ी, हरे शिखर वाली इमारत में बदलते देखा था, जहाँ एक हरा-भरा बाग भी बन गया था। इर्द-गिर्द कई बैंचें भी पड़ी थीं। एक दिन ट्रेनिंग स्कूल का मुआयना करने के बाद उसने ड्राइवर से दरगाह के सामने गाड़ी रोकने को कहा और उसमें प्रवेश किया। उसे देखते ही एक लम्बा-सा युवक न जाने कहाँ से प्रकट हो गया, वह हरी लुंगी और कुर्ता पहने था, बेतरतीब, खुरदरी दाढ़ी थी और ऊपर का होंठ उस्तरे से मुँडा हुआ था। 'सलाम बीबी,' उसने तपाक से कहा।

'तुम कौन हो?' बलजीत ने पूछा।

'हुज़ूर, मैं मज़ार का रखवाला हूँ। मैं यहाँ मन्नत मानने के लिये आने वालों की तरफ़ से पीर साहब से प्रार्थना करता हूँ।'

'ये पीर साहब कौन हैं?'

'मैं उनके बारे में तो ज़्यादा कुछ नहीं जानता, हाँ, वे बड़े फकीर थे जो मन्नत मानने वालों की इच्छाएँ पूरी करते थे। वक्फ़ बोर्ड ने कुछ ही दिन पहले मुझे इस काम के लिये तैनात किया है। मुझे बहुत कम पैसा मिलता है और बड़ी सुनसान जगह है यह। इसलिए जब कभी कोई यहाँ आता है तो मुझे बड़ा सुकून मिलता है। नहीं तो मैं बड़ा परेशान रहता हूँ। आप यहाँ आये, बड़ी मेहरबानी है।'

बलजीत ने उस पर ऊपर से नीचे तक नज़र डाली। वह एक बदमाश-सा आदमी लगता था, जिसके होंठ काफ़ी मोटे और आँखों में कामुकता की चमक थी। उसने भी अपनी दाढ़ी में उँगलियाँ डालकर उसे काढ़ा और बलजीत पर गहरी नज़र डाली, फिर अपनी आँखें उसकी छातियों पर गड़ा दीं। 'बीबी, आप हुक्म दें तो मैं आपकी तरफ़ से फ़ातेहा पढ़ूँगा और पीर साहब आपकी मुराद पूरी करेंगे।'

बलजीत ने 'हाँ' में सिर हिलाया। वह घुटनों के बल ज़मीन पर बैठ गया, पैर पीछे करके उन पर पुट्ठे टिका दिये और दोनों हाथ आगे करके जैसे उसकी रेखाएँ पढ़ने लगा। 'बिस्मिल्लाह-ए-रहमान-ए-रहीम, अल हमदुलिल्लाह रब्बुल-आले-

मीन...', इसके बाद अपने चेहरे पर हाथ फेरा और पूछा, 'आप क्या माँगना चाहती हैं?'

बलजीत ने हिचके बिना कहा, 'औलाद, और हो सके तो बेटा।'

उसने पीर की मज़ार की तरफ़ मुँह करके कहा, 'या पीर, अल्लाह से दुआ करें, जो सबकी मुरादें पूरी करते हैं कि इस बीबी को बेटा अता करें।'

बलजीत ने अपना बटुआ खोला, बीस रुपये का एक नोट निकाला और उसे इस आदमी को पकड़ा दिया।

'मेहरबानी करके ज़रा देर रुकें,' उसने कहा, 'आप कुछ परशाद भी ले जायें।' यह कहकर वह अपनी कोठरी की तरफ़ दौड़ा। वहाँ से वह एक कागज़ की पुड़िया लेकर आया जिसमें उबला हुआ चावल और कुछ बीज जैसे दाने थे। बलजीत ने दोनों हाथ फैलाकर उसे ग्रहण किया और चलने लगी। तब वह कहने लगा, 'बीबी, अल्लाह बड़ा मेहरबान है और आपकी मुराद ज़रूर पूरी करेगा, फिर भी आप यहाँ आती रहें। इस गुलाम को बड़ा सुकून मिलेगा।'

बलजीत गाड़ी में जा बैठी और ड्राइवर को घर चलने को कहा। उसने ज़रा-सा प्रसाद खा भी लिया। यह बहुत ज़्यादा मीठा और चिपचिपा था और उसे उबकाई आने को हुई। उसने पुड़िया बाहर फेंक दी। उसने राजकुमार को नहीं बताया कि वह दरगाह गई थी।

हफ़्ते भर बाद वह फिर दरगाह के सामने रुकी। इस दफ़ा वह खुद गाड़ी चला रही थी और सामने की लाल बत्ती भी नहीं जलाई। रखवाला उसे देखकर बहुत खुश हुआ। उसने फिर फ़ातेहा पढ़ा और उसे मीठे चावल का प्रसाद दिया। इस दफ़ा बलजीत ने उसे पचपन रुपए थमाये। 'अगर मेरी मुराद पूरी हुई तो और भी दूँगी।' यह कहकर वह लौट पड़ी। इस बार उसने प्रसाद चखा भी नहीं और दरगाह से आगे बढ़ते ही सड़क पर फेंक दिया।

मानसून आ गया। इस साल चंडीगढ़ में हमेशा से ज़्यादा वर्षा हुई। सड़कों पर बाढ़ आ गई और बहुत-सी गाड़ियों में पानी भरने से उनका आगे बढ़ना कठिन हो गया। सड़कें खाली दिखाई देने लगीं। बलजीत ने ड्राइवर से कहा कि आज उसकी ज़रूरत नहीं है, क्योंकि वह पड़ोस के एक परिवार में ही जा रही है। बारिश हो या ओले पड़ें, उसे पीर साहब की दरगाह में जाना ज़रूरी लगता था। उसे शेख फ़रीद की लाइनें याद आईं, जिनका अर्थ है—

ऐ फ़रीद, सड़क पर कीचड़ भरी है,
और मेरे प्रेमी का घर बहुत दूर है,
अगर मैं जाती हूँ तो कपड़े भीग जायेंगे,

न जाऊँ तो मेरे प्रिय को निराशा होगी;
मैं भीगने की परवाह नहीं करूँगी,
आखिर अल्लाह ने ही तो बारिश दी है,
मैं प्रेमी से मिलने ज़रूर जाऊँगी,
कुछ भी हो, उसे निराश नहीं करूँगी।

बारिश तेज़ होती चली गई। आती-जाती गाड़ियों की छपाछप से वह ऊपर से नीचे तक तर हो गई। उसके पास छाता भी नहीं था। जब वह मज़ार पर पहुँची, वहाँ कोई नहीं था। दरवाज़े पर खड़े होकर उसने आवाज़ दी, 'कोई है?'

दाढ़ीवाले मुसलमान का चेहरा दरवाज़े पर नज़र आया। 'अभी आया,' यह कहकर वह पीछे मुड़ा और जैसे गायब हो गया। एक मिनट बाद वह बोरे से अपने को ढके और हाथ में प्रसाद लेकर दौड़ता हुआ उसके सामने आ खड़ा हुआ। 'यही है सच्ची मोहब्बत,' यह कहकर वह उसके सामने झुका और मज़ार की तरफ़ मुँह करके फ़ातिहा पढ़ने लगा। 'पीर साहब आपकी मुराद ज़रूर पूरी करेंगे, आप कितने पानी में चल कर यहाँ आई हैं।'

फ़ातिहा पढ़ने के बाद उसने बलजीत को प्रसाद दिया। बलजीत ने उसे सौ रुपये पकड़ाये। 'बीबी, आप परशाद यहीं खा लें और चलने से पहले कपड़े भी सुखा लें,' रखवाले ने कहा।

बलजीत ने थोड़ा-सा प्रसाद मुँह में रखा। उसे स्वाद कुछ अलग लगा। उसे शक हुआ कि इस बदमाश ने कहीं इसमें कुछ मिला तो नहीं दिया है। हो सकता है कि भंग मिला दी हो, या अफ़ीम भी हो सकती है। लेकिन उसने ज़्यादा परवाह नहीं की। तभी उसे नींद-सी आने लगी। वह बोली, 'मुझे थकान महसूस हो रही है। क्या मैं यहाँ लेट जाऊँ?'

'जी, ज़रूर। कुछ लोग तो यहाँ रात भर सोते हैं।' बलजीत मज़ार के बगल में लेट गई। उसे नींद भी आ गई। कुछ देर बाद उसे महसूस हुआ कि कोई उसका बदन टटोल रहा है। उसे अच्छा लगने लगा। फिर किसी ने उसकी सलवार का नाड़ा खोला और नीचे घुटनों तक उसे खींच दिया। फिर उसकी कमीज़ ऊपर की, छातियाँ खोलीं और चूमना शुरू किया। फिर उसने मुँह और गले तक उसे चूमना शुरू किया। उसकी दाढ़ी और ऊपरी होंठ के कड़े बाल अच्छे लगने लगे। फिर उसने उसकी जाँघें रगड़ीं और थपथपाई और अपने खुरदरे हाथों से उन्हें खोल दिया। फिर उसने कपड़े उतारने की खड़खड़ सुनी और वह उसके ऊपर लेटकर उसमें प्रवेश कर गया। बलजीत को ऐसा अनुभव पहले कभी नहीं हुआ था। वह कराहने

लगी और उसका शरीर काँपने लगा। पहले उसे एक स्खलन हुआ, फिर दूसरा। लेकिन पुरुष अभी जारी था, वह बलजीत के तीसरे स्खलन पर समाप्त हुआ। वह घुरघुराते हुए तेज़ी से उतर गया। आधी नींद में बलजीत ने अनुभव किया कि पहले उसने उसकी सलवार ऊपर खींचकर बाँधी, शर्ट ठीक की और ब्रा सही जगह पर लगाई। वह आधे घंटे तक उसी अवस्था में पड़ी रही। जगी तो झूठ बोली, 'शायद मैं सो गई थी, ... मुझे माफ़ कर देना।'

'अल्लाह सबको माफ़ करता है,' जवाब आया, 'बीबी, मुझे उम्मीद है कि आपका दीदार होता रहेगा। आपकी जो मन्नत है, उसके लिये बार-बार प्रार्थना करने की ज़रूरत है।'

बलजीत ने कुछ दिन बाद फिर आने का वादा किया। वह लड़खड़ाती हुई कार में जाकर बैठ गई। उसके कपड़े अभी तक गीले थे। बूँदा-बाँदी जारी थी। उसने कार के शीशे खोल लिये और पानी की बौछार चेहरे पर लेने लगी।

जब वह घर लौटी तो राजकुमार के माता-पिता ड्राइंग रूम में बैठे चाय पी रहे थे। 'बेटा, तुम तो एकदम भीग गई हो। आखिर इस बारिश में कहाँ गई थीं? अच्छा, अब फटाफट कपड़े बदल डालो और एक कप गरम चाय पियो, नहीं तो ठंड लग जायेगी।'

'गाड़ी सड़क पर ही खराब हो गई। मैं देखने निकली कि क्या हुआ है। फिर उसे ठीक किया। मैं एक मिनट में तैयार होकर आती हूँ। राज आ गया क्या?'

'उसने फ़ोन किया था कि देर हो जायेगी,' देवी लाल ने कहा।

बलजीत अपने कमरे की तरफ़ दौड़ी। गीले कपड़े उतारे, बदन सुखाया और दूसरी सलवार-कमीज़ पहनी। मुँह पर ठंडे पानी के छींटे मारे जिससे आलस्य दूर हो, बाल कसकर बाँधे, होंठों पर लिपस्टिक लगाई, गर्दन और कन्धों पर कोलोन मला और चाय के लिये आकर बैठ गई। चाय पीकर अपने कमरे में जाते हुए बोली, 'मैं ज़रा देर आराम करूँगी जिससे बदन की ठंड दूर हो जाए। राज लौटे तो मुझे जगा ले।' फिर वह गहरी नींद सो गई। दो घंटे बाद जब राज वापस लौटा, तब वह कमल की खिलती पंखुड़ियों की तरह ताज़ा थी।

उसने ह्विस्की मेज़ पर रखी और बोली, 'आज इतनी ज़्यादा भीग गई। मुझे ज़रा तगड़ा डोज़ चाहिये।' राज ने उसके लिये डबल और अपने लिये हमेशा की तरह छोटा पैग बनाया। आज बलजीत को ह्विस्की हमेशा से कहीं ज़्यादा स्वादिष्ट लगी। उसके बदन में गर्मी आई और सिर में हल्की सुरसुराहट-सी होने लगी। वह सातवें आसमान पर पहुँच गई। बलजीत का मिज़ाज आमतौर पर खुश रहने वाला

था, लेकिन आज जैसी खुशी उसे पहले कभी महसूस नहीं हुई थी। राजकुमार समझ गया कि आज वह ज़रूर शारीरिक माँग करेगी। उसने अपना कर्तव्य निभाया और उस दिन दोनों को ज़्यादा सुख प्राप्त हुआ।

बलजीत पीर साहब से ज़्यादा कृपाओं की इच्छा करने लगी। वह यह भी जानती थी कि इसमें खतरा भी बहुत है। वहाँ उसी के सामने पुलिस का केन्द्र था जहाँ अक्सर सिपाही ट्रेनिंग लेने आते थे और वे सब उसे पहचानते भी थे। पंजाब और चंडीगढ़ की पुलिस भी उसे जानती थी। लेकिन अब उसे खून का स्वाद मिल गया था और वह भूखी शेरनी की तरह ज़्यादा-से-ज़्यादा प्राप्त करने के लिये कुछ भी करने को तैयार थी। हफ़्ते भर बाद वह फिर दरगाह पहुँच गई। रखवाला देखता कि वह गाड़ी पेड़ के नीचे इस तरह खड़ी कर देती जिससे किसी को दिखाई न पड़े। उसने फुर्ती से एक बोर्ड निकाला और मज़ार के सामने लगा दिया, जिसमें उर्दू, गुरुमुखी, हिन्दी और अंग्रेज़ी में लिखा था। 'रखवाला आज छुट्टी पर है। आप अपना दान लकड़ी के बक्से में डाल दें।'

उसने इस बार लम्पट प्रेमी की तरह मुस्कुरा कर उसका स्वागत किया, 'बीबी, आप कई दिन बाद तशरीफ़ ला रही हैं। मैं तो सोच रहा था कि इस गुलाम को भूल गई हैं। इधर आइये।'

बलजीत उसके साथ उसके कमरे की तरफ़ गई। उसने दरवाज़ा खोला और दोनों भीतर पहुँचे। इसमें एक टूटी-सी चारपाई पड़ी थी, जिस पर एक मैला-सा गद्दा और एक उससे भी मैला तकिया रखा था, एक कोने में एक घड़ा रखा था जिसके किनारे एक टीन का मग्गा लटक रहा था और ताक़ में एक लैम्प रखा था। कुछ ऊँचाई पर एक खिड़की थी जिसे बन्द करने के लिये एक लकड़ी का तख्ता इस्तेमाल किया गया था। रखवाले ने बलजीत को खाट पर बैठने को कहा और दरवाज़ा बाहर से बन्द करके खिड़की से भीतर कूद आया और लकड़ी से उसे ढक दिया। फिर उसने लैम्प जलाया जिसकी हल्की रोशनी कमरे में फैल गई। फिर वह बेहिचक बलजीत की बगल में बैठ गया। उसे दोनों बाँहों में भरकर उसने चूमना शुरू कर दिया। उसकी दाढ़ी और बाल बलजीत को चुभने लगे। 'बहुत चुभते हैं,' यह कहकर बलजीत ने उसे हटाने की कोशिश की, लेकिन उसने हँस कर उसकी जाँघों में हाथ डाला और सलवार खोलना शुरू कर दिया। बलजीत ने खुद अपनी सलवार उतार दी और दोनों ने मिलकर बाकी सब कपड़े भी उतार दिये। 'सुभान अल्लाह' रखवाले ने तारीफ़ की, 'कोई हूर इतनी खूबसूरत नहीं होगी।' फिर उसने अपना कुर्ता उतारा और बालों से भरा सीना सामने कर दिया, फिर लुंगी

उतारी और दूर फेंक दी। रखवाले ने कुछ भी कहे बिना उसे चारपाई पर लिटा दिया और उसके किनारे दोनों तरफ़ से पकड़ कर उसके ऊपर चढ़ गया। धीरे से उसमें पूरी तरह प्रवेश कर गया। फिर उसे बार-बार चूमते हुए कहने लगा, 'यही तो है मन्नत!' दोनों आधे घंटे तक एक-दूसरे में लगे रहे, जिसके बाद बलजीत ने कराहना शुरू कर दिया। उसने अपने नाखून रखवाले के कन्धों में गड़ा दिये और चीखी, 'हाय, मर गई!' यह कहकर वह स्खलित हो गई। लेकिन वह उस पर जुटा ही रहा और जब वह दोबारा खलास हुई, तब अपना भी काम खत्म करके वीर्य से उसकी योनि को भर दिया।

फिर वह उठा और घड़े से पानी लेकर अपना लिंग और बलजीत की योनि को धोया। वह खाट पर चुपचाप नंगी लेटी रही। रखवाला समझ गया कि वह अभी संतुष्ट नहीं हुई थी, उसे और भी चाहिये था। वह उसकी बगल में आकर लेट गया। घंटे भर बाद वह उसके लिंग से खेलने लगी। लिंग उत्तेजित होकर खड़ा हो गया और दोबारा दोनों ने सम्भोग किया। घंटे भर बाद जब दोनों थककर चकनाचूर हो गये तब वे अलग हुए। दरवाज़े की सँघों से बाहर की ढलती रोशनी दिखाई पड़ रही थी। रखवाले ने झटपट कपड़े पहने और खिड़की से बाहर झाँककर देखने लगा कि कोई है तो नहीं। इसके बाद कूदकर वह बाहर आया और दरवाज़ा खोल दिया। बलजीत ने कपड़े पहने और गाड़ी में आकर बैठ गई। रखवाले ने बोर्ड हटाकर भीतर रखा और मज़ार पर रखा दीया जलाया।

बलजीत तीन दफ़ा और दरगाह गई। वह जानती थी कि यह सिलसिला उसे बन्द करना पड़ेगा, नहीं तो किसी-न-किसी दिन उसे कोई ज़रूर देख लेगा और उसके वहाँ जाने के कारण का अनुमान लगा लिया जायेगा। इससे उसकी शादी और शायद नौकरी भी खत्म हो जायेगी। इसलिए आखिरी बार उसने रखवाले के साथ उसकी अँधेरी कोठरी में दो घंटे बिताये, जिसके बाद वह उसके साथ मज़ार पर बैठकर देर तक फ़ातिहा पढ़ती रही, और माफ़ी माँगती रही। उसने खुद भी प्रतिज्ञा की कि इसके बाद यहाँ नहीं आयेगी।

दूसरे महीने उसे माहवारी नहीं आई। उसने यह बात न राजकुमार को बताई और न उसके माता-पिता को, बल्कि निश्चय करने के लिये पति के साथ तीन रात लगातार सम्भोग किया।

अगले महीने भी ऐसा ही हुआ। जानकी ने उसे उबकाई लेते सुना। उसने पूछा, 'बेटा, क्या तुम पेट से हो?'

'पक्का नहीं कह सकती, माताजी! दूसरी दफ़ा यह हो रहा है। मैं डॉक्टर

को दिखाकर आऊँगी।'

डॉक्टर ने उसकी जाँच करके पुष्टि की कि उसे गर्भ रह गया है। राजकुमार यह सोचकर खुश होने लगा कि बेटा होगा—उसने जैसा किताब में लिखा था, उसके अनुसार सारे नियमों का पूरी तरह पालन करते हुए बड़े ध्यानपूर्वक सम्भोग किया था। चौथे महीने के बाद उसने सम्भोग करना बन्द कर दिया। यद्यपि डॉक्टर ने बलजीत को विश्वास दिला दिया था कि उसे कोई खतरा नहीं है, लेकिन उसने एहतियात बरती, क्योंकि वह किसी प्रकार का कोई खतरा मोल नहीं लेना चाहती थी। राजकुमार भी अब उसकी इच्छाओं का पालन करने में जी-जान से लगा रहता था।

अब पुलिस की वर्दी में उसका पेट आना मुश्किल होने लगा। उसने छह महीने की छुट्टी ली। बच्चे ने पेट में हिलना-डुलना शुरू कर दिया, और फिर वह कस-कसकर लातें भी चलाने लगा। बलजीत ने उसे दुलार कर कुछ दिन और इन्तज़ार करने की सलाह दी।

प्रसूति का दिन पास आने लगा तो जानकी को परेशानी होने लगी। उसे डर लगा कि इतिहास फिर से दोहराने न लगे। अगर राजकुमार और बलजीत की पहली सन्तान भी लड़की हुई तो क्या होगा? उसने पति से यह कहा, रामजी के मन्दिर में पूजा क्यों न करवा दी जाए। देवी लाल ने भी ईश्वर के उसे दिये गये शापों और उपहारों का पूरा हिसाब-किताब रखा था। कुल मिलाकर ज़िन्दगी ठीक ही रही थी, लेकिन अब उसका भी इम्तहान लेने का वक्त आ गया था। उसने उत्तर दिया। 'पूजा कराओ या न कराओ, इस दफ़ा भगवान बेटा ही देगा।'

नौ महीने पूरे होते ही बलजीत को दर्द होने शुरू हो गये। उसका पति उसे पुलिस अस्पताल के प्रजनन वार्ड में ले गया। दो घंटे बाद उसे बच्चा हो गया। यह लड़का था।

बलजीत को खुशी हुई कि दरगाह जाने का उसे फल प्राप्त हो गया था। राजकुमार और जानकी तो प्रसन्नता से झूम उठे। लेकिन सबसे ज़्यादा प्रसन्न देवी लाल था। अब उसे सन्देह नहीं रहा कि ईश्वर दयावान है।

परिवर्तन

'एक हुकुम।'

मिस्टर सेठी का दिमाग कहीं और था।

'एक पान।'

मिस्टर सेठी बायें हाथ में जापानी पंखे की तरह ताश के पत्तों को पकड़े उन्हें देखते रहे। दायें हाथ से वे धीरे-धीरे अपने गुनगुनाने की धुन पर घुटनों पर ताल देते रहे। मुँह में दबे पाइप से धुएँ की एक हल्की-सी लकीर निकल रही थी।

'डार्लिंग,' उनकी बीवी सरला ने झुंकार-सी मारते हुए कहा, 'अब तुम्हारी चाल है। कुछ चलो।' यह कहकर उसने रॉबिन्सन दम्पति की ओर एक फीकी-सी मुस्कुराहट दी।

'ओह, सॉरी, सॉरी, सॉरी,' यह कहते हुए उन्होंने पाइप मेज़ पर रख दिया और अपने पत्तों पर फिर नज़र डाली। 'अच्छा, ठीक है...आपने क्या चला, मिसेज़..., मिसेज़...।'

'मिसेज़ रॉबिन्सन,' उनकी पत्नी ने गुस्से से कहा। 'मिसेज़ रॉबिन्सन ने हुकुम की चाल चली है।' वह अपने गुस्से को दबा नहीं पा रही थी।

'अच्छा हाँ, एक हुकुम, एक हुकुम,' उन्होंने गुनगुनाते हुए कहा और पाइप मुँह में लगाकर गाने की तरह 'एक हुकुम, एक हुकुम, एक हुकुम' और वन स्पेड का क्या किया जा सकता है? उन्होंने फिर अपने पत्ते देखने शुरू किये। 'एक हुकुम, एक हुकुम' आपने यही तो कहा न, मिसेज...'

'रॉबिन्सन,' उनकी पत्नी ने जोड़ा। उसकी आवाज़ फटने को आ गई थी।

'माफ़ कीजियेगा, मिसेज़ रॉबिन्सन, मैं माफ़ी माँगता हूँ, उन्होंने विजयी

की तरह घोषणा की और पाइप फिर मेज़ पर पटक दिया। हरे टेबिल क्लॉथ पर तम्बाकू फैल गई। उसने हाथ से उसकी आग दबाई और पत्तों को आँखों के सामने करके पत्नी के रोष से बचने की कोशिश की।

'नो बिड (no bid),' मिसेज़ रॉबिन्सन ने बढ़ते हुए तनाव को दबाने की कोशिश में ज़रा ज़ोर से कहा।

सरला सेठी का गुस्सा हद को छूने लगा था। और यही उसको डर था। उसने डिनर की मेज़ पर कितनी दफ़ा मिसेज़ रॉबिन्सन का नाम लिया था! ब्रिज खेलते हुए सपनों में डूबे रहने से खेल का मज़ा ही खत्म हो जाता है। और इसे स्वीकार भी न करना—यह बहुत गलत बात थी। जब तक वे उन पर गुस्सा न करतीं, उन्हें समझ ही नहीं आता था। लेकिन उसने भी फ़ैसला कर लिया था कि अपने ऊपर काबू बनाये रखेगी। उसने दो दफ़ा लम्बी साँसें लेकर गुस्सा कम किया और बहुत शान्ति से बोली, 'टू नो ट्रम्प्स!'

'नो बिड,' मिस्टर रॉबिन्सन ने कहा।

'नो बिड,' मिसेज़ रॉबिन्सन ने भी उनका साथ दिया।

सेठी ने उम्मीद नहीं की थी कि उनकी बारी इतनी जल्दी आ जायेगी। उन्होंने गुनगुनाते हुए पत्तों के पीछे अपना मुँह छिपा लिया। मिसेज़ सेठी का पारा फिर चढ़ने लगा।

'क्या आप खेल की तरफ़ पूरा ध्यान देंगे?' उन्होंने एक-एक शब्द के साथ मेज़ पर हाथ मारते हुए कहा।

'ओह, सो सॉरी,' सेठी ने परेशानी से कहा, 'आपने क्या कहा, मिसेज़..., मिसेज़...,' यह कहते हुए उसने अपराधी-का सा भाव दर्शाया।

सरला सेठी ने चीखकर कहा, 'सौवीं दफ़ा बता रही हूँ, रॉबिन्सन... और उसने कहा, नो बिड।' अब उसकी बर्दाश्त की सीमा खत्म हो गई थी। वह कुर्सी से उठ खड़ी हुई और ताश के पत्ते पति के मुँह पर दे मारे। फिर एक हाथ से मेज़ पर रखीं बोतलें और गिलास ज़मीन पर फेंक दिये और गुस्से में पैर पटकती चीखती-चिल्लाती अपने कमरे में घुसकर बिस्तर पर लुढ़क गई।

आँसू बह जाने के बाद उसका मन हल्का हो गया। बिस्तर पर पड़ी वह अपने पति को रॉबिन्सन दम्पति से माफ़ी माँगते और नौकर द्वारा फ़र्श की सफ़ाई किये जाते सुनती रही। रॉबिन्सन दम्पति चले गये और नौकर ने रोशनी बुझा दी। उसके पति सोफ़े पर लेटे वहीं सोने की तैयारी कर रहे थे। यह स्थिति उसके लिये नई नहीं थी। उन्होंने अपने व्यवहार के लिये कभी माफ़ी नहीं माँगी थी। वह यह

महसूस ही नहीं करते थे कि उन्होंने कोई गलती की है। इसके विपरीत वह यह दिखाते थे कि उनके साथ गलत व्यवहार किया गया है। उसे इस आदमी से कितनी नफ़रत थी! अपने आप में डूबा हुआ, बहुत ज़्यादा गुस्सा, गुलगुला, परिवर्तन से दूर। दूसरे इसे उसकी सरलता और सज्जनता मानते थे— बस, ज़रा-सी बेध्यानी। पर वे जानते ही क्या थे! वह चाहती थी कि उसे तलाक़ दे दे जिससे यह झमेला हमेशा के लिये खत्म हो जाए। इस आदमी के साथ पूरी ज़िन्दगी गुज़ारना अपने को बर्बाद कर लेना था। लेकिन तलाक़ देना आसान नहीं था। पहली समस्या तो पैसे की थी। फिर बच्चों का क्या होता? इसके बाद उनके रिश्तेदार और दोस्त अफ़वाहें उड़ाते कि देखो, यह क्या हुआ! और सबसे ज़्यादा उसकी वह कुतिया-सी बहन, जो हमेशा उसके पीछे पड़ी रहती थी, कि यह अच्छे परिवार से नहीं आई है और रीति-रिवाज़ का तो इसे पता ही नहीं है। उसने तो इस शादी का विरोध भी किया था, अगर वे अलग होते तो उसे यह कहने को मिल जायेगा कि, 'देखो, मैंने क्या कहा था! इनकी शादी चलेगी नहीं।' इस औरत के चंगुल से पति को मुक्त करने में सरला को कई साल लग गये थे। उसने दोनों परिवारों का आपस में मिलना-जुलना भी बन्द कर दिया था। वे साल भर में दो दफ़ा ही मिलते थे। और अब वह इस औरत की ज़रा भी परवाह नहीं करती थी। क्या यही व्यवहार वह अपने पति के साथ भी कर सकती है? वह क्यों उसे अपनी ज़िन्दगी इस तरह नष्ट करने दे रही है? इसके लिये उसे यही करना होगा कि उसकी परवाह करना एकदम बन्द कर दे और जैसे चाहे, अपनी ज़िन्दगी बिताये।

सरला सेठी को उस रात अच्छी तरह नींद नहीं आई, फिर भी वह सवेरे बहुत शान्त होकर उठी। नाश्ते की मेज़ पर वह पति के साथ खाती-पीती रही। दोनों चुपचाप अखबार पढ़ते रहे। दोनों में से किसी ने पिछली रात की घटना का उल्लेख नहीं किया। लेकिन पत्नी की शान्त निरपेक्षता और न शिकायत या अफ़सोस का भाव, पति के मन में यह भावना पैदा कर गया कि वह उससे जीत गई है।

पति जब दफ़्तर चले गये, तब उसने रसोइये को बुलाकर उससे पिछले दिन की खरीदारी का हिसाब माँगा और उस दिन के लंच तथा डिनर के लिये सब्ज़ियाँ वगैरह लाने के लिये पैसे दिये। आया से कहा कि बच्चों को पार्क में घुमा लाये। फिर बेंत की कुर्सी बगीचे में डालकर बैठ गई। उसने आँखें बन्द कर लीं, सिर पीछे लगाया और दिमाग़ को सब तरह के विचारों से खाली करने की कोशिश करने लगी। गौतम बुद्ध ने सही ही कहा था कि दिमाग़ को लकड़ी के मजीरे की तरह शान्त कर देना चाहिये। फिर कामना, क्रोध, नफ़रत और न प्यार, कुछ भी उसे

प्रभावित नहीं कर सकेगा।

कुछ समय तक गहरी आन्तरिक पीड़ा सह लेने के बाद मन की शान्ति प्राप्त करना कुछ ऐसा लगता है जैसे मन को स्तब्ध करने की दवा ले ली हो, जिससे शून्यता छा जाती है और गहरी नींद आ जाती है। सरला सेठी इसी हल्की रोशनी की दुनिया में तैर रही थी जब उसने किसी की आवाज़ सुनी, 'क्या मैं अन्दर आ सकती हूँ?' उसे अपने कानों पर विश्वास नहीं हुआ और उसने आँखें नहीं खोलीं। फिर एक कोमल-सी आवाज़ आई, 'क्या मैं अन्दर आ सकती हूँ?'

मिसेज़ सेठी चौंककर उठ बैठीं।

'मैं आपको परेशान करने के लिये माफ़ी चाहती हूँ,' एक सफ़ेद बालों वाली अंग्रेज़ स्त्री ने कहा। फिर गेट का दरवाज़ा खोलकर वह बगीचे में आ गई। 'मैं मिसेज़ मूर हूँ,' उसने हाथ आगे बढ़ाते हुए कहा। 'आप मिसेज़ सेठी ही हैं न? माई डियर, मैं आपसे कुछ मिनट बात कर सकती हूँ?'

सरला सेठी अपनी कुर्सी से उठीं, आने वाली से हाथ मिलाया, और एक और कुर्सी लाने के लिये नौकर को आवाज़ दी। सफ़ेद बालों वाली स्त्री ने अपने दोनों हाथों से चेहरा ढक लिया। सरला सेठी ने असमंजस से उसकी तरफ़ देखा। अगर वह हिन्दुस्तानी होती तो वह तुरन्त उससे आने का कारण पूछती और पाँच मिनट में ही उसे दफ़ा कर देती, पर यह अंग्रेज़ औरत थी और यद्यपि अंग्रेज़ों का राज खत्म हो गया था, फिर भी इसके साथ वैसा व्यवहार नहीं किया जा सकता था। यह कुछ मिशनरी टाइप की लगती थी, इसलिए भी उसके साथ अच्छा व्यवहार करना ज़रूरी था। मिसेज़ सेठी धीरज से इन्तज़ार करती रहीं। कुछ मिनट बाद उसने अपने चेहरे से अपने हाथ हटाये और मुस्कुराकर कहा, 'आप सोच रही होंगी कि मैं क्यों आई हूँ?'

सरला सेठी ने कोई जवाब नहीं दिया।

'मैं आपको अपने एक ''लव ग्रुप'' के बारे में कुछ बताने आई हूँ?' सरला सेठी ने तुरन्त अपनी हियरिंग ऐड (सुनने की मशीन) बन्द कर दी। मिशनरी ही निकली। वह इसे पाँच रुपये का नोट पकड़ायेगी और रफ़ा-दफ़ा कर देगी। औरत अपनी बात कहती रही। उसकी आवाज़ सरला सेठी को अच्छी लगी। लेकिन बातें वही थीं—सरलता, शुचिता और मैत्री का उपदेश। फिर वह चुप हो गई। सरला ने सिर उठाकर उसकी तरफ़ देखा—क्या उसने कोई सवाल पूछा था?

'तुम्हें क्या परेशान कर रहा है, मेरी बच्ची,' माँ जैसे प्यार से उससे किसी ने कभी कोई सवाल नहीं पूछा था और उसकी माँ को मरे दस साल हो चुके थे।

'कुछ भी नहीं,' यह कहकर वह जैसे कुर्सी से उछली और दोबारा यही कहा, 'बिलकुल कुछ भी नहीं।' यह कहकर वह घर में घुस गई। वहाँ पर्स में से पाँच रुपये का नोट निकाला और फिर बगीचे में लौट आई। नोट उसके सामने बढ़ाते हुए बोली, 'इससे ज़्यादा मैं नहीं दे सकती।'

मिसेज़ मूर ने सिर उठाकर उसे देखा 'माई डियर, मुझे तुम चाहिये, तुम्हारा पैसा नहीं।' उसकी आँखें चमक रही थीं।

हाथ में नोट लिये खड़ी सरला सेठी को अपने ऊपर शरम आने लगी। मिसेज़ मूर ने उसकी परेशानी समझी। वह अपनी कुर्सी से उठी और उसका हाथ पकड़कर कहने लगीं, 'माई डियर, यह नोट पर्स में रख लो। मैं पैसे से कहीं ज़्यादा कीमती बातें करने आई हूँ। मैं तुमसे बात करने आई हूँ, बैठ जाओ और सुनो।'

सरला सेठी चुप होकर बैठ गई। उनके मुँह से शब्द नहीं निकल रहे थे। मिसेज़ मूर ने उन्हें इसका समय भी नहीं दिया। 'उनको अतिथि की बातें सुननी पड़ीं। यद्यपि मिसेज मूर की बातों में कोई नयापन नहीं था, लेकिन उनके लिये एक सन्देश ज़रूर था। लोग नफ़रत करके अपनी ज़िन्दगी तबाह कर लेते हैं। किसी दूसरे या खुद अपने से नफ़रत करना ज़रूरी नहीं होता। और एक दफ़ा आप दूसरों से प्यार करना सीख लें, तो वे भी आपको प्यार देने लगते हैं—और तब आपके मन में अपने लिये इज़्ज़त बढ़ जाती है। अब सवाल यह हुआ कि जिनसे आप नफ़रत करते हैं, उनसे प्यार कैसे करें? यह बहुत आसान है। आप उन कारणों को ढूँढ़ें जिनकी वजह से आप किसी से नफ़रत करते हैं। आपको पता चलेगा कि ज़हर आपके ही मन में होता है। उस आदमी से मिलिये और दिल साफ़ कर लीजिये। फिर देखिये इसका नतीजा। आपका अपना मन तो साफ़ हो ही जायेगा, वह दूसरा भी आपको गले से लगा लेगा और कृतज्ञता प्रदर्शित करेगा। ज़िन्दगी फिर से स्वस्थ और हरी-भरी हो जायेगी।

सरला सेठी को ये शब्द अमृत की तरह लगे और वह उन्हें पीती रही। 'माई डियर, इन शब्दों पर विचार करो और समझ में आये तो आचरण भी करो।' यह कहकर वह कुर्सी से उठी और उसे कुछ पैम्फ़्लेट पकड़ाये। 'मैं फिर आऊँगी और अगर तुम्हारा मन बने तो हमारे 'लव ग्रुप' में शामिल हो जाना।'

सरला सेठी फिर सोचने लगीं। अब उनके दिमाग में गौतम बुद्ध के शब्द नहीं, मिसेज़ मूर के शब्द भरे थे। भगवान बुद्ध ने भी तो यही कहा था कि, 'नफ़रत उस आदमी को ही मारती है जो नफ़रत करता है,' हालाँकि उन्होंने उससे मुक्त होने का उपाय नहीं बताया था। सिर्फ़ यह कहा था कि दुनिया को छोड़ दो। पर

बच्चों वाली शादीशुदा औरत दुनिया को कैसे छोड़ सकती है? लेकिन मिसेज़ मूर ने इसका एक व्यावहारिक रास्ता भी सुझाया था—अपने को उसे यह भी मानना होगा कि जब कभी उसकी किसी के साथ लड़ाई हुई या उसने किसी से नफ़रत की, तब हमेशा दोष उसी का होता था। और वे लोग कौन हैं जिनसे वह सचमुच नफ़रत करती है? यह सोचने लगी तो सबसे पहले उसके पति का नाम आया। उसने यह विचार दिमाग़ से निकालने का प्रयत्न किया। जो स्त्री अपने पति से ही सबसे ज़्यादा नफ़रत करे, वह खुद कितनी बुरी होगी! नहीं, नहीं, वह पति से नफ़रत नहीं करती। उससे उसे चिढ़ ज़रूर होती है, जिससे गुस्सा आ जाता है। इसके बाद पति की बहन का नाम आया। हाँ, इससे वह नफ़रत ज़रूर करती है। उसका तो मन में खयाल आते ही दिमाग़ गरम हो उठता है—कुतिया है वह, उसने हमेशा उसे कुतिया ही कहा है। इसके अलावा? छोटी-मोटी बहुत-सी शिकायतें हैं लेकिन किसी को गम्भीर नहीं कहा जा सकता। और अंग्रेज़? वह अंग्रेज़ों से नफ़रत ज़रूर करती है, उनकी सारी क़ौम से करती है। लेकिन यह अब पुरानी बात हो गई जब वे हम पर राज करते थे। आज़ादी हासिल होने के बाद स्थिति बदल गई है। और अब तो वह अपने देशवासियों की अपेक्षा अंग्रेज़ों से मिलना-जुलना ज़्यादा पसन्द करती है। वह रॉबिन्सन जैसों से कैसे नफ़रत कर सकती है? मुसलमानों से? शायद! लेकिन 1940 के दशक जैसी नहीं जब हिन्दू-मुस्लिम दंगे हुए थे। उसके बाद तो मुसलमान हिन्दुओं से दोस्ताना व्यवहार करने लगे हैं। अब वह सिर्फ़ पाकिस्तानी मुसलमानों से नफ़रत करती है। लेकिन यह देशभक्ति है। वह पाकिस्तान से इसलिए नफ़रत करती है क्योंकि वह अपने देश से प्यार करती है। क्या अपने देश को प्यार करने के लिये पाकिस्तान से नफ़रत करना ज़रूरी है? वगैरह वगैरह।

इस शाम सरला सेठी ने नींद नहीं ली। उसके बच्चे सोते रहे और वह मिसेज़ मूर द्वारा दिये गये पैम्फ़्लेट पढ़ती रही। शाम को उठी तो उसका दिमाग़ जैसे सुन्न पड़ गया था—जैसा एंटी-बायोटिक्स की तगड़ी खुराक लेने के बाद होता है। और उस दिन उसने जो सुना और पढ़ा था, वह नफ़रत से बीमार बदन के लिये एंटी-बायोटिक्स के अलावा और हो भी क्या सकता था? उसके भीतर लड़ाई होती रही।

परिवार ने भी महसूस किया कि मिसेज़ सेठी में कुछ परिवर्तन आया है। वह शान्त और स्थिर और दूसरों से अलग अपने में मग्न थी। डिनर के बाद मिस्टर सेठी अपनी फ़ाइलों में लग गये और बच्चे शोर मचाना छोड़कर जल्दी बिस्तरों पर जाकर सो गये। मिस्टर सेठी आधी रात के बाद बेडरूम में सोने आये। अँधेरे में

भी उन्हें अनुमान हो गया कि उनकी पत्नी अभी सोयी नहीं है। वे अपने पलँग के किनारे पर चुपचाप लेट गये और गहरी नींद में सो गये।

दूसरे दिन सवेरे सरला सेठी ने लव ग्रुव को फ़ोन किया और मिसेज़ मूर से मिलना चाहा। एक कार आकर उसे ले गई। उसका कई सदस्यों से परिचय करवाया गया। उसे उनके नाम सुनकर आश्चर्य हुआ—उनमें से कई शहर के सबसे नामी परिवारों की स्त्रियाँ थीं। दूसरा आश्चर्य उसे यह हुआ कि उसे सदस्य बनाने की उत्सुकता किसी ने नहीं दिखाई। दरअसल हुआ यह कि जब उसने धीरे से कहा कि वह भी सदस्य बनना चाहती है, तो मिसेज़ मूर ने उससे कहा कि, 'कुछ दिन और सोच लो, ऐसी कोई जल्दी नहीं है। हमारा कुछ और साहित्य पढ़ो। कोई सन्देह हो तो मुझसे बातचीत करो। जब मन एकदम पक्का हो जाये, तब बताना, हमें तुम्हारे शामिल होने से खुशी होगी।'

वह कुछ किताबें लेकर घर आ गई। मिसेज़ मूर उससे मिलने आईं और दोनों संस्था के नियमों की चर्चा करती रहीं। किताबों में ज़्यादा कुछ नहीं, सिर्फ़ इस तत्व का विवेचन था कि नफ़रत नष्ट करती है, परन्तु प्रेम निर्माण करता है। तीन दिन बाद सरला सेठी ने सदस्यता-फार्म पर दस्तखत कर दिये।

अब ज़िन्दगी एक चुनौती बन गई। सरला सेठी ने नवधर्मी के उत्साह से चुनौती स्वीकार की और मिसेज़ मूर के मार्गदर्शन में आगे बढ़ने लगीं। उसने अपनी मानसिकता से नफ़रत का ज़र्रा-ज़र्रा निकाल बाहर करने का फ़ैसला किया। 'ऐसे लोगों की लिस्ट बना लो जिनसे तुम नफ़रत करती हो। फिर उनसे जाकर मिलो और अपने दिल को साफ़ कर लो। नफ़रत निकलेगी तो प्रेम उसकी जगह ले लेगा।' मिसेज़ मूर का यह फ़ार्मूला था। सरला सेठी ने मिसेज़ मूर से ही शुरुआत की। उनका हाथ पकड़कर कहा, 'मिसेज़ मूर मैं आपसे ही शुरू करती हूँ। सालों तक मैं अंग्रेज़ों से नफ़रत करती रही। अब देखिये, आपका ही हाथ पकड़े बैठी हूँ।' मिसेज़ मूर ने सरला को गले से लगा लिया। वह बोली, 'देखो, कितनी जल्दी इसका असर हुआ! हुआ या नहीं?' फिर दोनों हँसने लगीं। सरला सेठी सोचने लगी कि इस तरह वह पहले कब हँसी थी।

सरला सेठी घर लौट आई और ऐसे लोगों की सूची तैयार करने लगी जिनसे उसे मिलना होगा। उसने किचेन के हिसाब की कॉपी निकाली और उसमें एक खाली पन्ना निकालकर लिखने बैठ गई। सबसे पहले पति का नाम लिखने से वह हिचकी, उसे यह मानना अजीब लग रहा था कि पति से ही वह सबसे ज़्यादा नफ़रत करती है। उसने यह भी महसूस किया कि अगर वह पति से ही शुरू नहीं

करेगी तो आगे बढ़ना मुश्किल हो जायेगा। इसलिए उसने स्थिर हाथों से उसका नाम लिखा। दूसरा नाम लिखते हुए उसे कोई परेशानी नहीं हुई—उसने अपनी ननद का नाम लिखा—कमला बेरी। उसने महसूस किया कि इससे बात करने में उसे कोई कठिनाई नहीं होगी।

अब कौन? सरला ने उन बहुत से नामों पर विचार किया जिनके साथ पहले कभी किसी बात पर झगड़ा-टंटा हुआ था। उनमें से कोई भी दोस्ती करने लायक नहीं था। वह इतनी ज़्यादा गई-गुज़री भी नहीं थी कि उनसे दोस्ती का हाथ बढ़ाये। तो दुनिया के लाखों लोगों में से दो ही ऐसे निकले! अरे हाँ, पाकिस्तान राष्ट्र से नफ़रत करना व्यक्ति से नफ़रत करने जैसा नहीं होता, उसके साथ आदमी अपने को बचाये रखकर ज़िन्दगी बिता सकता है। लेकिन यह बात करने के लिये किससे मिलना सही हो सकता है! तभी उसके दिमाग़ में पाकिस्तानी कौंसल जनरल का चेहरा तैर गया। एक कॉकटेल पार्टी में उससे परिचय हुआ था। वह गिट्ठा-सा घमण्डी आदमी कराकुल भेड़ की खाल की जिन्ना टोपी लगाये शान बघारता फिर रहा था। उसे याद आया कि किस तरह उसने कौंसल को नीचा दिखाया था : जब उसने अपना हाथ बढ़ाया तो जवाब में उसने अपने दोनों हाथ जोड़े 'नमस्ते' की जगह 'जय हिन्द' कहा था। उसने तीसरा नाम लिखा—कौंसल जनरल, पाकिस्तान।

यह उसकी गलती थी और अपना यह अपराध स्वीकार करते ही उसका मन बहुत हलका हो गया। अब उससे मिलकर माफ़ी माँगने का नतीजा और भी अच्छा होगा।

अब पहले व्यक्ति से निबटना सबसे ज़्यादा कठिन था। दस साल की शादी में झगड़े के बाद काम चलाने का एक ढर्रा निश्चित हो चुका था। दोनों में से कोई माफ़ी तो माँगता ही नहीं था। दोनों दुःखी होते रहते और नौकरों तथा बच्चों के ज़रिये एक-दूसरे से ज़रूरी सम्पर्क साधकर काम करते थे। अक्सर यह सम्बन्ध किसी मित्र के यहाँ हुई पार्टी के बाद इस तरह स्थापित हो जाता, कि ज़्यादा पीने से उसकी कामना इतनी जाग उठती कि वह अपनी शिकायत दरकिनार कर घर आने पर उससे लिपट जाता। सम्भोग से गुस्से का ज़हर खत्म हो जाता। इसके बाद सम्बन्ध सामान्य हो जाते। लेकिन अब सरला सेठी चाहती थी कि पार्टी के पियो-और मिलो—फ़ार्मूला से ऊपर कोई स्थायी हल निकाला जाए। उसने, जैसी कहावत है, बैल को सामने ही सींग से पकड़ा। उन्होंने शेर का उसकी माँद में ही मुकाबला किया। वह उसके अध्ययन-कक्ष में जा पहुँचीं और सीधे-सीधे बोलीं, 'मुझे बहुत अफ़सोस है। मुझे गुस्सा नहीं करना चाहिये था। यह मेरी गलती थी।

अब मुझे माफ़ करो।' मिस्टर सेठी को इतना ताज्जुब हुआ कि पाइप उनके मुँह से निकलकर नीचे गिर पड़ा। वे इस नम्रतापूर्ण आक्रमण के उत्तर में कुछ कहते, इससे पहले ही मिसेज़ सेठी रोती हुई वहाँ से निकल गईं। मिस्टर सेठी उनके पीछे बेडरूम तक गये, जैसे रस्सी में बँधे कुत्ते हों। फिर उनके बिस्तर पर बैठकर उन्हें शान्त करते रहे और खुद भी अपनी गलतियों की माफ़ी माँगते रहे। और हालाँकि उन्हें दफ़्तर जाने में देर हो रही थी, उन्होंने दरवाज़ा भीतर से बन्द कर लिया और पत्नी के साथ डटकर सम्भोग किया।

ननद के साथ मुकाबले में ज़्यादा परेशानी नहीं हुई, क्योंकि दो साल से उनकी कोई बातचीत नहीं हुई थी। नतीजा उम्मीद से ज़्यादा अच्छा निकला और फ़ायदा भी बहुत हुआ। सरला सेठी ने फ़ोन किया कि वह मिलने आ रही है। ननद उसके माफ़ी माँगने से इतनी द्रवित हुई कि रोने लगी और ज़िद करने लगी कि नहीं, सारी गलती उसकी अपनी ही थी। इसका जश्न मनाया गया और पहले ननद के घर ज़ोरदार लंच का प्रोग्राम रखा गया, फिर दो दिन बाद सेठी के यहाँ डिनर का आयोजन किया गया। इसके बाद दोनों घरों के बच्चे एक-दूसरे के साथ खेलने-कूदने लगे और दोनों महिलायें भी, क्या खाना है, क्या पकाना है, वगैरह में सुबह-शाम राय-मशविरा करने लगीं। सरला सेठी ने अपनी ननद को मिसेज़ मूर और लव ग्रुप के बारे में भी बताया।

दोबारा शुरू हुए मेलजोल का परिणाम यह हुआ कि सरला सेठी को यह याद ही नहीं रहा कि कभी उन्होंने किसी से नफ़रत की थी। एक दिन वह हिसाब की किताब उलट-पलट रही थीं, तब अचानक वही पन्ना उनके सामने आ गया जिस पर तीनों नाम लिखे थे। उन्होंने विजय के भाव से पहले दो नाम-पति और ननद के काट दिये, और तीसरा नाम—''कौंसल जनरल पाकिस्तान''—देखने लगीं। उन्हें ताज्जुब हुआ कि इसे देखकर उसके मन में कोई भावना नहीं जगी। उन्हें लगा कि उनके मन से नफ़रत पूरी तरह साफ़ हो चुकी है। अब क्या यह ज़रूरी है कि पाकिस्तानियों से माफ़ी माँगी जाए? वह कुछ मिनट इस पर सोचती रहीं, फिर उन्होंने ''पाकिस्तानी कान्सुलेट'' को फ़ोन किया। सेक्रेटरी को अपना नाम और अपने पति के पद की जानकारी दी। फिर कहा कि वह कौंसल जनरल से मिल चुकी हैं और उन्हें उनका नाम याद आ जायेगा। लेकिन काम क्या है, यह उन्होंने कुछ नहीं बताया, कहा 'व्यक्तिगत' काम है। सेक्रेटरी ने उनका नम्बर ले लिया और उत्तर देने का वादा किया।

पाकिस्तानी कान्सुलेट ने मिसेज़ सेठी के बारे में जाँच-पड़ताल की। कौंसल

जनरल उनसे मिलने को तैयार हो गया, यद्यपि उन्होंने काम नहीं बताया था।

सरला सेठी कान्सुलेट पहुँचीं और कौंसल जनरल के कमरे में दाखिल हुईं। वही गिट्ठा-सा आदमी था, जिसकी उन्होंने पार्टी में बेइज़्ज़ती की थी। उसकी कराकुल टोपी कुर्सी के पीछे एक रैक में लटकी हुई थी। मेज़ पर दो पाकिस्तानियों के फ़ोटो रखे थे, जिन्हें मिसेज़ सेठी ज़बर्दस्त नफ़रत से देखती थीं। पाकिस्तान के निर्माता जिन्ना और राष्ट्रपति अय्यूब खाँ की। वहीं एक छोटा-सा हरा और सफ़ेद झंडा भी, जिस पर चाँद का टुकड़ा नज़र आ रहा था, रखा था। सरला ने इनसे परेशान न होने का फ़ैसला किया। उन्होंने अपना हाथ मिलाने के लिये आगे बढ़ाया। लेकिन कौंसल जनरल ने अपने दोनों हाथ जोड़कर उनसे नमस्ते की। इसका जवाब देने के लिये मिसेज़ सेठी ने अपना बढ़ा हुआ हाथ पीछे खींचकर नमस्ते करनी चाही, तो कौंसल जनरल ने मिलाने के लिये अपना हाथ आगे बढ़ा दिया था। इस नाटक से दोनों को परेशानी हुई। फिर कौंसल जनरल अपनी कुर्सी पर आकर बैठ गया और मिसेज़ सेठी की तरफ़ मुड़कर पूछने लगा, 'मैं आपकी क्या खिदमत कर सकता हूँ, मिसेज़ सेठी? और आप क्या लेना पसन्द करेंगी—चाय, कॉफ़ी या ठंडा, जब तक हम बात करेंगे!' यह कहकर उसने घंटी बजाई।

'जी नहीं, शुक्रिया।' यह कहकर उसने सेक्रेटरी की तरफ़ हाथ हिलाया, जो घंटी सुनकर भीतर आ गया था। 'मेरे लिए ज़रा मुश्किल का मसला है। अली साहब, मुझे ज़रा शान्त होने की मोहलत दें।'

यह कहकर मिसेज़ सेठी ने दोनों हाथों से अपना मुँह ढक लिया और शान्त होने की कोशिश करने लगीं। पाकिस्तान के कौंसल जनरल हिज़ एक्सीलेन्सी मिस्टर अली उसकी तरफ़ परेशानी से देखने लगे।

सरला सेठी ने मुँह खोला और अली साहब की तरफ़ ध्यान से देखा—उनके चेहरे पर मुस्कुराहट आ गई थी। लेकिन फिर दोबारा वह परेशान हो उठीं और 'माफ़ कीजियेगा, अली साहब, मुझे थोड़ा-सा वक्त और दें—यह मेरे लिये बहुत ज़रूरी मसला है।'

यह कहकर उन्होंने फिर अपना चेहरा ढक लिया। मिस्टर अली का हाथ घंटी की तरफ़ बढ़ने लगा।

आखिरकार सरला सेठी तैयार नज़र आईं। उन्होंने चेहरा खोला, घुटनों पर हाथ थपकाये, और 'हाह' कह कर बोलीं, 'अब मैं तैयार हूँ।' यह उन्होंने इस तरह कहा जैसे कुश्ती के लिये तैयार हो रही हों। अली साहब का चेहरा कुछ हल्का पड़ा लेकिन हाथ घंटी के पास ही बना रहा।

'योर एक्सीलेन्सी, बात यह है,' यह कहकर सरला सेठी ने बात शुरू की। उन्होंने अपने जीवन के आरम्भ से अपनी कहानी बताई। लाहौर में बिताया बचपन, 1947 के दंगों की स्मृतियाँ, कैसे मुसलमानों ने उनका घर जला दिया, फिर भारत के शरणार्थी शिविरों में बिताये गये दिन। इन सबके कारण उनके मन में मुसलमानों के लिये कितनी नफ़रत पैदा हुई, खासतौर से पाकिस्तानी मुसलमानों के लिये। इसके बाद उन्होंने मिसेज़ मूर के शब्द दोहराये : 'आप जानते हैं, अली साहब, नफ़रत उसी को मार डालती है जो नफ़रत करता है। इससे तभी निजात पाई जा सकती है जब आदमी दिल साफ़ कर ले और माफ़ी माँग ले। अपनी गलती स्वीकार कर लेने से आदमी का मन साफ़ हो जाता है और उसकी जगह प्यार पैदा हो जाता है। यह ठीक है न, अली साहब?' यह कहकर सरला सेठी ने आँखें फाड़कर उनकी तरफ़ देखा।

मिस्टर अली की समझ में नहीं आ रहा था कि यह क्या हो रहा है। क्या वह उससे इश्क का इज़हार करने आई हैं? उनका अँगूठा घंटी की घुण्डी की तरफ़ बढ़ने लगा।

लेकिन उनका डर सही नहीं था। 'देखिये, अली साहब, अब मेरे लिए यह तो सम्भव नहीं था कि पाकिस्तान जाऊँ और हर मुसलमान से माफ़ी माँगूँ, इसलिए मैंने फ़ैसला किया कि आपसे माफ़ी माँग लूँ, क्योंकि आप अपने मुल्क के प्रतिनिधि हैं।'

'जी, जी, जी, जी,' अली साहब ने हकलाते हुए कहा, 'यह तो आपकी बड़ी मेहरबानी है। हमने, हम सबने गलत किया है। उसे जीतना ही अच्छा है। हज़रत मोहम्मद साहब ने भी यही कहा है, कि प्यार में नफ़रत से ज़्यादा ताकत है। हम सबको एक-दूसरे से प्यार करना चाहिये।' यह कहकर उसने घंटी से हाथ हटा लिया और कुर्सी पर हाथ फैलाकर आराम किया।

सरला सेठी गपशप करने नहीं आई थीं। यह कहकर वह एकदम उठ खड़ी हुई और हाथ मिलाने या नमस्ते करने का तमाशा न करने के निश्चय से पहले ही अपने दोनों हाथ कसकर जोड़ लिये और बोलीं, 'आपका वक्त कीमती है, अब मुझे इजाज़त दें। नमस्कार।'

'नमस्कार,' अली साहब ने जवाब दिया और उठकर उनके लिए दरवाज़ा खोल दिया।

वे मुस्कुराते और यह सोचते हुए अपनी मेज़ पर लौटे कि कैसी ताज्जुब खेज़ और ज़रा-सी बात हुई। वे कई दिन तक इसकी जुगाली करते रह सकते हैं। मिसेज़ सेठी के साथ इस मुलाकात का ज़िक्र करके वह न जाने कितनी मीटिंगों

का मनोरंजन करते रहेंगे।

और यही उन्होंने किया भी। अगले पन्द्रह दिन तक वह हर राजनयिक पार्टी में इस घटना का पूरा ज़िक्र करके सबको चकित करते रहे। लोग ज़ोर-ज़ोर से हँसते भी थे, जिससे उन्हें बहुत मज़ा आता था। फिर जिन लोगों को इसका पता चल जाता, वे दूसरों से इसका ज़िक्र करते और बहुत जल्द शहर के सब जाने-माने लोगों को मिसेज़ सेठी की पाकिस्तानी कौंसल जनरल से हुई इस भेंट का पता चल गया। मिस्टर सेठी को अपने एक सहयोगी से इसका पता चला : 'तुम्हारी पत्नी पाकिस्तानी कौंसल जनरल से मिलने गई थी।' उसके खीसें निकालकर यह बात कहने से लगता था कि यह उसके प्रति विश्वासघात नहीं था, कुछ और बेवकूफ़ी थी। और चूँकि ज़्यादातर लोगों को ननद के साथ उसके समझौते का पता नहीं था, इसलिए उन्होंने इसमें ज़रूरत से ज़्यादा मसाला मिलाकर उसे यह सब बताया। कुछ समय बाद इस कहानी में कुछ इस तरह की भूमिका भी जुड़ने लगी, 'इस सेठी की औरत का दिमाग़ कुछ चल गया-सा लगता है, तुमने सुना न...।' जब ननद को इस घटना का पता चला तो उसने भी अपना अनुभव बताकर इसकी पुष्टि की।

सरला सेठी अपने इस परिवर्तन की प्रतिक्रिया देखने के लिये तैयार थीं। वह विरोध भी सहने को तैयार थीं। उनका मज़ाक उड़ाया जाता तो भी उन्हें बुरा न लगता। लेकिन इस तरह पीठ पीछे उनकी बुराई करे, उन्हें देखकर मुस्कुरायें और फिर चलते बनें। उन्हें फिर गुस्सा आने लगा। वह गुस्से पर काबू पाने की कोशिश करतीं, पार्टियों में जाना उन्होंने बन्द कर दिया, उनकी जगह वह लव ग्रुप के दफ़्तर में जाने लगीं। उन्होंने अपने को समझाया कि जब तक उनका पति, बच्चे और ननद के परिवार के लोग उनसे खुश हैं, तब तक वह बाकी दुनिया की परवाह क्यों करें। लेकिन उन्हें यह जानने की इच्छा बनी रही कि लोग उनके बारे में कहते क्या हैं। उनका धीरज़ जवाब देने लगा, तो वह शहर की सबसे मशहूर अफ़वाह फैलाने वाली औरत, मिसेज़ सोनी से मिलने जा पहुँचीं।

उन्हें ज़्यादा पूछताछ करनी ही नहीं पड़ी। उसने खुद ही विषय उठा दिया, 'सरला, लोग कहते हैं कि तुम पाकिस्तानी कौंसल से मिलने गई थीं। इसकी वजह क्या थी?'

'तुम्हें किसने बताया?' सरला सेठी ने प्रश्न किया।

'किसने बताया? अरे, सारी दुनिया यही बात कर रही है। मैंने ही दर्जनों लोगों से यह बात सुनी है।'

सरला सेठी का दिमाग़ गरम होने लगा। 'मैंने पूछा तुम्हें किसने बताया?' मिसेज़ सोनी इधर-उधर करने लगीं। उन्हें ननद के साथ हुए मेलजोल का पता नहीं था। 'मुझे ठीक से याद नहीं आ रहा...हो सकता है...हाँ, तुम्हारी ननद से...या...कोई और होगा। लेकिन हर कोई यही चर्चा कर रहा है।'

'क्या कहा था उसने?'

'उसके शब्द तो याद नहीं आ रहे...कुछ सबको प्यार करने के बारे में...,' उसने जैसे चिढ़ाते हुए कहा। 'लेकिन तुम तो बेवक़ूफ़ नही बनीं?'

सरला सेठी कुर्सी से उछलकर उठीं और विदाई का एक शब्द भी कहे बिना गाड़ी लेकर ननद के घर की तरफ़ चल पड़ीं। उन्होंने अपने गुस्से पर काबू करने की कोशिश भी नहीं की। पोर्च में गाड़ी खड़ी की और वरांडे में जा पहुँचीं। गाड़ी के रुकने की आवाज़ सुनकर उनकी ननद खुद बाहर निकल आई—उसने खुशी से हाथ फैलाये और उन्हें बाँहों में भरने के लिये आगे बढ़ी। 'अरे सरला, कितनी अच्छी बात है...'

सरला सेठी ने उसके मुँह पर एक ज़ोरदार थप्पड़ मारा...'तू कुतिया...मेरे पीछे मेरा मज़ाक उड़ाती फिरती है!'

जन्म-कुंडली

मदन मोहन पांडे हर दृष्टि से अन्य युवकों से हटकर था। 'देखने में हूबहू बाप की शक्ल, पर काम में एकदम उसका उल्टा,' उसके परिवार से परिचित लोग कहते थे। और यह बिलकुल सच था। उसके पिता हमेशा शानदार कोट और पैंट में नज़र आते थे, भीषण गर्मी के दिनों में भी। और बेटा धोती-कुर्ता के अलावा और कुछ नहीं पहनता था। युवावस्था प्राप्त होने के बाद उसने गेरुए और सुनहरे रंग का अंगवस्त्र भी पहनना शुरू कर दिया था। ये फ़र्क तो ऊपर से ही दिखाई देते थे, लेकिन कई बहुत गहरे भीतरी अन्तर भी थे, जो परिवार के करीबी लोगों को ही दिखाई देते थे और जो उसके बचपन से ही दिखाई देने लगे थे।

यद्यपि मदन मोहन के माता-पिता दोनों ही ब्राह्मण थे, परन्तु उन्होंने ब्राह्मणों के सब रीति-रिवाज़ त्यागकर पाश्चात्य जीवनशैली पूरी तरह अपना ली थी। यह काम उसके पिता हरिमोहन पांडे ने किया था। उन्होंने दिल्ली में हुए आई.सी.एस. (इंडियन सिविल सर्विस) के इम्तहान में उत्तीर्ण होकर 1928 में ही इंग्लैंड का रुख कर लिया था और ऑक्सफोर्ड के एक साल के अध्ययन-काल में न सिर्फ़ अपनी चोटी काट दी थी बल्कि जनेऊ भी उतारकर फेंक दिया था। यही नहीं, उन्होंने हिन्दू धर्म का सबसे बड़ा अपराध, गौमांस खाना भी शुरू कर दिया था। जब वह इंग्लैंड में थे, तब दूसरे भारतीय विद्यार्थियों के सामने यह डींग भी मारा करते थे कि अगर तुम मीट खाते हो, तो गाय के मीट से ज़्यादा स्वादिष्ट और कुछ नहीं होता। कभी रेड वाइन के साथ खाकर देखो तो पता चल जायेगा। वह इस बारे में एक पंजाबी कहावत भी कहते थे : 'गाय को भूखी मर जाने दो पर मारो मत। गिद्ध उसे खा जाएँ, लेकिन आदमी न खाये। हिन्दू धर्म की जय, गौमाता की जय,' लेकिन

भारत में अपने घर पर उन्होंने इसे खाना छोड़ दिया। उनका तर्क था : 'यहाँ गाय हमारी माँ है, हम उसका दूध पीते हैं। अपनी माता को तो खाने के लिये मारा नहीं जाता। यूरोप की बात दूसरी है, वहाँ गायों को पवित्र नहीं मानते।' सब मानते थे कि लड़का ज़हीन है, समझदार है और ब्रिटिश राज में अफ़सर बनकर बड़ी उन्नति करेगा।

आई.सी.एस. और कुँवारा, ऐसा विवाह योग्य लड़का माता-पिता के लिए बड़े आकर्षण का केन्द्र था। हरि मोहन के माता-पिता दोनों उसके ऑक्सफोर्ड से लौटने के कुछ समय बाद ही गुज़र गये थे, इसलिए अपनी पत्नी का चुनाव करने के मामले में वह पूरी तरह आज़ाद था। उसने एक ब्राह्मण परिवार की, कान्वेन्ट में शिक्षित पार्वती जोशी को चुना, जो दिल्ली के सबसे बड़े डिपार्टमेन्टल स्टोर की मालकिन थी। वह भारी दहेज लेकर उसके यहाँ आई और उसका स्वभाव भी अच्छा था, क्योंकि उसे यद्यपि पाश्चात्य सभ्यता की कई बातें पसन्द नहीं थीं, फिर भी वह पति की इच्छा के अनुरूप अपने को ढालने में लगी रही। विवाह के साल भर बाद मदन मोहन का जन्म हुआ, जो उनकी इकलौती सन्तान थी। हालाँकि इनको ज्योतिष और जन्म-कुंडली बनवाने में विश्वास नहीं था, फिर भी बालक के जन्म के कुछ ही दिन बाद उसके नाना सत्यानंद जोशी ने उसकी कुंडली बनवा ली। पर इसे पढ़ने का समय किसी के पास नहीं था। पार्वती ने इसे लपेटकर लाल डोरे से बाँध दिया और अपने ज़ेवर वगैरह रखने वाली सेफ़ में रख दिया।

मदन मोहन ने जब नर्सरी स्कूल में जाना शुरू किया, तभी लोगों को पता चल गया कि लड़के का दिमाग़ अपना और आज़ाद है और माता-पिता उसे चला नहीं सकते। उसके पिता का आग्रह था कि परिवार के सब लोग अंग्रेज़ी में बात करें, क्योंकि यह शासकों की भाषा है और विश्व-भाषा भी बनने वाली है। हिन्दी या हिन्दुस्तानी का उपयोग नौकरों को आदेश देने में और अशिक्षित लोगों से बात करने में ही किया जाता था। लेकिन बच्चा मदन मोहन हिन्दी में ही बात करता। उसकी माँ भी इससे सहमत थी और उससे हिन्दी में ही बात करती थी। लेकिन पिता को यह सख्त नापसन्द था और उससे वह शायद ही कभी बात करते हों। उसके माता-पिता छुरी-काँटे से खाना खाते थे, लेकिन वह हाथ से ही खाना खाता था और ऐसा न करने देने पर हंगामा खड़ा कर देता था। हरि मोहन इसका दोषी अपने श्वसुर को मानते थे, जो आचार-विचार को मानने वाले शुद्ध पवित्र ब्राह्मण थे और उनके घर से कुछ दूर कर्ज़न रोड पर ही रहते थे, जहाँ बालक मदन अपना काफ़ी समय बिताता था। हरि मोहन ने नौकरों को सख्त हिदायत दे रखी थी कि

छोटे साहब को उनके यहाँ न ले जाया जाए, लेकिन उनकी अनुपस्थिति में यानी जब वे दफ़्तर में होते थे, या चाँदनी चौक की मशहूर तवायफ बहनों, रसूलन और अख़्तरी के साथ नियमित रूप से सप्ताह में दो रातें बिताने जाते थे—तब सत्यानंद जोशी को उनके यहाँ आने से तो कोई रोक नहीं सकता था।

नर्सरी स्कूल के बाद मदन मोहन को अंग्रेज़ी माध्यम के माडर्न स्कूल में पढ़ने भेजा गया। लेकिन यहाँ वह अंग्रेज़ी को नहीं, बल्कि हिन्दी, संस्कृत और गणित को ज़्यादा महत्त्व देता था। वह पिता से पढ़ाई में ज़्यादा तेज़ भी था। जबकि उसके पिता की स्कूल में प्रगति हमेशा सामान्य से कुछ अधिक ही रही, वह अंग्रेज़ी सहित, सभी विषयों में बहुत आगे ही रहता था। हरि मोहन को मन-ही-मन अपने बेटे के लिये गर्व भी था और उन्हें विश्वास था कि अगर वह सिविल सर्विस की परीक्षा में बैठा तो बड़े आराम से निकल जायेगा। लेकिन उन्हें यह भय भी सताता रहता था कि हो सकता है लड़का इसके लिये तैयार ही न हो। स्कूल में ही उसने गाँधीजी की इज़्ज़त करना शुरू कर दिया था और यूनिफ़ार्म भी खादी की ही पहनता था।

मैट्रिक की परीक्षा में उसने दिल्ली में सर्वोपरि स्थान प्राप्त किया, जिसकी लोग उससे अपेक्षा भी करते थे और कॉलेज की पढ़ाई के लिये उस समय के प्रसिद्ध ईसाई कॉलेज सेंट स्टीफेन्स में दाखिला लेने के स्थान पर उसने हिन्दू कॉलेज को चुना। उसने पिता से साफ़ कह दिया, 'मैं हिन्दू हूँ, इसलिए मैं ईसाई कॉलेज में नहीं पढ़ूँगा।' अपने स्कूल की हल्की नीली शर्ट और गहरी नीली निकर की यूनिफ़ार्म के स्थान पर उसने सफ़ेद खादी का कुर्ता और धोती पहनना शुरू कर दिया। और पिता की इच्छा के विपरीत उसने सिर पर लम्बी चुटिया फहरा ली और माथे पर लाल तिलक लगाकर घूमने लगा। उसने विषय भी हिन्दी, संस्कृत, दर्शन और गणित चुने। वह वाद-विवाद प्रतियोगिताओं में भी बढ़-चढ़कर भाग लेता था। जबकि अन्य प्रतियोगी अंग्रेज़ी बोलते थे, वह शुद्ध हिन्दी में भाषण देता था और वेद, उपनिषद तथा गीता के उद्धरणों के साथ रामायण तथा महाभारत की कथाएँ सुनाता था। लोगों ने उसे पंडित मदन मोहन पांडे, या केवल पंडितजी, कहना शुरू कर दिया था।

इस तरह एक बड़े आई.सी.एस. अफ़सर के शानदार बँगले में तीन अलग-अलग किस्म के व्यक्ति रहते थे : साहब, माताजी और पंडित जी।

छुट्टियों में एक दिन की बात है, जब बी.ए. के नतीजे का इन्तज़ार किया जा रहा था, मदन मोहन ने अपनी माँ से पूछा कि क्या उसकी जन्म-कुंडली अभी तक उसके पास है। उसने कुछ ताज्जुब और कुछ प्रसन्नता से 'हाँ' कहा, क्योंकि

पति के तमाम बन्धनों के बावजूद वह मन से पारम्परिक आचार-विचार की ब्राह्मण स्त्री ही थी। 'मेरा खयाल है, वह सेफ़ में ज़रूर होगी। किसी ने कभी उसे देखा तक नहीं। तुम तो जानते ही हो, तुम्हारे पिता इन बातों को मानते ही नहीं।'

'पिता मानें या न मानें, मैं तो मानता हूँ, और मैं इसे देखना चाहूँगा।'

दो दशक पहले सेफ़ में रखी जन्म-कुंडली को ढूँढ़कर निकाला गया और मदन मोहन उसे लेकर अपने कमरे में चला गया। उस पर बँधा लाल डोरा निकालकर उसे खोला। सबसे ऊपर गेरुए रंग में स्वास्तिक का चिह्न बना था जिसके नीचे 'ॐ' लिखा था। इसके बाद एक चार खाना बनाकर उसमें छोटे-छोटे खाने खींचकर आठ ग्रहों के नाम लिखे थे। मदन मोहन को इन्हें समझने में कोई कठिनाई नहीं हुई। नीचे लिखा था :

'विक्रमी सम्वत् 1989 में 15 अगस्त 1931 को जन्मा यह बालक बहुत होनहार होगा। इसके माता-पिता यदि समुचित ढंग से इसका पालन-पोषण करेंगे, तो इसका उज्ज्वल भविष्य निश्चित है। इसकी प्रवृत्ति कुछ कठोर होगी और सही मार्गदर्शन में यह बहुत उन्नति को प्राप्त होगा। ऐसा न होने पर यह विद्रोही बन सकता है।'

इतना पढ़कर मदन मोहन रुक गया। यहाँ तक तो ठीक ही था, हर बात सही निकली थी। शिक्षा में उसकी प्रगति इसका प्रमाण थी। उसके अपने पिता से मतभेद भी थे। वह विद्रोही था—उद्देश्य के साथ। इसके आगे उसने पढ़ना शुरू किया :

'यह अपना कार्यक्षेत्र कई दफ़ा बदल सकता है। यह सरकारी नौकरी कर सकता है, शिक्षा-क्षेत्र में जा सकता है और राजनीति भी कर सकता है। लेकिन इसके व्यापार करने की सम्भावना नहीं है। मदन ने मन में सोचा, यह हो ही कैसे सकता है, क्योंकि वह ब्राह्मण का बेटा है, बनिये या व्यापारी का बेटा तो है नहीं। लेकिन वह जिस भी क्षेत्र में जायेगा, बहुत उन्नति करेगा। नक्षत्रों के इस योग में जन्म लेने वाले व्यक्ति नेता बनते हैं और बड़ी ऊँचाइयों को छूते हैं। इसे अपना जीवनसाथी चुनने में कठिनाई हो सकती है, इसलिए परामर्श दिया जाता है कि लड़की की जन्म-कुंडली का भली-भाँति अध्ययन करके अन्तिम निर्णय लिया जाए। अगर दोनों की कुंडलियाँ मिलती होंगी तो विवाह सुखद होगा और कई पुत्र-पुत्रियों का परिवार बनेगा। उसका स्वास्थ्य कुछ समस्याएँ उत्पन्न कर सकता है और कठोर स्वभाव का होने के कारण पेट में फोड़े परेशान कर सकते हैं। उसे सात्विक भोजन करना चाहिये, प्याज, लहसुन, हींग और मिर्च-मसालों का उपयोग वर्जित है। शराब

और तम्बाकू से बचना चाहिये। सादा भोजन के साथ योग करने से स्वस्थ तथा दीर्घ जीवन प्राप्त होगा?'

मदन मोहन कुछ देर इस पर सोचता रहा, फिर कुंडली लपेटकर उसे लाल धागे से बाँधने लगा। तभी उसकी माँ वहाँ आई और उसके कन्धे पर हाथ रखकर पूछने लगी, 'इसमें क्या लिखा है, बेटा? हमने तो कभी इसे खोलकर देखा भी नहीं, क्योंकि तुम्हारे पिता को इन बातों पर विश्वास ही नहीं था।'

'ठीक ही है। जो कुछ लिखा है, वह सही ही निकला है। अगर पिताजी इसे पढ़ते तो उन्हें पता चलता कि जन्म-कुंडली कभी गलत नहीं होती। माँ, क्या आप जानती हैं कि दुनिया के किसी भी देश में हमारे देश से ज़्यादा सही भविष्य नहीं बताया जाता? यह विज्ञान है जिसे भारतवासी ही जानते हैं। हमारे शास्त्रों में ऐसी और भी कई बातें हैं जिनसे पता चलता है कि हमारे पूर्वज बिजली, विमान-यात्रा और तार-बेतार वगैरह के बारे में जानते थे, जिन सबको आज के पश्चिमी देश अपने आविष्कार बताते हैं। पश्चिम के लोग झूठ बोलते हैं। हम विज्ञान के हर क्षेत्र में गणित, भौतिकी, रसायन शास्त्र, आकाश-विज्ञान, ज्योतिष वगैरह सबके जनक हैं।'

पार्वती को अब तक सचमुच विश्वास होने लगा था कि उसका बेटा भविष्य में कुछ कर दिखायेगा। उसके पिता अक्सर उसे सिरफिरा कहते थे, पर ऐसी बात नहीं है। उसने धीरे-धीरे पति को भी समझाना शुरू किया। वे भुन-भुनाकर कहते, 'यह अपनी उम्र के और दूसरे लड़कों की तरह क्यों नहीं है? सिर से लटकती लम्बी चुटिया, माथे पर तिलक, बदन पर धोती-कुर्ता और हर वक्त संस्कृत वगैरह से कुछ-न-कुछ बोलते रहना। मैं मानता हूँ कि लड़का ज़हीन है, लेकिन वक्त के साथ भी तो चलना ज़रूरी है।'

'क्योंकि वह मानता है कि हमारा अतीत बहुत विकसित था, जिसके बारे में आज हम कुछ नहीं जानते। वह यही सब हमें बताना चाहता है,' पार्वती ने उत्तेजित होकर कहा। 'अभी उसने मुझे बताया कि उसकी जन्म-कुंडली में क्या लिखा है। वह बहुत उन्नति करेगा। अभी तक भी जो लिखा है, वह सही निकला है। भगवान की इच्छा होगी तो आगे भी सब सही निकलेगा।'

'अच्छी बात है,' यह कहकर पांडेजी चुप हो गये।

बी.ए. की परीक्षा में मदन मोहन का नाम सबसे आगे रहा और संस्कृत तथा गणित में डिस्टिंक्शन भी प्राप्त हुआ। उसे हिन्दू कॉलेज के प्रिंसिपल ने तुरन्त दोनों विषयों के लेक्चरर का पद देने का प्रस्ताव किया। वह अभी बीस वर्ष का

ही था और कॉलेज के इतिहास में पहला सबसे कम उम्र का अध्यापक बन रहा था।

उसके माता-पिता बहुत खुश हुए। लेकिन अध्ययन के क्षेत्र की अपनी सीमाएँ थीं। वह प्रोफ़ेसर तो बन ही जायेगा, अपने विभाग का अध्यक्ष भी हो जायेगा, फिर कॉलेज का प्रिंसिपल हो सकता है और किसी यूनिवर्सिटी का वाइस-चान्सलर भी हो सकता है, लेकिन सिविल सर्विस की सम्भावनाएँ तो इससे कहीं ज़्यादा होती हैं। उसके पिता ने उसे समझाने की कोशिश की—अब वे आज्ञा नहीं देते थे—कि एक बार आई.ए.एस. में बैठकर तो देखो। अब अंग्रेज़ तो चले गये हैं और इसके द्वारा भी वह अपने महान देश की सेवा ही करेगा।

मदन मोहन ने पिता को खुश करने के लिये उनकी बात मान ली। उसने आई.ए.एस. परीक्षा में बैठने की तैयारी शुरू कर दी। अपने प्रिय विषय हिन्दी, संस्कृत और गणित के अलावा चौथा विषय भारतीय इतिहास चुना। इसे पढ़ते हुए उसके विचारों की पुष्टि हुई, कि भारत का अतीत बहुत उज्ज्वल था, फिर मुसलमानों के हमले और बादशाहों का शासन और इसके बाद अंग्रेज़ों द्वारा उनके आचार-व्यवहार को बदलने की कोशिश—यह सब पढ़कर उसका खून खौलने लगा।

उत्तीर्ण व्यक्तियों की सूची में उसे तीसरा स्थान प्राप्त हुआ। अब मौखिक परीक्षा ही शेष थी, उसके बाद केन्द्र सरकार की सब नौकरियाँ उसके कदमों तले थीं। यहाँ तक अपने पिता का कहा कर लेने के बाद उसने अब आगे कुछ न करने का फ़ैसला किया। उसने मौखिक परीक्षा के लिये उपस्थित होने से इनकार कर दिया और सरकारी नौकरी का विचार त्याग दिया। उसने लेक्चरर की नौकरी स्वीकार करने का ही फ़ैसला किया जो अभी तक उसके लिये खुली थी। उसके आई.ए.एस. में आने के बाद विवाह योग्य कन्याओं के माता-पिताओं ने जो उसके घर आना-जाना शुरू कर दिया था, उनकी संख्या अब एकदम घट गई। जब माँ ने उसे यह बात बताई तब उसने ताना कसा, 'देखो, हमारे समाज के लोग कितने घटिया हैं। हर आदमी खरीद-फ़रोख्त में लगा है। मैं यह सब खत्म कर दूँगा।'

मदन मोहन के व्यवहार से निराश उसके माता-पिता अब उसकी प्रशंसा करने लगे। सबसे बड़ी सरकारी नौकरी को लात मारकर आज का कौन-सा नौजवान इतने कम वेतन की लेक्चररशिप को स्वीकार करता है? उनके रिश्तेदारों और मित्रों तथा जो अपनी लड़कियों की शादी उससे करने को तैयार थे लेकिन अब पीछे हट गये थे, इस प्रशंसा में उनका साथ देने लगे। 'अगर हमारे देश में ऐसे लड़के कुछ और भी होते, तो यहाँ की कहानी एकदम बदल जाती!' इस प्रकार मदन मोहन ने ऊँचे आदर्शों के साथ अपना अध्यापन कार्य आरम्भ किया। उसने तय किया कि वह

अपने युवा छात्रों को गलत इतिहास के चंगुल से मुक्त करेगा। पहले दिन वह एक बिलकुल नया खादी का कुर्ता और पाजामा पहनकर, माथे पर हमेशा से बड़ा तिलक लगाकर और सुनहरे बॉर्डरवाला सिल्क का अंग वस्त्र कन्धे पर डालकर कक्षा में गया।

यह मनोरंजक बात है कि मदन मोहन ने यद्यपि अपना शिक्षक का पेशा स्वयं चुना था और जिन विषयों को वह पढ़ाता था, उनका वह ज्ञाता था, परन्तु उसके छात्र इससे प्रभावित नहीं हुए। वह बहुत किताबी भाषा बोलता था, विचारों में कट्टर था और प्रश्न किये जाना उसे पसन्द नहीं था। उसके अनुसार, अब चूँकि अंग्रेज़ों का शासन समाप्त हो गया है, इसलिए हिन्दुओं का कर्तव्य है कि अपना प्राचीन वैभव तथा ज्ञान पुनर्जीवित करें, जिसके लिये मुसलमानों को दबाना या उन्हें देश से निकाल बाहर करना ज़रूरी है। वेदों में जो विज्ञान और तकनीकी मौजूद है, उसे जीवित किया जाना चाहिये। राइट बन्धुओं के हवाई जहाज़ उड़ाने से पहले हमारे यहाँ विमान उड़ाये जाते थे। हमारे भगवान लंका से अयोध्या गये थे या नहीं? यही नहीं, अयोध्या पहुँचते ही हनुमानजी विमान से पैराशूट द्वारा उतरकर नगरवासियों को यह सूचना देने नहीं पहुँचे थे, कि श्री राम पधार रहे हैं, उनके स्वागत की तैयारी करो? इसी प्रकार मदन मोहन आयुर्वेद को दुनिया की सर्वोच्च चिकित्सा पद्धति और वास्तु को सब प्रकार के स्थापत्य का जनक घोषित करता था। वह कुतुबमीनार और ताजमहल बनाने के लिये मुसलमानों का मज़ाक उड़ाता था। वे निर्माता नहीं थे, वे हिन्दू मन्दिरों और भवनों के ध्वंसकर्ता थे। वह कहता, 'तुम संस्कृत के ग्रन्थ पढ़ो तो तुम्हारी आँखें खुल जायेंगी। अंग्रेज़ी की किताबों में जो कुछ लिखा है, वह सत्य नहीं है। वे हमेशा हमारी विशाल उपलब्धियों की निन्दा करते रहे हैं, क्योंकि उनका काम बहुत मामूली है।' उसके छात्र यह सब सुनकर सोने लगते, पर वह बोलता चला जाता था।

छमाही इम्तहानों के बाद उसकी कक्षाओं में छात्रों की संख्या घटने लगी और वे दूसरे विषयों में जाने लगे। लड़के-लड़कियों ने उसका नाम रख दिया। महामहोपाध्याय चुटियाधारी पंडित मदन मोहन जी महाराज। कुछ ने उसके नाम के पहले अक्षर, एम.एम., को नये नाम देने शुरू कर दिये, जैसे 'महा-मूरख।' प्रिंसिपल के पास रिपोर्ट पहुँचने लगीं, कि वह अच्छा अध्यापक नहीं है। साल बीतते-बीतते मदन मोहन को भी पता चल गया कि उसके क्रान्तिकारी विचारों को न छात्र स्वीकार करने को तैयार हैं और न अध्यापक। और अगर उन्हें उसकी ज़रूरत नहीं है, तो उसे भी नहीं है। बात खत्म।

कॉलेज के अधिकारियों के सामने यह समस्या खड़ी हो गई—अगर वे मदन मोहन को निकाल देते हैं तो यूनिवर्सिटी में सवाल उठाये जायेंगे और अगर वह खुद त्याग-पत्र दे देता है, तो कॉलेज की बदनामी होगी। अन्त में मदन मोहन ने ही इसका रास्ता निकाला। उसने बिना वेतन के लम्बी छुट्टी की दरख्वास्त दी और प्रिंसिपल ने भारी खेद का दिखावा करके उसे स्वीकार कर लिया और उसे भरोसा दिलाया कि जब तक वह वापस नहीं आ जाता, तब तक यह स्थान खाली रखा जायेगा।

मदन मोहन के माता-पिता ने फिर उसके बारे में चिन्ता करना शुरू कर दिया। पिता ने कहा, 'भगवान एक हाथ से देता है और दूसरे से वापस भी ले लेता है। भगवान ने उसे दिमाग़ तो दिया पर समझ नहीं दी।'

पार्वती बोली, 'इसे ज़िन्दगी में जमाने की ज़रूरत है। ऐसी बीबी चाहिये जो इसे समझकर इसमें ज़िम्मेदारी पैदा कर दे।'

'पहले तो दर्जनों पैसे वाले ब्राह्मण परिवार लड़कियाँ देने को तैयार थे। अब बेकार टीचर के साथ कौन रिश्ता करेगा?'

'बेकार टीचर से आपका क्या मतलब है, जी? यह विद्वान भी तो है जैसे हमारे देश में दूसरे नही हैं।'

पिता पांडे ने इसका जवाब देना ठीक नहीं समझा और चुप हो गये। कुछ देर बाद बोले, 'तुम उससे पूछकर देखना कि वह शादी करेगा भी या नहीं। मेरा खयाल तो यह है कि वह 'ना' ही करेगा और ब्रह्मचारी रहने का उपदेश झाड़ेगा, और संस्कृत के कोटेशन बोलेगा।'

पार्वती ने घूरकर पति की तरफ़ देखा। उसे अपने बेटे के बारे में ऐसी बातें पसन्द नहीं थीं। लेकिन वह यह भी जानती थी कि उसे रास्ते पर लाना आसान नहीं है—वह कुछ भी कर सकता है।

और ऐसा ही हुआ। एक दिन बड़ी सावधानी से पार्वती ने यह चर्चा शुरू की। 'बेटा, अब तुम अपनी देखभाल के लिये एक साथी तलाश कर लो—है या नहीं? हम भी बूढ़े हो रहे हैं और अपनी ही देखभाल नहीं कर पाते। तुम्हारे पिता को दमा की बीमारी है। मुझे पैरों में गठिया है और चलने-फिरने में तकलीफ़ होती है। घर चलाने के लिये भी किसी की ज़रूरत है।'

मदन मोहन ने, जैसा जानकी सोच रही थी, इसका मज़ाक नहीं उड़ाया। बल्कि उसने पूछा, 'क्या किसी ने बात चलाई है?'

वह खुश होकर कहने लगी, 'कई परिवारों ने बात की है। हमने तो उन्हें

टालने की कोशिश की कि इस वक्त उसके पास पक्की नौकरी नहीं है, इसलिए हम शादी के लिये तैयार नहीं हैं। लेकिन अगर तुम नौकरी करना ही नहीं चाहते, तो उसकी ज़रूरत ही क्या है? यह घर है, हमारे बाद तुम्हारा ही होगा। और बैंक में इतना पैसा है कि सारी ज़िन्दगी आराम से कट जायेगी। हम दोनों चाहते हैं कि तुम शादी कर लो। अब फ़ैसला तुम्हें करना है।'

मदन मोहन कुछ देर तक सोचता रहा, फिर बोला, 'अगर आप यही चाहते हैं, तो मैं तैयार हूँ।'

माँ खुशी से खिल उठी और अपना दायाँ हाथ उसके कन्धे पर रख दिया। 'जीते रहो, बेटा। लम्बी उमर हो तुम्हारी। अच्छा, तुम लड़कियाँ देखना चाहोगे, या उनके फोटो?'

'नहीं, माँ, मैं कुछ नहीं देखूँगा। तुम लोग खुद ही पसन्द कर लो। हाँ, मैं उनकी जन्म कुंडलियाँ देखना चाहूँगा, जिन दो-चार को तुम चुनोगी। मुझे कोई जल्दी नहीं है।'

नौकरी छोड़ने के बाद मदन मोहन हिन्दू संगठन में शामिल हो गया था। इस संस्था के बारे में उसने काफ़ी सुना था। इसका उद्देश्य हिन्दू समाज को अपने प्राचीन वैभव से परिचित कराना था और यह बताना था कि मुस्लिम हमलावरों ने उनके साथ क्या किया और उनके बाद अंग्रेज़ों के संरक्षण में ईसाई मिशनरियों ने देश में कैसा दुष्प्रचार किया था। इस संस्था के स्वयं सेवक शहर के पार्कों में अपनी शाखाएँ लगाते थे, और सफ़ेद शर्ट, खाकी निकर और काली टोपियाँ लगा कर ड्रिल करते थे, लाठियाँ चलाते थे और कुश्ती वगैरह का अभ्यास करते थे। इनमें ज़्यादातर दुकानदार होते थे, जिनके पेट बाहर निकले हुए और दुबले-पतले पैरों पर घने बाल होते थे। इनके नेता समय-समय पर आकर भाषण भी देते थे। मदन मोहन ने अपने घर के पास की शाखा में जाना शुरू कर दिया। उसका स्वागत किया गया, क्योंकि हिन्दू संस्कृति का विद्वान होने की उसकी प्रतिष्ठा शहर भर में फैली हुई थी। उसको शहर की सब शाखाओं में भाषण देने के लिये बुलाया जाने लगा। दिल्ली संगठन के प्रमुख ने उसे अपने गले से लगा लिया। वह काफ़ी बुजुर्ग आदमी था, जिसका चश्मा काफ़ी मोटा और चार्ली चैप्लिन जैसी मूँछें थीं। 'मैंने आपकी बड़ी प्रशंसा सुनी है और संगठन के लिये आपके प्रेम भाव का भी पता चला है। आपके भाषण बहुत अच्छे होते हैं। आप में नेतृत्व के गुण हैं। मैंने आपके परिवार के बारे में भी पता लगाया है—बहुत प्रतिष्ठित ब्राह्मण परिवार है आपका। आप प्रोफ़ेसर रह चुके हैं और ब्रह्मचर्य को बहुत महत्त्व देते हैं। है न यह सच?'

मदन मोहन ने उत्तर में कहा, 'प्रशंसा के लिये धन्यवाद। मैं प्रोफ़ेसर नहीं, लेक्चरर था। और मैं बहुत जल्द विवाह करने जा रहा हूँ।'

बूढ़े प्रमुख को निराशा हुई। 'हमारे कई नेता जीवन भर ब्रह्मचारी रहे, क्योंकि वे संगठन के कार्य में अपना जीवन लगाना चाहते थे।'

'मैं संगठन के लिये बहुत कुछ करना चाहूँगा, लेकिन मैं विवाह करने जा रहा हूँ। मैंने अपनी माँ को वचन दे दिया है, और मैं उनकी अकेली सन्तान हूँ।'

प्रमुख को यह बात अच्छी लगी। 'यह बहुत अच्छी बात है। माँ को हम देवी मानते हैं, उसकी आज्ञा का पालन ज़रूरी है। हमारे कई नेता गृहस्थ भी हैं। लेकिन इसका अर्थ यह भी नहीं है कि समाज का कार्य न करें। निष्ठा सबसे महत्त्वपूर्ण है।'

'इसकी मुझमें कमी नहीं है,' मदन मोहन ने कहा। यह सुनकर सफ़ेद शर्ट और खाकी निकर पहने दुबले-पतले प्रमुख ने उसे फिर गले से लगा लिया।

मदन मोहन की माँ को बहुत से पुराने विवाह-प्रस्ताव पुनर्जीवित करने में ज़्यादा समय नहीं लगा। सब प्रस्ताव ब्राह्मण परिवारों के ही थे। सबने अपनी लड़कियों की जन्म-कुडलियाँ तो भेजी हीं, उनका जीवन-परिचय और फोटो भी साथ में भेजे। हरि मोहन और पार्वती ने पहले सबकी जाँच की और अनुपयुक्त प्रस्तावों को खारिज कर दिया। बचे हुए एक दर्जन के करीब उन्होंने बेटे को दिये। उसने कहा, 'मुझे फोटो बिलकुल नहीं चाहिये, सिर्फ़ लड़कियों की कुंडलियाँ और जन्मतिथि तथा समय सही-सही चाहिये, जिससे मैं स्वयं जाँच सकूँ कि कुंडलियाँ ठीक बनाई गई हैं या नहीं। लड़कियों के घरवाले उनकी उम्र ज़्यादातर बढ़ा-घटाकर बताते हैं। मैं उनके परिचय भी देखूँगा, मुझे शिक्षित लड़की चाहिये।'

'यह हमने जाँच कर ली है,' उसके पिता ने कहा। जो लड़कियाँ कॉलेज नहीं गई हैं उन सबको निकाल दिया है। ये सब किसी न किसी विषय में—अंग्रेज़ी, हिन्दी, होमसाइंस या इतिहास में ग्रेजुएट हैं। अब इनमें से तुम्हें चुनाव करना है।'

मदन मोहन सब जन्म-कुंडलियाँ अपने कमरे में ले गया और बड़ी मेज़ पर खोल-खोलकर फैला लीं। ज्योतिष के अध्ययन से वह जानता था कि सिंह राशि के व्यक्ति के लिये—उसकी राशि सिंह थी, सर्वोत्तम साथी वृष राशि का होता है। इस राशि के उसे केवल तीन प्रस्ताव ही मिले। फिर उसने उनके जीवन-परिचय पढ़े। इनमें से दो पाठशाला से पढ़कर निकली थीं और एक ने कॉन्वेन्ट से स्कूल की शिक्षा प्राप्त करके आगरा के सेंट जोंस कॉलेज से छात्रवृत्ति प्राप्त करके अंग्रेज़ी में स्नातक की परीक्षा उत्तीर्ण की थी। उसने इस पर विचार किया। यद्यपि उसे

अंग्रेज़ी साहित्य में ज़्यादा दिलचस्पी नहीं थी, परन्तु वह सोचता था कि उसकी पत्नी का अंग्रेज़ी पर अच्छा अधिकार होना चाहिये, क्योंकि उसकी लायब्रेरी की ज़्यादातर किताबें अंग्रेज़ी में ही थीं। विदेशियों तथा हिन्दी न जानने वालों से मिलने में अंग्रेज़ी का ज्ञान अच्छा रहता था। लेकिन ईसाई संस्था में पढ़ी होने के कारण उसे उसके आचार-व्यवहार पर कुछ सन्देह हुआ, परन्तु उसने सोचा कि अन्य भारतीय लड़कियों की भाँति, जो इन प्रभावों से दूर रहने में सफल होती हैं, वह भी भारतीय बनी रही होगी। जो कुछ थोड़ा-बहुत प्रभाव उस पर हुआ होगा, उसे वह भारतीय संस्कृति का ज्ञान देकर नष्ट कर देगा। उसने दो-तीन दफ़ा फिर उसका परिचय और कुंडली ध्यान से देखी। वह मथुरा के एक स्कूल अध्यापक की कई लड़कियों में से एक थी। वह उससे पाँच वर्ष छोटी थी जो पत्नी के लिये आदर्श था। उसका नाम था मोहिनी जोशी।

उसने अपने माता-पिता से कहा, 'इस लड़की मोहिनी जोशी के बारे में पता कीजिए।' दोनों बड़े प्रसन्न हुए। माँ बोली, 'ये भी पांडे ब्राह्मणों के ही वर्ग के हैं, पांडे और जोशी सम्बन्ध बहुत अच्छे माने जाते हैं और आम हो रहे हैं। लड़की के पिता की स्थिति साधारण है, परन्तु यह भी अच्छी बात है। अपने से ज़्यादा पैसेवालों के यहाँ शादी नहीं करनी चाहिये।'

पांडेजी ने जोशीजी को पत्र लिखा कि वे पत्नी के साथ दिल्ली पधारें, कुछ दिन बाद दोनों अपनी बेटी के साथ उनके दरवाज़े पर आ खड़े हुए। वे बँगले का आकार-प्रकार तथा उसका फ़र्नीचर वगैरह देखकर चकित रह गये। उन्होंने दोनों हाथ जोड़े और प्रार्थना करने के भाव से कहा, 'हम तो बहुत गरीब आदमी हैं और देने के लिये हमारे पास बेटी के अलावा और कुछ नहीं है।' मोहिनी ने घुटनों के बल नीचे बैठकर दोनों के पैर छुए। उन्होंने उसके सिर पर हाथ रखकर उसे आशीर्वाद दिया। पार्वती पांडे ने कहा, 'हमें दहेज की ज़रूरत नहीं है। भगवान ने हमें बहुत कुछ दिया है। हमें तो बस अपनी अकेली सन्तान के लिये एक अच्छी लड़की की ज़रूरत है। हमारा लड़का तो, आप जानते ही हैं, लाखों में एक है। उसने आई.ए.एस. में आने के बाद भी सरकारी नौकरी करने से इनकार कर दिया और लेक्चरर बन गया। अब वह पूरा समय समाज-सेवा करता है।'

चाय मँगाई गई। पार्वती ने नौकर को भेजा कि छोटे साहब को सूचना दे। मदन अपने कमरे से उतरकर नीचे आया और दोनों के पैर छुए, तथा मोहिनी द्वारा अपने पैर छुए जाने के लिये कदम आगे बढ़ा दिये। पार्वती ने प्यालों में चाय ढाली और जोशी दम्पति से पूछा कि उन्हें कितनी चीनी चाहिये और बैरे से कहा कि

'उन्हें कप पकड़ा दे।' उन्हें यह देखकर बड़ा ताज्जुब हुआ कि तीनों तश्तरी में चाय ढालकर सुड़क-सुड़ककर उसे पी रहे हैं। लेकिन मदन मोहन को यह सादगी बहुत पसन्द आई—आजकल इस तरह चाय पीनेवाले मिलते ही कहाँ हैं!

ज़्यादातर सब चुप बने रहे। पार्वती बीच-बीच में बातचीत करने की कोशिश करती। उसके पति यह सोचते रहे कि इनसे अंग्रेज़ी में बात की जाये या हिन्दी में। ज़ाहिर था कि मिसेज़ जोशी तो अंग्रेज़ी में बात कर ही नहीं सकती थीं और उनकी बेटी गूँगी गुड़िया की तरह अपने पैरों की तरफ़ ताकती बैठी थी। मदन मोहन ज़्यादा बात कर ही नहीं सकता था। वह ध्यान से मोहिनी को ऊपर से नीचे तक देखता रहा। वह गोरी तो थी ही—यह उसने खास तौर पर नोट किया—जो विदेशी रक्त से अछूते ज़्यादातर ब्राह्मण होते ही हैं। कद छोटा, बच्चे जैसा चेहरा, बाल लम्बे और घने और सिर के पीछे मोटी-सी चोटी करके बँधे हुए। छातियाँ गोल और सुन्दर, पूरी बाँहों के ब्लाउज़ में ढकी, और जब वह उसके पैर छूने को झुकी थी, तब उसने नोट किया था कि उसके कूल्हे चौड़े और हिन्दू शास्त्रों के अनुसार 'शुभ तथा बच्चा सँभालने लायक अच्छे और बड़े' हैं। उसके अँगूठे के नाखून लाल रँगे थे और एक उँगली में बिछुआ पहने थी। मोहिनी भाँप गई कि उसका जायजा लिया जा रहा है, इसलिए उसने सिर नीचे ही रखा। फिर उसके मन में भी इच्छा जगी कि अपने होने वाले पति की शक्ल तो देख ले कि वह कैसा लगता है, इसलिए उसने शर्म छोड़कर उसे देख लिया और फिर अपना सिर नीचे झुका लिया। उसे मदन बिलकुल किसी ब्राह्मण ऋषि की तरह लगा, जो अभी गंगा में स्नान करके आया हो। वह साफ़ और स्वस्थ था। उसे अच्छा लगा कि यह व्यक्ति उसका पति बनने जा रहा है। क्षण भर के लिये दोनों की नज़रें मिलीं, और वह मुस्कुरा उठी। मदन जैसे मुग्ध हो गया।

हरि मोहन न चाहते हुए भी दूसरा कप चाय पीते हुए वक्त गुज़ारते रहे, और पार्वती तथा मदन मोहन एक-दूसरे के कान में बात करते नज़र आये। फिर पार्वती ने अपने बैग से एक नीली-सी थैली निकाली और उसे मदन मोहन को पकड़ा दिया। वह मोहिनी के पास अपनी कुर्सी खींचकर बैठ गया और उसका बायाँ हाथ अपने हाथ में लेकर उसकी तीसरी उँगली में सोने की अँगूठी पहना दी, जिसमें एक हीरा जड़ा था। मोहिनी शर्म से पानी-पानी हो उठी, उसकी समझ में ही नहीं आया कि क्या करे, इसलिए वह मदन के पैरों में गिरकर कुत्ते के बच्चे की तरह उससे चिपक गई।

लड़की के माता-पिता कृतज्ञता से भर उठे। पिता ने कहा, 'मोहिनी के सौभाग्य

ने उसके लिये स्वर्ग का द्वार खोल दिया है।' यह बात उन्होंने शुद्ध हिन्दी में कही, इसलिए हरि मोहन तुरन्त बोल पड़े, 'बस, बस,' कि कहीं अब वे संस्कृत के श्लोक बोलना न शुरू कर दें, मोहिनी की माँ ने कहा, 'बहनजी, हम गरीब आदमी हैं, हमारे पास आपको देने के लिये बेटी के अलावा और कुछ नहीं है। आज से यह आपकी है, आप ही इसकी माँ हैं।'

हरि मोहन ने गुर्राकर कहा, 'मैंने कहा है न कि हमें दहेज में कुछ भी नहीं चाहिये। हम बड़ी-बड़ी बरातों में भी विश्वास नहीं करते, बैंड-बाजा भी नहीं। यह शादी बेटे की इच्छा के अनुसार वैदिक रीति से बड़ी सादगी के साथ होगी, बहुत कम मेहमान आयेंगे। मैं सोचता हूँ कि आप अपने करीबी परिवार को लेकर ही दिल्ली आयें, मैं आपके लिये बारातघर तय कर दूँगा। यहाँ से बिलकुल पास भी एक बारातघर है। आप वहाँ ठहरें और बगीचे में हवन करायें। बेटा कुंडली वगैरह देखकर विवाह की तिथि निश्चित कर देगा, तो हम आपको सूचित कर देंगे। वह कहता है कि उसे ज्योतिषी से ज़्यादा इन विषयों का ज्ञान है।'

जोशी दम्पति पांडेजी के पैरों में गिर पड़े। 'हम तो नाले में लगी ईंटें हैं, और हमारी बेटी महल की ऊपरी मंज़िल पर रहने जा रही है, भगवान ने हमारी प्रार्थना सुन ली है।' जोशीजी पांडेजी से गले मिले और आँसू बहाने लगे। फिर बाहर खड़े ऑटो में बैठकर, जिससे वे पांडेजी के यहाँ आये भी थे, अन्तरराज्यीय बस टर्मिनल के लिये रवाना हो गये—जहाँ से वे बस में सवार होकर मथुरा चलेजायेंगे।

पांडे दम्पति को सुखद आश्चर्य हुआ था कि उनका बेटा विवाह के लिये इतनी जल्दी कैसे तैयार हो गया। उन्हें परेशानी भी हुई, कि बेटे का दिमाग़ कैसे काम करता है, इसे वे अभी तक समझ नहीं पाये थे। लेकिन मदन मोहन के लिये यह बहुत आसान था। वह हमेशा संस्कृत ग्रन्थों में लिखे के अनुसार काम करता था। मनुष्य का जीवन सौ वर्ष का होता है जिसके चार विभाग हैं। पहला पच्चीस साल का हिस्सा ब्रह्मचर्य पालन करते हुए शिक्षा प्राप्त करने के लिये है। मदन मोहन चौबीस का हो रहा था और कुँवारा था। अब उसे गृहस्थ जीवन में प्रवेश करना चाहिये, विवाह करके सन्तान उत्पन्न करनी चाहिये, आजीविका कमानी चाहिये। इसके भी निश्चित नियम हैं जिनका वह पालन कर रहा था। कामसूत्र का कथन था कि पत्नी को कम-से-कम तीन वर्ष छोटा होना चाहिये, और मोहिनी उससे पाँच साल छोटी थी। कामसूत्र ने स्त्री और पुरुष को उनके जननांगों के हिसाब से तीन

श्रेणियों में बाँटा था और यह भी बताया था कि किस श्रेणी के पुरुष को किस श्रेणी की स्त्री ठीक रहती है। उसने मोहिनी को जिस तरह देखा था उससे उसे लगा था कि वह मृगिनी होनी चाहिये—छोटी, कोमल और सुन्दर-पत्नी होने के बिलकुल योग्य। वह न घोड़ी हो सकती है और न हस्तिनी—हथिनी की तरह जिसकी योनि बहुत बड़ी और सेक्स की भूख भी बहुत ज़्यादा होती है।

लेकिन अपनी श्रेणी के बारे में वह निश्चित नहीं था—वह खरगोश था, बैल या घोड़ा? वह खरगोश होना नहीं चाहता था क्योंकि उसका लिंग बहुत छोटा होता है और वे बच्चे पैदा करने में लगे रहते हैं। उसने कभी अपना लिंग नापा नहीं था, पर वह काफ़ी बड़ा था। वह घोड़ा या बैल हो सकता था। हाँ, यह सम्भव था—लेकिन यह दुबली-पतली मोहिनी के लिये परेशानी पैदा कर सकता था। वह बड़ी कोमलता से उसमें प्रवेश करेगा। वह उसके साथ सहयोग करेगा और योगी की तरह अपने ऊपर नियन्त्रण बनाये रखेगा।

मदन मोहन तिथियों के बारे में बहुत-सोच-विचार करता था। मार्च के अन्त में जोशी परिवार उसके यहाँ आया था। और उसकी शादी पक्की हुई थी। इसके बाद जोशी ने दो दफ़ा उसके पिता को पत्र लिखकर उसके स्वास्थ्य के बारे में पूछताछ की थी और संकेत दिया था कि विवाह जल्दी कर दिया जाए क्योंकि देर करने से कोई लाभ नहीं होगा, और जैसे ही उनका बेटा विवाह की तिथि निश्चित कर ले, उन्हें सूचित कर दिया जाए जिससे वे अपनी बेटी उनके परिवार को समर्पित कर सकें। इस आशय का एक पत्र उन्होंने मदन मोहन को भी लिखा। मोहिनी ने भी उसे दो पत्र लिखे थे, अंग्रेज़ी में जिसमें सब अक्षर कैपिटल ही इस्तेमाल किये गये थे। उसने उसे 'केवल मेरे, अपने मदन जी' कहकर सम्बोधित किया था, और लिखा था कि वह 'आपकी प्रिय और वफ़ादार बीवी' बनने का कितनी बेचैनी से इन्तज़ार कर रही है, और अन्त में दस्तख़त किये थे 'आपकी प्यारी मोहिनी'। मदन मोहन ने इन पत्रों का बड़ा व्यावहारिक जवाब दिया था। जोशीजी को यह कि बहुत जल्द वह तिथि की सूचना देगा, और मोहिनी को यह कि विवाह से पहले वह विवाह से सम्बन्धित भारतीय ग्रन्थ पढ़े।

15 अगस्त को मदन मोहन का जन्मदिन था। इस दिन वह पच्चीस का हो जायेगा, जिसके बाद वह ब्रह्मचर्य समाप्त करके गृहस्थ जीवन में प्रवेश कर सकता है। इसके बाद किसी भी दिन विवाह किया जा सकता है। लेकिन तब

तक मानसून शुरू हो जायेगा और देवता समुद्र के अन्दर आराम करने चले जायेंगे। वर्षा के मौसम में विवाह करना शुभ नहीं माना जाता। इसलिए अक्तूबर के अन्त में या नवम्बर के आरम्भ में विवाह सम्पन्न किया जा सकता है। लेकिन तिथि निश्चित करने के लिये पंचांग इत्यादि की सहायता लेनी होगी।

मदन मोहन ने इन दिनों प्रसिद्ध ज्योतिर्विज्ञ बी.वी. रमन की *हिन्दू प्रिडिक्टेबिल एस्ट्रोलॉजी* पुस्तक की सहायता लेना शुरू कर दिया था। इसके कई पृष्ठों पर उसने निशान लगा दिये थे। वह रमन को भविष्य कथन का सर्वोत्तम ज्ञाता मानता था, इसलिए उनकी प्राचीन ज्ञान पर आधारित पुस्तक उसके लिये नॉस्ट्रेडेमस (Nostradamus) तथा अन्य यूरोपियन भविष्य वक्ताओं की पुस्तकों से ज़्यादा विश्वसनीय थी, क्योंकि ये लोग विद्वान न होकर जादूगर थे—और वह भी घटिया जादूगर, क्योंकि जादू की विद्या का विकास भी यूरोप में नहीं, भारत में ही किया गया था। उसने रमन द्वारा सम्पादित और बंगलौर से प्रकाशित *एस्ट्रोलॉजिक़ल मैगज़ीन* को मँगाना भी शुरू कर दिया था और पत्रिका *बाबाजी* का भी ग्राहक बन गया था, जिसे लक्ष्मणदास मदान दिल्ली से प्रकाशित करते थे। वह जो भी नई पत्रिका या पुस्तक पढ़ता, उससे उसका यह विश्वास दृढ़तर होता चला जाता कि भारत के प्राचीन ऋषि बड़े प्रतिभाशाली व्यक्ति थे। उन्होंने न केवल वर्ष को महीनों में विभाजित किया था, बल्कि दिन और रात के घंटों को भी शुभ और अशुभ में अलग-अलग कर दिया था, जैसे राहु काल, यमगंड, गोलिका काल। इन सबकी सहायता से उसने अपनी और मोहिनी की जन्म-कुंडलियों का विश्लेषण किया और इस निर्णय पर पहुँचा कि 31 अक्तूबर का दिन और सवेरे साढ़े नौ बजे का समय उनके विवाह के लिये सर्वोत्तम होगा। हरि मोहन पांडे ने मोहिनी के पिता को इसकी सूचना भेज दी।

इसके बाद मदन मोहन ने *कामसूत्र* के अध्ययन पर ध्यान लगाया। वह ऋषि वात्स्यायन के इस विषय पर विस्तृत अध्ययन से बहुत प्रभावित था, कि उन्होंने किस प्रकार स्त्री और पुरुष के अन्तरों को रेखांकित और परिभाषित किया है और दोनों के बीच सही सम्बन्ध स्थापित करने के लिये कितनी सूक्ष्मता और विस्तार से नियम निर्धारित किये हैं। वह स्त्री और पुरुष के उनके द्वारा बनाये गये तीन वर्गों से पहले से ही परिचित था और अब उसने अपने वर्ग या श्रेणी का निश्चय करने का फ़ैसला किया। उसने एक इंची टेप लेकर उससे अपना लिंग सामान्य ढीली अवस्था में तथा उत्तेजित होने पर उत्थित अवस्था में सावधानी से नापा और इस निर्णय पर पहुँचा कि वह या तो वृष मय है या अश्व तथा अधिक सम्भावना

उसके अश्व होने की है। लेकिन वह कन्या की योनि की गहराई कैसे नापता? वह इस निर्णय पर पहुँचा कि जिस प्रकार आजकल कार में पड़े पेट्रोल को नापने के लिये विशेष रूप से बनाई गई पट्टी का इस्तेमाल करते हैं, उसी प्रकार ऋषि वात्स्यायन ने स्त्री की योनि को नापने के लिये विशेष वस्तु अवश्य बनाई होगी। शताब्दियों पहले उन्होंने ऐसे सब ज़रूरी यन्त्र बना लिये थे, और नियम निर्धारित कर लिये थे, जिन्हें आज के लोग वे पुस्तकें पढ़कर जान सकते हैं तथा स्त्री को ज़रा ध्यान से देखकर ही उसकी योनि की गहराई का अनुमान लगा सकते हैं।

वह आश्चर्यपूर्वक *कामसूत्र* की चतुःषष्ठी अर्थात् सम्भोग के लिये किये जाने वाले 64 आसनों या मुद्राओं के बारे में पढ़ता रहा। स्त्री शरीर के संवेदनशील स्थलों के बारे में भी कि कहाँ और कैसे उसका चुम्बन करना चाहिये, कहाँ उसे काटा जाना चाहिये, और कहाँ उसे नखक्षत करना चाहिये और वासना के शिखर पर पहुँचकर वह कैसी ध्वनियाँ करेगी—पढ़कर उसे अचम्भा हुआ। वात्स्यायन का शोध बहुत सूक्ष्म तथा पक्का था और जहाँ अन्य इस विषय के विद्वानों का उनसे मतभेद है, उन सब नामों तथा टिप्पणियों का भी उन्होंने उल्लेख किया है। वे ऋषि तथा विद्वान दोनों थे और मदन मोहन उनके कार्य से बहुत प्रभावित था।

लेकिन वात्स्यायन का यह मत उसे कुछ अजीब-सा लगा, कि पहली रात को ही पति को पत्नी से मैथुन करने का आग्रह नहीं करना चाहिये, बल्कि तीन दिन तक उसका विश्वास जीतने तथा उसे सम्भोग के लिये तैयार करने का प्रयत्न करना चाहिये। इस पर उसने विचार किया। उसने नेहरू लाइब्रेरी से कुछ पुस्तकें लेकर यह जानना चाहा कि क्या इस विषय पर भी उनमें कुछ कहा गया है। उसे यह जानकर खुशी हुई कि पश्चिम ने हिन्दू ग्रन्थों से इस विषय पर भी कुछ लिया है। हमेशा की तरह इसमें भी जर्मन लोग ही प्राच्य विद्या में सबसे आगे हैं। उस आर्य देश के कई भागों में नवविवाहित दम्पति को कई दिन तक एक-दूसरे से मिलने नहीं दिया जाता—और जर्मनी के उत्तर-दक्षिण में स्थित प्रान्त, स्वाबिया में कामसूत्र के अनुसार तीन दिन तक ही मिलन वर्जित है। इन्हें 'तोबियास रातें' कहा जाता है। मदन मोहन पर इसका बहुत प्रभाव पड़ा और भारतीय ग्रन्थों पर उसका विश्वास पहले से अधिक बढ़ गया—और उसने निश्चय किया कि अगर वह पच्चीस वर्ष तक ब्रह्मचर्य का पालन कर सकता है, तो तीन दिन और क्यों नहीं कर सकता!

मदन मोहन ने विवाह का प्रबन्ध अपने हाथों में ले लिया। वह काका नगर स्थित बारातघर गया, उसके कमरों और फ़र्नीचर को देखा और बताया कि इमारत की दीवारों पर किस रंग के और कितने बल्बों की झालरें लगानी हैं, बगीचे को, जहाँ हवन के लिये गड्ढा खोदा जायेगा, कैसे सजाना है, और शहनाई बजाने वाले तीन व्यक्तियों को कहाँ पर बिठाना है। उसने जोशी परिवार को मथुरा से लाने और वापस पहुँचाने के लिये एक बस का प्रबन्ध किया, जो 30 अक्तूबर की सुबह उनके परिवार, रिश्तेदार और मित्रों को दिल्ली लायेगी और दूसरे दिन शाम को विवाह कार्य सम्पन्न हो जाने के पश्चात्, उन्हें मोहिनी को यहाँ छोड़कर मथुरा पहुँचा आयेगी। उसने अपने भावी श्वसुर महोदय को ये सब सूचनाएँ दीं और स्पष्ट कर दिया कि बस में पचास से ज़्यादा सवारियाँ नहीं आ सकतीं तथा कहा कि वे अपने साथ पंडित भी लायें। उसने अपने माता-पिता के लिये केवल एक कार्य शेष रहने दिया कि मोहिनी तथा उसके परिवार के लिये उपहार खरीदें और विवाह के दूसरे दिन बँगले पर सार्वजनिक भोजन का प्रबन्ध करें।

यह सब करते हुए वह अपनी शाखा पर भी जाता रहा, वहाँ के कार्यक्रमों में भाग लेता रहा और कामसूत्र का गहराई से अध्ययन करता रहा। विवाह के एक सप्ताह पहले उसने एक तेल मालिश करने वाले को भी बुलाया, जो आयुर्वेद की विशेष विधियों के अनुसार हर सुबह उसके शरीर पर औषधीय तेलों की मालिश करता था। मालिश के बाद वह गर्म पानी से स्नान करता और शरीर को रगड़-रगड़ कर अच्छी तरह साफ़ करता। इससे उसके शरीर में बल और स्फ़ूर्ति आती और उससे हल्की सुगन्ध भी आने लगती।

सब काम योजना के अनुसार चलता रहा। जोशी परिवार सही समय पर दिल्ली आया। उनके साथ पंडितजी भी आये और अपनी स्थिति के अनुसार वे जो दहेज दे सकते थे, वह भी लाये। एक सिलाई की मशीन, छोटा-सा फ्रिज, छह साड़ियाँ और कुछ ज़ेवर। 'पांडे परिवार ने अपने निकटतम सम्बन्धियों और मित्रों को बेटे की बारात में सम्मिलित होने तथा चाय-पान के लिये उसी दिन शाम को निमन्त्रित किया। चाय-पान समाप्त होने के बाद सबसे कहा गया कि आगे-आगे चलने वाली और फूल-पत्तियों से सजी दो बड़ी कारों के पीछे अपनी गाड़ियाँ लेकर धीरे-धीरे चलें। मदन मोहन ने घोड़े पर बैठने और बैंड-बाजे बजवाने से साफ़ इनकार कर दिया था। वह अपना तमाशा नहीं बनाना चाहता था। वह माता-पिता के साथ गाड़ी में बैठ बारातघर पहुँचा। वहाँ रंगीन रोशनियाँ जल रही थीं और शहनाई-वादक अवसर की विशेष धुन बजा रहे थे। जोशी परिवार के प्रमुख व्यक्तियों ने उनका

स्वागत किया। मोहिनी को धीरे से आगे कर दिया गया, उसका मुँह साड़ी के पल्लू से आधा ढका था। उसने चमेली के फूलों की माला मदन के गले में डाली, मदन ने भी एक माला उसे पहनाई। इसके बाद अतिथियों को पूड़ी, कचौड़ी, मिठाई और शरबत वगैरह का शाकाहारी भोजन करने के लिये बाहर ले जाया गया।

जब मेहमान डटकर खाने-पीने में लगे थे, मदन को मोहिनी की बहनों और दूसरी लड़कियों ने भीतर ले जाकर गद्दी पर बैठाया और उसके सामने मिठाइयों की प्लेट तथा शरबत से भरा गिलास रखा। फिर सब एक स्वर में बोलीं, 'दूल्हाजी, हम आपके लिये यह सब घर से बनाकर लाये हैं। इसे नोश फरमाइये।' लेकिन मदन उनसे ज़्यादा चालाक निकला। उसने कहा, 'ठीक है, आप लोग शुरू करें, मैं भी साथ दूँगा।' पता चला कि मिठाइयों में मिर्च भरी है और शरबत नमकीन है। लड़कियों ने शरमाकर प्लेट खींच ली।

तभी एक लड़की मदन के पीछे आई और उसकी चुटिया पकड़कर बोली, 'जानवरों की पूँछ तो उनके पीछे होती है, आपकी यह सिर पर क्यों है?' मदन यह सुनकर आग बबूला हो उठा। उसने लड़की को बालों से पकड़कर अपने सामने खींच लिया और कहने लगा, 'अब मेरी चुटिया को हाथ लगाया तो तुम्हारे सिर पर एक भी बाल नहीं रहने दूँगा।...अपनी परम्पराओं की इज़्ज़त करना सीखो।' मोहिनी की माँ, जो उसी वक्त दरवाज़े से गुजर रही थी, दौड़कर भीतर आईं और सबको डाँटने लगीं, 'बस, अब बन्द करो यह सब। फेरों का वक्त हो गया है।'

हवन कुंड में आग जलाई गई और दोनों परिवारों के पंडित उसके इर्द-गिर्द विराजमान हुए। विवाह का मुहूर्त आ गया था। मदन मोहन और मोहिनी को एक-दूसरे के अगल-बगल बिठाया गया। पंडितों ने विवाह के वेदमन्त्र पढ़ने शुरू किये, जिनके अन्त में वे अग्नि में घी की आहुतियाँ डालते जाते थे। उन्होंने दूल्हा और दुल्हन को भी घी तथा सामग्री की आहुतियाँ डालते जाने को कहा। मदन मोहन यह सब पहले से जानता था और उसे कुछ बताने की आवश्यकता नहीं थी। आधे घंटे तक यह कार्य चला। फिर दोनों से उठकर खड़े होने के लिये कहा गया। मोहिनी की साड़ी का एक छोर मदन मोहन के गले में पड़े पीले वस्त्र से बाँध दिया गया और दोनों ने अग्नि के चारों ओर सात बार चक्कर लगाकर उसकी परिक्रमा की, मेहमान उनके ऊपर गुलाब की पंखुड़ियाँ फेंकते रहे। इसके बाद मदन मोहन ने मोहिनी को काले रंग के मोतियों का मंगल सूत्र पहनाया, उसकी माँग में सिन्दूर लगाया—और दोनों के पति-पत्नी बनने की घोषणा कर दी गई।

जोशी परिवारों में यह परम्परा थी कि दूल्हा पहली रात दुल्हन के घर पर

ही बिताता, परन्तु अकेला ही रहता। इसके बाद जब वह बहू को अपने घर ले आता, तब वह उसके साथ सम्भोग करता था। चूँकि दिल्ली में न उनका अपना घर था, न किसी निकट सम्बन्धी का, इसलिए उन्होंने बारातघर में ही दामाद के सोने के लिये एक कमरे का इन्तज़ाम कर दिया। मदन यहाँ करवटें ही बदलता रहा। यह कमरा क्या, एक छोटी-सी कोठरी थी, जिसमें एक सख़्त-सी चारपाई पड़ी थी। और दो कुर्सियाँ—बिस्तर भी टेढ़ा-मेढ़ा और तकिया लकड़ी की तरह कठोर था। उसे इस पर नींद नहीं आयी और हालाँकि वह योग आसनों और संगठन की ड्रिल वगैरह का अभ्यासी था, लेकिन अपने घर में उसका बिस्तर आरामदेह और गुदगुदा ही होता था। इसके अलावा उसके मन में विवाह की अगली क्रिया की उथल-पुथल भी चल रही थी। अब वह ब्रह्मचारी नहीं था, अब उसकी एक पत्नी भी थी, जिसकी देखभाल उसे करनी थी, जिसकी ज़रूरतें उसे पूरी करनी थीं और हमेशा अपने साथ लेकर बाहर निकलना था। उसे अपने दैनिक कार्यक्रम में अनेक परिवर्तन करने होंगे। लेकिन कुछ लाभ भी थे—जब चाहे तब सम्भोग करने के लिए स्त्री जो उसकी देखभाल भी करेगी और उसके बच्चे भी पैदा करेगी। इसके अलावा अगले तीन दिन उसे मोहिनी को सम्भोग के लिये तैयार भी करना था। कामसूत्र में पति को धीरज रखने और कुँवारी कन्या के साथ नरमी बरतने का ही आदेश दिया था। अगर सेक्स के अपने पहले अनुभव में ही लड़की को कठिनाई महसूस हुई, तो उसे मार्ग पर लाने में काफ़ी समय लग सकता है। आधी रात बीतने के बाद ही मदन मोहन को नींद आई। सवेरे उठा तो आलस उसे घेरे था, शहनाई के दर्द भरे सुरों के बीच वह मोहिनी को गाड़ी में बिठाकर उसके नये घर ले गया।

दूसरे दिन सवेरे से शाम को देर तक पांडेजी के निवास पर मिलने वालों का ताँता लगा रहा और चाय, कॉफ़ी, शीतल पेय तथा मीठे-नमकीन के खाने-पीने के साथ नवदम्पति को आशीर्वाद तथा शुभकामनाएँ दी जाती रहीं। जब कई जीवनों के लिये कामनाएँ इकट्ठी हो गईं, तब डिनर का समय हो गया। लेकिन अब किसी को कुछ और खाने की इच्छा नहीं बची थी और सब थककर चूर हो चुके थे—सबसे ज़्यादा मोहिनी थक गई थी। परिवार के लोग मेज़ पर बैठे टमाटर का सूप पीते रहे, इससे ज़्यादा वे कुछ ले नहीं सकते थे। पार्वती नवदम्पति को उनके बेडरूम तक छोड़ आई—और उन्हें आशीर्वाद दिया। मदन मोहन ने भीतर से दरवाज़ा बन्द किया और सोफ़े पर बैठ गया।

'तुम बहुत थक गई होगी,' उसने मोहिनी से कहा। 'अब मेरे पास आकर

बैठो जिससे मैं तुम्हें अच्छी तरह देख सकूँ और मुझे अपने बारे में बताओ।' उसे ताज्जुब हुआ कि जो मोहिनी कुछ ही मिनट पहले ज़मीन पर गिरी पड़ रही थी, एकाएक चेतन हो गई, उसने सिर से अपना पल्लू हटा दिया और उसका हाथ पकड़कर बोली, 'लो देखो, अच्छी तरह देख लो, कैसी लगती हूँ मैं?'

सम्भोग की धर्म पुस्तक के अनुरूप तो उसका यह व्यवहार नहीं था। शायद मोहिनी ने उसे पढ़ा ही नहीं होगा। मदन मोहन ने कहा, 'तुम बहुत सुन्दर युवती हो। मृगिणी स्त्री का श्रेष्ठ नमूना!'

'किसका?'

'मृगिणी यानी हिरनी। *कामसूत्र* के अनुसार स्त्रियाँ तीन प्रकार की होती हैं : हिरनी, घोड़ी और हथिनी। यह उनके गुप्तांगों के आधार पर है। तुम छोटे कद की और सुडौल हो, इसलिए तुम्हें मृगिणी होना चाहिये। तुमने *कामसूत्र* नहीं पढ़ा? मैंने तुम्हें विवाह सम्बन्धी हिन्दू ग्रन्थ पढ़ने को लिखा था।'

'हरे राम! तुम्हारा क्या खयाल है, मैं किसी गंदे परिवार से आई हूँ? मेरे पिता ऐसी किताबें घर में आने ही नहीं देते थे।'

'यह गंदी पुस्तक नहीं है,' मदन मोहन ने ज़रा सख़्ती से कहा। 'यह विवाह तथा प्रेम की कला पर भारत का सबसे प्राचीन ग्रन्थ है।'

'यह सब मैं नहीं जानती। लेकिन मैं तुम्हें यह बताना चाहूँगी कि जब मैं कॉलेज में थी, तब वहाँ सौन्दर्य प्रतियोगिता हुई थी, जिसमें मुझे सर्वसम्मति से उस वर्ष की ब्यूटी क्वीन चुना गया था।'

'तुमने सौन्दर्य प्रतियोगिता में भाग लिया?' उसने परेशानी से पूछा। 'छी? छी! ये पश्चिमी चीज़ें हम हिन्दुओं को शोभा नहीं देतीं। तुम्हारे घरवालों ने इसमें भाग लेने से तुम्हें मना नहीं किया?'

मोहिनी चुप हो गई। कुछ देर बाद कहने लगी, 'दरअसल मैंने अपने माता-पिता को बताया ही नहीं था, जब मैं चुन ली गई, तब बताया। उन्हें यह अच्छा तो नहीं लगा कि मेरी छातियाँ, कमर और कूल्हे सब नापे गये, पर नतीजा सुनकर वे खुश हुए। मेरी फ़िगर सही है। मेरी सहेलियों ने बताया कि पिछले साल जो स्वीडिश लड़की मिस यूनिवर्स चुनी गई, उसकी नाप भी यही है। बस, मैं ज़रा छोटी हूँ, पाँच फ़ीट दो इंच की।'

'यही सही लम्बाई है। मैं पाँच फ़ीट सात इंच का हूँ। पत्नी को पति से कुछ छोटा ही होना चाहिये।' मदन ने ज़रा तनकर यह कहा और चुप हो गया।

'तुम मुझसे गुस्सा तो नहीं हो?' मोहिनी ने पूछा।

‘नहीं, गुस्सा नहीं हूँ। लेकिन जो हुआ, उसे भूल जाओ। अब कोई ब्यूटी कॉन्टेस्ट नहीं। ये हिन्दू संस्कृति के खिलाफ़ है।’ उसने दृढ़ता से कहा।

‘हे भगवान!’ मोहिनी ने नाटकीय अन्दाज़ में सन्तोष व्यक्त किया और एक हाथ अपनी छाती पर रख लिया। दूसरे हाथ से वह मदन का हाथ पकड़े रही। वह पति था, नेतृत्व उसे ही करना चाहिये था, पर अभी तक मोहिनी ही आगे थी। इससे मदन मोहन को परेशानी हो रही थी। कुछ देर तक दोनों एक-दूसरे को देखते रहे, फिर मदन को याद आया कि उसे अगला काम क्या करना है। उसने पानदान से एक पान का बीड़ा निकाला और बोला, ‘यह तुम्हारे लिये विशेष पान है।’ यह कहकर बीड़ा उसने मोहिनी के मुँह की तरफ़ बढ़ाया। ‘तुम्हें इसका आधा खाना है।’ यह कहकर उसने आधा अपने दाँतों में दबाया और आधा खाने के लिये अपना मुँह मदन की तरफ़ बढ़ा दिया। मदन उसकी इस अदा से चकित रह गया। उसने अपना मुँह पान लेने के लिये आगे बढ़ाया तो मोहिनी ने अपनी बाँहें आगे बढ़ाकर उसे आलिंगन में ले लिया और कसकर चूम लिया।

यह तो अजब बात थी! मोहिनी तो सारे पवित्र नियमों का उल्लंघन कर रही थी। अपनी सब कोमलता के बावजूद वह शायद मृगिणी नहीं थी!

उसने मरी-मरी आवाज़ में पूछा, ‘देवी, क्या तुम कहीं हस्तिनी तो नहीं हो?’

‘क्या कहा? क्या मैं तुम्हें हथिनी लगती हूँ?’ उसने आवेश में भरकर प्रश्न किया।

‘नहीं, नहीं, इसका तुम्हारे शरीर से कोई सम्बन्ध नहीं है, बल्कि... बल्कि...,’ मदन ने जैसे माफ़ी माँगी।

‘यह बल्कि-बल्कि क्या लगा रखा है? पहले हिरनी, फिर हथिनी! मैं यह सब नहीं समझती!’

‘क्योंकि तुमने कभी *कामसूत्र* नहीं पढ़ा।’

‘मैंने बता दिया कि पिताजी ऐसी किताबें घर में नहीं आने देते थे।’

‘अफ़सोस की बात है। इससे तुम्हें प्रेम करने की कला का ज्ञान हो जाता।’

‘प्रोफ़ेसर साहब, प्रेम करने के लिये किताबें पढ़ने की ज़रूरत नहीं होती। अब हम शादीशुदा हैं। मैं तुम्हें प्यार करूँगी, तुम मुझे करोगे। आसान सी बात है।’

‘आसान नहीं है। तुम्हें पता है कि प्यार करने के चौंसठ आसन होते हैं?’

‘चौंसठ?’ उसने आँखें फाड़कर आश्चर्य से कहा। ‘मैं तो सोचती थी कि एक ही होता है। तुम मुझे ये सब सिखाना। मैं अच्छी शिष्या की तरह व्यवहार करूँगी, वादा करती हूँ।’ यह कहकर उसने मदन के होंठों पर दूसरा चुम्मा जड़

दिया। 'लेकिन शादी की यह पहली रात हमें क्लासरूम की तरह नहीं बितानी चाहिये। सुहागरात का यह मतलब नहीं है।'

'नहीं, यह हरगिज़ नहीं है,' उसने मोहिनी को अपने से हटाते हुए कहा। 'पहली रात एक-दूसरे को जानने में बितानी चाहिये। तुम मुझे अपने बारे में बताओ और मैं तुम्हें अपने बारे में बताऊँ। दूसरी रात भी यही बातें हों, और अपनी अन्तरंग बातें खोल कर बताई जायें। इस विषय के हिन्दू विद्वानों का मानना है कि तीसरी रात के बाद सम्भोग करना चाहिये।'

'उफ़्फ़ोह!' अब वह फट पड़ी। 'तुम कितने अजीब आदमी हो। अगर हमें सुहागरात नहीं मनानी है तो चलो, सो जायें। यह बातचीत करना क्या बकवास है! मैं बहुत थक गई हूँ।' वह तेज़ी से उठी और बाथरूम में जा घुसी। मुँह धोया, चेहरे पर पानी छिड़का और सीधे बिस्तर पर चली गई। चादर पर पड़े फूल-पत्ती ज़मीन पर फेंक दिये और विवाह की साड़ी पहने हुए ही दीवार की तरफ़ मुँह करके लेट गई। मदन मोहन समझ गया कि वह खीज रही है, यानी वह बददिमाग़ लड़की है, और उसे सावधानी से काबू करना पड़ेगा। उसे धीरज रखने की ज़रूरत है।

वह बाथरूम में गया, दाँत साफ़ किये, फिर साबुन लगाकर बगलें और जाँघें धोयीं। फिर उसने धुला हुआ कुर्ता-पाजामा पहना और सुहाग के बिस्तर पर जाकर बैठ गया। कुछ देर बाद मोहिनी के कन्धे पर हाथ रखकर बोला, 'क्या तुम गुस्सा हो गईं?'

मोहिनी ने अपना कन्धा झटक दिया और गुर्राकर बोली, 'मैं तुमसे बात नहीं करती। पहले तुम अपनी पवित्र डिक्शनरी से आज्ञा ले आओ।'

मदन मोहन सारी रात जगते हुए बिताने के लिये मजबूर था। वह बड़ी देर तक पीठ के बल लेटा छत की तरफ़ ताकता रहा। फिर उसने बत्ती बुझाई और आँखें बन्द कर लीं। मोहिनी भी दूसरी तरफ़ मुँह किये लकड़ी की तरह लेटी रही। *कामसूत्र* ने इस स्थिति के बारे में कोई निर्देश नहीं दिया था। धीरे-धीरे नींद उस पर हावी हो गई।

सवेरे मोहिनी उससे पहले उठी। उसने अपनी उँगली पर टूथपेस्ट निकाला और रगड़-रगड़ कर दाँत साफ़ करने लगी। लेकिन वह यह नहीं जानती थी कि शॉवर का इस्तेमाल कैसे किया जाता है, इसलिए उसने लोहे की बाल्टी में नल खोलकर पानी भरा और चूँकि वहाँ लोटा नहीं था, इसलिए शौच के लिये रखा गया मग्गा लेकर नहाना शुरू कर दिया। फिर नई सिल्क की साड़ी पहनी और पति से कोई बात किये बिना नीचे अपने सास-ससुर के पास जा पहुँची। हरि मोहन

पांडे सवेरे का अखबार पढ़ रहे थे और पार्वती पूजा के कमरे में थी। मोहिनी ने पांडे जी के पैर छुए, उनका आशीर्वाद लिया और सास के पास जा पहुँची।

उसके बाद मदन मोहन नीचे आया और पिता के साथ चाय पीने बैठ गया। पार्वती ने जल्दी से पूजा खत्म करने की कोशिश की और बहू से बोली, 'बेटा, मैं अभी बेटे को तुम्हारे पास भेजती हूँ। मेरी पूजा तो छोटी ही होती है, परन्तु वह सब काम धीरे-धीरे करता है। तुम भी उसके साथ पूजा करो और इसे सीख भी लो। मैं तब तक नाश्ता बनवाती हूँ।'

यह कहकर वह बाहर आई और मदन से बोली, 'मोहिनी पूजा के लिये तुम्हारा इन्तज़ार कर रही है। उसे पूजा करना नहीं आता। तब तक मैं नाश्ता बनवाती हूँ।'

मदन पूजा के कमरे में गया और उसकी माँ उनके बेडरूम में जाकर देखने लगी। चादर पर डाले गये फूल सब ज़मीन पर पड़े थे, यह तो अच्छा संकेत था। दम्पति एक साथ सोये थे। फिर उसने चादर उलट-पुलट कर देखी, उस पर किसी तरह का कोई निशान नहीं था, पहले सम्भोग में निकलने वाले पत्नी के रक्त का पति के वीर्य का ज़रा-सा भी चिह्न कहीं नहीं था। यानी उसका बेटा समझदार था और पत्नी को तैयार करने के बाद ही कुछ करना चाहता होगा। यह भी हो जायेगा। वह सन्तुष्ट होकर नाश्ते में सबका साथ देने के लिये लौट आई।

नाश्ते की मेज़ पर अभी भी पुराना ढर्रा चला आ रहा था। हरि मोहन पांडे पूरा इंग्लिश नाश्ता लेना पसन्द करते थे। एक गिलास सन्तरे का रस, दूध में कॉर्नफ़्लेक्स, गोश्त और अंडे, मक्खन और जैम लगे टोस्ट और कॉफ़ी। और ये सब चीनी मिट्टी के बर्तनों में छुरी-काँटे तथा चम्मचों के साथ परोसा तथा खाया जाता था। इसके बाद वे अपना ब्रियर पाइप जलाते। इसके विपरीत मदन मोहन उत्तर भारत का शाकाहारी खाना लेता था। घी में बनाई पूड़ियाँ और आलू की सब्ज़ी या दही और अचार के साथ परांठे; और चाय या कॉफ़ी के स्थान पर हमेशा दूध। नाश्ता खत्म होने के बाद नौकर हाथ धोने के लिये बाउल लाता, क्योंकि वह हाथ और उँगलियों से ही खाता था। सिर्फ़ पार्वती की ही खाने की आदतों में कुछ परिवर्तन हुआ था—वह पति और पुत्र के बीच में फँसी कुछ इधर और कुछ उधर करके अपना काम चलाती थी। लेकिन मदन मोहन के बड़े होने के बाद उसने उसी का साथ देना स्वीकार कर लिया था। और वह भी हाथ से ही खाने लगी थी। हरि मोहन पांडे शुरू में उन पर बहुत चिल्लाये थे, पर कुछ समय बाद उन्होंने अपने उत्तराधिकारी की प्रधानता स्वीकार कर ली थी। अब पार्वती कभी-कभी छुरी-काँटे का भी इस्तेमाल कर लेती थी, क्योंकि वह पति को भी खुश देखना चाहती थी, जिससे वह यह

न समझने लगें कि पत्नी ने उसे प्यार करना बन्द कर दिया है, या जब कभी उन्हें पति से कुछ माँगना या कराना होता था।

मोहिनी के सामने नाश्ते के समय यह समस्या पेश हुई। वह श्वसुर का अनुकरण करे या पति का? या क्या वह पहले छुरी-काँटे का प्रयोग करके यह स्थापित करे कि उसे इनका उपयोग आता है—उसे इनके उपयोग में आसानी नहीं होती थी, यद्यपि उसने कॉलेज में अपनी सहेली एलिस केर्वाल्हो से इसे सीख लिया था और फिर पति की तरह हमेशा के लिये हाथ और उँगलियों से भारतीय खाना खाना शुरू कर दे? लेकिन इसका निर्णय उसकी सास ने नौकरों को यह आदेश देकर कर दिया कि बड़े साहब को उनका नाश्ता और बाकी सबको आलू-पूड़ी दो। सब चुपचाप खाते रहे।

आज का दिन भी मिलने वालों के आने-जाने में खत्म हुआ, जो बहू की मुँह दिखाई करने तरह-तरह के तोहफ़े लेकर आते थे। शाम को देर तक यह काम चलता रहा। मोहिनी अपने पति की आँख से आँख मिलाये बिना आज्ञाकारी बहू की तरह सास के साथ लगी बैठी रही। रात को डिनर के बाद ही पति-पत्नी बेडरूम में दोबारा मिले।

मोहिनी अब भी चुप थी। वह पहले नहाई, फिर सूती धुली हुई साड़ी पहनी और दीवार को ताकती बिस्तर पर लेट गई। मदन भी नहाया, कुर्ता-पाजामा बदला और पलँग पर अपनी तरफ़ आकर लेट गया। कुछ देर बाद उसने अपना हाथ बढ़ाकर मोहिनी के कन्धे पर रख दिया और बोला, 'अपने पति से व्यवहार करने का यह कोई ढंग नहीं है।' मोहिनी ने उसका हाथ हटा दिया और कहा, 'तुम तीन दिन तक मुझसे दूर रहना चाहते हो! तो मैं भी तभी बात करूँगी जब यह बेवकूफ़ी का समय खत्म हो जायेगा।'

'लेकिन हमें बात तो करनी चाहिये। तुम मुझे अपने बारे में बताओ और मुझसे भी जो जानना चाहो, पूछो। अभी हम दोनों एक-दूसरे के लिये अजनबी हैं। पहले हम एक-दूसरे को जानें, फिर मित्र बनें, फिर प्रेमी बन जायें। शास्त्रों में यही लिखा है। हमें उसका पालन करना चाहिये।'

मोहिनी ने अपना चेहरा उसकी तरफ़ फिराया। उसकी आँखों में आँसू थे। 'तुम मेरे बारे में क्या सुनना चाहते हो? मैं ग़रीब अध्यापक की बेटी हूँ। स्कूल और कॉलेज में पढ़ी हूँ। तुम्हें मेरा ब्यूटी कॉन्टेस्ट (सौन्दर्य प्रतियोगिता) में हिस्सा लेना पसन्द नहीं आया। तुम मुझे तीन दिन से पहले देखना भी नहीं चाहते। मैं तुम्हें समझ नहीं पा रही।' उसने दोनों हाथों से अपना मुँह ढक लिया और सुबकने लगी।

मदन मोहन उसकी तरफ़ खिसक आया, हाथ पकड़कर चेहरे से अलग किये और उसके आँसू पोंछे। फिर उसे माथे पर चूम लिया। फिर उसे सहलाते हुए कहा, 'तुम बहुत सुन्दर और प्यारी लड़की हो। तुम्हारी सुन्दरता देखने के लिए मुझे तुम्हें खोलकर देखने की ज़रूरत नहीं है। ईश्वर ने ही तुम्हें सुन्दर बनाया है। मैं भाग्यशाली हूँ कि मुझे तुम्हारी जैसी पत्नी मिली।' मोहिनी उससे लिपट गई। धीरे-धीरे उसका सुबकना भी बन्द हो गया। वह पति की बाँहों में ही सो गई। उसका शरीर पति को रात में बार-बार छूता रहा, लेकिन उसने कोई माँग नहीं की।

मोहिनी फिर सहज और प्रसन्न हो उठी। उसने अपनी सास और नौकरों की रसोईघर में सहायता करना शुरू कर दिया, मेज़ पर खाना लगाना, मेहमानों का स्वागत करना और बगीचे से फूल तोड़कर गुलदस्तों में सजाना भी उसका रोज़मर्रा का कार्य हो गया। पति के साथ आरम्भ हुआ उसका संघर्ष समाप्त हो गया। एक और रात बीतते ही सम्भोग का नियम भी आरम्भ हो जायेगा। अब अन्त में उसे वह भी प्राप्त हो जायेगा जिसका वह प्रस्ताव स्वीकार होने के बाद से ही इन्तज़ार कर रही थी।

आखिरकार वह रात आ ही गई। जब उसकी सास दोनों को बेडरूम तक पहुँचाकर चली गई, मोहिनी ने स्नान किया, अपने शरीर पर टेलकम पाउडर उदारतापूर्वक छिड़का, टूथपेस्ट से दाँत रगड़-रगड़कर साफ़ किये और नई दुल्हन को उस दिन कैसा दिखना चाहिये, वैसी ही खुश और शर्मीली दिखने की कोशिश की। मदन मोहन को उसे इस तरह तैयार देखकर प्रसन्नता हुई और उससे कुछ देर, जब तक वह भी नहाकर आता है, इन्तज़ार करने को कहा। वह बदन रगड़-रगड़ कर नहाया, दाँत साफ़ किये और अन्त में अपनी गर्दन और बगलों में फ्रेंच परफ़्यूम छिड़का—यह समझौता उसने इसलिए किया था क्योंकि इस काम के लिये इस्तेमाल किया जाने वाला पदार्थ, जिसे 'इत्र' कहते हैं, मुसलमानों की देन थी, जिन्हें वह अंग्रेज़ों से भी ज़्यादा घृणित मानता था। फिर वह मोहिनी के साथ सोफ़े पर बैठ गया। पानदान से चाँदी के बटुक में लिपटे पान के दो बीड़े उठाये, एक मोहिनी के मुँह में रखा और दूसरा अपने मुँह में।

'तो,' वह बोला और चुप हो गया।

'तो क्या,' मोहिनी ने पान से रँगे होंठों के बीच से कहा, 'तो प्रोफ़ेसर साहब, पंडितजी महाराज़, मेरे पति परमेश्वर देवता, मैं आपकी पत्नी होकर सुखी हूँ। आप

आज्ञा दें, मैं पालन करूँगी।'

'मैं चुम्बन से शुरू करता हूँ।' वह सोच रहा था कि चुम्बन के प्रकारों का वर्णन करके उसे चकित कर देगा, लेकिन मोहिनी ने उसे एकदम दबा लिया।

'चुम्बन लो और चाहे जितने लो,' उसने उत्तर दिया और अपने होंठ उसके मुँह से लगा दिये।

दोनों ने एक-दूसरे को कस लिया और देर तक एक-दूसरे को जकड़े रहे। फिर मदन मोहन ने आगे बढ़ने का विचार किया। उसने मोहिनी का मुँह जगह-जगह चूमा। फिर अपना हाथ उसकी छातियों तक लाने की कोशिश की लेकिन उसे निश्चय नहीं था कि वह उसे यह करने देगी या नहीं। लेकिन उसने खुद अपने ब्लाउज़ के बटन खोल दिये और ब्रा भी ढीली कर दी। बोली, 'यहाँ चूमो मुझे।' मदन मोहन को लग रहा था कि उसके हाथ से स्थिति का नियन्त्रण निकला जा रहा है, उसे इस बारे में कुछ करना होगा लेकिन मोहिनी की छातियाँ देखकर उसके घुटने ढीले पड़ने लगे थे। अब तक उसने स्त्री की छातियाँ तस्वीरों में ही देखी थीं, या पुरानी मूर्तियों में। असली मांस-मज्जा की छातियाँ वह पहली दफ़ा देख रहा था। वह उन पर हाथ फिराने लगा और सोचने लगा कि दोनों में से किसे ज़्यादा अहमियत दी जाये। उसने खरखराती आवाज़ में कहा, 'बहुत सुन्दर हैं। तभी तुम्हें सौन्दर्य प्रतियोगिता में चुना गया।'

मोहिनी हँसने लगी, 'अब पश्चिमी ढंग पसन्द आने लगा। ...मैं तुम्हें कुछ और भी बताती हूँ। प्रतियोगिता में छातियाँ ही नहीं, कमर, पुट्ठे, पैर, सब कुछ नापा जाता है। मैं हर क्षेत्र में आगे रही।

'मुझे भी दिखाओ,' मदन मोहन ने कहा और सोचने लगा कि क्या यह उसी ने कहा है!

मोहिनी उठकर खड़ी हो गई, अपनी साड़ी ढीली की, ब्लाउज़ और ब्रा निकाली और क्षण भर रुक कर पेटीकोट भी ढीला करके सारे कपड़े नीचे ज़मीन पर डाल दिये। फिर योनि को दोनों हाथों से ढककर पीछे मुड़ी और अपने पुट्ठे मदन के सामने कर दिये। फिर वापस पलट कर अपने दोनों हाथ आगे बढ़ा दिये, 'आओ, अब लेटें।'

मदन मोहन ने उस पर नज़र डाली तो वह चौंक उठा। उसके पैरों के बीच में यह काले बालों का गुच्छा कैसा था? उसने *कामसूत्र* की सचित्र प्रतियों में या संगमरमर की मूर्तियों में यह तो कहीं नहीं देखा था। उसके लिंग पर ज़रूर बाल थे, लेकिन वह तो पुरुष था! एक लड़की, वह भी मृगिणी, की योनि पर बाल क्यों

होने चाहिये? वह सोचने लगा, कुछ विचलित भी हुआ। यह तो योजना के अनुसार चल नहीं रहा था।

मोहिनी ने उसका हाथ पकड़ा और उसे पलँग की तरफ़ ले आई। 'अब अपने कपड़े उतारो। मैं भी इसी तरह तुम्हें देखना चाहूँगी।' इस हुक्म का उसने चुपचाप पालन किया। उसके भी गुप्तांग पर बाल दिखाई दिये। प्रकृति ने किसी कारणवश दोनों को ये दिये थे। वह इस पर ज़्यादा सोचने की स्थिति में नहीं था। दोनों ने एक-दूसरे को जकड़ लिया और बिस्तर पर लुढ़क गये। इसके बाद चुम्बनों का तूफ़ान आया।

अब असली काम शुरू होना था। मदन मोहन ने अपना हाथ उसकी जाँघों पर फेरा और उसके कान में फुसफुसाया, 'मेरी प्यारी हिरनी, तुम्हें कुछ तकलीफ़ तो होगी, लेकिन पहली ही दफ़ा। इसके बाद तुम्हें आदत पड़ जायेगी और मज़ा भी आने लगेगा। मेरा विश्वास करो।' वह अभी अन्दाज़ ही लगा रहा था कि कहाँ से प्रवेश किया जाये, मोहिनी ने उसका लिंग पकड़ लिया और सही जगह पर रख दिया। मदन को वात्स्यायन की चेतावनी याद आई, 'धीरे-धीरे भीतर डालो।' मदन मोहन का सिर जैसे आग से सुलगने लगा, उसने योनि छुई ही थी, कि वह स्खलित हो गया और सारा वीर्य मोहिनी की जाँघों पर फैल गया।

उसके लिये यह अद्भुत अनुभव था। लेकिन मोहिनी के लिये नहीं। वह अपनी निराशा नहीं छिपा सकी और चीखकर बोली, 'गधे! मैं अभी शुरू भी नहीं हुई और तुम खत्म हो गये!' यह कहकर उसने अपने को खींचकर मदन से अलग किया, और सफ़ाई करने तथा शान्त होने के लिये बाथरूम में घुस गई।

जब वह वापस लौटी, तब उसने एक अद्भुत दृश्य देखा। मोहन अपने सिर के बल खड़ा था, उसका ढीला-ढाला लिंग उसके मुँह के ऊपर छोड़े गये तीर की तरह लटक रहा था।

'यह क्या कर रहे हो?' मोहिनी चीखी।

'बिन्दु जीवन की प्राण-शक्ति है। यह शरीर के सब अंगों, सिर से लेकर पैर तक की शक्तियों को लेकर बनता है। सम्भोग के पश्चात् इसकी पूर्ति करने के लिये पुरुष को इसके बाद शीर्षासन करना चाहिये।' उसने वैसे ही पड़े-पड़े समझाकर कहा।

'तुम इसे सम्भोग कहते हो? अच्छा है, तुम अपने सिर से ही इसे कर लिया करो,' उसने गुर्राकर कहा और बत्ती बुझाकर पलँग पर उसकी तरफ़ पीठ फेरकर लेट गई। मदन ने पैर नीचे किये और उठकर बैठ गया। वह अँधेरे में टटोलते

हुए बाथरूम गया, फिर टटोलते हुए ही लौटा, और पलँग पर लेट गया। उसे देर तक नींद नहीं आई। वह सोचता रहा कि उससे कहाँ गलती हुई। *कामसूत्र* में यह कहीं नहीं लिखा था कि पत्नी के ऐसा व्यवहार करने पर पति को क्या करना चाहिये। क्या उसने जो अनुमान लगाया था, उसके विपरीत वह किसी अन्य श्रेणी की स्त्री तो नहीं थी? उसने अँधेरे कमरे में नज़रें घुमाईं। कहीं इसमें तो कोई दोष नहीं है? उसे वास्तु का अध्ययन करना होगा, जो यह बताता है कि मकान कैसे बनने चाहिये, कमरों की दिशा क्या हो, फर्नीचर कहाँ और कैसे रखा जाये, इत्यादि। उसने प्राचीन रत्न-विद्या का भी अध्ययन नहीं किया था, जिसके अनुसार विभिन्न रत्नों का शरीर पर अलग-अलग असर होता है। कुछ से वासना उमड़ती है, कुछ से शान्त होती है। उसका दिमाग़ प्राचीन ग्रन्थों के ज्ञान से उलझता हुआ पत्नी को सन्तुष्ट न कर पाने के कारणों पर सोच-विचार करता अन्त में सो गया।

मोहिनी कब उठी, इसका उसे पता नहीं चला। बाथरूम से उसकी आवाजें आने लगीं, तब उसकी नींद खुली, वह काफ़ी देर पहले जाग गई थी। बाथरूम का दरवाज़ा खुला और उसमें से वह एकदम नंगी, तौलिया से बदन रगड़ती बाहर आती दिखाई दी। वह सचमुच बहुत सुन्दर युवती थी, सिर के बाल कमर तक लटकते, सिर्फ़ योनि के इर्द-गिर्द काले बालों का गुच्छा क्या बस, वह इसके बारे में कुछ नहीं कर सकती और अपनी उद्दंडता के बारे में भी? उसके कपड़े पलँग पर पड़े थे। मदन को जगा हुआ देखकर वह कहने लगी, 'सारा चिप-चिप—पेट, जाँघें, सब चिप-चिप। मुझे तीन दफ़ा साबुन लगाकर धोना पड़ा।' उसने कपड़े बदले, उसके पैरों से हाथ लगाया और नीचे दौड़ गई।

मदन मोहन भी उठा और बाथरूम में गया। नहाते समय उसे भी जाँघों में चिप-चिप महसूस हुई। यह बिन्दु का कितना दुरुपयोग है, वह सोचने लगा। इसे तो मोहिनी के शरीर में जाना चाहिये था, जिससे एक नया जीवन उत्पन्न होता। उसने धोती-कुर्ता पहना और परिवार के साथ नाश्ता करने चला गया।

जब तक नौकर नाश्ते की मेज़ लगाता, पार्वती चुपके से सवेरे का बिस्तर देखने ऊपर चढ़ गई। उसे चादर पर सूखा हुआ वीर्य तो दिखाई दिया, पर खून की एक बूँद भी नहीं दिखी। यह उसकी समझ में नहीं आया और वह परेशान होती नीचे उतर आई।

सब लोग नाश्ते की मेज़ पर बैठे थे। मदन मोहन और उसके पिता बातें करने में लगे थे। मोहन उनसे पूछ रहा था, 'पिताजी, आपने बँगला बनवाते समय वास्तु के ज्ञाताओं से सहायता ली थी?'

'किस चीज़ का ज्ञाता?' उन्होंने पूछा।

'वास्तुशास्त्र का। आपको पता नहीं यह मकान बनवाने और उसे सजाने की विद्या का हमारा प्राचीन ग्रन्थ है यह?'

'मैंने कभी नहीं सुना। यह बँगला बनवाने के लिये मैंने आर्किटेक्ट की मदद ली थी। उसने मुझसे बात करके इसका नक्शा तैयार किया। मेरा खयाल है कि काफ़ी अच्छा काम किया। तुम्हें इसमें क्या कमी लगती है?'

'जी नहीं, पिताजी, मैं यह नहीं कह रहा कि इसमें कोई कमी है। सिर्फ़ यह कि वास्तु द्वारा ही सूर्य और वायु के प्रभाव पर विचार किया जाता है। यह तय करता है कि किस दिशा में क्या बनाया जाये, कमरे किधर खुलें, शौचालय किधर हों—इस तरह की बातें।'

'उसने इस तरह प्लान बनाया कि जाड़ों में खूब धूप आये और गर्मी में सबसे कम! मकान की दिशा क्या हो, इससे कोई फ़र्क नहीं पड़ता।'

'पड़ता है। वास्तु का प्रभाव पड़ता है। हमारे संगठन का दरवाज़ा पहले दक्षिण की तरफ़ था। उसके मेम्बर कम होने लगे। एक वास्तु के ज्ञाता ने कहा कि दरवाज़ा पूर्व की तरफ़ कर दो। बस, मेम्बर बढ़ने लगे।'

'एकदम बकवास है, यह तो मज़ाक है। पश्चिम में सैकड़ों मंज़िल वाली इमारतें हैं जो पूरब की तरफ़ नहीं खुलतीं।'

मदन मोहन ने यह बात तो कभी सोची भी नहीं थी, लेकिन वह भी आसानी से हार मानने वाला नहीं था। 'हमें पता नहीं कि दक्षिण की दिशा में रहने वाले लोगों का क्या होता है, पर हम अपने प्राचीन ज्ञान को इस तरह नकार भी नहीं सकते। वास्तु सिर्फ़ चौके और शौचालयों के बारे में नियम नहीं बनाता, बल्कि बाथरूम, स्वागत-कक्ष, पूजाघर और वरांडों के लिये भी नियम देता है। प्रवेश और निकास के दरवाज़ों की भी स्थितियाँ तय करता है। हमारे पूर्वज इन नियमों का पालन करते थे।'

'क्योंकि उनके लिये यह ज़रूरी था। तब चूल्हे होते थे जिनसे धुआँ निकलता था, इसलिए रसोई घर के पीछे बनायी जाती थी और पाखाना भी घरों से कुछ दूर बनाये जाते थे। अब हम खाना पकाने के लिये बिजली या गैस का इस्तेमाल करते हैं, टॉयलेट्स फ़्लश होते हैं, जिसमें बदबू आती ही नहीं। गर्मियों में घर ठंडे रखने के लिये एयर कंडीशनर और जाड़ों में गरम रखने के लिये हीटर हैं। तुम्हारी यह अस्तु-वस्तु या जो भी नाम हो उसका, क्या उस ज़माने में यह सब जानती थी?'

बहस में गर्मी पैदा हो गई थी। खाते वक्त बहस करना ठीक नहीं होता। इसलिए माँ ने पूछा, 'बेटा, लंच करने घर आओगे?'

'लगता तो नहीं, माँ। संगठन के कार्यालय में मुझे देर हो सकती है। वहाँ मैं तीन दिन से नहीं गया, इसलिए काम बहुत इकट्ठा हो गया होगा। मेरा इन्तज़ार मत करना।'

'तुम्हारी शादी को तीन ही दिन हुए हैं। छुट्टी ले लेनी चाहिये। शादी करके लोग दस-पन्द्रह दिन के लिये हनीमून मनाने भी जाते हैं।'

'हनीमून! यह पश्चिमी तमाशा है।' उसने चिढ़कर कहा। 'क्या हमारे पूर्वज अपनी बीवियों को लेकर हनीमून मनाने जाते थे। उनके लिये धर्म महत्त्वपूर्ण होता था। संगठन मेरा धर्म है।'

संगठन कार्यालय के लोग भी उसे देखकर चकित रह गये। वे भी यही सोचते थे कि अब वह अपनी पत्नी को जानने के लिये हफ़्ता-दस दिन शिमला या कश्मीर कहीं जाकर रहेगा। इसलिए उन्होंने उसका कोई कार्यक्रम निश्चित नहीं किया था। लेकिन उसके बारे में कुछ कहा नहीं जा सकता। उसने विवाह की बधाइयाँ स्वीकार करने के बाद कहा, 'मैं कुछ प्राचीन ग्रन्थों का अध्ययन कर रहा हूँ। इसलिए कोई मुझे परेशान न करे और अभी मेरे कोई कार्यक्रम भी तय न किये जायें।'

उसने अपने सहायक को वास्तु तथा फेंगशुई की कुछ किताबों की सूची दी और कहा कि लाइब्रेरी से इन्हें निकलवा लाये। दिन भर वह उन्हें पढ़ता रहा और कागज़ पर नक्शे बनाता रहा, कि उसका बेडरूम कहाँ और किस दिशा में रहना चाहिये, उसमें पलँग किस तरह डाले जायें, फ़र्नीचर कहाँ रखा जाये, पर्दे कहाँ और कैसे टाँगे जायें। वास्तु से उसे काफ़ी सहायता मिली लेकिन फेंगशुई से ज़्यादा कुछ नहीं मिला। परन्तु वह यह सोचकर प्रसन्न था कि अपने पूर्वजों के ज्ञान के अनुसार वह अपना सब प्रबन्ध कर सकेगा।

उस दिन वह रोज़ से पहले घर लौट आया। नौकरों ने बताया कि बड़े साहब और माताजी बहूजी को दिल्ली दिखाने ले गये हैं और सूरज डूबने से पहले वापस आ जायेंगे। उसने सोचा, यह अच्छा हुआ, अब कोई उसे तंग नहीं करेगा। वह नौकरों को लेकर अपने बेडरूम में गया और अपने बनाये नक्शे के अनुसार पलँग और फ़र्नीचर की दिशाएँ बदलवाने लगा। उसके डबलबेड का सिरहाना अभी तक उत्तर की दिशा में था, जो वास्तु द्वारा निर्देशित दिशा के एकदम उलटा था। उसने उसकी दिशा बदलवाई। सोफ़ा बाहर की खिड़की के साथ रखवाया और कुर्सियाँ उसके सामने गोल मेज़ के अगल-बगल रखवाईं, जिस पर गुलदस्ता रखा था। नौकरों

ने उससे कोई सवाल-जवाब नहीं किये, क्योंकि वे भी उसकी माँ की तरह उसे महाविद्वान मानते थे।

शाम को जब घरवाले घूम-फिरकर लौटे, तब रात होने लगी थी। मदन मोहन के पिता ने घूमने का कार्यक्रम निश्चित किया था : कुतुबमीनार से आरम्भ करके वे हुमायूँ के मकबरे तक जायेंगे और निज़ामुद्दीन की दरगाह पर खत्म करेंगे। मोहिनी यह सब देखकर बहुत खुश थी। उसने अपने पति को बताया, 'वे हमें मीनार के ऊपर तक नहीं जाने दे रहे थे। दो ही दिन पहले एक नव-विवाहित दम्पति ने ऊपर से कूदकर अपनी जान दे दी थी। लेकिन वह इतनी ऊँची है कि वहाँ से शहर का बहुत-सा हिस्सा दिखाई पड़ेगा।' मदन ने बुझे मन से कहा, 'हाँ, चारों तरफ़ खंडहर हैं। पृथ्वीराज चौहान के किले की दीवार है। और तुमने कुव्वत-उल-इस्लाम मस्जिद देखी? इसे बनाने के लिये 27 हिन्दू और जैन मन्दिरों को तोड़ा गया था। यह किसी भी हिन्दू का खून खौलाने के लिये काफ़ी है।'

उसके पिता ने अपना होंठ काट लिया। फिर पाइप जलाया, दो-चार कश लिये और अपना गुस्सा दबाकर कहा, 'हम घूमने-फिरने गये थे, अपना खून खौलाने नहीं।'

मोहिनी समझ गई कि बाप-बेटे के बीच जंग छिड़ने वाली है, इसलिए उसने विषय बदल दिया। 'लेकिन तुम निज़ामुद्दीन औलिया के खिलाफ़ कुछ नहीं कह सकते, वे तो हिन्दू और मुसलमान दोनों को प्यार करते थे। दरगाह में हमें बहुत से हिन्दू परिवार दिखाई दिये। वे सब मन्नत माँग रहे थे और दरगाह की मुँडेर पर उसके लिये डोरियाँ बाँध रहे थे।'

'बेवकूफ़ी की बात है यह, ये लोग और क्या हैं?' मदन बोला।

'मैने भी एक डोरी बाँधी है,' मोहिनी बोली।

'तो तुम भी बेवकूफ़ हो!'

'इससे उलझने की ज़रूरत नहीं है,' पिता ने कहा। 'उसके हिसाब से उसके अलावा दुनिया के और सब लोग बेवकूफ़ हैं।'

'पिताजी, आपको मुसलमानों या ईसाइयों का लिखा इतिहास छोड़कर सच्चा और सही इतिहास पढ़ना चाहिये। नहीं तो आप इन सब गलत बातों पर विश्वास करते रहेंगे।'

'बस, बस, बहुत हो गया, अब चुप करो,' पार्वती ने झिड़ककर कहा और हाथ हिलाकर जैसे गंदी हवा भगाने की कोशिश की। 'तुम लोग पत्थर का पहाड़ बना लेते हो। मोहिनी को तो बहुत मज़ा आया—है न बेटा? अगली दफ़ा हम तुम्हें

बिड़ला मन्दिर, हनुमान मन्दिर और बंगला साहब गुरुद्वारा ले जायेंगे।'

पिता के साथ मदन मोहन की तू-तू मैं-मैं ने माहौल खराब कर दिया। डिनर के वक्त कोई बात करना नहीं चाहता था, वे चुपचाप खाना खाते रहे। हरिमोहन भी बहुत जल्दी बिना किसी को 'गुडनाइट' कहे अपने कमरे में घुस गये। उसके बाद मोहिनी गई, फिर मदन मोहन। वह माहौल खराब करने के विचार से दुःखी था। लेकिन उसकी किसी भी बात का पिता बुरा मान जायें तो वह कर भी क्या सकता था? और उसकी पत्नी—उसे तो उसकी किसी भी बात में रुचि ही नहीं थी। उसे मोहिनी को आदर्श हिन्दू पत्नी बनाने में काफ़ी वक्त लग जायेगा। वह भारी दिल लिये कमरे में गया। यहाँ कुछ उससे भी बुरा उसका इन्तज़ार कर रहा था।

मोहिनी नौकरों को डाँट रही थी कि उससे पूछे बिना उन्होंने बेडरूम का पलँग और सोफ़ा वगैरह इधर-उधर क्यों कर दिये? 'बहूजी, छोटे साहब ने यह सब करने को कहा था?' उसी वक्त छोटे साहब वहाँ आ पहुँचे। वह उनकी तरफ़ पलटकर पूछने लगी, 'यह ऊटपटाँग क्या करवा दिया है? न मुझसे पूछा, न कुछ बात की।' नौकर चुपचाप खड़े थे। 'यह ऊटपटाँग नहीं है। वास्तुशास्त्र के अनुसार बेडरूम ऐसा ही होना चाहिये। जिस घर या कमरे में गलत इन्तज़ाम होता है, वहाँ कभी कुछ सही नहीं होता।' नौकरों के जाने से पहले मोहिनी ने अपना तमाम गुस्सा उगलते हुए कहा, 'नाच न जाने, आँगन टेढ़ा। कुछ करना आता नहीं, और...।' मदन मोहन हार गया, नौकरों के सामने उसकी मर्दानगी को दोषी बताया जा रहा था। मोहिनी को भी महसूस हो गया कि उसने बड़ी गलत बात कह दी है और वह दोनों हाथों से अपना मुँह ढककर सुबकने लगी। फिर वह बाथरूम में जा घुसी और भीतर से दरवाज़ा बन्द कर लिया। नौकर भी कमरे से बाहर खिसक लिये।

मदन मोहन पस्त होकर बिस्तर पर पड़ा रहा। वह पराजित हो चुका था। उसने रात के लिये कपड़े भी नहीं बदले। वह छत की तरफ़ देखता पड़ा था। उसने सुना कि मोहिनी बाथरूम से निकली और उसके बगल में बिस्तर पर आकर लेट गई। दोनों में कोई बात नहीं हुई। न किसी ने दूसरे के पास पहुँचने की इच्छा व्यक्त की। फिर दोनों सो गये। आधी रात के कुछ देर बाद मदन मोहन चौंक कर जाग गया—उसने कोई डरावना सपना देखा था, हालाँकि कुछ याद नहीं आ रहा था। वह मोहिनी की तरफ़ देखता रहा, जो दीवार की तरफ़ मुँह किये सो रही थी। अगर वह अपने को उत्तेजित करके मोहिनी के साथ सम्भोग कर सकता, तो उनके बीच खड़ी यह दीवार गिर सकती थी। उसने मोहिनी के पुट्ठों पर नज़र गड़ाई, जो खिड़की से छनकर आ रही चन्द्रमा की रोशनी में दिखाई दे रहे थे। उसने अपने

पाजामे के भीतर हाथ डालकर अपना लिंग सहलाया, लेकिन वह केंचुए की तरह ढीला पड़ा रहा। उसका डर बढ़ने लगा। यह ऐसी स्थिति थी जिसके बारे में उसने कभी सोचा ही न था, *कामसूत्र* में भी यह नहीं बताया गया था, कि जब खड़ा न हो तो क्या किया जाये। मोहिनी को पता चल गया तो क्या होगा। और जैसा उसका स्वभाव है, वह दुनिया भर को यह बताती फिरेगी। यह सोचकर वह बिना हिले-डुले वहाँ पड़े रहने और सोने की कोशिश करने लगा। यह घंटा उसकी ज़िन्दगी का सबसे लम्बा घंटा था, आखिरकार उसे नींद आ ही गई।

मदन मोहन को पता ही नहीं चला कि मोहिनी सवेरे कब उठकर चली गई। उसने नहाने की आवाज़ भी नहीं सुनी। जब उसकी आँख खुली तो उसने देखा कि वह धीरे से दरवाज़ा बन्द करके नीचे जा रही है। वह उठा और बाथरूम में घुस गया। उसने देखा कि टायलेट के पानी में रूई का एक खून-सना टुकड़ा तैर रहा है। क्या मोहिनी को बवासीर है—इतनी कम उम्र में? उसे यह सोचकर ताज़्जुब हुआ। नीचे गया तो देखा, माँ पूजाघर में थीं, पिताजी सवेरे का अखबार पढ़ रहे थे। मोहिनी अकेली बैठी थी। उसने पूछा, 'आज तुम पूजा नहीं कर रहीं?' उसने सिर हिलाकर कहा, 'अब मैं कुछ दिन पूजा-घर में नहीं जा सकती।' क्यों, यह उसकी समझ में नहीं आया, लेकिन उसने पूछा नहीं। उसकी माँ पूजाघर से निकल कर रसोई में गई, तब भी मोहिनी उनकी सहायता करने नहीं गई। 'तुम माँ की नाश्ता बनाने में मदद नहीं करोगी?' उसने पूछा। 'चार-पाँच दिन तक नहीं करूँगी।'

'क्यों?'

'क्योंकि इन दिनों मैं साफ़ नहीं हूँ।'

'साफ़ क्यों नहीं? अभी तो तुम नहाई थीं।'

मोहिनी ने ताना कसा, 'अरे बुद्धू।'

मदन मोहन को धक्का-सा लगा। वह यह बात दूसरी बार कह रही है और वह भी एकदम सवेरे। नाश्ते के बाद जब माँ को फुर्सत-सी मिली तो वह उससे पूछने लगा, 'माँ, मोहिनी को यह क्या हुआ है? मैंने उससे यही पूछा कि आज उसने न पूजा की, न नाश्ता तैयार करने में तुम्हारा हाथ बँटाया, तो उसने मुझे गाली दी। मुझे बुद्धू कहा। क्या यह किसी हिन्दू पत्नी के लिये सही है...।'

उसकी माँ भावुक हो उठी। उसने मदन के कन्धे पर हाथ रखा, 'बेटा, तुम कितने अबोध हो!' इसके बाद उसने स्त्री शरीर का यह व्यवहार समझाया कि हर महीने उसका रजःस्राव होता है। मदन मोहन को बड़ा आश्चर्य हुआ और वह सोचने लगा कि उसने हिन्दू ग्रन्थ पढ़े, किसी में भी इसका ज़िक्र क्यों नहीं है?

माँ ने दुनिया के बारे में उसे एक नया ज्ञान दिया था, इससे प्रेरित होने के स्थान पर मदन मोहन अवसाद में डूब गया। इतनी सारी डिग्रियाँ हासिल करने के बाद भी उसके पिता को उसकी योग्यता पर विश्वास नहीं था। वह कॉलेज में टीचर के काम में असफल रहा था और अब वह संगठन की शाखाओं में जो भाषण देता होगा, वे भी उनके दुकानदार और बनिये श्रोताओं के पल्ले नहीं पड़ेंगे। और यह मोहिनी निम्न मध्यवर्ग में पली-बढ़ी कॉन्वेन्ट और ईसाइयों के कॉलेज में पढ़ी अधकचरी लड़की, जो उसे गधा और बुद्धू कहने से भी गुरेज़ नहीं करती। इसे तो व्यवहार करना ही नहीं आता था, यह अच्छी पत्नी तो बन ही नहीं सकेगी। अब उसे यह विश्वास होने लगा कि मोहिनी के घरवालों ने उसे गलत जन्म-कुंडली भेज दी थी। अब वह उसके साथ कोई रिश्ता नहीं रखेगा। अगर वह खुद रहना चाहेगी, तो वह उसे रहने तो देगा लेकिन छूने नहीं देगा।

इधर मोहिनी की सोच भी कुछ ऐसी ही थी। उसे खुशी हुई थी कि उसका विवाह बहुत धनी परिवार के अकेले लड़के से होने जा रहा था, जो विद्वान भी था। उसे आशा थी कि वह ज़बर्दस्त प्रेमी भी होगा। वह उस रात का इन्तज़ार कर रही थी जब वह उसे अपने सुन्दर शरीर से चकित कर देगी और उसकी कामना को भी प्रज्वलित कर देगी। लेकिन यह तो ऐसा ज़बर्दस्त गधा निकला जो सम्भोग करने का पहला कदम भी नहीं उठा सकता। और किसी जानवरों के विशेषज्ञ की तरह हाथी, घोड़े और हिरन की तरह उसे देखने लगा। इस मूर्ख के लिये उसकी खूबसूरती बर्बाद हो रही थी। इससे तो साठ साल का आदमी भी ज़्यादा जानदार होगा। अब वह इसके साथ कोई सम्बन्ध नहीं रखना चाहेगी। अब उसकी चिन्ता यह थी कि माता-पिता इसे कैसे लेंगे। उनका तो विश्वास था कि लड़की जब एक बार अपना घर छोड़कर ससुराल जाती है, तब वहाँ से उसकी अर्थी ही बाहर निकलती है, जो उसके विवाह के लाल कपड़े में बँधी होती है। उसने फ़ैसला किया कि माँ-बाप का सामना करेगी। अगर सफल न हुई तो वह किसी स्कूल या कॉलेज में पढ़ाने की नौकरी तलाश करेगी, जिसकी योग्यता उसके पास है।

घर के माहौल में गहरा तनाव था। खाने के समय सिर्फ़ माँ की ही आवाज़ सुनाई देती। वह कुछ पूछती तो दूसरे 'हाँ' या 'न' में जवाब देते। प्रथा के अनुसार मोहिनी को अब अपने घर वापस जाना था, जहाँ से उसका पति उसे दोबारा विदा कराकर वापस लाता।

हफ़्ते भर बाद मोहिनी का भाई आकर उसे मथुरा ले गया। हफ़्ते बीते, फिर महीने बीतने लगे। मदन मोहन मोहिनी को वापस लाने मथुरा नहीं गया। धीरे-धीरे

पांडे और जोशी दोनों परिवारों ने मान लिया कि विवाह सम्बन्ध सहवास हुए बिना समाप्त हो गया है।

एक दिन सवेरे पांडेजी अपना पाइप जला रहे थे, तब पार्वती उनसे पूछने लगी, 'हमने क्या गलती की थी जो हमें यह बदनामी मिल रही है?' उन्होंने कोई जवाब नहीं दिया और पाइप पर कश छोड़ते रहे। खुशबूदार धुआँ चारों ओर फैल रहा था। पार्वती ने हाथ से धुआँ अपने सामने से हटाया और फिर अपना प्रश्न दोहराया। 'मैं तुमसे पूछ रही हूँ, हमसे क्या गलती हुई? हमने उनकी कुंडलियाँ भी मिलवाईं और बताया गया कि शादी बड़ी सफल होगी और बच्चे भी कई होंगे। मदन ने भी उनकी जाँच की और लड़की को भी पसन्द किया। बताओ मुझे, तुम क्या सोचते हो?' उसने जवाब माँगा।

पांडे जी ने पाइप मेज़ पर रख दिया और चीखकर बोले, 'यह लड़का गधा है। नपुंसक है बेवकूफ़।'

पार्वती कुर्सी में जा धँसी और मुँह पर हाथ रखकर रोने लगी। 'तुम अपने अकेले बच्चे के बारे में ऐसी बात कैसे कह सके!' कुछ देर बाद वह शान्त होकर उठ बैठी और चुनौती की तरह कहने लगी, 'तुम ज़रा इन्तज़ार करो। मेरा बेटा महाविद्वान है। अपने ज्ञान के सहारे वह देश का बड़ा नेता बनेगा।'

'भगवान बचाये हमारे देश को,' हरि मोहन ने कहा और पाइप उठा लिया।

चूतियापुरम की महारानी

मैं उसका इन्तज़ार करता था, क्योंकि वह किसी के बारे में अच्छा नहीं बोलती थी। और चूँकि मैं भी कुछ इसी किस्म का हूँ, इसलिए घंटा-डेढ़ घंटा जो वह मेरे यहाँ स्कॉच ढालते हुए बिताती, हम अपने परिचित और अपरिचित सभी लोगों की इज़्ज़त की ऐसी-की-तैसी करते रहते थे। हमारे पेट में उनके खिलाफ़ जो भी कूड़ा-करकट भरा होता था, उसे निकालकर खाली करते—जो दुनिया का एक बड़ा सुख है। चूँकि हम दोनों लेखक की श्रेणी में आते थे, हमारे निशाने पर ज़्यादातर वे लेखक होते थे, जो हमसे ज़्यादा सफल रहे थे। पाँच-सितारा होटलों में नई किताबों के जो एक-के-बाद एक जलसे होते रहते थे, उनसे हमें अपनी गोष्ठियों के लिये हमेशा ताज़ा मसाला मिलता रहता था—क्योंकि मीडिया के लोगों को खिलाये-पिलाये बिना इनकी बेकार की किताबों का कोई नोटिस ही नहीं लिया जाता और उनका नाम भी किसी को पता नहीं चलता।

हमारी बातचीत एक ही ढंग से शुरू होती थी। वह ज़ोर-शोर से 'हाय खुशी' कहती हुई कमरे में प्रवेश करती, दोनों गालों पर चुम्मा जड़ती और मेरे बगल की कुर्सी पर अपना पर्स रख देती थी। 'चलो, शुरू हो जाओ,' मैं कहता, और वह आगे बढ़कर उस मेज़ पर पहुँच जाती जिस पर ट्रे में स्कॉच, जिन, रम, सोडा की बोतलें और बर्फ़ का कटोरा (Ice bucket) रखा रहता था। वह स्कॉच की बोतल उठाती, उसे ज़रा-सा तिरछा कर उसका लेबिल पढ़ती और कहती, 'इससे अच्छा और कुछ नहीं है?' मैं भड़ककर ज़वाब देता, 'यह ब्लैक-लेबिल प्रीमियम ब्राण्ड है।' वह उसी अन्दाज़ में कहती,

मुझे सिंगल माल्ट पसन्द है। लेकिन वह दो ह्विस्की ढालती और कहती, 'तुम्हें ये गिलास, बदल देने चाहिये। ये देसी नकल हैं। फ्रेंच, जर्मन, डच क्रिस्टल गिलास लाओ। अगली दफ़ा विदेश जाऊँगी तो ला दूँगी। उससे एकदम फ़रक पड़ जायेगा।' फिर वह सोडा और आइस क्यूब डालकर मेरा गिलास मुझे पकड़ा देती। इसके बाद फ्रिज तक जाकर मिनरल वाटर की बोतल निकालती, उसे अपनी ह्विस्की में डालती और बैठ कर कहती, 'चियर्स!'

फिर दो-तीन घूँट लेकर वह अपना हैंड बैग खोलती और एक कार्ड निकालकर मुझसे पूछती, 'यह मिला तुम्हें?'

मैंने कार्ड पर नज़र डाली। यह होटल ले मेरिडिएन में एक नये लेखक की पहली पुस्तक के प्रकाशन का निमन्त्रण था जो प्रकाशक द्वारा भेजा गया था—मैं युवा लेखक के पिता को जानता था। मुझे भी यह निमन्त्रण आना चाहिये। मैंने कहा, 'बढ़िया शराब और व्यंजन खाने को मिलेंगे।'

'इनसे बढ़िया मैं घर पर बनाती हूँ,' उसने चिढ़कर कहा। 'वहाँ के बोरिंग भाषण और बेकार से उपन्यास की रीडिंग सुनने में कौन अपनी शाम बर्बाद करेगा! मैं तो नहीं जाऊँगी।'

अगले दिन मेरा निमन्त्रण कार्ड भी आ गया। मैं समय पर पहुँचा और आखिरी क़तार में जाकर बैठ गया। तब तक आधा हॉल ही भरा था। मैंने कुछ नियमित आने वालों को पहचाना—रिटायर्ड राजदूत और अधिकारी, पूर्व मन्त्री, पूर्व राजे-महाराजे, नये ज़माने के राजा-नवाब और कुँवर—और कुछ अन्य लोग जो हर ऐसे समारोह में, जहाँ मुफ़्त की शराब और खाना-पीना मिलता था, पहुँचते ही थे, हालाँकि इसके लिये उन्हें तब तक इन्तज़ार करना पड़ता जब तक भाषण नहीं खत्म हो जाते और बल्बों की रोशनी में फोटो खींचते कैमरों के बीच किताब का विमोचन न हो जाता।

मैंने देखा कि मेरी महिला मित्र चली आ रही है। उसने हॉल का जायज़ा लिया, फिर सबसे आगे की कतार के सामने से गुज़री जिससे सब लोग उसे देख लें, फिर उस मेज़ पर जा पहुँची जहाँ नई किताब खरीदने वालों के लिये रखी थी। उसने एक किताब उठाई, उलटी-पलटी और वापस अपनी जगह पर रख दी। उसे सामने की लाइन में एक खाली सीट भी मिल गई।

मैं कार्यक्रम के अन्त तक बैठा रहा। उसके खत्म होते ही मैं उन लम्बी मेज़ों के सामने जा पहुँचा जहाँ वेटर अतिथियों को ड्रिंक्स दे रहे थे। मैंने खुद एक

डबल स्कॉच बनाई और कैवियर से भरे नमकीन बिस्कुट खाना शुरू किया। मैंने देखा वह साथी तलाश रही है। वह हर एक से बात नहीं करती थी। सामान्य व्यक्तियों से वह दूर रहती और ऊँचे खानदान या हैसियत के लोगों से ही मिलती-जुलती थी। इन्हें वह 'रिने साँ मैन' कहती थी। 'अब ऐसे बहुत कम लोग रह गये हैं,' उसकी शिकायत थी। 'ये लोग ऊँचे तबके के सम्भ्रांत परिवारों में पले-बढ़े और शानदार रख-रखाव वाले लोग थे। वह परम्परा तो अब खत्म ही हो गई है और ऐसे सब लोग मर गये हैं।'

मुझे मानना पड़ा कि मेरी मित्र भी उसी श्रेणी की है, अपने नाम से लेकर तौर-तरीके सबमें। उसका नाम था राजकुमारी रुक्मिणी देवी। हालाँकि उसने मुझे यह कभी नहीं बताया कि वह किस रजवाड़े की राजकुमारी है। लेकिन उसने मुझे यह सब बताया कि किस तरह उसे सम्भ्रान्त हिन्दू परिवारों की तरह पर्दे में रख कर पाला-पोसा गया और घर पर ही अंग्रेज़ गवर्नेस से उसे शिक्षा दिलाई गई। आज़ादी मिलने के बाद ही उसने और दूसरी स्त्रियों ने अपने घूँघट उतारे और उसे विदेश में शिक्षा प्राप्त करने की अनुमति दी गई। तब वह अपने को बहुत महत्त्वपूर्ण समझती थी। इसलिए यह कहने की ज़रूरत नहीं है कि जो लोग उससे मिलते थे, उसे पसन्द नहीं करते थे। वे उससे जलते थे और उसे धोखेबाज कहते थे। कुछ उसे चूतियापुरम की महारानी भी कहते थे। और साथ में यह भी जोड़ते थे, 'यह तुम्हें भी चूतिया बना रही है।'

जब वह चाहती—जैसे शादियों में या दूतावास के भोजों में—तो वह शाही शान बान से नकली गहने पहनकर गले में सोने से मढ़ा चोकर जो असली सोने का लगता था और काँच के दानों की नेकलेस जो हीरे-मोती की तरह चमकती थी, चाँदी के तारों से जड़ा लहँगा और कन्धे पर आरपार दिखाई देने वाला शिफ़ॉन का दुपट्टा डालकर बाहर निकलती थी। औरतें उसे घेर लेतीं और उसके वस्त्रों की तारीफ़ करतीं। कोई पूछती, 'यह चोकर कहाँ से खरीदा? इसकी कीमत तो बहुत ही ज़्यादा होगी?' तो वह मुस्कुराकर जवाब देती, 'मेरी इन्हें खरीदने की हैसियत कहाँ है! ये तो परिवार के हैं। यह मेरी दादी पहनती थी, जो मेरी माँ को दहेज में मिला।'

अपनी इस घोषणा के बाद कि, 'मैं इस किताब के जलसे में नहीं जाऊँगी,' वह शहर में होने वाले हर समारोह में ज़रूर जाती। मैंने उससे कहा कि, 'किसी ने मुझे बताया कि चंडीगढ़ में तुम उस पंजाबी के किताब समारोह में गई थीं,' तो उसने जवाब दिया, 'वह ब्रिटिश कौंसिल में हुआ था। ऐसे कार्यक्रमों में मैं चली जाती हूँ।'

'लेकिन वहाँ न तो गाड़ी पार्क करने की जगह है और वे तुम्हें बूँदों में स्कॉच देते हैं, जिसे खड़े-खड़े ही पीना पड़ता है, न वहाँ कोई बैठने की जगह है।' मैंने उसे बताया कि, 'मैं न मैक्समूलर भवन के कार्यक्रमों में जाता हूँ और न अमेरिकन कल्चरल सेंटर के—वे लोग इस तरह पेश आते हैं जैसे एहसान कर रहे हों और बेसब्री से लोगों के जाने का इन्तज़ार करते रहते हैं।'

'मैं किताब के जलसों में मुफ़्त शराब पीने नहीं जाती,' उसने फुफकारकर कहा। 'बात यह है कि अगर हम जैसे लोग उनके कार्यक्रमों में न जायें तो वे सोचते हैं कि हम उनके दोस्त नहीं हैं।'

इस तरह राजकुमारी के पास किताब के जलसों में न जाने के कारण थे और उन सबमें जाने के बारे में भी उतने ही मज़बूत कारण थे। और वह हमेशा ऐसा व्यवहार करती कि सब लोग उसे देख लें। लोग उसे बड़े लोगों के नाम उछालने वाला कहते थे। यह वह ज़रूर थी लेकिन एक फ़र्क भी था—जबकि अन्य लोग ऐसे नामों को उछालते हैं जिन्हें वे बहुत कम जानते हैं, वह जो नाम लेती थी, उन्हें वह अच्छी तरह जानती थी और कहती भी थी, 'मैं उसे अच्छी तरह जानती हूँ।' अगर आप किसी के खिलाफ़ कुछ कहें तो वह उसका समर्थन करने पर उतर आती थी कि, 'उसने कभी यह कहा नहीं होगा—मैं उसे अच्छी तरह जानती हूँ।'

लोग यह भी कहते थे, कि यह लेना ही जानती है, देती कुछ नहीं है। लेकिन यह सही नहीं था। एक समय था जब वह शानदार दावतें देती थी और सबसे अच्छी स्कॉच, फ्रेंच वाइन और खाना परोसा जाता था। उसे यह सब छोड़ना पड़ा क्योंकि नौकरों को वह ज़्यादा वक्त रखती नहीं थी, कुछ को उसने उसकी अपनी ह्विस्की पीने के लिये निकाल दिया, कुछ को धोखाधड़ी करने के लिये और कुछ को बदतमीज़ी करने के लिये।

अब वह अपने यहाँ दावतें नहीं करती थी क्योंकि उसका कहना था कि इससे जो लोग मेरे यहाँ आकर खाते-पीते हैं, उन पर मुझे भी दावत के लिये बुलाने का दबाव पड़ता है। अकेला मैं ही ऐसा था जिस पर यह बात लागू नहीं होती थी, मैं हमेशा उसके यहाँ जाता रहा। ज़्यादातर लोग उसके फ़ोनों का जवाब ही नहीं देते थे। इससे उसे गहरी चोट पहुँचती थी। एक दिन उसने कहा, 'मैंने दिल्ली छोड़ने का फ़ैसला कर लिया है। यहाँ ज़िन्दगी बहुत नकली हो गई है। मैं और ज़्यादा बर्दाश्त नहीं कर सकती। मैंने अपना फ्लैट बेच दिया है।'

मैं धक से रह गया। 'तो तुम और कहाँ जाओगी? तुम ज़िन्दगी भर पछताओगी।'

'अब कुछ नहीं हो सकता,' उसने फ़ैसले के ढंग से कहा। 'मुझे चेक भी

मिल गया है। इसके अलावा, मैं अकेली रहती हूँ। पिछले दिनों हर दूसरे-तीसरे दिन एक-दो अकेले रहने वालों की हत्या होती रही है। पिछले हफ़्ते मेरे ही पड़ोस में तीन लोगों को मार दिया।'

मुझे अच्छा नहीं लगा। राजकुमारी के बिना दिल्ली में मेरी ज़िन्दगी का क्या होगा? किसके साथ मैं गपशप करूँगा? इसके बाद मुझे ऐसा कौन मिलेगा जिसे लोगों की इतनी गहरी जानकारी हो और जिसके साथ मैं दूसरों की चीरफ़ाड़ कर सकूँ?

मैंने इस पर काफ़ी विचार किया। मैंने उससे पूछा कि क्या सचमुच वह ऐसा करने जा रही है, या यह भी उसका कोई नया शिगूफ़ा है कि लोग उसके बारे में बातें करें। मैंने दोस्तों को यह खबर दी तो उन्होंने इसे गलत बताया। 'गप मार रही है,' कुछ ने कहा। दूसरों ने कहा, 'अच्छा है, छुट्टी मिलेगी। तुम उस खट्टी डकार पर क्यों अपना वक्त बर्बाद करते हो?'

फिर जिस तरह अचानक उसने मुझे अपने दिल्ली छोड़ने की खबर दी थी, उसी तरह अचानक यह भी बताया कि कुछ वक्त के लिये उसने यह प्रोग्राम मुल्तवी कर दिया है। मैंने पूछा, 'लेकिन फ्लैट तो तुमने बेच दिया था?'

'चेक वापस आ गया,' उसने बेपरवाही से बताया। 'देखो, कैसे हो गये हैं दिल्ली के लोग? किसी पर यकीन नहीं किया जा सकता।'

यह राजकुमारी के दिल्ली छोड़ने का आखिरी अध्याय था। लेकिन अब वह बार-बार दिल्ली से बाहर जाने लगी, क्योंकि यहाँ अब शिद्दत की गर्मी पड़ने लगी है जो बर्दाश्त से बाहर हो जाती है और सर्दियाँ भी पहले से ज़्यादा परेशान करती हैं। अब वह बम्बई, बंगलौर, हैदराबाद, चंडीगढ़ और कलकत्ता जाने लगी। वह जहाँ भी जाती, गवर्नर के मेहमान के रूप में राजभवन में ही ठहरती। वह उनके रख-रखाव की बहुत आलोचना करती। कहती, 'पता नहीं, कहाँ से हमारी सरकार इन लल्लू-पंजुओं को पकड़-पकड़कर गवर्नर बना देती है। पहले गवर्नर सर्वोत्तम लोग होते थे, जो जीवन की कला जानते थे। उनसे बात करने में मज़ा आता था और आदमी कुछ सीखता भी था। वे सब मर-खप गये। अब जो लोग हैं उन्हें मैं खाने पर भी बुलाना पसन्द नहीं करूँगी।'

अब उसने विदेश जाना भी शुरू कर दिया। पेरिस, लंदन, मेड्रिड, न्यूयार्क, वॉशिंगटन! होटलों में ठहरने की जगह वह मशहूर लोगों के यहाँ ठहरती थी, जिन्हें वह अपना घनिष्ठ मित्र बताती थी। लौटकर आती तो मेरे यहाँ चक्कर लगाती। पहला काम वह यह करती कि अपना हैंडबैग खोलकर मेरे लिये कुछ निकालती,

'मैं तुम्हारे लिये कुछ लाना कभी नहीं भूलती हूँ।' फिर वह फ्लाइट में दिये जाने वाले भोजन से निकाले चीज़ के कुछ टुकड़े निकालती, 'यह असली ब्रिक और कैमेमबर्ट है। नकली हिन्दुस्तानी बिलकुल नहीं। ...और यह है सिंगल माल्ट।' यह कहकर वह विमानों में मुफ़्त दी जाने वाली छोटी-छोटी बोतलें मुझे पकड़ा देती। 'इन्हें ट्राई करते हैं।' और मेरे घर में पार्टी हो जाती।

राजकुमारी का स्वभाव कुछ-कुछ बच्चों वाला था। वह जहाँ भी जाती, आकर्षण का केन्द्र बनने की कोशिश करती। अगर मेरे घर में कुछ और लोग भी होते, तो वह ज़िद करती कि मैं उससे ही बात करूँ और दूसरों पर ध्यान न दूँ। कई दफ़ा वह उनके प्रति कठोर भी हो जाती। और मेरे खिलाफ़ बोलना तो उसे बहुत प्रिय था। मेरी आदत थी कि मैं बीच-बीच में उर्दू की शायरी या किसी अंग्रेज़ी के कवि की लाइनें बोलने लगता—तब वह मुझे बीच में ही टोककर कहती कि तुम गलत लाइन बोल रहे हो, सही यह है। इस पर अक्सर हमारी बहस छिड़ जाती। वह हाथ बढ़ाकर मुझे चुनौती देती, 'अच्छा, शर्त लग जाये एक बोतल स्कॉच?' मैं स्वीकार कर लेता और अपनी किताबों से उस कवि की किताब निकाल कर दिखाता कि, 'देखो, यह क्या लिखा है?' तब वह अपनी शर्त भूल जाती और जीत दिखाने के लिये सारी शाम मेरे यहाँ ही गुज़ारती। मुझे उस पर गुस्सा आ जाता।

एक दिन एक लेखक, जिसकी मैंने अपने कॉलम में तारीफ़ की थी, मुझसे मिलने आया। उसने इस लेखक की कोई रचना नहीं पढ़ी थी, लेकिन उसे अपनी बातों में इस तरह फँसाया, कि उसे मुझसे बात करने का मौका ही नहीं मिला। इससे वह भी परेशान हुआ और मैं भी हुआ। जब वह बाहर जाने लगी तो मुझसे पूछने लगी, 'कौन था यह जॉनी?' मैं उस पर टूट पड़ा, 'वह मुझसे बात करना चाहता था लेकिन तुमने उसे मौका ही नहीं दिया। तुम्हारे मैनर्स कहाँ चले गये?' वह मुझ पर बिल्ली की तरह झपटी, 'तो तुम मेरे बारे में यह सोचते हो? अब मैं अपना वक्त बर्बाद करने यहाँ कभी नहीं आऊँगी।' मैं भी चीखा, 'मत आना। अगर तुम्हारा यही रवैया है तो, अब मेरी शाम बर्बाद करने कभी मत आना।'

पहली दफ़ा हमारी इस तरह लड़ाई हुई। मैंने सबको बताया कि क्या हुआ था। मेरे लिये किसी ने सहानुभूति नहीं दिखाई। सबने मेरे घावों पर नमक ही छिड़का। 'अच्छा हुआ। खूब बेवकूफ़ बनाया तुम्हें।'

तीन महीने तक हम न एक-दूसरे से मिले, न फ़ोन किया। वह मेरे पीछे लोगों से मेरी बुराइयाँ करती रही, जो वे मुझे बता भी जाते थे, इसी तरह मैं भी उसकी बुराइयाँ करता और वे भी उसके पास नमक-मिर्च मिलाकर पहुँच जातीं।

लेकिन जब मैं सोचने लगा कि दोस्ती अब खत्म हो गई, तभी अचानक उसका फ़ोन आ गया। 'मैं तुमसे मिलने आ रही हूँ। दोस्तों के बीच में गलतफ़हमियाँ हो जाती हैं, जिन्हें जल्दी से जल्दी सुलझा लेना चाहिये। दोस्ती पवित्र होती है।'

वह आई और पहले की तरह मेरे दोनों गालों को चूमा। फिर शराब या गिलासों की आलोचना किये बिना स्कॉच ढाली, और गिलास ऊपर उठा कर बोली, 'तो सब हम भूल गये और माफ़ भी कर दिया।' मैंने अपना गिलास उसके गिलास से छुआकर कहा, 'आमीन!'

कुछ क्षण रुककर वह बोली, 'तुमने मेरे बारे में एक शब्द का इस्तेमाल किया था, जो मेरी समझ में नहीं आया—कोई गंदा शब्द है जिसका हमारे घरों में इस्तेमाल नहीं होता।'

मैंने कुछ देर सोचकर कहा, 'यह शब्द चूतिया होगा। तुमने मुझे खूब चूतिया बनाया।'

'यह चूतिया का मतलब क्या है?'

'चूत यानि योनि से निकला।'

'अच्छा, हाँ ठीक है,' उसने शान्ति से कहा। 'लेकिन क्या हम सब यह नहीं हैं?'

❑❑❑